BASTEI
LÜBBE

Taschenbücher von PIERS ANTHONY
im BASTEI-LÜBBE-PROGRAMM

Die Saga vom magischen Land Xanth
20 156 Chamäleon-Zauber
20 158 Zauber-Suche
20 160 Zauber-Schloß
20 162 Zentauren-Fahrt
20 164 Elfen-Jagd
20 166 Nacht-Mähre (Oktober 91)
20 168 Drachen-Mädchen (November 91)
20 094 Ritter-Geist
20 106 Turm-Fräulein
20 120 Helden-Maus
20 139 Himmels-Taler
20 154 Welten-Reise

Die Inkarnation der Unsterblichkeit
22 098 Reiter auf dem schwarzen Pferd
22 104 Der Sand der Zeit
24 102 Des Schicksals dünner Faden
24 114 Das Schwert in meiner Hand
24 119 Sing ein Lied für Satan

24 046 Omnivor
24 067 Orn
22 080 Ox

Die Titanen-Trilogie
24 084 Zeit der Kämpfer

Die Saga vom magischen Land

XANTH

PIERS ANTHONY

ELFEN-JAGD

Fantasy-Roman

Ins Deutsche übertragen
von Ralph Tegtmeier

BASTEI
LÜBBE

BASTEI-LÜBBE-TASCHENBUCH
Fantasy
Band 20164

Erste Auflage: September 1991
Zweite Auflage: November 1993

Deutsche Lizenzausgabe 1985/91
Bastei-Verlag Gustav H. Lübbe GmbH & Co.,
Bergisch Gladbach
Originaltitel: Ogre, Ogre
Titelillustration: Don Maitz
Umschlaggestaltung: Quadro Grafik, Bensberg
Satz: KCS GmbH, 2110 Buchholz/Hamburg
Druck und Verarbeitung: Brodard & Taupin,
La Flèche, Frankreich
Printed in France
ISBN 3-404-20164-7

Für meine Tochter Cheryl –
deren Wutkoller
eigentlich gar nicht so schlimm sind

1 Gute Magier, 2 Schloß Roogna, 3 Nördliches Dorf, 4 Baum, 5 Insel der Illusionen, 6 Tränensee, 7 Ogersee, 8 Magischer Staub, 9 Unbekannt, 10 Zentaureninsel, 11 Istmus, 12 Drachen, 13 Kobolde, 14 Greife, 15 Vögel, 16 Ogre Fen-Ogre, 17 Luft, 18 Erde, 19 Feuer, 20 Wasser, 21 Leere.

16
21
20
15
19
18
14
17
13
3
4
12
5
1
6
2
8
7
9
10

1
Nachtmähre

Tandy versuchte zu schlafen, doch das erwies sich als schwierig. Der Dämon war zwar noch nie wirklich in ihr Schlafzimmer eingedrungen, aber sie hatte Angst, daß er es eines Nachts dennoch tun könnte. Heute nacht war sie allein – und deshalb hatte sie Angst.

Crombie, ihr Vater, war ein rauhbeiniger Soldat, der mit Dämonen nicht viel Federlesens machte, doch er war die meiste Zeit nicht zu Hause, weil er den König auf Schloß Roogna beschützen mußte. Wenn er mal da war, war es meistens sehr lustig, aber das war ziemlich selten. Er behauptete zwar immer, keine Frauen zu mögen, doch immerhin hatte er eine Nymphe geheiratet und duldete keine Einmischung von anderen männlichen Wesen. Er hielt Tandy noch immer für ein Kind, und wenn er auch nur den Verdacht gehabt hätte, daß irgendein Dämon sie belästigte, hätte er die Hand gefährlich nahe an seinen Schwertknauf gelegt. Ach, wenn er doch nur hier wäre!

Ihre Mutter Juwel war noch spät unterwegs, weil sie in einer Erdschicht nahe der Oberfläche Orangensaphire pflanzen mußte. Das war weitab von zu Hause, weshalb sie auch auf dem Schauflerwurm ritt, der Tunnels durch das Gestein graben konnte, ohne Löcher zu hinterlassen. Sie würden erst nach Mitternacht zurück sein, also erst in einigen Stunden, und dabei fürchtete Tandy sich doch so sehr.

Sie wälzte sich auf die andere Seite, wickelte sich fester in das bonbongestreifte Bettlaken und legte sich das rosa Kopfkissen auf den Kopf. Doch das half alles nichts: Sie fürchtete sich noch immer vor dem Dämon. Sein Name war Fiant, und er konnte sich beliebig dematerialisieren. Das bedeutete, daß er durch Wände gehen konnte.

Je mehr Tandy darüber nachdachte, um so weniger traute sie den Wänden ihres Zimmers. Sie befürchtete, daß jede unbeaufsichtigte Wand dem Dämon erlauben würde, durch sie ins Zimmer einzudringen. Also rollte sie sich wieder herum, setzte sich auf und blickte die Wände an. Nichts.

Sie hatte Fiant erst vor ein paar Wochen kennengelernt, ganz zufällig. Sie hatte mit einigen großen, runden blauen Rubinen aus dem Faß ihrer Mutter gespielt. Es waren Ausschußsteine, denn eigentlich erwartete man von Rubinen, daß sie rot waren. Einer davon war eine Gasse entlanggekullert, ganz nahe an den Seidenwerkstätten der Dämonen vorbei. Tandy war hinter ihm hergelaufen und hatte sich dabei in die Toga eines Dämons verwickelt, die sofort gerissen war und sich auf diese Weise in ein Lendentuch verwandelt hatte. Sie hatte befürchtet, daß der Dämon einen Wutausbruch bekommen würde, doch statt dessen hatte er sie mit einem halb verstohlenen Halblächeln angeblickt – und das war noch viel schlimmer gewesen. Seitdem war der Dämon mit beunruhigender Häufigkeit bei ihr erschienen und hatte sie immer so angesehen, als führte er etwas Dämonisches im Schilde. Tandy war nicht so naiv, sich über seine Absichten Illusionen zu machen. Eine Nymphe hätte sich wohl geschmeichelt gefühlt – doch Tandy war ein Mensch, und nach einem dämonischen Liebhaber stand ihr nicht der Sinn.

Sie erhob sich und schritt zu dem Spiegel hinüber. Die magische Laterne wurde heller, als sie sich näherte, so daß sie ihr Abbild deutlich erkennen konnte. Sie war neunzehn Jahre alt, doch in ihrem Nachthemdchen und ihren Pantöffelchen sah sie aus wie ein Kind. Dazu trugen auch ihre vom Umherwälzen zerdrückten Locken bei, wie auch ihre blauen, besorgt dreinblickenden Augen. Sie wünschte sich, so wie ihre Mutter auszusehen – aber das ging natürlich nicht, denn keine Menschenfrau konnte es mit dem hübschen Gesicht und der märchenhaften Figur einer Nymphe aufnehmen. Das war es ja auch gerade, worum es beim Nymphentum ging – Männer wie Crombie anzulocken, die meinten, daß alle Weiber nur für eines gut seien. Für dieses eine waren Nymphen besonders gut geeignet. Auch Menschenmädchen konnten es sein, aber die mußten sich wirklich anstrengen; denn sie versiebten die ganze Angelegenheit oft dadurch, daß sie ihr viel mehr Bedeutung beimaßen, als es die Nymphen taten, so daß sie nicht fähig waren, sich völlig losgelöst und freudig der Sache zu widmen. Ihr Fluch war ihr Bewußtsein um die Konsequenzen.

Sie blickte ihr Spiegelbild genauer an, strich ihre Haare zurück, zupfte an ihrem Nachthemd und richtete sich gerade auf. Sie war kein Kind mehr, egal, was ihr Vater darüber denken mochte. Und doch war sie auch nicht gerade üppig gebaut. Ihr menschliches Erbe hatte ihr zwar einen klugen Verstand und eine schöne Seele beschert, hatte dafür aber ihren Körper nicht so üppig ausgestattet. Ihr Gesicht war ja ansehnlich, mit seiner kecken Himmelfahrtsnase und seinen vollen Lippen, entschied sie, aber der Rest ließ doch zu wünschen übrig. Als Nymphe würde sie niemals durchgehen.

Der Dämon Fiant schien jedoch der Meinung zu sein, daß sie seinen Ansprüchen genügte. Vielleicht war ihm ja gar nicht klar, daß ihr Menschsein ein Nachteil war ... Vielleicht sumpfte er ja nur herum und hielt Ausschau nach dunklen, aufregenden Dämoninnen, die jede beliebige Gestalt annehmen konnten, sogar die von Tieren? Man munkelte, daß sie sich sogar manchmal ganz plötzlich in Tiere verwandelten, mitten im Akt des – doch kein Menschenmädchen durfte sich so etwas überhaupt vorstellen. Tandy konnte ihre Gestalt nicht verwandeln, weder im Bett noch außerhalb, und ganz gewiß wünschte sie sich nicht, daß ein Dämon ein Auge auf sie warf. Wenn sie ihn doch auch davon überzeugen könnte!

Es blieb ihr nichts übrig, als sich wieder schlafen zu legen. Entweder der Dämon kam, oder er kam nicht. Da sie ohnehin keinen Einfluß darauf hatte, war es auch sinnlos, sich darüber Sorgen zu machen.

Sie legte sich in ihr mittlerweile recht unordentliches Bett und machte sich Sorgen. Schließlich schloß sie die Augen und verharrte reglos, als würde sie schlafen. Vielleicht könnte sie ihren Körper ja auf diese Weise hinters Licht führen, so daß er sich tatsächlich entspannte.

Da flackerte etwas an der Wand. Tandy erblickte es durch fast geschlossene Augen und blieb wie steifgefroren reglos liegen. Das war der Dämon – nun war er tatsächlich gekommen.

Kurz darauf nahm Fiant im Schlafzimmer feste Gestalt an. Er war hochgewachsen, muskulös und dick; gedrungene Hörner wuchsen aus seiner Stirn hervor und verliehen ihm zusammen mit einem kurzen, ungepflegten Bart das Aussehen eines Ziegenbocks. Seine Füße glichen Hufen, und er trug einen nicht allzu langen Schweif, der aus seinem Hinterteil hervorragte und in eine stachlige Spitze auslief. Er verbreitete eine finstere Atmosphäre um sich, die seine dämonische Natur jederzeit verraten hätte, unabhängig von der Gestalt, die er annahm. Seine Augen wirkten wie Rauchkristalle, die einen inneren Lavastrom aufhielten und ein dumpfes rotes Licht abstrahlten, das heller wurde, wenn er sich für etwas zu erwärmen begann. Nach teuflischen Maßstäben gemessen war er durchaus gutaussehend, und manch eine Nymphe wäre überglücklich gewesen, Tandys Stelle einnehmen zu dürfen.

Tandy hoffte inständig, daß Fiant wieder verschwinden würde, wenn er sie schlafend und zerzaust erblickte, doch gleichzeitig wußte sie auch, daß dies ziemlich unwahrscheinlich war. Er hielt sie für attraktiv oder zumindest für verfügbar und ließ sich von ihrer ablehnenden Reaktion nicht beeindrucken. Dämonen erwarteten ständig Ablehnung; ja sie genossen sie geradezu. Es hieß, daß sie sich, wenn man sie vor die Wahl zwischen Vergewaltigung und Verführung stellen sollte, stets für Vergewaltigung entscheiden würden. Übrigens auch die weiblichen Dämonen. Natürlich war es völlig unmöglich, die zu vergewaltigen: Wenn es ihnen nicht mehr paßte, lösten sie sich einfach in Luft auf. Was natürlich eine weitere Erklärung für Fiants Interesse an Tandy sein konnte: *Sie* konnte sich nicht in Luft auflösen. Bei ihr war also eine Vergewaltigung durchaus möglich.

Vielleicht würde es ihn ja abstoßen, wenn sie sich entgegenkommend verhielt? Anscheinend war er willige Frauen leid. Doch Tandy konnte sich nicht dazu überwinden, es mit dieser List zu versuchen. Was, wenn die Sache dann nicht funktionierte?

Böse grinsend trat Fiant auf das Bett zu. Tandy kniff die Augen noch weiter zusammen. Fiant hielt inne, beugte sich mit vornüberhängender Wampe über sie und durchbohrte sie mit funkelnden Blicken aus seinen geschlitzten Augen. »Ah, du wunderschönes Ding!« murmelte er, und eine kleine Rauchwolke kringelte sich aus seinen Mundwinkeln. »Freue dich, du weiches Menschenfleisch! Endlich ist dein dämonischer Geliebter zu dir gekommen! Zeige mir mehr von dir!« Und er riß ihr die Bettdecke vom Leib.

Tandy schleuderte das Kissen auf ihn, sprang aus dem Bett, und ihr Entsetzen verwandelte sich in Zorn. »Verschwinde gefälligst, übles Gespenst!« kreischte sie.

»Ah, das zarte Ding erwacht, entbietet mir Willkomm! Entzückend!« Der Dämon kam auf sie zu, während er sich mit der blauen, gespaltenen Zungenspitze über die dünnen Lippen kratzte. Auch sein Schwanz zuckte umher.

Tandy wich zurück, und ihr Entsetzen (ihr Zorn?) wuchs. »Ich verabscheue dich! Verschwinde!«

»Gleich«, sagte Fiant und versteifte seinen Schweif, als er ihn aufrecht stellte. »Laß deine Leidenschaft nur anschwellen, Süßes, denn ich will sie in all ihrer Tiefe auskosten.« Er griff nach ihr, und seine Hörner schimmerten vom Glühen in seinen Augen wider.

Völlig verzweifelt fuhr Tandy ihr letztes Geschütz auf: Sie entwickelte einen Wutkoller. Ihr Körper versteifte sich, ihr Gesicht lief rot an, sie kniff die Augen vollends zusammen und schleuderte den Koller mit aller Gewalt gegen den Brustkorb des Dämons.

Mit einer Explosion traf der Koller ihren Gegner, und der Dämon wurde in tausend Stücke zerfetzt. Füße, Hände und Kopf wurden davongeschleudert, doch der Schwanz fiel auf das Bett und lag zuckend da wie eine geköpfte Schlange.

Tandy biß sich auf ihre zitternde Unterlippe. Das hatte sie nicht wirklich gewollt. Ihre Wutkoller waren vernichtend, und so etwas durfte sie einfach nicht tun. Jetzt hatte sie den Dämon vernichtet, und nun würde bald die Hölle los sein. Wie sollte sie der Hölle einen Mord erklären?

Die Dämonenteile lösten sich in Rauch auf. Dann verdichtete sich die Wolke – und Fiant erschien aufs neue, und zwar völlig unversehrt. Er wirkte etwas benommen. »Oh, das war aber eine Wucht von einem Kuß«, sagte er und taumelte durch die Wand davon.

Tandy entspannte sich etwas. Fiant war also doch nicht tot, aber wenigstens war er verschwunden. So waren alle Vorteile auf ihrer Seite. Doch waren sie das wirklich? Der Dämon würde bestimmt nicht auf immer verschwinden – und jetzt wußten sie beide, daß ihre Wutkoller ihn nicht bremsen konnten. Tatsächlich hatte sie ihr Problem lediglich auf die lange Bank geschoben.

Immerhin konnte sie jetzt wenigstens einschlafen. Sie wußte, daß es diese Nacht keinen Ärger mehr geben würde, und in den nächsten paar Nächten würde ihre Mutter zu Hause bleiben. So unverschämt er auch werden konnte, wenn sein Opfer allein war, hielt sich Fiant doch stets zurück, sobald eine Respektsperson in der Nähe war.

Am nächsten Tag versuchte Tandy, mit ihrer Mutter darüber zu sprechen, obwohl sie davon überzeugt war, daß dies wenig Zweck hatte. »Mutter, kennst du den Dämon Fiant, der drüben an der Rumdestillerie arbeitet? Er . . .«

»Ja, die Dämonen sind wirklich sehr nette Leute«, erwiderte Juwel und begann nach milde geröstetem Schwefel zu duften. Das war ihr Talent: Ihr Geruch spiegelte ihre Stimmung wider. »Besonders Beuregard, der an seiner Studie arbeitet . . .«

»Das hat er schon getan, bevor ich geboren wurde. Ja, der ist ein netter Dämon, aber Fiant ist ganz anders. Er . . .«

»Sie machen auch niemals Schwierigkeiten, wenn ich Edelsteine in ihren Höhlen pflanzen muß. Die Dämonen sind wirklich *so* nette, gute Nachbarn!« Der Schwefelgeruch verstärkte sich und begann bereits in der Nase zu stechen. Juwel mochte keine Kritik.

»Die meisten von ihnen, Mutter, ja.« Natürlich machten die Dämonen ihrer Mutter keine Schwierigkeiten: Ohne sie gäbe es keine Edelsteine zu finden, und die Dämonen liebten derlei Tand. »Aber dieser Fiant ist ganz anders. Er . . .«

»Natürlich ist jeder anders als andere, mein Liebes. Das ist es ja gerade, was Xanth so interessant macht.« Nun duftete sie nach frisch erblühten Teerosen.

»Vielleicht ist ›anders‹ nicht das richtige Wort. Er sucht mich nachts in meinem Schlafzimmer heim . . .«

»Nein, das würde er doch niemals tun! Das wäre doch nicht recht!« Das Unrechte einer solchen Tat offenbarte sich im Geruch eines überreifen Medizinballs. Selbst unreife Medizinbälle rochen schön scheußlich nach Krankheit, und je älter sie wurden, um so schlimmer stanken sie.

»*Hat* er aber! Letzte Nacht . . .«

»Das mußt du geträumt haben, Liebes«, sagte Juwel mit Entschiedenheit in der Stimme, und der Aasgeruch eines halbwegs satten Drachen zeigte an, wie unangenehm Juwel diese Vorstellung war. »Manchmal bringen diese Nachtmähren höchst verantwortungslose Träume mit!«

Tandy erkannte, daß ihre Mutter die Wahrheit nicht hören wollte. Juwel war eine Nymphe gewesen, und trotz aller Erfahrungen, mit denen Ehe und Mutterschaft sie belastet hatten, hatte sie sich noch viele nymphische Eigenschaften bewahrt. Sie verstand das Böse nicht wirklich, für sie waren alle Leute und Lebewesen von Grund auf gute Nachbarn, auch die Dämonen. Und tatsächlich hatten sich die Dämonen ja auch einigermaßen gut aufgeführt, bis Fiant damit begonnen hatte, sich für Tandy zu interessieren.

Crombie, ihr Vater, hätte sie allerdings verstanden. Crombie war nicht nur ein Mensch, er war auch ein Krieger. Er verstand die Männer nur zu gut. Aber er hatte nur selten Urlaub, und sie hatte keine Möglichkeit, ihm ihre Lage zu schildern, also konnte sie von ihm im Augenblick auch keine Hilfe erwarten.

Als sie über ihren Vater nachdachte, erkannte Tandy plötzlich, daß Juwel es sich gar nicht leisten konnte, ihren Glauben an Leute zu verlieren, denn dann müßte sie auch Crombies Treue in Frage stellen. Das würde ihr Leben nur ins Chaos stürzen.

Mit ihrer Mutter konnte Tandy also nicht darüber reden. Das war nur mit ihrem Vater möglich, und zwar unter vier Augen. Das wiederum bedeutete, daß sie ihn aufsuchen mußte, da er nicht rechtzeitig nach Hause kommen konnte, um sich um den Dämon zu kümmern. Es hieß zwar, daß kein Mann es mit einem Dämon aufnehmen konnte, aber Crombie war mehr als ein Mann: Er war ihr Vater. Sie mußte unbedingt zu ihm.

Das aber war ein Problem für sich. Tandy war noch nie auf Schloß Roogna gewesen, ja, sie hatte noch nicht einmal die Erdoberfläche Xanths besucht. Wenn sie die Höhlen jemals verlassen sollte, würde sie sich auf der Stelle verirren. Sie hatte Angst davor, es auch nur zu versuchen. Wie sollte sie sich ganz allein zur Arbeitsstelle ihres Vaters durchschlagen? Darauf wußte sie keine überzeugende Antwort.

In der darauffolgenden Nacht ließ der Dämon sie in Frieden. Statt dessen kamen die Nachtmähren: Sobald Tandy eingeschlafen war, kamen sie hereingetrabt, bäumten sich über ihrem Bett auf, ließen mit angelegten Ohren die Hufe blitzen und schnaubten durch die Nüstern die angsterregenden Dämpfe aus, welche die üblen Träume waren, die sie mitbrachten. Tandy wachte aus gutem Grund entsetzt auf – da waren sie auch schon verschwunden, nur um wiederzukehren, sobald sie wieder eingeschlafen war.

Schließlich schleuderte sie in ihrer Verzweiflung einen Koller nach einer der Mähren. Der Koller traf das Wesen an der Flanke. Die Mähre wieherte schmerzerfüllt und erschreckt auf, ihr Hinterteil sackte zusammen, und ihre Gefährten flohen entsetzt.

Sofort tat es Tandy schrecklich leid, wie eigentlich meistens nach einem Wutkoller. Sie wußte, daß das dunkle Pferd ja nur seine Pflicht tat und keine Strafe verdient hatte. Tandy wachte vollends auf, Tränen in den Augen und entschlossen, dem Tier zu helfen – doch es war natürlich bereits verschwunden. Es war so gut wie unmöglich, eine Nachtmähre zu fassen zu kriegen, solange man wach war.

Sie begutachtete die Stelle, wo die Mähre gestanden hatte. Der Boden war etwas aufgewühlt und wies einige Blutstropfen auf. Tandy hoffte inständig, daß die Mähre sicher nach Hause gekommen war.

Es würde noch einige Nächte dauern, bis sie wieder einsatzbereit für ihren Traumdienst war. Es war entsetzlich, ein solch unschuldiges Wesen derart schlimm zu bestrafen, und Tandy beschloß, es nicht wieder zu tun.

Beim nächsten Mal hielt sie im Schlaf Ausschau nach der Mähre, die sie verwundet hatte. Doch die Mähren ließen sich Zeit, ganz so, als hätten sie Angst vor ihr, was ja wohl auch kein Wunder war. Schließlich kamen sie aber doch, denn sie hatten ihren Auftrag auch dann zu erfüllen, wenn er mit Gefahr verbunden war. Zaghaft näherten sie sich mit ihrer Last von Träumen, die diesmal von verletzten Pferden handelten. Jetzt ließen sie Tandy aber für ihre Untat büßen! Doch die verwundete Mähre erblickte sie nie, und das erhöhte ihr Schuldgefühl. Sie war überzeugt davon, daß diese Nachtmähre sie nun auf alle Zeiten furchtsam meiden würde. Vielleicht lag sie ja in einem Stall, oder wo immer solche Wesen tagsüber hin verschwanden, und litt. Wenn Tandy doch nur ihr Temperament etwas gezügelt hätte!

Die Aufgabe der Nachtmähren bestand darin, die unangenehmen Träume zu befördern, die die Menschen plangemäß haben sollten, ganz wie es Juwels Aufgabe war, die Edelsteine einzupflanzen, die bestimmungsgemäß von Menschen gefunden werden sollten. Da es häßliche Träume waren, konnten sie nicht auf die Hilfe der Beteiligten zählen. Die Leute neigten dazu, Nachtmähren zu meiden, denn sie hatten einen schlechten Ruf, und das erschwerte ihre Aufgabe natürlich.

Einige Tage darauf, als Tandy sich wieder etwas beruhigt hatte, kehrte der Dämon Fiant wieder. Mit einem lasziven Grinsen kam er einfach durch die Wand hereinspaziert. »Auf, auf, Süße! Ich bin gekommen, um dir deine liebsten Träume zu erfüllen und tief in deine tiefsten Begierden einzudringen.« Er hielt seinen bebenden Schweif emporgereckt.

Einen Augenblick lang war Tandy wie gelähmt. Stumm sah sie zu, wie er selbstsicher näher kam.

Fiant beugte sich über sie, wie schon einmal, und seine Augen funkelten wie rote Sonnen. »Leg dich zurück, mach dich breit, mach's dir so richtig gemütlich«, sagte er hämisch. »Ich werde dir auch deine extremsten Hoffnungen erfüllen.« Und er streckte seine teuflische, mit langen Fingernägeln bewehrte Hand nach ihr aus.

Tandy schrie auf.

Diesmal war Juwel zu Hause und kam sofort ins Zimmer gestürzt. Doch der Dämon war bereits in aller Seelenruhe durch die Wand marschiert und verschwunden, bevor Juwel da war, so daß Tandy den Nachtmähren die Schuld für ihren Schrecken geben mußte. Das verschlimmerte wiederum ihr schlechtes Gewissen, denn die Nachtmähren waren ja unschuldig.

Tandy wußte, daß sie etwas unternehmen mußte. Fiant wurde immer frecher, und eines Tages würde er sie allein erwischen – und das würde schlimmer sein als jede Nachtmähre. Er hatte bereits bewiesen, daß er ihre Wutkoller überleben konnte, und das bedeutete, daß Tandy ihm schutzlos ausgeliefert war. Sie mußte unbedingt ihren Vater Crombie aufsuchen, und zwar möglichst bald. Aber wie?

Da hatte sie eine Idee. Sie konnte doch eine Nachtmähre einfangen und auf ihr zum Schloß Roogna reiten! Das Wesen würde den Weg bestimmt kennen, denn die Nachtmähren besaßen die Adressen aller schlafenden Menschen.

Allerdings war die Sache nicht ganz einfach. Tandy hatte keinerlei Erfahrung im Reiten von Pferden. Zwar war sie manchmal, hinter ihrer Mutter aufsitzend, auf dem Schaufler in die fernen Tiefen Xanths geritten, um dort Smaragde, Opale und Diamanten zu pflanzen, doch das war etwas anderes. Der Schaufler bewegte sich nur langsam vorwärts und dies mit ruhigen, stetigen Bewegungen, indem er nämlich einen Tunnel durch den Fels bohrte, solange man eine Melodie spielte, die ihm gefiel. Die Nachtmähren jedoch, davon war sie überzeugt, bewegten sich schnell und ungleichmäßig. Wie konnte sie eines dieser Pferde einfangen – und danach oben bleiben?

Tandy war ein gelenkiges Mädchen, denn sie war in ihrem Leben schon durch zahllose Höhlen gekraxelt. Wenn sie nur nahe genug herankam, würde sie schon auf eine Nachtmähre springen und sich an ihrer wehenden Mähne festhalten können. Es würde zwar alles andere als ein bequemer Ritt werden, aber es würde schon irgendwie gehen. Also brauchte sie sich nur über den ersten Schritt Gedanken zu machen – wie sie nämlich ihre Mähre einfangen würde.

Das Problem bestand darin, daß die Nachtmähren nur im Schlaf kamen. Sie hätte sich zwar schlafend stellen können, doch es war zweifelhaft, ob sie darauf hereinfallen würden. Und wenn sie eine der Mähren packte, während sie wach war, würde die sich mit Sicherheit auflösen wie Dämonendampf, so daß nichts zurückblieb als eine immer schwächer werdende Erinnerung. Schließlich waren die Nachtmähren ja auch so etwas wie Dämonen, und sie konnten sich wie Fiant dematerialisieren. Auf diese Weise drangen sie auch durch Wände ein, um zu den besser geschützten Schläfern vorzudringen. Tandy vermutete sogar, daß sie nur in Gegenwart eines Schläfers feste Gestalt annahmen. Also mußte sie die Mähre auch im Schlaf reiten.

Mit Entschlossenheit machte sie sich an die Arbeit. Sie legte ein Kopfpolster zwischen zwei Stühle und übte darauf das Reiten. Dann legte sie sich auf ihr Bett, sprang plötzlich auf, sprang auf das Polster und packte ein Büschel Fransen, wo bei der Mähre die Mähne zu erwarten war, um schließlich Oberschenkeldruck zu geben. Das tat sie immer und immer wieder, bis ihr die Prozedur in Fleisch und Blut übergegangen war. Sie ermüdete, und ihre Beine schmerzten und wurden wund, doch sie übte immer weiter, bis sie es auch im Schlaf beherrschte – wie sie hoffte.

So vergingen mehrere Tage. Meistens übte sie, während ihre Mutter außer Haus war, um Edelsteine zu pflanzen, damit sie ihr keine peinlichen Fragen stellen konnte. Tagsüber ließ der

Dämon sie zum Glück in Ruhe, so daß sie zu dieser Zeit auch etwas schlafen konnte.

Schließlich, als ihre Mutter wieder vor einer Nachtreise stand, handelte Tandy. Sie schrieb ihr einen Zettel, in dem sie ihr mitteilte, daß sie ihren Vater besuchen wollte und daß sie sich keine Sorgen machen sollte. Nymphen machten sich ohnehin nur selten Sorgen, also würde das wohl schon genügen. Sie holte einige Schlaftabletten aus dem Versteck, in dem sie schliefen, stopfte sie in ihre Tasche und legte sich aufs Bett. Eine Pille schlief in der Regel mehrere Stunden, bevor sie aufwachte, und sie besaß eine ganze Reihe davon, so daß die Pillen sie die ganze Nacht mit ihrem gemeinsamen Schlaf umfangen würden.

Doch als die Pillen magisch auf ihren Körper einzuwirken begannen und sie in ihren Schlummer hinabzogen, kam Tandy plötzlich ein beunruhigender Gedanke: Was, wenn die Nachtmähren heute nacht nicht kämen? Was, wenn Fiant statt dessen auftauchte, während sie, im Schlaf gefangen, sich nicht wehren konnte? Dieser Gedanke wühlte sie derart auf, daß die erste Nachtmähre sofort an ihre Seite eilte, als sie eingeschlafen war.

Im Traum erblickte Tandy das Geschöpf klar und deutlich: ein mitternachtsfarbenes Pferdewesen mit matt glänzenden Augen – das war das Dämonenstigma! – unter einer flammenden Stirnlocke. Die Mähne glänzte schwarz, der Schweif war ebenholzfarben, und sogar die Hufe wirkten finster. Und doch war es ein hübsches Tier mit prächtigen Gesichtszügen und ausgeprägten Muskeln. Die schwarzen Ohren waren spitz nach vorne gerichtet, die schwarzen Nüstern bebten, und der dunkle Hals machte einen prächtigen Bogen. Tandy erkannte, daß dies ein besonders hervorragendes Exemplar der Gattung war.

»Ich bin am Schlafen«, erinnerte sie sich. »Das ist ein Traum.« Das war es auch tatsächlich: ein böser Traum voller unterschwelliger Strömungen und bizarrer Wogen, voller Furcht und Scham und Entsetzen, die sie niederdrückten. Doch sie kämpfte dagegen an, nahm ihren Mut zusammen und sprang auf das dunkle Pferd zu.

Ihre mühsamen Übungen hatten sich bewährt: Sie schaffte es, kam auf dem Rücken des Pferdes zum Sitzen, packte die weiche, glatte Mähne und umklammerte seinen mächtigen Leib mit ihren Schenkeln.

Einen Augenblick lang blieb die Mähre wie angewurzelt stehen, zu verblüfft, um sich zu rühren. Tandy kannte dieses Gefühl sehr gut. Dann setzte sich das Geschöpf in Bewegung und galoppierte durch die Wand, als wäre sie ein Nichts. Und tatsächlich fühlte sich die Wand auch wie ein Nichts an, denn sie hatten sich dematerialisiert. Die magische Kraft der Nachtmähre erstreckte sich auch auf ihre Reiterin, ähnlich wie es bei den Schlaftabletten gewesen war. Tandy befand sich immer noch im Schlaf und blieb im Traumzustand auf ihrem Reittier sitzen.

Der Ritt war der blanke Horror: Wände schossen an ihnen vorbei wie Schatten und offene Flächen wie Tageslicht, während die Mähre Hals über Kopf (aber nicht Schwanz) davongaloppierte. Tandy hielt sich an der Mähne fest, deren Haare ihr mit beißendem Schmerz in die Hände schnitten, weil sie Angst hatte, loszulassen.

Schon hatten sie die hübsche, ordentliche Wohnung ihrer Mutter weit hinter sich gelassen und jagten durch Felsen und Höhlen, durch Wasser und Feuer und mitten durch die Nester und Horte großer und kleiner Ungeheuer. Sie galoppierten über einen Tisch, an dem sechs Dämonen beim Pokerspiel saßen, und die Dämonen hielten einen Augenblick inne, als überkäme sie ein eisiger Zweifel, ohne daß sie die Nachtmähre jedoch ausmachen konnten. Sie schossen an einer geheimen Zusammenkunft von Kobolden vorbei, die etwas Übles planten, und auch die stutzten einen Augenblick, als ein Hauch von bösen Visionen an ihnen vorbeizog. Die Nachtmähre bahnte sich ihren Weg durch die tiefsten Tiefen Xanths, wo die Gehirnkoralle die lebenden Artefakte Xanths lagerte, und diese bewegten sich unruhig, ohne zu wissen, was sie in Bewegung versetzte. Tandy begriff, daß eine vorüberziehende Nachtmähre in einem wachen Lebewesen einen kurzen, üblen Gedanken erweckte. Nur im Schlaf erhielten diese Gedanken ihre volle Kraft.

Nun stand Tandy vor einem weiteren Problem: Sie mußte ihr Pferd lenken und wußte nicht, wie. Und selbst wenn ihr das möglich gewesen wäre, hätte sie immer noch nicht den Weg nach Schloß Roogna gewußt. Warum hatte sie bloß nicht schon früher daran gedacht?

Na ja, das hier war schließlich ein Traum, und der mußte nicht unbedingt Sinn ergeben. »Bring mich auf Schloß Roogna!« rief sie. »Dort lasse ich dich dann wieder frei!«

Die Nachtmähre wieherte und schlug einen anderen Weg ein. War das etwa alles? Tandy fiel ein, daß das Pferd wohl genauso verängstigt sein mußte wie sie selbst. Diese Pferde waren nun einmal nicht zum Reiten gedacht!

Sie stießen aus den Höhlen hervor und gelangten an die Oberfläche Xanths. Staunend erblickte sie die gewaltige Weite der Nacht an der Erdoberfläche. Dort gab es weitausholende Bäume und riesige Ebenen und Flüsse ohne jede Höhlenschlucht, und darüber befand sich eine monströse Decke voller nadelspitzer Lichter. Sie begriff, daß dies die Sterne sein mußten, von denen ihr Vater ihr erzählt hatte – und dabei hatte sie immer geglaubt, er hätte sich das alles nur ausgedacht, so wie er Geschichten über die Heldentaten der Männer aus Xanths legendärer Vergangenheit erfunden hatte. Das war alles wirklich sehr beeindruckend!

Die Mähre galoppierte unentwegt weiter. Tandys Hand wurde taub, doch sie lockerte ihren Griff nicht. Ihr Körper war zerschunden und ächzte unter dem Hin- und Herschaukeln; er würde noch tagelang weh tun! Doch wenigstens näherte sie sich jetzt ihrem Ziel. Für kurze Zeit ließ ihr böser Traum nach und verschwand, wie es die Art der Träume war.

Plötzlich und abrupt wachte sie auf. Vor ihr ragte ein Schloß im matter werdenden Mondlicht in die Höhe. Sie waren am Ziel!

Gerade noch rechtzeitig, wie sich herausstellte, denn nun bäumte sich die Dämmerung hinter ihnen auf. Die Nachtmähre konnte nicht ins Tageslicht treten. Tatsächlich war sie ohnehin im Begriff, sich aufzulösen; denn sie war, ganz unabhängig von der Dämmerung, nicht mehr an Tandy gebunden, sobald diese den Traumzustand verlassen hatte. Die Schlaftabletten mußten ihr Nickerchen beendet haben, und das galt somit auch für Tandy. Nein – die Steine waren zum größten Teil verschwunden. Sie mußten während des Ritts einer nach dem anderen herausgefallen sein, und nun verblieb ihr nur noch eine Pille, die allein nicht genügte.

Einen Augenblick später verschwand die Nachtmähre gänzlich, und Tandy fand sich zerschunden und mit weit aufgerissenen Augen auf dem Boden liegend wieder.

Sie fühlte sich steif, wund und matt. Das war alles andere als ein erholsamer Schlaf gewesen. Ihre Beine schienen vom Oberschenkel bis zu den Knöcheln geschwollen zu sein. Ihr Haar klebte vom kalten Schweiß nächtlicher Angst am Kopf, und sie konnte sich nur mühsam und unter Schmerzen erheben, um auf das Gebäude zuzugehen, während die blendende Sonne sich ehrgeizig über die Bäume erhob. Um sie herum wurde das Land Xanth immer heller, und die Tagtiere begannen sich zu rühren. Tautropfen funkelten. Es war alles auf eine seltsame Weise schön.

Doch als sie den Graben erreichte und sah, daß sich dort irgendein schreckliches Ungeheuer wälzte und sie aufs Korn nahm, durchzuckte sie jäh eine schreckliche Offenbarung. Von den Beschreibungen ihres Vaters her wußte sie, wie Schloß Roogna aussah. Seit ihrer frühesten Kindheit hatte er ihr die unglaublichsten Geschichten erzählt: über den Obstgarten mit seinen Kirschbombenbäumen, deren Kirschen niemand zu essen wagte, über alle möglichen Schuhe, die an Schuhbäumen wuchsen, und über manch andere Wunder, die viel zu unglaublich waren – doch an Xanth konnte man ja ohnehin nur glauben, wenn man entweder ein Vollidiot oder ein hoffnungsloser Träumer war! Und doch kannte sie fast jedes einzelne Grabenungeheuer beim Namen, und das galt auch für die Wachzombies, die auf dem Friedhof bis zu dem Tag ruhten, da Xanth ihres Schutzes bedurfte. Sie wußte um die Türme und Wendeltreppen und um die Gespenster, die darin hausten. Alles in allem hatte sie einen äußerst detaillierten Plan des Schlosses Roogna im Kopf – und der deckte sich nicht mit diesem Gebäude!

Das war das falsche Schloß!

O weh! Tandy war vor den Kopf gestoßen. Alles umsonst! Jetzt war sie in Xanth gestrandet, ohne Nahrung und Wasser, zu erschöpft, um sich richtig bewegen zu können, ohne einen Weg zurück zu kennen. Was würde ihre Mutter sagen?

Im Schloß bewegte sich etwas. Die Zugbrücke wurde herabgelassen, und eine wunderschöne Frau trat durch das Tor. Mit einer knappen Handbewegung beruhigte sie das nach Tandy gierende Grabenungeheuer, und ihr gewaltiger Umhang bauschte sich in der Morgenbrise. Sie erblickte Tandy, kam auf sie zu – und Tandy sah mit neuem Entsetzen, daß die Frau kein Gesicht hatte. Ihr Kopf war mit einer zappelnden Schlangenmasse bedeckt, und dort, wo menschliche Gesichtszüge hätten sein müssen, war einfach nichts. Ja, die Nachtmähre hatte sich ihren schlimmsten Traum wirklich bis zuletzt aufgespart!

»Liebes Kind«, sagte die gesichtslose Frau, »folge mir. Wir haben dich schon erwartet.«

Tandy blieb wie angewurzelt stehen und brachte nicht einmal die Kraft auf, in einen Wutkoller zu verfallen. Welche Schrecken lauerten im Inneren dieses Schlosses auf sie?

»Ist schon in Ordnung«, sagte die Frau in beruhigendem Tonfall. »Wir sind der Meinung, daß deine phänomenale Anstrengung, die Nachtmähre einzufangen und zu reiten, eine hinreichende Herausforderung war, um zu diesem Schloß gelangen zu können. Deshalb werden dir die üblichen Schwierigkeiten und Rätseleien beim Eintreten erlassen.«

Man wollte sie ins Schloß bringen! Tandy versuchte davonzulaufen, doch sie hatte keine Kraft mehr. Sie war zwar ein lebhaftes Mädchen, aber sie hatte in der Nacht einfach zu viel durchmachen müssen. Und so fiel sie statt dessen in Ohnmacht.

2
Krach der Oger

Krach stampfte durch den Tafeldschungel von Xanth und schaute sich nur die Bilder auf den Tafeln an, denn wie alle Oger konnte auch er die Worte nicht lesen. Er hatte es eilig, denn das herrlich miese Wetter, das er so sehr genoß, drohte umzuschlagen, und er wollte unbedingt vorher sein Ziel erreichen. Als er auf eine umgestürzte Strandbirke traf, die ihm den Weg versperrte, schleuderte er sie einfach beiseite, so daß der Strandsand in einem kleinen Sandsturm zu Boden rieselte. Als er einen herumirrenden Fluß entdeckte, der über seine Ufer getreten war, den Weg überflutete und drohte, ihm den Schlamm von den Füßen zu spülen, so daß seine Zehnägel zum ersten Mal seit Wochen wieder sichtbar würden, packte er den Strom am Schwanz und bog ihn mit derartiger Gewalt zurecht, daß der freiwillig wieder in sein normales Flußbett sprang und dort zitternd und blubbernd liegenblieb. Als ein zorniges Dröhnhorn ihm den Weg versperren wollte und drohte, sein Horn auf äußerst unangenehme Weise in das Hinterteil eines jeden zu rammen, der es störte, übertrumpfte Krach es noch: Er hob es an seinem Horn in die Höhe und stieß so gewaltig hinein, daß das Wesen sich beinahe umstülpte. Nie wieder würde das Dröhnhorn auf diesem Pfad harmlose Reisende belästigen!

All das war für Krach die reinste Routine, denn er gehörte zu den kräftigsten und dümmsten aller menschenähnlichen Wesen Xanths.

Wenn er so dahinstampfte, erzitterte der Boden nervös unter seinen Schritten, und selbst die wildesten Ungeheuer hielten es für angebrachter, lieber erst einmal anderswo ein paar Besorgungen zu erledigen, solange er in der Nähe war. Natürlich flohen auch die Besorgungen mit unschicklicher Hast davon, weil sie nichts damit zu tun haben wollten. Eigentlich wollte kein Lebewesen, das bei rechten Sinnen war, etwas damit zu tun haben. Denn Krach war ein Oger.

Er war doppelt so groß wie ein gewöhnlicher Mensch, war breit gebaut und hatte Knoten aus haarigen Muskeln, die wie knorrige Bolzen gequälter alter Bäume hervorragten. Manche Lebewesen mochten ihn für häßlich halten, doch das waren nur jene, die unter einem gewissen Mangel an Phantasie litten. Krach war nämlich nicht häßlich, er war einfach furchtbar, und selbst für einen Oger sah er abscheulich genug aus. Tatsächlich hatte es noch nie ein abscheulicheres Lebewesen gegeben, bis ihm einmal ein Basilisk über den Weg gelaufen war.

Und doch besaß Krach, wie die meisten abgrundhäßlichen Wesen, einen sehr sanften Kern, den er tief in seinem Inneren versteckt hielt, wo er ihn nicht in Verlegenheit bringen konnte. Er war unter Menschen groß geworden, war mit Prinz Dor und Prinzessin Irene auf Abenteuer ausgezogen und hatte sich mit Zentauren angefreundet. Kurzum, er war durch seine Umgebung ein wenig zivilisiert worden, so unwahrscheinlich das auch sein mochte. Die meisten Leute glaubten, daß kein Oger zivilisationsfähig sei, und im Zweifelsfall war es immer noch das sicherste, davon auszugehen.

Doch Krach war kein gewöhnlicher Oger. Das bedeutete, daß er in der Regel nicht ohne irgendeinen vagen Grund um sich schlug und daß seine natürliche Neigung zur Gewalttätigkeit in gewissem Umfang unterdrückt worden war. Für einen Oger war dies ein wahrlich bejammernswerter Zustand, doch er hatte sich einigermaßen gut damit abgefunden. Und nun befand er sich auf einer Mission.

Das schlechte Wetter war nun doch umgeschlagen: Die Wolken zogen ihre Vorhänge beiseite und ließen wunderhübsche Sonnenstrahlen herabschießen, die die Luft zum Funkeln brachten. Vögel trockneten ihr Gefieder und zwitscherten freudig. Alles wurde wieder sauber und angenehm.

Krach schnaubte angewidert. Wie sollte er da weiterreisen? Er würde den Nachmittag lagern müssen und konnte nur darauf hoffen, daß der morgige Tag wieder schlimmer wurde.

Er war hungrig, denn um richtig arrogant bleiben zu können, bedurfte ein Oger gewaltiger, verschwenderischer Energiemengen. Er hielt Ausschau nach irgend etwas, das eßbar und riesig genug war, um ihn zu sättigen, wie zum Beispiel ein toter Drache oder ein Faß Apfelsauce oder ein moosüberwachsener Kristallbonbonfelsen, doch ohne Erfolg. Diese Gegend war bereits ausgeplündert worden.

Da hörte er plötzlich das Krächzen eines zufriedenen Greifs und nahm den Duft einer köstlichen Pastete wahr. Merkwürdigerweise hatten Oger bei all ihrer Häßlichkeit äußerst empfindliche Sinnesorgane, und obwohl der Greif noch recht weit entfernt war, konnte Krach ihn ganz genau anhand seines Geräuschs und des Duftes orten. Also stampfte er in diese Richtung. Das mußte das Wesen sein, das in dieser Gegend schon alles Eßbare vertilgt hatte.

Der Greif hatte eine monströse Schuhfliegenpastete gefangen. Die geflügelten Schuhe waren weichgekocht worden, und der Saft des feinen Leders hatte die Pastete durchtränkt, die etwa die gleiche Masse besaß wie der Greif selbst. Das war eine ideale Mahlzeit für einen Oger.

Krach marschierte darauf zu und machte sich gar nicht erst die Mühe, sich anzupirschen. Der Greif wirbelte herum, breitete die Flügel ein Stück aus und gab ein warnendes Krächzen von sich. Kein Wesen, das bei klarem Verstand war, legte sich mit einem fressenden Greif an, höchstens ein Drache, wenn er groß und hungrig genug war.

Doch Krach war nicht bei klarem Verstand, das war schließlich kein Oger. Sie hatten einfach nicht genügend davon, als daß er hätte klar sein können. »Ich zähl' bis drei, dann bist du Brei«, sagte er. Alle Oger sprachen stets in albernen Reimen und hielten es dabei mit den Rhythmen nicht so genau, da diese nicht eßbar waren. Doch auf ihre etwas grobe Art konnten sie sich recht deutlich verständlich machen.

Der Greif hatte noch keinerlei Erfahrungen mit Ogern sammeln können, und das war auch sein Glück. In dieser Gegend gab es nur sehr wenige Oger. Er sperrte seinen Adlerschnabel auf und kreischte Krach warnend und herausfordernd an.

Er glaubte, Krach wolle ihn nur bluffen. Das war bedauerlich, denn kein Oger war schlau genug, um richtig bluffen zu können.

Mit einer durch kein Nachdenken getrübten Freude stellte er sich der Aussicht auf ein Gemetzel. »Eins«, sagte er und zählte dabei seinen kleinsten astgroßen Wurstfinger ab. Der Greif rührte sich nicht.

»Zwei.« Nach kurzer Suche hatte er einen weiteren Finger ausfindig gemacht.

Der Greif hatte inzwischen genug davon. Mit einem krächzenden Schlachtruf griff er an, und das war auch ganz gut so, denn Krach hatte sich verzählt. Diese Art intellektueller Betätigung war ihm und seiner Art ein wahrer Greuel an Kompliziertheit. Schon tat ihm der Kopf weh, und seine Finger fühlten sich ganz taub an. Doch nun brauchte er nicht mehr bis drei zu Ende zu zählen, und das war ihm eine gewaltige Erleichterung.

Er packte den Greif an Vogelschnabel und Löwenrute, wirbelte ihn herum und schleuderte ihn in einer Wolke aus Daunen und Fell über den Wald davon. Der Greif, den dieser Empfang leicht verblüfft hatte, breitete die Schwingen aus, orientierte sich, kam zu dem Schluß, daß dieses Ereignis wohl eher ein unglücklicher Zufall gewesen sein mußte, und schickte sich an, erneut anzugreifen. Was Dummheit anging, so hatten die Oger keineswegs das Monopol darauf!

Krach musterte den Vogel mit dem Löwenleib. »Fort, sonst Mord!« bellte er.

Die Wucht seines Schreis riß dem Greif ein halbes Dutzend Stoppelfedern sowie zwei Schwungfedern aus, so daß er torkelnd aus seiner Flugbahn gerissen wurde. Das Ungeheuer gewann sein Gleichgewicht zwar zurück, entschied sich diesmal jedoch dafür, sein Glück lieber woanders zu suchen. So tat es schließlich doch noch etwas halbwegs Kluges, indem es nämlich dem Oger nichts streitig machte.

Mit einem gewaltigen Satz sprang Krach in die Schuhfliegenpastete hinein und labte sich schmatzend und schlürfend an der köstlichen Masse. Schon bald hatte er sie vertilgt, spuckte noch ein paar Metallösen aus und gab mit einem zufriedenen Rülpsen einige Nägel von sich.

Dann stampfte er an einen Strom und schlürfte ein paar Gallonen von dem zitternden kühlen Naß. Als er schließlich den Kopf wieder hob, hörte er eine dünne Stimme: »Hilfe! Hilfe!«

Krach blickte um sich und ließ seine Ohren kreisen, um das Geräusch zu orten. Es kam aus einem nahen Brombeerstrauch. Mit einem dicken Finger drückte er das Blattwerk beiseite und blickte hinein. Da sah er ein winziges menschenähnliches Wesen. »Bitte hilf mir!« rief es ihm zu.

Oger besaßen ausgezeichnete Augen, doch dieses Wesen war so klein, daß Krach Mühe hatte, es genau zu sehen. *Sie* zu sehen. Sie war nackt und hatte – na ja, es war jedenfalls eine winzige Wichtin. »Wie dein Name, kleine Dame?« fragte er höflich, und sein Atemhauch warf sie beinahe um.

»Ich bin die Wichtin Quieta«, rief sie und glättete ihr Haar, das er mit seinem Atem zerzaust hatte. »Ach, Oger, Oger – mein Vater steckt in einer Falle und wird mit Sicherheit sterben, wenn er nicht bald gerettet wird. Bitte, ich bitte dich ganz allerliebst, hilf ihm, dann will ich es dir auf meine Weise lohnen!«

Krach machte sich überhaupt nichts aus Wichteln: Sie waren zu klein zum Fressen. Na ja, im Augenblick war er ja ohnehin satt. Die hier war kaum massiger als einer seiner Finger. Allerdings mochte er Belohnungen. »Gut, Mut«, willigte er ein.

Sie führte ihn unter einen Seifensteinfelsen. Das war natürlich ein äußerst sauberer Ort, und in die Seife hatte man interessante Formen geschnitzt. Da war auch ihr Wichtelvater – im Würgegriff einer Alligatorkrampe, die mit ihren Zähnen langsam, aber sicher sein winziges Bein abkaute.

»Das ist mein Vater, Wichtel Wichtig«, stellte Quieta sie einander vor. »Das hier ist ein großer häßlicher Oger.«

»Freut mich, Sie kennenzulernen, Großerhäßlicheroger«,

sagte Wichtel Wichtig so höflich, wie es sein schmerzendes Bein ihm gestattete.

Krach versuchte mit den Fingern die Krampe aufzustochern, doch sie waren zu dick und ungeschickt dafür. »Klein Ohr, Hand vor!« sagte er den Wichteln, die gehorsam ihre Miniaturohren mit ihren winzigen Händchen bedeckten.

Krach stieß ein leises Gebrüll aus. Die Alligatorkrampe schrie auf und huschte so weit davon, wie es ihre Ankerkette zuließ, um sich dann eingeschüchtert und reglos fallen zu lassen. Der Wichtel war frei.

»Oh, danke, danke vielmals, Oger!« rief Quieta. »Und hier ist deine Belohnung!« Sie reichte ihm eine winzige Scheibe.

Krach nahm sie entgegen und balancierte sie auf einer Fingerspitze, wobei er die Stirn in Falten legte, bis sie aussah wie ein frisch gepflügter Acker.

»Das ist ein Wegwerfreflektor«, erklärte Quieta stolz. Als sie merkte, daß er sie nicht ganz verstand, ergänzte sie: »Ein Spiegel, der aus dem Film einer Seifenblase hergestellt wurde. Das machen wir Wichte nämlich: Wir stellen hübsche, schillernde Blasen für die Feen her, Linsen für Sonnenstrahlen und Funkelglitzern für den Morgentau. Jedes dieser Dinge funktioniert nur einmal, weshalb wir auch ständig beschäftigt sind. Wir nennen das planmäßiges Veralten. Jetzt hast du also einen hübschen kleinen Spiegel. Aber vergiß nicht – du kannst ihn nur ein einziges Mal verwenden!«

Auf unbestimmte Weise enttäuscht, verstaute Krach den Spiegel in seinem Beutel.

Aus irgendeinem unerfindlichen Grund hatte er mehr erwartet!

»Na ja, du hast meinen Vater ja auch nur einmal gerettet!« wandte Quieta ein. »Und besonders groß ist er ja auch nicht gerade. Das ist wirklich ein makelloser Spiegel, mußt du wissen.«

Krach nickte und begriff, daß kleine Wesen kleine Belohnungen verteilten. Er wußte noch nicht so recht, was ihm der Spiegel nützen würde, denn Oger beschauten sich nicht oft ihre eigenen häßlichen Gesichter: Immer brachten ihre Spiegelbilder die Spiegel zum Bersten und wühlten stille Wasseroberflächen auf. Und außerdem war dieser Spiegel sowieso viel zu klein und zerbrechlich, um sein Abbild überleben zu können. Da er nur einmal verwendet werden konnte, wollte er ihn für eine wichtige Gelegenheit aufbewahren.

Er trampelte auf einen Kissenbusch zu, hämmerte ihn flach und klumpig und schlief schnarchend ein, daß der Dschungel erbebte.

Am nächsten Tag war das Wetter zwar unvernünftig schön, aber Krach stapfte dennoch unentwegt weiter, bis er das Schloß des Guten Magiers Humfrey erreicht hatte. Es wirkte nicht sonderlich beeindruckend: ein kleiner Graben, den er durchstapfen konnte, eine Außenmauer, die er mühelos zertrümmern würde – das war ja fast wie ein Tag der Offenen Tür.

Doch Krach hatte auf Schloß Roogna gelernt, daß es klüger war, Magiern mit Höflichkeit zu begegnen und nicht allzu sorglos in anderer Leute Schlösser zu platzen. Also öffnete er den Beutel, in dem er seine Habe aufbewahrte, und zog sich seine besten Sachen an: eine orangefarbene Jacke und ein Paar stählerne Panzerfäuste, die ihm vier Jahre zuvor die Zentauren auf der Zentaureninsel verehrt hatten. Die Jacke schützte ihn vor jeder Waffe, und die Stahlfäustlinge schützten seine Bratpfannenhände vor den Konsequenzen ihrer eigenen Kraft. Er hatte die Sachen nicht früher angezogen, weil er nicht wollte, daß sie schmutzig wurden. Sie waren schließlich etwas ganz Besonderes.

Nun, da er richtig angezogen war, bildete er aus seinen Händen einen riesigen Trichter und dröhnte höflich: »He, Schaf, im Schlaf?« Nur für den Fall, daß der Gute Magier noch nicht aufgestanden war.

Er erhielt keine Antwort. Krach versuchte es ein zweites Mal. »Ich Krach, nicht schwach!« Damit bedeutete er dem Magier auf diskrete Weise, daß er einzutreten gedachte.

Immer noch keine Antwort. Anscheinend beachtete Humfrey ihn gar nicht. Nachdem er sein Wissen um menschliche Etikette erschöpft hatte, machte Krach sich ans Werk. Mit einem gewaltigen, zufriedenstellenden Platschen watete er in den Graben hinein. Waschen war etwas Unogerhaftes, Platschen jedoch nicht. Einen Augenblick später verdunkelte die Gischt bereits die Sonne, und das ganze Schloß begann feucht zu glitzern.

Ein Seeungeheuer schwamm auf ihn zu, um ihn aufzuhalten. In der Regel verbrachten diese Wesen ihre Zeit nicht in Flüssen oder Gräben, doch der Gute Magier hatte etwas fürs Ungewöhnliche übrig. »Hallo, hoho!« machte Krach freundlich, nahm einen seiner Fäustlinge ab und hob eine behaarte Bratpfannenhand zum Gruß. Mit den meisten Ungeheuern kam er ganz gut zurecht, wenn sie nur häßlich genug waren.

Das Ungeheuer schielte einen kurzen Moment auf die riesige Faust vor seiner Schnauze und bemerkte die Schrammen, Narben und krebsschalenähnlichen Schorfkrusten darauf. Dann machte es hastig kehrt und schwamm davon. Krachs Begrüßungen hatten öfters eine solche Wirkung auf andere Wesen, obwohl er nicht genau wußte, warum.

Er streifte sich wieder den Fäustling über und stampfte ans andere Ufer, wo er einen kleinen Vorsprung erreichte, auf dem die Außenmauer ruhte. Er hob eine behandschuhte Faust, um ein praktisches Loch in die Mauer zu schlagen – da entdeckt er etwas, das auf dem Stein hockte. Es war eine kleine Echse von schmutziger Färbung und mit einer mittelkörnigen Sandpapierhaut, unbrauchbaren Beinen, einem verstümmelten Schwanz und einem stechenden Geruch. Sie riß den widerlichen kleinen Kopf herum, um den Oger mit ihrem Blick zu fixieren.

Krachs gepanzerte Faust fuhr hervor und bedeckte den Echsenkopf, um ihm den Blick abzuschneiden. Oger waren zwar dumm, neigten aber deswegen keineswegs zum Selbstmord. Dieses kleine Ungeheuer war gar keine gewöhnliche Echse, sondern ein Basilisk! Wenn der einen direkt ansah, hatte das eine tödliche Wirkung, sogar auf Oger.

Was sollte er nun tun? Schon bald würde der giftige Körper des Wesens den Stahl seines Panzerhandschuhs durchätzt haben, und dann steckte Krach erst richtig in Schwierigkeiten! Er konnte unmöglich tatenlos stehenbleiben!

Da fiel ihm der Wegwerfreflektor der Wichtin ein. Mit seiner handschuhbewehrten Linken griff er in seinen Beutel und hatte den Spiegel nach mehreren ungeschickten Versuchen endlich hervorgeholt. Dann steckte er ihn an die Spitze seines Fingers und piekste diesen in die ungefähre Richtung des Basiliskenkopfs.

Vorsichtig nahm er mit abgewendetem Blick die rechte Hand fort. Das war aber wirklich Feinarbeit! Wenn er den Spiegel falsch ausgerichtet hatte oder wenn er von seinem Finger fallen sollte oder wenn der Basilisk nicht hinsah . . .

Plötzlich hörte er ein leises Plumpsen zu seinen Füßen. O nein! Der Spiegel war heruntergefallen! Entsetzt sah er auf.

Der Basilisk war gelähmt. Er hatte sein eigenes Spiegelbild angeblickt und mußte nun die entsprechenden Konsequenzen tragen.

Er würde sich schon nach einer Weile wieder erholen, doch bis dahin wäre Krach längst in Sicherheit.

Der Spiegel war nicht von allein heruntergefallen, sondern war unter dem Blick des Basilisken zerborsten. Doch immerhin hatte er seine Aufgabe erfüllt. Quietas kleine Belohnung hatte sich als recht wertvoll erwiesen.

Krach nahm eine Handvoll Erde auf und warf sie auf den Körper des Basilisken, um diesen nicht aus Versehen anzublicken. Solange der kleine Erdhaufen intakt war, wußte er, daß er von dem Ungeheuer nichts zu befürchten hatte.

Nun hob er seine rechte Faust und ließ sie gegen die Steinmauer donnern. Herrlich, wie die Splitter flogen! Das war die reine Freude. Nur wenn er seinem Namen Ehre machen konnte, indem er ihn nämlich in die Tat umsetzte, war Krach wirklich glücklich, Krach! Krach! Staubwolken wirbelten durch die Luft, und um ihn herum entstand ein Geröllhaufen, während das Loch immer tiefer wurde.

Schon bald befand er sich im Inneren des Schlosses. Vor ihm befand sich eine zweite Mauer, in nur einer Armlänge Abstand von der ersten. Ach, einfach herrlich! Diese bestand aus einem Gittergerüst und war nicht halb so massiv wie die andere, aber doch besser als gar nichts.

Um der Abwechslung willen benutzte Krach diesmal seine linke Faust. Schließlich hatte die ja auch ein Recht auf Training und Spaß! Er donnerte sie gegen die Stäbe.

Die Faust wurde abgebremst. Oooh, aua! Nur der Panzerfäustling hatte sie vor Verletzungen bewahrt, dennoch schmerzte sie. Das Zeug hier war ja noch viel widerstandsfähiger als Stein oder Metall!

Krach packte die Stäbe mit beiden Händen und ruckte. Mit seiner Kraft hätte er die ganze Mauer eigentlich gen Himmel schleudern müssen, doch sie bewegte sich so gut wie überhaupt nicht. Das war aber wirklich das stärkste Zeug, dem er je begegnet war!

Krach hielt inne, um nachzudenken. Welches Material konnte der Kraft eines Ogers widerstehen?

Das Denken fiel allen Ogern schwer, und sein Kopf erwärmte sich ungemütlich, so daß die auf ihm hausenden Flöhe heiße Füße bekamen und davonhüpften. Doch schließlich gelangte er zu dem Schluß, daß das einzige, was ebenso stark und widerstandsfähig sein konnte wie ein Oger – eben ein anderer Oger war. Er musterte die Gitterstäbe. Tatsächlich, das waren Ogerknochen, die mit Ogersehnen zusammengebunden worden waren! Kein Wunder, daß sie sich als unüberwindbar erwiesen hatten!

Das war wirklich ein beachtliches Hindernis. Er konnte sich nicht fröhlich mit Gewalt den Weg freisprengen – und er wollte es auch gar nicht, denn den Ogern waren Ogerknochen heilig. Es war so ziemlich das einzige, was ihnen heilig war.

Krach dachte noch mehr nach. Sein Gehirn schwitzte bereits vom ersten Versuch, und nun begann es verbrannt zu riechen, als sein Kopfpelz angesengt wurde. Oger waren Wesen der Tat und nicht des Wortes!

Doch einmal mehr wurde er für seinen Mut und seine Mühe belohnt: Er hatte eine Idee!

»O Ogergebein, vergrab dich unrein!« sagte er.

Das Knochengitter erzitterte. Alle bösen Oger sehnten sich danach, nach dem Tod auf unreine Weise begraben zu werden; das verband sie gelegentlich mit den Menschen. Am liebsten waren ihnen Müllhalden oder Giftmüllgruben, in denen man gefährliche Pflanzen und Tiere begrub, aber auch gewöhnliche Erde genügte ihnen, wenn sie nur ordentlich verflucht und hinterher plattgetrampelt wurde.

»Ich stampf' dich ein mit lautem Schreien«, fuhr Krach mit ungewöhnlicher Eloquenz fort.

Das gab den Ausschlag: Voller Erwartung und Freude brach die Knochenmauer zusammen. Krach nahm einen der Knochen auf, stellte ihn senkrecht auf den Boden und rammte ihn mit einem einzigen Schlag seiner gepanzerten Faust in den Boden, so daß er verschwand. Dann wiederholte er das Ganze mit einem zweiten Knochen. »Ich nagel' rein dein Gebein«, grunzte er die Formel eines Oger-Beseitigungsrituals. Er war dabei, den Boden zu beschlagen.

Schon bald darauf waren die Knochen im Erdreich verschwunden, und Krach vergrub die Sehnen, um dann schließlich alles schön festzustampfen. Dabei fielen vereinzelt locker sitzende Steine aus den Schloßmauern, so daß das Grabenungeheuer sich in den tiefsten Schlamm flüchtete.

Endlich war es an der Zeit, den Schlußsegen zu sprechen. »Ob rechts, ob links, den Knochen stinkt's!« brüllte er feierlich, und das Getöse wühlte ein letztes Mal eine Windhose aus Staub und Dreck auf. Damit war die Stelle korrekt verflucht worden und die Beisetzung beendet.

Doch da traf er auch schon auf die nächste Gefahr: eine Art gerader Springbrunnen, dessen orangefarbene Flüssigkeit weit in die Höhe schoß, um dann wieder hinabzustürzen und in einen Kanal zu strömen, der einem kleinen Schloßgraben glich. Das sah eigentlich recht hübsch aus – doch als Krach versuchte, hindurchzuschlagen, riß er grunzend seine Hand zurück. Das war gar kein Wasser, sondern Feuerwasser!

Er versuchte es zu umgehen, doch der Feuerring umgab das gesamte innere Schloß. Beim Versuch, über den Graben zu springen, schossen die Flammen freudig in die Höhe und leckten an seinem Pelz, um ihn zu versengen. Es gab nicht viel, was Ogern Schmerzen zufügen konnte, aber Feuer gehörte durchaus dazu. Hm, das war aber eine unangenehme Sache!

Wieder mußte er grübeln und denken, und diesmal begann sein Kopf heftig zu schmerzen, bis er es nicht mehr aushielt und zurück zum Schloßgraben rannte, um ihn im Wasser abzukühlen.

Das Wasser vertrieb nicht nur den Kopfschmerz, es bescherte

ihm auch eine neue Idee: Wasser konnte doch Feuer löschen! Vielleicht konnte er mit Hilfe des Grabens den Feuerring durchbrechen.

Kurz darauf schaufelte er ein paar Gallonen Wasser auf einmal durch das Loch in der Außenmauer. Er traf auch das Feuer, doch das wollte nicht erlöschen. Statt dessen flackerte es wieder in die Höhe und knisterte fröhlich. Erneut schaufelte er eine Wasserfontäne auf das Feuer, doch ohne Erfolg: Mit üblen Geräuschen mokierte sich die Feuermauer über ihn und tänzelte umher.

Es war nicht leicht, Oger zu erzürnen, weil sie nicht schlau genug waren, um zu merken, wenn man sie beleidigte. Doch langsam war es bei Krach soweit. Er schaufelte immer heftiger mit seinen Paddelhänden einen wahren Wasserstrom gegen die Flammen. Das Feuer tänzelte unentwegt umher, obwohl sich der Raum hinter dem Loch in der Außenmauer langsam, aber sicher mit Wasser zu füllen begann. Entzückt von der Herausforderung und der Gewalt des Ganzen, erhöhte Krach seine Anstrengungen, bis sich schließlich der Wasserspiegel im Schloßgraben merklich senkte und die gesamte Höhlung zwischen Außenmauer und Feuerwand voller schlammiger Flüssigkeit war. Durch den sich senkenden Wasserspiegel wurde der Schwanz des Seeungeheuers freigelegt, und es grub sich hastig tiefer in den Schlamm ein. Doch immer noch tanzte das Feuer umher und summte dabei eine Siegeshymne; es ließ sich einfach nicht auslöschen, sondern flackerte über die Wasseroberfläche und streckte seine Zungen nach Krach aus. Gab es denn keine Möglichkeit, damit fertig zu werden?

»Hooo!« schrie Krach frustriert. Doch die Wucht seines Atemstoßes ließ die Flamme sich nur vor ihm verneigen und noch höher empor lodern. Offenbar mochte sie sowohl kaltes Wasser als auch heiße Luft!

Da Krach nichts Besseres einfiel, hörte er nicht auf, Wasser zu schaufeln. Der Wasserspiegel im Schloß stieg immer weiter, und schon begann das erste Wasser wieder aus dem Mauerloch zu strömen.

Krach versuchte, es mit Geröll zu stopfen, doch der Pegel war zu hoch. Das Feuer züngelte munter und lustig über die Wasseroberfläche und sang ein Lied, das von irgendeiner alten Flamme handelte.

Da hatte der Oger wieder einen schlauen Einfall: Er streckte die Arme aus und schwamm unter dem Feuer hindurch ins Schloß. Solange er unterhalb der Wasseroberfläche blieb, konnte es ihm nichts anhaben. Schließlich tauchte er hinter der Flammenwand auf – das letzte Hindernis war überwunden.

»Vrrrfllccht!« zischelte das Feuer wütend und erlosch flackernd.

Nun befand sich Krach in einem überfüllten Raum. An den Wänden hingen überquellende Bücherborde, und auch der Boden war mit Bücherstapeln übersät. Überall standen und lagen Kisten und Flaschen zwischen kleinen Statuen, Amuletten und Papieren. Inmitten dieses Chaos, als sei er selbst ein Teil des ganzen Gerümpels, saß ein gnomartiger Mann über einem vollgepackten hölzernen Schreibtisch gebeugt. Krach erkannte ihn – das war der Gute Magier Humfrey, der Mann, der alles wußte.

Humfrey blickte von seinem Buch auf. »Tropf nicht auf meine Bücher, Krach«, sagte er.

Krach wand sich verlegen und versuchte, nicht auf die Bücher zu tropfen. Im Zimmer war kaum Platz genug, als daß er hätte bequem stehen können, und es gab kaum einen Flecken ohne ein Buch oder einen alten Band. Er ließ etwas Wasser auf ein Amulett tropfen, doch das reagierte mit unheilvollem Zischeln, so daß er ein Stückchen zurückwich. »Ich bleib ganz still, wenn Magier will«, murmelte er und fragte sich, woher der Gute Magier seinen Namen kennen mochte. Krach kannte Humfrey von Beschreibungen her, aber sie waren einander noch nie begegnet.

»Also gut, raus damit, Oger!« bellte der Magier gereizt. »Wie lautet deine Frage?«

Jetzt war Krach verlegener denn je. Er wußte nämlich überhaupt nicht, was er fragen sollte. Er hatte einmal geglaubt, daß sein Leben vollkommen sein würde, wenn er erst einmal ausgewachsen wäre, doch irgendwie hatte er dann festgestellt, daß dem nicht so war. Irgend etwas fehlte – und er wußte nicht, was. Und doch hatte er keine Ruhe, bis dieses fehlende Etwas gefunden war. Deshalb hatte er sich auch auf die Reise zum Guten Magier gemacht; denn das taten alle Wesen, wenn sie vor scheinbar unlösbaren Problemen standen. Doch es fehlte ihm an Intelligenz, seine Frage zu formulieren. Er hatte gehofft, daß ihm dies während der Reise gelingen würde, doch wie die Oger nun einmal waren, hatte er die ganze Sache vergessen, bis er am Ziel angelangt war. Es ließ sich nicht leugnen: Es gab Situationen, da waren Oger dümmer, als ihnen guttat. »Nicht weiß, nicht weiß«, gestand er ratlos und stellte einen Fuß auf den anderen.

Humfrey zog eine Grimasse. Er war ein sehr alter Gnom, und es war eine recht beachtliche Grimasse. »Soll das heißen, daß du hierhergekommen bist, um für eine Antwort einen ganzen Jahresdienst abzuleisten, und gar keine Frage hast?«

Krach hatte durchaus eine Frage, da war er sich ganz sicher; er wußte nur nicht, wie er sie formulieren sollte. Also stand er schweigend da und tropfte Wasser auf herumliegende Gegenstände, ganz der dumme Tölpel.

Humfrey seufzte. »Selbst wenn du sie gestellt hättest, wäre es doch nicht die richtige Frage gewesen«, sagte er. »Die Leute stellen ständig die falschen Fragen und vergeuden ihre Zeit und Arbeit. Ich weiß noch, wie vor nicht allzu langer Zeit ein Mädchen zu mir kam, um mich zu fragen, wie sie ihr Wesen ändern könnte. Chamäleon hieß sie, obwohl man sie damals noch nicht so nannte. Ihr Wesen war völlig in Ordnung. Was sie ändern mußte, das war ihre Einstellung.« Er schüttelte den Kopf.

Wie es der Zufall wollte, kannte Krach Chamäleon. Sie war die Mutter von Prinz Dor und verwandelte sich ständig von einem klugen Wesen in ein dummes und von einem schönen in ein häßliches. Humfrey hatte völlig recht: Ihr Wesen war ganz in Ordnung. Krach unterhielt sich gern mit ihr, wenn sie gerade genauso dämlich war wie er, und er betrachtete sie gerne, wenn sie so häßlich war wie er. Doch leider kamen die beiden Eigenschaften niemals zusammen. Trotzdem – für einen Menschen war sie ganz nett.

»Also gut«, sagte Humfrey in einem Tonfall, der das genaue Gegenteil meinte. »Wir haben also zur Abwechslung mal was

Neues: eine Antwort ohne Frage. Bist du sicher, daß du den Preis dafür bezahlen willst?«

Krach war sich keineswegs sicher, doch er wußte auch nicht, wie er das ausdrücken sollte. Also nickte er einfach, und sein zottiges Gesicht erschreckte dabei einen Kuckuck, der gerade die volle Stunde ansagen wollte. Anstatt zu rufen, ließ der Vogel vor Schreck etwas fallen und verschwand wieder in seinem Häuschen.

»Dann eben so«, meinte der Magier achselzuckend. »Das, was du brauchst, findest du bei den Ur-Ogern.« Dann erhob er sich und stapfte auf die Tür zu. »Komm jetzt. Meine unansehnliche Frau wird sich um deinen Dienst kümmern.«

Wie betäubt folgte Krach ihm. Jetzt hatte er seine Antwort – und verstand sie nicht.

Sie schritten eine Treppe hinab. Auf irgendeine ihm völlig unverständliche Weise war Krach nach oben gelangt, als er *unter* der Feuermauer hindurchgeschwommen war. Unten wurden sie von Humfreys Frau erwartet, der schönen, gesichtslosen Gorgone. Sie war deshalb gesichtslos, weil ihr Gesicht, wenn es zu sehen gewesen wäre, alle Männer auf der Stelle zu Stein hätte werden lassen. Doch selbst ohne Gesicht, so sagte man ihr nach, hatte sie noch immer eine gewisse versteinernde Wirkung auf Männer. »Hier«, sagte Humfrey, als würde er einen Sack Äpfel abliefern.

Die Gorgone musterte Krach von Kopf bis Fuß – so sah es jedenfalls aus. Einige der Schlangen, die ihr Kopfhaar darstellten, zischelten. »Sieht wirklich wie ein Oger aus«, bemerkte sie. »Ist er stubenrein?«

»Natürlich ist er nicht stubenrein!« bellte Humfrey. »Er hat mir mein ganzes Studierzimmer vollgekleckert! Wo ist das Mädchen?«

»Tandy!« rief die Gorgone.

Ein kleines Mädchen erschien, das nach menschlichen Maßstäben recht hübsch war, mit braunen Locken und blauen Augen und einer kecken Himmelfahrtsnase. »Ja, Madame?«

»Tandy, heute endet dein Jahresdienst«, sagte die Gorgone. »Jetzt sollst du deine Antwort bekommen.«

Die Augen des kleinen Mädchens leuchteten auf wie ein Mittagshimmel, und sie zappelte vor Aufregung. »Oh, danke schön, Gorgone! Tut mir fast leid, daß ich gehen muß, aber ich sollte langsam wirklich mal wieder nach Hause. Meine Mutter wird langsam ungeduldig, weil sie mich immer nur im magischen Spiegel zu sehen bekommt. Wie lautet denn die Antwort?«

Die Gorgone knuffte Humfrey in die Seite, wobei ihr üppiger Körper in Wallung geriet. »Die Antwort, Gatte!«

»Ach so, ja«, pflichtete der Gute Magier ihr bei, als sei ihm das noch nicht vorher eingefallen. Nachdenklich räusperte er sich.

»Auch sagen nun, was ich muß tun«, warf Krach ein, ohne zu merken, daß er damit einen wichtigen Denkvorgang störte.

»Ihr beide reist zusammen«, sagte Humfrey.

Krach blickte zu dem winzigen Mädchen hinab, und Tandy starrte den riesigen Oger an. Jeder war noch entsetzter als der andere. Der Oger war zweieinhalbmal so groß wie das Mädchen, und das war noch der geringste Unterschied zwischen den beiden.

»Aber ich habe doch gar nicht gefragt . . .« protestierte Tandy.

Die Gorgone schien zu lächeln. »Manchmal bedürfen die Äußerungen meines Mannes einer gewissen Erläuterung«, sagte sie. »Er weiß so viel mehr als wir alle, daß er einfach nicht unsere Unwissenheit berücksichtigt.« Sie kniff Humfrey auf beachtenswert vertrauliche Weise in die Wange. »Er meint folgendes: Ihr beide, Krach und Tandy, sollt gemeinsam durch die Wildnis Xanths reisen und euch dabei gemeinsam der Gefahren erwehren. Das ist der Preis, den der Oger anstelle eines Jahresdienstes hier im Schloß zu zahlen hat – seine Begleiterin zu beschützen. Und es ist auch die Antwort, für die das Mädchen bereits bezahlt hat.«

»Genau das habe ich doch gesagt«, grummelte Humfrey.

»Hast du auch, mein Lieber«, pflichtete die Gorgone ihm bei und hauchte ihm einen gesichtslosen Kuß auf den Scheitel.

»Aber das ergibt doch überhaupt keinen Sinn!« protestierte Tandy.

»Das braucht es auch gar nicht zu tun«, erklärte die Gorgone. »Es ist ja nur eine Antwort.«

Oh! Nun begriff Krach, soweit er dazu fähig war.

»Darf ich jetzt wieder an mein Buch?« fragte der Gute Magier gereizt.

»Aber natürlich darfst du das«, erwiderte die Gorgone großmütig und tätschelte seinen Hintern, als er sich umdrehte. Der Gute Magier marschierte wieder die Treppe zu seinem Studierzimmer empor. Krach wußte, daß der Mann wertvolle Arbeitszeit verloren hatte, doch irgendwie wirkte der Magier nicht unglücklich. Aber die feinen Nuancen zwischenmenschlicher Beziehungen waren für Oger natürlich unverständlich.

Die Gorgone drehte sich wieder zu ihnen um. »Er ist ja so lieb!« sagte sie. »Ich weiß wirklich nicht, wie er ein ganzes Jahrhundert ohne mich auskommen konnte.« Anscheinend schien sie sich nun auf Tandy zu konzentrieren. »Und du könntest mir unterwegs vielleicht einen Gefallen tun«, sagte die Gorgone. »Ich habe früher auf einer Insel in der Nähe des Dorfs des Magischen Staubes gelebt, das, wie ich glaube, direkt am Weg liegt, wenn ihr zum Ogersee geht. Ich habe in meiner Jugend dem Dorf einigen Schaden zugefügt und bin deshalb dort nicht mehr sehr willkommen. Aber meine Schwester, die Sirene, wohnt noch dort in der Gegend, und wenn du ihr vielleicht meine Grüße übermitteln würdest . . .«

»Aber wie soll ich denn mit einem Oger auf Reisen gehen?« wandte Tandy ein. »Das ist doch keine Antwort, das ist eine Strafe! Der frißt mich doch sofort auf, sobald er Hunger bekommt!«

»Nicht unbedingt«, widersprach die Gorgone. »Krach ist kein gewöhnlicher Oger. Er ist ehrlich und halbwegs zivilisiert. Er wird seinen Dienst korrekt ableisten, so gut ihm dies mit seinem beschränkten Fassungsvermögen möglich ist. Er wird es nicht zulassen, daß dir irgendein Leid widerfährt. Tatsächlich kannst du dir in den Urwäldern Xanths überhaupt keinen besseren Beschützer wünschen.«

»Aber wie löst denn das mein Problem, selbst wenn er mich nicht verschlingt?« beharrte Tandy. »Reisen nützt doch überhaupt nichts! Ich kann doch nirgendwo hin, um . . .«

Die Gorgone legte dem Mädchen einen Zeigefinger auf die Lippen. »Behalt dein Problem erst einmal für dich, Liebes. Verlaß dich einfach auf das, was ich dir sage. Wenn mein Mann meint, daß das Reisen dein Problem lösen wird, dann wird es das auch tun. Humfrey wußte, daß heute ein Oger zu uns kommen würde, und er wußte, daß du einen solchen Beschützer brauchst, weil du dich in der Welt dort draußen kaum auskennst. Glaub mir, alles wird sich zum Besten wenden.«

»Aber ich habe doch überhaupt kein Reiseziel!«

»Nein, aber Krach hat eins. Er sucht die Ur-Oger.«

»Gleich einen ganzen Stamm von Ogern? O weh, da kann ich mich ja gleich begraben lassen!«

Die Gorgone musterte sie auf tadelnd-gesichtslose Weise. »Natürlich brauchst du den Rat nicht zu befolgen, für den du bezahlt hast, Liebes. Aber der Gute Magier Humfrey weiß es wirklich besser.«

»Ich glaube, der wird langsam alt«, meuterte Tandy hitzig. »Vielleicht weiß er gar nicht mehr so viel wie früher.«

»Er behauptet gerne, daß er schon mehr vergessen hat, als er jemals wußte«, meinte die Gorgone. »Vielleicht stimmt das ja sogar. Aber ich rate dir, ihn nicht zu unterschätzen. Und urteile auch nicht falsch über diesen Oger!«

Tandy zog eine Schnute. »Also gut, also gut! Dann gehe ich mit diesem Ungeheuer mit. Aber wenn der mich auffrißt, dann trifft dich die Schuld dafür! Dann rede ich kein Wort mehr mit dir!«

»Auf meine Verantwortung«, stimmte die Gorgone ihr zu. »So, und jetzt hat Krach Hunger.« Sie drehte sich zu ihm herum. »Komm in die Küche, Oger, da gibt's ein paar rohe Kartoffeln zu mampfen. Sie sind noch nicht geputzt und geschält und manche sind wurmstichig. Das wird dir schmecken.«

»Du machst wohl Witze!« sagte Tandy. Doch dann sah sie, wie Krach sich mit der Zunge über die Lippen fuhr. »He, du machst wohl doch keine Witze!«

»Gar kein Witz, hab' Hungerhitz«, meinte Krach und hoffte insgeheim, daß es zu den Kartoffeln noch ein paar Fässer lauwarmes Spülwasser geben würde. Tandy verzog das Gesicht.

3
Schlauschlingen

Sie machten sich gemeinsam auf die Reise, aber sie hatten beide nicht viel Freude daran. Krach mußte winzige, langsame Schritte machen, damit das Mädchen mithalten konnte, und Tandy machte keinen Hehl daraus, daß sie den Oger für einen monströsen Raufbold hielt. Sie weigerte sich, sich von ihm tragen zu lassen, was er mühelos hätte tun können. Trotz der Versicherungen der Gorgone fürchtete sie sich noch immer davor, von ihm verschlungen zu werden. Sie schien eine Abneigung gegen Ungeheuer zu haben, vor allem gegen männliche. Also zogen sie mühselig gen Süden in Richtung Ogersee. Allein hätte das für Krach einen knappen Tagesmarsch bedeutet, doch so würden sie mehrere Tage dazu benötigen. Da hatte ihm der Gute Magier aber wirklich etwas aufgehalst! Und dabei wußte Krach noch nicht einmal, welche Frage er ihm beantwortet hatte.

Die Landschaft war recht abwechslungsreich. Zuerst kamen sie durch welliges Gelände, und Tandy brauchte ihre Zeit, bis sie sich daran gewöhnt hatte, auf wogenden Hügeln zu gehen. Mehrmals fiel sie dabei zu Boden, doch der war zum Glück mit weichem, grünem Torf bedeckt, so daß sie sich mit den Wellen abrollen konnte. Mit wachem Desinteresse bemerkte Krach, daß seine Gefährtin gar nicht so kindlich war, wie sie schien. Zwar war sie selbst für einen Menschen ziemlich klein, doch im Laufe ihrer Stürze offenbarte sie wohlgeformte Gliedmaßen und einen ebensolchen Torso. Tatsächlich war sie eine kleine Frau, bis in die kleinste Einzelheit. Tandy schien sich in Xanth erstaunlich schlecht auszukennen, fast als sei sie noch nie dort gewesen – was natürlich Unsinn war; denn jeder Bürger von Xanth hatte in Xanth gelebt, sogar die Zombies und Gespenster, die zwar nicht mehr lebten, aber immer noch aktiv waren.

Nachdem sie die wogenden Hügel hinter sich gelassen hatten, gelangten sie in eine etwas stabilere Gegend, die von einem Gewirrbaum beherrscht wurde. Gewirrbäume, die man auch Greifer nannte, hatten etwas mit Drachen und Ogern gemeinsam: Kein vernünftiges Wesen griff sie freiwillig an. Krach dachte nicht einmal darüber nach, sondern umging ihn, ohne ihm seine Herrschaft streitig zu machen.

Tandy jedoch schritt schnurstracks den sauberen, freien Weg entlang, der stets zu solchen Raubbäumen führte, und sog unschuldig den Wohlgeruch der üblen Pflanze ein. Fast war sie schon in Reichweite der hungrigen Umarmung des Greifers, als Krach endlich begriff, daß sie wirklich nicht wußte, was sie da vor sich hatte.

Krach sprang auf das Mädchen zu und versuchte, sie aus dem Griff der zuckenden Tentakel zu reißen. »Nicht gehen, stehen!« dröhnte er.

Tandy bemerkte ihn. »Iiiih! Das Ungeheuer will mich fressen!« schrie sie. Doch damit meinte sie Krach und nicht ihren wirklichen Gegner. Sie flitzte in den vermeintlichen Schutz des gefährlichen Baums.

Mit hämischem Schnalzen schlugen die Fangarme des Greifers zu. Fünf von ihnen erwischten ihre Beine und Arme und ihren Kopf. Das Mädchen wurde emporgehoben und auf die sabbernde hölzerne Öffnung am Fuß des Stammes zu gerissen. Sie stieß einen närrischen Schrei aus, wie das ihre Art in solchen Situationen stets zu tun pflegte.

Krach brauchte nur einen kurzen Augenblick, um die Lage einzuschätzen. Sein Denken mit dem Kopf war sehr langsam und selten effektiv, doch mit den Muskeln konnte er schnell und sicher denken. Ein kleiner Greifer stellte für ihn kein Problem dar, schließlich war er ja ein Oger. Doch dieser Greifer hier war sehr groß. Er hatte wohl über hundert pythonartige Tentakel und ein Persönlichkeitsprofil, das seiner gewaltigen Stärke voll entsprach. Es hatte keinen Zweck, mit ihm zu diskutieren – Krach mußte kämpfen.

Der Oger stürzte auf ihn zu. Das war nicht weiter schwierig, denn Greifer wollten ja, daß man in ihr Revier eindrang. Er packte die Tentakeln, die das entsetzte, strampelnde Mädchen umgriffen, und grunzte, während er das Knäuel von der saftlechzenden Öffnung fortriß.

Nun waren Greifer zwar wilde Gesellen, aber nicht unbedingt dumm. Dieser Baum war zwar voll ausgewachsen, doch das war der Oger auch. Nur wenige Wesen legten Wert darauf, einen Oger zu reizen. Der Baum zögerte, und seine Fangarme lockerten ihren Griff.

Doch dann kam er zu dem Schluß, daß er es mit diesem Gegner wohl aufnehmen könnte und dabei auch noch eine appetitliche Mahlzeit gewinnen würde. Mit seinen freigebliebenen Tentakeln griff er Krach an.

Genau das hatte Krach befürchtet, aber nun war es zu spät. Er nahm mit jeder Hand einen der Fangarme und riß daran – doch die Tentakel waren sehr elastisch und gaben mühelos nach. Was Krach fehlte, das war ein Hebelpunkt, mit dessen Hilfe er die Fangarme hätte abreißen können. Inzwischen wurde Tandy immer näher an die Baumöffnung geführt, während ihre zerfetzten roten Kleider flatterten.

Krach versuchte es mit einer neuen Taktik: Er drückte zu. Da bäumte sich der Baum in seinem pflanzlichen Schmerz auf, als seine beiden Fangarme zu Brei zerquetscht wurden, Saft versprühten und schließlich abfielen. Doch das Ding hatte Verluste mit einkalkuliert und konnte jederzeit neue Tentakel wachsen lassen. Tandy schwebte schon dicht über dem glitzernden Baummaul. Eine geschmeidige Faserzunge leckte bereits am roten Stoff ihrer Kleidung. Bis Krach sämtliche Tentakel abgequetscht hätte, wäre das Mädchen schon längst verdaut gewesen.

Krach stürzte sich mit geballten Fäusten auf die Öffnung und zerbrach die hölzernen Malmzähne. Saft spritzte hervor und versengte seinen Pelz, wo er auftraf. Der Baum röhrte wie ein gefällter Stamm, doch die Tentakel griffen unentwegt an.

Der Oger stellte sich vor der Öffnung auf und blockierte sie für das Mädchen. Bevor der Baum das bemerkt hatte, prallte Tandy mit Krach zusammen, und der Oger konnte einige weitere Tentakel abzwicken. Nun konnte der Greifer sie nicht vertilgen, bevor er Krach erledigt hatte – und der erwies sich als wesentlich zäher als erwartet. Tatsächlich war Krach selbst erstaunt über sein eigenes Standvermögen. Er hatte geglaubt, daß der Baum im Vorteil sei, doch dafür hatte er sich bisher recht gut gehalten.

Wenn ein Raubwesen seinen Gegner falsch einschätzte, so war das in Xanth immer eine ziemlich schlimme Sache. Der Baum steckte in Schwierigkeiten, mußte aber weiterkämpfen. Als neue Tentakel auf ihn zuschossen, packte Krach sie, bog sie um und knotete sie zu einem riesigen Knäuel zusammen, das er mit einem Ruck in den Schlund des Greifers stopfte. Der Schlund schloß sich instinktiv, ließ seinen Verdauungssaft hervorschießen – und der Baum erlebte eine äußerst unliebsame Überraschung.

Während der Greifer durch den Schmerz abgelenkt war, wickelte Krach das Mädchen frei, indem er jeden Fangarm so lange quetschte, bis er seinen Griff löste. Kurz darauf stand Tandy wieder auf eigenen Beinen, zerzaust zwar und erschüttert, im ganzen aber unversehrt. »He – geh!« sagte Krach und griff nach weiteren Tentakeln, um ihr den Fluchtweg freizumachen.

Das Mädchen flitzte los. Sie mochte zwar klein und unwissend sein, aber sie blieb nicht wie gelähmt sitzen, wenn es darauf ankam! Vorsichtig machte sich nun auch Krach an den Rückzug und blickte die drohenden Tentakel finster an, um ihnen von vornherein die Lust an neuen Attacken zu nehmen. Doch der Baum hatte genug – der Oger hatte ihn besiegt. Es gab keine neuen Angriffe mehr.

Krach begab sich in Sicherheit und staunte über sich selbst. Wie hatte er es nur geschafft, einen derart großen Greifer zu überwinden? Mit Mühe gelang es ihm, sich auf diese Frage zu konzentrieren und sogar zu einer Schlußfolgerung zu kommen: Seit seiner letzten Auseinandersetzung mit einem Gewirrbaum war er weiter gewachsen. Früher wäre er nicht kräftig genug gewesen, um zu gewinnen, doch nun, da er massiger war und seine Panzerfäustlinge trug, war er dem Greifer gegenüber im Vorteil gewesen. Sein Selbstbewußtsein hatte mit seiner körperlichen Kondition nicht Schritt gehalten. Er wußte, daß sein Vater Knacks es mit diesem Baum hätte aufnehmen können; und nun war er selbst, Krach, genauso stark.

Tandy wartete am Ende des Pfads auf ihn. Sie sah erbärmlich zerzaust aus, ihre Kleider waren zerfetzt, und ihre Haut war zerschunden, doch sie hatte sich ihren alten Kampfgeist bewahren können. »Schätze, ich muß mich wohl bei dir entschuldigen, Krach«, sagte sie. »Ich dachte . . . ach, ist ja auch egal, was ich dachte. Jedenfalls hast du dein Leben riskiert, um mich vor meiner eigenen Dummheit zu retten. Ich habe mich kindisch verhalten, während du völlig reif und erwachsen gehandelt hast.«

»Reif? Reif!« stimmte Krach ihr zu, ohne genau zu wissen, worauf sie eigentlich hinauswollte. Es war nicht üblich, daß man sich bei Ogern entschuldigte, so daß er sie auch nicht richtig verstehen konnte.

»Na ja, jedenfalls werde ich das nächste Mal, wenn du ›nicht gehen!‹ rufst, ganz bestimmt besser aufpassen«, schloß sie.

Er nickte wohlwollend. Das würde die Sache erheblich erleichtern.

Der Tag neigte sich langsam seinem Ende zu, und sie waren beide müde. Das war häufig so, wenn man sich mit Gewirrbäumen angelegt hatte. Krach entdeckte einen Gebäckstrauch mit einer Menge reifen Gebäcks und stach mit dem Finger ein Loch in einen Zitrobrausebaum, damit sie etwas zu trinken hatten. Dann spürte er ein verlassenes Harpyiennest in einem Baum auf, das von der Witterung schon vor langer Zeit seines Schmutzes und Gestanks beraubt worden war, und legte es mit einer von einem Deckenbaum gepflückten Decke behaglich aus. Das sollte Tandys Schlafstätte werden. Sie brauchte eine Weile, um das zu akzeptieren, doch als die Dunkelheit sich unheilschwanger über die Wildnis zu legen begann und die nächtlichen Geräusche einsetzten, war sie es froh, zu ihrem Nest hinaufzuklettern und sich darin zusammenzukringeln. Krach bemerkte, daß sie sehr gut klettern konnte, obwohl sie kaum zu wissen schien, was ein Baum war. Er legte sich als Wache am Fuß des Stamms nieder.

Tandy schlief nicht sofort ein. In ihr Nest gekuschelt, fing sie an. Das schienen diese Menschen so an sich zu haben. »Weißt du, Krach, ich bin noch nie zu Fuß auf der Oberfläche Xanths gewesen. Ich bin in Höhlen groß geworden und schließlich auf einer Nachtmähre zum Schloß des Guten Magiers geritten. Das war ein Versehen, denn eigentlich wollte ich meinen Vater Crombie auf Schloß Roogna aufsuchen. Aber da dämmerte es zu früh, und ich hatte keine Schlaftabletten mehr und – na ja, da mußte ich ja einfach irgendeine Frage stellen, um eine einigermaßen nette Bleibe zu haben, bis ich wußte, was ich tun sollte. Ich habe ein ganzes Jahr lang im Schloß gearbeitet und habe niemals auch nur einen Fuß vor den Graben gesetzt, weil ich fürchtete, daß mir dort eine bestimmte Person auflauern würde. Deshalb ist es auch nicht verwunderlich, daß ich nichts von wogenden Hügeln und Gewirrbäumen verstehe.«

Das erklärte einiges. Krach begriff, daß er in Zukunft noch besser auf sie aufpassen mußte, damit sie nicht in irgendeine tödliche Falle lief. Jetzt leuchtete es ihm schon eher ein, daß der Magier sie ihm als Reisebegleiter anvertraut hatte, denn allein konnte sie unmöglich reisen, ohne in Gefahr zu geraten.

»Es tut mir auch leid, daß ich dir mißtraut habe, Krach«, fuhr sie in ihrer etwas geschwätzigen Art fort. »Weißt du, ich bin in der Umgebung von Dämonen aufgezogen worden, und in mancher Hinsicht gleichst auch du einem Dämon. Du bist auch so groß und stark und finster. Da hatte ich natürlich Vorurteile.«

Krach grunzte nichtssagend. Er war noch keinen Dämonen begegnet, bezweifelte aber, daß sie Gestein so schön zertrümmern konnten, wie Oger es taten.

»Ich muß wohl wirklich noch eine Menge lernen, was?« fuhr sie reumütig fort. »Ich dachte immer, daß Bäume hübsche liebe Pflanzen, Oger aber grobe Bösewichte wären, aber jetzt weiß ich ja, daß sie das nicht sind.«

»Alle Oger fein? Nein, nein, nein!« rief Krach emphatisch.

Tandy begriff schnell, was er meinte. Sie hatte die rasche Auffassungsgabe ihrer Art. »Ach, du meinst, ich soll nicht allen Ogern trauen? Daß sie doch Leute auffressen?«

»Oger Knochen gerne kochen«, stimmte Krach ihr zu.

»Aber du hast doch gar nicht . . . ich meine . . .« Sie zögerte zweifelnd.

»Krach muß schwitzen – Mädchen schützen.«

»Ach so, du meinst, weil der Gute Magier dir aufgetragen hat, mich zu beschützen«, sagte sie erleichtert. »Das ist der Dienst, den du für deine Antwort ableisten mußt. Also fressen Oger tatsächlich Leute auf und zermalmen Knochen, aber sie halten sich auch strikt an ihre Abmachungen und Pflichten?«

Krach verstand zwar nicht alle Vokabeln, doch es hörte sich einigermaßen richtig an, deshalb grunzte er zustimmend.

»Also gut, Krach«, beendete sie das Gespräch. »Ich werde dir trauen, mich aber vor anderen Ogern hüten. Und auch vor anderen Dingen in Xanth, besonders dann, wenn sie viel zu schön und nett sind, um wahr zu sein.«

Das war wirklich das beste. So schliefen sie ein.

In der Nacht wurden sie in Ruhe gelassen. Die Nachtmähren mußten sich vor Tandy hüten, da es ihr ja gelungen war, auf einer von ihnen zu reiten, und Krach wußte auch nicht so recht, ob die Mähren überhaupt auf Bäume klettern konnten. Und was ihn selbst betraf, so war es immer das klügste, einen schlafenden Oger ruhen zu lassen.

Zum Frühstück aßen sie Zuckersand und tranken Kakaonußmilch. Tandy hatte noch nie Kakao getrunken und genoß dieses neue Erlebnis. Sie staunte auch darüber, wie Krach sich den Zucker nur so in den Mund schaufelte und sich kaum Zeit zum Kauen ließ, und wie er die Kakaonüsse samt Schalen zermalmte. »Du bist wirklich ein Ungeheuer«, meinte sie schließlich halb bewundernd, und Krach grunzte erfreut und zufrieden.

Dann machten sie sich wieder auf den Weg nach Süden, wobei ihnen nur die üblichen Lebewesen begegneten. Eine Speichelleckerkröte hüpfte in Richtung Norden, wo sie sich irgendeine wichtige Person suchen wollte, der sie gute Ratschläge geben konnte. Als sie ihr mitteilten, daß Schloß Roogna noch vier Hüpftage entfernt war, verzog sie ihr breites, warziges Maul zu einer Grimasse. »Hoffentlich fange ich nicht vorher an zu unken«, sagte sie und hopste weiter. Anscheinend bedeutete Unken für Kröten etwas Unschickliches.

Dann trafen sie auf einen Quaksalber mit einem breiten Schnabel, Schwimmhäuten zwischen den Zehen und einem Sack voller ganz besonderer magischer Medikamente. Er suchte, so teilte er ihnen mit, eine passende Praxis, wo man seine wunderbaren Heilmittel angemessen zu würdigen wußte. Ach, und ob sie vielleicht wüßten, wo Peter war? Peter war ein Sumpfschwein, mit dem man prima herumsumpfen konnte. Da er sich nicht im Norden aufhielt, von wo Tandy und Krach ja gekommen waren, und wahrscheinlich auch nicht im Süden umherschweifte, wo vermutlich das Dorf des Magischen Staubes lag, und da er ferner nicht in westlicher Richtung zu finden war, aus der der Quaksalber kam, mußte er sich wohl im Osten befinden, weil alles andere ausschied. Der Quaksalber hustete, und sein Geist, der durch das Stichwort motiviert worden war, schied etwas echten, frischen Fliegenfängerleim aus. Sofort erschienen Fliegen, von dem Leim angezogen, worauf Krach und Tandy sich lieber wieder auf den Weg machten.

Gegen Mittag wurde die Gegend rauher. Schweißflusen umschwärmten sie und brachten sie zum Schwitzen, bis Krach es leid war und sie mit einem gewaltigen Schrei vertrieb, der allerdings leider auch das Laub von den Bäumen ihrer Umgebung wehte und Tandy weitere Stoffetzen vom Leibe riß.

Dann kamen sie in das Revier von Fluchzecken. Das waren kleine, lästige Kugeln, die sich an jedem Körperteil festsaugten, dessen sie habhaft werden konnten. Krachs Gesicht erhellte sich zu einem gewaltig abstoßenden Lächeln. »Gefällt hier mir, war Welpe hier!« rief er.

»Du bist hier geboren? Inmitten dieser schrecklichen Zecken?« Tandy lächelte schief. »Na ja, das hätte ich wohl wissen müssen.«

Krach lachte. Es hörte sich an wie ein Erdrutsch in einer

Schlucht. »Knacks mein Paps, der beste Klapps.« Wehmütig blickte er sich um und schwelgte in Welpenerinnerungen. Später war er mit seiner Familie in der Nähe von Schloß Roogna übersiedelt, weil seine wunderschöne Mutter, deren Haar der reinste Dornenstrauch war und angesichts deren Gesichts selbst ein Zombie noch vor Neid erblaßt wäre, der Meinung gewesen war, daß ihr Junges ein wenig von der Zivilisation abbekommen sollte. Knacks, der ihr hoffnungslos verfallen war, hatte in diesen unogerhaften Plan eingewilligt. Aber wer hätte auch den Schmeicheleien eines solchen Matschgesichts, wie seine Mutter es war, widerstehen können?

»Ach, das ist ja fürchterlich!« maulte Tandy. »Diese Zecken verheddern sich ja in meinen Haaren!« Anscheinend reagierten Menschenmädchen immer empfindlich auf so etwas.

»Könnt' schlimmer sein«, meinte Krach hilfreich, »mußt Flüche schrein.«

»Flüche?« fragte sie verständnislos.

Krach machte es ihr vor. »Fluchzecke – Verrrrrecke!« Eine der Zecken stürzte reglos von seiner dicken Nase herab.

»Ich glaube nicht, daß ich solche Reime zustande bringe«, meinte Tandy. Da heftete sich eine Fluchzecke an ihren Zeigefinger. »Hau ab, du verdammtes Miststück!« bellte sie los.

Die Zecke fiel von ihr ab. Tandy musterte sie und begriff. Sie war wirklich intelligent! »Ah, verstehe. Man muß sie einfach wegfluchen.«

Doch auch so war es nicht ganz leicht für sie, denn Tandy war zu einem netten Mädchen erzogen worden und kannte nicht allzu viele Flüche. Sie eilten davon, um das Zeckengebiet hinter sich zu bringen.

Am Nachmittag kamen sie in eine Gegend, in der überwiegend Dornensträucher wuchsen. Es waren aggressive Pflanzen mit glitzernden Dornen. Krach konnte zwar ungeschoren mitten durch sie hindurchtrampeln, weil er mit seiner dicken Haut die wenigen Dornen, die sie in ihn hineinzupieken wagten, kaum bemerkte, doch für Tandy stellte sich die Lage anders dar, denn sie besaß eine zarte, empfindliche Haut, gerade eine solche Haut also, die man mit Dornen gut peinigen konnte.

Es gab zwar auch einige völlig hindernisfreie saubere Wege,

die durch das Gestrüpp führten, und Tandy hätte sie auch gern in Anspruch genommen, doch Krach warnte sie davor: »Nicht hier gehn, Ameisenlöwen sehn.«

Sie furchte ihre kleine Stirn.

»Ich sehe überhaupt nichts.«

Da erschien auch schon ein Ameisenlöwe. Er besaß den Kopf eines Löwen und den Körper einer Ameise und war ungefähr so groß wie das Mädchen; dafür war er natürlich ungefähr zehnmal so wild und so gefährlich, wie es sich ein nettes kleines Mädchen nur in ihren schlimmsten Träumen hätte vorstellen können. Als er sie erspähte, stieß er ein Brüllen aus und kam angriffslustig auf sie zu.

Krach erwiderte das Brüllen. Hastig zog sich der Ameisenlöwe zurück. Seine Aufmerksamkeit war derart von seiner leckeren Beute in Anspruch genommen worden, daß er darüber ihren höchst unleckeren Beschützer völlig übersehen hatte. Doch Krach wußte, daß schon bald ein ganzes Rudel vor ihnen erscheinen würde, um sich auf die Eindringlinge zu stürzen. Nicht einmal für ihn war dies hier ein sicheres Örtchen.

»Jetzt verstehe ich«, sagte Tandy erbleichend. »Krach, laß uns von hier verschwinden!«

Doch schon hörten sie scharrende Geräusche hinter sich. Die Ameisenlöwen hatten sie bereits umzingelt, so daß eine leichte Flucht nicht mehr möglich schien.

Krach deutete nach oben. Wie gut, daß er in dieser Gegend aufgewachsen war und sein träges Gedächtnis ihm nun manche Erinnerung zurückbrachte.

»Nein, ich könnte mich bestimmt nicht von Ast zu Ast schwingen wie du«, wandte Tandy ein. »Ich bin zwar recht gelenkig, aber *so* gelenkig nun auch wieder nicht. Da würde ich bestimmt runterfallen.«

Die Ameisenlöwen kamen im Rudel auf sie zu, und Krach mußte Tandy emporheben, damit sie vor ihnen in Sicherheit war. Das wiederum bedeutete aber, daß er nicht mehr voll kampffähig war. Als die Ameisenlöwen dies merkten, wurden sie frecher und kamen schnappend und fauchend immer näher. Langsam wurde die Sache heikel.

Da erblickte Krach, wonach er gesucht hatte: den Luftpfad.

»Paß auf – dort drauf!« sagte er und hob das Mädchen auf ihrem allerliebsten Hintern in die Höhe.

»Aber der liegt ja schräg!« protestierte sie und musterte den Pfad voller Entsetzen. »Da falle ich doch herunter!«

»Steh grad auf Pfad«, beharrte er.

Tandy glaubte es ihm ganz offensichtlich nicht. Doch da sprang sie ein Ameisenlöwe mit schnappendem Maul und greifenden Vorderscheren an, also streckte sie sich und griff nach dem Pfad.

Plötzlich stürzte sie auf den Weg – und zwar seitlich. »He, ich liege ja völlig eben!« rief sie erstaunt. »Die Welt liegt schräg!« Sie erhob sich und stand nun aufrecht, parallel zum Boden.

Krach machte sich deswegen keine Sorgen. Er kannte den Pfad noch aus der Zeit, als er als Welpe darauf gespielt hatte. Wer auf ihm hing, für den verlief er immer waagerecht. Inzwischen war Krach zu schwer geworden, um ihn selbst benutzen zu können, da der Pfad mittlerweile alt und morsch geworden war, doch das war auch gar nicht nötig. Nun, da er Tandy nicht mehr zu tragen brauchte, war er unbehindert und konnte sich den Löwen auf seine Weise widmen.

Als sie ihre kleinere Beute, das Mädchen, entwischen sahen, wurden die Ameisenlöwen wütend und stürzten sich auf die größere. Das war dumm von ihnen. Krach stieß einen Schlachtruf aus, der ihre Barthaare zurückwehte und ihre Scheren mit Schutt verstopfte, dann begann er zu stampfen und zu hämmern. Die Löwen jaulten auf, als seine Panzerfäuste die ersten von ihnen trafen, und sie kreischten erst recht los, als seine behaarten Füße auf ihnen herumzutrampeln begannen. Dann packte Krach zwei der Ameisen an ihren schmalen Hüften und schleuderte sie in die Dornensträucher. Dann machte er eine kurze Pause, um eine kleine Silbertanne aus dem Boden zu reißen und ihr das Silber vom Leib zu schütteln, den Wipfel abzubeißen und aus dem Rest eine ganz brauchbare Keule herzustellen. Schon bald war der Weg wieder frei. Wie der Gewirrbaum hatten auch die Ameisenlöwen neuen Respekt vor Ogern gelernt.

»Du bist wirklich einer!« rief Tandy und klatschte Applaus.

»Wenn du mal in Fahrt bist, kannst du einem wirklich das heilige Grauen einflößen!« Sie blickte sich in der Gegend um. »Die Ameisen sind nicht verschwunden, sie haben sich nur ein Stück zurückgezogen, Krach«, meldete sie. »Kannst du zu mir heraufsteigen?«

Krach schüttelte den Kopf, machte sich aber deswegen keine Sorgen. Er konnte die Ameisenpfade benutzen. Wenn die Ameisen gerne noch etwas Ogerspaß haben wollten, wäre er der letzte, der ihnen diesen Wunsch abschlagen würde.

So schritten sie weiter in südlicher Richtung, wobei Tandy auf ihrem Pfad stets senkrecht ging, von unten aus gesehen jedoch mal gerade und mal schief dahermarschierte. Sie genoß diese Erfahrung und sagte: »In den Höhlen gibt es kaum etwas, das genauso schön ist.«

Krach stampfte über die Ameisenpfade und trampelte auch gelegentlich durch die Dornensträucher, wenn er Pfade wechseln mußte. Bald hatten sie das Dornengestrüpp und die Ameisen hinter sich gelassen, doch der Luftpfad führte immer weiter, weshalb Tandy auch oben blieb. Krach wußte, daß er am Dorf des Magischen Staubes endete, und da sie ohnehin dort vorbei mußten, kam ihnen das recht gelegen. Auf Schloß Roogna hieß es, daß die Magiestauber früher einmal Probleme mit ihrer sinkenden Bevölkerungszahl gehabt hatten, weil ihnen die Männer abhanden kamen. Deshalb hatten sie den Himmelspfad gebaut, um die Einwanderung attraktiver zu machen. Inzwischen lebten wieder jede Menge Leute im Dorf, weshalb dem Pfad keine Bedeutung mehr zukam, doch hatte sich niemand die Mühe gemacht, ihn abzunehmen. Krach und Tandy kamen schön schnell voran.

Nun stießen sie in ein Gebiet voller herabhängender Schlingpflanzen. Krach hatte mal von ihnen gehört: Es waren sogenannte Schlauschlingen, doch mehr wußte er nicht mehr darüber, und so ging er ihnen lieber aus dem Weg wie allem, was er nicht gut kannte. Inzwischen waren sie in unbekanntes Terrain vorgestoßen, das er nicht mehr aus seiner Welpenzeit kannte, und er wußte nicht, ob die Schlauschlingen harmlos waren oder vielleicht sogar Blut saugten.

Unentwegt warf er ein Auge auf Tandy, um sicherzugehen,

daß sie die Schlingpflanzen nicht streifte. Deswegen achtete er auch nicht sonderlich auf seine großen Füße – und stolperte über einen kleinen Felsen, der ein Bächlein aufhielt, sehr zum Unbehagen des Bächleins.

Natürlich zerbrach der Felsdamm, schließlich bestand er ja nur aus Gestein. Froh gluckerte das Bächlein durch die Öffnung und dankte blubbernd seinem Befreier. Doch Krach verlor für einen kurzen Augenblick das Gleichgewicht, und seine Füße begannen im Schlamm zu versinken, als er kopfüber in eine Schlinge lief.

Das Ding wickelte sich auf ekelerregende Weise um seinen Kopf. Er griff danach, doch da versank es bereits in seinem Fell und in seinem Fleisch, und es tat scheußlich weh, als er versuchte, es abzurupfen. Da ein Oger stets den Weg des größten Widerstands ging, legte Krach beide Hände auf seinen Kopf und kratzte – bis der Schmerz ihn taumeln ließ.

»Hör auf, Krach, hör auf!« schrie Tandy ihm von oben zu. »Du reißt dir ja noch den Kopf ab!«

Krach hielt inne. »Dem kann ich nicht widersprechen. Das wäre höchst sinnlos.«

Tandy starrte ihn fassungslos an. »Was hast du gesagt?«

»Ich sagte, daß es sinnlos wäre, mein Fleisch zu peinigen, da die Schlauschlinge mich anscheinend nicht ernsthaft beeinträchtigt.«

»Aber Krach – du reimst ja gar nicht mehr!«

»Tatsächlich!« sagte er verblüfft. »Das muß der Fluch der Schlauschlinge sein. Sie hat meinen natürlichen Kommunikationsmechanismus durcheinandergebracht.«

»Nicht nur das!« rief Tandy. »Krach, du hörst dich richtig schlau an!«

»Dieser Eindruck muß wohl trügen. Kein Oger besitzt ein nennenswertes Maß an Intelligenz.«

»Jedenfalls *hörst* du dich schlau an!« meinte sie unbeeindruckt. »Diese Schlauschlinge, wie du sie nennst, muß deinem Kopf wohl noch etwas Hirnmasse hinzugefügt haben.«

»Das leuchtet ein«, meinte er, nachdem er einen Augenblick lang ohne jede Anstrengung nachgedacht hatte. »Dieser Effekt manifestierte sich just im Augenblick des Kontakts zwischen diesem Objekt und mir. Da legt die Wahrscheinlichkeit einen Kausalkonnex nahe. Dies ist natürlich viel schlimmer als jeder physische Angriff, denn es hat mich temporär entogert. Ich muß das Objekt aus meinem Organismus entfernen!«

»Nein, tu das bloß nicht!« protestierte sie. »Ist doch eigentlich ganz interessant. Ich habe nichts dagegen, wenn du schlau bist, Krach. Das erleichtert das Gespräch mit dir.«

»Wie dem auch sein mag, auf jeden Fall scheine ich im Augenblick nicht dazu in der Lage zu sein, es zu neutralisieren«, meinte Krach. »Anscheinend werde ich diesen Fluch vorläufig über mich ergehen lassen müssen. Ich versichere dir jedoch, daß ich Ausschau nach einem Antidotum halten werde.«

»Na gut, wenn du meinst.«

»Ohne jeden Zweifel.«

Sie schritten weiter – und nun bemerkte Krach Dinge, die ihn früher nie interessiert hatten. Er sah, wie die Erosion Risse im Boden erzeugt hatte, wie der Wald sich stratifiziert hatte, mit lichtindifferenter Vegetation und Pilzgewächsen, die die unteren Schichten beherrschten, und hellen, breiten Blättern darüber, die das absteigende Licht der Sonne einzufangen vermochten. Der gesamte Urwald bildete ein einziges intaktes Biotop in optimaler Interdependenz mit seiner Umgebung. In ganz Xanth begannen sich die Dinge miteinander zu integrieren – in seinem Bewußtsein. Wie blind er doch sein ganzes Leben den Wundern der Magie gegenübergestanden hatte!

Als die Dämmerung einbrach, senkte sich der Pfad zum Boden, und sie kamen am Dorf des Magischen Staubes an. Ein Troll trat hervor, um sie zu empfangen. »Oger, kommst du in friedlicher Absicht oder um Unheil anzurichten?« fragte das Wesen in fluchtbereiter Haltung, während die anderen Dorfbewohner hastig ihre Befestigungsanlagen bemannten und Kinder, Frauen und Greise zu evakuieren begannen.

»In friedlicher Absicht!« erwiderte Tandy schnell. »Ich bin Tandy. Und das hier ist Krach, der mich vor Ungeheuern beschützt.«

Der Troll starrte sie mit weit geöffneten Augen an. Das war ein höchst ungewöhnlicher Ausdruck, sogar für Wesen seiner Art. »Er beschützt dich vor . . .?«

»Ja.«

»Hm ja, also wir hegen hier keinerlei Vorurteile gegen Ungeheuer«, meinte der Troll und kratzte sich mit einer schmutzfarbenen Kralle an der langen, hornigen Nase. »Ich bin selbst ein Ungeheuer, und einige meiner besten Freunde sind auch welche. Aber nur ein Narr würde einem Oger trauen.«

»Na ja, dann bin ich eben eine Närrin«, erwiderte Tandy. »Dieser Oger hat immerhin gegen einen Gewirrbaum gekämpft, um mich zu retten.«

»Bist du ganz sicher, daß du nicht das Opfer einer Entführung bist? Du siehst schließlich wirklich zum Fressen lecker aus.«

Krach gefiel diese Anspielung nicht, die ihm sonst völlig entgangen wäre, wenn er nicht unter dem Fluch der Schlauschlinge gestanden hätte. »Mein Vater ist Knacks, der vegetarische Oger«, sagte er gruffig. »Meine Familie hat schon seit Jahren niemanden mehr entführt, geschweige denn gefressen.«

Der Troll starrte ihn fassungslos an. »Du hörst dich aber gar nicht wie ein Oger an! Hat der Verwandlerkönig dich etwa in diese Gestalt verwandelt?«

»Ich wurde bereits als Ogerwelpe geboren!« beharrte Krach, und seine Stimme wies die ersten Anzeichen eines Polterns auf.

Da begriff der Troll, was los war. »Ach ja, ich erinnere mich. Krach hat ja ein Fluchungeheuer geheiratet, eine Schauspielerin. In deinen Adern fließt also Menschenblut, das erklärt dann wohl auch deine Ausdrucksweise.«

»Mag sein«, gab Krach bei. Er legte keinen Wert darauf, daß sein Mißgeschick mit der Schlauschlinge allgemein bekannt wurde. Wenn die Dorfbewohner erfuhren, daß er intelligent geworden war, würden sie ihn aus dem Dorf hinauslachen. »Aber ich möchte euch doch darauf hinweisen, nur im Interesse der Freundschaft, du verstehst, daß Fälle bekannt sind, in denen ich etwas empfindlich auf die Bezeichnung ›Halbblut‹ reagiert habe. Ich bin nämlich ein echter Oger.« Er hob einen in der Nähe liegenden grünen Holzstumpf auf und zerdrückte ihn mit einer Hand. Als das Holz zerquetscht wurde, tropfte der grüne Saft heraus, bis sich schließlich am Boden eine grüne Pfütze gebildet hatte und das Holz zu einem Klumpen Kohle geworden war.

»Ja, ja natürlich!« pflichtete der Troll ihm hastig bei. »Niemand von uns käme auch nur auf den Gedanken, diesen Ausdruck zu verwenden. Willkommen zum Abendessen. Ihr seid doch sicherlich hungrig?«

»Wir befinden uns nur auf der Durchreise«, sagte Tandy. »Wir wollen zum Ogersee.«

»Von hier aus kommt man nicht dorthin«, meinte der Troll. »Dazwischen liegt das Gebiet des Wahnsinns.«

»Des Wahnsinns?« fragte Tandy erschreckt.

»Ja, von dem Flugstaub, den wir verarbeiten. Die Magie hier ist sehr, sehr kraftvoll, und ein Zuviel davon hat schlimme Folgen. Ihr müßt das Gebiet umgehen.«

Sie widersprachen ihm nicht. Krachs ungewöhnliche Intelligenz ließ ihn, zusammen mit seinen Erinnerungen an jene Region, die Information des Trolls für richtig erachten. Er wußte, daß es für ihn unmöglich sein würde, Tandy im Gebiet des Wahnsinns zu beschützen. Es gab Berichte, denen zufolge in jener Region die Gestirnskonstellationen nachts lebendig wurden und sich die Wirklichkeit auf bedrohliche Weise veränderte.

In Xanth waren die Dinge meistens auch das, was sie zu sein vorgaben, so daß Illusion oft Wirklichkeit war. Doch im magisch wesentlich potenteren Gebiet des Wahnsinns gingen die Illusionen einfach zu weit, und Krach war inzwischen zu klug, um dieses Risiko einzugehen.

Sie leisteten den Dorfbewohnern beim Abendessen Gesellschaft. Wesen aller Art kamen zum Essen, und alle waren sie wohlerzogen: Elfen, Gnome, Kobolde, eine Manticora, Faune, Nymphen, Feen, Menschen, Zentauren, Greife und verschiedene andere Wesen. Gastgeberin war die Gefährtin des Trolls, die auf den Namen Trolla hörte. »Es ist viel leichter, hierherzukommen als fortzugehen«, erklärte sie, während sie Portionen Kartoffelbrei verteilte und die Becher mit Met füllte. »Wir hatten nie Gelegenheit, einen Ausweg zu schaffen, und unsere Arbeit, das Schürfen der Quelle der Magie, ist von größter Wichtigkeit, deshalb bleiben wir hier. Ihr könnt auch gerne hierbleiben. Die Arbeit ist zwar hart, aber es ist ganz bestimmt kein schlechtes Leben.«

Krach warf Tandy einen Blick zu, da ihm einfiel, daß dergleichen genau die Art von Situationen war, nach der sie vielleicht suchte, doch sie wirkte ablehnend. »Wir haben eine Botschaft von der Schwester einer Nachbarin von euch. Die müssen wir ihr überbringen.«

»Eine Nachbarin?« fragte Trolla.

»Sie wird Sirene genannt.«

Plötzlich schwiegen alle.

»Ihr wißt schon«, fuhr Tandy fort, »die Schwester der Gorgone.«

»Ihr seid mit der Gorgone befreundet?« fragte Trolla kühl.

»Ich kenne sie kaum«, warf Krach hastig ein, da ihm eingefallen war, daß dieses Dorf unter der Gorgone sehr gelitten hatte. Vielmehr unter ihrem Gesicht, das sämtliche Männer des Dorfs in Stein verwandelt hatte. Zum Glück war die Sache wieder rückgängig gemacht worden, als Xanth für eine kurze Zeit seine ganze Magie verloren hatte und genauso trist geworden war wie Mundania.

Damals waren zahlreiche Zauber zunichte gemacht worden, und das ganze Ausmaß dieser Katastrophe war noch längst nicht völlig erforscht. »Ich mußte den Guten Magier Humfrey besuchen, und sie ist seine Frau. Sie bat uns, die Sirene von ihr zu grüßen.«

»Ich verstehe.« Trolla entspannte sich etwas, und die anderen folgten ihrem Beispiel. Leise Rufe des Erstaunens und der Ehrfurcht erschollen. »Die Frau des Guten Magiers! Hat sie *ihn* etwa auch in Stein verwandelt?«

»Nicht, wo wir es als Außenstehende hätten merken können«, sagte Tandy und errötete plötzlich. »Äh, ich meine ...«

Trolla lächelte. »Wahrscheinlich ist er für dergleichen Betörungen ohnehin schon zu alt, so daß ihr Anblick höchstens sein Kreuz steif werden läßt, oder was auch immer.«

Sie leerte einen Becher Met.

»Die Sirene lockt keine Leute mehr, denn ein schlauer Zentaur hat ihr Scheitholz zertrümmert. An sich ist sie gar keine so schlechte Nachbarin, aber wir pflegen keinen Kontakt mit ihr.«

Sie beendeten die Mahlzeit, und Krach schlang glücklich alle

Abfälle in sich hinein, die die anderen übriggelassen hatten. Die Dorfbewohner richteten ihnen Zimmer für die Nacht her. Da Krach wußte, daß es ehrliche, gutmeinende Leute waren, sorgte er sich nicht um Tandys Sicherheit.

Während er auf seinen Strohballen lag, dachte Krach über die Rolle nach, die das Dorf des Magischen Staubes in Xanth spielte. Vereinzelte Anspielungen tauchten wieder aus seinem Gedächtnis empor – Dinge, die er zu verschiedenen Zeiten seines Lebens gehört hatte, ohne sich viel dabei zu denken, da Oger sich bei allem nicht viel dachten. Nach und nach gelang es ihm, die Einzelteile des Puzzles zusammenzufügen und sich die geologische Rolle des Dorfs deutlich zu machen. Hier stieg der magische Staub aus den geheimnisvollen Tiefen Xanths an die Oberfläche. Die Dorfbewohner pulverisierten ihn und setzten einen gefangenen Rokh ein, der den Staub mit seinem Flügelflattern in riesigen Wolken aufsteigen ließ. In der unmittelbaren Nähe bewirkte der Staub Wahnsinn, etwas weiter entfernt Technicolorhagelstürme und im restlichen Xanth, wo er sich nach und nach immer mehr verteilte und eine natürliche Umweltintensität erreichte, Magie. Wenn die Dorfbewohner diese Arbeit nicht verrichtet hätten, wäre der Staub klumpig geworden, wodurch die Magie nicht gleichmäßig verteilt worden wäre, was wiederum zu allen möglichen Problemen geführt hätte.

Mit Sicherheit glaubten die Magiestauber das alles und arbeiteten mit großem Fleiß daran, eine richtige und gleichmäßige Verteilung des Staubs zu erreichen. Doch Krachs schlauschlingenverseuchter Verstand legte Einspruch ein und zweifelte an dem Wirklichkeitsmodell, nach dem die Dorfbewohner lebten.

Wenn die Magie tatsächlich das Produkt des Staubs wäre, müßte sie von gleicher Lebensdauer sein wie dieser und nur langsam verblassen wie der Staub selbst. Doch in der Zeit ohne Magie war Xanth von einem Augenblick zum anderen mundanisch geworden. Das war kurz vor Krachs Geburt gewesen, doch seine Eltern hatten ihm alles erzählt. Sie hatten die Sache ziemlich romantisiert und darin sogar ein mögliches Zeichen ihrer Liebe zueinander gesehen. Knacks hatte damals seine gewaltige Kraft verloren, doch andere Wesen hatten weitaus mehr darunter gelitten, und viele waren sogar daran gestorben. Dann war die Magie genauso plötzlich zurückgekehrt, wie sie verschwunden war, und in Xanth war wieder alles beim alten gewesen. Damals hatte es keine großen Staubbewegungen und schon gar keine Staubstürme gegeben. Dies wies wiederum darauf hin, daß die Magie Xanths doch nicht von dem Staub abhing.

Der Staub kam von unten, und wenn er es war, der die Magie an die Oberfläche brachte, dann mußten die unteren Regionen wesentlich magischer sein als die Oberfläche. Tandy hatte dort unten gelebt, und doch wirkte sie recht normal. Anscheinend besaß sie nicht einmal ein magisches Talent. Wie sollte da die Magie unten konzentrierter sein?

Doch Krach entschied sich, diese Fragen nicht in aller Öffentlichkeit aufzuwerfen, da sie die Dorfbewohner in Verlegenheit bringen konnten. Und vielleicht war es ja auch tatsächlich so, daß die Dörfler mit ihrem Glauben im Recht waren und er sich mit seinen Spekulationen irrte. Was verstand eine Schlauschlinge denn auch schon von den Grundprinzipien Xanths?

Er verfolgte lieber einen Nebengedanken. Das war es bestimmt, was Tandy suchte – ein magisches Talent! Er als Oger hatte Glück, denn bei Ogern war die Kraft das Talent. Als Krach mit Prinz Dor und Prinzessin Irene nach Mundania gereist war, hatte er bedauerlicherweise seine Kraft und seine Reime verloren. Nun hatte er seine Reime und seine Naivität verloren, doch zum Glück nicht seine Kraft.

War der Fluch der Schlauschlinge wirklich so schlimm? Die Einsichten, die ihm diese künstliche Intelligenz bescherte, hatten durchaus etwas Reizvolles an sich. Und doch hatten Oger eigentlich dumm zu sein. Er fühlte sich traurig und deplaziert.

Krach entschied sich, möglichst viel zu schweigen und Tandy reden zu lassen. Vielleicht war er von seiner geistigen Einstellung her kein richtiger Oger mehr, aber er konnte wenigstens den gegenteiligen Eindruck erwecken. Wenn er eine Illusion beständiger Dummheit erzeugte und aufrechterhielt, würde daraus vielleicht eines Tages sogar wieder Wirklichkeit. Das war die Anstrengung schon wert. In der Zwischenzeit würde seine Schande weitgehend geheim bleiben.

4
Alles für die Katz

Am nächsten Morgen nahmen sie einen alten Bodenpfad, der zu dem kleinen See führte, auf dem sich die Sireneninsel befand. Die Landschaft war recht hübsch und ungefährlich, weshalb Krach sie auch als langweilig empfand, während sie Tandy sehr gut gefiel.

Die Sirene stellte sich als reife Meerjungfer heraus, die in ihrer Jugend wahrscheinlich einmal phantastisch ausgesehen hatte, wozu ihr selbst jetzt noch nicht allzuviel fehlte. Sie ernährte sich offensichtlich von Fischen und schien mit ihrem Schicksal beziehungsweise ihrem See ganz zufrieden.

»Wir überbringen dir die Grüße deiner Schwester, der Gorgone«, rief Tandy, als sie über den Pfad schritten, der auf dem Wasser zu der Insel führte.

Sofort erwachte das Interesse der Meerjungfrau. Sie tauchte aus dem Wasser auf und nahm menschliche Gestalt an, wobei ihr Fischschwanz sich in zwei wohlgeformte Beine spaltete, und kam ihnen entgegen. Im Wasser war sie nackt gewesen, doch das hatte kaum etwas ausgemacht, da sie von der Hüfte abwärts ja ein Fisch war. Nun, da ihre Haut trocknete, verwandelten sich die Schuppen in ein Paillettenkleid, das sich sanft nach oben streckte, um auch ihren Torso zu bedecken. Aus irgendeinem Grund, den Krach nie so richtig begriffen hatte, war es für Meerjungfrauen völlig in Ordnung, ihre Brüste zu zeigen, ganz im Gegensatz zu Menschenfrauen. Ihre flossenähnlichen Schwanzspitzen wurden zu kleinen Schuhen. Das war eine vielleicht nicht allzu bedeutende, aber doch recht praktische Form von Magie, dachte Krach. Auf diese Weise vermied die Sirene immerhin kalte Füße. »Meine Schwester!« rief sie, und ihr frisch verhüllter Busen bebte. »Wie geht es ihr?«

»Na ja, sie hat den Guten Magier Humfrey geheiratet . . .«

»Ach ja, davon habe ich schon gehört! Aber wie geht es ihr denn inzwischen?«

»Inzwischen?« Tandy furchte die Stirn.

Krach begriff, worauf die Sirene hinauswollte. »Sie möchte wissen, ob die Gorgone schwanger ist«, murmelte er.

Tandy war verblüfft. »Ach so . . . nein, das weiß ich nicht. Ich glaube nicht. Aber sie wirkt durchaus glücklich, und der Magier auch.«

Die Sirene blickte finster drein. »Ich bin ja so froh, daß sie ihr Glück gemacht hat. Ich wünschte, ich hätte meins auch gemacht.« Und Krach bemerkte auf die geringe Entfernung, unterstützt durch seine neugewonnene Intelligenz, daß die Sirene alles andere als glücklich aussah. Sie hatte ihre betörende Magie zwanzig Jahre zuvor verloren, und nun war ihr nicht mehr viel verblieben.

Früher hätte Krach sich über derartige Probleme keine Gedanken gemacht. Oger scherten sich herzlich wenig um die Feinheiten des Lebensstils von nymphenartigen Wesen. Doch nun, dank des Fluchs der Schlauschlinge, hatte er Mitgefühl mit der Sirene und wollte ihr Leid lindern helfen. »Wir reisen zum Ogersee. Vielleicht kannst du ja dort dein Glück machen, wenn du mitkommst.«

Das Gesicht der Sirene hellte sich auf. »Das wäre eine Möglichkeit.«

»Aber wir haben Schwierigkeiten, den Weg dorthin zu finden«, fuhr Krach fort. »Dazwischen liegt der Wahnsinn.«

»Der ist lästig«, pflichtete die Sirene ihm bei. »Aber es gibt auch Umgehungsmöglichkeiten.«

»Von denen würden wir gerne eine kennenlernen.«

»Hm, da gibt's das Katapult. Aber dafür muß man den Preis der Katze bezahlen. Sie mag Katzenminze, und die bekommt man nicht so leicht.«

»Krach könnte welche besorgen«, meinte Tandy. »Er hat sogar mit einem Gewirrbaum und einem Rudel Ameisenlöwen gekämpft.«

»Na ja, der ist ja auch ein Oger«, warf die Sirene in ernüchterndem Tonfall ein. »Für die ist das doch alles nur Routine.«

»Warum kommst du nicht mit und zeigst uns, wo die Katzenminze ist?« schlug Tandy vor. »Dann können wir alle das Katapult benutzen und zum Ogersee weiterreisen.«

Die Sirene überlegte. »Ich muß zugeben, daß ich hier nicht allzuviel erreichen kann. Ich bin noch nie auf die Idee gekommen, mit einem Oger zu reisen!« Sie blickte Krach an. »Bist du auch zahm? Ich habe ein paar ganz üble Dinge über Oger gehört . . .«

»Die sind auch alle wahr!« erwiderte Krach. »Oger sind die schlimmsten zweibeinigen Ungeheuer, die es gibt. Aber ich bin in der Nähe von Schloß Roogna aufgewachsen und bin deshalb vergleichsweise zivilisiert.«

»Wenn man ihn erst einmal näher kennt, ist er wirklich sehr nett«, meinte Tandy. »Die Knochen von Freunden zermalmt er nie.«

»Na gut, ich riskier's«, willigte die Sirene ein. »Ich führe euch zu der Katzenminze.« Sie richtete ihr Kleid, packte ein paar Fische als Marschverpflegung ein und führte sie östlich vom See in ein Waldstück, das durch einen reißenden Strom vom Rest des Urwalds abgetrennt wurde. Sie mußten eine schmale Katzenstiege über einen Katzarakt entlanggehen, die von einer Wütkatze bewacht wurde. »Fallt bloß nicht ins Wasser!« warnte die Sirene sie. »Das ist ein Katzalysator, der Katzarrh, Katzatonie und Katzalepsie verursachen kann.«

»Das verstehe ich nicht«, erwiderte Tandy nervös. »Ist das etwas Schlimmes?«

»Ein Katzalysator ist so etwas wie eine Substanz, die Verwandlungen ermöglicht«, erklärte Krach. »Was unser lebendiges Fleisch angeht, so bedeutet das wahrscheinlich eine ernsthafte Beeinträchtigung, wie etwa Katzarrh, der so etwas wie eine ernste Nasenschleimhautentzündung ist, Katzatonie, die man als Stupor bezeichnen kann, und Katzalepsie, welche einem Verlust an Bewegungs- und Sprechfähigkeit gleichkommt. Wir halten uns besser von dem Wasser fern, es ist wohl alles andere als gesund.«

»Ja, wahrscheinlich«, sagte Tandy mit matter Stimme. »Aber auf der Katzenstiege lauert eine Wütkatze! Die wird uns in die Tiefe stürzen.«

»Ach, da würde ich mir mal keine Sorgen machen«, erwiderte Krach. Er stieg auf die Stiege, die unter seinem Gewicht schwankte und zitterte. Doch er hatte den typischen sicheren Gleichgewichtssinn seiner primitiven Art und schritt wohlgemut weiter.

»Bitte keine Gewalt!« flehte Tandy.

Die Wütkatze war ein großes rötliches Tier mit langen Schnurrhaaren und großen Tatzen. Sie bleckte die Zähne und kam mit peitschendem Schwanz auf Krach zu.

Keine Gewalt?

Es hätte Krach zwar einen Riesenspaß gemacht, die Katze ordentlich zu erschrecken, doch er begriff, daß die Mädchen sich dann Sorgen machen würden, also benutzte er seinen Intellekt, um sich eine friedliche Lösung auszudenken. »Schau mal, Pussy, ich will dir was zeigen«, sagte er. Er beugte sich vor und streckte seine rechte Hand aus. Die Wütkatze blieb mißtrauisch stehen.

Krach ballte seine behandschuhten Finger vorsichtig zu einer riesigen, glitzernden Faust. Als er sie drehte, brachen sich die Sonnenstrahlen auf dem Metall. Es war erstaunlich, wie die immer genau ihr Ziel trafen!

Krach hielt der Wütkatze seine metallische Riesenfaust unter die Nase. »So, Pussy«, sagte er ruhig, »und wenn du nicht hurtigst diesen Pfad freigibst, besteht eine gewisse Wahrscheinlichkeit, daß du mit dieser Extremität nähere Bekanntschaft schließen wirst. Sagt dir diese Option zu?«

Die Ohren der Raubkatze zuckten, als würde sie unter Verdauungsstörungen leiden. Anscheinend hatte sie Probleme mit Krachs Vokabular. Sie begutachtete die Extremität. Die Faust strahlte eine weitere Salve glitzernder Sonnenstrahlen wider und schien immer größer zu werden. Der Oger stand völlig reglos und ruhig da, die Muskeln nur leicht angespannt, der Pelz fast glatt. Einen Augenblick später fauchte die Wütkatze höchst ungnädig und entschied sich, den Weg dieses eine Mal nicht zu verteidigen. Dann wich sie zurück.

Gut, gut, dachte Krach. Sein Bluff hatte funktioniert – jetzt, da er intelligent genug war, um zu bluffen. Natürlich hätt' es auch Spaß gemacht, die Wütkatze einfach ins Wasser zu werfen, um zu sehen, was dann passierte, aber das hatte diesmal nicht sollen sein.

Eine Katzkrähe kam herangeflogen. Sie besaß den Körper einer Krähe und den Kopf einer Katze. »Miau!« schimpfte sie die Wütkatze aus, dann stürzte sie sich mit gespreizten Klauen auf Krach.

Die Faust des Ogers schnellte vor und packte die Katzkrähe, die jämmerlich zu kreischen begann. Krach holte sie vom Himmel, rupfte ihr eine ihrer langen Schwanzfedern aus und warf sie wieder in die Lüfte. Die Katzkrähe torkelte unsicher, weil ihr Steuerruder nicht mehr richtig funktionierte. Ihr Kampfgeist war verraucht.

Aus dem Wasser hob ein Katzenfisch seinen Kopf und protestierte jaulend. Seine Stimme klang etwas nasal. Das Wesen schien tatsächlich unter Katzarrh und möglicherweise auch Katzalepsie zu leiden, obwohl es wahrscheinlich eine gewisse Immunität gegen die Flüche des Wassers aufgebaut hatte. Krach stopfte ihm die Feder ins Katzenmaul. Der Fisch würgte und nieste, bis er schließlich wieder verschwand.

Nun konnten Krach, Tandy und die Sirene ohne Gefahr weitergehen. »Manchmal ist es recht nützlich, einen Oger dabeizuhaben«, bemerkte Tandy. Ihr Mißtrauen war dem Vertrauen gewichen, was Krach durchaus nicht unlieb war.

Schließlich gelangten sie an eine Katzakombe. »Hier drin wächst die Katzenminze«, erklärte die Sirene. »Aber es ist gefährlich, dort hineinzugehen, wegen möglicher Katzaklysmen.«

»Dann gehe ich allein«, entschied Krach und trat in die Höhle. Je weiter er kam, um so dunkler wurde es, doch da Oger eine ausgezeichnete Nachtsicht hatten, machte er sich deswegen keine Gedanken.

Tief im Inneren der Höhle entdeckte er einen Garten angenehm duftender, minzartiger Pflanzen mit katzenartigen Pelzblättern. Jede von ihnen trug blaue Blüten. Das mußte die Katzenminze sein.

Krach riß eine von ihnen samt Wurzeln aus dem Boden, da er nicht genau wußte, welchen Teil der Pflanze sie benötigten. Die Blüten schnappten nach ihm, doch sie waren viel zu schwach, um ihn auch nur zu ärgern. Er riß noch weitere Bündel aus und stopfte sie in seinen Beutel, bis er das Gefühl hatte, genügend davon zu haben. Dann stapfte er wieder unter Getöse aus der Höhle ins Freie.

Wieder mußten sie die Katzenstiege am Katzarakt entlanggehen, bis sie schließlich zum Katzapult kamen. Das war ein katzenähnliches Wesen von der Größe einer kleinen Sphinx, das auf einer Lichtung kauerte. Seine Schwanzspitze war eine Art Netz, das groß genug war, um einen großen Felsbrocken zu umfassen. Daneben lag ein ebenso großer Korb.

Die Sirene schritt auf das Katzapultwesen zu. »Würdest du uns bitte zum Ogersee schleudern?« bat sie. »Wir haben dir auch etwas Katzenminze mitgebracht.«

Die Katze blickte sie fröhlich an und nickte. Sie legten die Katzenminze vor ihr aus und stellten den Korb in das Schwanznetz. Dann kletterten sie hinein und befestigten den Korbdeckel, so daß sie völlig vom Korb umschlossen waren.

Die Katze schnüffelte an der Katzenminze, und ihr Schwanz versteifte sich ekstatisch. Dann nibbelte sie an den Pflanzen, und als das kräftige Mittel zu wirken begann, schnellte der Schwanz plötzlich hoch und schleuderte den Korb in die Höhe. Plötzlich flogen die drei Weggefährten durch die Lüfte.

Sie spähten durch die Ritzen im Korbgeflecht in die Tiefe. Unter ihnen zog Xanth mit seinen Grün-, Blau- und Gelbtönen vorbei. Tiefhängende Wolken umgaben sie, die von unten weiß waren, oben aber, wo man sie nicht sehen konnte, alle nur erdenklichen Farben aufwiesen. Es waren auch Regenwolken darunter, die wie Pfützen geformt waren und von Wasser beinahe überquollen. Herumirrende Vögel badeten darin, und auch fliegende Fische tauchten in ihnen unter, um etwas Luft zu schnappen. Der Korb riß im Flug ein Loch dicht am Rande einer solchen Wolke, und das Wasser rauschte durch das Leck in die Tiefe. Von unten erscholl ein wütender Schrei, als die unerwarteten Fluten auf den Wald herabpeitschten. Doch das hier war ohnehin das Gebiet des Wahnsinns; hier konnte sich sowieso niemand darauf verlassen, was als nächstes geschah.

Inzwischen machte sich Krach allmählich Gedanken über ihre Landung. Sie waren zwar recht mühelos emporgestiegen, aber ihr bevorstehender Sturz könnte sich als wesentlich ungemütlicher erweisen.

In diesem Augenblick platzte eine Art Stoff aus dem Korbdeckel und weitete sich zu einem gewaltigen Baldachin, der die Luft magisch umhüllte und den Fall des Korbes bremste. Sie verloren an Fallgeschwindigkeit und landeten sanft am Ufer des Ogersees.

Nachdem sie den Korb geöffnet hatten, stiegen sie aus. »Das hat aber Spaß gemacht!« rief Tandy wie ein kleines Mädchen. »Aber wie bekommt das Katzapult jetzt seinen Korb wieder?«

Ein orangefarbenes, schwach katzenähnliches Wesen eilte herbei. »Ich kümmere mich schon darum«, sagte es.

»Wer bist du denn?« fragte Tandy.

»Ich bin hier der Bezirksagent. Meine Aufgabe besteht darin, dafür zu sorgen, daß die Dinge dorthin gelangen, wo sie hingehören. Das Katzapult hat einen Vertrag über die Rückgabe seines Korbs abgeschlossen.«

»Ach so. Ja, dann nimmst du ihn am besten. Aber ich frage mich, wie du diesen großen Korb durch den dichten Urwald tragen willst, und vor allem durch das Gebiet des Wahnsinns.«

»Kein Problem. Bin sowieso schon halb verrückt.« Der orangefarbene Agent nahm den Korb auf und trottete damit in nördlicher Richtung davon. In seiner unmittelbaren Nähe welkte und starb die Vegetation, so daß der Weg vor ihm frei war.

»Ach, das ist also sein magisches Talent!« staunte Tandy. »Agent Orange tötet Pflanzen.«

Sie wandten sich dem Ogersee zu, einer großen, prächtigblauen Wassermasse mit einem Strudel in der Mitte. »Dort dürfen wir nicht hin!« warnte die Sirene. »Da wohnen die fluchenden Strudelungeheuer.«

»Was ist denn an Strudelungeheuern so schlimm?« wollte Krach wissen. »Meine Mutter war auch mal eins.«

Die Sirene blickte ihn erschreckt an. »Oh! Ich dachte, du wärst ein Oger. Die Strudelungeheuer stammen von Menschen ab. Ich wollte nicht . . .«

»Meine Mutter ist Schauspielerin. Sie mußte die Rolle einer Ogerin in einer Inszenierung des mundanischen Stücks *Der Märchenprinz* spielen. Natürlich spielte sie die unschuldige Maid.«

»Natürlich«, wiederholte die Sirene mit schwacher Stimme.

»Aber mein Vater Knacks platzte in die Vorstellung, als er ganz arglos nach ein paar Knochen suchte, die er zermalmen konnte. Da hat er sie entdeckt und war von ihrer Häßlichkeit so hingerissen, daß er sie entführte. Natürlich hat sie ihn danach geheiratet.«

»Natürlich«, meinte die Sirene und blickte traurig drein. »Ich beneide sie um ihr Glück. Ich bin selbst menschlicher Abstammung.«

»Die Strudelungeheuer haben einen mächtigen Fluch abgefeuert, der einen gewaltigen Wald vernichtete«, fuhr Krach fort. »Aber meine Eltern sind dem Fluch dadurch entgangen, daß sie zu Vegetariern wurden. Die meisten Oger malmen ja Knochen, deshalb hat das den Fluch völlig durcheinander gebracht und zum Rohrkrepierer gemacht.«

»Dann bist du ja in einem Vegetarierhaushalt groß geworden, in dem gar keine Knochen zermalmt wurden!« rief Tandy.

»Trotzdem bin ich ein Oger«, verteidigte er sich.

»Ich bin froh, daß alles so gut geendet hat«, meinte die Sirene. »Aber ich glaube trotzdem, daß es das klügste wäre, den fluchenden Ungeheuern aus dem Weg zu gehen. Ich kann mir vorstellen, daß sie keinen Sinn für deine Herkunft haben.«

»Das wäre denkbar«, pflichtete Krach ihr bei. »Aber es sind ausgezeichnete Schauspieler. Niemand hat meine Mutter je mit einer Menschenfrau verwechselt.«

»Das glaube ich gerne«, erwiderte die Sirene. »Ich habe einmal ein Theaterstück der Fluchungeheuer gesehen. Es war ausgezeichnet inszeniert. Aber es ist manchmal etwas unangenehm, mit jemandem Umgang pflegen zu müssen, der ständig einen Fluch aktiviert, sobald er sich mal ärgert.«

Krach lachte. »Das kann man wohl sagen! Ich habe mich mal ganz unogerhaft verhalten, als ich mich nämlich von einem Flügeldrachen davon abschrecken ließ, einen Smaragd mitzunehmen, den ich gefunden hatte . . .«

»Den Smaragd hat meine Mutter dort gepflanzt!« rief Tandy.

»Da hat meine Mutter mir einen Fluch entgegengeschleudert«, fuhr er fort. »Der hat mir den Boden unter den Füßen versengt und mich zu Boden gerissen. Seitdem habe ich mich nie mehr von einem Ungeheuer abschrecken lassen.«

»Das war aber grausam von ihr«, meinte Tandy. »Sie hätte dich nicht verfluchen dürfen.«

»Grausam? Natürlich war es nicht grausam! Das war reine Ogerliebe, die einzige, die wir verstehen. Sie hat mal meinen Vater verflucht, und er brauchte zwei Tage, bis er sich davon erholt hatte, und die ganze Zeit hat er nicht aufgehört zu lächeln.«

»Na, ich weiß ja nicht«, sagte Tandy, und sie wirkte ungewöhnlich ernst. Hatte sie irgend etwas mit den fluchenden Seeungeheuern zu tun? Krach speicherte diesen Gedanken für den künftigen Gebrauch ab.

Sie gingen ein Stück um den See und versuchten, dabei keine Aufmerksamkeit zu erregen. Es waren keine Oger zu sehen, nicht einmal Spuren von ihnen: weder abgebrochene Bäume noch zertrümmerte Felsbrocken noch flachgestampfter Boden.

Auch sonst ließen sich keine Gefahren ausmachen. Soweit das Auge reichte, war der ganze See von einem hübschen kleinen Strand umgeben, und das Wasser war sauber und frei von Ungeheuern. Offenbar hatten die Strudelungeheuer alles Bedrohliche vertrieben.

»Schaut mal, die Nasen!« rief Tandy und zeigte über das Wasser. Dutzende von Nüstern schwammen dort paarweise auf das Ufer zu und wühlten dabei die Wasseroberfläche leicht auf. Als sie näher gekommen waren, erkannte er, daß diese Nüstern die Spitzen wesentlich größerer Schnauzen waren, die in langen, reptilienhaften Körpern endeten.

»Ach so, die Gummigatoren«, sagte die Sirene und beruhigte sich wieder. »Die sind meistens harmlos. Ab und zu kommt mal eine von ihnen in meinen Teich.«

»Was die für große Zähne haben!« staunte Tandy.

»Das sind imitierte Zähne; die sind weich wie Kissen.«

Ein Gummigator kletterte an Land. Sie hatte kurze, dicke grüne Beine. Die Sirene tätschelte ihren Kopf, und der Gummigator grinste. Sie berührte einen der Zähne, der sich wie Gummi bog und wieder zurückschnappte, als sie ihn losließ.

Doch Krach wurde von nagenden Zweifeln geplagt. »Ich weiß noch, daß mein Vater mal von Gummigatoren sprach. Die meisten von ihnen sind ja ganz harmlos, aber einige . . .«

»Ja, das stimmt«, meinte die Sirene. »Einige ganz wenige haben echte Zähne. Die sind auch gefährlich.«

»Dann gehen wir den bösen Gummigatoren wohl besser aus dem Weg«, schlug Tandy vor. »Woran erkennt man sie denn?«

»Das weiß ich nicht«, gestand ihr die Sirene.

»Sie sehen genauso aus wie die netten«, sagte Krach langsam und wühlte verzweifelt in seinem Gedächtnis.

»Aber dann könnte ja jede von diesen hier gefährlich sein!« rief Tandy beunruhigt.

»Stimmt«, erwiderte Krach. »Es sei denn, die Strudelungeheuer haben sie ausgemerzt.«

»Wie können die Ungeheuer sie denn voneinander unterscheiden, wenn wir es auch nicht können?« wollte Tandy wissen.

»Wenn ein Gummigator ein Strudelungeheuer frißt, ist es wahrscheinlich ein böser«, erwiderte die Sirene und lächelte geheimnisvoll.

»Ich hoffe, wir werden sie nicht auf die gleiche Weise auseinanderhalten müssen«, meinte Tandy besorgt.

Die Sirene lachte melodisch. Ihre Stimme war nur noch ein Abklang dessen, was sie einmal auf dem Höhepunkt ihrer Betörungsmagie gewesen sein mußte, aber noch immer wirkte sie sehr bezaubernd. »Natürlich nicht, Liebes. Gehen wir ihnen allen aus dem Weg.« Das schien nicht sonderlich schwierig zu sein, da sie schneller waren als die Reptilien. Die Gummigatoren gaben die Verfolgungsjagd bald auf und kehrten ins Wasser zurück, wo sie davonschwammen. Tandy blickte erleichtert ihren Wellenringen nach.

Sie kamen an eine Stelle, an der die regelmäßige Uferlinie durch einen kleinen, vom Hauptgewässer abzweigenden See unterbrochen wurde. Ein Dammpfad führte über die schmale Verbindung zwischen dem großen und dem kleinen See. »Ich werde ans andere Ufer waten!« sagte Krach, der sich aufs Planschen freute.

»Ich weiß nicht«, meinte Tandy. »Die schönen Pfade sind oft die gefährlichsten.«

»Ich werde erst das Wasser erkunden«, sagte die Sirene. »Ich kann sehr schnell feststellen, ob es hier gefährliche Wasserwesen gibt oder nicht. Außerdem habe ich Hunger und muß ein paar Fische fangen.« Sie glitt in den kleinen See, und ihre Beine wurden wieder zu einem glatten, schuppigen Fischschwanz, während ihr Kleid verblaßte.

»Wenn du ein Ungeheuer triffst, schick es vorbei!« rief Krach ihr zu. »Ich habe auch Hunger.«

Sie lächelte und tauchte unter, eine barbusige Meeresnymphe, die mit wunderbarer Geschmeidigkeit zu schwimmen verstand. Kurz darauf tauchte sie mit feucht glitzernden Locken wieder auf. »Hier sind keine Ungeheuer!« meldete sie. »Nicht einmal Gummigatoren. Ich glaube, der Damm ist auch sicher, ich habe keine Fallgruben darunter entdecken können.«

Mehr wollte Krach gar nicht wissen. »Schade«, murmelte er. Er watete unter gewaltigem Geplansche ins Wasser.

Doch Tandy zögerte. »Ich glaube, ich gehe lieber draußen herum«, sagte sie.

»Ist gut!« rief Krach und stapfte in tieferes Gewässer. Der Dammpfad senkte sich etwas, reichte ihm aber immer mindestens bis zur Brust. Er überlegte, daß die Strudelungeheuer den Damm vielleicht angelegt hatten, um größere Seeungeheuer daran zu hindern, hier durchzuschwimmen, denn die zogen tiefe Gewässer vor und mieden flache Stellen. Das wäre wiederum ein Hinweis darauf, daß es im Ogersee doch Ungeheuer gab; dann waren die im Augenblick einfach nur woanders. Vielleicht stellten sie ja einen zusätzlichen Schutz für die Strudelungeheuer dar, indem sie den ganzen großen See in eine Art riesigen Burggraben verwandelten. Aber das war auch eigentlich nicht so wichtig, da er mit den Strudelungeheuern ohnehin nichts zu schaffen hatte. Immerhin hatten sie ihre Einwilligung verweigert, als seine Mutter seinen Vater heiraten wollte. Nachdem sie sich mit Knacks dem Oger verbunden hatte, hatte sie keinen Kontakt mehr zu ihrem Volk aufrechterhalten, und Krach überlegte sich, daß ihr das vielleicht Kummer verursacht haben konnte. Deshalb begegnete er den Strudelungeheuern gedanklich nur mit einer gewissen Zurückhaltung. Er würde zwar nicht versuchen, sie zu meiden, andererseits würde er ihnen aber auch nicht nachstellen. Neutralität war die Devise. Er hatte noch nie vorher darüber nachgedacht – aber da hatte er ja auch noch nicht unter dem Fluch der Schlauschlinge gelitten. Er hoffte immer noch, bald ein Gegenmittel zu finden, denn diese ständige Geistesakrobatik gehörte sich einfach nicht für einen Oger.

Er blickte über den kleinen See. Tandy ging gerade am Strand entlang und sah sehr klein aus. Er empfand eine ganz unogerhafte Fürsorglichkeit für sie – aber das war ja auch der Dienst, den er dem Guten Magier leisten mußte. Oger waren zwar grob und gewalttätig, aber sie hielten stets Wort. Darüber hinaus verlieh ihm der Fluch der Schlauschlinge eine zusätzliche Perspektive, da er nämlich den Wert ethischer Werte zu erkennen begann. Das war ein bißchen wie mit der körperlichen Kraft: Das Ideal bestand darin, in jeder Hinsicht stark zu sein, sowohl ethisch als auch physisch. Und Tandy mußte wirklich beschützt werden. Und davon abgesehen war sie ein nettes Mädchen. Er fragte sich, was sie wohl im Leben suchte und in welchem Zusammenhang dies mit seiner Reise zu den Ur-Ogern stehen mochte. Hatte der alte Magier Humfrey vielleicht endgültig seine Magie verloren, so daß er Tandy einem Oger überantworten mußte, anstatt ihr eine echte Antwort zu geben? Krach hoffte zwar, daß dies nicht der Fall war, doch er mußte die Möglichkeit mit in Betracht ziehen. Was, wenn es tatsächlich gar keine Antwort für Tandy gab – und auch für ihn selbst nicht?

Selbst mit seiner neugewonnenen Intelligenz wußte Krach keine Antwort auf diese Frage, weshalb er dem Gedanken weiter nachhing. Doch die Sache war beunruhigend: Anscheinend warf eine hohe Intelligenz ebenso viele Fragen auf, wie sie beantwortete. Schlau zu sein war nicht unbedingt eine Lösung für die Probleme des Lebens. Es war viel leichter, stark und dumm zu sein und ohne jede Rücksicht auf die Konsequenzen Hindernisse einfach aus dem Weg zu prügeln. Beunruhigung war kein schickliches Gefühl für einen Oger.

Nun ließ er sich ins Wasser sinken und begann mit allen Gliedmaßen auf einmal Wogen aufzuwühlen. *Das* war ein rechter Ogerspaß! Das Wasser sprühte empor und bildete eine große Wolke, die die Sonne umhüllte und ihr Licht in ein magisches Schimmern verwandelte. Dieser Effekt war so wunderbar, daß er fortfuhr, so kräftig wie möglich zu planschen, bis er schließlich auf angenehme Weise aus der Puste war. Als er einhielt, stellte er fest, daß sich der Wasserpegel des Sees merklich gesenkt hatte und daß die Sonne über den Himmel davonhastete, um den Wasserfluten aus dem Weg zu gehen, die sie überschüttet hatten.

Doch seine gründliche Wäsche hatte ihn nicht von der Schlauschlinge befreit. Irgendwie war diese in sein Gehirn eingedrungen, so daß es schwierig sein würde, sie von dort wieder zu entfernen.

Schließlich watete er am anderen Ufer an Land. Die Sirene kam herangeschwommen, verwandelte ihren Schwanz wieder in Beine und gesellte sich auf dem warmen Strand zu ihm. »Hast ein hübsches Geplansche veranstaltet, Krach«, sagte sie. »Wenn ich nicht Bescheid gewußt hätte, ich hätte wohl geglaubt, daß bald ein Sturm aufzieht.«

»So gut war das!« stimmte er zufrieden zu. Natürlich war es keineswegs so gut: Schließlich war er jetzt unangenehm sauber. Doch dem konnte Abhilfe geschaffen werden, indem er sich ein paarmal ordentlich im Dreck wälzte.

»So schlimm war das«, erwiderte die Sirene lächelnd.

Er musterte sie, wie sie so naß neben ihm saß und ihr Schuppenpanzer langsam nach oben kroch, um ihren üppigen Busen zu bedecken. Sie schien jünger zu werden, obwohl das auch eine Illusion sein konnte. »Ich glaube, das Schwimmen hat dir auch gutgetan, Sirene. Du siehst prächtig aus.« Insgeheim wunderte er sich über seine eigenen Worte. Die Sirene sah zwar wirklich prächtig aus, und ihre Verwandtschaft mit der üppigen Gorgone war nicht mehr zu übersehen, doch keinem gewöhnlichen Oger wäre so etwas aufgefallen, ganz zu schweigen davon, daß er ihr niemals ein Kompliment nach Art der Menschen gemacht hätte. Der Fluch der Schlauschlinge zeigte immer mehr Wirkung!

»Ich fühle mich auch besser«, bestätigte sie. »Aber das liegt nicht nur am Schwimmen. Es ist die Gesellschaft, die ich jetzt habe. Ich habe einfach zu lange allein gelebt. Und jetzt, da ich Gesellschaft habe, so vorübergehend das auch sein mag, kehren meine Jugendlichkeit und meine Gesundheit wieder.«

Das war es also! Leute menschlicher Herkunft brauchten die Gesellschaft anderer. Darin unterschieden sich Oger auch von Menschen: Oger brauchten niemanden, nicht einmal andere Oger. Außer zum Heiraten.

Er sah die Sirene erneut an. Ihre nymphengleiche Schönheit hätte jeden Mann bezaubert und ihn auf Gedanken an Flirts und Mondenschein gebracht. Krach war jedoch ein Oger; üppige Brüste und weiche, fleischige Glieder gefielen ihm allenfalls unter ästhetischen Gesichtspunkten – und selbst die waren das Produkt der Schlauschlinge. Ein unverfluchter Oger hätte angesichts solchen Fleisches allenfalls Hunger entwickelt.

Apropos – er brauchte unbedingt etwas zu essen. Er blickte um sich und hielt Ausschau nach Eßbarem, bis er ein paar reife Bananenpaprika entdeckte und sich einige Händevoll davon in den Mund schaufelte.

Beim Kauen zerrte irgend etwas an seiner Aufmerksamkeit. Fleisch – Frau – Hunger – ach ja, jetzt wußte er es wieder! Ein Mädchen, das in Gefahr war, aufgefressen zu werden. »Wo ist eigentlich Tandy?«

»Ich habe sie nicht gesehen, Krach«, erwiderte die Sirene und legte ihre hübsche Stirn in Falten. »Eigentlich hätte sie doch mittlerweile hier eintreffen müssen, nicht wahr? Wir sollten wohl besser nach ihr schauen, für den Fall, daß – na ja, sehen wir mal nach. Ich werde schwimmen, und du kannst den Strand absuchen.«

»Einverstanden.« Krach stopfte sich noch eine doppelte

Handvoll Paprika ins Gesicht und machte sich besorgt auf die Suche. Dabei machte er sich erbitterte Vorwürfe. Schließlich hatte er doch gewußt, daß Tandy mit den Gefahren an der Oberfläche Xanths nicht vertraut war und in die einfachsten Fallen laufen konnte. Wenn ihr irgend etwas zugestoßen sein sollte . . .

»Ich kann nichts entdecken«, rief die Sirene aus dem Wasser. »Vielleicht hat sie ja den Strand verlassen, um sich der Hygiene zu widmen.«

Gute Idee. Krach durchkämmte die abseits vom Strand hängenden Schlingpflanzen – und traf schließlich auf Tandy. »Hallooo!« rief er und winkte mit seiner Bratpfannenhand.

Tandy reagierte nicht. Sie kniete auf dem Gras und schien irgend etwas zu betrachten. »Alles in Ordnung?« fragte Krach, dessen Besorgtheit jäh wuchs. Doch Tandy verharrte weiterhin in ihrer Reglosigkeit und antwortete auch nicht.

Da kam die Sirene aus dem Wasser und gesellte sich zu ihnen. »Oh – sie ist einem Hypnokürbis zum Opfer gefallen.«

Ein Hypnokürbis! Krach erinnerte sich daran, daß er dieser Frucht schon früher einmal begegnet war. Wer in das Guckloch eines solchen Kürbisses blickte, mußte wie betäubt davor verharren, bis ein anderer ihm den Kürbis fortnahm. Das hatte Tandy natürlich nicht gewußt. Also hatte sie in mädchenhafter Neugier hineingespäht – und war nun wie gebannt.

Sanft nahm die Sirene ihr den Kürbis aus der Hand. Tandy blinzelte mit den Augen und schüttelte den Kopf. Doch ihre Augen hatten ihre alte Lebendigkeit verloren. Ihr Gesicht verzog sich zu einer Grimasse des leeren, nicht enden wollenden Grauens.

»He, Liebes, komm wieder zu dir!« sagte die Sirene. »Die böse Vision ist zu Ende. Sie hat aufgehört, als du den Blickkontakt mit dem Inneren des Kürbisses verloren hast. Es ist alles wieder in Ordnung.«

Doch das Mädchen schien taub zu sein. Die Sirene schüttelte Tandy, ohne jedoch eine Reaktion zu bewirken.

»Vielleicht ist das wie mit der Schlauschlinge«, meinte Krach. »Die bleibt so lange im Geist präsent, wie man sie nicht heraustrennt.«

»Eigentlich funktionieren diese Kürbisse ganz anders«, erwiderte die Sirene verwundert. »Natürlich habe ich nicht allzu viel persönliche Erfahrung damit, weil ich ja allein gelebt habe; da war niemand da, der meine Trance hätte unterbrechen können, also habe ich mich lieber damit zurückgehalten. Aber ich habe mal einen Mann aus Mundania kennengelernt, damals, als ich die Männer noch mit meiner Musik betören konnte. Er meinte, diese Hypnokürbisse seien wie Computerspiele – das war wohl eine Art von mundanischer Magie –, nur noch viel fesselnder. Er sagte, daß manche Leute eher davon abhängig würden als andere.«

»Tandy ist in den Höhlen aufgewachsen und kennt von Xanth so gut wie nichts. Da muß sie ja einfach anfällig für so etwas sein. Das, was sie im Kürbis gesehen hat, muß ihren Verstand im Griff halten.«

»Wahrscheinlich. Meistens erinnern sich die Leute nicht an das, was sie dort drinnen sehen, aber da gibt es ja vielleicht auch Ausnahmen. Derselbe Mundanier erzählte mir auch von sogenannten Säureköpfen. Das sind wohl Wesen, deren Köpfe... na ja, ich kann es mir nicht richtig vorstellen. Anscheinend litten die unter der Wiederkehr ihrer verrückten Träume, nachdem ihre Köpfe wieder in Ordnung waren. Vielleicht ist Tandy...«

»Ich werde mich in den Kürbis begeben und vernichten, was sie dort stört«, beschloß Krach. »Dann ist sie wieder frei.«

»Krach, es kann gut sein, daß du dort drinnen nicht über deinen eigenen Körper verfügen kannst! Ich habe zwar noch nie in einen Hypnokürbis geblickt, aber ich kann mir nicht vorstellen, daß dort dieselben Gesetze gelten, wie wir sie kennen. Du könntest selbst zum Opfer des Kürbisses werden. Das wäre eine Katastrophe.«

Doch Krach zog nur eine ogerhafte Grimasse und blickte durch das Guckloch.

Er befand sich in einer schwarzweißen Welt: Vor ihm war ein weißes Haus mit einer schwarzen Holztür. In nicht allzu großer Ferne waren leise, unheilvolle Schwingungen zu bemerken, und fauliger Aasgeruch durchzog die Luft.

Krach leckte sich die Lippen. Aas machte ihn immer hungrig.

Doch er traute der Sache nicht. Tandy war natürlich nicht da, und er konnte nichts entdecken, das für ihren Zustand hätte verantwortlich sein können. Nichts, was einen erschrecken oder ins Grauen stürzen konnte. Er beschloß, umzukehren.

Doch es war kein Ausgang zu sehen. Er hatte sich ohne jeden Übergang in dieser Szenerie wiedergefunden, und anscheinend gab es keinen Weg zurück. Er war in seiner Vision gefangen – es sei denn, er wäre durch diese Tür dort eingetreten und hätte sich umgedreht, ohne es zu merken. Dann könnte er vielleicht wieder durch dieselbe Tür zurückkehren. Schließlich führten die meisten Türen in der Regel von einem Ort zum anderen.

Er ergriff den schwarzen, metallenen Türknauf. Das Ding ließ einen kleinen Blitzstrahl hervorzucken und versetzte ihm damit einen Schlag. Krach versuchte, den Türknauf loszulassen, doch seine Hand war wie festgeklebt. Er trug keine Panzerhandschuhe, anscheinend hatte er sie zurückgelassen. Der elektrische Schmerz durchpulste seine Finger und hielt die von seiner Magie verkrampften Muskeln in eisernem Griff. Eine regelrechte Schmerzflut durchwogte ihn. Seine Hand begann rot zu glühen, in grellem Kontrast zur Eintönigkeit der restlichen Szenerie.

Krach riß mit Gewalt am Türknauf, und die ganze Tür fiel aus den Angeln. Der Schmerz ließ nach, die rote Farbe verblaßte, seine Finger entkrampften sich endlich wieder, und er schleuderte die Tür weit hinter sich.

Vor sich sah er eine lange, kahle Eingangshalle, die ins finstere Innere des Hauses führte. Ein schreckliches Stöhnen erscholl aus den Tiefen des Gebäudes. Das war bestimmt nicht der Rückweg: Krach war sich sicher, daß er im Inneren des Kürbisses nicht weit gelaufen war. Doch das Haus wirkte nicht ungemütlich, und da es keinen anderen Weg gab, trat er ein.

Ein eisiger Luftzug kraulte durch seinen Beinpelz. Der Verwesungsgeruch wurde immer stärker, und der Boden erzitterte unter seinem Gewicht. Wieder ertönte ein Stöhnen.

Krach ging weiter, voller Ungeduld, diesen zwar recht hübsch grausigen, aber doch nichtssagenden Ort zu verlassen, weil er sich um Tandy sorgte. Er mußte sich mit der Sirene beraten, um eine Strategie zu entwickeln, mit deren Hilfe er das, was Tandy erschreckt hatte, ausfindig machen und neutralisieren konnte. Wenn das nicht gewesen wäre, hätte er sich in diesem Haus bestimmt ganz gut amüsiert. Und wenn er vorher gewußt hätte, welche Szenerie der Kürbis zu bieten hatte, wäre er schon vor Jahren hineingegangen.

Vor ihm flackerte etwas, und als Krach die Augen verengte, erkannte er, daß es ein Gespenst war. »Auch hier gefangen?« fragte er voller Mitgefühl und trat hindurch.

Das Gespenst gab ein wütendes Ächzen von sich und huschte wieder vor ihn. »Buuuuuuuuhhhhhh!« buhte es.

Krach blieb stehen. Wollte dieses Wesen ihm vielleicht irgend etwas mitteilen? Er kannte nicht viele Gespenster, da diese für gewöhnlich keinen Umgang mit Ogern pflegten. Auf Schloß Roogna gab es eine ganze Reihe von ihnen, die mit Routinespuk beschäftigt waren.

»Kenne ich dich vielleicht?« fragte er. »Oder haben wir gemeinsame Bekannte?«

»Jaaauuuuuullll!« jaulte das Gespenst, und seine matten, leeren Augen blitzten in der Dunkelheit.

»Ich würde dir ja gerne helfen, wenn ich könnte, aber ich habe mich selbst verirrt«, entschuldigte sich Krach und schritt zum zweiten Mal durch den Schemen hindurch. Aus irgendeinem Grund schien der Geist angewidert zu sein und löste sich einfach auf.

Der Gang wurde schmaler. Das war keine Illusion, vielmehr verengten sich die Wände und drückten gegeneinander. Krach mochte es nicht, wenn man drängelte, und so stemmte er seine riesigen Hände rechts und links gegen die Wände und drückte sie mit Ogerkraft nach außen. Da riß irgend etwas, und die Wände kippten zur Seite, wo sie in schrägem Winkel verharrten. Diese Wände würden nicht mehr so schnell versuchen, einen Oger herumzuschubsen!

Am Ende des Ganges führte eine morsche Treppe nach oben. Krach stellte einen dichtbehaarten nackten Fuß auf die unterste Stufe und trat probehalber zu. Die Treppenstufe bog sich und ächzte herzzerreißend, hielt aber seinem Gewicht stand. Krach machte einen weiteren Schritt nach oben – und plötzlich begann sich die ganze Treppe zu bewegen und ihn in die Höhe zu tragen. Eine magische Treppe! Was würde diesem herrlichen Ort wohl noch alles einfallen?

Die Treppe beschleunigte ihr Tempo, und Krach spürte, wie die muffige Luft ihm ins Gesicht wehte. Als sie oben angelangt waren, bremste die Treppe völlig unvermutet, und Krach segelte in den freien Raum hinaus.

Oger mochten alle möglichen gewalttätigen Dinge, aber das Fallen gehörte nicht dazu. Andererseits machten sie sich deswegen aber auch keine allzu großen Sorgen. Krach spannte die Beinmuskeln an, und einen Augenblick später landete er auf hartem Beton, der unter der Wucht seines Aufpralls natürlich zerbröckelte. Er stapfte aus dem Geröll und blickte sich um.

Er schien sich in einer Art tiefem Brunnen oder Verlies zu befinden. Die runden Mauern verengten sich nach oben hin, was ein Hinausklettern erschwerte. Dann erschien eine nur in Umrissen zu erkennende Gestalt, die einen großen Stein über ihrem Kopf hielt. Sie besaß Hörner und sah aus wie ein Dämon. Krach machte sich nicht allzuviel aus Dämonen, begrüßte ihn jedoch einigermaßen höflich: »Schieb ihn dir selbst rein, Teufel!« rief er.

Der Dämon warf den großen Stein in den Brunnen. Krach sah, wie die dunkle Gestalt auf ihn zustürzte, hatte aber nicht genug Platz, um dem Brocken auszuweichen.

Da blitzte Licht auf. Krach blinzelte. Es war helles Tageslicht im Wald von Xanth. »Alles in Ordnung?« fragte die Sirene. »Ich habe es nicht gewagt, dich allzulang dort drin zu lassen.«

»Mir geht's gut«, antwortete Krach. »Und Tandy?«

»Unverändert, fürchte ich. Krach, ich glaube nicht, daß du das, was ihr Sorgen macht, überhaupt zerstören *kannst*, denn das Entsetzen befindet sich inzwischen im Inneren ihres eigenen Geistes. Selbst wenn wir den Kürbis zertrümmern sollten, würde ihr das nicht helfen.«

Krach überlegte. Inzwischen wurde sein Schädel beim Nachdenken nicht mehr heiß. »Ich glaube, du hast recht. Ich habe im Inneren des Kürbisses nichts wirklich Beunruhigendes entdecken können. Vielleicht sollte ich mit ihr zusammen hineingehen und ihr zeigen, daß alles gar nicht so schlimm ist.«

Die Sirene furchte die Stirn. »Ich vermute, daß Oger und

Menschen unterschiedliche Vorstellungen davon haben, was schlimm ist und was nicht. Was ist denn dort drinnen passiert?«

»Och, da war bloß ein Spukhaus; blitzspeiende Türknäufe; ein Gespenst; quetschende Wände – *die* würden für einen Menschen wahrscheinlich ein echtes Problem darstellen. Bewegliche Treppen; ein Dämon, der einen Stein in einen Brunnen warf.«

»Warum schmeißt denn ein Dämon Steine in einen Brunnen?«

»Weiß nicht. Ich war gerade unten im Brunnen, als er das tat. Vielleicht hat ihm meine Begrüßung nicht gefallen.«

Tandy bewegte sich. Ihr Blick flackerte umher, und sie schürzte ihre kraftlosen Lippen. Sie glich gefährlich einem Gespenst. »Nein, kein Haus, kein Dämon. Ein Friedhof . . .« Dann starrte sie wieder vor sich hin, und ihre Mundwinkel zuckten.

»Offenbar hattet ihr unterschiedliche Visionen«, meinte die Sirene und pflückte einen Bausch von einem Bauschbusch, um damit das Gesicht des Mädchens abzuwischen. »Das macht die Sache noch komplizierter.«

»Vielleicht bekommen wir ja dieselbe Vision, wenn wir gemeinsam hineingehen«, meinte Krach.

»Aber der Kürbis hat doch bloß ein einziges Guckloch!«

Krach piekste mit dem kleinsten seiner Wurstfinger in die Kürbisschale. »Jetzt hat er zwei.«

»Ihr Oger habt wirklich Sinn für das Praktische!«

Sie hielten Tandy den Kürbis vors Auge, und sie blickte sofort durch das erste Guckloch. Dann kauerte Krach sich nieder, um durch das andere Loch zu spähen.

Er fand sich im Brunnen wieder. Der Stein stürzte gerade auf seinen Kopf zu. Hastig hob er eine Faust, weil er keine Kopfschmerzen bekommen wollte. Der Stein zerschmetterte auf der Faust und fiel als Geröll um ihn herum zu Boden. So, das war erledigt. Wenn der Dämon jetzt noch ein paar Steine auf ihn schleudern würde, wäre der Brunnen bald mit Geröll aufgefüllt, so daß Krach hinausklettern konnte.

Doch der Dämon erschien nicht wieder. Schade. Krach blickte sich im Dunkeln um. Tandy war auch nicht da. Er befand sich in derselben Vision, die er kurz zuvor verlassen hatte, und setzte sie an der Bruchstelle fort. Dabei schien es auch keine Rolle zu spielen, daß er diesmal ein anderes Guckloch verwendete. Wahrscheinlich war auch Tandy wieder in ihrer ursprünglichen Vision und setzte sie am selben Punkt fort, an dem sie sie abgebrochen hatte; dann wurde sie wohl gerade von dem erschreckt, was sie zuvor schon erschreckt hatte. Anscheinend programmierte der Kürbis alle Visionen getrennt voneinander.

Doch es war und blieb ein und derselbe Kürbis, also mußte Tandy hier irgendwo sein, und er hatte vor, sie zu finden, sie von ihrem Grauen zu erretten und dieses Grauen zu bibberndem Brei zu schlagen, damit es ihr nichts mehr antun konnte. Alles, was er dazu tun mußte, war, ausgiebig nach Tandy zu suchen.

Er packte einen Mauerstein und riß ihn heraus. Drei andere Steine purzelten in die Tiefe. Dann packte er einen weiteren Stein, und diesmal fielen gleich fünf weitere Steine aus der Mauer. Dieser alte Brunnen war aber alles andere als stabil gewesen! Er stellte sich auf die Steine und riß weitere aus der Mauer, bis sich der Brunnen nach und nach auffüllte und er kurz darauf wieder oben angelangt war. Von dem Dämon, der den ersten Stein auf ihn herabgeschleudert hatte, war keine Spur zu sehen. Das war auch ganz gut so, denn sonst wäre Krach möglicherweise ein wenig ungnädig mit ihm umgesprungen, indem er vielleicht seinen Schwanz wie ein Gummiband in die Länge gezogen und das Wesen auf einen Flug zum Mond geschickt hätte. Schließlich hätte der Dämon wenigstens den Anstand haben können, noch ein wenig zu bleiben, um ein paar weitere nützliche Felsbrocken in den Brunnen zu werfen . . .

Nun stand er in einer Kammer, die von Türen umgeben war. Er hörte einen leisen, verzweifelten Schrei. Tandy!

Er trat zur nächstgelegenen Tür und ergriff den Knauf. Der versetzte ihm einen Schock, so daß er die Tür aus ihrem Rahmen riß und fortwarf. Dahinter lag ein kahler Raum: eine falsche Spur also. Er versuchte es mit der nächsten Tür, bekam wieder einen gewischt und riß auch diese aus der Fassung. Wieder eine kahle Kammer. Dann trat er an die dritte Tür. Die verpaßte ihm keinen Schock. Aha, die Türen lernten anscheinend dazu! Diesmal öffnete er sie sanft, doch dahinter lag wieder nur eine kahle Kammer.

Schließlich öffnete er eine Tür, die einen Gang freigab, den er sofort entlangeilte. Dabei wich er einer Steinfliese aus, die er als abgedeckte Fallgrube erkannte. Davon verstanden die Oger natürlich etwas, da sie jahrhundertelang Erfahrungen mit Fallgruben gesammelt hatten, die irgendwelche närrischen Menschen für sie gegraben hatten. Nun gelangte er an einen winddurchwehten Friedhof.

Überall lagen und standen angeschlagene Grabsteine herum und zeigten eingefallene Gräber an. Manche von ihnen neigten sich gefährlich weit vor, als wollten sie in ihre eigenen Erdlöcher hineinblicken. Krach überlegte sich, daß die beerdigten Körper wahrscheinlich hinausgeklettert und woanders hingegangen waren, was sowohl die eingesackten Gräber als auch das Mißtrauen der Grabsteine erklären würde. Doch das ging ihn nichts an.

Hier draußen war der Aasgeruch noch stärker. Vielleicht waren einige der Leichen nicht tief genug vergraben worden. Ein Windstoß kam auf und wehte mit schrecklichem Geheul um die Grabsteinkanten. Krach atmete tief durch und genoß es, dann konzentrierte er sich wieder auf seine Aufgabe. »Tandy!« rief er. »Wo bist du?« Denn sie hatte ihm ja gesagt, daß sie auf einem Friedhof gewesen war, also mußte das hier der richtige Ort sein.

Er hörte ein leises Schluchzen. Vorsichtig verfolgte er das Geräusch, was nicht ganz leicht war, da es vom Wind zu ihm getragen wurde, und der wiederum wand sich mit kalten blauen Strömen um die Grabsteine, um die besten Kanten für sein Geheul ausfindig zu machen. Doch schließlich hatte Krach das Mädchen gefunden, das sich hinter einer weißen Steinkrypta zusammengekauert hatte.

»Tandy!« wiederholte er. »Ich bin's, Krach, der zahme Oger. Komm, ich führ' dich von hier fort.«

Bleich vor Angst blickte sie zu ihm hoch, als wagte sie kaum, ihn wiederzuerkennen. Sie öffnete den Mund, brachte jedoch nur ein wimmerndes Lallen hervor.

Er streckte die Arme aus, um ihr auf die Beine zu helfen. Doch sie war schlaff wie eine Lumpenpuppe und wollte nicht aufstehen. Statt dessen schluchzte sie unentwegt vor sich hin. Äußerlich schien sie sich kaum verändert zu haben, aber irgend etwas fehlte.

Krach dachte darüber nach. Was konnte die Ursache für die Lethargie und die Niedergeschlagenheit des Mädchens sein? Er hatte geglaubt, daß es Furcht sei, doch nun, da er hier war, hatte sie eigentlich keinen Grund mehr dazu, sich zu ängstigen. Wenn sie vielleicht etwas ganz Wesentliches, Lebenswichtiges verloren hätte, ihr Augenlicht etwa oder . . .

Oder ihre Seele. Plötzlich fiel Krach ein, wie verwundbar Seelen sein konnten, und er wußte auch, daß Tandy wohl so ziemlich als erste in eine seelenbedrohende Situation hineinlaufen würde. Sie kannte sich ja so wenig in Xanth aus! Kein Wunder, daß sie verzweifelt und leer war.

»Deine Seele, Tandy!« sagte er und hielt sie so, daß sie ihm ins Gesicht blicken mußte. »Wo ist sie?«

Mit fahrigen Bewegungen deutete sie auf die Krypta. Krach bemerkte, daß diese mit einer schweren Steintür verschlossen war.

Die Tür besaß keinen Griff, doch er wußte, wie er damit umzugehen hatte. Er hob seine riesige nackte Faust und donnerte sie gegen den Stein.

Aua! Ohne seine Panzerhandschuhe waren seine Hände doch etwas empfindlicher als sonst, so daß er seine volle Kraft nicht unbedacht anwenden durfte. Doch der Hieb hatte sein Ziel erreicht: Die Steintür wies einen winzigen Riß auf und war ein kleines Stück nach außen gekippt. Mit seinen hornigen Fingernägeln brach er die Tür endgültig auf.

Ein finsteres Loch starrte ihn an. Als seine Augen sich an die Dunkelheit gewöhnt hatten, erblickte er eine weiße Silhouette. Es war das Skelett eines Mannes, das mit knochigen Fingern nach ihm griff.

Nun begriff Krach, wo sich die Leichname aus den eingesunkenen Gräbern hinbegeben hatten. Man hatte sie zum Wachdienst abkommandiert, und nun wanderten sie in dieser Krypta umher. Doch ihm stand der Sinn nicht nach Belästigungen. Er packte das Skelett am Armknochen und schleuderte es aus der Krypta. Das Ding flog durch die Luft und landete als Knochenhaufen am Boden. Der Oger trat in das Loch ein.

Nun erschienen weitere Skelette und umringten ihn mit klappernden Gelenken. Krach verfuhr mit ihnen genau wie mit dem anderen und nahm sie auseinander, so daß der Knochenhaufen rapide anwuchs. Schon bald überlegten es sich die verbliebenen Skelette anders und ließen ihn in Frieden.

Tief unten im Inneren der Gruft stieß der Oger auf einen dunklen Sarg. Der üble Gestank ließ ihm das Wasser im Munde zusammenlaufen; in dem Sarg mußte etwas köstlich Verfaultes liegen. Ob Tandys Seele sich wohl auch dort befand? Er hob den Sarg auf und schüttelte ihn.

»Schon gut, schon *gut*!« ertönte eine dumpfe Stimme aus dem Sarg. »Du hast es uns gezeigt, Oger. Schön, du hast also vor nichts Angst. Was willst du?«

»Gib Tandys Seele zurück«, erwiderte Krach grimmig.

»Das kann ich nicht, Oger«, protestierte der Kasten. »Wir haben ein Abkommen geschlossen: ihre Freiheit gegen ihre Seele. Ich habe sie aus dieser Welt fortgehen lassen, also darf ich auch ihre Seele behalten. So macht man hier Geschäfte – Seelen sind unsere Währung.«

»Die Sirene hat sie befreit, indem sie ihr den Kürbis weggenommen hat«, warf Krach ein. »Dafür brauchte Tandy dir also auch nichts zu bezahlen.«

»Reiner Zufall. Ich habe es geschehen lassen, nachdem wir unser Abkommen getroffen hatten. Die Verhandlungen sind abgeschlossen.«

Krach hatte viel länger als ein Oger gelebt und gedacht, als er mit Intelligenz gelebt und gedacht hatte. Nun griff er auf nützliche alte Gewohnheiten zurück. Er stieß ein Brüllen aus, hob den Sarg empor und schleuderte ihn gegen die Wand. Der Sarg bekam einige Risse und fiel zu Boden, worauf ein paar Steine aus der Decke auf ihn herabprasselten. Aus einer Ritze floß übelkeitserregender Schleim.

»Na ja, vielleicht lassen sich die Verhandlungen ja doch noch wieder aufnehmen«, meinte die Stimme aus dem Sarg ein wenig erschüttert. »Was hältst du von einem Seelentausch?«

Krach ballte erneut seine Riesenfaust. »Moment!« rief die Stimme alarmiert. Anscheinend war sie es nicht gewohnt, mit echten Bestien zu verhandeln. »Ich selber sammle nur die Seelen ein, ich bin nicht befugt, sie zurückzugeben. Wenn du die Seele des Mädchens jetzt sofort wiederhaben willst, bleibt dir nur die Möglichkeit, sie gegen eine andere einzutauschen.«

Der Oger dachte nach. Er könnte den Sarg samt seinem Bewohner zu Klump hauen, aber das hieß noch nicht, daß er auf diese Weise Tandys Seele zurückbekommen würde. Und wenn sie sich im Sarg befinden sollte, würde sie vielleicht bei der Prügelei verletzt. Vielleicht war es ja doch besser, zu feilschen. »Welche Seele?«

»Irgendeine andere, natürlich. Wie wär's mit deiner?«

Dieser Kasten hielt ihn anscheinend für einen typischen dummen Oger. »Nein.«

»Na gut, dann die eines anderen. Wie wär's mit der Seele der üppigen reifen Nymphe dort draußen in Xanth, die, die manchmal einen Fischschwanz hat? Wahrscheinlich hat sie eine richtig leckere, kurvige, saftige Seele.«

Krach überlegte wieder. Mit einer unogerhaften ethischen Präzision entschied er, daß er nicht befugt war, die Sirene ungefragt zu etwas zu verpflichten. »Ihre Seele nicht. Und meine auch nicht.«

»Dann muß die Seele des Mädchens hierbleiben.«

Krach nahm eine weitere faulige Duftwolke wahr, die aus dem Sarg emporstieg, und erkannte, daß Tandys Seele hier unmöglich herumliegen und verfaulen durfte. Er hielt den Vertrag, durch den der Sarg in den Besitz von Tandys Seele gelangt war, immer noch für ungültig. Krach beugte sich vor, um den angeschlagenen Sarg wieder aufzunehmen.

»Warte!« rief die Stimme. »Es gibt noch eine andere Möglichkeit. Wir könnten einen Pfandvertrag abschließen.«

Der Oger hielt inne. »Erklär mir das mal.«

»Ein Pfand ist ein Anspruch auf den Besitz eines anderen, als Sicherheit für eine Schuld«, erklärte der Sarg. »Eine Verpfändung deiner Seele würde bedeuten, daß du dich bereit erklärst, die Seele des Mädchens durch eine andere zu ersetzen – und wenn du das dann nicht tust, ist deine eigene Seele verloren.

Aber in der Zwischenzeit behältst du deine eigene Seele, jedenfalls zum größten Teil.«

Das klang vernünftig. »Wie lange dauert diese Zwischenzeit?«

»Sagen wir dreißig Tage?«

»Sechs Monate«, sagte Krach. »Hältst du mich für blöd?«

»Ja, das habe ich wohl getan«, gestand der Sarg. »Schließlich bist du ja ein Oger, und es ist allgemein bekannt, daß die Oger ihr Gehirn zum größten Teil in ihren Muskeln haben. Tatsächlich besteht ihr Gehirn wohl überwiegend aus Muskeln.«

»Das stimmt nicht«, entgegnete Krach. »Der Schädel eines Ogers ist nicht mit Muskeln gefüllt, sondern mit Knochen.«

»Da habe ich wieder was dazugelernt. *Mein* Schädel ist mit Nekrose gefüllt. Wie wär's mit sechzig Tagen?«

»Vier Monate.«

»Teilen wir uns die Differenz: Neunzig Tage.«

»In Ordnung«, willigte Krach ein. »Aber ich bin nicht der Meinung, daß du überhaupt irgendein Recht auf irgendeine Seele hast, nur weil du ein unschuldiges Mädchen verführt hast, ihre umsonst herzugeben.«

»Bist du sicher, daß du wirklich ein Oger bist? Du hörst dich gar nicht an wie einer.«

»Ich bin ein Oger«, versicherte Krach. »Soll ich dich noch ein bißchen in der Gegend rumschmeißen, um es dir zu beweisen?«

»Nicht nötig«, erwiderte der Sarg hastig. »Wenn du mit den Grundlagen unserer Verträge nicht einverstanden bist, mußt du dich an den Chef wenden. Das ist der Nachthengst. Der entscheidet über die allgemeinen Geschäftsbedingungen.«

»Das Dunkle Pferd?«

»So in etwa. Manche nennen ihn auch so, ja. Er herrscht über die Nachtmährenherde.«

Da begannen ja einige Dinge plötzlich zusammenzupassen! »Hier leben die Nachtmähren? Am Tag, wenn sie gerade nicht unterwegs sind, um Schlafende mit üblen Träumen zu beliefern?«

»Ganz genau. Alle bösen Träume werden hier im Kürbis hergestellt, und zwar aus den Rohmaterialien der Grundängste der Menschen – Verlust, Schmerz, Tod, Schande und das Unbekannte. Der Nachthengst entscheidet, wo die Träume hin sollen, und die Mähren bringen sie ans Ziel. Deine Freundin hat eine Mähre mißbraucht, deshalb hat diese ein Pfandrecht auf ihre Seele erhalten, und als das Mädchen hierher kam, wurde das Pfand eingelöst. Deshalb ist ihre Seele auch verloren und in unser Eigentum übergegangen, und das kann nur der Nachthengst ändern. Warum machen wir nicht für dich einen Termin beim Nachthengst, dann kannst du die Angelegenheit mit ihm persönlich regeln.«

»Einen Termin? Wann denn?«

»Na ja, er hat immer einen recht vollen Terminkalender. Böse Träume sind kein Zuckerschlecken, weißt du. Es gibt eine Menge Böses in der Welt, das erst noch erkannt werden will. Ist harte Arbeit, jeden Traum richtig zusammenzustellen und ihn genau zur richtigen Zeit auf die richtige Person zuzuschneidern. Deshalb ist der Nachthengst auch ziemlich beschäftigt. Der nächste Termin wäre in sechs Monaten frei.«

»Aber mein Pfand muß doch in spätestens drei Monaten eingelöst werden!«

»Du bist aber wirklich schlauer als der Durchschnittsoger! Mein lieber Mann! Vielleicht kannst du auch eine Audienz zu einem früheren Zeitpunkt erzwingen, aber dazu müßtest du erst einmal den Nachthengst gefunden haben. Vor drei Monaten kommt der bestimmt nicht zu dir. Und ich würde es wirklich nicht empfehlen, nach ihm zu suchen.«

Krach hatte das Gefühl, daß der Sarg irgend etwas vor ihm verbergen wollte und viel zu heftig protestierte. Es war wieder an der Zeit für die Ogernummer. »Vielleicht«, sagte er. »Dann hat es aber auch keinen Zweck, daß ich meine natürliche Neigung zur Gewalttätigkeit noch länger zügle.« Er hob einen Steinbrocken auf und zerbröselte ihn in einer Hand. Dabei musterte er den Sarg.

»Oh, ich bin sicher, daß du ihn finden kannst«, erwiderte der Kasten hastig. »Du mußt einfach nur den Weg des größten Widerstands gehen. Mehr kann ich dir nicht sagen, ganz ehrlich!«

Krach gelangte zu der Überzeugung, daß er alles aus dem Sarg herausgepreßt hatte, was er bekommen konnte. »Na gut.

Gib mir die Seele des Mädchens, und ich lasse dir mein Dreimonatspfand und spreche mit dem Hengst, wenn ich ihn gefunden habe.«

»Glaubst du etwa, eine Seele wäre etwas, was du ganz einfach mit deinen Händen wegtragen kannst?« fragte der Sarg abfällig.

»Ja«, erwiderte Krach. Er betrachtete seine Hände und ballte die Rechte ganz langsam zu einer tierisch häßlichen Faust, die er drohend über dem Sarg schweben ließ.

»Wenn du meinst«, willigte der Sarg nervös ein und gab wieder einen Klumpen stinkenden Schleimschweiß von sich. Die Seele schwebte empor, eine leuchtende Kugel, die einfach durch das Holz ins Freie drang. Krach umfaßte sie sorgfältig mit seinen zu einer Schale geformten Händen und stampfte aus der düsteren Kammer hinaus. Weder der Sarg noch die Skelette stellten sich ihm in den Weg.

Tandy saß noch immer an derselben Stelle, ein Häufchen mädchenhaftes Elend. »Hier hast du deine Seele wieder«, sagte Krach und reichte ihr die leuchtende Kugel.

Ungläubig griff sie danach. Unter ihrer Berührung blähte sich die Kugel auf und wurde zu einer Geistergestalt, die sofort ihren ganzen Körper umhüllte und mit ihm verschmolz. Einen kurzen Augenblick lang leuchtete ihr ganzer Leib auf, sogar durch ihr zerfetztes rotes Kleid hindurch. Dann war sie wieder ganz die alte. »Ach, Krach, du hast es tatsächlich geschafft!« rief sie. »Ich liebe dich! Du hast diesem ekelhaften Leichnam meine Seele wieder entrissen.«

»Hab' doch versprochen, dich zu beschützen«, erwiderte er knurrig.

»Was kann ich dir denn für eine Belohnung geben?« Sie kniff sich in die Haut, als könne sie ihre Wiederherstellung gar nicht richtig glauben. Krach war auch erstaunt: Noch nie hatte er bemerkt, welch einen Unterschied es machte, wenn jemand beseelt war.

»Keine Belohnung«, wehrte er erneut ab. »Gehört zu meiner Aufgabe, ist mein Dienst für die Antwort des Magiers.«

Tandy überlegte. »Ja, das ist es wohl. Aber wie hast du es nur geschafft? Ich dachte, es gäbe nicht die geringste Möglichkeit . . .«

»Ich mußte meinen natürlichen Gaben ein wenig freien Lauf lassen«, gestand er und musterte den Knochenhaufen vor der Krypta. Die Knochen erzitterten und preßten sich fester an den Boden, um seiner Aufmerksamkeit zu entgehen.

»Ach so. Wahrscheinlich warst du noch entsetzlicher als die Skelette.«

»Natürlich. So sind Oger nun mal. Wir sind schlimmer als alles andere.« Krach hielt es für das beste, ihr nichts über seinen tatsächlichen Handel zu erzählen. »Verschwinden wir von hier.«

»Ja, natürlich. Aber wie?«

Das war ein anderes Problem. Er konnte zwar Wände durchschlagen, doch die Kraft, die ihn und Tandy im Kürbis gefangenhielt, war nicht greifbar. »Ich glaube, wir müssen wohl warten, bis die Sirene uns befreit. Sie braucht ja nur den Kürbis wegzunehmen, damit wir nicht mehr hineinschauen können. Andererseits weiß sie nicht, wann wir hier fertig sind.«

»Oh! Keine einzige Minute will ich mehr an diesem scheußlichen Ort bleiben! Wenn ich gewußt hätte, was passieren würde, wenn ich in dieses komische kleine Guckloch schaue . . .«

»Ist doch gar nicht so schlecht hier«, versuchte Krach sie aufzuheitern. »Es kann sogar ganz lustig sein.«

»Lustig? Dieser scheußliche Friedhof hier?«

»So, zum Beispiel.« Krach hatte ein Skelett entdeckt, das in einem Grab herumstocherte. Vielleicht suchte es ja nach neu zu Bekehrenden. Er schlich sich von hinten an das Gerippe heran. Wenn Oger sich bewegten, mußte der Boden nicht unbedingt erzittern; das tat er nämlich nur, weil sie so gerne absichtlich fest aufstampften. »Buuuuhhh!« brüllte er los.

Das Skelett sprang mit einem Satz aus seinen Fußknöcheln und stolperte entsetzt davon. Tandy konnte sich ein Lächeln nicht verkneifen. »Du kannst einem aber auch ganz schön Angst einjagen, Krach!«

Sie setzten sich nieder und lehnten sich gegen einen großen Grabstein. Tandy kuschelte sich in Krachs großem dicht behaarten Arm zusammen. Das war der einzige Ort hier, an dem sich das arme kleine Mädchen in Sicherheit fühlte.

5
Jammerspuren

Als sie wieder ins nachmittägliche Xanth hinaustraten, begrüßte die Sirene sie besorgt. »Diesmal habe ich dir eine Stunde gegeben, Krach. Mehr wollte ich nicht riskieren. Alles in Ordnung?«

»Ich habe meine Seele wieder!« sagte Tandy fröhlich. »Krach hat sie mir zurückgeholt.«

Erleichtert umarmte die Sirene das Mädchen. »Das ist ja wunderbar.«

Dann blickte sie Krach an und wurde wieder ernst. »Aber in der Regel bekommt man Seelen nur um einen höllisch hohen Preis zurück ... äh, nach dem Prinzip des *quid pro quo*. Bist du sicher ...«

»Ich habe meine eigene Seele noch«, erwiderte Krach in gönnerhaftem Ton. »So, wie sie vorher war. Oger *haben* doch Seelen, oder?«

»Soweit ich weiß, haben nur Wesen menschlicher Herkunft Seelen«, meinte die Sirene. »Aber die dafür auch ausnahmslos, selbst wenn sie nur ganz entfernt vom Menschen abstammen, deshalb gehören wir drei wohl auch dazu. Ich bin sicher, daß deine Seele so gut ist wie jede andere, und wahrscheinlich sogar besser als einige andere.«

»Mit Sicherheit ist sie stärker und dümmer«, erwiderte er.

»Ich bin ja so froh, daß alles ein gutes Ende genommen hat«, sagte die Sirene, ohne jedoch völlig überzeugt zu wirken. Es war offensichtlich, daß sie irgendeinen Verdacht geschöpft hatte, aber jetzt lieber nicht darüber reden wollte. Ältere Frauen waren wohl weniger unschuldig und naiv als jüngere, erkannte er, aber auch diskreter als diese.

Sie beratschlagten sich über ihre Lage. Trotz seines Namens schien es am Ogersee weder einen Ogerstamm noch ein Seevolk zu geben.

»Ach, jetzt fällt's mir wieder ein!« sagte Krach plötzlich. »Die fluchenden Strudelungeheuer haben die Oger ja vertrieben. Deshalb sind sie in den Ogersumpf im Norden ausgewandert. Ich weiß überhaupt nicht, warum ich nicht schon vorher daran gedacht habe!«

»Weil du vorher nicht im Bann der Schlauschlinge warst, Dummkopf«, erwiderte Tandy. »Da warst du eben nicht sonderlich schlau. Aber das macht ja nichts. Dann reisen wir einfach zum Ogersumpf im Norden weiter, um deinen Stamm zu suchen.«

»Aber der Sumpf Oger Fen-Oger liegt doch im äußersten Norden Xanths!« protestierte die Sirene. »Wer weiß, welche Schrecken auf diesem Weg lauern!«

»Ja, schön!« freute sich Krach.

»Merkwürdig, daß der Gute Magier dich nicht daran erinnert hat, daß die Oger ausgewandert sind«, meinte die Sirene. »Na ja, hier ist jedenfalls nicht allzuviel los. Wenn ich darf, begleite ich euch gerne auch weiterhin, zumindest so lange, bis wir einen See entdeckt haben, in dem ein Meervolk lebt.«

»Klar, komm doch mit, wir mögen deine Gesellschaft«, sagte Tandy sofort, und Krach zuckte mit den Schultern. Es war ihm eigentlich wirklich recht egal. Die Verpfändung seiner Seele machte ihm Sorgen, und er wußte, daß er schon bald unter irgendeinem Vorwand wieder in den Kürbis zurückkehren mußte, um dort den Nachthengst ausfindig zu machen und um seine Seele zu kämpfen.

»Aber zuerst wollen wir diese Gefahr hier ein für allemal ausmerzen«, sagte die Sirene. Sie nahm den Hypnokürbis auf, hob ihn weit ausholend über ihren Kopf und schleuderte ihn heftig zu Boden.

»Nein!« schrie Krach, doch da war es auch schon zu spät. Der Kürbis prallte auf und zerstob zu rosa Brei, schwarzen Kernen und durchsichtigem Sirup. Es war nicht die geringste Spur der Welt zu sehen, in die Tandy und er gereist waren – die Magie war verschwunden.

Der Oger starrte den zerstörten Kürbis an. Wie sollte er nun in diese Welt zurückkehren, um seine Rechnung zu begleichen? Irgendwie wußte er genau, daß sein Pfand durch die Vernichtung des Kürbisses nicht ungültig geworden war. Statt dessen war ihm lediglich der Zugang zu jener Welt verschlossen. Es würde noch eine Weile dauern, bis es soweit war, aber er wußte, daß er jetzt in ziemlich bösen Schwierigkeiten steckte.

»Stimmt irgendwas nicht?« wollte die Sirene wissen. »Hast du etwas im Kürbis vergessen?«

»Macht nichts«, sagte Krach barsch. Schließlich hatte sie es ja gut gemeint, und jetzt ließ es sich nicht mehr ändern. Es hatte keinen Sinn, die Mädchen zu beunruhigen, so befriedigend es für ihn persönlich auch gewesen wäre, wenn er nach Ogerart hätte toben und stampfen können, bis Wald und See erzitterten.

So machten sie sich auf den Weg nach Norden durch den abwechslungsreichen Urwald, die Tundra und die ungemäßigten Klimazonen Xanths. Die meisten ortsansässigen Pflanzen und Tiere waren klug genug, sie in Ruhe zu lassen und sich nicht mit einem Oger anzulegen, und so kamen die drei gut voran.

Sie überlegten gerade, wo sie die Nacht verbringen sollten, als sie etwas hörten: ein dünnes, kaum wahrzunehmendes Geschrei und eine Kakophonie häßlicher Japser und Röchler. »Da geschieht irgend etwas höchst Unangenehmes«, meinte die Sirene.

»Ich seh' mal nach«, erbot sich Krach, den es nach einer entspannenden Prügelei gelüstete. Er stampfte auf den Lärm zu.

Eine Masse vielbeiniger Dinger jagte gerade eine kleine Elfe, die sich einen ihrer glitzernden Flügel verletzt zu haben schien.

Sie rannte im Zickzack hin und her, doch wohin sie auch fliehen mochte, stets stellten sich die Wesen, die zerquetschten Tausendfüßlern glichen, ihr mit ihren Tentakeln in den Weg und sabberten sie hungrig an. Die Elfe schrie vor Angst und Entsetzen, und ihre Verfolger ergötzten sich an ihrer Qual und spielten noch ein wenig mit ihr, bevor sie zum entscheidenden Todesstoß ausholen wollten.

»Was ist denn hier los?« fragte Krach.

Eines der Wesen drehte sich zu ihm um, obwohl es schwer auszumachen war, was bei diesen Dingern vorne und was hinten war. »Halt dich aus Sachen raus, die dich nichts angehen, Matschgesicht«, sagte es frech.

Nun mischte sich Krach für gewöhnlich nicht in anderer Leute Angelegenheiten ein, doch sein jüngstes Erlebnis mit Tandy im Kürbis hatte ihn für die Qualen kleiner in Gefahr geratener hübscher Frauen empfänglich gemacht. Darüber hinaus gefiel es ihm nicht, wenn man ihm sagte, er solle sich irgendwo heraushalten, auch wenn ein solcher Befehl mit einem netten Kompliment über sein Äußeres verbunden war. Deshalb reagierte er mit höflicher Gewalt. »Verschwinde, du Parodie von einem Scheusal!«

»Oho!« schrie das Scheusal. »Der Tölpel will also auch noch eine Lektion erteilt bekommen!«

Sofort richteten die Wesen ihre Aufmerksamkeit auf Krach. Aus der Entfernung betrachtet wirkten sie abstoßend, aus der Nähe jedoch sahen sie noch schlimmer aus. Sie bespuckten ihn mit purpurnem Speichel, rülpsten obszön am ganzen Körper und griffen mit schmutzigen Kratzklauen nach ihm. Einige von ihnen jagten jedoch weiter hinter der Elfe her.

Krach war ein wenig erregt. Anscheinend stand nun der Ruf der Oger auf dem Spiel. Er hob eines der Scheusale auf, das seine Hand sofort mit Kot verunreinigte. Er schleuderte es in den Wald hinein. Einen Augenblick später kam es wieder angekrochen. Er stampfte ein anderes in den Boden – doch es wurde nur zu einem flachen Brei, um dann sofort wieder aufzuspringen. Er riß eines von ihnen in Stücke, worauf sich dieses auf unglaubliche Weise streckte und seine vorherige Gestaltlosigkeit wiedererlangte, sobald er es losließ, wobei es einen Klumpen stinkenden Schleims auf seinen Fingern hinterließ.

Jetzt schrie die Elfe immer lauter. Die Scheusale hatten sie schon fast eingefangen. Krach mußte schnell handeln, sonst würde er zu spät kommen. Doch was konnte diese Wesen aufhalten?

Zum Glück trat nun seine neugewonnene Intelligenz in Aktion. Wenn Davonschleudern, In-Grund-und-Boden-Stampfen und In-die-Länge-Ziehen nichts nutzten, dann würde es vielleicht mit Festbinden gehen. Er packte zwei Scheusale und quetschte sie so lange zusammen, bis er ihre unendlich dehnbaren Gliedmaßen fest miteinander verknotet hatte. Dann befestigte er noch ein drittes, viertes und fünftes Scheusal damit, und schon bald hatte er seine Gegner, die ihn auf stupide Weise unbeirrt angriffen, ausnahmslos zu einem Riesenknäuel verzurrt. Ihr Strecken und Zappeln verschlimmerte ihre Lage nur noch, weil sich die Knoten damit ständig enger zogen, und so spuckten, zischten, kratzten und furzten sie wütend aufeinander ein.

Krach ließ das Knäuel fallen, wischte sich an ein paar Handtuchblättern sauber und suchte die Elfe. Die war genauso entsetzt bei seinem Anblick, wie sie es angesichts der Scheusale gewesen war. Er jagte nicht hinter ihr her; er hatte nur sichergehen wollen, daß sie nicht schlimm verletzt worden war.

Als die Elfe ihn stehenbleiben sah, tat sie dasselbe. Es war ein kleines Ding, kaum halb so groß wie Tandy, eine nackte Mädchengestalt mit glitzerndem, zerzaustem Haar und hauchdünnen, schillernden Flügeln, die Blumenmuster aufwiesen. »Du machst keine Jagd auf mich, Oger?«

»Nein. Ziehe in Frieden, Elfe.«

»Aber warum hast du die ganzen Scheusale zu einem Knäuel verknotet, wenn du mich gar nicht auffressen willst?«

»Um dir zur Flucht zu verhelfen.«

Das zu glauben fiel ihr zunächst schwer. »Ich dachte eigentlich, daß du ein Oger wärst, aber du hörst dich nicht wie einer an, und du benimmst dich auch nicht so.«

»Na ja, jeder hat schließlich mal einen schlechten Tag«, verteidigte sich Krach.

Tandy und die Sirene kamen auf die Lichtung. »Er ist ein sanfter Oger«, erklärte die Sirene. »Er hilft den Hilflosen.« Sie stellte die Gruppe vor.

»Ich bin Johann«, sagte die Elfe. Dann, noch bevor sie etwas erwidern konnten, fuhr sie hastig fort: »Ich weiß, das ist ein komischer Name für ein Wesen wie mich, aber als ich geboren wurde, war mein Vater gerade nicht da, und seine Nachricht kam irgendwie verstümmelt bei uns an, so daß ich mit diesem Namen sitzenblieb. Deshalb bin ich auch jetzt auf der Suche nach meinem richtigen Namen. Aber ich bin in eine Windbö geraten, die meinen Flügel verletzt hat, und dann haben die Scheusale . . .«

»Warum reist du nicht mit uns?« schlug Tandy vor. »Zumindest so lange, bis dein Flügel wieder geheilt ist? Ungeheuer lassen uns meistens in Frieden. Schließlich haben wir unser eigenes dabei.« Besitzergreifend nahm sie Krachs herabhängende Bratpfannenhand.

Johann dachte über den Vorschlag nach. Offenbar war ihr nicht ganz wohl bei dem Gedanken, mit einem Ungeheuer als Begleitung zu reisen. Doch da begannen die ersten Scheusale, sich aus ihrer Verknotung wieder freizuzappeln, und sie überlegte es sich schnell anders. »Gut, ich werde euch begleiten. Bis mein Flügel wieder gesund ist, dauert es ja höchstens ein oder zwei Tage.«

Krach sagte nichts. Er hatte nicht um Begleiter gebeten, aber Tandy war ihm aufgezwungen worden, und die wiederum hatte die Neigung, andere mit einzuladen. Vielleicht lag es ja daran, daß Xanth für sie so unbekannt war, so daß sie sich in der Begleitung anderer Wesen, die damit vertrauter waren, einfach sicherer fühlte. Vielleicht hatte sie sogar recht: Die Sirene hatte ihnen immerhin dabei geholfen, wieder aus dem Kürbis zu gelangen. Eigentlich war es egal. Krach konnte genausogut mit drei Begleiterinnen reisen wie mit einer.

Jetzt brach die Nacht an. Krach suchte die Umgebung nach Nahrung ab und entdeckte ein Bündel reifer Spaghetti, das in der Nähe eines Gewürzbaumes wuchs. Er pflückte einige große Handvoll ab, schüttelte Gewürz darauf und bot das Ganze seinen Begleiterinnen als Abendessen an. Die Mädchen reagierten zunächst etwas zweifelnd und zurückhaltend, doch da alle hungrig waren, verspeisten sie schon kurz darauf das köstliche, glitschige, nach Ogerart zubereitete Zeug. Dann spürten sie eine Korbpalme auf, von der kräftige Körbe herabhingen, so daß sie darin einigermaßen bequem übernachten konnten.

Vor dem Einschlafen fragte die Sirene Johann jedoch nach dem Namen, den sie suchte. »Warum nimmst du nicht irgendeinen anderen Namen an, der dir gefällt, und benutzt den?«

»Nein, das geht nicht«, erwiderte Johann. »Ich darf nur auf den Namen hören, den man mir gegeben hat. Und da ich den falschen bekommen habe, muß ich den so lange behalten, bis ich den richtigen wiedergefunden habe.«

»Woher willst du denn wissen, ob es überhaupt einen richtigen für dich gibt? Wenn man deinen Vater vielleicht falsch informiert hat ...«

»Nein, nein, er wußte schon, wer ich war. Er hat auch einen guten Namen losgeschickt, aber irgendwie ging der unterwegs verloren, so daß statt dessen der falsche bei uns eintraf. Als er wieder nach Hause kam, war es schon zu spät.«

Krach konnte die Verwunderung der Sirene nachempfinden. Er hatte auch nicht gewußt, daß Namen eine derart komplizierte Angelegenheit sein konnten.

»Heißt das etwa, daß ein anderer deinen Namen bekommen hat?« fragte die Sirene.

»Natürlich. Irgendein Elfenmann hat meinen Namen erhalten und ist damit bestimmt genauso unglücklich wie ich mit seinem. Aber wenn ich ihn finden kann, können wir Namen tauschen. Dann ist alles wieder in Ordnung.«

»Ich verstehe«, sagte die Sirene. »Ich hoffe, du findest ihn bald.«

Am nächsten Morgen gab es zum Frühstück den Honigtau, der sich auf die Blätter des Korbbaumes gelegt hatte. Schließlich setzten sie ihre Reise nach Norden fort. Johann ließ ihren verheilenden Flügel gelegentlich summen, und sein Muster schien wie zu einem dreidimensionalen Bild zum Leben zu erwachen, ganz wie eine Blüte, doch fliegen konnte sie immer noch nicht, so daß sie sich damit zufriedengeben mußte, zu Fuß zu gehen. Sie war ein fröhliches kleines Ding, eine angenehme Reisebegleiterin, die zahllose hübsche Anekdoten aus dem Elfenleben zu erzählen wußte. Das Elfenreich war anscheinend sehr groß, mit vielen Fürstentümern und grenzüberschreitendem Handel zwischen verschiedenen Gruppen, sowie mörderischen Handelskriegen.

Nun gelangten sie an einen Berg. Keiner von ihnen war mit diesem Teil Xanths vertraut, der sich östlich des Gebiets des Wahnsinns befand, deshalb reisten sie einfach immer nur in Richtung Norden. Mit etwas Glück würde es schon nicht so schlimm werden.

Doch es wurde so schlimm. Der Berg wurde schließlich so steil, daß es unmöglich war, einfach weiterzugehen. Umgehen ließ er sich auch nicht, da die Wände des Kanals, durch den sie gekommen waren, sogar noch steiler in die Höhe ragten. So hatten sie nur die Wahl, entweder weiterzumarschieren oder bis zum Fuß des Berges zurückzukehren, um es mit einer anderen Route zu versuchen. Doch keiner von ihnen war gewillt, umzukehren.

Mit seinen behandschuhten Fäusten brach Krach Felsbrocken aus der Bergwand, um für die anderen eine primitive Treppe zu bauen. Zum Glück war das steilste Stück nicht sehr lang, so daß sie gegen Mittag wenigstens den Gipfel erreicht hatten.

Dort befand sich ein See, der zwar längst nicht so groß wie der Ogersee war, aber doch beeindruckend genug wirkte. Er war randvoll mit funkelndem Wasser, und Johann meinte: »Das muß ein alter Vulkankrater sein. Ich bin mal über einen ähnlichen Krater geflogen, der war allerdings nicht ganz so groß. Wir müssen aufpassen, denn solche Seen werden von Wasserdrachen bevorzugt, vor allem dann, wenn das Wasser in der Tiefe heiß ist.«

Krach zog eine Grimasse. Er mochte keine Wasserdrachen, weil die meisten eine Nummer zu groß für einen ehrlichen Oger waren. Doch er konnte keinerlei Anzeichen für solche Wesen entdecken: Weder Kot noch Knochenhaufen und auch keine herumliegenden alten Panzerschuppen oder Zähne.

»Was ist das denn?« fragte Tandy und zeigte auf das Wasser.

Auf der Oberfläche des Sees waren beinahe kreisförmige Eindrücke zu erkennen, immer abwechselnd ein kleinerer neben einem großen. »Sieht aus wie Spuren«, meinte die Sirene. »Als ob sie von einem Wesen stammten, das über das Wasser gelaufen ist. Ist so etwas möglich?«

Krach stellte einen Fuß auf das Wasser. Er versank sofort. Die Wellenringe löschten die Spuren aus. »Nicht möglich«, entschied er.

Dennoch hielten sie sich lieber von dem Wasser fern, bis sie Näheres darüber wußten. Selbst scheinbar unscheinbare Rätsel konnten in Xanth gesundheitsgefährdend sein. Sie schritten auf der westlichen Seite um den See und folgten einem verdächtig bequemen Pfad, weil es zwischen dem tiefen Gewässer und dem klippenähnlichen Berghang keinen anderen Weg gab.

Doch als sie in nördlicher Richtung der Biegung des Bergkegels folgten, stießen sie auf aus dem Boden emporragendes schwammiges Gestein. »Magma«, erriet Krach und zerrte damit wieder eine unterirdische Erinnerung – leicht erhitzt – an die Oberfläche.

»Ist mir egal, wer das ist, auf jeden Fall versperrt uns das den Weg!« beschwerte sich Tandy. Tatsächlich war das Gestein ein Hindernis und würde sie zu einer waghalsigen Kletterpartie zwingen.

»Ich schaff's beiseite«, entschied Krach, ballte seine Riesenfaust und donnerte sie voll Wucht auf das Magma.

Der Fels reagierte mit ohrenbetäubendem Getöse und Beben. Als es endlich nachließ, sagte die Sirene: »Das Magma kommt aber laut raus!«

»Magma cum laude«, pflichtete ihr der Oger bei, dessen Gehör noch nicht wieder gänzlich hergestellt war.

»Wirklich ein ganz schöner Lärm«, sagte Tandy. Sie sah aus, als sei ihr schwindlig. Die Elfe stimmte ihr zu.

Sie kamen zu dem Schluß, daß ihnen der Lärm nicht gefiel und daß sie es lieber mit dem anderen Seeufer versuchen wollten. Als sie den Weg zurückgingen, schlich sich ein schreckliches Stöhnen über das Wasser. »Was ist das denn?«

»Das ist das Jammern des Wesens, das die Spuren auf dem Wasser hinterlassen hat«, vermutete die Sirene.

»Ach so. Dann sind das also Jammerspuren.«

»Wird wohl so sein.« Die Sirene zog eine Grimasse. »Ich hoffe allerdings, daß wir nicht auch noch dem Jammer selbst begegnen. Ich habe ein wenig Erfahrung mit Wassermusik, und ich kann euch sagen – *das* hier macht mich nervös!«

Als sie an die Ostseite des Sees kamen, gab es noch mehr Ärger: Ein häßlicher Kopf hob sich auf einem schlangenartigen Hals. Es war zwar kein wirklicher Drachenkopf und auch nicht der eines Seeungeheuers, aber er wies deutliche Ähnlichkeiten mit beiden auf. Verglichen mit denen anderer Ungeheuer war er nicht einmal sonderlich groß, doch er zischte sie bösartig genug an.

Krach war die Hindernisse leid. Deshalb machte er lieber gleich kurzen Prozeß mit diesem Ungeheuer: Er streckte den Arm vor und packte den Hals mit seinen gepanzerten Fingern.

Sofort erschien ein weiterer Kopf, der dem ersten glich und sich auch genauso aggressiv verhielt. Den ergriff Krach mit seiner anderen Hand.

Da tauchte ein dritter auf. Jetzt wurde es aber schwierig! War er etwa in eine ganze Schlangengrube gestolpert? Hastig stieß Krach die beiden ersten Köpfe gegeneinander und zermalmte sie, um nach dem dritten zu greifen.

»Die sind alle miteinander verbunden!« rief die Sirene. »Das ist eine vielköpfige Schlange!«

Tatsächlich! Vier weitere Köpfe erhoben sich, so daß es nun schon sieben waren. Krach zertrümmerte zwei von ihnen, mußte sich jedoch sputen, damit die anderen drei nicht ihre Fänge in seine Glieder schlugen. Das gelang ihm jedoch, indem er auf einen von ihnen seinen Fuß stellte und die letzten beiden mit den Fingern umklammerte. Kurz darauf waren alle Köpfe zermalmt, und er entspannte sich.

»Vorsicht, Krach!« schrie Tandy. »Da kommen noch mehr!«

Anscheinend waren einige der Köpfe doch noch nicht völlig zertrümmert und hatten sich inzwischen wieder erholt. Das war ungewöhnlich, denn in der Regel überlebten nur die wenigsten Dinge eine Auseinandersetzung mit einem Oger. Er packte sie – und mußte feststellen, daß sie vom selben Halsstamm sprossen. An der Sprießstelle teilte sich der Hals zu einem säuberlichen Y. Er war überzeugt, diese Form vorher nicht bemerkt zu haben.

»Da kommen noch mehr Köpfe!« kreischte Tandy.

Jetzt waren es schon sechs, alle paarweise angeordnet. Aus den alten Köpfen wuchsen ja neue hervor!

»Das ist eine Hydra!« schrie die Sirene. »Jeder zerstörte Kopf bringt zwei neue hervor! Die kannst du einfach nicht besiegen, nicht mal mit Köpfchen!«

»Köpfchen habe ich hier mehr als genug«, knurrte Krach und wich zurück. Die Hydra ließ einen kleinen Wald zischender Köpfe sprießen, die nach allem schnappten, was sich in Reichweite befand. Zwei von ihnen bekämpften sich sogar gegenseitig.

»Eine Hydra kann man nicht umbringen«, fuhr die Sirene fort. »Sie ist schon vom Wesen her unsterblich. Sie bezieht ihre Kraft aus dem Wasser.«

»Dann werde ich eben das Wasser beseitigen«, erwiderte Krach. »Wird nicht schwer sein, ein Loch in diesen Uferrand zu schlagen, so daß der See abfließt.«

»Nein, bitte tu das nicht!« widersprach die Sirene. »Ich bin selbst ein Wasserwesen, und ich kann es nicht mit ansehen, wenn Wasser mißhandelt wird. Du würdest dadurch einen wunderhübschen See zerstören, viele unschuldige Wesen unten am Berghang ertränken und viele unschuldige Seebewohner dem sicheren Tod ausliefern. Ein solches Gewässer bildet doch ein ganzes Ökotop für sich . . .«

Entwickelte sich diese Meerjungfrau etwa langsam zum Gewissen der Reisegruppe? Krach zögerte.

»Das stimmt«, meinte Johann. »Schöne Seen sollte man in Frieden lassen. Die meisten von ihnen haben mehr Gutes als Böses an sich.«

Krach blickte Tandy an. »Der Meinung bin ich auch«, sagte sie. »Wir wollen anderen kein Leid zufügen, und dieses Wasser hier ist wirklich hübsch.«

Der Oger zuckte mit den Schultern. Er wollte keinen Ärger mit seinen Freunden bekommen. Als er mit seiner von der Schlauschlinge verstärkten Intelligenz die Sache durchdachte, mußte er erkennen, daß sie recht hatten. Sinnlose Zerstörung würde nur die Umwelt Xanths vernichten und damit auch, auf lange Sicht betrachtet, die Überlebenschancen der Oger. »Anderen kein Leid antun«, willigte er knurrig ein. Wenn ein anderer Oger das gehört hätte, dann hätte es aber mächtig Ärger gegeben! Das mußte man sich einmal vorstellen – etwas *nicht* zu zerstören!

»Ach, am liebsten würde ich dir einen Kuß geben!« sagte Tandy. »Aber ich komme nicht an dich ran.«

Krach kicherte leise. »Ist auch ganz gut so. Jetzt müssen wir den See durchschwimmen. Könnt ihr alle schwimmen?«

»Nein, ich nicht«, sagte Johann. »Meine Flügel würden das nicht überstehen.«

»Vielleicht kannst du ja schon wieder fliegen«, meinte die Sirene.

»Ja, vielleicht.« Die Elfe versuchte es, indem sie ihre hübschen Flügel schwirren ließ und dadurch wieder Blütenmuster in der Luft erzeugte. Sie schien zwar immer leichter zu werden, als die hinabgewirbelte Luft den Staub vom Kraterrand wehte, hob aber nicht ab. Da sprang sie, einem Windstoß entgegen, der gerade auf sie zu kam und sie über den Rand hinaustrug. Sie flatterte wild und heftig mit den Flügeln, konnte die Höhe jedoch nicht halten und stürzte hinab.

Krach streckte eilig den Arm aus und fing sie auf, bevor sie am Berghang aufprallen konnte. Sie kreischte auf, merkte schließlich, daß er sie gar nicht angreifen, sondern ihr helfen wollte. Vorsichtig setzte er sie auf dem Kraterrand ab, wo sie schnaufend und allerliebst nach Luft ringend stehenblieb, zitternd vor Anstrengung.

»Geht wohl doch noch nicht«, bemerkte die Sirene. »Aber du könntest ja auf Krachs Rücken sitzen, während er den See überquert.«

»Ja, das müßte wohl klappen«, stimmte die Elfe mit matter Stimme zu. Ihr kleiner nackter Brustkorb hob und senkte sich. Krach fiel ein, daß es für ein Flugwesen recht unangenehm sein mußte, plötzlich nicht mehr fliegen zu können. Wahrscheinlich hätte er ähnlich reagiert, wenn er seine Kraft verloren hätte.

Sie begaben sich ins Wasser. Tandy konnte recht gut schwimmen, und die Sirene war natürlich erst recht in ihrem Element, nachdem sie ihre Meerjungfraugestalt angenommen hatte. Johann kauerte sich zaghaft auf Krachs Kopf nieder, der ihr Gewicht kaum spürte. Mit großen Zügen schwamm er durch das Wasser und gab sich Mühe, nicht zu sehr zu planschen, obwohl ihm das Planschen immer solchen Spaß machte. Aber wenn man in Gesellschaft reiste, mußte man eben ein paar Opfer erbringen.

Da sahen sie etwas Riesig-Dunkles wie eine tieffliegende Gewitterwolke aus Norden nahen. Die Gestalt huschte über das Wasser, und gleichzeitig erscholl das schreckliche Jammern aufs neue. Krach begriff, daß das Jammern von dem Wolkending herrührte. Es wurde zusätzlich von einem tapsenden Getrommel untermalt.

Die Sirene, die ihnen vorangeschwommen war, hielt inne. »Das gefällt mir nicht«, sagte sie. »Das Ding trabt tatsächlich über die Wasseroberfläche. Ich kann seine Fußstapfen spüren. Und außerdem kommt es direkt auf uns zu. Ich selbst könnte ihm wahrscheinlich davonschwimmen, aber Tandy kann das nicht und Krach auch nicht, ohne Johann zu gefährden. Wir verlassen besser das Wasser.«

»Das Ding ist zu schnell«, wandte Johann ein. »Es wird uns längst eingeholt haben, bevor wir das Ufer erreichen.«

Sie hatte recht: Das Ungeheuer kam mit rasender Geschwindigkeit auf sie zugeschossen und warf seinen dunklen Schatten voraus. Tatsächlich war es gar keine Wolke, sondern bestand aus einem graublauen, löchrigen Schaum, durch dessen Öffnungen das Jammern schlüpfte. Außerdem besaß es Hunderte von kleinen Füßchen, die über das Wasser huschten und genau solche Spuren darauf hinterließen, wie sie sie zuvor schon bemerkt hatten. Jammerspuren also!

»Oh, jetzt sind wir verloren!« rief Johann. »Rette dich wenigstens selbst, Krach, indem du untertauchst und dich im Wasser versteckst!«

Ein Oger sollte sich vor einem Ungeheuer verstecken? Die kleine Elfe ahnte überhaupt nicht die Bedeutung dieser so unschuldig dahingesagten Beleidigung! »Nein«, entgegnete Krach. »Ich werde mit ihm kämpfen.«

»Das Ding ist doch viel zu groß!«

»Vermutlich erstickt es seine Opfer, indem es sie umhüllt«, sagte Tandy. Sie ging die Sache von ihrer praktischen Seite an. Seit sie das eigentliche Wesen der Angst im Inneren des Kürbisses kennengelernt hatte, schien sie sich weit weniger zu fürchten als vorher. Ungeheuer waren nur so lange Ungeheuer, wie die eigene Seele noch intakt war. »Gegen Nebel oder Gelee kann man nicht kämpfen.«

Krach mußte zugeben, daß sie wahrscheinlich recht hatte. Diese ganzen Mädchen ergaben zusammen weitaus mehr Sinn, als er gedacht hätte, bevor er sie kennengelernt hatte. Und außerdem konnte er im Wasser, mit einer zarten, flugunfähigen Elfe auf seinem Kopf, ohnehin nicht wirkungsvoll kämpfen – und wenn sein Gegner nichts Festes, Prügelbares aufzuweisen hatte, waren seine Fäuste so gut wie nutzlos. Es wurmte ihn, zugeben zu müssen, daß es Ungeheuer gab, mit denen ein Oger nicht fertig wurde, doch das schien hier der Fall zu sein. Diese verdammte Schlauschlinge, die ihm Vernunft aufoktroyiert hatte!

»Ich schwimme voraus!« rief die Sirene. Sie schwebte auf ihrem kraftvoll peitschenden Schwanz im Wasser, so daß es aussah, als sei das Wasser allenfalls hüfthoch. Für Menschenmänner wäre das ein beachtlicher Anblick gewesen. Krach hatte den Eindruck, daß es ihr bestimmt nicht schwerfallen dürfte, einen Meermann zu betören, sobald sie einen aufgespürt hatte. »Ihr schwimmt weiter«, fuhr die Sirene fort. Mit erstaunlicher Schnelligkeit schwamm sie in westlicher Richtung davon.

Als sie etwas Abstand gewonnen hatte, hielt sie inne und begann zu singen. Sie hatte eine wunderschöne Stimme mit einem unheimlichen, jammernden Unterton, wie das heulende Ungeheuer selbst. Vielleicht imitierte sie es ja auch.

Das Ungeheuer hielt inne. Dann machte es einen majestätischen Schwenker und rannte auf die Sirene zu, wobei seine winzigen Füße auf der Wasseroberfläche ihre Spuren hinterließen, ohne dabei zu spritzen. Nun war dieses Geheimnis gelüftet, obwohl Krach immer noch nicht begriff, wie die Spuren im Wasser Bestand haben konnten. Doch die Auswirkungen der Magie bedurften ja keiner Erklärungen.

Nachdem das Ungeheuer den Weg freigegeben hatte,

schwammen Krach und Tandy ans andere Ufer. Es war ein ganzes Stück, und Tandy ermüdete bald, was ihr gemeinsames Tempo beeinträchtigte; anscheinend gab es in der Unterwelt keine solch großen Seen. Schließlich schlug Krach ihr vor, sie solle einen seiner Füße ergreifen, damit er sie abschleppen konnte. Tatsächlich wurde er inzwischen selbst müde; er hätte es vorgezogen zu waten, aber dafür war das Wasser viel zu tief. Doch es wäre unogerhaft gewesen, eine Schwäche zuzugeben.

Schließlich gelangten sie sicher an die nördliche Landzunge, wo sie aus dem Wasser stiegen und sich ausruhten, in der Hoffnung, daß der Sirene nichts zugestoßen war.

Bald darauf erschien sie auch, tief unter der Wasseroberfläche schwimmend. Dann stieß sie mit dem Kopf hervor und hob instinktiv die Hände, um nach Meerjungfrauenart ihre Locken zurechtzustreichen. »Das war aber interessant!« sagte sie und sprang mit einem Flappen ihrer Schwanzflosse aus dem Wasser, um sich ans Ufer zu setzen. Ihr Schwanz blieb im Wasser verborgen, so daß sie aussah wie eine vor Gesundheit strotzende Nymphe.

»War das Ungeheuer etwa freundlich?« fragte Tandy zweifelnd.

»Nein, es hat versucht, mich zu vertilgen. Aber es konnte nicht unter Wasser operieren, weil seine Spuren es an die Oberfläche banden. Da hat es versucht, mich anzulocken, aber beim Anlocken von Wesen kenne ich mich aus und war deshalb zu vorsichtig, um darauf reinzufallen.«

»Dann warst du ja richtig in Gefahr!« Tandy reagierte inzwischen sehr feinfühlig auf Gefahren, die von Ungeheuern ausgingen, die ihre Opfer anlockten, ob dies nun mit Hilfe von leicht begehbaren Pfaden oder mit praktischen Gucklöchern geschehen mochte.

»Nein, nein«, meinte die Sirene und begann ihr nasses Haar auszuschütteln, während sie wieder Menschenbeine bekam und vollends aus dem Wasser stieg. »Wesen meiner Art kann im Wasser nicht viel zustoßen. Nicht daß es viele Wesen meiner Art gäbe – Meerjungfrauen und -männer können ja in der Regel keine Menschenbeine bekommen. Das ist eben mein menschliches Erbe. Natürlich konnte meine Schwester, die Gorgone, auch nie einen Schwanz entwickeln; bei ihr hat sich das Gesicht verändert. Magische Vererbung ist wirklich etwas Seltsames! Aber ich habe mich kurz mit dem Ungeheuer unterhalten. Es hält sich für einen Wal.«

»Ist das nicht ein mundanisches Ungeheuer?« fragte Johann. Jeder in Xanth wußte, daß die schlimmsten Ungeheuer mundanischen Ursprungs waren, genau wie die schlimmsten Leute.

»Ja. Aber der hier behauptet, daß einige Wale nach Xanth eingewandert sind und Beine entwickelten, um bis zu den Binnengewässern marschieren zu können. Dann haben sie die Beine einfach behalten, um über die Seen zu laufen. Es sagt, es sei einer der ersten gewesen, ein königliches Ungeheuer sozusagen, ein Prinz seiner Rasse.«

»Und?« fragte Tandy. »Ist es das wirklich?«

»Ich glaube nicht. Deshalb jammert es auch so.«

»Das Leben ist eben überall hart«, meinte Krach ohne viel Mitgefühl. »Verlassen wir jetzt endlich diesen Berg.«

Tatsächlich hatte die Sonne inzwischen an Strahlkraft verloren und war im Begriff, herunterzupurzeln, wie sie es jeden Tag tat, weil sie einfach nicht lernte, ihre Energie so sparsam einzuteilen, daß sie oben bleiben konnte. Sie mußten sich noch ein bequemes Nachtlager suchen. Glücklicherweise war der Abhang auf dieser Seite nicht sonderlich steil, so daß sie beinahe mühelos hinabgleiten konnten.

Als sie sich dem nördlichen Fuß des Berges näherten, wo der Wald wieder einsetzte, wurden sie von einer Nymphe begrüßt, die ihnen entgegenkam. Sie war von zarter brauner Hautfarbe, mit grünem, rotgerändertem Haar. Ihr Oberkörper, der zwar schlank und üppig nach Art aller Nymphen war, war leicht rissig, wie die Rinde eines jungen Baumes, und ihre Zehen glichen Wurzeln. Sie trat auf Tandy zu, die von allen am menschenähnlichsten war. »Bitteschön – weißt du, wo Schloß Roogna liegt?«

»Vor einem Jahr habe ich mal versucht, dort hinzukommen«, erwiderte Tandy. »Aber ich habe mich verirrt. Vielleicht fragst du mal Krach, der weiß es bestimmt.«

»Oh! Ich frage doch keinen Oger!« rief die Nymphe.

»Dieser Oger ist halbwegs zahm«, beruhigte Tandy sie. »Er frißt nicht viele Nymphen.«

Krach gewöhnte sich langsam an diese Sticheleien. Er wartete geduldig, bis die Nymphe etwas Vertrauen zu ihm gefaßt hatte, dann beantwortete er ihre Frage so gut er konnte. »Ich war schon auf Schloß Roogna. Aber im Augenblick reise ich in eine andere Richtung, und der Weg dorthin ist beschwerlich. Es liegt ungefähr westlich von hier.«

»Ich werd's schon irgendwie finden«, sagte die Nymphe. »Ich muß.« Sie blickte gen Westen.

»Warte mal!« protestierte Tandy, ganz wie Krach es erwartet hatte. Das Mädchen besaß genug Mitgefühl, um ganz Xanth darin zu ertränken! »Du kannst doch nicht allein dorthin reisen! Dann verirrst du dich womöglich oder wirst aufgefressen. Warum begleitest du uns nicht, bis wir auf jemanden stoßen, der auch zum Schloß will?«

»Aber ihr reist doch nach Norden!« wandte die Nymphe ein.

»Das schon, aber dafür reisen wir auch sicher, wegen Krach.« Erneut zeigte Tandy auf ihn. »Einen Oger stört niemand.«

»Da ist etwas dran«, meinte die Nymphe. »*Ich* will ihn lieber auch nicht stören.« Sie dachte nach. Offenbar war sie etwas müde. »Ich könnte euch dabei helfen, Nahrung und Wasser zu finden, so etwas kann ich gut. Ich bin eine Dryade.«

»Oh, eine Baumnymphe!« rief die Sirene. »Da hätte ich schon früher drauf kommen können! Was machst du denn hier, so ganz ohne Baum?«

»Das ist eine kurze Geschichte. Laßt mich zuerst einen Ort für euch suchen, an dem ihr lagern könnt und etwas zu essen habt, dann werde ich sie euch erzählen.«

Die Dryade hielt ihr Versprechen. Schon bald lagerten sie gemütlich auf einer Lichtung neben einer großen Eierpflanze, deren reife Eier von der Sonne hartgekocht worden waren. Daneben befand sich ein Seltersgewässer, das perlend glitzerte. Sie saßen im Kreis, pellten Eier und schöpften Selterswasser mit den Schalen. Nachdem alle sich einander vorgestellt hatten und die Reisegefährten erfuhren, daß die Dryade nach ihrem Baum Feuereiche hieß, berichtete sie von ihrem Schicksal.

Obwohl sie wesentlich jünger aussah, war sie hundert Jahre alt. Ihr ganzes Leben hatte sie mit ihrem Feuereichenbaum verbracht, der im Jahre ihrer Entstehung aus einer Feuereichel gesprossen war. Wie alle Dryaden war sie mit ihm zusammen aufgewachsen, hatte ihn beschützt und ihrerseits seinen Schutz genossen. Dann war in der Nähe ein Menschendorf errichtet worden, und die Dorfbewohner waren gekommen, den Baum zu fällen, um aus seinem Holz ein Feuerwehrhaus zu bauen. Feuereichen gaben gutes, feuerfestes Holz, erklärte die Dryade; es sah selbst so aus, als würde es brennen, ein Effekt, der dem Elmsfeuer glich. Das verlieh dem Baum ein hübsches Aussehen, und die Illusion schützte ihn auch vor Raubinsekten (mit Ausnahme von Feuerameisen). Vergeblich hatte die Dryade Protest eingelegt und darauf hingewiesen, daß das Fällen des Baumes sowohl den Baum als auch sie selbst dem Tod ausliefern würde.

Doch die Dorfbewohner wollten das Holz haben und waren nicht darauf eingegangen. Da hatte sie die Vollmondnacht ausgenutzt, um einen Mondwahnrand um den Baum zu weben, der ihn vor den Menschen verbergen würde. Doch der Wahnrand würde schon in wenigen Tagen seine Wirkung verlieren, nämlich wenn der Mond zu einer Sichel zusammengeschrumpft war, so daß der Baum wieder zu erkennen sein würde. Deshalb mußte sie ihre Mission in diesen wenigen Tagen zu einem erfolgreichen Ende führen, sonst waren sie verloren.

»Aber wieso reist du dann zum Schloß Roogna?« wollte Johann wissen. »Dort verarbeitet man doch auch Holz, oder?«

»Dort ist der König!« erwiderte Feuereiche. »Ich habe gehört, daß er ein Umweltschützer ist. Der beschützt seltene Bäume.«

»Das stimmt«, warf Krach ein. »Er beschützt auch seltene Ungeheuer.« Zum ersten Mal wurde ihm klar, weshalb König Trent wahrscheinlich eine Ogerfamilie in der unmittelbaren Umgebung von Schloß Roogna geduldet hatte: Sie waren seltene Wesen der Wildnis gewesen. »Er sucht immer nach Lösungen, die der Umwelt den geringsten Schaden zufügen.«

Die Dryade blickte ihn neugierig an. »Du sprichst aber gar nicht wie ein Oger!«

»Er ist in eine Schlauschlinge getappt«, erklärte Tandy. »Die hat ihn mit Klugheit gestraft.«

»Wie kannst du denn ohne deinen Baum hier überleben?« fragte die Sirene. »Ich dachte, daß Dryaden ihre Bäume allenfalls für wenige Augenblicke verlassen könnten.«

»Das habe ich auch geglaubt«, erwiderte Feuereiche. »Aber als mein Baum in Todesgefahr schwebte, hat mir die Verzweiflung ungewöhnliche Kräfte verliehen. Für meinen Baum kann ich tun, was getan werden muß. Allerdings fühle ich mich ohne ihn schrecklich unsicher. Der Baum ist meine Seele.«

Tandy und Krach zuckten zusammen. Diese Analogie war mehr als ungemütlich. Es war alles andere als angenehm, von der eigenen Seele getrennt sein zu müssen.

»Das Gefühl kenne ich«, meinte die Sirene. »Ich habe mein ganzes Leben in ein und demselben See verbracht. Aber plötzlich wurde mir klar, daß das ein ziemlich trübseliger Ort für eine einsame Meerjungfrau war, deshalb suche ich jetzt nach einem besseren See. Aber mein alter See fehlt mir trotzdem, denn er enthält die Erfahrungen meines ganzen Lebens, und ich frage mich manchmal, ob ich ihm wohl auch fehle.«

»Woher willst du denn wissen, ob der neue See nicht genauso trübselig sein wird wie der alte?« wollte Feuereiche wissen.

»Das wird er schon nicht, wenn der richtige Meermann darin lebt.«

Die Dryade errötete, wobei ihr Gesicht einen Augenblick lang die Feuerfarbe ihres Baumes annahm. »Oh.«

»Du bist hundert Jahre alt – und hast keine Erfahrungen mit Männern gesammelt?« fragte Tandy erstaunt.

»Na ja, ich bin doch eine Dryade«, verteidigte sich Feuereiche. »Wir haben nicht viel mit Männern zu tun – nur mit Bäumen.«

»Was hast du denn so für Erfahrungen gemacht?« fragte die Sirene Tandy.

»Ein Dämon hat – nein, ich rede lieber nicht darüber.« Jetzt war Tandy mit dem Erröten an der Reihe. »Na ja, jedenfalls ist mein Vater ein Mann.«

»Das sind die meisten Väter«, bemerkte die Sirene.

»Meiner nicht!« protestierte Krach. »Mein Vater ist ein Oger!«

Doch sie beachtete seinen Einwurf nicht. »Ich habe meine Beine von meinem Vater geerbt und meinen Schwanz von meiner Mutter. Sie war keine richtige Frau, aber er war ein richtiger Mann.«

»Willst du damit sagen, daß Menschenmänner sich tatsächlich mit Meerjungfrauen, äh, abgeben?« fragte Tandy.

»Menschenmänner geben sich mit allen Jungfrauen ab, derer sie habhaft werden können«, sagte die Sirene mit schiefem Lächeln. »Meine Mutter war wohl nicht sonderlich schwer zu fangen, mein Vater war ein sehr gutaussehender Mann. Aber er mußte gehen, nachdem meine Schwester, die Gorgone, geboren wurde.«

Nach einer kurzen Gesprächspause fuhr Feuereiche mit ihrem Bericht fort. »Wenn ich also mit dem König reden und ihn davon überzeugen kann, daß er meinen Baum beschützen muß, wird alles wieder gut.«

»Und was ist mit den anderen Bäumen?« fragte Johann.

Feuereiche blickte sie verständnislos an. »Welche anderen Bäume?«

»Die von den Dorfbewohnern gefällt werden. Vielleicht besitzen die keine Dryaden, die für sie Wort ergreifen können, aber die Zerstörung haben sie auch nicht verdient.«

»Daran habe ich noch nie gedacht«, sagte Feuereiche. »Ja, da sollte ich wohl wirklich auf Schloß Roogna ein Wort für sie einlegen. Es wäre gar nicht schlecht, eine Baumlobby zu haben.«

Sie fanden gute Ruheplätze auf den Bäumen und machten sich zur Nacht bereit. Krach legte sich einfach auf die Lichtung, weil ihm sowieso niemand etwas tun würde. Sein Kopf lag neben dem fließend geschwungenen Stamm einer Wassereiche, die Feuereiche sich ausgesucht hatte, und er konnte das erstickte Schluchzen der Dryade hören. Offensichtlich fiel ihr die Trennung von ihrem geliebten Baum doch schwerer, als sie es sich bei Tage hatte anmerken lassen, und dieser Baum schwebte ja auch in unmittelbarer Gefahr. Krach hoffte, daß er eine Möglichkeit finden würde, um ihr zu helfen. Wenn es nötig sein sollte, könnte er sich auch selbst als Wächter vor dem Baum aufbauen. Doch er wußte nicht, wie lange er dann dort würde stehen müssen. Er wollte seine eigene Mission nicht allzulange hinauszögern, um nicht die Zeit für die Antwort des Magiers nutzlos verstreichen zu lassen. Außerdem war da noch die Sache mit seiner verpfändeten Seele. Was immer er noch vorhaben mochte – es war auf jeden Fall klüger, es vor Ablauf der drei Monate zu erledigen. Schon jetzt fühlte er sich nicht mehr ganz auf der Höhe, als hätte er bereits einen Teil seiner Seele und damit auch einen Teil seiner Kraft eingebüßt.

Am nächsten Tag machten sich die fünf Gefährten auf den Weg nach Norden. Das Land wurde zwar flacher, verlor deshalb aber keineswegs an Gefährlichkeit. Tandy stolperte in einen Würg-Kirschenstrauch, und Krach mußte erst das ganze Gestrüpp samt Wurzeln aus dem Boden reißen, bevor es aufhörte, Tandy zu würgen. Ein Stück weiter begegneten sie einer Kraftpflanze, deren Zweige merkwürdige, eckige Formen aufwiesen und von einem inneren Kraftstrom summten. Wehe dem armen Geschöpf, das dieser Pflanze versehentlich in die Arme lief!

Gegen Mittag entdeckten sie einen wunderschönen Gemüsebaum, an dessen Äste Kohlköpfe, Bohnen, Möhren, Tomaten und Zwiebeln hingen, alle gerade reif genug. Da hatten sie ja alle Zutaten für einen ausgezeichneten Salat beisammen! Doch als Krach auf ihn zutrat, wurde Tandy nervös. »Ich rieche Lunte!« sagte sie und schnüffelte. »In den Höhlen, wo ich lebe, gibt es große Luntenratten, daher kenne ich den Geruch sehr genau. Wo die sind, gibt es immer Ärger.«

Krach witterte ebenfalls einen leisen Rattengeruch. Was hatten die hier zu suchen?

»Ich rieche es auch«, meinte Johann. »Ich hasse Ratten. Aber wo sind sie?«

Die Sirene umkreiste gerade den Baum. »Irgendwo in dem Gemüse oder in seiner Nähe«, meldete sie. »Ich fürchte, dieser Baum ist nicht das, was er zu sein vorgibt.«

Feuereiche trat auf ihn zu. »Ich will mal nachsehen. Mit Bäumen komme ich gut zurecht.« Sie stellte sich neben dem Baum auf und griff vorsichtig nach einem Blatt. »Das hier ist ein ganz normales Blatt«, sagte sie schließlich. Dann berührte sie eine Kartoffel – und die zwinkerte ihr mit einem Auge zu. »Weg von hier!« schrie Feuereiche. »Das ist eine Lunte!«

Da explodierten Gemüse und Obst bereits und traten in Aktion. Alles bekam plötzlich Beine, Schwänze und Schnauzen und stürzte sich zu Boden. Es war eine große Rattenschar, die sich als Gemüse getarnt hatte, um unvorsichtige Reisende anzulocken – doch ihr Geruch hatte sie verraten. Einmal eine Luntenratte, immer eine Luntenratte – zumindest was den Gestank anging.

Die Sirene, Tandy und Johann wichen rechtzeitig zurück, um dem ersten Geratter zu entgehen. Doch Feuereiche war zu nahe dran: Die Biester umringten sie schwärmend, bissen sie in die Waden und ließen sie stolpern und stürzen.

Krach sprang auf sie zu und riß die Dryade mit einer Hand aus dem Gewühl. Einige der Ratten hatten sich an ihr festgebissen und kauten munter auf ihrer rindenähnlichen Haut herum. Sie kreischte und versuchte sie abzuwehren, doch sie hingen zäh an ihr fest und bissen ihr in die Hand.

Krach schüttelte sie durch, zögerte aber, zu heftig vorzugehen, um sie dabei nicht zu verletzen. Auch so verlor sie schon Rindenstücke und Blätter. Krach mußte die länglichen, fadenförmigen Luntenratten eine nach der anderen abkneifen, und ihre Klauen und Zähne hinterließen ihre Spuren auf der Haut der Dryade. Als er die letzte entfernt hatte, war Feuereiche in einem erbärmlichen Zustand. Aus zahllosen Kratzwunden sickerte Harz hervor, während der Rattenschwarm Krach umzingelte und dabei wütende kleine Explosionen von sich gab und die kleinen Ungeheuer versuchten, ihre Zähne in seine Füße zu schlagen und an seinen dicht behaarten Beinen emporzuklettern.

Krach stampfte kräftig auf, so daß die Lichtung zu beben begann und mit jedem Stampfen mehrere Ratten dran glauben mußten. Doch es waren Hunderte von Biestern, die mit rasender Geschwindigkeit von allen Seiten auf ihn zustürzten. Er konnte noch so schnell stampfen – es waren einfach zu viele. Der Oger wagte es auch nicht, die Dryade abzusetzen, um seine Hände freizubekommen, und so nützte ihm seine gewaltige Kraft nur wenig gegen diese vergleichsweise leicht verwundbaren kleinen Feinde.

»Laßt ihn in Frieden!« schrie Tandy aus sicherer Entfernung. »Laßt ihn in Ruhe, ihr Ratten!« Sie schien wirklich wütend zu sein. Es war beinahe so, als wollte sie ihn vor den Gegnern beschützen. Das war natürlich eine lachhafte Umkehrung des wahren Sachverhalts, dennoch bewegte es ihn auf seltene Weise.

Krach stampfte von dem Baum fort, doch die Luntenratten blieben ihm dicht auf den Fersen. Um wegzulaufen, hätte er zwei Dinge tun müssen: die Dryade in seinen Armen durchschaukeln und vor einer erkannten Gefahr fliehen. Das erstere würde eine andere Person gefährden, während das andere ihm gefühlsmäßig zuhöchst mißfiel. Also bewegte er sich nur langsam vorwärts und stampfte auf die Ratten ein, während die ersten von ihnen bereits seine Beine emporhuschten.

Da schoß Tandys Arm vor, als würde sie einen Stein werfen. Ihr Gesicht war rot angelaufen, ihre Zähne gebleckt, ihr Körper steif, als befände sie sich in einem Zustand unaussprechlicher Wut – doch in ihrer Hand hielt sie keinen Stein. Sie warf mit Nichts.

Irgend etwas explodierte zu Krachs Füßen, aber es war etwas weitaus Gewaltigeres als die kleinen, harmlosen Puffer der Luntenratten. Er wurde beinahe umgeworfen und konnte nur mit Mühe sein Gleichgewicht halten. Um ihn herum lagen die Ratten wie betäubt mit den Bäuchen nach oben.

Er stand da und betrachtete das Gemetzel, ohne sich zu bewegen, weil seine Beine betäubt waren. Dann setzte er die Dryade ab, die mit gezierten Bewegungen über die Rattenkörper davoneilte. »Was ist passiert?«

Tandy klang verlegen. »Ich habe einen Wutkoller bekommen und den geworfen.«

Krach ließ die zuckenden Ratten liegen und schritt zu Tandy hinüber. Seine Füße fühlten sich an, als sei das Fleisch von den Knochen geschmolzen, obwohl das gar nicht stimmte. »Ist das ein Zauber?«

»Das ist schlechte Laune, mein Talent«, sagte sie mit niedergeschlagenen Augen. »Wenn ich in Rage gerate, schleudere ich mit Wutkollern um mich. Manchmal richte ich damit eine Menge Schaden an. Es tut mir leid. Ich hätte meine Gefühle besser beherrschen sollen.«

»Das tut dir leid?« fragte Krach verwirrt und blickte zu dem geschlagenen Rattenschwarm hinab. »Das ist doch ein wunderbares Talent!«

»Ja, klar«, meinte sie ironisch.

»Meine Mutter hatte ein ähnliches Talent. Nur daß sie natürlich ein fluchendes Strudelungeheuer war und deshalb mit Flüchen um sich warf.«

»Vielleicht habe ich ja ein Fluchungeheuer in der Familie«, sagte Tandy säuerlich. »Mein Vater Crombie entstammt einem alten Soldatengeschlecht, und die kommen ziemlich viel in der Gegend herum.«

Nun traten die anderen zu ihnen. »Hast du das etwa getan, Tandy?« fragte Feuereiche. »Da hast du mir aber eine Menge Unbill erspart! Wenn Krach mich mitten unter diesen widerlichen Luntenratten abgesetzt hätte oder wenn sie an ihm emporgeklettert wären und mich wieder erwischt hätten, wie sie es ja wohl vorhatten . . .« Sie schnitt eine Grimasse und befühlte ihre Wunden. Offenbar war ihr nicht sonderlich wohl.

»Für die Urwälder Xanths ist das ein äußerst nützliches Talent«, sagte die Sirene.

»Meinst du wirklich?« Tandys Miene erhellte sich. »Ich dachte immer, es wäre etwas Unschönes, destruktiv zu sein.«

»Etwas Unschönes?« fragte Krach erstaunt.

Da mußten sie alle lachen. »Manchmal ist es das ja vielleicht auch«, meinte die Sirene.

Nun fanden sie etwas echtes Gemüse für ihr Mittagessen und machten sich schließlich wieder auf den Weg. Doch schon bald hörten sie ein wildes, heftiges Schnüffeln und Grunzen vor sich, ganz dicht am Boden. »Oh, das könnte ein erkälteter Drache sein«, sagte Johann besorgt. »Ich kann nicht behaupten, daß ich Drachen sonderlich mag. Die sind mir einfach zu heiß.«

»Ich geh' mal nachsehen«, sagte Krach. Er stellte fest, daß ihm diese Reise ganz gut zu gefallen begann. Gewalttätigkeit gehörte von Natur aus zu seinem Wesen – doch nun hatte er Leute, auf die er aufpassen mußte, so daß sie eine zusätzliche Rechtfertigung erhielt. Es war viel befriedigender, einen Drachen zu Klump zu hauen, um eine Versammlung hübscher kleiner Mädchen zu beschützen, als es einfach nur so zu tun. Die Schlauschlinge zwang ihn dazu, seine Handlungen zu hinterfragen, da war es ganz praktisch, auch noch die eine oder andere Begründung parat zu haben. Sobald dieser schreckliche Fluch von ihm genommen war, konnte er solche unpraktischen, lästigen Überlegungen dann getrost wieder vergessen.

Er schritt um einen Bürstenbusch und blieb mit geballten Fäusten enttäuscht vor dem Ungeheuer stehen. Es war gar kein Drache, sondern ein kleiner Wutz mit einer abgeplatteten Nase und einem Kringelschwanz. Doch das Wesen schnaubte wie ein riesiges Feuerungeheuer.

Krach seufzte. Er packte den Wutz am Schwanz und schleuderte ihn in das Gestrüpp. »Alles in Ordnung!« rief er.

Da kamen die anderen hinter dem Busch hervor. »Ist er fort?« fragt Tandy. »Wir haben gar keinen Kampf gehört.«

»War nur ein kleines Geplänkel«, sagte der Oger angewidert. Und dabei hatte er sich so sehr auf eine schöne Rauferei gefreut!

»Ein anderer hätte ihn wahrscheinlich als den schlimmsten aller Drachen beschrieben«, meinte die Sirene.

»Warum das denn?«

»Um den Anschein zu erwecken, daß er eine äußerst tapfere Tat vollbracht hat.«

»Warum sollte man so etwas tun?« fragte Krach verwundert.

Sie lächelte. »Anscheinend leidest du nicht unter diesem Syndrom.«

»Ich leide unter dem Fluch der Schlauschlinge.«

»Mach dir nichts draus, Krach«, sagte Tandy tröstend. »Irgendwann treffen wir bestimmt noch auf einen echten Drachen.«

»Ja«, sagte der Oger und gewann seine gute Laune zurück. Schließlich ging man mit Enttäuschung am besten so um, daß man sich über sie erhob. Das hatte ihm die Schlauschlinge beigebracht.

»Da wir gerade von Drachen sprechen«, sagte Johann. »Unter Elfen erzählt man sich eine Geschichte über Drachen und ihre Körperteile, und ich wollte schon immer wissen, ob die stimmt.«

»Ich bin schon einigen Drachen begegnet«, sagte Krach. »Was ist das denn für eine Geschichte?«

»Es heißt, daß man, wenn man einem Drachen ein Ohr abreißt, damit wundersame Dinge hören kann.«

Krach kratzte sich am Kopf. Erschreckt sprangen einige Flöhe davon. Jetzt, da sein Schädel sich bei Denkversuchen nicht mehr so erhitzte wie früher, unterlagen sie keiner natürlichen Kontrolle mehr. »Das habe ich noch nie ausprobiert.«

»Es muß wohl schwierig sein, an ein Drachenohr heranzukommen«, bemerkte Tandy. »Ich kann mir nicht vorstellen, daß sie es gerne freiwillig hergeben.«

Feuereiche dachte nach. »Es gibt Geschichten, die sich die Spottdrosseln erzählen, um damit die Unwissenden zu verspotten. Manchmal haben sie in meinem Baum genistet und sich die wunderlichsten Dinge erzählt, und ich wußte nie genau, wieviel ich davon glauben konnte und wieviel nicht. Eine von ihnen erzählte mal von Drachenohren. Sie sagte, daß ein solches Ohr immer dann zuckt, wenn über denjenigen, der es in der Hand hält, irgendwo etwas von Interesse erzählt wird, so daß man es immer genau weiß. Aber oft sind solche Nachrichten recht unangenehm, denn Drachen haben ausgesprochen offene Ohren für schlechte Nachrichten. Und wie Tandy schon sagt, normalerweise kommt man ja auch nicht so leicht an ein Drachenohr.«

»Wenn ich das nächste Mal einen Drachen erlege, werde ich ein Ohr aufheben«, sagte Krach mit großem Interesse.

Bis zur Abenddämmerung schritten sie vergleichsweise unbehelligt weiter, bis sie einen Wald ausmachten, der aus schwarzen, blauen und weißen Ascheneschen bestand, deren Asche den Waldboden bedeckte. Auf dieser Asche waren alle Spuren der letzten Zeit deutlich zu erkennen, und da die bunten Bäume ihre Asche immer nur zu bestimmten, unterschiedlichen Zeiten von sich gaben, ließ sich auch erkennen, wann welche Wesen vorbeigekommen waren. Die weißen Spuren waren die frischesten, die blauen waren ein wenig älter, und die schwarzen entstammten der Nacht. Zwar gab es einige Schleifspuren, doch waren in den letzten Stunden weder Drachen noch andere gefährliche Wesen durch diesen Wald gezogen.

Mitten im Wald entdeckten sie einen hübschen Baumwollbaum, der ihnen Baumwolle für ihr Nachtlager spendete. »Ich dachte immer, das Lagern im Freien wäre unbequem«, bemerkte Tandy, »aber das hier macht ja langsam richtig Spaß! Wenn ich jetzt nur noch wüßte, wohin ich eigentlich gehe!«

»Das weißt du gar nicht?« fragte die Sirene überrascht.

»Der gute Magier Humfrey sagte mir als Antwort auf meine Frage, ich solle mit Krach reisen«, erwiderte Tandy. »Also bin ich auf die Reise gegangen. Es ist ja eine ganz schöne Reise, und ich lerne viel und begegne netten neuen Leuten, aber eine Antwort auf meine Frage ist das nicht. Krach sucht nach den Ur-Ogern, aber ich bezweifle, daß es das ist, wonach ich auch suche.«

»Wie man so hört, wird der Gute Magier langsam alt«, sagte die Sirene.

»Ziemlich«, stimmte Tandy ihr zu. »Aber er weiß unheimlich viel, und deine Schwester, die Gorgone, läßt ihn wieder jung werden.«

»Das sieht ihr ähnlich«, sagte die Sirene. »Ich bin neidisch auf ihre Macht über die Männer. In meinen besten Zeiten habe ich Männer auf meine Insel gelockt, aber sie hat sie mir immer wieder weggenommen, und wenn sie mit ihnen fertig war, haben sie natürlich keine andere Frau mehr angeschaut.«

Weil sie versteinert waren, wie Krach wußte. Tatsache war, daß die Gorgone dabei genauso einsam gewesen war wie die Sirene, trotz ihrer vernichtenden Macht. Die Gorgone hatte sich in den ersten Mann verliebt, der ihr Talent hatte neutralisieren können. Das war der Magier Humfrey gewesen, und so hatte sie ihn mit einer Frage aufgesucht: Ob er sie heiraten wolle? Ein Jahr lang hatte sie ihm als Hausmädchen und Wächterin auf seinem Schloß dienen müssen, bevor er ihr seine Antwort gab: Ja. Offensichtlich bedurfte es eines solchen Mannes, um das Herz der Gorgone zu erobern. Krach hatte gehört, daß die Hochzeit, die von Prinz Dor während seiner vorübergehenden Amtszeit als König geleitet worden war, im Ruf stand, das herausragende Ereignis jenes Jahres gewesen zu sein. Die besten Ungeheuer waren gekommen, auch Krachs Vater Knacks und Tandys Mutter Juwel. Die Ehe war angeblich recht glücklich, wenn man die besonderen Eigenarten der Partner mit in Betracht zog.

»Wie das wohl ist, so mit einem Mann?« fragte Feuereiche in einem fast wehmütigen Ton. Sie war noch immer erschöpft von ihren Verletzungen und wirkte etwas niedergeschlagen.

»Meine Freundinnen haben mir immer gesagt, daß es sehr schwierig sei, mit Männern auszukommen«, meinte Johann. »Als Mädchen kann man nicht *mit* ihnen leben, aber *ohne* sie kann man auch nicht leben.«

»Na ja, ich hab's ohne versucht«, seufzte die Sirene. »Jetzt will ich's mal mit versuchen. Auf, auf! Wenigstens ist es bestimmt nicht langweilig. Der erste Teich mit einem ungebundenen Meermann – und los geht's!«

»Der arme Meermann!« sagte die Elfe.

»Oh, ich bin sicher, er wird's verdient haben, was er von mir kriegt. Ich glaube nicht, daß er Grund zur Klage haben wird, ebensowenig wie sich der Magier Humfrey über meine Schwester beklagen kann. Schließlich schöpfen wir aus derselben Quelle.«

»Das tun alle Mädchen. Aber für die naiven Männer scheint es doch immer wieder schrecklich außergewöhnlich zu sein.« Die anderen lachten zustimmend.

»Ihr redet, als wäre kein Mann unter uns«, sagte Tandy, die sich etwas bekümmert anhörte.

»Ist hier etwa irgendwo ein Mann, der uns belauscht?« fragte Feuereiche beunruhigt.

»Krach.«

Wiederum allgemeines Gekicher. »Sei doch nicht albern«, sagte Johann. »Der ist doch ein Oger.«

»Kann ein Oger nicht auch ein Mann sein?«

Das Gekicher verstummte. »Ja, natürlich, Liebes«, versicherte die Sirene. »Und ein sehr guter dazu. Wir nehmen Krach viel zu sehr als gegeben hin. Keine von uns könnte ohne seinen gewaltigen Schutz ungefährdet reisen. Wir sollten ihm danken, anstatt ihn ständig in Anspruch zu nehmen.«

Krach lag reglos und schweigend da. Er hatte nicht vorgehabt, sich schlafend zu stellen, hielt es aber für das beste, sich nicht in das Gespräch einzumischen. Er hatte gar nichts von dieser Verschwörung der Bewohner Xanths gewußt, doch nun, da er darüber nachdachte, fiel ihm wieder ein, wie er es selbst miterlebt hatte – etwa als Prinzessin Irene Dor eingewickelt hatte, und sogar wenn seine Mutter seinen Vater zur Ruhe brachte. Anscheinend wußte das Weibervolk um Dinge, die die

Männer nicht kannten, und es setzte dieses Wissen recht schlau ein, um seine eigenen Ziele zu erreichen.

»Wie sind denn Ogerinnen so?« wollte Tandy wissen.

»An meinem Baum ist mal eine vorbeigekommen«, warf Feuereiche ein. »Sie war groß und haarig und hatte ein Gesicht wie eine Schüssel zu lange gekochten Breis, auf den sich jemand gesetzt hatte. Ich habe in meinem ganzen Leben noch nie etwas Häßlicheres gesehen.«

»Na ja, sie war eben eine Ogerin«, meinte die Sirene. »Die haben andere Schönheitsvorstellungen. Aber ihr könnt drauf wetten, daß auch die wissen, was die Ogerbullen mögen! Ein Oger will wahrscheinlich eine Frau, die ihre eigenen Bäume zu Feuerholz zertrümmern kann – war nicht nicht persönlich gemeint, Feuereiche – und die selbst ihre Greife jagen kann, um daraus einen Eintopf zu brodeln, damit er sich nicht von solchen Kleinigkeiten von der Drachenjagd abzulenken lassen braucht.«

Wieder lachten alle, und das Gespräch nahm eine neue Wendung: Urweibliche Themen wurden besprochen, Rezepte, Verschönerungszauber, Dschungeltratsch und so weiter, bis sie schließlich eine nach der anderen einschliefen. Doch die Bilder, die sie heraufbeschworen hatten, beschäftigten Krachs Phantasie. Eine Ogerin, die ihre eigenen Bäume zertrümmern und Greife erlegen konnte – was für eine ideale Partnerin! Ein Gesicht wie zerquetschter Brei – welch eine Schönheit! Wie wunderbar es doch wäre, einem solchen Wesen zu begegnen!

Doch die einzige Ogerin, die er kannte, war seine Mutter – die gar keine wirkliche Ogerin war, sondern ein Strudelungeheuer, das die Rolle einer Ogerin spielte. Sie spielte sehr gut, doch wenn sie mal ihre Schminke vergessen hatte, sah ihr Gesicht nicht mehr aus wie Brei. Krach hatte immer so getan, als bemerke er nicht, wie bejammernswert klar und rein ihr Gesicht und ihr Körper in solchen unbewachten Augenblicken aussah, um sie nicht in Verlegenheit zu bringen. In Wahrheit war es so, daß seine Mutter, die Schauspielerin, seinen jetzigen Begleiterinnen, ohne aufzufallen, jederzeit auch als Menschenfrau hätte Gesellschaft leisten können, wenn sie gewollt hätte. Und sobald sie sich wieder auf ihre Rolle vorbereitet hatte, war sie wieder ganz die Ogerin, so brutal und gemein, wie es sich ein Oger nur wünschen konnte. Jedenfalls liebte sein Vater Knacks sie sehr und hätte Berge für sie versetzt, trotz der heimlichen Schande ihrer nichtogerischen Herkunft. Einen dieser Berge hatte er in die Nähe ihrer Behausung versetzt, damit sie hinaufsteigen und über das weite Xanth blicken konnte, wenn ihr danach war.

Endlich schlief auch Krach ein. Er war das Denken immer noch nicht so recht gewohnt, und es ermüdete ihn trotz der Unterstützung und Verstärkung durch die Schlauschlinge. Noch nie hatte er die Dinge so rational durchdacht und die Wechselwirkung verschiedenster Dinge beobachtet. Na ja, eines Tages würde er diesen Fluch abgeschüttelt haben und wieder zu einem echten Tier von einem Oger werden. Er schlief ein.

6
Krach mit dem Drachen

Am nächsten Morgen kamen sie an ein Hindernis, an das sich Krach vorher nicht hatte erinnern können. Es war eine riesige Erdspalte, ein Tal von solcher Tiefe, daß sie davor zurückschreckten. Es zog sich von Osten nach Westen, schier endlos, und es war kein Umgehungspfad auszumachen.

»Wie kommen wir denn jetzt nach Norden?« jammerte Tandy. »Diese schreckliche Spalte ist einfach unmöglich!«

»Jetzt erinnere ich mich wieder daran«, sagte Krach. »Die durchzieht ganz Xanth. Unten, in der Nähe von Schloß Roogna, gibt es magische Brücken, die auf die andere Seite führen.«

»Bei Schloß Roogna?« wiederholte Feuereiche. Sie wirkte bleich und matt, als habe sie nichts Richtiges gegessen, obwohl sie alles hätte haben können. Krach vermutete, daß die Trennung von ihrem Baum auf sie genauso wirkte wie Durst auf einen gewöhnlichen Menschen. Sie mußte bald zurück, sonst würde sie sterben. Sie litt unter dem Fehlen ihrer Seele und würde schon bald so werden wie Tandy im Hypnokürbis, wenn man ihr nicht vorher half. Die Wunden, die ihr die Luntenratten zugefügt hatten, verschlimmerten ihren Zustand noch und beschleunigten den Verfall.

»Das stimmt«, sagte Tandy etwas fröhlicher. »Wenn diese Spalte an Schloß Roogna vorbeiführt, brauchst du ihr nur zu folgen! Damit wäre dein Problem gelöst.«

»Ah ja«, stimmte die Dryade ihr matt zu.

Nun bemerkte auch die Sirene ihren Zustand. »O weh, wie geht es dir denn?«

»Den Umständen entsprechend«, erwiderte die Dryade ohne zu jammern. »Ihr anderen müßt ja jetzt die Spalte durchqueren. Ich finde schon allein nach Schloß Roogna.«

»Ich fürchte, du bist zu lange von deinem Baum getrennt gewesen«, sagte die Sirene. »Du kehrst besser erst wieder zu ihm zurück, um neue Kraft zu schöpfen, bevor du dich auf die lange Reise zum Schloß Roogna machst.«

»Aber dazu reicht die Zeit nicht mehr!« entgegnete Feuereiche. »Der Mond nimmt von Nacht zu Nacht mehr ab; schon bald wird der Wahnrand zusammenbrechen, und mein Baum ist wieder deutlich zu sehen und wehrlos.«

»Aber wenn du auf dem Weg zum König umkommst, kannst du ihm auch keinen Dienst mehr erweisen«, bemerkte die Sirene.

»Ich bin wirklich in der Klemme«, erwiderte die Dryade und sackte zu Boden.

Die Sirene blickte Krach an. »Wo steht denn dein Baum, Liebes?« fragte sie Feuereiche.

»Nördlich der Spalte. Ich hatte ganz vergessen . . .«

»Aber wie hast du sie denn überquert?«

»Ein Feuervogel hat mir geholfen. Weil ich mit einem Feuerbaum zusammen bin. Aber der Vogel ist schon lange fort.«

»Ich glaube, wir müssen trotz allem möglichst bald die Spalte überqueren und dich zu deinem Baum zurückbringen«, entschied die Sirene. Wieder blickte sie Krach bedeutungsvoll an.

»Wir kommen mit und beschützen deinen Baum«, sagte Krach, als er gemerkt hatte, worauf die Sirene hinauswollte.

Tandy klatschte erfreut in die Hände. »Ach, eine wunderbare Idee! Krach! Wir können ihr helfen!«

Krach schwieg. Eigentlich war es die Idee der Sirene gewesen, aber er war ja sehr entgegenkommend. Sie durften Feuereiche nicht ihrem eigenen Schicksal überlassen, dann würde sie ohne jeden Zweifel sterben. Sie konnten ihren Baum bewachen, denn niemand würde sich mit einem Oger anlegen.

Doch zunächst mußten sie den Baum erst einmal finden – und das hieß, sie mußten die Spalte überqueren, und zwar schnell. Wie sollten sie das bewerkstelligen?

»Du hast doch auf dem Jammerspurberg auch schon mal Treppen in den Fels gehauen«, schlug Tandy vor.

»Das hat aber lange gedauert«, wandte die Sirene ein. »Dazu würden wir wahrscheinlich mehrere Tage benötigen. Wir müssen aber noch heute auf die andere Seite.«

Ratlos starrten sie in die Spalte hinab. Es schien keine einzige Möglichkeit zu geben, schnell auf die andere Seite zu gelangen – aber es mußte doch einfach eine geben! Denn alle konnten sehen, wie die Dryade schwächer wurde. Feuereiches Haut sah schon aus wie eine tiefgefurchte Rinde, wie von einem alten Baumstamm. Ihr grünes Haar war bereits welk, und der Rotton wurde langsam schwarz. Schon bald würde ihre Flamme erloschen sein.

»Es muß einen Pfad geben«, sagte Johann. »Wenn wir ausschwärmen und einen suchen, finden wir ihn bestimmt.«

Das war ein konstruktiver Vorschlag. Sie machten sich auf die Suche nach einem Pfad.

Aus dem Westen erscholl Hufgeklapper. Sie scharten sich schnell wieder zusammen, und Krach stellte sich in Positur, gefeit gegen alles, was da auf sie zukommen mochte.

Zwei Zentauren kamen herangaloppiert, ein männlicher und ein weiblicher. Zentauren zu begegnen konnte Gutes oder Schlechtes bedeuten, je nachdem. Krach war sich seiner orangefarbenen Jacke und seiner Panzerhandschuhe bewußt, beides Geschenke der Zentauren auf der Zentaureninsel, aber er wußte auch, daß es hier in der Wildnis Raubzentauren geben konnte. Was taten die beiden hier?

Da erkannte er sie.

»Chet! Chem!« rief er.

Die beiden hielten keuchend an, einen leichten Schweißfilm auf ihren menschlichen und pferdischen Körperpartien. Krach umarmte sie und drehte sich um, um sie den anderen vorzustellen. »Das hier sind Freunde von mir aus dem Gebiet um Schloß

Roogna.« Dann drehte er sich wieder zu den Zentauren um. »Und das da sind Freunde von mir aus Xanth.«

»Krach!« rief die Zentaurenstute. »Was ist denn mit deinen Reimen passiert?«

»Ich leide unter anderem an Intelligenz.«

»Unter anderem ja, das sehe ich«, sagte Chet und musterte die versammelten weiblichen Wesen. »Ich wußte gar nicht, daß dich so etwas überhaupt interessiert.«

»Wir haben uns ihm gewissermaßen aufgedrängt«, sagte Tandy.

»Ja, Krach läßt sich leicht etwas aufdrängen«, meinte Chem. Sie war noch jung, weshalb ihr die imposanten Proportionen ihrer Mutter noch abgingen. Als Krach sie das letzte Mal gesehen hatte, spielte sie noch kindliche Galoppspiele. In einem Jahr oder zwei würde sie bereits nach einem Partner Ausschau halten. Er fragte sich, warum sie nicht in der Zentaurenschule war, denn ihre Mutter hielt es sehr streng mit ihrer Ausbildung. »Wir sind gekommen, um dasselbe zu tun.«

»Dasselbe?« fragte Krach. »Wir reisen nach Norden.«

»Ja«, sagte Chem. »Der Gute Magier Humfrey hat mir gesagt, wo ich dich abfangen kann. Weißt du, ich schreibe eine Arbeit über die Geographie der noch nicht kartographisch erfaßten Gebiete Xanths, als Abschlußarbeit, aber meine Eltern wollten nicht, daß ich allein durch diese Region reise, deshalb . . .«

»Deshalb habe ich meine kleine Schwester bis hierher begleitet«, beendete Chet den Bericht. Er war ein stattlicher Zentaur mit edlen Gesichtszügen, einem feinen Fell und ausgezeichneten Muskeln sowohl in seinen menschlichen, wie in seinen pferdischen Partien. Nur an der linken Schulter wies er eine flammendrote Narbe auf; dort hatte ihn einst ein Flügeldrache gebissen, wodurch er schwer erkrankt war. »Ich weiß, daß sie bei dir in Sicherheit ist, Krach. Du bist ja jetzt ein großer Oger.«

»In Sicherheit? Wir wollen gerade diesen Abgrund überqueren!« wandte Krach ein. »Und wir wissen noch nicht, wie.«

»Ach so, ja, die Spaltenschlucht. Ich habe euch ein Seil mitgebracht.« Chet zeigte ein säuberlich zusammengerolltes Seil vor. »Humfrey meinte, ihr könntet es gebrauchen.«

»Ein Seil!« Plötzlich war ihm klar, wie sie in die Spalte hinabsteigen konnten. Zentaurenseile waren immer kräftig genug.

»Ich helfe euch nach unten«, sagte Chet. »Aber ich selbst darf nicht mitkommen. Ich muß sofort zum Schloß Roogna zurückkehren und ein oder zwei Nachrichten übermitteln. Welche Nachrichten sind das?«

Krachs Intelligenzfluch ermöglichte es ihm, sofort zu begreifen. »Ein Dorf will gerade einen Feuereichenbaum fällen, um ihn zu Bauholz zu verarbeiten. Dann muß die Baumdryade sterben. Der König muß den Baum retten.«

»Ich richte es ihm aus«, sagte Chet. »Wo steht denn der Baum?«

Krach wandte sich an Feuereiche, die niedergeschlagen am Boden lag. »Wo ist dein Baum?«

Die Dryade machte eine matte Geste mit der Hand.

»Das bringt nichts«, meinte Chet. »Chem, benutzen wir deine Karte.«

Die Stute schritt zu Feuereiche hinüber. »Zeig's mir auf meinem Bild«, sagte sie.

Vor ihnen entstand plötzlich ein Bild. Es war eine Konturenkarte des Landes Xanth: eine langgestreckte Halbinsel mit der Spaltenschlucht in der Mitte, vom Ozean umgeben. »Zeig mir, wo der Baum ist«, wiederholte Chem.

Feuerciche musterte das Bild und orientierte sich langsam. »Da«, sagte sie schließlich und wies auf ein Gebict in der Nähe des Nordrandes der Spalte.

Chem nickte. »Dort gibt es ein neu entstandenes Menschendorf, das ist bereits in meiner Karte cingetragen.« Sie blickte ihren Bruder an. »Hast du das, Chet?«

»Klar, Chem«, erwiderte der Zentaur. »Krach, sobald ihr unten am Boden der Spalte angekommen seid, galoppiere ich zurück und mache dem König Meldung. Ich bin sicher, daß er sich um den Baum kümmern wird. Aber wahrscheinlich werde ich mindestens zwei Tage benötigen, bis ich am Ziel bin, und solange mußt du den Baum bewachen.« Er blickte sich in der Runde um. »Noch irgendeine Nachricht? Man sagte mir, es würde mehr als eine geben.«

Die Reisegefährten blickten sich an. Schließlich ergriff Tandy das Wort. »Ich würde gern meinem Vater Crombie einen Gruß senden, wenn das geht.«

Chet klopfte sich an den Kopf und machte eine geistige Notiz. »Gruß an Crombie von Tochter. In Ordnung.« Er musterte Tandy etwas eindringlicher. »Er hat immer damit geprahlt, daß er eine hübsche Tochter hat. Wie ich sehe, hat er recht gehabt.«

Tandy errötete. Sie hatte nicht gewußt, daß ihr Vater so etwas über sie erzählte.

Sie befestigten das Seil am Stamm eines Stahlholzbaums. Chem bestand darauf, als erste in die Tiefe zu steigen. »Dann wissen wir wenigstens, daß das Seil uns alle hält«, erklärte sie. »Selbst Krach wiegt nicht mehr als ich.« Natürlich hatte sie recht, denn wenn ihre menschliche Körperpartie auch mädchenhaft schlank war, war der Rest doch stämmig wie ein Pferdeleib.

Beim Abstieg stemmte sie sich mit allen vier Hufen an der Spaltenwand ab, das Seil einmal um ihre schmale Menschenhüfte unterhalb ihres kleinen Busens geschlungen, und faßte das Seil mit beiden Händen. Als sie unten angekommen war, ließ sie das Seil wieder los.

Als nächstes kletterte die Sirene hinab. Sie hatte weniger Mühe, weil sie auch weniger wog. Dann kam Tandy, gefolgt von der Elfe, die mit den Flügeln schlug, um sich noch leichter zu machen, als sie ohnehin schon war. Schließlich machte Krach eine Halterung aus dem Seilende und ließ Feuereiche daran herab. Unten empfing Chem sie mit offenen Armen.

Dann war Krach an der Reihe. Er umklammerte das Seil mit einer behandschuhten Faust und ließ sich daran hinabgleiten. Als er unten angekommen war, löste Chet das Seil wieder und warf es ihnen zu.

»So, ich mache mich jetzt mit meinen eineinhalb Botschaften auf den Weg«, rief er und galoppierte davon. »Denkt dran: zwei Tage!«

Unten in der Spalte war der Boden mit Gras bewachsen, aber es gab keine Bäume. Es war ganz hübsch, und die Nordwand war nicht weit entfernt. Sie schritten darauf zu und suchten mit ihren Augen die Wand nach den günstigsten Klettermöglichkeiten ab.

Für eine Gruppe von Mädchen war das Gelände nicht sonderlich gut geeignet.

Auf eine kleine, sanfte Steigung folgte ein Vorsprung, und von dort an schoß die Wand steil in schwindelnde Höhen empor, viel höher als ihr Seil reichte, selbst wenn sie es irgendwo hätten befestigen können.

»Wir müssen dasselbe machen wie vorhin«, meinte die Sirene, »uns verteilen und nach einer geeigneten Aufstiegsmöglichkeit Ausschau halten.«

»Ich glaube, es gibt hier vereinzelte Pfade«, sagte Chem. »Auf meiner Karte sind sie zwar nicht eingetragen, weil sich nur wenige Leute an die Spalte erinnern können, denn über ihr hängt ein dauerhafter Vergessenszauber. Aber in Xanth wurde bisher schon viel gereist, so daß viele Leute die Spalte überwunden haben, und zwar nicht nur, indem sie die magischen Brücken benutzten.«

»Ein Vergessenszauber!« sagte die Sirene. »Wie interessant! Das erklärt auch, warum Feuereiche es vergessen hat. Und ich bin sicher, daß Krach auch schon einmal hier gewesen ist. Ich hoffe nur, daß das die einzige Wirkung des Zaubers ist.«

»Was meinst du damit?« fragte Tandy mißtrauisch.

»Och, ich mache mir bestimmt keine Sorgen. Wirklich nicht.«

»Das glaube ich aber kaum«, meinte Tandy. »Wenn es hier irgendeine Gefahr gibt, solltest du uns rechtzeitig warnen.«

Die Sirene seufzte. »Du hast ja recht. Aber wenn es hier eine Gefahr geben sollte, dann ist es sowieso schon zu spät, um ihr auszuweichen, denn schließlich sind wir bereits hier unten in der Spalte. Es ist nur, daß ich mal von einem großen Drachen in einer Schlucht gehört habe – und das hier ist nun mal eine Schlucht. Es wäre sehr schwierig, hier einem Ungeheuer auszuweichen. Aber das ist natürlich weit hergeholt.«

»Dann halten wir am besten gleichzeitig noch Ausschau nach Verstecken«, schlug Tandy vor. »Für alle Fälle.«

»Für alle Fälle«, stimmte Johann ihr zu. »Ach, plötzlich gefällt mir dieser Ort hier überhaupt nicht mehr!«

»Dann müssen wir eben versuchen, so bald wie möglich wieder von hier zu verschwinden«, warf Krach ein, obwohl ihn die

Aussicht auf eine drohende Gefahr nicht sonderlich beunruhigte. Bisher war die Reise schließlich viel zu friedlich verlaufen.

Chem trottete in Richtung Osten davon, während Krach gen Westen stapfte. Die beiden waren die schnellsten in der Gruppe und übernahmen deshalb die Vorhut, während das Mädchen, die Sirene und die Elfe sich zwischen ihnen verteilten. Die Dryade ließen sie im Schatten eines Strauchs liegen, da sie inzwischen zu schwach war, um noch gehen zu können.

Der Steilhang veränderte zwar gelegentlich seine Formation und wies unterschiedliche Steigungen auf unterschiedlichen Höhen auf, doch Krach konnte keine Stelle entdecken, die ihnen von Nutzen gewesen wäre. Es sah so aus, als müßte er doch eine Treppe in den Fels schlagen, so mühsam das auch sein würde. Doch würde er die Gruppe auf diese Weise innerhalb von zwei Tagen nach oben bringen können, ganz zu schweigen davon, ob sie damit die Dryade und den Baum retten konnten?

Im Osten ertönte Lärm. Chem kam zurückgaloppiert, ihre wunderschöne braune Mähne flatterte im Wind, und ihr Schweif peitschte nervös hin und her. »Ein Drache! Ein Drache!« rief sie atemlos.

Die Befürchtung der Sirene hatte sich also bewahrheitet! »Ich halte ihn auf«, rief Krach freudig und rannte in östlicher Richtung davon.

»Nein, nicht! Er ist riesig. Das ist der Spaltendrache!«

Da erinnerte sich Krach daran, daß der Spaltendrache die Spalte durchstreifte und alle Wesen vertilgte, die närrisch genug waren, sich hierin zu verirren. Schon wieder hatte der Vergesszauber ihm einen Strich durch die Rechnung gespielt. Das Ungeheuer profitierte wirklich erheblich von diesem Zauber, da sich niemand an diese Gefahr erinnern konnte. Doch nun war es ihm wieder eingefallen. Dieser Drache stellte wirklich ein beachtliches Hindernis dar.

Die Sirene, Tandy und Johann liefen in westlicher Richtung davon, von dem stampfenden Ungeheuer verfolgt. Es war lang und niedrig gewachsen und besaß drei kurze Beinpaare. Seine Schuppen glitzerten metallen im Sonnenlicht, und aus seinen Nüstern zischten Dampfwolken hervor. Sein Leib war so dick wie ein ausgewachsener Baumstumpf, doch dafür auch erheblich gelenkiger. Es bewegte sich voran, indem es einen Körperteil hob und ihn nach vorne plumpsen ließ, um dann die Bewegung zu wiederholen, denn seine Stummelbeine waren zu kurz, um damit richtig schnell laufen zu können. Doch diese scheinbar unbeholfene Bewegungsmethode verlieh dem Untier eine gewaltige Geschwindigkeit, und es würde nur noch einen Augenblick dauern, bis es die Sirene eingeholt hatte.

Krach stürzte sich ins Gefecht. Er war zwar erheblich größer als der Drache, doch der war dafür um einiges länger als er. Deshalb konnten sie auch nicht auf zufriedenstellende Weise zusammenprallen. Der Drache huschte unter Krach hindurch, entschlossen, den nymphengleichen Leckerbissen vor sich zu vertilgen.

Der Oger bremste quietschend, und seine schwieligen Füße wirbelten ganze Geröllhaufen auf. Dann beugte er sich vor und packte den Schwanz des Drachen, der sich gerade in westlicher Richtung davonmachen wollte. Er packte ihn mit beiden Fäusten und hob ihn hoch. Das würde das Ungeheuer schon aufhalten!

Doch leider hatte er den Drachen unterschätzt. Das Wesen stampfte einfach weiter, und sein Schwanz verlor zwar an Spannkraft, riß den Oger jedoch mit und ließ ihn einen Purzelbaum schlagen. Er überschlug sich, den Drachenschwanz noch immer fest in der Hand, und knallte rücklings auf dem Drachenschwanz auf.

Doch Krachs eigenes Körpergewicht war keineswegs unbeachtlich. Die Wucht seines Aufpralls durchzuckte den Körper des Drachen in Wellenbewegungen. Als die Welle eines der Beinpaare erreichte, wurden sie einen kurzen Augenblick vom Boden emporgerissen; als sie den Kopf erreichte, schnappte das Maul heftig zu und verfehlte die verzweifelt flüchtende Sirene.

Nun hatte Krach die wütende Aufmerksamkeit des Drachen auf sich gelenkt. Der Drache stieß ein ungemütliches Gejaule aus und peitschte mit dem Kopf herum. Sein durch den Oger eingeklemmter Schwanz zuckte und schlug um sich, so daß Krach Schwierigkeiten hatte, wieder auf die Beine zu kommen.

Der Drachenhals machte eine geschmeidige Wendung, dann

jagte der Kopf in einem großen Bogen auf Krach zu. Für diese Art von Manövern benötigte das Ungeheuer kaum seine Beine. Einen Augenblick später kam das aufgesperrte Maul auf Krachs Kopf zu, bereit, ihn mit einem einzigen Biß zu verschlingen.

Der Oger, der noch immer flach auf dem Rücken lag, ließ eine gepanzerte Faust emporschießen. Die Drachenkiefer schnappten zu, doch die Faust raste unaufhaltsam tiefer, vorbei an der schlabbernd-feuchten Zunge ins Innere des Drachenrachens. Der Kopf des Drachen war so groß und lang, daß Krachs Arm in seiner gesamten Länge verschlugen wurde, bevor er endlich sein Ziel erreichte. Als die Faust den Rachen traf, mußte das Ungeheuer würgen und sperrte das Maul wieder auf, so daß Krach seinen Arm gerade noch rechtzeitig wieder hervorziehen konnte, bevor er abgebissen wurde.

Der Oger setzte sich auf, befand sich aber noch immer inmitten der Windungen des Drachenleibs. Schnauze an Schnauze blickten sich Oger und Drache ins Auge. Krach begriff, daß er sich diesmal auf einen Kampf eingelassen hatte, dessen Ende alles andere als gewiß war. Der Spaltendrache war ein ebenbürtiger Gegner.

Herrlich! Zum ersten Mal, seit er seine ganze Kraft besaß, konnte Krach sie bis zum äußersten erproben. Doch im Augenblick waren sie noch derart ineinander verwickelt, daß es unmöglich war, einander richtig zu bekämpfen.

Krach zog eine Grimasse, ließ seine Augäpfel hervortreten und sperrte den Mund weit auf. »Yyrwll!« yyrwllte er.

Der Spaltendrache zog ebenfalls eine Grimasse, rümpfte furchterregend seine Nüstern und stellte seine Augen derart über Kreuz, daß die Pupillen die Plätze tauschten. »Grrrrrr!« grrrrrrte er.

Krach zog eine noch schlimmere Grimasse, indem er seine Nase und einen Teil seiner niedrigen Stirn verschluckte. »Ggrummf!« ggrummfte er.

Der Drache ging noch einen Schritt weiter, vielleicht sogar zwei, als er nämlich eine Schnauze bis zu den Ohren sowie einen Teil seines Halses verschluckte. »Ssstth!« ssstthte er.

Das Ungeheuer stellte ihn glatt noch in den Schatten! Wütend biß Krach in einen Felsbrocken und spuckte Geröll aus. Der

Drache hatte spitze Zähne, konnte also nicht mithalten. Statt dessen prustete er ihm eine Dampfwolke ins Gesicht, deren fettiger Dampf seine Gesichtshaare in Locken legte und ihm die Nasenlöcher verklebte.

Soweit also das Vorspiel. Jetzt konnte der eigentliche Kampf beginnen. Krach jubelte vor Kampfeslust, wie es jeder echte Oger getan hätte. War ja auch schon eine ganze Weile her, seit er das letzte Mal ernsthaft Knochen zermalmt hatte. Natürlich besaß dieser Drache kaum Knochen, doch das Prinzip blieb dasselbe.

Er schlug den Drachen auf die Schnauze. Diese Art von Hieb konnte normalerweise ein faustgroßes Loch in einen ausgewachsenen Eisenholzbaum schlagen, doch der Drache gab ein Stück nach und blutete nur ein bißchen. Dann schlug der Drache zu, indem er seitwärts nach Krachs Arm schnappte. Diese Sorte Biß konnte normalerweise ein Maulvoll Fleisch aus einem ausgewachsenen Behemoth reißen, doch der Panzerfäustling erstreckte sich weit genug, um den Biß weitgehend abzufangen und die Drachenzähne Funken sprühen zu lassen.

Nun boxte Krach mit der Linken das rechte Ohr des Drachen – und das Ohr wurde vom Schädel abgerissen und flog in hohem Bogen davon. Der Drache zuckte zusammen – das tat weh! Doch das Ungeheuer brauchte dieses Ohr eigentlich kaum und reagierte mit einem Dampfstoß, der die äußere Haut des Ogerkopfs garkochte. Krachs dicker Schädel verhinderte allerdings, daß die Hitze die Schlauschlinge in seinem Gehirn versengte – was wirklich schade war, wie er dachte.

Soweit zu der zweiten Runde Nettigkeiten. Diesmal lag Krach ein Stück in Führung, aber der Kampf fing ja eigentlich erst richtig an. Jetzt erhöhten beide das Tempo.

Krach packte den Oberkiefer des Drachen mit einer Hand, den Unterkiefer mit der anderen, und drückte sie langsam auseinander. Der Drache leistete erbitterten Widerstand, und seine Kiefermuskeln waren äußerst kräftig, besaßen einen guten Hebelpunkt und jede Menge Erfahrung; dennoch gelang es ihm nicht, der brutalen Kraft eines konzentrierten Ogers gänzlich zu widerstehen, und so öffnete sich sein Maul nach und nach.

Daraufhin ließ der Drache seinen Körper herumpeitschen.

Einen Augenblick später hatte er sich in voller Länge um den Oberkörper des Ogers geschlungen. Während Krach das Drachenmaul öffnete, verstärkte der Drache seine Umschlingung und behinderte ihn in seiner Bewegungsfreiheit.

Obwohl alles im Zeitlupentempo geschah, war es in Wirklichkeit ein Rennen. Würde es Krach als erstem gelingen, den Kopf des Drachen auseinanderzureißen, oder würde der Drache ihm vorher den Saft aus dem Leib quetschen? Das ließ sich nicht mit Gewißheit vorhersagen. Krach hatte Mühe zu atmen und verlor langsam an Kraft. Es kam ihm vor, als würde dies viel zu schnell geschehen, das war ja anomal! Doch das Drachenmaul stand schon ein hübsches Stück offen und müßte eigentlich bald zerreißen.

Weder Oger noch Drache gaben nach. So verharrten sie im Gleichgewicht der Kräfte. Das Maul stand kurz vor dem Zerreißen, der Brustkorb konnte jeden Augenblick eingedrückt werden. Wer würde als erster aufgeben? Krach merkte, daß es ihm vielleicht gelingen würde, das Maul entzweizureißen, ohne sich jedoch gleichzeitig aus der tödlichen, zuckenden Umklammerung lösen zu können, weil er keine Luft mehr holen konnte. Oder der Drache würde ihn zerquetschen – wobei der sterbende Krach ihm noch sein Maul endgültig entzweireißen würde. Bei dieser Begegnung konnte es also gleich zwei Verlierer geben.

In der guten alten Zeit, bevor die Schlauschlinge ihn angefallen hatte, hätte Krach sich gar nicht erst mit einem derart mühseligen Gedanken abgeplagt. Er hätte einfach weiter zugeschlagen, um entweder zu töten oder getötet zu werden, wobei ihm das Endergebnis egal gewesen wäre. Doch nun war er mit einer Vorstellung von den Folgen gestraft. Was nützte diese ganze Gewalttätigkeit, wenn keiner der beiden Gegner sie überlebte?

Es war ihm zwar äußerst unangenehm und erschien ihm als höchst unogerhaft, doch Krach merkte, daß er seine Kampftaktik ändern mußte. Mit seiner bisherigen Vorgehensweise hatte er nur mäßige Aussichten auf Erfolg, da er sich damit nicht aus der Umarmung des Drachen befreien konnte. Er steckte in der Klemme, und wenn er einfach nur brutal so weitermachte, würde sich die Lage höchstens noch verschlimmern.

Er zerrte den Kopf des Drachen zu sich heran, seinem eigenen Gesicht entgegen. Der Drache glaubte, daß dies ein Zeichen für eine Schwächung Krachs sei, und stieß gierig vor. In einem Augenblick, so glaubte der Drache, würde er das Ogergesicht zermalmen können. Er stieß seinen Atem aus, und sein Holzfeueraroma versengte Krachs Haut. Er versuchte zu niesen, war aber nicht in der Lage einzuatmen, weil der Drache ihn unerbittlich umschlungen hielt.

Seines Sieges sicher, biß der Drache sein Maul ein winziges Stückchen zusammen und ließ es vorschnellen. Krach stieß die Schnauze so weit beiseite, wie er nur konnte, und riß seinen Kopf herum. Der Kopf des Drachen rutschte plötzlich ab, als Krach ihn losließ – und die riesigen Keilzähne senkten sich mit Wucht in die oberste Schwanzwindung. Mit diesem Trick hatte es Krach auch schon dem Gewirrbaum heimgezahlt.

Der Spaltendrache brauchte einen Augenblick, bis er merkte, was los war. Bis dahin kaute er munter drauflos. Bestimmt spürte er den Biß, wußte aber noch nicht, daß es sein eigener war und daß seine Zähne sich keineswegs, wie er glaubte, in Ogerfleisch gesenkt hatten. So dauerte es etwas, bis er den Geschmacksunterschied bemerkte. Der Drache riß sein ›Opfer‹ nach oben und schlug dadurch die Zähne noch tiefer in seinen eigenen Leib. Dabei lockerte sich seine Umklammerung, und Krach konnte einen halben Atemzug machen.

Da begriff der Drache endlich, was er da tat. Sein Maul öffnete sich, damit er sich aus seinem eigenen Biß befreien konnte und um ein schreckliches Schmerzgetute voller Enttäuschung auszustoßen – doch da schlugen Krachs gepanzerte Fäuste auch schon zu und drückten das Gebiß noch fester in das Drachenfleisch. Das ließ die Kiefermuskeln an Spannung verlieren, so daß der Drache seinen eigenen Biß nicht wieder lockern konnte. Doch dafür konnte der Oger seine Hände nicht mehr zum Angreifen benutzen, weil der Drache sonst sofort wieder sein Maul aufgesperrt hätte. Wieder befanden sich beide im Zustand des Patts.

Von den unteren Fangzähnen des Drachen tropfte Blut, strömte sein Kinn hinab und benetzte Krachs Panzerfaust. Es war eine tiefpurpurne Flüssigkeit, dick und klebrig, die nach Aas und Asche stank. Wahrscheinlich wirkte sie wie eine

Säure, doch der Panzerhandschuh schützte Krachs Fleisch, wie schon früher vor dem Basilisken. Die Geschenke der Zentauren erwiesen sich als recht nützlich.

Nun war der Drache an der Reihe, sich einen Plan auszudenken. Drachen waren zwar nicht gerade die allerintelligentesten Wesen Xanths, aber wie die Oger auch hatten sie ihr Gehirn in ihren Muskeln, und sie waren ganz gerissene Kämpfer. Der Drache erkannte, daß er nicht weiterkommen konnte, bevor er sich aus seinem eigenen Biß befreit hatte, und daß seine Umklammerung den Oger dort festhielt, so daß er seinen Griff nicht lockerte. Nach und nach begriff er, daß der Oger an Standfestigkeit einbüßen würde, wenn er ihn losließ, so daß er ihn dann abwerfen konnte. Also begann der Drache damit, sich mühsam zu entschlingen.

Krach hielt seinen Griff aufrecht und atmete immer tiefer durch, je mehr der Druck nachließ. Seine Taktik ließ ihn langsam seine Freiheit wiedergewinnen – doch das galt auch für den Drachen. Dieser Kampf war noch lange nicht vorüber!

Endlich hatte der Drache seine Umklammerung aufgegeben und riß die Schnauze zurück. Krachs untere Hand rutschte an dem glitschigen Blut aus, und er verlor seinen Halt.

Jetzt standen sie sich wieder gegenüber, der Drache mit blutiger Schnauze und kleinen purpurnen Fontänen, die aus den tiefen Bißwunden an seinem Körper emporschossen, während der Oger seiner wundgescheuerten Rippen wegen heftig keuchte. Oberflächlich betrachtet hatte Krach zwar in dieser Runde Punkte sammeln können, doch insgeheim bezweifelte er es. Sein Rippengestell bestand zwar aus Ogerknochen, tat aber dennoch weh. Irgend etwas war daran verbogen, wenn nicht gar gebrochen. Er hatte nicht mehr die volle Einsatzkraft.

Dem Drachen ging auf, daß der Oger ein mächtigerer Gegner war, als er erwartet hatte. Er machte eine Finte, und Krach hob eine Faust. Da wich der Drache zurück, als wolle er fliehen. Mißtrauisch blieb Krach stehen – und sah, daß der Drache auf Feuereiche, die Dryade, zuschoß, die hilflos auf dem Boden lag.

Das war wirklich schlechter Stil! Damit deutete der Drache nämlich an, daß er Krach nicht mehr für einen würdigen Gegner hielt. Seine Wut steigerte sich ins Unermeßliche.

Chem Zentaur sprang Feuereiche zu Hilfe und hielt den Drachen auf, bevor Krach ihn erreicht hatte. Sie bäumte sich auf und hieb mit ihren blitzenden Vorderhufen nach der Schnauze des Drachen. Doch sie konnte das Ungeheuer nicht allzulange aufhalten, das war deutlich. Die Sirene kam mit Johann herbeigelaufen, um ihr zu helfen, doch Krach wußte, daß die beiden sich damit nur selbst in Schwierigkeiten bringen würden.

Wieder packte er den Drachenschwanz und stemmte sich diesmal mit beiden Beinen am Boden ab, um nicht wieder herumgewirbelt zu werden. Wieder setzte sich der Ruck in einer Wellenbewegung durch den Leib des Drachen fort, und Krachs Beine stemmten sich knietief in den Boden. Er war zwar kräftig, doch die bloße Körpermasse des Drachen ließ sich nicht mit Gewalt allein sofort aufhalten.

Nur wenige Schritte vor der Dryade kam die Drachenschnauze zum Stehen. Zornig über diese Behinderung, machte das Wesen erneut kehrt und stürzte sich auf den Oger.

Krach sprang wie mit einer Explosion aus dem Boden und schaufelte dem Drachen mit den Füßen Dreck und Geröll in die Schnauze. Dann griff er nach den Kiefern, doch diesmal war der Drache so klug, die Schnauze zu halten, und stieß mit zugesperrtem Maul nach Krach, um ihn zuerst umzuwerfen, bevor er nach ihm schnappte.

Krach prügelte auf den Kopf des Ungeheuers ein, verbog dabei eine Reihe von Metallschuppen und ließ den zerschmetterten Ohrenansatz des Drachen wieder bluten, doch er konnte keinen wirklichen Schaden anrichten. Der Drache zuckte und wand sich und bot dadurch ein trügerisches Ziel, während er seine Kräfte für den vernichtenden Endschlag sammelte.

Der Oger blickte zu den versammelten Mädchen hinüber. »Haut ab!« brüllte er ihnen zu. Er wollte nicht, daß er in der Entscheidungsphase abgelenkt wurde, und eines der Mädchen würde dabei mit Sicherheit aus Versehen verspeist werden.

Tandy rief ihnen von der Seite zu: »Ich habe einen Felsvorsprung entdeckt. Der ist außerhalb der Reichweite des Drachen! Wir können mit einem Seil dort hinauf klettern, während Krach dem Drachen den Garaus macht.«

Die hatte aber wirklich unbegrenztes Vertrauen in seine

Kraft! Krach wußte, daß er den schwersten Kampf seines Lebens austrug, doch er wußte, daß er sich dieser Herausforderung wesentlich selbstbewußter stellen konnte, sobald die Mädchen in Sicherheit waren. Er blickte zu der Stelle, auf die Tandy zeigte. Sie befand sich auf halber Höhe der Steigung. Darauf stand eine Trauerweide, die traurig ihre grünen Äste herabhängen ließ. Sie würden das Seil um ihren Stamm werfen können, um sich dann daran hinaufzuziehen.

Da nutzte der Drache Krachs Ablenkung aus und sprang ihn an. Der Oger duckte sich und riß eine Faust zur üblichen Verteidigung empor, doch die schiere Masse des Ungeheuers drückte ihn zu Boden. Die riesigen Metallklauen der vordersten Füße schlugen nach seinem Bauch und versuchten ihn zu zerfetzen. Krach mußte sich auf den Rücken fallen lassen, um ihnen auszuweichen – und da lag der Drache auch schon mit seinem ganzen Gewicht auf ihm. Jetzt krallten sich die Klauen der Stummelbeine rechts und links von ihm tief in den Boden und drückten ihn fest. Krach war gefangen.

Er versuchte sich aufzubäumen, doch dazu fehlte ihm ein Hebelpunkt. Dann wollte er eines der Beine ergreifen, aber der Drache zog es geschickt aus seiner Reichweite. Inzwischen bewegte sich der hintere Teil des Drachenleibs, um zwei weitere Beine ins Gefecht zu führen. Die würden ihn schon bald angreifen. Es war ein leichtes für den Drachen, seinem an den Boden genagelten Opfer nach und nach immer mehr Klauenhiebe zu versetzen, bis er irgendwann ein lebenswichtiges Organ durchbohrte.

Doch Krach hatte seine eigenen Ressourcen. Er griff empor, um den schlangenartigen Körper zu umarmen. Mit Mühe gelang es ihm, den Kreis zu schließen. Jetzt hatte er seinen Hebelpunkt und drückte zu.

Oger waren wegen mehrerlei Dinge berüchtigt: wegen der Art, wie sie Knochen zermalmten, um daraus Zahnstocher zu machen, wegen ihres Zertrümmerns und Pulverisierens von Felsbrocken und wegen der gewaltigen Kraft ihrer Kampfumarmung. Unter dem Druck, den Krach jetzt ausübte, hätte selbst eine Steineiche zu japsen angefangen. Der Drache tat das gleiche. Er ließ ein schmerzerfülltes Dampftuten erschallen.

Doch der Leib des Drachen war nachgiebig und dehnbar. Als er ihn auf die Hälfte seines ursprünglichen Umfangs zusammengequetscht hatte, konnte Krach nicht weitermachen, ohne einen neuen Griff anzusetzen. Sobald er das jedoch täte, und das ließ sich nicht durchführen, ohne seinen jetzigen Griff zu lockern, würde der Drachenleib wieder seinen alten Umfang annehmen. Sein Druck genügte einfach nicht. Der Drache litt zwar unter Schmerzen, war aber immer noch kampffähig, und nun brachte er seine anderen Klauen ins Spiel. Das bedeutete Schwierigkeiten, denn außen waren Krachs Arme ungeschützt und konnten mühelos zerfetzt werden.

Da setzte er eine weitere Waffe ein – seine Zähne. Die ließen sich zwar nicht mit denen des Drachen vergleichen, waren aber auf ihre Art durchaus ernstzunehmen. Er stellte sich vor, daß der Unterbauch des Drachen ein riesiger, leckerer Knochen wäre, und biß hinein.

Beim ersten Biß erntete er nur einen Mundvoll Schuppen. Die spuckte er aus und biß abermals zu. Diesmal stieß er bis zu der reptilischen Haut vor, die zwar immer noch sehr zäh war, für die Zähne eines Ogers aber kein Problem darstellte. Er riß ein Stück heraus und legte damit die darunterliegende Muskelschicht frei, in die er nun erneut herzhaft hineinbeißen konnte.

Wieder stieß das Ungeheuer ein Schmerzgepfeife aus. Es wollte zurückweichen – doch Krachs Griff hielt es unbarmherzig fest. Der Druck verschlimmerte die Sache noch, weil der Oger mit einem Biß die doppelte Menge Fleisch abbeißen konnte.

Die Drachenklauen fuhren wieder aus dem Erdreich hervor, und das Untier machte einen Mittelbuckel, der Krach emporriß. Dann zuckte der riesige Kopf herum und stieß eine Dampfwolke aus. Nun mußte der Oger seinen Griff lösen, denn sein Nacken war nicht besonders gut gegen Dampfgarung gefeit. Er fiel zu Boden und spuckte dabei einen Muskel aus. Es wäre zwar nett gewesen, wenn er das Ding hätte gut durchkauen und herunterschlingen können, doch er brauchte seine Zähne jetzt fürs Geschäft und nicht fürs Vergnügen.

Der Drache blutete inzwischen doppelt so stark wie vorher,

doch seine Kampfeslust war ungebrochen. Er schnaubte eine gewaltige, leicht blutbefleckte Dampfwolke aus, schoß auf Krach zu – und wich ihm im letzten Augenblick aus, so daß die Fäuste des Ogers ins Leere trafen. Der Schlangenleib peitschte immer schneller an Krach vorbei, und plötzlich verpaßte ihm der Drachenschwanz einen gewaltigen Schlag gegen die Brust.

Es war ein äußerst heftiger Hieb, und Krach taumelte zurück. Doch seine orangefarbene Zentaurenjacke schützte ihn vor körperlichen Angriffen und widerstand dem Schlag des scharfen Schwanzes. Sonst hätte Krach wohl auch eine schlimme Wunde davongetragen, wenn ihn der Hieb nicht sogar in zwei Stücke geteilt hätte. Die Schwanzspitze des Drachen war lang und spitz wie eine Peitsche und mit Widerhaken versehen. Damit wollte Krach lieber nichts zu tun haben.

Er entdeckte einen Felsbrocken, der halb in der Erde vergraben war, riß ihn heraus und schleuderte ihn gegen den Drachen. Der Drache schlug einen Haken, doch da warf Krach auch schon einen zweiten und dritten Felsen nach ihm. Irgendwann mußte er einfach treffen, und das wußte der Drache auch.

Der Drache ging hinter einem kleinen Felsvorsprung in Deckung. Krach schleuderte einen Felsen hinter ihm her, ohne ihm jedoch etwas anhaben zu können. Vorsichtig schlich er sich an den Vorsprung heran und lugte um die Ecke – der Drache war fort.

Er beugte sich vor, um den Boden zu mustern. Ah ja, da war ja ein Loch, das schräg ins Erdinnere hinabführte. Es hatte genau den Umfang des Drachen. Das Ungeheuer war geflohen!

Krach lockerte einen größeren Felsen und rollte ihn über das Eingangsloch. Das würde den Drachen wenigstens so lange einsperren, bis Tandy und die anderen die Spalte verlassen hatten. Zu schade, daß er den Kampf nicht zu Ende hatte führen können, aber es war immerhin eine sehr gute Prügelei gewesen, und solche Ironie des Schicksals war in der Wildnis Xanths keine Seltenheit.

Da senkten sich von hinten zwei Krallenpaare auf ihn. Der Drache war aus einem anderen Loch hervorgeschlüpft und hatte ihm von hinten aufgelauert! Das kam davon, wenn man auf dem Heimfeld des Gegners unachtsam wurde.

Krach versuchte sich umzudrehen, doch die Krallen packten ihn an der Schulter und rissen ihn zurück, dem sich aufsperrenden Maul entgegen. Diesmal konnte er die Schnauze des Drachen nicht mit den Händen traktieren, denn sie war außerhalb seiner Reichweite. Er hatte keine Chance mehr!

Tandy erschien neben dem Felsvorsprung. »Paß auf, Krach!« schrie sie überflüssigerweise.

»Verschwinde von hier!« brüllte Krach, als er auch schon den Drachendampf im Nacken spürte.

Doch Tandys Gesicht war von Angst, Entsetzen oder Wut verzerrt, das ließ sich jetzt nicht so genau feststellen. Ihre Augen waren zu engen Schlitzen geworden, und ihr Körper hatte sich versteift. Sie beachtete ihn nicht. Dann bewegte sie ihren Arm, als wollte sie etwas Unsichtbares werfen, und Krach, der ihr Vorhaben beinahe zu spät durchschaut hätte, ließ sich auf die Knie sinken, obwohl sich die Krallen des Drachen unbarmherzig in seine Schulter senkten.

Der Koller streifte seinen Kopf, so daß ihm der Pelz zu Berge stand. Den Drachen traf die volle Wucht auf die Schnauze, und er erstarrte wie angewurzelt, wobei ihm eine halbe Dampfschwade in einer seiner Nüstern steckenblieb.

Krach drehte sich um und erhob sich. Die Augen des Spaltendrachen sahen glasig aus. Der Wutkoller hatte das Ungeheuer gelähmt. »Schnell, lauf weg!« rief Tandy. »Der Drache wird gleich wieder zu sich kommen!«

Weglaufen? Das war aber nicht Ogerart! »Lauf du weg, ich werde den Drachen fesseln.«

»Du Holzkopf!« fuhr sie ihn an. »Den hält doch nichts fest!«

Krach packte den peitschenähnlichen Schwanz des Drachen, zog die Spitze durch den zermatschten Ohrenansatz, bis sie am anderen Ohr wieder heraustrat, und zog ein ganzes Stück des Schwanzes hindurch. Dann piekte er mit einem Finger ein Loch in den Fels und noch ein zweites, das schräg auf das erste auftraf. Er zurrte die Schwanzspitze durch das eine Loch und zum anderen wieder heraus, ganz wie er es schon mit dem Drachenkopf getan hatte, und machte schließlich einen Ogerhenkersknoten in den Schwanz. »Jetzt gehe ich«, sagte er zufrieden.

Sie schritten zum Abhang. Hinter ihnen wachte der Spaltendrache auf. Er schüttelte den Kopf, um seine Verwirrung loszuwerden – und entdeckte, daß er gefesselt war. Das Ungeheuer wollte zurückweichen – da zurrte sich der Schwanz noch fester um den Fels.

»Das wird ihm zu denken geben«, meinte Krach. Insgeheim wurmte es ihm, daß er das Ungeheuer nur mit fremder Hilfe hatte ausschalten können, denn das geziemte sich nicht für einen Oger. Doch die schreckliche Vernunft, die ihm die Schlauschlinge aufgebrummt hatte, erinnerte ihn daran, daß die Mädchen ohne Oger keine großen Überlebenschancen hatten und der Baum der Dryade mit Sicherheit gefällt werden würde. Also überwand er seinen dummen Stolz und stellte sich statt dessen lieber der nächsten Herausforderung.

Chem, Feuereiche und die Sirene saßen auf einem Felsvorsprung. Das Seil hing achtlos in die Tiefe.

»Alles klar, Mädchen!« rief Tandy. »Können wir jetzt hochkommen?« Sie erhielten keine Antwort. Es war fast, als würden die anderen schlafen.

»He, wacht auf!« rief Tandy wütend. »Wir müssen uns auf den Weg machen, und wir haben noch eine schlimme Kletterpartie vor uns!«

Die Sirene bewegte sich. »Was macht das schon noch?« fragte sie wehmütig.

Krach und Tandy blickten sich an. Was war denn das?

»Ist alles in Ordnung mit dir, Sirene?« fragte Krach.

Die Sirene erhob sich und trat gefährlich nahe an die Felskante. »Ich bin ja so traurig!« sagte sie und wischte sich eine Träne aus dem Auge. »Das Leben macht ja überhaupt keine Freude mehr.«

»Keine Freude?« fragte Tandy verständnislos. »Krach hat den Drachen zusammengeknotet. Wir können weiter, das ist doch wunderbar!«

»Gar nichts ist das«, erwiderte die Sirene. »Ich mache Schluß.« Und sie schritt über die Felskante.

Tandy stieß einen Schrei aus. Krach sprang empor, um die Sirene aufzufangen. Zum Glück stürzte sie direkt auf ihn zu, so daß er sie nur abzufangen und herumwirbeln brauchte, um sie schließlich wieder auf die Beine zu stellen.

»Sie hat ja versucht, sich umzubringen!« keuchte Tandy entsetzt.

Irgend etwas war hier durch und durch faul! Krach blickte zu der Trauerweide empor. Die anderen saßen schlaff da, ganz wie der Baum selbst. Da begriff er. »Die Trauerweide! Sie läßt Leute traurig werden!«

»O nein!« stöhnte Tandy. »Sie sitzen schon so lange da und werden immer trauriger. Und jetzt denken sie schon an Selbstmord!«

»Wir müssen sie herunterholen«, meinte Krach.

Die Sirene kam wieder zu sich. »O weh, was war ich traurig!«

»Du hast neben der Trauerweide gesessen«, belehrte Tandy sie. »Wir wußten nicht, was die für eine Wirkung hat.«

Die Sirene trocknete ihr tränenüberströmtes Gesicht. »Das war es also! Wirklich jammerschade, daß es so was gibt!«

»Ich klettere nach oben und trage sie herunter«, sagte Krach.

»Dann wirst *du* traurig«, warnte Tandy. »Wir können keinen Ogerselbstmörder, der uns auf den Kopf fällt, gebrauchen.«

»Nein, es dauert eine Weile, bis der Baum wirkt«, widerspach die Sirene. »Je länger ich darunter saß, um so trauriger wurde ich. Er schlägt nicht auf einmal zu.«

»Dann weiß ich, wie wir vorgehen können«, sagte Tandy. »Ich klettere hoch und stupse eine nach der anderen hinunter, und Krach fängt sie auf. Das muß allerdings schnell gehen, bevor ich selbst zu traurig werde.«

»Und was ist mit Chem?« wollte die Sirene wissen. »Die kann Krach nicht auffangen, die ist zu schwer.«

»Die müssen wir eben am Seil hinunterlassen.«

Sie beschlossen, einen Versuch zu machen. Tandy kletterte hinauf, packte die weinende Elfe und warf sie in die Tiefe. Krach fing sie mit einer Hand auf und vermied es dabei, ihre empfindlichen Flügel zu berühren. Als nächstes kam Feuereiche an die Reihe, und dann vertäute Tandy die Zentaurin, schlang das Seil um den Baum und zwang sie in die Tiefe, während Krach nach und nach mehr Seil freigab. Das war zwar mühselig, funktionierte aber.

Bis auf eines: Tandy blieb neben dem Baum stehen, da das

Seil gerade von der Zentaurin benutzt wurde, und der Baum verfehlte seine Wirkung nicht: Sie trat gefährlich nahe an die Kante, tränenüberströmt, und sprang hinab.

Wenn Krach ihr entgegensprang, um sie aufzufangen, würde er Chem stürzen lassen. Wenn er es nicht tat . . .

Bevor er es geistig durchdacht hatte, hatte er das Problem physisch auch schon gelöst. Er hielt das Seil mit der Rechten fest, während er zur Seite sprang und Tandy den linken Arm um die schmale Hüfte legte und an seinen pelzigen Leib drückte, ohne Chem fahrenzulassen.

Tandy vergrub ihr Gesicht in seinem Pelz und weinte ohne jede Hemmung. Er wußte zwar, daß dies nur auf die Wirkung der Trauerweide zurückzuführen war, spürte jedoch Mitleid wegen ihres Jammers. Er konnte nichts anderes tun, als sie festzuhalten.

»Das war aber ein hübsches Manöver, Krach«, sagte die Sirene und nahm ihm das Mädchen ab.

»Konnte sie schließlich nicht zu Boden stürzen lassen«, erwiderte er knurrig.

»Natürlich nicht.« Doch die Sirene wirkte nachdenklich. Anscheinend hatte sie irgend etwas begriffen, was er nicht verstand.

Nun waren sie zwar alle sicher wieder unten angelangt – doch leider am Boden der Spalte. Der Spaltendrache war noch immer damit beschäftigt, eine Möglichkeit ausfindig zu machen, wie er sich befreien konnte, ohne dabei entweder sein Gehirn oder seinen Schwanz abzureißen. Es war noch nicht ganz klar, welches von beidem ihm wichtiger war.

Johann kam wieder zu sich. »O weh, das war ja schrecklich!« stöhnte sie. »Jetzt fühle ich mich schon so viel besser, daß ich am liebsten fliegen würde.« Was sie dann auch tat, wobei sie einen kleinen Looping flog.

»Na ja, *die* kommt wenigstens aus der Spalte heraus«, bemerkte die Sirene.

Krach musterte die Elfe, den Drachen und die Trauerweide. Zwischen der Weide und dem oberen Spaltenrand stand auf halber Höhe ein Eisenholzbaum. Er hatte eine Idee. »Johann, kannst du mit dem Seil bis zum oberen Rand fliegen?«

Die Elfe blickte das Seil an. »Ist zu schwer für mich.«

»Könntest du es auffangen, wenn ich dir ein Ende zuwerfe?«

Erneut musterte sie das Seil. »Vielleicht, wenn ich einen festen Stand hätte«, sagte sie zweifelnd. »Ich bin nicht sehr kräftig.«

»Dort auf dem Eisenholzbaum?«

»Ich kann's versuchen.«

Krach befestigte einen Stein an einem Seilende und warf ihn mit dem Seil weit über den Eisenholzbaum hinaus in die Höhe. Johann flatterte empor und führte das Seil um den Baum. Dann schritt Krach zu dem Spaltendrachen hinüber, der immer noch mit dem Versuch beschäftigt war, sich zu befreien, ohne dabei Kopf oder Schwanz zu verletzen. Krach hämmerte ihm mit einer Faust auf den Kopf, und der Drache wurde still; er hatte seine Kampfkraft eingebüßt und konnte den Hieb nicht abfangen.

Krach befreite den Schwanz von dem Fels, zog ihn wieder aus dem Kopf des Drachen und befestigte die Spitze am zweiten Seilende. Dann zerrte er den reglosen Drachen unter den Eisenholzbaum und stellte ihn mit der Schwanzspitze nach oben gegen die Wand der Schlucht.

»Und jetzt laß den Stein samt Seil fallen«, rief er Johann zu.

Die Elfe tat, was er befahl, und der Stein ließ das Seil, um den Baum geführt, in die Tiefe fallen. Als es auf den Widerstand des Drachenschwanzes traf, genügte sein Eigengewicht nicht mehr. Die Elfe setzte sich auf den Stein, um ihn zu beschweren, und er fiel ein weiteres Stück in die Tiefe. Endlich gelang es Krach, emporzuspringen und das Seilende samt Stein zu ergreifen.

Johann kehrte zum Boden der Spalte zurück, während Krach den Drachenschwanz am Seil in die Höhe zog. Doch schon bald wurde das zu schwer: anstatt den Drachen emporzuziehen, mußte Krach feststellen, daß er selbst in der Luft schwebte. Das war eine Frage des Gewichts, nicht der Kraft.

»Das haben wir gleich«, sagte Chem. »Nimm den Felsbrocken als Ballast.«

Krach rollte den Felsbrocken herbei, packte ihn mit den Zehen und zog wieder am Seil. Mit diesem neu gewonnenen

Hebelpunkt gelang es ihm, den Drachen ein weiteres Stück den Abhang emporzuziehen. Als schließlich beide wieder in der Luft baumelten, sprang Chem auf den Felsen und umarmte Krach, um ihr stattliches Gewicht beizusteuern. »Ich wette, daß du noch nie umarmt worden bist.«

Krach mußte insgeheim zugeben, daß diese Mädchen alle ganz nette Begleiterinnen waren. Jede von ihnen hatte ihre eigene weibliche Eigenart, irgendwie rund und sanft und zum Festhalten konstruiert. Doch es erschien ihm klüger, sich nicht anmerken zu lassen, daß er so etwas wahrnahm. Denn sie gestatteten ihm nur deswegen eine gewisse Nähe, weil sie ihn für ein pelziges Ungeheuer hielten, das keinen Sinn für ihre nichteßbaren Eigenschaften hatte.

Er zog am Seil und zerrte den Drachen damit wieder ein Stück in die Höhe. Langsam erreichte Krach die Grenze seiner Kraft, denn der Drache war ein sehr schweres Ungeheuer, und er mußte ihn ein recht großes Stück in die Höhe ziehen. Doch endlich war es geschafft. Nun hing der Drache kopfunter vom Eisenholzbaum, wobei seine Schnauze den Boden der Spalte gerade noch berührte. Krach kletterte am Seil bis zu dem Baum empor und verknotete den Drachenschwanz am Baumstamm. Dann hielt er sich am Baum fest, wickelte das Seil frei und warf es nach oben über den Klippenrand, nachdem Chem unten losließ.

Johann flog empor und fing das Seil auf. Sie zerrte das Ende zu einem Baum, der etwas vom Spaltenrand entfernt stand, und verzurrte es fest mit einem Elfenknoten. Krach kletterte das letzte Stück empor und stand schließlich auf der Nordseite der Spalte. Nun war ihr Fluchtweg gesichert.

»Klettert zuerst den Drachen hoch und dann das Seil«, rief er den anderen hinunter.

Tandy schaffte es als erste, und dann folgte die etwas weniger agile Sirene.

Chem und Feuereiche stellten schon ein größeres Problem dar: Die Zentaurin besaß nicht genug Muskelkraft, um senkrecht an dem Drachen emporzuklettern und schließlich das Seil selbst zu erklimmen, während die Dryade zu schwach war, um es auch nur zu versuchen.

Krach ließ sich wieder hinunter, holte die Dryade und kletterte mit ihr in die Höhe. Dann kehrte er zu der Zentaurin zurück. Wieder mußte sie ihre Arme um seine Füße schlingen, während er mit Händen und Füßen den Drachen emporkletterte. Doch das Seil war schon schwieriger. Krach wurde langsam müde, und er bezweifelte, daß es ihm gelingen würde, sie beide nach oben zu tragen, zumal sich die Zentaurin dann nicht mehr, wie noch bei dem Drachen, mit den Hufen abstützen konnte. Also setzte er sie zwischen dem Eisenholzbaum und der Felswand ab, während er sich ausruhte und nachdachte.

Doch dazu blieb ihm auch nicht mehr viel Zeit. Der Drache begann sich zu rühren. Es war ein zähes Tier, und selbst der Fausthieb eines Ogers konnte es nicht auf alle Zeiten betäuben. Das Ungeheuer zuckte und wand sich, um nachzusehen, was eigentlich los war.

»Ich glaube, du kletterst jetzt besser das Seil hoch«, bemerkte Chem.

»Wickel dir ein Ende um die Hüfte, dann kann ich dich von oben hochziehen.«

»Ich mache ein Geschirr«, entschied sie und wickelte das Seil um verschiedene Körperstellen. »Auf diese Weise kann ich mich noch wehren.«

Krach kletterte das gespannte Seil empor, während der Drache immer heftiger um sich schlug. Als der Oger schließlich die obere Kante erreicht hatte, sah er, wie der Kopf des Drachen sich emporwand und auf die Zentaurenstute zukam. Das konnte Ärger bedeuten!

Oben angekommen, packte Krach das Seil und zog es empor. Das Gewicht der Zentaurin war groß, doch das Seil war von magischer Widerstandskraft. Er mußte sich sorgfältig abstemmen, um nicht in die Tiefe gezogen zu werden. Wieder einmal mußte er feststellen, daß schiere Kraft allein nicht genügte, manchmal war ein richtiger Hebelpunkt viel wichtiger. Er löste das Problem, indem er das Seil um seine Hüfte schlang, so daß er nicht von seinem Baum fortgerissen werden und statt dessen seine eigene Kraft einsetzen konnte.

Johann schwebte über dem Schluchtrand. »Der Drache hat

Chem entdeckt«, meldete sie besorgt. »Er versucht, sie zu erreichen. Ich weiß nicht, ob er ...«

Krach zog immer weiter am Seil. Er kam nicht allzu schnell voran, weil er vor jedem Griff seine Muskeln neu anspannen mußte. Es ärgerte ihn, zugeben zu müssen, daß er immer matter wurde. Was war nur aus seiner Ogerkondition geworden?

»Ja, der Drache schafft es«, meldete Johann. »Er schnappt schon nach ihr. Sie wehrt sich zwar ganz ordentlich mit ihren Hufen, hat aber keinen festen Halt. Sie kann ihm gar nicht richtig schaden. Da, er versucht es schon wieder – zieh sie höher, Krach!«

Krach versuchte sein Bestes, kam aber nur in winzigen kleinen Schritten voran. Seine riesigen Ogermuskeln wurden steinhart vor Ermüdung.

»Jetzt versucht der Drache, an seinem eigenen Schwanz hochzuklettern, um vielleicht das Seil durchzubeißen oder so«, sagte die Elfe. »Diesmal wird sie ihn nicht mehr daran hindern können. Schneller, Krach!«

Doch Krach konnte nicht mehr schneller, so sehr er sich auch anstrengte. Das Seil glitt ihm durch seine erschöpften Hände.

Die Sirene sprang herbei. »Ich habe ein Messer!« rief sie. »Ich klettere hinab und schneide dem Drachen den Schwanz ab, dann fällt er in die Spalte und ist außer Reichweite!«

»Nein!« protestierte Tandy. »Dann kommst du ja nicht mehr hoch!«

»Ich mach's!« sagte Johann. »Schnell – gib mir das Messer!«

Die Sirene reichte es ihr, und die Elfe verschwand in der Spalte. Krach versuchte mit neuer Anstrengung, das Seil emporzuziehen, doch sein Körper war wie gelähmt. Er konnte nur noch zuhören.

Die Sirene lag am Rand der Schlucht auf dem Bauch und blickte in die Tiefe. »Der Drachenkopf hat sie schon fast erreicht«, sagte sie. »Johann ist jetzt unten am Baum. Sie hat Angst vor dem Ungeheuer. Das sieht man daran, wie sie ihm ausweicht. Aber jetzt nähert sie sich dem verknoteten Schwanz. Und jetzt fängt sie an, mit dem Messer zu sägen. Sie ist nicht sehr kräftig, und diese Schuppen sind zäh. Der Drache hat sie noch nicht bemerkt, weil er sich auf Chem konzentriert. Huch

– jetzt hat er Johann gesehen! Das Messer fügt ihm Schmerzen zu, weil es jetzt den Schuppenpanzer durchdrungen hat. Es ist eine mühsame Arbeit! Der Drache dreht den Kopf, sein Maul hat er aufgesperrt. Chem rutscht wieder ein Stück in die Tiefe. Sie trampelt mit ihren Vorderhufen auf den Nacken des Drachen ein, um ihn abzulenken. Jetzt bewirft sie ihn mit Erdreich und Steinen aus der Felswand. Johann sägt noch immer an dem Schwanz. Ich glaube, sie ist inzwischen bis zum Fleisch vorgestoßen. Der Drache ist jetzt richtig wütend. Er schnaubt Dampfwolken und – oh!« Entsetzt hielt sie inne.

»Was ist passiert?« fragte Tandy, und ihr Gesicht wirkte bleich vor Aufregung.

»Der Dampf – Johann...« stammelte die Sirene. »Der Dampf hat ihre Flügel verschmort. Sie hängen jetzt wie nasse Fetzen herab. Johann hält sich am Baum fest und schneidet immer noch in den Drachenschwanz. Was die für einen Mut hat! Dabei muß sie schreckliche Schmerzen haben!«

Die Elfe hatte ihre gerade wieder verheilten Flügel verloren und litt entsetzlich – weil Krach versagt hatte. Mit einem Schmerzenskrampf der Reue zwang er neue Kraft in seine gelähmten Muskeln und riß an dem Seil. Nun geriet es plötzlich wieder in Bewegung, die Last schien leichter geworden zu sein, und schon bald war die Zentaurin oben angekommen und kletterte über den Rand der Spalte. Aber was war jetzt mit Johann?

»Da – der Drache stürzt ab!« schrie die Sirene. »Sie hat es geschafft! Sie hat den Schwanz durchgeschnitten! Sie ist mit Drachenblut vollgespritzt und hat das Messer verloren, aber der Drache stürzt jetzt holpernd in die Tiefe, in einer Dampf- und Staubwolke. Jetzt liegt das Ungeheuer unten in der Schlucht und hoppelt davon!«

»Was ist mit Johann?« rief Tandy.

»Die sitzt inzwischen am Eisenholzbaum. Sie hält die Augen geschlossen. Ich glaube, sie hat es noch gar nicht richtig begriffen, was passiert ist. Ihre Flügel...«

Tandy knüpfte bereits eine kleine Halterung in das Seil. »Laß das zu ihr hinab. Wir ziehen sie hoch!«

Krach blieb reglos stehen und lauschte dem Geschehen. Seine kurze Kraftaufwallung war erschöpft, er war unfähig, noch irgend etwas zu tun. Er schämte sich seiner Schwäche und der schrecklichen Konsequenzen, die sie gehabt hatte, wußte aber nicht mehr aus noch ein. Und Johann hatte geglaubt, in Begleitung eines Ogers wäre sie in Sicherheit!

Chem zog die Elfe empor. Krach sah, wie Johann in ihrem kleinen Netz hing. Ihre einst so schönen Flügel mit dem Blütenmuster waren nur noch ein paar zerschmolzene, formlose Stummel, völlig fluguntauglich. Ob sie jemals wieder nachwachsen würden? Das war mehr als unwahrscheinlich.

»Na ja, wenigstens haben wir die Spalte überquert«, sagte Tandy. Doch sie war nicht glücklich darüber. Das waren sie alle nicht. Eine von ihnen hatte ihre unschätzbaren Flügel eingebüßt, eine andere war zu müde, um auch nur stehen zu können, und Krach war zu erschöpft, um sich zu bewegen. Wenn das typisch für die Gefahren im mittleren Teil von Xanth war, wie sollten sie es da jemals bis ans Ziel schaffen?

»So, so«, sagte eine neue Stimme.

Krach wandte dem Sprecher stumpf das Gesicht zu. Es war ein knorriger, häßlicher Kobold – an der Spitze einer recht großen Koboldtruppe.

Kobolde haßten Wesen aller Art. Die Klemme, in der sie steckten, war noch schlimmer geworden als zuvor.

7
Wahnrand

»Wenn ihr euch wehrt, schmeißen wir euch ohne euer Seil wieder in den Abgrund«, sagte der Koboldführer. Es war ein verkrüppeltes schwarzes Wesen von der Größe Johanns, mit einem riesigen Kopf und ebensolchen Händen und Füßen. Seine kurzen Gliedmaßen wirkten verzogen und verkrampft, als wären seine Knochen immer wieder gebrochen und schief zusammengewachsen, und auch sein Gesicht war unsymmetrisch: Ein Auge war kaum mehr als ein Schlitz, das andere war groß und rund, die Nase war rund, ja kugelförmig, und der Mund schief. Nach Koboldmaßstäben sah er recht gut aus.

Die Kobolde teilten sich auf, um die Reisegefährten zu umzingeln. Sie musterten den Oger, die Zentaurin, die Dryade, die Elfe, die Sirene und das Mädchen, als wären sie das reinste Kuriositätenkabinett. »Ihr habt die Spalte durchquert?« fragte der Anführer.

Tandy ergriff das Wort für die Gruppe. »Was habt ihr für ein Recht, uns auszufragen? Ich kenne euresgleichen aus den Höhlen. Ihr unterhaltet doch nicht die geringsten nutzbringenden Beziehungen zu zivilisierten Leuten!«

Der Anführer musterte sie. »Wen kennst du in den Höhlen, Mädchen-Ding?«

»Jeden, der dort etwas darstellt«, erwiderte sie. »Die Dämonen, den Schaufler, die Gehirnkoralle . . .«

Der Anführer wirkte beunruhigt. »Wer bist du?«

»Ich bin Tandy, Tochter des Soldaten Crombie und der Nymphe Juwel. Du weißt schon, die immer die schwarzen Opale pflanzt, die ihr Kobolde dann stehlt, um sie euren Mädchen zu schenken! Das macht *meine* Mutter! Ohne sie gäbe es nirgends irgendwelche Edelsteine zu finden.«

Die Kobolde murmelten aufgeregt. »Du hast hinreichende Beziehungen«, sagte der Anführer schließlich mißmutig. »Also gut, dann werden wir dich nicht auffressen. Du kannst gehen, Mädchen-Ding.«

»Und was ist mit meinen Freunden?« fragte Tandy mißtrauisch.

»Die haben keine solche Beziehungen. Deren Mütter pflanzen keine Edelsteine in die Felsen. Die werden wir heute nacht kochen.«

»O nein, das werdet ihr nicht! Meine Freunde gehen mit mir.«

»Wenn es das ist, was du willst«, erwiderte der Kobold gleichgültig.

»Das ist es, was ich will.«

»Dann komm mit. Ihr steigt alle zusammen in den Topf.«

»Das habe ich aber nicht gemeint!« rief Tandy.

»Nicht?« fragte der Kobold überrascht. »Du hast doch gesagt, daß du deinen Freunden Gesellschaft leisten wolltest.«

»Aber nicht im Topf!«

Der Kobold schüttelte verwirrt den Kopf. »Frauen sind aber wirklich wandelhaft! Was willst du denn nun wirklich?«

»Ich will, daß wir alle gemeinsam unsere Reise in den Norden Xanths fortsetzen können«, sagte Tandy mit betont deutlicher Aussprache. »Alleine komme ich nicht ans Ziel, denn ich weiß nichts über die Oberfläche Xanths. Ich brauche den Oger, damit er mich beschützt. Und wenn er nicht so ermüdet vom Kampf mit dem Spaltendrachen wäre, würde er *euch* alle zusammen in den Topf stecken.«

»Unsinn. Oger verwenden keine Töpfe.«

Tandy plusterte sich auf, doch bevor sie einen echten Wutkoller bekam, flüsterte einer der Koboldleutnants seinem Anführer etwas ins Ohr.

Der Anführer nickte. »Vielleicht«, stimmte er zu. Dann wandte er sich wieder an Tandy. »Ihr seid fünf Frauen, die von dem müden Oger bewacht werden?«

»Ja«, erwiderte Tandy vorsichtig.

»Wie viele von euch hat er schon aufgefressen?«

»Niemanden!« erwiderte Tandy wütend. »Er frißt keine Freunde auf!«

»Dann muß er aber ein ziemlich schlapper Oger sein.«

»Immerhin hat er den Spaltendrachen vermöbelt!«

Darüber dachte der Kobold eine Weile nach. »Immerhin.« Er fällte eine Entscheidung. »Mein Name ist Kotbold Kobold. Ich herrsche über diesen Abschnitt des Spaltenrands. Aber ich habe eine Tochter, und wir sind exogam.«

»Ihr seid was?« fragte Tandy verwirrt.

»Exogam, du dumme Nuß. Unsere Mädchen müssen ihre Ehemänner außerhalb des eigenen Stammes finden. Aber wir leben getrennt vom Hauptwerk der Kobolde, seit die Drachen uns vor kurzer Zeit von ihm abgeschnitten haben, als sie ihr Revier ausdehnten.« Er zog eine Grimasse. »Die anderen Kobolde vergessen uns ständig, diese Schlammhirne. Ich weiß auch nicht, wieso.« Krach wußte, woran das lag: an dem Vergessenszauber, der über der Spaltenschlucht hing. Diese Kobolde lebten zu nahe an der Spalte und wurden dadurch ebenfalls von dem Zauber erfaßt.

»Also muß meine Tochter Goldy Kobold einen anderen fremden Stamm aufsuchen«, grollte Kotbold.

»Aber Reisen, die aus unserem Revier herausführen, sind zur Zeit gesundheitsgefährdend. Sie braucht also einen Beschützer.«

Tandys Miene hellte sich auf, als sie zu begreifen begann. »Du willst, daß wir deine Tochter mitnehmen?«

»Zum nächsten Koboldstamm im Norden. Jenseits der Drachen inmitten der fünf verbotenen Regionen, in der Nähe der Feuermauer, ja.«

Fünf verbotene Regionen? Feuermauer? Krach dachte über das Gesagte nach. Das hörte sich nicht so an, als sei es die richtige Sorte Gelände für fünf oder sechs zarte Mädchen auf der Durchreise.

»Dann läßt du uns also gehen, wenn wir sie mitnehmen?« fragte Tandy.

»Dich und den Oger.«

Tandys Miene verdüsterte sich wieder. Manchmal konnte sie ein äußerst stures Mädchen sein. »Uns *alle.*«

Der Anführer wirkte unsicher. »Das ist aber reichlich viel verlangt. Wir haben schon seit Tagen kein frisches Fleisch mehr gegessen.«

»Das ist mir völlig gleichgültig, und wenn ihr in eurem ganzen Leben kein frisches Fleisch mehr zu essen bekommt!« fauchte das Mädchen. »Von mir aus könnt ihr euch ein paar Zombies abkochen, wenn ihr Hunger habt. Ich will, daß alle meine Freunde mitgehen!«

»Schließlich nehmt ihr ja auch nur eine einzige Tochter mit nach Norden!«

»Denk an die weibliche List«, murmelte die Sirene.

Tandy dachte kurz nach. »Der Oger kann nicht den ganzen Schutz allein übernehmen«, sagte sie in einem vernünftigen Tonfall. »Wenn er einen großen Drachen abgewehrt oder einen Gewirrbaum zerschlagen hat, wird er müde. Dann muß er sich ausruhen, und jemand anders muß solange Wache halten, zum Beispiel die Zentaurin. Wenn wir einen See überqueren wollen, muß die Sirene ihn zuerst auskundschaften. Wir wissen nie vorher genau, wessen Fähigkeiten wann am meisten gebraucht werden.« Sie machte eine Kunstpause und bemühte sich schließlich um eine zusätzliche Portion Charme. »Na ja, und wenn du willst, daß deine Tochter möglichst sicher reisen soll . . .«

Kotbold machte böse Miene zum guten Spiel. »Also gut, also gut. Dann geht ihr eben alle. Ist zwar ein reichlich miserables Geschäft für mich, aber Goldy reißt mir den Kopf ab, wenn ich sie nicht bald unter die Haube bringe. Ist ein reichlich stures Biest, wie ihre ganze Art.«

Krach konnte nur noch staunen. Unterstützt von einem guten, passenden Rat der Sirene, war es Tandy gelungen, sie durch Verhandlungen vor Unheil zu bewahren und freies Geleit durch von Kobolden verseuchtes Gebiet zu erzwingen. Schon kehrte seine eigene Kraft zurück. Was ihm jetzt noch fehlte, das war eine Ruhepause. Aber Raufereien brauchte er im Augenblick keine mehr.

Goldy Kobold stellte sich als ein niedliches, erstaunlich hübsches Mädchen heraus. Die Koboldfrauen waren ebenso schön, wie die Koboldmänner häßlich waren. »Danke vielmals, daß ihr mich mitnehmt«, sagte sie höflich. »Kann ich euch dafür irgendeinen Gegendienst erweisen?«

Tandy war so klug, dieses Angebot ernstzunehmen. »Hier in der Nähe ist eine Feuereiche, bei der wir vorbeischauen müssen. Wenn du uns vielleicht den besten Weg dorthin zeigen könntest . . .«

»Aber natürlich. Hier in der Gegend gibt es nur eine Feuereiche, in der eine Dryade haust . . .« Goldy machte eine Pause, als sie Feuereiche erblickte. »Ist sie das nicht sogar?«

»Ja. Sie versucht, ihren Baum zu retten. Wir müssen sie so schnell es geht dorthin zurückbringen.«

»Ich kenne die Strecke. Aber ihr müßt vorsichtig sein, denn der Weg führt an einem Hypnokürbisfeld vorbei.«

»Ich will an keinen Kürbissen mehr vorbei!« schrie Tandy entsetzt.

Doch Krach erinnerte sich an seinen Kontrakt mit dem Sarg in dem anderen Hypnokürbis. Ob es vielleicht möglich war, daß . . .? »Ich brauche einen Kürbis«, sagte er.

Die Sirene war erstaunt. »Was willst du denn mit so einem schrecklichen Ding?«

»Vielleicht habe ich dort drin etwas vergessen.«

Die Sirene furchte die Stirn, wechselte aber das Thema.

So machten sie sich auf den Weg, wobei Krach die Dryade trug. Er versuchte, es sich nicht anmerken zu lassen, aber seine Kraft war nur zum Teil zu ihm zurückgekehrt. Feuereiche war leicht, eine Last, die er normalerweise ohne jede Anstrengung auf seinem kleinen Finger hätte balancieren können, doch jetzt mußte er darauf achten, daß er nicht zu laut keuchte, so daß die anderen darauf aufmerksam wurden. Wenn sie jetzt einem weiteren Drachen begegnen sollten, würde er den anderen überhaupt nichts nützen. Vielleicht brauchte er ja nur eine gute

Mahlzeit und etwas Nachtruhe. Aber andererseits hatte er noch nie so lange gebraucht, um sich von einer Anstrengung wieder zu erholen. Er hatte den Verdacht, daß irgend etwas nicht stimmte, konnte es aber nicht genau ausmachen.

Nun kamen sie in das Gebiet der Hypnokürbisse. Überall waren die Früchte zu sehen, und Krach starrte sie wie gebannt an. Als die Sirene den anderen Kürbis zerstört hatte, hatte er seine Seele endgültig verloren geglaubt – aber war es vielleicht möglich, daß der Kürbis selbst nur eine Tür zu einer anderen Wirklichkeit gewesen war? Seine Schlauschlinge war verrückt genug, so etwas zu glauben. Ob er mit Hilfe eines anderen Kürbisses in diese Welt zurückkehren und um seine Seele kämpfen konnte?

Da spürte er, wie sich ein Paar kleine Hände auf seinen Arm legten. »Was war los, Krach?« fragte Tandy. »Ich habe panische Angst vor diesen Dingern, aber dich scheinen sie zu faszinieren. Was ist zwischen dir und diesen schrecklichen Kürbissen?«

Ohne sich seiner Lage voll bewußt zu sein, antwortete er: »Ich muß hinein, um gegen den Nachthengst zu kämpfen.«

»Ist das ein Dunkles Pferd?«

»Der Herrscher der Nachtmähren. Ich habe ihm meine Seele verpfändet.«

»Nein! Hast du meine Seele *dadurch* gerettet?«

Krach fuhr aus seiner Benommenheit. Er hatte Tandy doch nichts von der Verpfändung seiner Seele verraten wollen! »Ich plappere nur so daher. Vergiß es.«

»Deshalb wolltest du also noch einen Kürbis haben«, sagte die Sirene. »Du hast dort drin noch eine Rechnung offenstehen! Ich wußte nicht . . .«

Nun trat das Koboldmädchen zu ihnen. »Der Oger war in einem Kürbis? Das habe ich schon öfter geschehen sehen. Manche Leute kommen ungeschoren davon, andere verlieren dabei ihre Seele; manche dürfen nur ihre halbe Freiheit behalten. Wir haben eine Menge Kobolde verloren, bis wir schließlich wußten, was mit den Kürbissen los ist. Jetzt benutzen wir sie als Mittel der Bestrafung. Diebe müssen eine Stunde hineinblicken; meistens kommen sie mit einem Riesenschrecken davon und stehlen danach nie wieder. Mörder werden einen ganzen Tag vor den Kürbis gesetzt. Die verlieren dann auch häufig ihre Seele. Es ist sehr unterschiedlich: Manche Leute sind schlauer als andere, und manche haben einfach mehr Glück. Die Verpfändung wirkt wie ein aufgeschobener Urteilsspruch. Ein, zwei Monate, dann ist alles vorbei.«

»Wie lange hast du Frist, Krach?« fragte Sirene entsetzt.

»Drei Monate«, erwiderte er niedergeschlagen.

»Und du hast uns keinen Ton davon gesagt!« rief sie zornig. »Was für ein Wesen bist du bloß?« Doch sie gab sich selbst sofort die Antwort darauf. »Eines, das sich selbst für andere aufopfert. Krach, du hättest es uns sagen müssen!«

»Ja«, pflichtete Tandy ihr mit schwacher Stimme bei, »ich wußte ja überhaupt nicht . . .«

»Wie kann man eine solche Verpfändung zunichte machen?« fragte die Sirene mit ihrem Sinn für das Praktische.

»Er muß wieder hineingehen und kämpfen«, sagte Goldy. »Wenn er das nicht tut, wird er einfach immer schwächer, Stückchen um Stückchen, während der Nachthengst seine Seele einzieht. Wenn die Frist erst einmal abgelaufen ist, ist es auch schon zu spät. Man muß es möglichst frühzeitig tun, solange man noch die meiste Kraft hat.«

»Aber man kann sich doch davon befreien, wenn man frühzeitig hineingeht, nicht wahr?« wollte die Sirene wissen.

»Manchmal«, erwiderte das Koboldmädchen. »Es gelingt vielleicht einem von zehn. Einer unserer alten Kobolde hat es angeblich in seiner Jugend einmal geschafft. Wir wissen nicht so recht, ob wir ihm glauben sollen oder nicht. Er murmelt ständig etwas von Prüfungen der Furcht, des Schmerzes, des Stolzes und so weiter, lauter Unfug. Aber theoretisch ist es möglich, den Kampf zu gewinnen.«

»Deshalb ist Krach auch so schwach geworden!« sagte die Sirene. »Er hat seine Kräfte überhaupt nicht geschont, als stünden sie ihm nach wie vor voll und ganz zur Verfügung. Und dabei ist seine Seele krank!«

»Das kenne ich«, hauchte Feuereiche.

»Ich nicht!« sagte Tandy, und ihre Miene wurde finster. »Oh, es ist alles meine Schuld! Ich hätte doch nie meine Seele zurückgenommen, wenn ich gewußt hätte . . .«

»Ich wußte es ja auch nicht«, tröstete die Sirene das Mädchen. »Aber ich hätte es ahnen müssen. Vielleicht hatte ich auch einen Verdacht, aber ich bin ihm einfach nicht nachgegangen. Ich hatte ganz vergessen, daß Krach gar kein einfältiger Oger mehr ist. Er ist von der komplexen Schlauschlinge befallen, und die läßt ihn wesentlich stärker wie ein Mensch reagieren als sonst.«

»Der Fluch des menschlichen Intellekts, der die urtierhafte Unschuld abgelöst hat«, stimmte Tandy ihr zu. »Ich hätte auch begreifen müssen . . .«

»Tandy, wir müssen Krach dabei helfen, die Verpfändung seiner Seele rückgängig zu machen!«

»Ja!« stimmte Tandy ihr zu. »Wir können ihn doch nicht einfach so einem Pfandrecht überlassen!«

»Ich helfe mit«, sagte Goldy.

Die Sirene runzelte die Stirn. »Aus welchem Grund? Immerhin wollte dein Stamm uns alle auffressen.«

»Wie soll ich jemals zu einem anderen Koboldstamm kommen, wenn ich keinen kräftigen Oger dabeihabe, der mir den Weg freimacht? Ich glaube, ich weiß, wovon ich rede.«

»Hm, ja, da hast du wohl auch ein Eigeninteresse an der Sache«, meinte die Sirene. »Wir alle brauchen den Oger, bis wir unsere jeweiligen Probleme gelöst haben. Was weißt du über die Kürbisse, was uns helfen könnte?«

»Unsere Leute haben uns sehr viele Einzelheiten über die innere Geographie der Kürbisse berichtet. Im Innern sind alle Kürbisse gleich. Doch jeder dringt an einer anderen Stelle dort ein, und man kann sich auch verlaufen. Deshalb ist es besser, man nimmt sich einen Faden mit, um den Weg zu markieren.«

»Aber man kommt doch sofort wieder heraus, sobald der Sichtkontakt unterbrochen wird! Wie kann man sich da verlaufen?«

»Es ist eine andere Art des Sichverlaufens«, entgegnete Goldy. »Dort drin gibt es eine Menge Bereiche und auch einige recht merkwürdige Effekte. Ein Wanderer im Kürbisland kehrt immer wieder zu der Stelle und an den Zeitpunkt zurück, wo er aufgehört hat, egal, wie lange es her sein mag. Ein Bruch in der Abfolge bedeutet dort keine Veränderung, sondern eben nur eine Unterbrechung. Wenn man sich im Kürbisland verlaufen hat und wieder dorthin zurückkehrt, so weiß man beim nächsten Mal immer noch nicht, wo man ist und wo man hingeht, weil man ja vorher auch schon nicht wußte, wo man war. Aber wenn man einen Faden als Markierung auslegt, sieht man, wo man schon einmal gewesen ist, und erkennt die Stelle sofort wieder. Und da ist noch ein Geheimnis.«

Krach begann sich für die Sache zu erwärmen. Obwohl er schon vor einer ganzen Weile im Kürbis war, konnte er anscheinend immer noch dorthin zurückkehren. »Was für ein Geheimnis?«

»Der Nachthengst befindet sich immer gerade dort, wo man ihn zuletzt sucht«, erklärte das Koboldmädchen. »Wenn du ihn aufstöbern willst, mußt du an immer neuen Orten nach ihm suchen, also niemals dort, wo du schon einmal gewesen bist, denn das ist verschwendete Mühe und Zeit. Dann verfängst du dich nämlich in einer nicht enden wollenden Schlaufe und verläufst dich erst recht. Wenn du einfach nur deine alte, vertraute Strecke nach ihm absuchst, findest du ihn nie.«

»Du weißt ja wirklich einiges darüber!« meinte Tandy. »Aber was, wenn Krach mit einem Faden in dieses Labyrinth eindringt, den Nachthengst tatsächlich ausfindig macht – und dann zu schwach ist, um gegen ihn zu kämpfen?«

»Nein, dazu braucht er eine andere Art von Kraft«, erwiderte Goldy. »Wir haben körperlich sehr kräftige Kobolde gehabt, die in den Kürbis hineingegangen sind, aber auch schwache, und die Schwachen haben genausogut abgeschnitten. Im Kürbis verlieren alle möglichen Leute den Kampf. Möglicherweise ist physische Kraft sogar eher ein Manko, denn wenn man auch die Anlagen und Einrichtungen zerstören kann, ändert das doch nichts an der eingegangenen Verpflichtung. Das geschieht nur, wenn man den Nachthengst besiegt, und zwar zu seinen eigenen Bedingungen.«

»Und was hat er für Bedingungen?«

Goldy zuckte mit den Schultern. »Das weiß keiner genau. Unser Kobold, der die Sache überlebt hat, weigert sich, uns das zu verraten. Immer vorausgesetzt, er weiß es überhaupt! Wenn man ihn darauf anspricht, wird er immer nur ein bißchen grauer im Gesicht. Ich schätze, das findet man nur dadurch heraus, indem man sich dem Wesen stellt.«

»Ich glaube, jetzt wissen wir genug«, sagte Tandy. »Nehmen wir einen Kürbis mit. Wir müssen erst zur Feuereiche, bevor der Wahnrand seine Kraft verloren hat.« Trotz ihrer Furcht vor den Kürbissen pflückte sie einen ab, denn ihre Sorge um Krach war noch größer.

Während sie weitergingen, grübelte Krach über das Gesagte nach. Wenn körperliche Kraft bei dem Kampf mit dem Nachthengst nicht so wichtig war, warum sollte man ihn dann möglichst bald suchen, bevor man zu sehr geschwächt war? War das ein Widerspruch oder lediglich eine Verwirrung der Begriffe? Er kam zu dem Schluß, daß es Letzteres sein mußte. Es gab eine Schwächung des Körpers und eine des Geistes; beide konnten zwar gemeinsam auftreten, waren aber miteinander nicht identisch. Krach war jetzt schwach, weil er sich körperlich überanstrengt hatte. Ohne eine solche Überanstrengung würde es drei Monate dauern, bis er seine Kraft gänzlich verloren hatte. Seine Seele hatte hingegen wahrscheinlich noch nicht allzusehr gelitten. Wenn er jedoch die Auseinandersetzung mit dem Nachthengst bis zum letzten Augenblick hinauszögerte, würde seine Seele geschwächt sein, so daß er den nichtkörperlichen Kampf verlieren mußte. Ja, das erschien sinnvoll und einleuchtend. Bei der Magie brauchten die Dinge zwar keineswegs immer sinnvoll und einleuchtend zu sein, aber mitunter war es doch eine Hilfe.

Sie kamen an ein hübsches Waldstück. Darin bemerkten sie ein wahnwitziges Schimmern, das Krach das Gefühl verlieh, selbst ein wenig wahnwitzig zu sein, so daß er die Augen abwandte.

»Mein Baum!« rief die Dryade, plötzlich wieder munter geworden.

Krach setzte sie ab. »Wo?«

»Dort! Hinter dem Wahnrand!« Sie schien jeden Augenblick kräftiger zu werden, dann stürzte sie in das Waldstück hinein. Ihr Körper vibrierte plötzlich – und war verschwunden.

»Schätze, der Zauber ist noch intakt«, meinte Tandy. Sie folgte Feuereiche, den Kürbis in der Hand, und verschwand genauso plötzlich wie die Dryade. Die anderen taten es ihr gleich.

Als Krach den Wahnrand berührte, überfiel ihn ein kurzer Schwindelanfall, dann hatte er ihn auch schon durchstoßen. Vor ihm stand der Baum, eine mittelgroße Feuereiche, deren Blätter im Licht der späten Nachmittagssonne loderten. Die Dryade umarmte den Stamm ekstatisch, so daß man ihren Leib kaum von dem des Baumes unterscheiden konnte, und gewann wieder an Farbe. Sie hatte sich wieder mit ihrer Seele vereint. Auch der Baum schien innerlich zu erglühen, und die bereits etwas welk gewordenen Blätter wurden wieder glatt und strotzten vor Saft und Gesundheit. Offensichtlich hatte er seine Dryade auch vermißt. Diese Liebe zwischen der Nymphe und dem Baum hatte etwas Rührendes an sich.

Tandy trat auf den Oger zu, einen weidwunden Blick in ihren blauen Augen. »Krach, wenn ich gewußt hätte . . .« sagte sie mit erstickter Stimme. Sie drückte ihm heftig den Kürbis in die Hand.

»Am besten gehst du in den Kürbis, solange der Wahnrand noch hält«, schlug die Sirene vor. »Vielleicht bleibt dir ja genug Zeit, den Nachthengst zu besiegen und deine volle Kraft zurückzuerlangen.« Sie holte ein Bindfadenknäuel hervor, das die Dryade in ihrem Baum gehabt haben mußte. »Nimm das hier, damit du dich nicht verläufst.«

»Aber zuerst ißt du etwas«, sagte Chem und schleppte einen Armvoll Obst herbei. »Und ruhst dich eine Nacht lang aus.«

»Nein, ich will die Sache jetzt sofort hinter mich bringen«, widersprach Krach.

»Nein, bitte, iß doch wenigstens erst etwas!« bat Tandy. »Du kannst doch ganz schnell ganz viel essen.«

Das waren wahre Worte – und er war auch hungrig. Oger waren meistens hungrig. Also stopfte er einen Scheffel Früchte in sich hinein und schlang sie nach Ogerweise unzerkaut hinunter, um schließlich einen tiefen, langen Zug Wasser aus dem Bach zu nehmen, der am Fuß des Baumes entsprang.

Während die Sonne hinter dem Wald unterging und dabei die fernen Baumwipfel versengte, nahm Krach von den sechs Frauen Abschied, als wollte er eine lange, gefährliche Reise beginnen. Dann lehnte er sich sitzend mit dem Rücken gegen den Baum, legte den Kürbis in seinen Schoß und brachte das rechte Auge an das Guckloch.

Sofort fand er sich in der Kürbiswelt wieder. Er stand vor der Krypta und hatte gerade sein Nickerchen beendet. Tandy war nicht da; einen Augenblick lang hatte er befürchtet, daß sie gemeinsam mit ihm in diesem Abenteuer gefangen sein könnte, da sie ja früher schon einmal hier gewesen war, doch inzwischen war sie natürlich frei.

Ein eisiger Wind pfiff durch die Steine und spielte mit seinem Pelz. Die Landschaft war trostlos: Grabsteine, welkende Gräser und ein trüber dunkler Himmel. »Herrlich!« rief er. »Hier würde ich gerne für immer bleiben!«

Doch dann zwang ihn seine Schlauschlinge auf ihre penetrante Art, seinen Ausruf geistig zu relativieren: Er würde gerne für immer hierbleiben, nachdem er seine Seele wieder ausgelöst, seine volle Kraft zurückgewonnen, den Baum der Dryade gerettet, Tandy und die anderen ans Ziel gebracht und die Antwort des Guten Magiers gefunden hatte. Wenn all diese Kleinigkeiten erst einmal erledigt waren, würde dieses Kürbisparadies ein netter Ort sein, um sich dorthin zurückzuziehen.

Immerhin hatte das Koboldmädchen recht behalten, und er war tatsächlich am alten Ort in die Kürbiswelt zurückgekehrt. Jetzt war er davon überzeugt, daß er den Nachthengst schon aufspüren und ihm seine Seele wieder abringen würde. Schließlich war er ja ein Oger, nicht wahr?

Er hatte sein Fadenknäuel dabei, da er sich beim Eintritt in den Kürbis vorgenommen hatte, es mitzunehmen, doch einmal mehr hatte er seine Panzerfäustlinge und seine orangefarbene Jacke vergessen. Er schritt zu dem Spukhaus zurück, befestigte den Faden mit einem Ende an einem Pfosten, überquerte den Friedhof, bis er zum anderen Ausgang kam, und ließ dabei den Faden hinter sich abspulen. Es war ein dickes Knäuel, und er war sicher, daß er damit ein hübsches Stück weiterkommen würde.

Ein Skelett kam hervor, um nachzusehen, was los war. Krach schnitt eine schreckliche Grimasse, und das Ding floh in einem solchen Tempo, daß seine Knochen nur so schepperten. Ja, diese Knochenleute hier erinnerten sich noch an ihn!

Vor dem Friedhofstor erstreckte sich eine weite schwarze, öde Ebene, die von unheimlichem, fahlweißem Mondlicht beleuchtet wurde. Schwarze, häßliche Wolken jagten furchterregend über den trostlosen Himmel und bildeten Gestalten, die Trolle, Kobolden und Ogern glichen. Natürlich flohen die anderen Wesen vor den Ogergestalten. Krach war entzückt. Hier war es ja noch schöner als an der anderen Stelle! Wer immer diese Kürbiswelt erschaffen hatte, hatte dabei zweifellos den Geschmack von Ogern im Sinn gehabt.

Wohin sollte er jetzt gehen? Sein Ziel bestand ja nicht darin, hier spazierenzugehen, sondern den Nachthengst zu suchen. Doch er wußte, daß er wohl erst ein riesiges Gebiet würde absuchen müssen, bevor er sein Ziel erreichte. Also beschleunigte er jetzt wohl besser sein Tempo, um so viel Terrain in kürzester Zeit zu erkunden, wie es nur möglich war.

Er stampfte los, schnurstracks über die herrliche öde Ebene. Der rissige Boden bebte angenehm unter seinen Schritten. Langsam gewann er wieder an Kraft. Doch wußte er inzwischen dank des Koboldmädchens, daß er hier nicht unbedingt körperlicher Kraft bedurfte, um sich durchzusetzen. Damit hatte er dem Sarg zwar Tandys Seele entrissen – doch nur um den Preis, daß er seine eigene Seele damit aufs Spiel gesetzt hatte. Wahrscheinlich hatte der Sarg ihm nur gegeben, was ohnehin schon vorgesehen gewesen war, während er selbst darauf reingefallen war und gedacht hatte, daß die Kraft eines Ogers den Toten Angst einjagen könnte. Der Fluch der Schlauschlinge bescherte ihm ständig Einsichten in höchst unbequeme Wahrheiten!

Andererseits war es wohl auch nicht ratsam, diese Erkenntnis genauso rückhaltlos zu glauben. Er konnte vielmehr umkehren und den Sarg ein bißchen mehr durchschütteln, um festzustellen, wieviel Angst er ihm tatsächlich einjagen konnte. Immerhin hatten die Skelette vor ihm ja auch Reißaus genommen. Nein – gerade dieser Versuchung galt es ja zu widerstehen, denn damit würde er ja nur seine eigene Spur zurückverfolgen, und das war das einzige, was er auf jeden Fall vermeiden mußte. Also stampfte er entschlossen weiter.

Am Horizont erschienen schwarze Flecken, die schnell immer

größer wurden und mit klappernden Hufen auf ihn zu galoppierten. Die Nachtmähren!

Es waren stattliche Tiere, völlig schwarz, mit flammenden Mähnen, peitschenden Schweifen und dunkel glitzernden Augen. Sie waren muskulös und doch geschmeidig und bewegten sich mit Gedankenschnelle. Einen Augenblick später hatten sie ihn schon umzingelt, galoppierten im Kreis um ihn herum und stießen ein warnendes Wiehern aus. Sie wollten, daß er seine Marschroute änderte. Doch da der Nachthengst nicht unter ihnen zu sein schien, schritt Krach unbeirrt weiter.

Er ignorierte ihre Warnungen – und der Kreis der Nachtmähren umringte ihn weiterhin, so schnell er auch davonstampfen mochte. Probehalber schlug er einen Haken, und der Kreis folgte seiner Bewegung. Er machte einen Satz, und der Kreis sprang mit ihm in die Höhe. Genau das hatte er vermutet: Es waren magische Tiere, die sich auch magisch orientierten. Die Hufe eines solchen Traumpferds hatten keinen echten Kontakt zum Boden. Die Mähren konnten sich überallhin bewegen, und Krach konnte ihrem Kreis nicht durch Davonlaufen entrinnen.

Nicht daß er das überhaupt gewollt hätte. Er mochte diese schönen, kraftstrotzenden Tiere. Es waren Wesen, wie Oger sie schätzten. Er dachte daran, wie eine der Mähren Tandy auf einem Ritt zum Schloß des Guten Magiers mitgenommen hatte – was für Tandy wahrscheinlich besser gewesen war, als ihr ursprüngliches Ziel zu erreichen. Ihr Vater Crombie, der Soldat auf Schloß Roogna, hätte ihr wohl kaum helfen können. Krach kannte den Mann flüchtig. Crombie wurde langsam alt und war längst nicht mehr der große Kämpfer, der er mal gewesen war. Außerdem war er ein Frauenhasser, der das Problem seiner Tochter möglicherweise gar nicht ernstgenommen hätte – was hätte er schon tun können, ohne seinen Posten auf Schloß Roogna zu verlassen?

Und was die Nachtmähren anging – eine von ihnen hatte Tandy zwar dabei geholfen, zum Guten Magier zu gelangen, hatte danach aber ein Pfandrecht auf ihre Seele beansprucht und sie damit ins Unglück gestürzt. Was für eine Hilfe! Vielleicht brauchten diese Nachtmähren mal einen Denkzettel, indem sie nämlich mal am eigenen Leib zu spüren bekamen, was es hieß, einen Oger zu irritieren.

Doch er wußte noch nicht genug, um etwas unternehmen zu können. Was hatte Tandy dem Magier für eine Frage gestellt? Das hatte sie nie so richtig erklärt. Ob es mit der Verpfändung ihrer Seele an die Nachtmähre zusammenhing? Nein, sie hatte ihre Seele ja erst dadurch verpfändet, daß sie überhaupt zum Guten Magier aufgebrochen war. Das wäre ein schlechtes Geschäft gewesen. Außerdem hatte sie ja gar nichts von der Verpfändung gewußt, also konnte sie den Magier auch nicht deswegen befragt haben.

Inwieweit würde die Reise mit einem Oger ihr Problem lösen? Hatte der Magier etwa beabsichtigt, daß Krach die Seele des Mädchens mit seiner eigenen einlöste? Das schien zwar denkbar – doch das, was er von der Vorgehensweise des Magiers wußte, sprach eigentlich dagegen. Humfrey hatte es nicht nötig, Leuten über den Preis, den sie für ihre Antworten zahlen mußten, etwas vorzumachen. Er hätte nicht so getan, als ginge es nur darum, Tandy zu schützen, wenn das Ziel tatsächlich darin bestanden hätte, Seelen umzutauschen. Nein, es war und blieb Krach ein Rätsel.

Bislang hatte Tandy wahllos neue Reisebegleiter ausgesucht, und jetzt waren es schon sechs weibliche Wesen, die den Rest der Gruppe ausmachten. Eine solche Zusammenstellung war reichlich unwahrscheinlich in Xanth: Normalerweise flohen solche Maiden die Oger, und das aus gutem Grund; denn die Oger pflegten derlei Leckerbissen mit Vorliebe zu verschlingen. Hätte Krach sich nicht dem Magier dafür verbürgt, daß er seinen natürlichen Neigungen nicht huldigen würde, weil er ihm einen Dienst schuldig war ...

Er schüttelte den Kopf, wodurch einige wütenden Flöhe davongewirbelt wurden. Nein, was sein Motiv anging, konnte er sich nicht sicher sein. Sein Vater Knacks war immerhin ein vegetarischer Oger, der eine Frau menschlicher Herkunft geheiratet hatte, so daß Krach in einem für Oger untypischen Heim aufgewachsen war. Seine Eltern hatten Kontakt zu den Bewohnern von Schloß Roogna pflegen dürfen, solange sie menschliche Sitten und Gebräuche respektierten. Krach hatte sich gar nicht wirklich wegen seines Eides oder seines menschlichen Geschmacks zurückgehalten. Er hatte vielmehr schon als kleines Kind gelernt, daß er aus der menschlichen Gesellschaft verbannt werden würde, sobald er wieder zu einem Wilden werden sollte. Jeder, der dem König Trent Schwierigkeiten machte, lief Gefahr, von diesem in eine Kröte oder einen Stinkkäfer verwandelt zu werden, denn Trent war der große Verwandlungsmagier. Es war ihm also nicht gerade schwergefallen, sich anzupassen. In Wirklichkeit hatte Krach gar keine menschlichen Knochen zermalmt, und er hatte auch keine leckeren Menschenmädchen entführt. Ja, vielleicht war ihm dadurch etwas Lebenswichtiges entgangen – doch er wollte nach wie vor nicht darauf wetten, daß eine gute Mahlzeit mehr wert sein konnte als die Freundschaften zu Menschen, die er unterhielt. Vielleicht war es also nicht nur sein Dienst für den Magier allein, der Tandy und die anderen vor ihm geschützt hatte. Oger suchten zwar normalerweise gar keine Gesellschaft, doch der Fluch der Schlauschlinge zeigte ihm, daß er in gewissem Umfang ein recht untypischer Oger war. Wie die Sirene auch, wußte er nun, daß er sich einsam fühlen würde, wenn er allein blieb.

Plötzlich merkte Krach, daß sich der Ring der Mähren auf den halben ursprünglichen Durchmesser zusammengezogen hatte. Während er in seine unogerhaften Gedanken vertieft weitergestampft war, hatten sie die Schlinge immer weiter zugezogen. Schon bald würden sie ihn berühren.

Und wenn sie den Kreis noch enger zogen – was dann? Einfache Pferde konnten einem Oger kaum etwas antun. Sie wogen zwar etwa das gleiche wie er, aber es waren schließlich nur Wesen mit dem Vorderteil eines Seepferdchens und dem Hinterteil eines Zentauren. Im Prinzip waren sie hübsch und sanft. Sicher, sie hatten die Ohren flach angelegt, und ihre Mähnen flammten wie gefährliche Stacheln, die Schweife peitschten wie Waffen, die gebleckten Gebisse glitzerten weiß im Mondlicht, und ihre Augen starrten ihn schräg an, als wäre er ein Beutetier und kein Ungeheuer – doch er wußte, daß er jede von ihnen weit über die Ebene schleudern konnte, wenn er wollte und seine volle Ogerkraft wiedererlangt hatte. Warum sollten sie sich ihm da nähern?

Da fiel es ihm ein: Das hier waren gewöhnliche Nachtmähren, gewohnt, Schlafenden ihre Alpträume zu bringen. Sie waren nicht von der Schlauschlinge befallen worden und besaßen deshalb keine überpferdische Intelligenz. Sie verpaßten ihm einfach nur die Standardbehandlung, indem sie ihn umdrängten und versuchten, ihn zu erschrecken . . .

Krach lachte laut los. Das mußte man sich einmal vorstellen, daß jemand ernsthaft versuchte, einen Oger zu erschrecken!

Verblüfft stoben die Mähren auseinander. Das war aber gar nicht die übliche Verfahrensweise! Es war nicht vorgesehen, daß das Opfer anfing zu lachen. Was war hier schiefgelaufen?

»Tut mir leid«, sagte Krach reumütig. »Ich wollte eure Vorstellung nicht durcheinanderbringen. Ich mach' euch einen Vorschlag: Ihr galoppiert wieder im Kreis herum, und ich tue so, als wäre ich entsetzt, ja? Ich möchte nicht, daß ihr Ärger mit eurem Hengst bekommt. Genaugenommen möchte ich ihn selbst gerne einmal kennenlernen. Ihr könnt mich wohl nicht zu ihm führen, was?«

Doch die Pferde rasten immer noch ziellos umher, ohne jede Ordnung. Sie waren nicht hier, um Spielchen zu spielen, sondern um Angst und Grauen auszulösen. Da ihnen das nicht gelungen war, mußten sie sich jetzt um andere Dinge kümmern. Immerhin war die Nacht bereits angebrochen, als er in den Kürbis eingetreten war. Die Herde löste sich auf. Wahrscheinlich würden die Mähren sich im Laufe der nächsten Stunde bereits über ganz Xanth verteilt haben, um ihre schlimmen Träume abzuliefern.

»Halt, wartet!« rief Krach ihnen zu. »Welche von euch hat Tandy auf ihrem Rücken reiten lassen?«

Eine der Mähren zögerte, als versuche sie, sich an etwas zu erinnern. »Vor einem Jahr«, sagte Krach. »Ein kleines Menschenmädchen, braunes Haar, wirft schon mal mit Wutkollern um sich.«

Die schwarzen Ohren spitzten sich. Die Mähre erinnerte sich tatsächlich daran!

»Sie läßt dir ihren Dank ausrichten«, fuhr Krach fort. »Du hast ihr sehr geholfen.«

Die Mähre wieherte und schien interessiert. Ob diese Wesen

sich wirklich etwas daraus machten, wie es ihren Opfern erging, denen sie ihre schlimmen Träume überbrachten? Die Schlauschlinge warnte ihn davor, ein Wesen ausschließlich nach dem Beruf zu beurteilen, den es ausübte. Manche Oger zermalmten ja auch keine Knochen; vielleicht gab es also auch Nachtmähren, die keine Mädchen haßten.

»Wolltest du sie vernichten?« fragte er. »Indem du ihre Seele als Pfand nahmst?«

Die Mähre hob den Kopf, ihre Nüstern schnaubten und flammten.

»Du hast nichts davon gewußt?« fragte Krach. »Als sie in den Kürbis kam, hat das Sargungeheuer ihre Seele gestohlen und behauptet, daß sie damit für den Ritt bezahlen müsse.«

Die Mähre schnaubte. Das hatte sie nicht gewußt, was Krach wiederum beruhigte. Das Leben war ein Dschungel, im Kürbis und draußen in Xanth, und überall gab es Lebewesen und Dinge, die grabschten, was sie nur bekommen konnten. Doch einige Wesen waren und blieben unschuldig.

»Vielleicht kommt sie noch mal hier vorbei«, fuhr der Oger fort. »Dann folgt sie wahrscheinlich meiner Fadenspur.« Er zeigte darauf. »Wenn du magst, kannst du sie noch mal auf einen Ritt mitnehmen und ihr die Sache irgendwie erklären. Dann findet sie mich schneller. Aber keine Seelenpfändereien mehr!«

Die Mähre schnaubte und schlug mit dem Huf auf den Boden. Sie legte keinen Wert auf Reiter.

»Vielleicht können wir ja ein Geschäft machen«, meinte Krach. »Ich will nämlich nicht, daß Tandy hier Schwierigkeiten bekommt.« Und schon gar nicht, daß sie dabei ihre Seele aufs Spiel setzte! »Kann ich draußen vielleicht irgend etwas für dich tun?«

Die Mähre dachte nach, dann erhellte sich ihre Miene. Sie leckte sich die Lippen.

»Was zu fressen?« fragte Krach, und die Mähre nickte. »Was Leckeres?« Wieder nickte sie. »Zum Beispiel Felskandis?« Sie wieherte verneinend.

Krach spielte Raten mit ihr, doch ohne Erfolg. Die anderen Mähren waren bereits verschwunden, und diese hier wurde langsam unruhig. Lange würde er sie nicht mehr aufhalten können. »Na ja, vielleicht weiß Tandy es und bringt es mit, wenn sie kommt. Wir bleiben in Kontakt, ja?«

Die Nachtmähre nickte und trabte davon. Zweifellos holte sie jetzt ihre Ladung ungemütlicher Träume, um sie ihren schlafenden Kunden zu überbringen. Vielleicht gehörten seine Freunde an der Feuereiche auch dazu. »Viel Glück!« rief Krach ihr nach, und sie ließ bejahend ihren Schweif peitschen.

Als er wieder allein war, fragte er sich, ob er nicht einen Fehler gemacht hatte. Was hatte er schon mit den Nachtmähren zu schaffen? Was konnte eine Mähre von einem Menschen wollen, was sie nicht unterwegs selbst beschaffen konnte? Er war ein Oger, der Gewalt und Schrecken liebte und hier in einer persönlichen Mission war. Und doch hatte er irgendwie das Gefühl gehabt, daß es besser wäre, sich mit möglichst allen Wesen gut zu stellen. Vielleicht würde sich das ja irgendwann einmal als nützlich erweisen.

Diese verdammte Schlauschlinge! Nicht nur, daß sie ihn dazu brachte, unogerhafte Dinge zu tun, sie verwirrte ihn auch, was den Sinn dieser Dinge anging, und erzeugte eine Menge ungemütlicher Selbstzweifel. Welch ein Fluch!

Mit resoluter Miene machte er sich wieder auf den Weg. Am Horizont war etwas zu sehen, und er stapfte darauf zu. Kurz darauf stellte es sich als Gebäude heraus – nein, ein Schloß, nein, noch größer, eine ganze Stadt, die von einer großen, abweisenden Mauer umgeben war.

Als er näher kam, stellte er fest, daß die Stadt aus purem Gold bestand. Alles glitzerte im Mondlicht in tiefgelben Schatten. Doch als er noch näher herangetreten war, merkte er, daß es gar kein Gold war, sondern Messing. Es glänzte zwar genauso, war aber nicht halb so wertvoll. Dennoch bot es einen staunenerregenden Anblick.

Die Außenmauer bestand aus undurchbrochenem, genietetem Metall, das an allen Ecken und Enden glitzerte. Auch das Haupttor war aus Metall, und es war so gewaltig, daß selbst Krach davor geradezu winzig aussah. Das war ja eine Stadt für Riesen!

Krach überlegte. Die winzigen Türknäufe im Spukhaus hatten ihm Schockschläge verpaßt; um wieviel schlimmer würde es wohl hier erst sein? Er war sich gar nicht so sicher, daß er dieses Tor aus den Angeln heben konnte, denn es war groß und stark, während er immer noch relativ schwach war. Das gab er zwar nicht einmal vor sich selbst gern zu, aber er war nicht mehr dumm genug, um es nicht zu bemerken.

Er dachte nach und bediente sich dabei des ganzen Fluchs der Schlauschlinge. Was er brauchte, das war eine Isolierung, etwas, was ihn vor einem Schlag schützte. Doch es gab nichts in der Nähe: Die Stadtmauer erhob sich aus dem nackten, kahlen Sand. Alles, was er hatte, war sein Bindfaden, und der war wohl kaum dafür geeignet.

Nein, es nützte nichts, er würde das Metall ungeschützt berühren müssen. Möglicherweise gab es hinter der Mauer sogar einen Metallboden, dann würde er mit jedem Schritt einen Schlag erhalten. Da war es besser, wenn er der Sache sofort auf den Grund ging. Er streckte einen seiner Wurstfinger vor und berührte den Knauf.

Kein Schlag. Er umfaßte den Knauf mit der ganzen Hand. Der Knauf gab ein klickendes Geräusch von sich, und das Tor öffnete sich. Es war ja nicht einmal abgeschlossen!

Dahinter befand sich ein heller Metallgang, der vom Tor in die Stadt führte. Krach schritt hinein und rechnete damit, daß sich das Tor hinter ihm mit einem Knall schließen würde, doch das geschah nicht. Also folgte er dem Gang, und seine nackten, haarigen Fußsohlen ließen das kühle Metall erzittern.

Er kam auf einen offenen Hof, der mit Messing ausgeschlagen war. Das Mondlicht verlieh ihm ein übernatürliches Schimmern, und es herrschte völlige Stille. Weit und breit war kein einziges Wesen zu sehen.

Die Stadt schien verlassen zu sein. Die Atmosphäre hatte etwas Gespenstisches an sich, was Krach ungemein gut gefiel. Doch er fragte sich, wer diese Stadt wohl erbaut haben mochte und wohin ihre Bewohner verschwunden waren. Der Ort sah viel zu interessant aus, um ihn einfach im Stich zu lassen. Wenn Oger Städte gebaut hätten, würden diese genauso aussehen wie diese. Aber natürlich war kein Oger intelligent genug, um auch nur ein einziges Gebäude zu bauen, geschweige denn eine ganze

Stadt, und schon gar nicht eine so wunderschöne aus Messing.

Er stapfte durch die Straßen, und seine großen Plattfüße ließen das Metall dumpf erdröhnen. Zu allen Seiten ragten Messinggebäude empor, die exakt im rechten Winkel angeordnet waren. Als er hinaufblickte, sah er, daß die Dächer ebenfalls flach und eckig waren. Es gab weder Fenster noch Türen. Das würde den Durchschnittsoger natürlich wenig bekümmern, denn er konnte ja jederzeit und wo er wollte Fenster in die Wände schlagen. Alles glänzte spiegelglatt, und er sah seine furchterregende Gestalt auf jeder Metalloberfläche, der er den Blick zuwandte. Zu beiden Seiten wurde er von Messingogern begleitet, und unter der Straße ging sogar einer auf dem Kopf.

Krach erinnerte sich an die Geschichte, die ihm sein Vater Knacks von der schlafenden Stadt erzählt hatte, in die er eingedrungen war, um dort die wunderschöne, breigesichtige Ogerin zu entdecken, die dann später Krachs Mutter geworden war. Diese Messingstadt erinnerte ihn auf angenehmste Weise daran. Ob es hier für ihn wohl auch eine Ogerin gab? Das war ein aufregender Gedanke, obwohl er hoffte, daß die nicht auch aus Messing sein würde.

Er durchquerte die Stadt, ohne jedoch auch nur einen einzigen Gebäudeeingang zu entdecken. Wenn hier irgendwo eine Ogerin schlafen sollte, dann war sie bestimmt eingesperrt, so daß er nicht an sie herankam. Krach schlug gegen eine Wand, bis sie zu beben begann; doch obwohl der Widerhall die Stadt angenehm durchdröhnte, war kein einziges Lebenszeichen zu bemerken. Er versuchte es mit mehr Kraft und wollte ein Loch in die Mauer schlagen. Doch das hatte keinen Zweck: Er war zu schwach, das Messing war zu stark, und er hatte seine schützenden Panzerfäustlinge nicht dabei. Seine Faust schmerzte, weshalb er sie in den Mund steckte.

Langsam wurde Krach beunruhigt. Vorher war er wenigstens ein paar halbwegs interessanten Dingen begegnet, wie zum Beispiel wandelnden Skeletten, elektrisierten Türen und Nachtmähren. Doch hier gab es nichts als Messing. Was konnte er hier schon erreichen?

Wieder bemühte er den Fluch der Schlauschlinge und dachte gründlich nach. Bisher war jedes kleine Abenteuer im Kürbis eine Art Rätsel gewesen. Stets hatte er irgendein Hindernis überwinden oder irgendeine Gefahr abwenden müssen, bevor er weiter konnte. Deshalb genügte es wahrscheinlich auch nicht, diese leere Stadt einfach nur zu betreten und wieder zu verlassen, das würde möglicherweise nicht zählen. Er mußte das Rätsel vielmehr lösen und damit die Möglichkeiten, wo sich der Nachthengst versteckt halten konnte, immer weiter begrenzen. Anscheinend waren hier keine körperlichen Taten gefragt. Doch was dann?

Es mußte irgendeinen nichtphysischen Weg geben, sich mit diesem stillen Ort auseinanderzusetzen, um ihn vielleicht zum Leben zu erwecken und zu bezwingen.

Vielleicht ein Zauber? Doch Krach kannte keine Zauber, und irgendwie wirkte diese Stadt zu fremd, um magisch zu sein. Was sonst?

Er schritt durch die Straßen und spulte weiterhin seinen Faden ab, wobei er peinlich genau darauf achtete, seine eigene Spur nicht zu kreuzen. Und da entdeckte er auf einem kleinen, abgelegenen Platz direkt unterhalb des Mondes ein Podest. Wichtige Dinge standen oft auf Podesten, erinnerte er sich. Also marschierte er darauf zu und musterte es.

Doch es enttäuschte ihn. Es war nichts zu erkennen außer einem Messingknopf, und mit dem konnte man nichts anderes anfangen als ihn zu drücken. Das mochte zwar vielleicht schlimme Folgen nach sich ziehen, doch über dergleichen machte sich kein Oger, der auch nur einen Funken Selbstrespekt im Leibe hatte, Gedanken. Er streckte einen dicken Riesendaumen vor und donnerte ihn auf den Knopf. Mit einem bißchen Glück würde gleich die Hölle losbrechen.

Er hatte Glück: Der größte Teil der Hölle brach tatsächlich los.

Ein angenehm ohrenbetäubendes Sirengeheul ertönte und ließ dieses ganze begrenzte Universum erzittern. Dann setzten sich die Metallgebäude in Bewegung und glitten über die Straßen und Plätze aufeinander zu. Noch einen Augenblick, und es würde kein Platz mehr dazwischen für Krach bleiben.

Das war schon besser! Zuerst dachte Krach daran, die anrückenden Gebäude mit schierer Ogergewalt aufzuhalten.

Doch ihm fehlte seine volle Kraft, und außerdem war es besser, sein Gehirn zu benutzen. Vielleicht unterwanderte diese Schlauschlinge ihn ja nach und nach, bis er sie sogar bejahte. Schon jetzt erschien sie ihm manchmal alles andere als ein Fluch zu sein, und er wußte – weil ihm die Intelligenz ironischerweise dieses Wissen bescherte –, daß dies ein deutliches Zeichen des Verfalls war. Geistige Kraft neigte dazu, ihren Besitzer zu korrumpieren, und absolute Intelligenz korrumpierte ihn absolut, bis das Opfer gar völlig der Gewalt entsagte, um statt dessen schlaue Lösungen für dumme Probleme zu suchen. Krach hoffte, daß er diesen Fluch noch rechtzeitig abwehren konnte, bevor es so weit mit ihm gekommen war! Wenn er aufhörte, dumm, brutal und gewalttätig zu sein, war er auch kein echter Oger mehr.

Dennoch bewegte ihn die Not des Augenblicks dazu, seinen Verstand zu bemühen. Er wußte, daß jeder Häuserblock, der sich davonbewegte, eine freie Stelle zurücklassen mußte, wenn er nicht gerade stehenblieb und sich in seiner Länge und Breite ausdehnte. Also jagte er zwischen den Gebäuden davon und quetschte sich gerade noch aus der schmalen Ritze, bevor sie aufeinanderprallten. Tatsächlich, dahinter war jetzt ein freier Platz, auf dem zuvor Gebäude gestanden hatten! Er war völlig glatt und eben und bestand aus Messing. Nur dort, wo sich die Gebäudemitte befunden hatte, erblickte Krach ein würfelförmiges Loch. Das war wahrscheinlich die Verankerungsstelle des Gebäudes gewesen, ganz wie bei einem Schließmechanismus: ein Loch, in das sich ein schwerer Bolzen senkte und das Gebäude arretierte, damit es nicht in der Gegend herumrutschen sollte. Als er den Messingknopf betätigt hatte, hatten sich diese Bolzen gelöst und die Gebäude freigegeben. Wenn man es ihnen erlaubte, jagten Gebäude genauso gern umher wie Wolken. Die Alarmsirene hatte alle zerquetschbaren Parteien gewarnt, daß ein Zusammenstoß bevorstand, damit sie den Gebäuden entweder aus dem Weg gehen oder ihre Lieblingsquetschstellen aufsuchen konnten. Das alles ergab irgendwie einen gewaltsamen Sinn, meinte seine Schlauschlinge. Die Stadt gefiel ihm immer besser.

Nun sprangen die Häuserblocks wieder zurück und rückten

erneut auf ihn zu. Wieder ging Krach ihnen aus dem Weg und gelangte an einen neuen freien Ankerplatz.

Doch die Häuserblocks wurden immer schneller, als liefen sie sich warm. Weil sie ziemlich groß waren, brauchte er eine gewisse Zeit, bis er an ihnen vorbeigelaufen war. Wenn sie noch schneller würden, hätte er nicht mehr genügend Zeit, um ihnen vor dem Zusammenprall zu entkommen. Das könnte peinlich werden.

»Na, Gehirn, was meinst du dazu?« fragte er in herausforderndem Ton. »Kannst du die beiden Gebäude da überlisten, die vorhaben, mich zu fangen und plattzudrücken?«

Sein von der Schlauschlinge korrumpiertes Gehirn stellte sich der Aufgabe. »Steig in die Grube«, sagte es ihm.

Das hielt Krach für wahnwitzig. Doch schon kam das Messing immer näher, und er mußte handeln. Hastig sprang er in die Grube, als die glatte metallene Gebäudefront auf ihn zuglitt.

Zu spät fiel ihm – oder seiner Schlauschlinge – ein, (manchmal war es schwierig, den Ogerverstand von dem Schlauschlingenverstand zu unterscheiden), daß er ja von dem herabsausenden Ankerbolzen des Gebäudes in der Grube zermalmt werden könnte. Doch das durfte eigentlich nur passieren, wenn das Gebäude seine Reise beendet hatte und sich etwas ausruhen wollte. Er würde versuchen, die Grube bis dahin wieder zu verlassen. Und wenn ihm das nicht gelingen sollte – nun ja, zerquetscht zu werden war immerhin ein echter Ogertod.

Es wurde dunkel in der Grube, als der metallene Boden des Gebäudes darüber rutschte. Er hatte einen kurzen Anfall von Platzangst – wieder so eine Schwäche der Intelligenz, da sich ein wahrer Oger niemals Gedanken über Gefahren oder möglicher Konsequenzen machte. Was würde geschehen, falls sich das Gebäude nicht wieder entfernte?

Da blitzte ein Licht über ihm auf. Krach blinzelte und stellte fest, daß das Innere des Gebäudes hohl war und daß die Innenwände leuchteten. Er hatte einen Eingang gefunden!

Krach erhob sich und kletterte empor, bis er sich auf dem Fußboden befand, sein Bindfadenknäuel noch immer in der Hand. Das Gebäude bewegte sich zwar noch immer, doch nun konnte es ihn nicht mehr zermalmen, denn der Boden bedeckte alles, mit Ausnahme des quadratischen Verankerungslochs, so daß er einfach mitgleiten konnte.

Krach blickte sich um – und entdeckte eine ganze Armee von Messingmännern und -frauen, alle von unterschiedlicher Gestalt, mit Gesichtszügen, Haaren und Kleidung aus Messing, wobei die Männer voll bekleidet waren, die Frauen dagegen weniger. Doch es waren Statuen, die auf Podesten standen, die sich, wie der Boden auch, zusammen mit dem Gebäude bewegten. Es gab hier nichts, was einen Oger hätte interessieren können: Er wußte, daß Messing nicht schmeckte.

Nun entdeckte er einen weiteren Messingknopf.

Na ja, warum eigentlich nicht? Vielleicht würde dieser Knopf das Gebäude zum Stehen bringen? Wenn natürlich nur dieses Gebäude zum Halten kam, die anderen aber nicht, würde dies zu einem gewaltigen Zusammenstoß führen. Krach rammte seinen Daumen auf den Knopf.

Sofort erwachten die Messinggestalten zum Leben. Die Metallmenschen erspähten den Oger und eilten auf ihn zu. Und Krach . . .

. . . fand sich gegen die Feuereiche gelehnt wieder. Tandy stand vor ihm, den Kürbis in der Hand. Sie hatte seinen Blickkontakt unterbrochen.

»Alles in Ordnung, Krach?« fragte sie mit ihrer rührenden Besorgtheit.

»Natürlich!« knurrte er. »Warum hast du mich unterbrochen? Es wurde gerade interessant!«

»Der Wahnrand bricht zusammen«, erwiderte sie beunruhigt. »Die Menschen aus dem Dorf sind in der Nähe und werden den Baum bald entdeckt haben.«

»Na gut, dann holt mich zurück, wenn sie kommen«, sagte Krach. »Ich muß da drinnen gegen ein paar Metallmänner kämpfen.«

»Gegen Metallmänner?«

»Metallfrauen auch. Aus massivem Messing.«

»Oh«, sagte sie, ohne etwas zu begreifen. »Denk dran, daß du dort hineingehst, um um deine Seele zu kämpfen. Ich mache mir Sorgen um dich, Krach.«

Er lachte prustend. »Du machst dir Sorgen um mich! Du bist ein Mensch, ich aber bin ein Oger!«

»Ja«, meinte sie, doch ihre Miene wirkte weiterhin trüb. »Ich weiß, wie es dort drin aussieht. Du hast meinetwegen deine Seele riskiert. Das kann ich nicht vergessen, Krach.«

»Dir gefällt's ja auch nicht da drin«, bemerkte er. »Mir wohl. Und ich habe mich verpflichtet, dich zu beschützen. Das hier gehört auch dazu.« Er nahm ihr den Kürbis wieder ab und legte das Auge ans Guckloch.

Die Messingmenschen kamen weiterhin auf ihn zu. Sie schienen seine kurze Abwesenheit nicht einmal bemerkt zu haben. Da hatten sie ihn schon erreicht, und der erste schlug nach ihm. Der Mann war zwar nur halb so groß wie Krach, da er aber aus Metall war, besaß er eine schwere Körpermasse. Krach ergriff ihn und schleuderte ihn beiseite. Er war zwar immer noch nicht kräftig genug, um ernsthaften Schaden anzurichten, aber wenigstens halbwegs konnte er doch kämpfen, wenn auch nur schwach. Wäre er bei vollen Kräften gewesen, hätte er den Mann durch die Wand hindurch aus dem Gebäude geworfen.

Eine Frau griff nach ihm. Krach hakte einen Zeigefinger in ihren Messingträger und hob sie auf Augenhöhe empor. »Warum greift ihr mich an?« fragte er, eher neugierig als zornig.

»Wir befolgen nur unser Programm«, sagte sie und trat mit einem niedlichen Messingfuß nach ihm.

»Aber wenn ihr gegen mich kämpft, muß ich auch gegen euch kämpfen«, argumentierte er, »und ich bin zufällig ein Ungeheuer.«

»Versuch bloß nicht, mir was auszureden, du Fleischberg. Ich habe doch keinen Holzkopf!« Sie hieb mit einer Metallfaust nach ihm. Doch er ließ sie am ausgestreckten Arm zappeln, ohne daß sie ihn hätte erreichen können.

Irgend etwas klopfte gegen sein Knie. Krach spähte hinab und sah einen Mann, der mit einem Messingschlagring auf ihn einhämmerte. Er ließ das Messingmädchen auf den Messinghut des Mannes fallen, und die beiden gaben ein Tuten von sich wie Messingbläser.

Jetzt machte sich gleich ein halbes Dutzend der Messingmännchen über Krachs Beine her, und er war nicht stark genug, um sie alle auf einmal abzuschütteln. Also beugte er sich vor, um sie einen nach dem anderen abzupflücken ...

Wieder saß er unter dem Baum. Er sah sofort, was los war: Ein halbes Dutzend Messingmännchen – nein, das waren Männer und Frauen aus dem Menschendorf – kamen mit heimtückisch aussehenden Äxten auf den Baum zu. Die Dryade schrie fürchterlich.

Krach wurde ungeduldig. Er erhob sich, richtete sich nach Ogerart vor den Dörflern auf und stieß einen prächtigen Ogerschrei aus. Die Dorfbewohner machten auf der Stelle kehrt und flohen. Sie wußten nicht, daß es Krach im Augenblick an Kraft fehlte. Sonst hätten sie ihn vielleicht angreifen und in Schwierigkeiten bringen können, so, wie es die Messingleute gerade im Kürbis getan hatten. Er hatte die Illusion des Wahnrands durch die Illusion seiner eigenen Riesenkraft ersetzt.

Die Dryade sprang vom Baum. Ihr Haar leuchtete wie Feuer, als sie die Arme um seinen Hals legte. Jetzt war sie wieder ein lebhaftes, gesundes Wesen. »Du großes, wunderbares Tier von einem Untier!« rief sie und küßte sein pelziges Ohr. Krach war merkwürdig berührt. Wie die Zentaurin bereits bemerkt hatte, wurden Oger nur selten von Nymphen umarmt oder gar geküßt.

Er stemmte die Dryade wieder auf ihren Baum und setzte sich erneut hin, um der Kürbiswelt einen weiteren Besuch abzustatten. Er wollte die Sache endlich hinter sich bringen.

»Weckt mich, wenn nötig«, sagte er und stellte fest, daß das Schimmern des Wahnrands schon fast völlig verblaßt war. Diesmal benutzte er sein linkes Auge, um das rechte ein wenig auszuruhen.

Er machte sich erneut daran, die Messingleute von seinen Beinen zu pflücken. Das Mädchen mit dem Messingträger war auch dabei. »Du schon wieder?« fragte er und hielt sie erneut an einem Finger in die Höhe. Das war auch wirklich der beste Ort für sie, da sie wie wild um sich schlug. »Muß ich dich schon wieder fallen lassen?«

»Wage es bloß nicht, mich noch einmal fallen zu lassen!« fauchte sie, und ihre Messingoberfläche glitzerte vor Wut. »Ich habe mir beim letzten Mal schon eine Beule und drei Kratzer geholt, du Monster!« Sie deutete auf ihre Arme. »Da ist ein Kratzer. Und hier ist noch einer. Aber die Beule zeig ich dir nicht.«

»Na ja, schließlich hast du ja auch nach mir getreten«, meinte Krach vernünftig und überlegte, wo sie wohl ihre Beule haben könnte.

»Ich hab's dir doch gesagt. Wir haben nur unser . . .«

Da war er auch schon wieder in Xanth. Diesmal näherte sich ein Drachenhahn dem Baum. Der kleine Basilisk war anscheinend erst vor kurzem ausgebrütet worden und irrte nun ziellos umher – dennoch war er tödlich.

»Laß mich gefälligst runter, du grabschender Grobian!«

Verblüfft blickte Krach nach oben. Er hielt noch immer das Messingmädchen an ihrem Träger vor sich. Die war ja mit ihm aus dem Kürbis gekommen!

Hastig setzte Krach sie ab. Diesmal tat er es besonders vorsichtig, damit er ihr keine weiteren Beulen zufügte. Im Augenblick hatte er Wichtigeres zu tun. Wie konnte er den Drachenhahn loswerden?

»He, guck mal!« rief das Messingmädchen. »Was für ein süßes Küken!« Sie trat zu dem *enfant terrible* hinüber und beugte sich zu ihm hinab.

»Nicht anfassen!« schrie die Sirene. »Nicht einmal anschauen!«

Doch die Warnung kam zu spät: Das Messingmädchen nahm das kleine Ungeheuer auf und drückte es an seine Brust. »Ach, du bist aber süß!« säuselte es und drehte es in ihrer Hand, um seine Schnauze ansehen zu können.

»Nein!« riefen alle anderen im Chor.

Wieder zu spät. Das Messingmädchen blickte dem Ungeheuer tief in die unheilvollen Augen. »Ach, ich wünschte, ich könnte dich als Schoßtier behalten«, sagte es und drückte ihre kecke Nase gegen die schreckliche Schnauze des Basilisken. »So einer wie du fehlt mir noch in meiner Sammlung.«

Das Basiliskenküken zischelte und biß zu – doch seine winzigen Zähne waren machtlos gegen das Messing. »Ach, wie lieb!« sagte das Mädchen. »Du magst mich aber, was?«

Anscheinend konnte das kleine Ungeheuer dem Metallmädchen nichts anhaben, weil es ohnehin schon härter als Stein war.

»Äh, Fräulein ...« sagte die Sirene.

»Man nennt mich Blyght«, erwiderte das Messingmädchen. »Aus Gebäude vier in der Messingstadt. Und wer bist du?«

»Mich nennt man die Sirene. Dieses Tier dort ... es wirkt tödlich auf uns. Wenn du also so nett wärst ...«

Krach hatte sich inzwischen damit beschäftigt, nach weiteren Gefahren Ausschau zu halten. Da fiel sein Blick auf den Kürbis – und selbst auf diese Entfernung wurde sein Bewußtsein in das Guckloch hineingezogen, und er fand sich inmitten der Messingmännchen wieder. Diesmal stand er im Inneren des Gebäudes, und die Männchen wollten sich soeben wieder auf ihn stürzen. »Halt!« brüllte er.

Verblüfft blieben sie stehen. »Warum?« fragte einer.

»Weil ich aus Versehen eine von euch aus dem Kürbis mitgenommen habe, und wenn mir etwas zustoßen sollte, wird sie auf alle Zeiten dort draußen gestrandet sein.«

Sie reagierten mit Entsetzen, fast wie vom Schlag getroffen. »Das wäre ja noch schlimmer als der Tod!« rief einer der Messingmänner. »Das wäre ...« Er brach ab und dachte über das schreckliche Schicksal seiner Artgenossin nach.

»Das wäre ja – *Leben«*, flüsterte ein weiterer Messingmann. Ein entsetzliches Schweigen senkte sich über die Gruppe.

»Ja«, bestätigte Krach grausam. »Also muß ich sie erst zurückholen, und das werde ich auch. Aber ihr müßt mir dabei helfen.«

»Was du willst«, sagte der Mann, und sein Gesicht bekam eine Patina.

»Dann sagt mir, wie ich aus eigener Kraft wieder hier herauskomme.«

»Das ist leicht. Nimm doch das Schiff.«

»Das Schiff? Aber hier gibt es doch gar kein Wasser.«

Einige der Messingmännchen lächelten metallen. »Nicht *so* ein Schiff! Es ist die Mond-Wahnrand-Fähre. Die findest du im Luna-Triptychon-Gebäude.«

»Zeigt mir den Weg dorthin«, erwiderte Krach.

Sie führten ihn zu einer Messingtür, die aus dem Gebäude

hinausführte. »Du kannst es nicht verfehlen«, versicherten sie ihm. »Es ist der größte Gebäudekomplex in der ganzen Stadt.«

Krach bedankte sich und trat hinaus ins Freie. Die Gebäude glitten immer noch umher, doch inzwischen besaß er Erfahrung und Zuversicht genug, um ihren davongleitenden Mauern zu folgen und somit Zusammenstöße zu vermeiden. Er warf einen Blick zurück auf das Gebäude, das er soeben verlassen hatte, und sah, daß es auf einer Seite eine 4 als Inschrift trug, doch von der Tür, durch die er hinausgetreten war, war nichts zu sehen. Offenbar war es eine Einbahntür, die auf dieser Seite nicht existierte.

Bald darauf hatte er ein Gebäude entdeckt, das doppelt so groß war wie die anderen. Das mußte es sein! Er kauerte sich wieder in einer Verankerungsgrube nieder, als es auf ihn zukam, und einen Augenblick später stand er auch schon im Inneren. Da sah er die Wahnrand-Fähre: eine monströse Pfeilspitze, die auf ihren Schwanzspitzen aufruhte. An der Seite befand sich eine Einstiegsluke, die groß genug für ihn war, also stieg er an Bord.

Er fand sich in einer engen Steuerkabine wieder, in der es nur eine einzige bequeme Sitzgelegenheit gab, eine Art gepolsterter Sessel vor einem Paneel voller Dingsdas. Also nahm er Platz, wissend, daß er jedes Dingda beiseite prügeln konnte, wenn es ihn stören sollte. Auf dem Paneel befand sich ein weiterer Messingknopf, den er mit dem Daumen drückte.

Scheppernd schloß sich die Luke. Ein Rad begann sich zu drehen, Luft zischte, Gurte glitten aus dem Sessel hervor und legten sich um Krachs Leib. Vor ihm leuchtete plötzlich ein magischer Spiegel auf.

Eine Alarmsirene heulte. Das Schiff erzitterte, dann stieg es, wie von einem Katapult abgeschossen, empor und durchbrach das Dach des Gebäudes.

Wenige Augenblicke später zeigte der Spiegel immer kleiner werdende Wolken. Dann kam der Mond in Sicht und wurde immer größer und heller. Inzwischen hatte er nur noch die Form eines Halbkreises. Natürlich – deshalb umhüllte der Wahnrand die Feuereiche ja auch nicht mehr, es war einfach nicht mehr genug Mond da. Doch die verbliebene Hälfte wirkte massiv genug, wenn man von den runden Löchern absah. Aber Käse hatte nun einmal Löcher, das gehörte dazu.

Da kam ihm der Gedanke, daß die Messingmännchen ihn vielleicht falsch verstanden hatten. Sie hatten ihm zwar den Weg aus der Messingstadt gezeigt – aber nicht den aus dem Kürbis. Na ja, jetzt konnte er es auch nicht mehr ändern, und es blieb ihm nur eins übrig, nämlich damit fortzufahren. Vielleicht konnte ihn das Schiff ja doch noch irgendwie zur Feuereiche zurückbringen.

Er hatte eigentlich keine rechte Lust, zum Mond zu reisen, auch wenn der Anblick dieser Unmengen frischen Käses ihn hungrig machte. Schließlich war es schon mindestens eine Stunde her, seit er den Scheffel Obst verschlungen hatte. Also überprüfte er das Paneel und entdeckte eine Reihe aus dem Armaturenbrett herausragender Messingknüppel. Er packte sie und riß daran.

Der Mond verschwand plötzlich aus dem Spiegel-Bild, und Krach wurde wie von einem Sturm mit Gewalt in seinen Sessel gedrückt. Glücklicherweise hielten die Gurte ihn einigermaßen fest – und einen Augenblick später erschien der Mond erneut im Sichtfeld. Offenbar hatte er das Schiffsprogramm durcheinandergebracht. Sein Schlauschlingenfluch ließ ihn darüber nachdenken, und er kam zu dem Schluß, daß die Knüppel das Schiff lenkten. Wenn sie nicht benutzt wurden, segelte das Schiff dorthin, wohin es eben wollte, und das war anscheinend ein Loch im Mondkäse.

Krach umklammerte die Knüppel erneut und riß sie diesmal etwas behutsamer herum. Oger waren nur dann unbeholfen, wenn ihnen der Sinn danach stand; wenn niemand zuschaute, konnten sie äußerst feine Arbeiten ausführen. Der Mond tänzelte ein wenig umher, verließ jedoch nicht den Bildschirm. Er machte ein paar weitere Experimente, und schon bald konnte er das Schiff nach Herzenslust lenken und sogar seine Geschwindigkeit selbst bestimmen.

Prima – dann würde er damit jetzt hinaus nach Xanth fliegen und neben der Feuereiche landen. Dort konnte er es Blyght Messingmädchen übergeben, und die würde damit in ihre Stadt und ihr Gebäude zurückkehren können.

Da erschienen plötzlich Lichtpunkte auf dem Schirm. Sie hatten die Gestalt von kleinen Fluchzecken und kamen direkt auf ihn zu gejagt. Was hatten die vor?

Als nächstes erblickte er Lichtblitze, und das Schiff begann zu schaukeln. Einen Augenblick lang leuchtete der Schirm grellrot auf, als hätte man ihn halb bewußtlos geprügelt. Davon verstand Krach etwas. Das war, als würde man einen Fausthieb auf die Schnauze kriegen, als würden einem plötzlich Sonnen und Planeten aus dem Kopf sprühen. Der gesamte Nachthimmel war voller aus Köpfen hervorgeprügelter Sterne, doch Krach legte keinen Wert darauf, daß man mit ihm dasselbe versuchte. Der Trick bestand darin, zurückzuschlagen und den Gegner zu vernichten.

Er musterte das Instrumentenpaneel und freute sich schon auf diese völlig neuartige Form der Gewalt. Da war ja ein großer Knopf, der ihm noch gar nicht aufgefallen war! Natürlich drückte er darauf.

Ein Lichtblitz schoß auf die Punkte zu, offenbar von seinem eigenen Schiff kommend. Wenn er den Befehl gab, schleuderte es also seine eigenen Felsen umher. Na gut, in dieser Kürbiswelt konnte er glauben, daß es so etwas wie eine Faust aus Licht geben konnte. Doch das Schiff hatte nicht gut gezielt und verfehlte die Punkte. Statt dessen riß es ein Stück Käse aus dem Mond, und der geriebene Käse zerstob in einer Wolke, worauf einige der Lichtpunkte darauf zujagten. Die hatten zweifellos auch Hunger.

Krach betätigte den Knopf erneut. Diesmal verfehlte die Lichtfaust sowohl die Punkte als auch den Mond. Aber er bekam langsam ein Gespür für die Sache: Sein Ziel mußte genau in der Mitte des Spiegels sein, wo sich ein paar dünne Striche wie zu einem Spinnengewebe kreuzten. Merkwürdiger Ort für eine Spinne, ihr Netz zu errichten! Vielleicht hatte sie ja versucht, herumstreunende Sterne, Lichtpunkte oder abgesprengten Käse damit einzufangen.

Um das Ziel in die Mitte der Scheibe zu bringen, mußte er die beiden Knüppel auf koordinierte Weise bewegen. Nachdem er sich nervös umgesehen hatte, um sicherzugehen, daß ihn niemand bei einer solch gut koordinierten Arbeit beobachten konnte, tat er das auch. Natürlich brauchte man mehr als bloße Kraft, um seinen ganzen Körper auf einem einzigen Wurstfinger zu balancieren oder einen Fels mit einem Schlag in Geröll von ganz bestimmter Körnung zu zertrümmern, aber das war und blieb ein Ogergeheimnis. Es war viel schicker, sich unbeholfen zu geben.

Als er einen der Lichtpunkte in die Mitte manövriert hatte, drückte er mit dem linken Zeh auf den Knopf, um sein Manöver nicht unterbrechen zu müssen. Diesmal hatte er gut gezielt: Der Strahl breitete sich aus und traf den Lichtpunkt, der mit einer wunderschönen Wucht explodierte und sagenhaft tolle Farben von sich gab.

Das machte ja richtig Spaß! Vielleicht nicht gerade so viel Spaß wie eine richtige Prügelei, aber es war doch ein ausgezeichneter Ersatz. Auch Oger hatten Sinn für Schönheit – zum Beispiel für das prächtige Zerplatzen von Körpern oder Lichtpunkten, die farbenfohe Muster am Himmel erzeugten. Er nahm einen weiteren Punkt aufs Korn, doch der wich ihm aus.

Inzwischen waren die anderen Punkte näher gekommen und schlugen mit ihren Lichtfäusten zu. Er mußte ihnen ausweichen, und das beeinträchtigte seine eigenen Hiebe.

Na ja, er war schließlich nicht umsonst ein Oger! Er fuhr sich mit der Zunge über die Backen, bewegte seine Knüppel, segelte eine Schlaufe, zielte, feuerte, schlug einen Haken und zielte erneut. Zwei weitere Punkte explodierten allerliebst.

Dann wurde der Kampf immer härter. Doch Krach liebte Kämpfe aller Art und war sehr gut darin, er brauchte dazu nicht unbedingt seine Körperfäuste. Fast gefiel ihm diese Art des Kämpfens noch besser, weil er damit weniger vertraut war, so daß es für ihn eine größere Herausforderung darstellte. Er schoß einen Punkt nach dem anderen ab, und nach einer Weile machten die verbliebenen Punkte kehrt und jagten davon, am Mond vorbei. Er hatte die Schlacht am Rande des Mondes gewonnen!

Krach war versucht, die Punkte zu verfolgen, um sich noch ein wenig zu amüsieren, doch er erkannte, daß er sie nicht alle auf einmal auslöschen durfte, da sie sich sonst nie von ihrer Niederlage erholen und vermehren würden, um ihm später noch weitere Schlachten liefern zu können. Außerdem hatte er noch zu tun.

Er lenkte das Schiff herum und nahm Kurs auf Xanth – eine kleine Scheibe, die einer grünlichen Pastete glich. Dieser Anblick machte ihn wieder hungrig. Nun gut, er würde darauf achten, daß er sein Ziel nicht verfehlte. Er beschleunigte und jagte davon.

8
Drachenlauscher

Er war wieder in Xanth. »Krach, da kommt schon wieder jemand!« rief Tandy.

»Schon gut«, erwiderte er. »Ich habe eine weitere Schlacht gewonnen. Ich fühle mich schon wieder kräftiger.« Und so war es auch. Er wußte, daß er im Begriff war, den Kürbisfeldzug zu gewinnen, dem Nachthengst immer näher auf den Pelz rückte und dabei an körperlicher Kraft gewann. Was ihn zuvor geschwächt hatte, war in erster Linie seine eigene Hoffnungslosigkeit gewesen. Er hatte geglaubt, daß seine Seele verloren wäre, bis er dann erfahren hatte, daß er auch in einem anderen Kürbis darum kämpfen konnte.

Blyght Messingmädchen war noch immer da. Nun fragte er sich verwundert, wie sie zusammen mit ihm hinausgelangt war, obwohl er doch gar nicht körperlich im Kürbis gewesen war.

Sein Schlauschlingenfluch bescherte ihm die Antwort auf eine Frage, die keinem normalen Oger auch nur eingefallen wäre: Blyght war als Geist hier, so wie er selbst im Kürbis als Geist – oder im Geiste? – gewesen war. Es war recht schwierig, solche Geister von der Wirklichkeit zu unterscheiden, doch da jedes Wesen seine eigene Wirklichkeit kannte, ließ es sich auch nicht reinlegen. Zweifellos befand sich Blyghts wirklicher Körper in einem Trancezustand im Inneren des Kürbisses. Da die Messingmännchen ohnehin den größten Teil ihrer Zeit als reglose Statuen verbrachten und darauf warteten, daß jemand kam und ihren Knopf drückte, hatte es keiner bemerkt. Vielmehr hatten sie es durchaus bemerkt und waren beunruhigt, weil sie eine Statue blieb, während die anderen belebt waren. Daher wußten sie auch, daß ihr lebenswichtiges Element, ihre Seele nämlich, woanders sein mußte. Ja, das leuchtete ein. Alles in Xanth leuchtete ein, wenn man nur erst einmal den scheinbaren Unsinn durchschaut hatte, der es umgab. Verschiedene Dinge ergaben für verschiedene Leute eben auch verschiedene Arten von Sinn.

Er mußte das Messingmädchen zurückbringen. Sein Fluch zwang ihm nicht nur Intelligenz auf, sondern auch ein unogerhaftes Moralbewußtsein. Dabei war er sich im Augenblick nicht einmal so sicher, daß ein solches Bewußtsein wirklich schlecht war, auch wenn es sich als recht unpraktisch erwies, sobald man mal eine ordentliche Rauferei vom Zaun brechen wollte.

Doch nun kam die Holzfällertruppe wieder auf sie zu. Krach musterte die Gruppe, als sie gerade ins Blickfeld gerannt kam. Die Dörfler mußten sich Verstärkung beschafft haben, Wesen, die größer waren als Basilisken – Blyght hatte das Drachenküken inzwischen anscheinend irgendwo verstaut –, doch kleiner als Sphinxe. Sie besaßen Hufe. Eigentlich . . .

»Das ist ja mein Bruder!« rief Chem. »Jetzt erkenne ich seinen Hufschlag. Aber da begleitet ihn irgend etwas – das ist kein Zentaur.«

Krach machte sich auf eine komplizierte Situation gefaßt. Wenn irgendein Ungeheuer versuchen sollte, Schindluder mit seinem Freund Chem zu treiben . . .

Da waren sie auch schon deutlich zu sehen. »Eine Lochkuh!« sagte die Sirene atemlos.

Das war es – eine Kuh, die so durchlöchert war wie ein großer Käse. Sie war von Löchern übersät, durch die das Tageslicht schimmerte, schlimmer als der Mond! Am Kopf hatte sie ein ganz besonders großes, dort wo ihr Gehirn hätte sein müssen; anscheinend beeinträchtigte sie das jedoch nicht sonderlich. Sogar ihre Hörner und ihr Schwanz wiesen kleine Löcher auf. Ihre Beine waren so löcherig, daß sie jeden Augenblick zusammenzubrechen drohten, und doch funktionierte sie vollauf.

Sie trug sogar zwei menschliche Reiter, die ihre Hände und Füße in ihre Löcher gesteckt hatten. Es war eine große Kuh, und ihr Gang war schaukelig, so daß diese Hand- und Fußhalterungen für das Reiten von großer Wichtigkeit waren.

Nun erkannte Krach auch die Reiter. »Dor! Irene!« rief er erfreut.

»*Prinz* Dor?« fragte die Sirene. »Und seine Verlobte?«

»Ja, sie reden ständig vom Heiraten«, murmelte Chem mit einer gewissen pferdischen Herablassung. »Das geht jetzt schon vier Jahre so . . .«

»Und Grundy der Goiem!« rief Krach, als er die winzige Gestalt auf dem Rücken des Zentauren erblickte. »Alle meine Freunde!«

»Wir sind auch deine Freunde«, sagte Tandy pikiert.

Die Gruppe kam vor der Feuereiche zum Halten. »Was ist denn das hier?« rief der Golem. »Schneewittchen und die sieben Zwerge?«

Krach stand inmitten der Damselln, ragte hoch über sie hinaus und verstand die Anspielung nicht. Doch schon bald verschaffte ihm die Schlauschlinge widerliche Aufklärung: Einige der mundanischen Siedler in Xanth erzählten sich eine Geschichte, die diesen Titel trug, und mit Krach dem Oger verglichen, waren die sieben Mädchen wirklich zwergenhaft klein, sogar Chem die Zentaurin.

»Du hast anscheinend ein Händchen für Frauen, Krach«, sagte Prinz Dor, stieg von der Lochkuh und trat auf ihn zu, um ihn zu begrüßen. »Was ist denn dein Geheimrezept?«

»Ich habe mich lediglich dazu bereiterklärt, sie nicht aufzufressen«, meinte Krach.

»Ach, wieviel leichter wäre mein Leben heute, wenn ich das damals gewußt hätte!« sagte Dor. »Ich dachte immer, man müsse um Mädchen werben.«

»Um mich hast du nie geworben!« rief die Prinzessin Irene.

Nach menschlichen Maßstäben war sie eine echte Schönheit von neunzehn Jahren. Die anderen Mädchen atmeten neidisch tief durch und beobachteten sie. »Ich habe *dich* umworben! Aber du hast mich nie heiraten wollen!«

»Du wolltest ja nie einen Termin festsetzen«, konterte Dor.

Ihr Mund öffnete sich zu einem niedlichen, wütenden O. »*Du* hast doch nie einen Termin festgesetzt! Ich habe doch ständig versucht . . .«

»Die zanken sich schon seit Ewigkeiten um einen Termin, bevor es für einen Termin überhaupt einen Grund gibt«, meinte Grundy. »Er weiß ja nicht einmal, welche Farbe ihre Höschen haben.«

»Ich glaube, das weiß sie selbst nicht«, erwiderte Dor.

»Und ob ich das weiß!« fauchte Irene. »Sie sind . . .« Sie machte eine Pause, dann hob sie ihren Rock, um nachzusehen. »Grün.«

»Das ist nur ein Vorwand, um mit ihren Beinen anzugeben«, erklärte Krach den anderen.

»Wie man sieht«, sagte Tandy neidisch.

»Und mit ihren Höschen«, ergänzte Johann. Wie Feuereiche, die Sirene und Chem auch, trug sie keine Höschen und konnte infolgedessen auch nicht damit angeben. Blyghts Höschen war ein Kupferboden.

»Ihr werdet mir langsam ein wenig zu schlau«, beschwerte sich Irene. Dann zuckte sie zusammen und wandte sich Krach zu. »Was ist denn mit deinen Reimen passiert?«

»Ich bin dem Fluch der Schlauschlinge erlegen«, erklärte der Oger. »Die hat mir in einem Riesenaufwasch meine Reime und meine Dummheit geklaut.«

»In einem Aufwasch? Du Armer!« sagte sie mitfühlend.

»Jetzt zeigt dieser unverbesserliche Ogercharme auch noch bei Irene Wirkungen«, brummte Prinz Dor.

»Natürlich tut er das, du Idiot!« entgegnete sie. »Alle Frauen sehnen sich insgeheim nach einem Oger.« Sie drehte sich zu Krach um. »Am besten stellst du uns jetzt mal einander vor.«

Krach tat es im Eiltempo. »Tandy, Sirene, Johann, Feuereiche, Chem, Goldy und Blyght – das hier sind Dor, Irene, Grundy und Chet, und umgekehrt.«

»Muuuuhh!« muhte die Lochkuh.

»Und die Lochkuh«, ergänzte Krach. Zufrieden ließ die Kuh ihren zerfetzten Schwanz schweifen und machte sich ans Grasen. Das Gras fiel ihr zwar genauso schnell aus den Löchern im Hals wieder heraus, wie sie es fressen konnte, doch das schien ihr nichts auszumachen.

»Ich habe eure Nachrichten übermittelt«, sagte Chet. »König Trent hat diesen Baum unter Naturschutz gestellt, wie auch alle anderen Bäume in der Umgebung, und er hat Prinz Dor hierher geschickt, um dem Dorf Bescheid zu sagen. In diesem Punkt wird es keinen Ärger mehr geben.«

»Ach, wie wunderbar!« rief die Dryade. »Ich bin ja so glücklich!«

Sie tänzelte, mit einer Hand von einem Ast hängend, in der Luft umher. »Am liebsten würde ich dem König einen Riesenkuß geben!«

»Gib ihn mir dafür«, sagte Dor. »Ich bin sein Bote.«

»O nein, das wirst du nicht tun!« blitzte Irene und packte ihn fest am Ohr.

»Dann küß mich anstelle von Dor«, bot sich Chet an. »Auf mich paßt keine Xanthippe auf.«

Die Dryade sprang von ihrem Ast herab, umarmte den Zentaur und küßte ihn. »Vielleicht ist mir doch etwas entgangen«, meinte sie schließlich. »Aber ich glaube, von meiner Art gibt es keine Männer.«

»Vielleicht suchst du dir einen Waldfaun«, schlug Prinzessin Irene vor. »Du hast hübsches Haar.« Abgesehen von seinen roten Spitzen war das Haar der Dryade grün – wie Irenes.

»Ich werd's mir überlegen«, sagte Feuereiche.

»Woher hast du denn die ganze Weiberschar!?« fragte Prinz Dor den Oger. »Die scheinen ja wirklich recht liebenswürdig zu sein, im Gegensatz zu gewissen Damen, die ich kenne.« Er machte geschmeidig einen Satz beiseite, um Irenes Tritt auszuweichen.

»Die habe ich unterwegs einfach aufgegabelt«, erklärte der Oger. »Jede von ihnen hat ihre eigene Mission zu erfüllen. Johann will ihren Namen berichtigen, die Sirene braucht einen besseren See ...«

»Was die alle brauchen, sind Männer«, warf der Golem ein.

»Was ich brauche, ist nur, nach Hause zu kommen«, sagte Blyght.

»Ach so, ja. Ich bring' dich gleich hin.« Krach griff nach dem Kürbis.

»Kommt die aus einem Hypnokürbis?« fragte Prinzessin Irene. »Das ist aber interessant. Ich wollte immer schon mal wissen, was in den Dingern drin ist.«

Krach hakte einen Finger in Blyghts Träger und hob sie in die Höhe.

»Hm, ja, so kann man Mädchen natürlich auch aufgabeln«, bemerkte Dor. »Das muß ich irgendwann auch mal versuchen.«

»Das wird wohl kaum funktionieren«, meinte Irene. »Ich trage keinen . . .«

»Nicht mal einen grünen?« fragte Tandy, und ihre Miene erhellte sich.

Krach spähte in das Guckloch.

Sie befanden sich in dem Messingraumschiff und näherten sich in rasendem Tempo Xanth.

»Oh!« schrie Blyght entsetzt. Sie schlang ihre Messingarme um Krach. »Ich falle! Ich falle! Rette mich, Oger!«

»Aber ich muß es doch erst aufsetzen, um dich zu deinem Gebäude zurückzubringen«, wandte Krach ein. Er hatte Schwierigkeiten, weil die Kabine kaum Raum für zwei bot. Er griff nach einem Steuerruder, riß es herum – und das Messingmädchen zuckte zusammen.

»Was machst du da mit meinem Knie?« kreischte sie.

Oh! Jetzt sah er, daß er daneben gegriffen hatte. Aber es war fast unmöglich, die Instrumente zu bedienen, wenn ihre Gliedmaßen ständig im Weg waren. Das Schiff flog eine wahnwitzige schräge Schlaufe, worauf Blyght wieder zu kreischen begann. Die hatte aber wirklich keine Nerven aus Stahl! Je mehr sie zappelte, strampelte und schrie, um so schlimmer schlingerte das Schiff und um so größer wurde wiederum ihre Angst. Jetzt jagten sie direkt auf den Boden zu.

Da fanden sie sich plötzlich unter der Feuereiche wieder. »Wir dachten, das hätte genügt, um sie abzusetzen«, sagte Tandy. Dann hielt sie inne und runzelte die Stirn.

Blyght hatte die Arme verzweifelt um Krachs Hals geschlungen und umklammerte seine Hüften mit ihren Beinen. Eine seiner Hände lag fest und sicher auf ihrem Knie.

»Ich glaube, wir stören«, bemerkte Prinzessin Irene sarkastisch.

Blyghts Gesichtsfarbe veränderte sich von einem Messingglänzen zu einem tiefen Kupferton. Krach hatte den Verdacht, daß es ihm selbst nicht viel anders erging, denn seine Schlauschlinge ließ ihm höchst unogerhafte Anstandsregeln bewußt werden. Die beiden lösten sich voneinander, und Krach setzte das Messingmädchen auf dem Boden ab, wo es sitzen blieb und ölige Tränen vergoß. »Wir sind zusammengebumst«, erklärte er lahm.

»Ach herrje, diese mundanische Umgangssprache!« sagte Chet. »Ich glaube nur, daß sie nicht ganz darauf vorbereitet war.«

»Geht uns ja auch gar nichts an, wie du das nennst«, meinte Grundy grinsend.

»Ach, nun werdet nicht auch noch grausam!« unterbrach die Sirene das Wortgeplänkel. »Das arme Mädchen ist völlig entsetzt, und wir wissen schließlich alle, daß Krach ihr niemals etwas antun würde. Irgendwas ist da faul im Kürbis.«

Nach und nach entwickelten sie eine neue Strategie. Krach sollte zuerst zu dem Messinggebäude zurückkehren, um dann wiederzukommen und Blyght abzuholen, die sich vor interplanetaren Höhenflügen zu fürchten schien.

Doch inzwischen setzte die Dämmerung ein, und sie mußten sich um dringende Angelegenheiten kümmern. So mußten die Dörfler über den Schutz aufgeklärt werden, unter dem der Baum und seine Umgebung nun stand, und dann wollten Chet und seine Begleiter nach Schloß Roogna zurückkehren. Außerdem war Blyght im Augenblick nicht mehr allzusehr darauf erpicht, in den Kürbis hineinzuspringen, ob mit oder ohne Oger. Da erschien es ratsamer, die Angelegenheit etwas zu verschieben, bis sich die Verhältnisse etwas geklärt und beruhigt hatten.

»Ach ja«, sagte Chet, »beinahe hätte ich es vergessen: Ich habe Crombie Tandys Gruß übermittelt, und er hat eine

Ortung vorgenommen – das ist sein Talent, wie ihr wißt, Dinge zu orten. Er meinte, wenn du nach Norden weiterreist, wirst du einer großen Gefahr begegnen und drei wertvolle Dinge verlieren. Aber als er eine Ortung in die entgegengesetzte Richtung, aus der du gekommen bist, durchführte, war dort etwas, was du verlieren würdest, das noch wichtiger ist. Er konnte zwar nicht ermitteln, um was es sich bei diesen Dingen handelt, aber er meinte, daß es ganz gut wäre, wenn du vorgewarnt bist. Er sagte, du wärst ein keckes Mädchen, das sich auf seine Art wahrscheinlich schon durchsetzen wird.«

Tandy lachte. »Das klingt aber wirklich nach meinem Vater! Er haßt Frauen, und er weiß, daß ich langsam erwachsen werde, also fängt er an, mich auch zu hassen. Aber ich bin froh, seine Ratschläge zu hören.«

»Was befindet sich denn bei dir zu Hause, das noch schlimmer sein kann als der Urwald von Xanth?« wollte Chet wissen.

Tandy erinnerte sich an den Dämon Fiant. »Ach, lassen wir das. Ich werde erst dann wieder nach Hause zurückkehren, wenn diese Gefahr ausgeschaltet ist. Da riskiere ich es lieber, die drei Dinge im Urwald zu verlieren.« Dennoch machte ihr die Nachricht Sorgen. Sie hatte zwar nichts, was sie hätte verlieren können, wußte andererseits aber genau, daß ihr Vater sich niemals irrte, wenn er Dinge ortete.

Prinzessin Irene besaß das magische Talent, Pflanzen wachsen zu lassen. Sie ließ nun einen prächtigen, großen Mischfruchtbusch sprießen, und sie aßen von den roten, grünen, blauen, gelben und schwarzen Beeren, die alle saftig waren und köstlich schmeckten. Krach hatte Irene immer gemocht, weil man in ihrer Gegenwart nie Hunger zu leiden brauchte, und wunderschöne Beine hatte sie auch. Nicht, daß ein Oger so etwas bemerken durfte – aber er konnte sich nur schwer der Vorstellung entziehen, wie ausgesprochen lecker solche festen, fleischigen Gliedmaßen schmecken mußten.

»Äh, bevor ihr zurückkehrt«, unterbrach die Sirene das Essen. »Wenn ich richtig informiert bin, Dor, verstehst du dich mit unbelebten Gegenständen.«

»Wer hat dir denn diesen Blödsinn eingeredet, Fischschwanz?« fragte ein Stein, der neben dem Prinzen auf dem

Boden lag. Die Sirene saß neben einem Eimer Wasser und weichte ihren Schwanz ein, da es ihr unangenehm war, zu lange aus dem Wasser bleiben zu müssen.

»Ich habe etwas gefunden, und ich glaube, es könnte magische Eigenschaften besitzen«, fuhr die Sirene fort. »Aber ich bin mir nicht sicher, welche, und ich möchte auch keine närrischen Experimente durchführen.« Sie holte ein zerfetztes, halbmetallisches Ding hervor.

»Was bist du!?« befragte Prinz Dor das Ding.

»Ich bin das Ohr des Spaltendrachen«, erwiderte es. »Der verdammte Oger hat mich vom Kopf des Drachen abgerissen.«

Krach war überrascht. »Woher hast du das denn?«

»Ich habe es während des Kampfes aufgehoben und danach vergessen, du weißt schon, wegen der Trauerweide und so«, erklärte die Sirene.

»Die Spalte hat überhaupt etwas Vergeßliches an sich«, warf Irene ein. »Daran ist Dor schuld.«

»Aber die Spalte wird doch schon seit Jahrhunderten vergessen, nicht wahr?« fragte Sirene. »Wir können uns im Augenblick nur deshalb daran erinnern, weil wir immer noch nahe dran sind. Sobald wir nach Norden weiterziehen, werden wir sie wieder vergessen. Wie kann das Dors Schuld sein?«

»Och, er kommt ziemlich viel in der Gegend rum«, sagte Irene und warf dem Prinzen einen finsteren Blick zu. »Er war schon an Orten, das würde keiner glauben! Er hat sogar mit Millie der Sexappealmaid zusammengelebt.«

»Sie war mein Kindermädchen!« protestierte Dor. »Und außerdem war sie achthundert Jahre alt!«

»Und sah aus wie siebzehn«, konterte Irene. »Und jetzt sag bloß nicht, das wäre dir gar nicht aufgefallen!«

Dor konzentrierte sich auf das Ohr. »Was kannst du?«

»Ich höre alles, was wichtig ist«, erwiderte es. »Ich zucke, wenn mein Besitzer zuhören sollte. Deshalb wußte der Spaltendrache auch immer, wann es neue Beute in der Spalte gab. Ich habe sie für ihn belauscht.«

»Na ja, der Spaltendrache hat ja immer noch ein Ohr, um zu lauschen«, meinte Dor. »Und wie können *wir* nun hören, was du hörst?«

»Indem ihr mir einfach zuhört, du Dummbacke!« antwortete das Ohr. »Was sollte man mit einem Ohr denn sonst anfangen?«

»Das ist aber ein reichlich unhöfliches Ding«, meinte Tandy pikiert.

»Können wir es mal kurz prüfen, bevor du fortreitest, Prinz Dor?« bat die Sirene.

»O ja, laß mich mal!« sagte Johann. Sie schien sich inzwischen recht gut erholt zu haben, obwohl ihre Flügel noch immer bloße Stummel waren. Es würde lange dauern, bis sie wieder würde fliegen können – wenn überhaupt.

Die Sirene reichte ihr das Ohr. Johann hielt es an ihr eigenes winziges Ohr und lauschte angestrengt, wobei ihr Gesicht einen verwunderten Ausdruck annahm. »Ein rauschendes Geräusch wie von fließendem Wasser«, berichtete sie schließlich. »Ist das wichtig?«

»Na ja, ich hab' ja auch nicht gezuckt«, erwiderte das Ohr säuerlich. »Du versuchst dein Glück, wenn gerade nicht viel los ist.«

»Inwieweit ist das Rauschen wichtig für sie?« fragte Dor.

»Das ist doch wohl offensichtlich, Dämlack!« knurrte das Ohr. »Das ist das Rauschen des Wasserfalls, wo der Elf, den sie sucht, lebt.«

»*Tatsächlich?*« fragte Johann. Sie war so aufgeregt, daß ihre Stummel zu flattern begannen. »Der Elf, der meinen Namen trägt?«

»Sage ich doch, Schmalzhirn!«

»Läßt du dich immer von unbelebten Dingen beleidigen?« wollte die Sirene von dem Prinzen wissen.

»Nur dumme Dinge beleidigen einander grundlos«, meinte Dor.

»Das kannst du aber laut sagen, du Knalltüte«, stimmte der Stein ihm zu. Doch dann dachte er kurz nach. »He, Moment mal ...«

Die Sirene lachte. »Jetzt verstehe ich. Man muß immer die Quelle bedenken!«

Prinz Dor lächelte. »Du erinnerst mich an deine Schwester. Natürlich habe ich ihr Gesicht nie gesehen.«

»Der Rest genügt auch«, meinte die Sirene geschmeichelt. »Sind es nur die klugen Leute, die einander grundlos Komplimente machen?«

»Vielleicht. Oder aber die guten Beobachter. Aber die unbelebten Dinge geben mir immerhin eine Menge Informationen. So, und jetzt müssen wir mit den Dörflern reden und danach zum Schloß zurückkehren. Es war nett, euch alle kennenzulernen, und ich hoffe, daß ihr finden werdet, was ihr haben wollt.«

Sie bedankten sich im Chor. Dann bestiegen Prinz Dor und Prinzessin Irene die Lochkuh. Chet gab Chem einen Abschiedskuß, und Grundy der Golem krabbelte auf seinen Rücken. »Los, beweg dich, Pferdeschwanz!« Doch dann hielt er nachdenklich inne, genau wie schon zuvor der Stein. Sie machten sich auf den Weg ins Dorf.

»Dor wird mal einen prächtigen König abgeben«, bemerkte die Sirene.

»Aber Irene wird das Zepter führen«, sagte Chem. »Ich kenne die beiden gut.«

»Das schadet ja auch nichts«, meinte die Sirene, und die anderen Mädchen lachten zustimmend.

»Wir machen uns jetzt mal besser auf den Weg nach Norden«, sagte Tandy. »Jetzt, da der Baum gerettet ist.«

»Wie kann ich euch nur jemals danken?« rief die Feuereiche. »Ihr habt mein Leben gerettet, meinen Baum, das ist ein und dasselbe.«

»Weißt du, meine Liebe, manche Dinge sind sich selbst der schönste Lohn«, erwiderte die Sirene. »Das habe ich gelernt, als Chems Vater Chester mein Scheitholz zerstört hat, so daß ich keine Männer mehr anlocken und becircen konnte.« Ihr sonnenscheinfarbenes Haar bewölkte sich einen Augenblick.

»Mein Vater hat das getan?« fragte Chem überrascht. »Das wußte ich ja gar nicht!«

»Es hat mich daran gehindert, weiterhin die Navigation zu stören«, fuhr die Sirene fort. »Ich habe eine Menge Schaden angerichtet, aus Achtlosigkeit. Es war notwendig, das zu tun. Und genauso war es auch notwendig, die Feuereiche zu retten.«

»Ja«, stimmte Chem ihr zu. Doch sie wirkte erschüttert.

Sie verabschiedeten sich von der Dryade, versprachen, sie zu besuchen, falls sie mal wieder in die Gegend kämen, und machten sich auf in Richtung Norden.

Zunächst kamen sie durch ganz normales, typisch xanthisches Gebiet: fleischfressende Gräser, Teekesselschlangen, deren Zischeln schlimmer war als ihr Feuer, Giftquellen, Gewirrbäume, verschiedenste Zauber, die üblichen Schluchten, Berge, Stromschnellen, Treibsandsümpfe, Illusionen und ein paar ganz gewöhnliche Harpyien, doch es geschah nichts ernsthaft Bedrohliches. Unterwegs hielten sie Ausschau nach Eßbarem und lauschten abwechselnd dem Drachenohr, obwohl es nicht zuckte. Das erwies sich als recht hilfreich, nachdem sie erst einmal gelernt hatten, es zu deuten. Die Sirene hörte eine Art Geplätscher, wie von jemandem, der schwamm. Sie meinte, daß dies der Meermann sei, den sich suchte. Goldy hörte den Lärm einer Koboldsiedlung, das war ja auch ihr Ziel. Krach nahm das reimende Grunzen von Ogern wahr. Als sie Blyght dazu überredet hatten, es ebenfalls zu versuchen, zuckte das Ohr zu ihrem großen Schrecken in ihrer Hand zusammen, und sie hörte, wie ihr Name ausgesprochen wurde. Die Messingmännchen vermißten sie und befürchteten, daß der Oger ihr Vertrauen mißbraucht haben könnte. »Ich muß zurück!« rief sie. »Sobald ich wieder genug Mut geschöpft habe. Ich habe schließlich keine eisernen Nerven, müßt ihr wissen.«

Doch als Chem es mit dem Ohr versuchte, runzelte sie die Stirn. »Es muß defekt sein. Alles, was ich höre, ist ein leises Summen.«

Die Sirene nahm ihr das Ohr ab. »Merkwürdig! Jetzt höre ich es auch.«

Auch die anderen hörten es, als das Ohr herumgereicht wurde, dabei zuckte es bei keinem von ihnen.

Krach setzte seinen Schlauschlingenfluch auf das Ohr an. »Entweder ist es defekt«, entschied er, »oder das Summen ist für uns alle wichtig, wenn auch für keinen von uns in besonderem Ausmaß. Keiner redet über uns, keiner lauert uns auf, also ist es irgend etwas, was wir einfach nur wissen sollten.«

»Gehen wir mal davon aus, daß es nicht kaputt ist«, meinte Tandy. »Das wäre das letzte, was wir jetzt noch gebrauchen könnten, ein stümperndes Ohr! Vor allem jetzt, da mein Vater meint, daß vor uns Gefahr droht. Deshalb schlage ich vor, daß wir besser auf etwas Summendes achten. Es scheint übrigens lauter zu werden, je weiter wir vorankommen.«

So war es tatsächlich: Jetzt war das Summen schon differenzierter. Im Vordergrund waren lautere Summtöne zu hören als im Hintergrund, und die Tonlage hob und senkte sich unentwegt. Genaugenommen war es ein ganzer Chor verschiedener Summtöne, in dem manche Töne mal lauter und klarer erklangen, während andere leiser wurden, wiederum andere sogar gänzlich verstummten. Was konnte das bedeuten?

Sie gelangten an eine Papierwand. Sie führte, grob gesehen, von Ost nach West – oder umgekehrt – und ragte bis zu den höchsten Baumwipfeln empor, so hoch, daß Krach nicht darüber hätte hinwegklettern können. Sie war völlig undurchsichtig. Doch eine bloße Papierwand konnte keinen Oger einschüchtern. Er machte sich zu einem kräftigen Hieb bereit.

»Vorsicht!« rief Johann. »Das sieht mir aus wie . . .«

Krachs Faust durchstieß die Wand. Das Papier teilte sich zwar gefügig, klebte dafür aber an seinem Arm fest.

». . . Fliegenpapier«, beendete die Elfe ihren Satz.

Krach versuchte, das klebrige Zeug abzureißen, doch da klebte es sich an seiner anderen Hand fest, sobald er es nur berührte. Je mehr er sich abmühte, um so mehr verteilte es sich über seinen Körper, und schon bald war er mit dem Zeug bedeckt.

»Langsam, Krach«, mahnte Chem. »Ich bin sicher, daß wir das mit heißem Wasser abkriegen. Ich habe eine heiße Quelle gesehen, wir sind gerade daran vorbeigekommen.«

Sie führte ihn zu der heißen Quelle und wusch ihn, was ihn tatsächlich von dem Papier befreite. Ihre Hände waren tüchtig und doch sanft; Krach bemerkte, daß er sich ganz gern auf diese Weise von Frauen umsorgen ließ. Doch das durfte er sich natürlich nicht eingestehen, denn er war ja ein Oger. »Beim nächsten Mal durchstößt du das Papier besser mit einem Stock«, riet ihm die Zentaurin.

Doch als sie zu der Wand zurückgekehrt waren, stellten sie fest, daß die anderen ebenfalls auf diese Idee gekommen waren.

Sie hatten ein großes Loch hineingestochen, das jeden von ihnen durchlassen würde. »Aber die Sache hat einen Haken«, warnte Tandy. »Dahinter sind ganze Fliegenschwärme.«

Davor hatte das Ohr sie also gewarnt! Sie kamen jetzt durch Fliegengebiet!

Das machte Krach keinen Kummer. Normalerweise beachtete er Fliegen überhaupt nicht. Auch Blyght machte sich keine Sorgen: Keine Fliege konnte Messing durchstechen. Aber Tandy, Chem, Goldy, Johann und die Sirene sahen das anders, sie wollten keine häßlichen Fliegenstiche auf ihrer schönen Haut haben. »Wenn wir doch nur ein Fliegenabwehrmittel hätten!« klagte Tandy. »In den Höhlen gibt es bestimmte Substanzen, die Fliegen vertreiben . . .«

»Hier in der Gegend wachsen ein paar Abwehrbüsche«, meinte Goldy. »Ich seh' mich mal um.« Sie kundschaftete die nähere Umgebung aus und hatte auch schon bald Erfolg. »Das einzige Problem dabei ist, daß sie fürchterlich stinken.« Sie hielt den anderen ein paar Blätter entgegen, die sie gepflückt hatte.

Goldy hatte nicht übertrieben. Der Gestank war wirklich fürchterlich. Kein Wunder, daß der die Fliegen vertreiben konnte!

Sie diskutierten darüber und kamen schließlich zu der Überzeugung, daß es immer noch besser sei zu stinken, als einen großen Umweg auf ihrem Weg nach Norden in Kauf nehmen zu müssen. Sie hielten die Luft an und rieben sich mit den widerlichen Blättern die Haut ein. Dann traten sie, nach Fliegenabwehr stinkend, durch das Papier und machten sich auf den Weg.

Hinter ihnen ertönte ein Geräusch. Eine monströse Fliege in einem Arbeitskittel kam die Wand entlang, eine Schubkarre vor sich her schiebend. An dem Loch in der Wand blieb sie stehen, entrollte ein großes Stück Papier, legte es darüber und klebte es mit Kleister fest. Dann folgte sie der Wand nach Osten.

»Der Rückweg ist zu. Jetzt sind wir geleimt«, murmelte Tandy.

Ein dichter Schwarm Stechfliegen erblickte sie und jagte auf sie zu – um entsetzt vor dem schrecklichen Gestank wieder zu fliehen. Gut so. Krachs Nase hatte sich entweder bereits an den Geruch gewöhnt, oder sein Geruchssinn war schon abgestumpft; schließlich rochen Oger auch nicht viel besser.

Im Gänsemarsch schritten sie weiter und hielten die Fliegen dabei scharf im Auge. Es waren viele verschiedene Arten, und manche von ihnen besaßen bunte, hübsch gemusterte Flügel und pelzige Körper. Johann wurde sehr still, als sie diese Pracht erblickte und an ihre eigenen Flügel denken mußte. Es gab Hirschfliegen und Pferdefliegen und Drachenfliegen, die alle wie Miniaturausgaben dieser jeweiligen Tiere aussahen; die Hirschfliegen ästen, die Pferdefliegen schleuderten beim Galoppieren ihre Hufe in die Höhe, und die Drachenfliegen gaben sogar winzige Feuerstöße ab. An einer Stelle ertönte Musik: dort spielten Pferdefliegen einigen Damsellfliegen zum Tanz auf. Es war ein richtiger Fliegerball.

Die Reise wurde recht angenehm, weil die Fliegen alle anderen gefährlichen Lebewesen vertrieben hatten. Doch dann bewölkte sich der Himmel, und es begann zu regnen. Es war zwar nur ein schwacher Regenschauer – aber er wusch ihr Abwehrmittel ab, und da sie sich nicht sofort um einen sicheren Unterschlupf gekümmert hatten, steckten sie plötzlich und völlig unvermutet in Schwierigkeiten.

Die Schweißmücken waren die ersten, die es bemerkten. Sofort umschwirrten ganze Wolken dieser Wesen jeden der Reisenden mit Ausnahme von Blyght und brachten alle schrecklich zum Schwitzen. Krach atmete tief ein und pustete die Mücken davon, doch sobald diese von ihm erzeugten Turbulenzen nachließen, wurde es noch schlimmer als vorher. Andere Fliegenarten erblickten die Wolken und kamen ihrerseits herbeigeflogen. Es waren auch Juckfliegen darunter, die ihnen einen unerträglichen Juckreiz bescherten, aber sie wurden auch von Schmeißfliegen heimgesucht, die ihnen lauter kleine Schmisse verpaßten, aus denen das Blut nur so strömte. Am schlimmsten waren jedoch die Vorbeifliegen, denn diese flogen ständig an ihnen vorbei, musterten sie und trugen die Nachricht von der fetten Beute in alle Ecken des Fliegenreichs. Daraufhin verdunkelte sich der Himmel, als unzählige weitere Fliegenschwärme auf sie zukamen. Die Reisegefährten konnten auch nichts gegen sie unternehmen, was Wirkung gezeigt hätte, weil es viel zu viele Fliegen waren, als daß man sie hätte totschlagen oder fortwedeln können.

Dann wichen die Schwärme ein Stück zurück, und ein Paar Schuhfliegen kam heranmarschiert. Eine Formation Bogenfliegen schoß Pfeile in die Richtung ab, in die sie sich begeben sollten, und es schien klüger, ihnen zu gehorchen, denn nun wurden sie auch noch von Säge-, Hammer- und Schraubenzieherfliegen bedroht, denen sie kaum gewachsen gewesen wären.

Sie marschierten also wie befohlen weiter, und die Schwärme begleiteten sie, wobei sie eine Melodie summten, die sich wie ein Trauermarsch anhörte. Krach hatte sich gar nicht vorstellen können, daß es in Xanth derart viele Fliegen gab. Sie bedeckten die Bäume, kamen aus zahllosen Erdlöchern hervorgeflattert und bildeten Wolken am Himmel, die Unmengen von Fliegenkot auf sie herabregnen ließen.

Nun gelangten sie zu einem Palast, der aus mit Flugasche bedecktem Fliegenpapier bestand. Dort residierte, umgeben von katzbuckelnden Damsellfliegen, der Herr der Fliegen – eine riesige, dämonische Gestalt mit facettierten Augen. Er las in einem Buch von einem Autor namens Wesp, das den Titel *Der Stich* trug.

»Bzzzzz?« fragte der Herr der Fliegen und blickte sie mit mehreren Facetten gleichzeitig an.

Die Frage schien an Krach gerichtet zu sein, doch der verstand kein Fliegisch und grunzte deshalb nichtssagend.

»Bzzzzz!« wiederholte der Herr der Fliegen wütend.

Da hatte Krach eine Idee. Er legte das Ohr des Spaltendrachen an sein eigenes. Vielleicht würde es ihm ja eine Übersetzung liefern.

Doch alles, was er hörte, war das Fauchen und Zischen von Drachen. Das nützte ihm nicht viel.

Wieder summte die Fliege sie an, und zahlreiche ihrer Facetten funkelten böse. Riesige Wächterfliegen schwärmten herbei, um das Ohr zu ergreifen. »Wehr dich nicht, Krach!« rief Tandy besorgt.

Dem Oger gefiel das zwar überhaupt nicht, aber er erkannte,

daß sie alle zu Tode gebissen und gestochen werden konnten, wenn er jetzt Ärger machte. Also überließ er den Fliegen lieber das Ohr.

Sie zerrten es zum Herrn der Fliegen hinüber, der den Kopf schräg stellte, um dem Ohr zu lauschen. Das Ohr zuckte plötzlich und hätte die Fliege fast von ihrem Thron gerissen. »Bzzzzz!« summte der Herr der Fliegen zornig, und die Damsellfliegen flatterten aufgeregt umher. Anscheinend hatte der Fliegenherrscher ein paar äußerst saftige Ausdrücke benutzt. Doch dann lauschte er dem Ohr erneut. »Bzzzzz!« – und die Wächterfliegen gingen in militärische Alarmstellung. »BZZZZZ!« – und die sie umgebenden Schwärme wichen zurück.

Der Herr der Fliegen richtete ein paar Augenfacetten auf Krach, als überlege er sich, wie er am besten verfahren solle. Dann summte er einen weiteren Befehl. Sofort umringten die Wächterfliegen Krachs Gruppe, und die Bogenfliegen feuerten einen weiteren Pfeil ab, der ihnen die Marschrichtung anzeigen sollte.

»Ich weiß zwar nicht, ob uns das Drachenohr nun gerettet oder dem Verderben ausgeliefert hat«, sagte Chem, »aber ich würde sagen, daß wir lieber mitgehen sollten.«

Also folgten sie den Wächtern. Die Pfeile zeigten ihnen eine östliche Richtung an, und schon bald hatten sie die Fliegenpapierwand erreicht. Da wurden sie von einer Schwadron großer Speerfliegen angegriffen, die jeden von ihnen zu durchbohren drohten.

Sie begriffen sofort, was man von ihnen erwartete, und sprangen hastig durch die Wand. Das Fliegenpapier klebte zwar fürchterlich an ihnen, aber die Fliegen selbst ließen sie ziehen. Offenbar hatte man sie aus dem Fliegenland verbannt.

Sie taumelten umher und hielten Ausschau nach einer neuen heißen Quelle, um sich darin das Papier abwaschen zu können, doch bevor sie eine entdeckt hatten, wurden sie von einem kleinen Flugdrachen erspäht, der sofort gen Osten davonflog.

»Ich fürchte, das hier ist Drachengebiet«, meinte die Sirene. »Schaut euch doch nur mal die ganzen Drachenklauenspuren an den Bäumen an.«

Krach mußte feststellen, daß sie recht hatte: Es waren ganz zweifelsohne Drachenspuren. »Dann machen wir uns wohl besser wieder auf den Weg«, entschied er. In seinem gegenwärtigen Zustand konnte er die Gruppe nicht hinreichend vor einem ganzen Drachenrudel schützen, so peinlich es ihm auch war, dies insgeheim zugeben zu müssen.

Doch im Fliegenpapier verheddert, wie sie waren, kamen sie auch nicht allzu schnell voran. Die klebrige Masse ließ Erdkrumen, Laub und herumirrende Käfer an ihnen haften, bis jeder von ihnen wie eine in einen Leimtopf gefallene Harpyie aussah. Und sie hatten noch lange keine heiße Quelle ausfindig gemacht, als sie das schwere Trampeln eines Landdrachen vernahmen.

»Wißt ihr was?« sagte die Sirene wütend. »Die Fliegen haben uns den Drachen ausgeliefert!«

»Und das Ohr dazu!« rief Johann, als sie plötzlich das Ohr des Spaltendrachen erblickte, das vor ihr auf dem Boden lag.

»Das ist nur, um uns zu kompromittieren«, meinte Goldy. »Dann denken die Drachen nämlich, daß wir einen der Ihren getötet hätten, und dann machen sie uns erst recht den Garaus.«

Krach atmete durch. »Ich werde versuchen, sie abzuwehren.«

»Dazu bist du doch im Augenblick noch gar nicht wieder stark genug«, widersprach die Sirene. »Und da kommen anscheinend gleich mehrere große Drachen auf einmal auf uns zu. Versuch lieber gar nicht, gegen sie zu kämpfen.« Sie nahm Johann das Ohr aus der Hand und lauschte ihm. Es begann zu zucken. »He, da redet jemand über uns! ›Ein Oger, eine Zentaurin und fünf Nymphen‹.«

»Das nützt uns nicht viel, wenn uns die Drachen trotzdem auffressen«, murrte Tandy.

»Wie ist denn das, aufgefressen zu werden?« wollte Blyght wissen. Von klebrigem Papier umhüllt, sah man nicht mehr viel von ihrem Metall, so daß sie sich äußerlich kaum von den anderen unterschied.

»Ach ja, du kennst dich ja im normalen Xanth noch weniger aus als ich«, bemerkte Tandy. »Aber ich bezweifle ohnehin, daß man dich jemals auffressen wird. Schließlich ist dein Körper ja aus Messing.«

»Dort, wo ich herkomme, ist alles aus Messing«, erwiderte Blyght. »Mein Hausvogel ist aus Messing, mein Schaf ist aus Messing, sogar mein Esel ist aus Messing. So ist das eben in der Messingstadt. Was hat denn das mit Auffressen zu tun?«

»Hierzulande fressen die Ungeheuer kein Messing«, erklärte die Sirene.

»Wie, ich kann hier gar nicht aufgefressen werden?« fragte Blyght. Sie klang enttäuscht.

»Na ja, du könntest es wohl mal versuchen«, meinte Johann. »Wenn der erste Drache kommt, kannst du dich ja freiwillig als erstes Opfer zur Verfügung stellen, wenn du willst. Aber ich glaube, daß dir dieses Schicksal erspart bleiben wird.«

»Hm«, erwiderte das Messingmädchen nachdenklich.

Da traf auch schon der erste Drache ein. Es war ein riesiger, achtbeiniger Geländedrache, der Rauch schnaubte. Krach trat vor, um sich ihm in den Weg zu stellen, wohl wissend, daß ihm dieses Ungeheuer selbst dann noch überlegen gewesen wäre, wenn er sich des Vollbesitzes seiner Kräfte hätte erfreuen können. Das lag weniger an der Größe des Drachen als an seiner Hitze: Er würde ihn längst geröstet haben, bis Krach ihm auch nur im geringsten weh getan hätte. Doch der Drache würde so oder so angreifen, und es war nun einmal die Eigenart eines Ogers, zu kämpfen. Vielleicht konnte er ihn ja mit Felsbrocken bewerfen und ihn mit etwas Glück am Kopf treffen.

Da rannte Blyght an ihm vorbei, um den Drachen abzufangen. Der Drache atmete aus und tauchte sie in ein Flammenbad, doch kurze Hitzestöße konnten ihr nichts anhaben. Sie lief direkt auf seine riesige Schnauze zu. »Friß mich als erste, Drache!« rief sie.

Der Drache machte nicht viel Federlesens. Er sperrte sein monströses Maul auf und biß zu . . .

Und brach sich dabei ein halbes Dutzend Zähne an ihrem harten Metall aus.

Blyght furchte inmitten des Qualms und des Zahnhaufens die Stirn. »Komm schon, Drache, das kannst du doch wohl besser, will ich hoffen!« drängte sie das Ungeheuer empört.

Der Drache versuchte es ein zweites Mal – und brach sich weitere sechs Zähne aus.

»Nun zier dich doch nicht so!« stachelte Blyght ihn auf. »Zeig gefälligst, was du kannst! Da habe ich mir ja schon schlimmere Beulen beim Fallen zugezogen – aber ich verrate dir nicht, wo!«

Nun kamen weitere Drachen herbei. Neugierig begutachteten sie das Geschehen. Ein anderer machte sich über Blyght her, biß herzhaft zu – und verlor ebenfalls sechs Zähne auf einmal.

Das Messingmädchen war beleidigt. »Soll das etwa alles sein? Da kommt man unter Strapazen endlich in diese verweichlichte, lebendige Welt, und dann bringt ihr Ungeheuer nicht einmal das fertig!«

Verblüfft starrten die Drachen sie an. Sie sah noch immer so aus wie ein bekleidetes Menschenmädchen aus Fleisch und Blut. Schließlich versuchte ein dritter sein Glück – und büßte ebenfalls sein Quantum an Zähnen ein.

»Wenn ihr doofen Drachen es noch nicht einmal fertigbringt, ein kleines Mädchen aufzufressen, wozu taugt ihr denn dann überhaupt?« fragte Blyght sie angewidert. Sie schüttelte sich die Zahnsplitter vom Leib, stampfte auf das größte der Ungeheuer zu und zerrte an einem seiner Barthaare. »Friß mich jetzt gefälligst, sonst passiert was!«

Der Drache rülpste ein gewaltiges Flammenmeer hervor. Das versengte zwar Blyghts verbliebenes Fliegenpapier, fügte ihr aber ansonsten keinerlei Schaden zu. Als das Ungeheuer das bemerkte, wich es entsetzt vor ihr zurück. Wenn man eine Sache weder zermalmen noch versengen konnte, war man ihr auch nicht gewachsen.

»Wißt ihr was? Ich glaube, wir haben eine Glückssträhne«, bemerkte die Sirene. »Die Drachen werden jetzt natürlich meinen, daß wir alle so sind.«

Krachs Schlauschlinge trat in Aktion. »Vielleicht könnten wir noch mehr davon profitieren. Wir könnten einen hübschen gleichmäßigen Dampfstrom gebrauchen, der uns das Fliegenpapier abpellt.«

»Ein Dampfbad«, stimmte die Sirene zu. »Aber ein sanftes.«

Blyght versuchte es. Sie trat auf einen großen Dampfturbinendrachen zu. »Bade mich, Ungeheuer, oder ich zwinge dich, mich zu fressen!« sagte sie in herrischem Ton.

Eingeschüchtert gehorchte der Drache. Er spie eine Wolke

aus dichtem, weißem Dampf hervor, und schon einen Augenblick später stand das Mädchen blitzblank und poliert vor ihm, ohne jeden Überrest von Fliegenpapier.

»Und jetzt meine Freunde«, befahl Blyght. »Und etwas weniger Hitze, wenn ich bitten darf. Die sind noch zäher als ich und brauchen nicht soviel.«

Das war aber wirklich kaltschnäuzig! Nervös stellten sich die anderen auf, während der Drache eine etwas kühlere Dampfwolke hervorschnaubte. Der Dampf war so heiß, daß Johann es gerade noch aushalten konnte, aber da sie ihre Flügel bereits verloren hatte, tat sie sich nicht weiter weh. Die anderen hatten keine Probleme damit, und so wurde ihnen das lästige Fliegenpapier abgedampft.

Krach bemerkte auch, daß seine Flöhe verschwunden waren. Jetzt, da er darüber nachdachte, fiel ihm auch ein, daß er sich nicht mehr gekratzt hatte, seit sie in das Fliegenreich eingedrungen waren. Wahrscheinlich hatten die fliegenabwehrenden Blätter auch die Flöhe vertrieben!

Nun kam ein Drache auf sie zu, der einen Elf an der Leine führte. »Spricht irgendeiner von euch Mißgeburten die Menschensprache?« fragte der Elf.

Krach und die anderen wechselten Blicke. Blyght Messingmädchen hatte die ganze Zeit mit diesen Ungeheuern gesprochen, und sie hatten sich auch verstanden. Wußte dieser Elf das etwa nicht? Es war wohl das klügste, sich dumm zu stellen. »Ich sprech' nich' schlech'«, erwiderte er nach Ogerart.

Der Elf musterte ihn. Sein Gesichtsausdruck schwankte zwischen Furcht und Verachtung für die Dummheit des Ogers. »Was machst du hier mit diesen sechs Frauen?«

»Ich mich verwöhn' – sie fressen schön«, sagte Krach und fuhr sich schlabbernd mit der Zunge über die Wangen.

Wieder reagierte der Elf mit furchtsamer Verachtung. »Ich weiß selbst, daß Oger Leute fressen! Aber was macht ihr hier im Drachenland?«

Krach kratzte sich an seinem haarigen Kopf, als sei er verwirrt. »Ich kritisier' die Fliegen hier.«

»Ach so, sie haben euch rausgeschmissen.« Der Elf grunzte dem Drachen etwas zu, und Krach erkannte, daß er für ihn dolmetschte, so wie Grundy es für den König von Xanth zu tun pflegte. Vielleicht hatten die Drachen Blyghts Sprache gar nicht so gut verstanden wie ihre überzeugende Persönlichkeit und ihr entschiedenes Auftreten.

Der Drache grollte zurück. »Ihr müßt der Drachendame vorgeführt werden.«

»Hat die Dame keine Angst, daß ich sie stopf' in meinen Wanst?« fragte Krach mit gepflegter Ogerrethorik.

Der Elf schnitt eine abfällige Grimasse. »Angst vor euresgleichen? Wohl kaum. Komm schon, du Ignorant.«

Ignorant? Krach lächelte in sich hinein. Nicht, solange er dem Fluch der Schlauschlinge unterlag! Doch er schlurfte hinter dem Elf her und bedeutete den Mädchen, ihm zu folgen.

Die Sirene trat neben ihn. »Ich habe dem Ohr gelauscht«, murmelte sie. »Die Stimme, die vorhin über uns geredet hat, war die des Elfs. Die Drachendame weiß bereits von uns. Jetzt dröhnt und tost das Ohr wie irgendein entsetzlicher Sturm. Ich weiß nicht, was das heißen soll.«

»Vielleicht sollen wir diesen Sturm aufsuchen«, erwiderte Krach flüsternd. Da drehte sich der Elf nach ihm um, und er mußte aufhören zu sprechen.

Sie gelangten zu einem riesigen Drachennetz. Darin befand sich die Drachendame, ein schillernd majestätisches Exemplar ihrer Art. Sie ruhte halb liegend in einem Nest aus glitzernden Diamanten, und wenn sie sich bewegte, zeigten die Steine immer neue blitzende Facetten, wie die Augen des Herrn der Fliegen. Ruhelos peitschte sie mit ihrem stacheligen blauen Schwanz den Boden und krümmte ihren hellroten Hals. Es war wirklich recht beeindruckend. Sie hatte gerade in einem Buch mit Monster-Comics gelesen und schien über die Störung alles andere als erbaut zu sein.

»Ihro Majestät die Illustre Drachendame heißt den Einfaltspinsel, ihr weitere Informationen zuteil werden zu lassen«, sagte der Elf und benahm sich plötzlich ebenso herrschaftlich und pompös wie seine Herren, deren Glanz er widerspiegeln wollte.

Einfaltspinsel? Krach gab sich dümmer denn je. »Weiß nix, nich' fix.«

»Stimmt es, daß man euch nicht essen kann?«

Krach streckte eine handschuhbewehrte Faust vor. Die Drachendame fuhr behutsam mit der Schnauze vor und biß zaghaft zu. Das Metall ließ ihre goldgefärbten Zähne knirschen, und sie gab ihren Versuch schnell wieder auf. Sie stieß ein Grollen aus.

»Wenn ihr schon nicht eßbar seid, wozu taugt ihr dann, will Ihro Majestät wissen«, sagte der Elf.

»Was für eine Frage!« rief Tandy empört. »Schließlich sind es Menschenwesen, die über Xanth herrschen, nicht wahr?«

»*Drachenwesen* herrschen über Xanth«, berichtigte sie der Elf. »Die Drachen dulden andere Wesen allenfalls als Beute.« Dennoch klang das Grollen der Drachendame etwas gedämpft. Krach hegte den Verdacht, daß sie nicht darauf erpicht war, einen Krieg mit dem Verwandlerkönig der Menschen vom Zaun zu brechen.

Als seine Herrin ein weiteres Knurren von sich gab, wandte sich der Elf wieder an Krach. »Was sollen wir jetzt mit euch machen?«

Krach zuckte mit den Schultern. »Mag bloß keinen Ort, wenn Rost herrscht dort.« Tatsächlich waren sowohl seine Panzerfäustlinge als auch Blyghts Messing rostfrei; Wasser dürfte vielmehr den Feuerdrachen Schwierigkeiten machen. Doch er dachte an das Sturmsignal des Ohres; wenn er die Drachendame dazu überlisten konnte, sie dem Sturm auszuliefern, würde das ihre Überlebenschancen erheblich verbessern.

»Metall . . . Rost«, sagte der Elf nachdenklich, während die Drachendame grollte. »Ja, das stimmt; unsere metallgeschuppten Drachen haben auch so ihre Probleme bei unfreundlichem Wetter.« Er musterte Krach mißtrauisch. »Ihr haltet uns doch wohl nicht zum Narren?«

»Bin selbst zu dumm für Narrentum«, reimte Krach freundlich.

»Offensichtlich«, stimmte ihm der Elf verächtlich zu.

Also gab die Drachendame Befehl, die ungenießbare Reisegruppe in der Region der Luft auszusetzen, da die Region des Wassers nicht ans Drachenland angrenzte. Die Grenze wurde durch eine abrupte Demarkation angezeigt: auf der Drachenseite grüner Torf und Bäume, auf der anderen Seite eine riesige Gewitterwolke. Krach gefiel das nicht, weil er wußte, daß die Mädchen Strapazen nicht im gleichen Ausmaß gewachsen waren wie er selbst. Doch nun hatten sie sich bereits festgelegt, und es deuchte ihn immer noch besser, als bei den Drachen zu bleiben. Als Vorsichtsmaßnahme banden sie sich mit Chems Seil aneinander fest, um nicht fortgeweht zu werden.

Dann traten sie über die Grenze. Sofort befanden sie sich im Herzen des Sturms und erstickten fast an dem Staub. Es war ein Sandsturm und doch kein Regengewitter! Der Sand biß sich schmerzhaft in ihre Haut. Krach nahm einige der Mädchen auf und beugte sich über sie, um ihnen wenigstens ein bißchen Schutz zu geben, während er vorwärts taumelte. Dann stolperte er plötzlich, weil er in dem blendenden Sand seine eigenen Plattfüße nicht sehen konnte. Er stürzte zu Boden und rollte davon, wobei er die Muskeln anspannte, um die Mädchen nicht zu erdrücken.

Endlich kam er in einem Tal, das sich auf der windabgewandten Seite eines Felsens gebildet hatte, zum Halten. Chem kam hinter ihnen hergaloppiert. Auf dieser Seite wehte der Sand an ihnen größtenteils vorbei, so daß es ihnen möglich war, ein oder zwei Augen zu öffnen. Dank des Seils hatten sie niemanden unterwegs verloren, auch wenn alle arg lädiert aussahen.

»Und was jetzt?» fragte Tandy ängstlich.

Die Sirene richtete sich auf und legte das Drachenohr an ihres. »Gar nichts«, meldete sie. »Aber vielleicht übertönt das Heulen des Sandsturms auch jedes andere Geräusch.«

Krach nahm ihr das Ohr ab und lauschte. »Ich höre das Messingraumschiff«, sagte er.

Nun war Blyght an der Reihe. »Ich kann meine Leute hören! Sie lassen Messingbläser spielen! Ich muß bald nach Hause.«

»Bist du dir da ganz sicher?« fragte die Sirene.

»Doch, ich denke schon«, erwiderte das Messingmädchen. »Ich habe genug von eurer Welt erlebt, um zu erkennen, daß es mir in meiner besser gefällt. Ihr seid zwar alle recht nett, aber einfach aus dem falschen Metall.«

»Das stimmt wohl«, meinte die Sirene. »Wir müssen einen neuen Kürbis finden, damit Krach dich zurückbringen kann.

Im Augenblick wäre uns wohl allen deine Welt lieber als unsere.«

»Vielleicht war die Stille, die du gehört hast, ja der Kürbis«, meinte Blyght. »Kommt, wir wollen ihn suchen!« Der Sandsturm schien ihr nichts mehr auszumachen, sie hatte nur noch Heimweh.

»Erst nachdem der Sturm nachgelassen hat«, entschied die Sirene. »In diesem Wetter wachsen keine Kürbisse.«

»Aber das hier ist doch die Region der Luft, da wird der Wind nie aufhören«, protestierte Blyght.

Chem nickte zustimmend. »Wie ihr ja wißt, habe ich das wilde Landesinnere von Xanth kartographisch erfaßt, deshalb bin ich ja auch hier. Meine bisherigen Studien, die von einer Reihe von Hinweisen ergänzt werden, die ich unterwegs auswerten konnte, deuten darauf hin, daß es im Unbekannten Xanth fünf wichtige Elementregionen gibt: die der Luft, der Erde, des Feuers, des Wassers und der Leere. Diese hier scheint mit Sicherheit der Luft zuzugehören – was wiederum bedeutet, daß der Sturm in diesem Gebiet niemals nachlassen wird. Also bleibt uns nur eins – uns unseren Weg selbst zu bahnen.«

»Bahnen kann ich!« sagte Blyght voller Eifer. Und mit ihren Messinghänden begann sie einen Tunnel durch den aufgetürmten Sand zu schaufeln.

»Gute Idee!« rief Tandy. »Ich helf' dir.« Sie schüttelte sich etwas Sand aus den Haaren und stellte sich hinter dem Messingmädchen auf, wo sie den Sand ein Stück weiter nach hinten schaufelte. Schon bald gesellten sich auch die anderen dazu, denn je tiefer der Tunnel wurde, um so weiter mußten sie den Sand ins Freie befördern.

Sie kamen zwar nur langsam, aber dafür durchaus bequem voran. In regelmäßigen Abständen grub Blyght sich an die Oberfläche vor, um nachzusehen, ob draußen noch der Sturm wütete. Als sie an eine schützende Klippe kamen, kletterten sie ins Freie und kamen an der Oberfläche wieder ein gutes Stück schneller voran.

Die Landschaft war trostlos: Sand, Sand und nochmals Sand. Es gab zwar Dünen und Täler, aber weder Vegetation noch Wasser. Unermüdlich heulte der Wind und jagte pfeifend umher. Er bildete Wolken und Wirbel und Strudel und verzierte den Himmel mit seinen eigenartigen Bildhauereien. Gelegentlich jagte ein Strudel auf die Klippe zu und versuchte sie in seinen runden Schlund zu saugen, doch so nahe am Gestein konnte sich kein Strudel allzu lange halten.

Schließlich gelangten sie an eine weitere Demarkationslinie, und als sie diese überschritten hatten, ließen die Winde abrupt nach. Auch die Luft war plötzlich wieder klar, wie durch ein Wunder gereinigt. Doch eine Verbesserung war das nicht, denn nun hatten sie lediglich die Gewalt der Luft mit der des Bodens eingetauscht: Der Boden unter ihren Füßen bebte, und zwar auch ohne daß ein Oger mutwillig aufgestampft hätte. Ein Erdbeben!

»Ach, das gefällt mir aber gar nicht!« klagte Chem. »Ich bin nun mal festen Boden unter den Hufen gewohnt.«

Krach sah, daß das Zentaurenmädchen mit schräg gestellten Beinen höchst unsicher dastand; Chems braunes Fell war von den schmirgelnden Sandwolken stumpf geworden, und ihre Menschenbrüste baumelten höchst anziehend hin und her. »Vielleicht ist der Boden im Norden ja fester«, meinte er.

Sie wandten sich nach Norden – und kamen zu einem aktiven Vulkan. Glühendrote Lava brodelte aus dem Krater hervor und strömte den Abhang hinab auf sie zu. »Das ist ja noch schlimmer!« stöhnte Chem und klatschte mit der Hand nach einem Funken, der sich in ihrem hübschen Schweif verfangen hatte. Sie wirkte recht erschüttert. Das war einfach nicht ihre Art von Landschaft!

Die Sirene lauschte erneut dem Drachenohr. »He!« sagte sie. »Die Geräusche unterscheiden sich ja, je nachdem, in welche Richtung ich schaue!« Aufmerksam lauschend, drehte sie sich im Kreis. »Im Norden höre ich ein gewaltiges Getöse, das ist wohl der Vulkan da drüben. Im Süden brüllen und heulen Winde. Da sind wir ja schon gewesen. Im Westen ist ein ununterbrochenes Rumpeln zu hören – der Hauptteil des Erdbebens. Im Osten . . .« Sie lächelte wunderschön. »Eine wunderschöne, leise, ruhige Stille.«

»Gräber sind auch still«, warf Tandy erschauernd ein.

»Besser ein Friedhof als das hier«, meinte Chem. »Auf einem Friedhof kann man wenigstens aufrecht gehen.«

»Manchmal«, sagte Tandy.

Sie marschierten gen Osten weiter. Der Boden verschob sich ständig unter ihren Füßen, als wollte er sie aufhalten, doch sie hatten es sich in den Kopf gesetzt, dieses Gebiet hinter sich zu bringen, und dabei blieb es.

Als sich die Sonne müde hinter dem Vulkan senkte und Glück hatte, daß sie dabei nicht auch noch hineinfiel, erreichten sie eine weitere Grenze. Dahinter befand sich ein Feld mit Hypnokürbissen. Hier herrschte keine Grabes-, sondern Gartenstille.

»Hätte nie gedacht, daß ich einmal froh sein würde, ein Feld mit diesen Dingern zu sehen«, bemerkte Tandy grimmig.

»Hier werden wir übernachten«, sagte die Sirene. »Und da wir schon dabei sind, können wir auch mal feststellen, ob diese Kürbisse eßbar sind oder nicht.«

»Aber laßt mir auf jeden Fall einen übrig!« rief Blyght.

»Aber natürlich, Liebes. Komm, nimm den hier.« Die Sirene reichte dem Messingmädchen einen hübschen großen Kürbis. Blyght zögerte und spähte schließlich durch das Guckloch. »Aber da ist doch gar nichts zu sehen!« sagte sie.

»Nichts zu sehen?« Krach war noch gar nicht auf den Gedanken gekommen, daß die Kürbisse nicht funktionieren könnten. Er nahm Blyght den Kürbis ab und blickte hinein . . .

. . . und fand sich im Raumschiff wieder, das in einer Schraubenzieherbahn auf den Boden zuwirbelte. Hastig ergriff er die Steuerknüppel und stellte das Gleichgewicht wieder her. Ohne von dem Messingmädchen dabei behindert zu werden, gelang ihm dies völlig mühelos.

Kurz darauf hatte er das Schiff wieder in der Messingstadt im Startgebäude abgesetzt. Dann stieg er aus und machte sich auf den Weg zum Gebäude Nr. Vier, wobei er seiner Bindfadenspur folgte. Wie nebenbei überlegte er, ob er wohl am Himmel in der Nähe des Mondes ebenfalls eine solche Spur hinterlassen hatte. Zwar war ihm der Bindfaden in Xanth abhanden gekommen, doch hier im Kürbis hatte er ihn immer noch bei sich. Gut.

Die Messingmännchen umringten ihn. »Wo ist Blyght?« wollten sie wissen. »Wir üben gerade mit unseren Messingbläsern und brauchen sie.«

»Sie kommt zurück, sobald ich sie holen kann. Sie hat euch üben gehört und gesagt, daß sie möglichst bald zurückkehren will. Ich mußte erst hierher zurückkommen, weil Raumschiffe ihr angst machen.«

»Natürlich, wir haben alle Höhenangst. Wenn wir aus zu großer Höhe in die Tiefe stürzen, gibt das häßliche Beulen. Blyght hat ja auch schon eine an ihrem . . .«

»So etwas sagt man nicht zu einem Fremden!« tadelte eines der Messingmädchen den Messingmann.

»Gut, laßt mir nur noch etwas Zeit«, sagte Krach, »dann bringe ich sie euch zurück. Jetzt weiß ich ja, wie das geht.«

Damit waren sie zwar nicht sonderlich zufrieden, aber sie willigten schließlich doch noch ein. Krach ließ sich in eine Nische plumpsen, die sich gemeinsam mit der Wand bewegte, und machte ein Nickerchen.

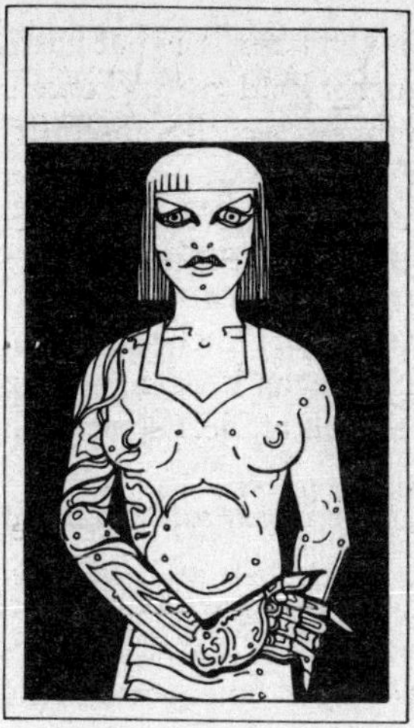

9
Der Geist des Kürbisses

Er erwachte in Xanth, wo Tandy ihm den Kürbis abgenommen hatte. »Ich weiß genau, wieviel Zeit ich dir geben soll«, sagte sie. »Ich habe Angst, dich zu lange dort drin zu lassen.« Sie hob das Drachenohr empor. »Ich habe diesem Ding ständig gelauscht, und als es ziemlich still wurde, dachte ich, daß es wahrscheinlich Zeit wäre, dich wieder zurückzuholen. Ich war mir zwar nicht sicher, daß ich ausgerechnet dich hörte, aber da dein Wohlergehen in direktem Zusammenhang mit meinem steht . . .«

Krach nahm das Ohr und lauschte seinerseits. Er hörte eine gutturale Stimme, die sagte: »Spieglein, Spieglein an der Wand, schluck diese Faust oder stürz in Schand'.« Daraufhin folgte ein dumpfes Scheppern.

»Im Augenblick schweigt es nicht«, berichtete Krach. »Hört sich an, als würde ich selbst sprechen.«

Sie lächelte. »Sprich, soviel du magst, Krach. Du bist nun einmal meine Hauptstütze in dieser seltsamen Oberflächenwelt, und ich mache mir Sorgen, wenn du fort bist.«

Krach legte seine riesige, haarige Pranke auf ihre winzige Menschenhand. »Das weiß ich zu schätzen, Tandy. Ich weiß auch, daß es schlimm für dich wäre, wenn du in der Wildnis von Xanth allein stranden würdest. Aber ich lerne langsam, wie man mit der Kürbiswelt umzugehen hat, und ich werde auch nach und nach wieder kräftiger.«

»Das hoffe ich«, erwiderte sie. »Wir brauchen dich alle, Krach, und nicht nur, damit wir vor Ungeheuern geschützt sind. Chem meint, daß es im Norden einen Gebirgszug gibt, den wir erklimmen können. Im Osten sind die Drachen, und im Süden wütet der Sturm. Also müssen wir nach Westen, zurück durch die Region des Feuers – und der Vulkan dort speit noch immer heiße Lava aus.«

»Dann müssen wir eben warten, bis der Lavastrom nachläßt und aufhört«, meinte Krach.

»Ja, aber wir wissen nicht, wie lange das dauern wird. Und außerdem muß er sich dann erst noch abkühlen, damit wir darauf gehen können. Ich schätze, daß wir noch eine ganze Weile hier im Melonenfeld bleiben müssen.«

»So sei es«, sagte Krach. Er ließ ihre Hand los, um sie nicht mit dem Druck seiner eigenen Pranke ungewollt zu verletzen. »Hast du gesagt, die Kürbisse seien eßbar?«

»O ja, gewiß. Du kannst soviel essen, wie du magst. Wir haben uns schon alle damit vollgestopft. Sie sind recht lecker, man darf nur nicht in ihre Gucklöcher schauen. Komisch, sie weisen nicht die geringsten Anzeichen dafür auf, daß es in ihnen eine andere Welt geben könnte. Kein Friedhof und gar nichts.« Sie reichte ihm einen Kürbis und hielt das Guckloch dabei von ihm abgewandt.

Krach nahm einen herzhaften Biß. Tatsächlich – es schmeckte sehr gut, sehr süß und saftig. Wirklich seltsam, daß etwas so Leckeres sein Bewußtsein derart beeinflussen konnte – aber das war mit anderen Sachen ja auch oft so. Drachen schmeckten auch vorzüglich – wenn man sie erst einmal erlegt hatte.

»Warum hat der Kürbis, in den ich gerade geschaut habe, Blyght nicht mitgenommen, als sie hineinblickte?« wollte er zwischen zwei Riesenhappen wissen.

»Darüber haben wir uns auch unterhalten, als du fort warst«, sagte Tandy. Sie war die einzige, die noch wach war, alle anderen schliefen, sogar das Messingmädchen. Krach fragte sich zwar kurz, wozu ein Metallwesen wohl Schlaf benötigte, doch dann wurde ihm klar, daß dies nicht erstaunlicher war als die Tatsache, daß ein Metallmädchen auf Knopfdruck zum Leben erweckt wurde. »Wir sind zu dem Schluß gekommen, daß sie nur eine scheinbare Person in dieser Welt ist, nur ein Abbild ihrer selbst, so wie du es im Kürbis warst. Deshalb kann sie aus eigener Kraft nicht hinein, sondern muß von einem von uns mitgenommen werden. Dann wird ihr scheinbarer Körper hier verschwinden, so wie deiner aus der Kürbiswelt verschwindet.«

»Das leuchtet ein«, meinte Krach und vertilgte mit wenigen Bissen einen weiteren Kürbis. »Ist sie denn verschwunden, als ich sie in der Mondfähre mitgenommen habe?«

»Ja. Da bliebst nur du übrig, ein Nichts festhaltend. Dann erschien sie erneut, als wir dir den Kürbis wegnahmen, die Arme um dich geschlungen . . .«

»Im Cockpit war nicht genug Platz«, erklärte Krach.

»Verstehe«, meinte sie etwas kühl.

»Inzwischen hab' ich das Schiff verlassen und befinde mich in ihrem Gebäude. Diesmal wird es keine Schwierigkeiten mehr geben.«

»Schön. Aber ruh dich bitte erst einmal aus, bevor du wieder dorthin zurückkehrst«, sagte Tandy. »Wir haben eine Menge Zeit, während wir warten, bis die Lavamassen sich abkühlen. Und . . .«

Krach blickte sie an. Im Mondlicht sah man praktisch nur ihre Silhouette, die in ihrer Nachdenklichkeit äußerst hübsch anzusehen war. »Ja?«

Sie zuckte mit den Schultern. »Paß auf dich auf, Krach.«

»Das tun Oger meistens«, sagte er und lächelte. Er hatte den Eindruck, daß sie noch mehr hatte sagen wollen. Aber natürlich wechseln Mädchen oft ihre Meinung, besonders kleine Mädchen, die ja auch nur kleine Meinungen hatten. Oder was auch immer.

Als er sich gemütlich vollgestopft hatte, streckte sich Krach zwischen den Kürbissen aus und schlief ein. Tandy lehnte sich gegen seinen pelzigen Unterarm und schlief ebenfalls. Obwohl er eingeschlafen war, merkte er das, und er stellte fest, daß er ihre süße kleine Gesellschaft doch sehr mochte. Manchmal wurde er geradezu peinlich unogerhaft; das mußte sich bald wieder ändern.

Als die Dämmerung kam, ließ der Lavastrom nach. Der Vulkan war still geworden. Die Sirene lauschte dem Ohr und meldete Stille, was sie als Zeichen deutete, daß sie noch etwas warten sollten, bis sich das Gestein weiter abgekühlt hatte. In regelmäßigen Abständen schleuderte sie feuchte Kürbisteile auf den nächstgelegenen auskühlenden Lavastrom; solange es dampfte und zischte, war die Temperatur noch nicht richtig.

»Bist du bereit, nach Hause zurückzukehren, Blyght?« fragte Krach, obwohl er die Antwort schon kannte. »Ich bin wieder im Gebäude angelangt.«

»Bereit? Aber ja, Oger«, erwiderte sie. Dann wandte sie sich den anderen zu. »Ist nicht persönlich gemeint, Leute. Ich mag euch. Aber ich verstehe nicht, wie man in diesem weiten Land leben kann. Ein Messinggebäude ist wesentlich sicherer.«

»Das kann ich mir vorstellen, Liebes«, sagte die Sirene und umarmte sie. »Vielleicht finden wir anderen mit der Zeit ja auch unsere eigenen Messinggebäude.«

»Und auch, wie ihr hier schlaft, anstatt von einem Knopf abgestellt zu werden – wirklich sehr merkwürdig.«

»Alle Wesen sind auf ihre Weise merkwürdig«, meinte Chem. »Und wir möchten dir für alles danken, was du bei den Drachen für uns getan hast. Wahrscheinlich hast du unsere Haut gerettet.«

»Bin ja gar kein Risiko eingegangen«, erwiderte Blyght. Doch ihr Gesicht nahm einen erfreuten Messington an.

Dann packte Krach sie an einem ihrer Träger. »Und die Hände weg von ihrem Knie!« warnte Tandy.

Alles lachte, und Krach blickte in einen köstlich aussehenden Kürbis.

Diesmal klappte es: Sie fanden sich beide im Inneren des Messinggebäudes wieder.

Die Messingmännchen erspähten sie und scharten sich um die beiden. Sie hießen Blyght willkommen, und es war nicht zu übersehen, daß auch sie froh war, wieder zu Hause zu sein.

»Wenn ihr mir jetzt vielleicht noch einen anderen Weg zeigen könntet, der hinausführt«, sagte Krach, »werde ich mich gleich aufmachen. Das Raumschiff will ich nicht, es müßte doch auch einen Landweg geben, oder?«

»O ja, den gibt es!« rief Blyght. »Ich zeig' ihn dir.«

»Hast du nicht inzwischen genug von mir?« fragte Krach.

»Ich habe das Gefühl, dir das noch schuldig zu sein«, wehrte sie ab. »Ich zeig' dir den Weg in die Papierwelt.«

»Wie du meinst«, erwiderte Krach. »Aber du hast deine Schuld schon längst beglichen, wenn ich an das Tunnelschaufeln und so denke.«

Ihre Miene verfinsterte sich. »Diese Drachen wollten mich doch tatsächlich nicht auffressen!«

Krach wollte lieber nicht darüber diskutieren. Offensichtlich hatte Blyght verschiedene Gründe für ihr Verhalten gegenüber den Drachen gehabt.

Blyght führte ihn durch eine verborgene Tür in eine kleinere Kammer. Krach mußte sich bücken, damit er hineinpaßte. Dann ruckte und bewegte sich der Raum, so daß er gegen eine Wand stieß. »Das ist ein Fahrstuhl«, erklärte Blyght. »Der führt in die Papierwelt, aber das dauert ein Weilchen.«

»Ich werde warten.« Krach kauerte sich in einer Ecke nieder, um nicht ständig hin und her geschleudert zu werden.

Blyght setzte sich auf eines seiner Knie. »Krach . . .«

Es kam ihm vor, als erlebe er dies alles nicht zum erstenmal. Seine Schlauschlinge beharrte darauf, sofort die Bedeutung des Ganzen erfassen zu wollen, anstatt es als das Geheimnis zu belassen, das es von Natur aus bleiben mußte. Tandy hatte ihn gestern abend ganz genauso angesprochen. »Ja?«

»Ich wollte einen Augenblick mit dir allein sprechen können«, gestand sie ihm. »Deshalb habe ich mich auch erboten, dir den Weg zu zeigen. Da gibt es etwas, was du wissen solltest.«

»Wo deine Beule sitzt?«

»Das kann ich dir nicht zeigen, weil dein Knie im Weg ist. Nein, etwas anderes.«

»Weißt du vielleicht etwas über den Nachthengst?« fragte er interessiert.

»Nein, das nicht«, sagte sie. »Es betrifft Xanth.«

»Oh.«

»Krach, ich gehöre nicht zu deiner Welt. Aber vielleicht sehe ich dort Dinge, die du selbst nicht so leicht erkennst. Diese Mädchen dort draußen mögen dich.«

»Und ich mag sie auch«, gab er zu, und es war ihm ein wenig peinlich, dieses unogerhafte Gefühl offen auszusprechen. Wie sollte er nur jemals die Antwort auf die Frage seines Lebens finden, wenn er ständig seine Persönlichkeit verlor? »Es sind nette Leute. Du übrigens auch.« Wieder kupferte sie. »Ich mag sie auch. Ich bin noch nie Fleischleuten begegnet. Aber das habe ich nicht gemeint. Sie . . . na ja, die sind nicht einfach nur deine Kameraden. Es fällt mir schwer, es richtig auszudrücken, weil mein Herz ja nur tönendes Erz ist. Sie sind weiblich, und du bist männlich. Und deshalb . . .«

»Und deshalb beschütze ich sie«, stimmte Krach ihr zu. »Weil Frauen allein nicht besonders gut überleben können. Ich helfe ihnen, solange sie bei mir sind und Schutz brauchen.«

»Ja, ja, das auch. Aber es ist mehr als nur das. Vor allem Tandy . . .«

»Ja, die braucht besonders viel Schutz. Die weiß kaum mehr über Xanth als du, und dabei ist sie nicht einmal aus Metall gebaut.«

Das Messingmädchen sah zwar etwas frustriert aus, lächelte aber weiterhin. Ihre Zähne waren auch aus Messing. »Während du im Kürbis warst, haben wir uns draußen unterhalten. Merkwürdig, daß meine Welt ein Kürbis sein soll! Na ja, und dann hat Tandy uns jedenfalls erzählt, warum sie von zu Hause fortgegangen ist. Mag sein, daß ich jetzt einen Vertrauensbruch begehe, aber ich finde wirklich, daß du es wissen solltest.«

»Das ich *was* wissen sollte?«

»Warum sie fortgegangen ist. Also das war so: Es gab da einen Dämon namens Fiant, der nach einer Ehepartnerin Ausschau hielt. Na ja, nicht *richtig* nach einer Ehefrau, wenn du verstehst, was ich meine.«

»Nach einer Gespielin?«

»Ja, so könnte man es auch ausdrücken. Aber Tandy wollte nicht mitspielen. Sie hat sich geweigert, sich ihm zu fügen. Aber er hat sie verfolgt und versucht, sie zu vergewaltigen . . .«

»Was ist das denn?« fragte Krach.

»Vergewaltigung? Willst du etwa behaupten, daß du das wirklich nicht weißt?«

»Ich bin schließlich nicht aus Messing«, erinnerte er sie. »Ich weiß eine ganze Menge nicht. Es gibt eine ganze Menge Sachen, vor denen sich junge Mädchen fürchten, aber . . .«

Sie seufzte. »Die Sirene hat recht: Du bist hoffnungslos naiv. Vielleicht sind das ja alle Männer, die es sich kennenzulernen überhaupt lohnt. Aber dafür gibt es ja die Frauen; irgend jemand muß schließlich wissen, was los ist. Hör zu, Krach – weißt du, wie das zwischen Mann und Frau abläuft?« Ihr Messinggesicht glänzte kupferner denn je, und ihm wurde klar, daß ihr dieses Thema wohl peinlich war.

»Natürlich nicht«, versicherte er ihr. »Ich bin doch bloß ein Oger.«

»Na gut, dann von mir aus zwischen Oger und Ogerin?«

»Natürlich.« Worauf wollte sie nur hinaus?

Sie machte eine Pause.

»Ich bin mir nicht sicher, daß wir uns richtig verstehen. Vielleicht sagst du mir zuerst mal, wie das zwischen Oger und Ogerin ist?«

»Er jagt schreiend hinter ihr her, packt sie an einem Haartau, zerrt sie an einem Bein in die Höhe, donnert ihren Kopf ein paar Mal gegen einen Baum, rollt ihr einen Felsbrocken aufs Gesicht, damit sie nicht fliehen kann, und dann . . .«

»Aber das *ist* doch Vergewaltigung!« rief Blyght entsetzt.

»Das ist Spaßhaben«, konterte er. »Ogerinnen erwarten das und schenken dem Oger dafür weitere kleine Oger. So lieben sich die Oger nun einmal.«

»Na ja, die Menschen lieben sich jedenfalls nicht so.«

»Ich weiß. Menschen sind so sanft, daß man sich manchmal fragt, ob sie überhaupt eine Ahnung haben, was sie da eigentlich tun. Prinz Dor und Prinzessin Irene sind schon seit vier Jahren dabei, endlich zur Sache zu kommen. Also wenn die nur ein bißchen mehr Ogerblut in ihren Adern hätten, würden vier Sekunden genügen, um . . .«

»Ach so, ja, ja . . .« meinte sie. »Na ja, dieser Dämon hat jedenfalls auf Ogerweise versucht, Tandy zu lieben . . .«

»Verstehe! Das hat Tandy bestimmt nicht gefallen.«

»Genau. Sie ist ja keine Ogerin. Und deshalb hat sie ihr Heim verlassen, um nach Hilfe zu suchen. Und der Gute Magier hat ihr gesagt, sie solle mit dir reisen. Denn auf diese Weise kommt der Dämon nicht an sie heran.«

»Klar. Wenn sie will, daß ich den Dämon vermöbele, werde ich das schon mit Gekrache tun. Schließlich ist mein Name ja auch Krach.«

»Das ist nicht ganz, was sie möchte. Verstehst du, sie möchte heiraten – einen anderen als den Dämon. Und sie hat dem richtigen Mann auch einiges zu bieten. Deshalb hofft sie, auf dieser Reise einen geeigneten Ehemann zu finden. Aber ...«

»Aber das ist ja wunderbar!« sagte Krach in bester Nichtoger-Tradition. »Vielleicht finden wir ja einen netten Menschenmann, der genau der Richtige für sie ist.«

»Du hast mein Aber nicht abgewartet, Krach.«

»Aber was?«

Sie zögerte. »Sie mag *dich*.«

»Natürlich, und ich mag sie ja auch. Deshalb werde ich ihr auch dabei helfen, den richtigen Mann zu finden.«

»Ich glaube, du verstehst mich nicht, Krach. Es kann durchaus sein, daß sie ihren idealen Menschenmann gar nicht mehr haben will, wenn sie ihn schließlich findet, weil sie dich schon zu sehr mag.«

Er kicherte. »Keiner mag einen Oger zu sehr!«

Das Messingmädchen schüttelte zweifelnd den Kopf. »Da bin ich mir nicht so sicher. Du bist kein gewöhnlicher Oger, wie man mir erzählt hat. Zum einen bist du wohl viel schlauer als die meisten anderen Oger.«

»Das liegt nur am Fluch der Schlauschlinge. Wenn ich die erst mal los bin, werde ich wieder herrlich dumm sein. So wie jeder andere Oger auch. Vielleicht sogar noch mehr.«

»Hm, da ist wohl was dran«, meinte Blyght. »Ich glaube nicht, daß Tandy es sehr gern hätte, wenn du wieder zu einem gewöhnlichen Oger würdest.«

Der Raum hörte auf zu schaukeln, nachdem er ein letztes Rucken von sich gegeben hatte, das Blyght von seinem Knie warf. »Na ja, jetzt sind wir in der Papierwelt«, sagte sie.

Tatsächlich öffnete sich der Aufzug, um eine richtige Papierwelt freizugeben: Grüngefärbte Papierschnitzel dienten als Rasen; braune und grüne Papiersäulen stellten Bäume dar; am blau bemalten Himmel hing eine flache Papiersonne. Wenigstens war diese Welt farbig und bunt, im Gegensatz zu der farblichen Monotonie der restlichen Kürbiswelt.

»So, weiter komme ich nicht mit«, sagte Blyght, als Krach ausstieg. »Wenn es dich irgendwie trösten sollte: Ich glaube, daß du in mancherlei Hinsicht immer noch reichlich dumm bist, trotz deiner Schlauschlinge.«

»Danke!« sagte Krach geschmeichelt.

»Tschüs, Oger!« Die Tür schloß sich wieder, und das Messingmädchen war verschwunden. Krach rüstete sich innerlich für das nächste Abenteuer, das ihn hier gewiß erwarten würde.

Überall war Papier. Krach erblickte einen Vogel und fing ihn aus Neugier ein, um ihn zu betrachten, denn er sah seltsam aus. Nach genauerer Betrachtung wirkte er sogar noch seltsamer: Er war aus Papier. Seine Flügel waren gerieft, der Leib bestand aus einem Papierzylinder, der Schnabel aus einem verstärkten, bemalten Dreieck aus Karton. Er ließ den Vogel wieder frei, und der flog mit einem papiernen Rascheln davon.

Es gab auch Käfer und Schmetterlinge aus Papier, und sogar die Sträucher und Steine und Pfützen waren aus buntem Papier. Das sah alles recht harmlos aus.

Da kam eine kleine Papiermaschine auf ihn zugejagt. Während seiner Reise nach Mundania hatte Krach Maschinen gesehen, und er mochte sie nicht, denn es waren störrische, mechanische Dinger. Diese hier war zwar zu klein, um ihn wirklich belästigen zu können, dennoch fühlte er sich von ihr leicht belästigt. Sie feuerte ein klebriges Papierkügelchen auf ihn ab.

Das Papierkügelchen traf ihn am Knie. Krach lächelte. Die Miniaturmaschine besaß einen Namen, der auf ihre Seite gedruckt worden war: PANZER. Das sah süß aus.

Der Oger stampfte weiter. Der Panzer folgte und feuerte eine weitere Papierkugel auf ihn ab. Diese traf Krach am Rumpf. Er furchte die Stirn. Langsam hörte der Spaß auf. Er legte keinen Wert auf eine Beule, die sich mit der des Messingmädchens messen konnte.

Er drehte sich um, um den Panzer zu warnen – da traf ihn der dritte Schuß an der Nase.

Das war zuviel. Krach hob einen Riesenfuß und stampfte das Maschinchen platt. Es war ja nur aus Papier und brach sofort zusammen. Doch ein nicht abgeschossenes Kügelchen klebte sich an seine Ferse.

Krach stampfte weiter und hielt Ausschau nach den Herausforderungen, die ihm diese Welt zu bieten haben mochte. Doch nun kamen gleich drei der Papierpanzer an. Rülps! Rülps! Rülps!

Ihre Papierbällchen trafen den Oger als Salve und klebten wie feuchte Köpfe in einer Reihe an seinem Bauch. Er stampfte die drei Papierfahrzeuge platt.

Nun kamen weitere Panzer an, und die waren schon größer. Ihre Speichelbälle stachen ihn mit größerer Wucht, und einer davon hätte ihn fast am Auge getroffen. Krach mußte sein Gesicht mit einer Hand bedecken, während er sie zerstampfte.

Da hörte er ein Geräusch hinter seinem Rücken. Einer der Panzer fraß gerade seinen Bindfaden auf! Das war gefährlich, denn wenn er versehentlich seinen eigenen Weg kreuzen sollte, würde er sich verlaufen. Er machte kehrt, hob den Panzer in die Höhe und musterte ihn genauer.

Das Ding rülpste einen großen Speichelball hervor, der ihm ein Nasenloch verstopfte. Krach nieste – und der Panzer wurde zu einem flachen Blatt Papier zerweht. Darauf standen gedruckte Worte: MARSCH, MARSCH, BLÖDMANN!

Seltsam – Krach konnte das sogar lesen. Kein Oger war intelligent genug, um Lesen und Schreiben zu lernen; aber *er* konnte diese Botschaft sofort verstehen. Das mußte ein weiterer Effekt des Schlauschlingenfluchs sein. Er tat lieber so, als würde er die Worte nicht begreifen.

Dann drehte er sich wieder um – und erblickte einen noch viel größeren Papierpanzer, der auf ihn zujagte. Er packte die Mündung der Papierkanone und drückte sie zusammen, als die Maschine gerade losfeuerte. Die Wucht des Rohrkrepierers ließ den Panzer zu einer Konfettiwolke zerstieben.

Doch nun kamen noch mehr und noch größere Panzer herbei. Dieses Gebiet schien ja einen unerschöpflichen Vorrat von den Dingern zu haben! Krach hielt Ausschau nach einer Möglichkeit, diese Plage ein für allemal loszuwerden.

Da hatte er eine Idee. Er beugte sich vor, um durch den Papiertorf zu graben. Tatsächlich – darunter befand sich ganz gewöhnliches Erdreich, von Steinen durchsetzt. Er fand ein Paar hübscher Quarzbrocken und schlug sie gegeneinander, um Funken zu erzeugen. Schon bald hatte er damit ein Feuer entfacht, denn das Papiergras brannte natürlich sofort.

Die Panzer gaben eine Feuersalve ab – und fingen selbst sofort Feuer. Als ihre Magazine explodierten, stoben bunte Papierfetzen in Wolken empor, auf denen Bilder und Anzeigen für Produkte und all die anderen verrückten Dinge zu sehen waren, mit denen Magazine ihre Seiten zu füllen pflegten. Schon bald war von den Panzern nur noch Asche übrig.

Krach stampfte weiter. Ein Papiertiger sprang fauchend aus dem Papierdschungel hervor. Krach packte ihn am Schwanz und schüttelte ihn weich, bis die schwarze und die orangene Farbe auslief. Er hielt das Ganze in das Feuer und benutzte die so entstandene Fackel dazu, andere Papiertiger abzuschrecken. Sie wichen zurück, als sie seinen hell flackernden Tiger erblickten, und er konnte ungehindert weiterstampfen. Anscheinend gab es hier kaum etwas Furchtbareres als einen brennenden Tiger. Wenn dies eine Schlacht gewesen wäre, hätte er sie jetzt gewonnen gehabt.

Nun gelangte er an ein Kartenhaus. Krach wußte, was Karten waren, denn er hatte mit ansehen müssen, wie Prinz Dor und Prinzessin Irene auf Schloß Roogna damit spielten, anstatt zur Sache zu kommen, wie es Oger getan hätten. Manchmal hatten sie mit den Karten komplizierte Gebäude errichtet. Das hier war auch so ein Gebäude – aber viel größer. Jede der Karten war so groß wie sein Kopf und beinahe ebenso häßlich.

Er blieb stehen, um sie zu betrachten. Direkt vor ihm befand sich die Herz-Neun. Er wußte, was Herzen waren: Symbole der Liebe. Das erinnerte ihn völlig unverständlicherweise an das, was das Messingmädchen ihm über Tandy erzählt hatte. Konnte es etwa sein, daß dieses winzige Menschenmädchen ihn mehr mochte, als schicklich war, wenn man bedachte, daß man Oger überhaupt nicht zu mögen hatte? Und wenn dies der Fall sein sollte – inwieweit träfe ihn die Schuld dafür? Sollte er sie anfauchen, um sie zu entmutigen? Das schien die beste Lösung zu sein.

Er betrat das Kartenhaus und gab acht, es nicht zum Einsturz zu bringen. Solche Gebäude brachen schnell zusammen, und schließlich konnte das hier das Tor sein, das aus dem Papierland hinausführte. Er hatte das Gefühl, in den Kürbiswelten recht gut voranzukommen, und er wollte endlich bis zur letzten Station vorstoßen, um sich dem Dunklen Pferd zu stellen.

Die Innenwand zeigte die Kreuz-Zwei. Das Kreuz mit seiner Keulenform war natürlich die Lieblingsfarbe des Ogers. Es ging doch nichts über eine gute, schwere Keule, wenn man sich mit Gewalt erfrischen wollte! Dann war da der Karo-Bube, der mit seinem Diamantensymbol den Reichtum der Drachen darstellte. Sein Intelligenzfluch ließ ihn den Symbolismus der Karten begreifen. Er erinnerte sich daran, wie viele dieser hellen kleinen Steine die Drachendame besaß; das hier war wahrscheinlich ihre Karte. Dann gab es die Pik-Zwei mit ihrem Schaufelsymbol. Das war die Farbe der Bauern.

In der Mitte des Kartenhauses befand sich der Joker. Diese Karte stellte einen wunderschön brutalen Oger dar, dessen Beine in Dampfwolken endeten. Aber natürlich! Krach drückte dagegen, weil er davon ausging, daß dies sein Tor zur nächsten Welt war – und das ganze Gebäude brach zusammen.

Die Karten waren natürlich nicht sehr schwer, und schon einen Augenblick darauf steckte Krach seinen Kopf aus den Trümmern, um sich umzusehen.

Die Szenerie hatte sich verwandelt. Das Papier war verschwunden, und weder der bemalte Himmel noch die Papierbäume waren noch zu sehen. Statt dessen erblickte er eine weite, sandige Ebene wie jene, in der er den Nachtmähren begegnet war, nur daß diesmal die Sonne ihre heißen Strahlen darauf scheinen ließ.

Er entdeckte einen Gegenstand, der hübsch in der Wüste glitzerte, doch von einem anderen Schimmern war als ein Diamant. Neugierig stampfte Krach darauf zu. Es war eine grüne Flasche, die halb im Sand begraben lag und deren Verschluß reich verziert war. Er fühlte sich zu ihr hingezogen: Wenn man einer solchen Flasche kunstvoll den Boden abschlug, hatte man eine gute, brauchbare Waffe.

Er hob sie auf und erblickte neblige Bewegungen in ihrem Inneren, wie von langsam umherwirbelnden Dunstschwaden. Der Korken wies ein glänzendes metallisches Siegel auf, und darin war ein Wort eingraviert: NARR.

Nun ja, das entsprach ja auch dem Wesen der Oger. Er war schrecklich durstig. Vielleicht enthielt die Flasche ja etwas Gutes zu trinken. Krach riß das Siegel ab und entkorkte die Flasche mit den Zähnen. Schließlich wußte er ja auch nicht, wie lange es dauern würde, bis er hier im Kürbis etwas zu trinken fand. Doch eigentlich war es wohl eher die Schlauschlinge, die für sein Verhalten verantwortlich war. Denn nur ihretwegen wurde er neugierig.

Als der Korken mit einem Knall aus der Flasche schoß, trat dichter Dampf hervor und dehnte sich immer mehr aus. Zu schade – der ließ sich weder essen noch trinken, und außerdem roch er nach Schwefel. Krach mußte niesen.

Der Dampf verdichtete sich zu einer großen grünlichen Wolke, die in der Luft umherwirbelte, ohne sich dabei jedoch aufzulösen. Kurz darauf ragten zwei muskulöse Arme daraus hervor, und der Rest bildete Kopf und Oberkörper einer gasförmigen Menschengestalt aus, die annähernd von Krachs Größe war.

»Wer bist du?« fragte Krach.

»Hohoho!« dröhnte das Wesen. »Üch bün dör Goist dör Flosche. Du host müch böfroit, und ols Belohnung soi dür zutoil, dü Ort doines Todes sölber zu wöhlen!«

»Ach, so einer«, meinte Krach unbeeindruckt. »Einen Flaschengeist.« Jetzt, im nachhinein, erkannte er in diesem Wesen die Gestalt der Jokerkarte. Er hatte sie zwar für einen Oger gehalten, aber Oger besaßen natürlich dicht behaarte Beine und große Plattfüße und keine Rauchschwaden.

»Wüllst du müch norren, du Obschoum aller Öxkrömönte?« fragte der Flaschengeist und schwoll zornig an. »Hüte düch, ouf doß üch düch nücht zu oinem wünzügen Wörfel zörmolme, om ous dür oine Boullüonsuppe zu kochen!«

»Hör zu, Flaschengeist, ich habe keine Zeit für so einen Blödsinn«, sagte Krach, obwohl ihn die Erwähnung der Suppe hungrig gemacht hatte. Er hatte einmal einen Bullen zu einem Suppenwürfel zerdrückt und ausgekocht; ja, *davon* könnte er jetzt etwas gebrauchen! »Ich will nur den Nachthengst finden und mein Seelenpfand einlösen. Wenn du mir dabei nicht helfen willst, dann geh mir gefälligst aus dem Weg!«

»Wohrhoftüg, üch wörde düch zörschmöttern!« tobte der Flaschengeist und wurde purpurrot im Gesicht. Mit riesigen, klauenbewehrten Händen griff er nach dem Hals des Ogers.

Krach packte die Gliedmaßen des Flaschengeistes und knotete sie zusammen, wie er es schon bei den Scheusalen getan hatte, die Johann gejagt hatten. Dann stopfte er das Wesen mit dem Kopf zuerst wieder in die grüne Flasche. »Tölpel! Ongloibüger!« kreischte der Flaschengeist, und seine Worte klangen ein wenig verzerrt, weil sein Mund gerade durch den Flaschenhals gedrückt wurde. »Wölch vörfluchte Untot üst düses?«

»Ich habe dich gewarnt«, sagte Krach und stopfte mit dem Zeigefinger ein weiteres Stück von dem Flaschengeist in das Behältnis. »Leg dich nicht mit Ogern an. Die verstehen keinen Spaß.«

So sehr er sich auch wehren mochte, der Flaschengeist war dennoch unfähig, gegen Krachs Kraft anzukommen. »Ooooh! Ouuuuuaaa!« ertönte seine durch das Glas gedämpfte Stimme. »OooooOooooo!« Denn nun hatte Krach seine Finger in das gasartige Hinterteil des Wesens gepiekt.

Da kam plötzlich eine Hand aus der Flasche und schwenkte eine weiße Fahne.

Krach wußte, daß dies Kapitulation bedeutete. »Warum sollte ich dich beachten?« fragte er.

»Mmphmph oinen Wunsch froi«, rief die Stimme tief aus dem Inneren der Flasche.

Das klang verheißungsvoll. »Aber ich brauche keinen Wunsch für meinen Tod.«

»Mmmmph uummph!«

»Also gut, Flaschengeist. Gewähre mir einen positiven Wunsch.« Krach zog seinen Finger aus dem Flaschenhals.

Der Flaschengeist kam rückwärts aus der Flasche gekrochen. »Wos wünschöst do, o Schröcklücher?« fragte er und rieb sich dabei mit den Händen sein Hinterteil.

»Ich will wissen, wie ich in die nächste Welt komme.«

»Üch wor üm Begrüff, düch dort hünzuschücken!« rief der Flaschengeist gekränkt.

»Ich meine die nächste Kürbisszenerie. Wie komme ich dort hin?«

»Och so.« Der Flaschengeist dachte nach. »Nöchstgelögen mog wohl dü Spügelwölt soin. Doch dos üst kein Ort für doinesgloichen. Doin bloßer Onblück würde sü zerstören.«

Dieses Wesen versuchte, ihn mit Schmeicheleien einzulullen! »Versuch's trotzdem.«

»Om dör Woichhoit doines Hürnes wüllen – ös soi!« Der Flaschengeist machte eine theatralische Geste, und plötzlich blitzte es grell auf. »Ös würd dür noch loid tuuuuuuun!« rief die Stimme des Wesens aus der Ferne und wurde immer schwächer, als würde sie mit Schallgeschwindigkeit davoneilen.

Krach rieb sich die Augen und erlangte nach und nach sein Sehvermögen wieder. Er stand inmitten einer Versammlung entsetzlicher Oger. Einige von ihnen waren viel größer als er, andere wiederum viel kleiner; manche waren dick und rund, andere ausgemergelt und hager; es waren Oger dabei, die Ballonköpfe und quadratische Füße besaßen, während es sich bei wiederum anderen genau umgekehrt verhielt.

»Was ist denn das?« fragte er und kratzte sich am Kopf, obwohl er gar keine Flöhe mehr hatte.

»Das ... das ... das ... das«, wiederholten die Oger in einem schwächer werdenden Echo und kratzten sich ebenfalls dabei am Kopf.

Die Schlauschlinge brauchte nicht mehr zu wissen, um sofort zu einer Schlußfolgerung zu kommen: »Spiegel!«

»Gel ... gel ... gel ... gel«, pflichteten die anderen Oger ihm bei.

Krach schritt zwischen den Spiegeln umher und erblickte sich selbst in vielfacher Verzerrung. Der Raum war zwar gerade geschnitten, doch nach einer Weile wiederholten sich die Bilder. Mißtrauisch geworden, machte er mit einem hornigen Fingernagel einen Kratzer auf eine Spiegelecke und schritt den Raum entlang, wobei er die Ecken der Spiegel genauestens musterte. Tatsächlich – schon bald kam er an einen Spiegel mit einem

Kratzer. Das war mit Sicherheit derselbe. Dieser Raum war eine unendliche Widerspiegelung, wie zwei einander anblickende Spiegel. Das war eine Schlaufe, wie man sie ihm zu vermeiden ans Herz gelegt hatte. In der Tat erblickte er nun drei Bindfäden: Er hatte seine eigene Spur wieder aufgenommen. Nun war er gefangen.

Der Flaschengeist hatte recht gehabt: Dies war kein Ort für seinesgleichen. Schon wurde sein Hunger immer schlimmer, und dabei gab es hier nichts zu essen. Wie konnte er wieder ins Freie gelangen?

Er könnte sich natürlich den Weg freiprügeln, indem er einen Spiegel und die dahinter befindliche Mauer durchschlug – doch würde das irgend etwas nützen? Es gab zwar auch Situationen, die nach nackter Gewalt riefen, doch in anderen Situationen wiederum – daran erinnerte ihn seine Schlauschlinge penetrant, mußte man etwas feinfühliger vorgehen. Der Trick bestand darin, sie voneinander zu unterscheiden. Man konnte einen Spiegel nicht dadurch besiegen, daß man ihn zerbrach; damit würde man das Spiel verlieren.

Krach starrte in den zerkratzten Spiegel, und sein verzerrtes Ebenbild starrte zurück. Es war fast so häßlich wie er selbst, doch die Verzerrung beeinträchtige sein Aussehen etwas, so daß es weniger abstoßend aussah, als es hätte sein sollen. Wahrscheinlich fletschte es auch aus diesem Grund die Zähne.

Er drehte sich um und betrachtete die drei Bindfäden auf dem Boden. Er konnte erkennen, wo der erste anfing: Der kam aus einem anderen Spiegel. Also war er durch einen Spiegel hier hineingekommen. Dann konnte er doch sicherlich auf die gleiche Weise wieder von hier fortkommen, oder? Würde es genügen, wenn er irgendwie einen Lichtblitz erzeugte, um durch einen Spiegel treten zu können? Aber er hatte kein Blitzmaterial zur Hand.

Da erinnerte er sich an das, was er im Ohr des Spaltendrachen gehört hatte. Ob das hiermit in Zusammenhang stand? Es hatte sich angehört wie seine eigene Stimme, die mit einem Spiegel sprach. Er beschloß, es damit zu versuchen.

Krach stellte sich breitbeinig vor dem Spiegel auf. Dann hob er seine Riesenfaust. »Spieglein, Spieglein an der Wand«, intonierte er und imitierte dabei so gut er konnte seine eigene Stimme, »schluck diese Faust oder stürz in Schand'.« Dann stieß er mit der Faust vor.

Die Faust zertrümmerte den Spiegel und schlug ein Loch in die dahinter befindliche Wand. Scheppernd fielen die Scherben zu Boden.

Krach beugte sich vor, um durch das Loch zu spähen. Dahinter befand sich eine weitere Spiegelhalle. Es gab also doch keine Fluchtmöglichkeit, solange er nicht den richtigen Ausgang gefunden hatte.

Er stampfte zum nächsten Spiegel, hob die Faust und wiederholte seinen Reim. Dann schlug er zu – mit demselben Erfolg.

Das schien also nicht zu funktionieren. Andererseits war es jedoch der einzige Hinweis, den er hatte. Wenn die anderen Spiegel merkten, was vor sich ging, würden sie vielleicht kapitulieren. Schließlich hatte das bei den elektrischen Türknäufen auch geklappt. Unbelebte Dinge mochten zwar in der Regel dumm sein, wie Prinz Dor bewiesen hatte, doch so nach und nach begriffen sie durchaus, was gut für sie war und was nicht.

Es kam wesentlich schneller als erwartet: Der dritte Spiegel zerbrach schon nicht mehr unter seiner Faust, sondern sie fuhr ohne Widerstand hindurch. Arm und Körper folgten ihr, und er stürzte langsam durch die Öffnung.

Krach rollte auf etwas Weiches und setzte sich auf. Er schnüffelte. Er blickte sich um. Das Wasser lief ihm im Mund zusammen.

Er saß auf einem riesigen Kuchen, der völlig mit Zuckerguß überzogen war. Um ihn herum türmten sich Gebäck und Süßigkeiten: Schmalzkringel, Strudel, Cremeschnitten, Törtchen, Kekse, Spritzgebäck, Schokoladenplätzchen und noch Raffinierteres. Krach war schon zuvor hungrig gewesen, schließlich hatte er schon über eine Stunde lang nichts mehr in sich hineinschaufeln können. Jetzt kannte sein Hunger mit einemmal keine Grenzen mehr. Doch sein verdammter Schlauschlingenfluch ließ ihn innehalten. Zweck der Welten hier im Kürbis schien es zu sein, ihn unglücklich zu machen. Dieses Essen hier paßte aber nicht dazu – es sei denn, es stimmte etwas nicht damit. Ob es vergiftet war? An sich machten sich Oger wegen Gift keine allzu großen Sorgen, dennoch ging man ihm besser aus dem Weg.

Nun, da gab es eine gute Möglichkeit, so etwas zu überprüfen. Krach nahm einen Klumpen Boden auf und rammte ihn in seinen Mund. Der Kuchen schmeckte ausgezeichnet. Dann erhob er sich und erkundete das Umfeld, darauf wartend, daß das Gift Wirkung zeigte. Er hatte nicht genug gegessen, als daß ein Oger wie er ernsthaft Schaden hätte davontragen können, doch wenn es ihm auch nur leicht übel werden sollte, war er gewarnt.

Er befand sich in einem großen Raum voller Gebäck. Anscheinend gab es keinen Ausweg. Er schlug versuchshalber durch eine Wand aus Marmorkuchen, doch das Zeug schien unendlich dick zu sein. Er kam zu dem Schluß, daß er wahrscheinlich endlos darauf einhämmern konnte und immer noch weiteren Kuchen hervorholen würde. Anscheinend schienen die Welten, die ins Innere des Kürbisses paßten, keinerlei vernünftigen Begrenzungen zu unterliegen. Wie sollte er dann von hier entkommen?

Sein Magen litt unter nichts anderem als der Pein sich verstärkenden Hungers, deshalb kam er zu dem Schluß, daß das Essen doch nicht vergiftet sein konnte. Dennoch zögerte er. Es mußte hier irgendeine Falle geben, irgend etwas, das ihm Schaden zufügen wollte. Doch wenn es kein Gift war, was dann?

Was, wenn er nachgab und nach Herzenslust aß, bis er satt war? Wo würde er dann stehen? Immer noch hier, ohne Ausgang. Wenn er lange genug blieb und sich vollfraß, würde er seine Seele innerhalb von drei Monaten verlieren. Das hatte keinen Zweck.

Und doch wäre es wohl auch töricht, hungrig von hier fortzugehen. Er nahm einen Klumpen Engelslocken auf und verschlang ihn. Da fühlte er sich wie ein Engel. Das war aber nicht die rechte Stimmung für einen Oger! Statt dessen vertilgte er nun eine ordentliche Portion Teufelshörnchen und fühlte sich daraufhin teuflisch. Das war schon besser! Dann schaufelte er sich etwas Traumpastete in den Schlund und träumte prompt davon, wie er den Nachthengst niedermachte und seine Seele wieder einlöste.

Moment mal! Er zwang sich dazu, mit dem Essen aufzuhören, um nicht sofort im Sumpf des Sichgehenlassens zu versinken. Es war besser, hungrig und wachsam zu bleiben, meinte seine verdammte Schlauschlinge. Ja, was scherte die sich schon um Hunger? Die brauchte ja schließlich nicht zu essen! Doch er gehorchte ihr lieber, weil er wußte, daß sie ihn sonst nicht in Frieden lassen würde. Er würde sich nur dann etwas gönnen, wenn er dieses Rätsel hier gelöst hatte. Das war eine Disziplin, die kein gewöhnlicher Oger hätte aufbringen können. So ärgerlich das auch war.

Doch so verstrich die Zeit, ohne daß er auch nur eine leise Ahnung hatte, wie er fortfahren sollte. Es mußte hier doch *irgend etwas* geben! Schließlich konnte er sich seinen Weg ja durchaus auch freiessen.

Der Gedanke ließ ihn stutzen. Ja, warum eigentlich nicht? Ein Loch in die Wand kauen, bis nichts Eßbares mehr da war – und das würde dann schon in der nächsten Welt sein.

Nein. Es gab hier bestimmt mehr Kuchen, als selbst ein Oger verschlingen konnte. Es sei denn, er wußte um die Schwachstelle ...

Schwachstelle? Aber sicher! Irgend etwas, das sich von dem restlichen Zeug hier unterschied.

Krach erkundete seine nähere Umgebung, indem er überall Proben entnahm und auffutterte. Es schmeckte alles köstlich. Dieser Raum war von einem echten Meisterkonditor gebacken worden. Da entdeckte er eine Lakritzader. Das war ein Konfekt, das Krach nicht mochte, denn es erinnerte ihn an Dünger. Gewiß, manche Oger konnten auch Dünger fressen und mochten ihn sogar, aber das entsprach nicht Krachs Geschmack. Natürlich mied er diese Ader.

Doch da ging auch schon seine vermaledeite, ärgerliche und unschickliche Schlauschlinge ans Werk. Die Augen der Schlinge nahmen einfach zuviel wahr, besonders Dinge, die nicht da waren.

Dünger. Was würde wohl Dünger in Form von Konfekt hinterlassen?

Antwort: ein Wesen, das für einen Raum voller Konfekt zuständig war. Vielleicht der Nachthengst. Wenn der den Raum verließ, würde er seiner Verachtung Ausdruck verleihen, indem er große braune, süße Düngerkugeln hinterließ.

Und welchen Ausgang würde der Nachthengst benutzen? Wie konnte man den ausfindig machen?

Antwort: Die Düngerspur würde diesen Weg verraten. Pferden war es meistens egal, wo sie ihre Äpfel fallen ließen, da sie die Sache ja schon hinter sich gebracht hatten. Sie ließen ihren Dünger achtlos herumliegen und schieden ihn manchmal sogar beim Laufen aus.

Krach grub sich in das Lakritz vor. Doch das üble Zeug verschmolz mit dem anderen Kuchen und verwandelte den ebenfalls in Lakritz. Das wiederum verwischte die Spur. Dagegen mußte er etwas tun.

Er blickte sich um, doch es fiel ihm nur die unangenehmste Lösung ein:

Er mußte das Zeug aufessen. Anders konnte er es nicht loswerden.

Zum Glück waren Oger nicht allzu heikel und stolz, wenn es ums Essen ging. Er nahm sich zusammen und biß hinein. Der Lakritzkuchen schmeckte scheußlich und richtig schmutzig, doch er schlang ihn dennoch hinunter.

Schließlich gelangte er an ein rundes Loch in der Raumwand – das war der Ausgang, den der Nachthengst benutzt hatte. Krach kletterte durch den Gang, wissend, daß er seinen unogerhaften rebellierenden Magen nur noch eine kurze Weile beherrschen mußte, um auch diesmal zu gewinnen.

Er kam an einen Abgrund und fiel hinaus. Jetzt stürzte er im freien Fall durch die Dunkelheit.

Diese Schwerelosigkeit war einfach zuviel: Sein Magen setzte sich durch, und er übergab sich heftig. Die Wucht seiner Reaktion verlieh ihm einen gewaltigen Schub, der ihn durchs All schießen ließ. Krach hatte den Eindruck, sich ganze Äonen lang zu übergeben, und er jagte mit einer solchen Geschwindigkeit daher, daß das Messingraumschiff hätte neidisch werden können. Er hoffte nur, daß er sich nicht im Raum hinter den Sternen verirren würde.

10
Handlicher Zauber

Er war dabei, sich in das Kürbisfeld zu übergeben. Anscheinend hatte er sich selbst aus dem Kürbis katapultiert! Chem schaufelte das Erbrochene mit einer getrockneten Kürbisrinde beiseite, während Krach immer mehr von sich gab.

Als er erkannte, wo er war, wurde ihm sofort besser. Er blickte sich um.

Die Mädchen sahen recht mitgenommen aus. Alle fünf waren sie vollgespritzt. »Wir haben beschlossen, dich aus dem Kürbis zu holen, bevor es noch schlimmer wurde«, sagte Tandy entschuldigend. »Was ist passiert?«

»Ich habe eine Menge Pferdesch..., äh, Dünger gegessen«, erklärte Krach. »Anstatt Kuchen und Gebäck.«

»Oger haben aber wirklich einen seltsamen Geschmack«, meinte Johann.

Krach lachte matt. »Wo gibt's denn hier was Vernünftiges zu essen? Ich will keine Kürbisse mehr, und sobald es mir besser geht, werde ich wieder Hunger haben.«

»Im Koboldland«, sagte Goldy Kobold.

»Wie weit ist das von hier?«

Chem holte ihre Karte hervor. »Ich glaube, wir sind ganz

nahe dran. Der Hauptstamm der Kobolde befindet sich, Goldys Auskunft zufolge, einen knappen Drachenflug von hier. Das wären nur ein paar Marschstunden, nur daß uns leider ein Berg im Weg ist, den wir umgehen müssen. Dabei müssen wir durch das Erdland, was die Sache verkompliziert. Aber ich glaube, daß die Lava sich inzwischen hinreichend abgekühlt hat. Wir sollten uns auf den Weg machen, bevor noch mehr auf uns zukommt.«

Krach musterte den kegelförmigen Berg. Er rauchte ein wenig, schien aber im Prinzip ruhig zu sein. »Gut, machen wir uns schnell auf den Weg.«

Goldy kannte einen kleinen Fußabkühlzauber, wie er von den Kobolden benutzt wurde, und den brachte sie ihnen bei. Es war zwar keine echte Magie, aber in dieser Landschaft war er ganz praktisch. Krachs Schlauschlinge betrachtete die Sache zwar mit Zynismus und argwöhnte, daß der Zauber eine reine Illusion sei, die aus dem bloßen Glauben bestand, kühlere Füße zu haben, dennoch fühlten sich seine Füße tatsächlich kühler an.

Sie mußten am Ostrand des Vulkans vorbei. Der Bergkegel grollte zwar verärgert, doch da er gerade in seiner nichtaktiven Phase war, konnte er nicht viel gegen sie unternehmen.

Der Boden hatte sich dagegen inzwischen ausgeruht und besaß jede Menge Energie, die er loswerden wollte. Er bebte und erschwerte ihnen damit das Vorankommen. Das Beben wurde immer schlimmer, bis die verhärtete Lavakruste Risse bekam und das rotglühende Gestein darunter freigab.

»Beeilung!« schrie Chem, die mit ihren Hufen auf den sich verschiebenden Felsen tänzelte. Auch Krach wurde nervös.

»Ach, ich wünschte, ich könnte wieder fliegen!« rief Johann völlig verängstigt. Sie stolperte und drohte in eine Ritze zu fallen.

Chem fing sie auf. »Steig auf meinen Rücken«, sagte sie, und die Elfe kletterte dankbar hinauf.

Wieder bebte der Boden. Der Sirene verschwand ein Stück Fels unter den Füßen, und Krach fing sie im letzten Augenblick auf. Er sah, daß sie sich den Knöchel verstaucht hatte. Nun würde er sie tragen müssen.

Jetzt fing der Vulkan an zu poltern. Auch wenn er in seiner schwachen Phase sein mochte, war er doch keineswegs hilflos. An seiner Seite öffnete sich ein neuer Spalt, und grellrote Lava strömte wie frisches Blut hervor. Sie kam auf sie zu geschossen, wobei sie geschickt einige Felsen umging, um sie besser treffen zu können.

»Nach Norden!« rief Chem. »Im Norden ist es besser!«

Sie hasteten gen Norden davon, obwohl der Horizont dort aussah wie eine einzige Feuermauer. Die Lavakruste zerbrach in großen Platten, die wiederum zu kleineren Platten zersprangen und unter ihrem Gewicht langsam nachgaben. Rote Lava spritzte und sickerte an den Kanten empor, während die frische Lava aus der Vulkanritze herabströmte, um sich mit den kleinen Platten zu vereinigen. Jetzt gab es kein Zurück mehr.

»Verteilt euch!« rief Goldy. »Wir dürfen die einzelnen Platten nicht zu sehr belasten!«

Das taten sie auch. Das Koboldmädchen war am geschicktesten von allen und suchte die festesten Platten und die besten Übergänge aus. Tandy folgte als nächste und blickte nervös zu Krach zurück, als fürchte sie, daß er zu unbeholfen sei, um nicht zu versinken. Sie empfand tatsächlich etwas für ihn; das war ganz offensichtlich, nachdem Blyght ihn darauf hingewiesen hatte. Doch es lohnte sich kaum, jetzt noch darüber nachzudenken. In wenigen Augenblicken konnten sie alle schon tot sein.

Dann folgte Chem mit Johann auf dem Rücken. Mit ihren Hufen gelang es ihr recht gut, die waghalsigen Manöver durchzuführen. Schließlich kam Krach, die Sirene im Arm. Ihre Beine hatten sich wieder in einen Fischschwanz verwandelt, was offenbar ihren Knöchelschmerz linderte. Andererseits war sie dadurch auch wieder barbusig, und der Anblick dieses bebenden Fleisches ließ seinen Appetit wieder anschwellen. Krach hoffte, daß er niemals so hungrig werden würde, zu vergessen, daß dies hier Freunde waren.

Die Kanten der Lavaplatten senkten sich so bedenklich unter Krachs Gewicht, daß er ins Stolpern geriet und mit einem Zeh in die rotglühende Lava geriet. Das tat scheußlich weh, doch er rannte unentwegt weiter.

»Dein Zeh!« rief die Sirene. »Du hast ihn dir verbrannt!«

»Immer noch besser, als in die Lava zu fallen«, grunzte er.

»Falls wir es nicht mehr schaffen sollten«, sagte die Sirene, »will ich es dir lieber jetzt sagen: Du bist schon ein mächtiges Wesen, Krach.«

»Oger sind ziemlich groß«, stimmte er ihr zu. »Du bist selbst ein hübsches Ding.«

»Du bist mehr, als du wahrscheinlich weißt. Wenn du uns nicht gestattet hättest, uns dir aufzudrängen, wärst du inzwischen schon längst dort, wo du hinwolltest.«

»Nein. Ich habe eingewilligt, Tandy mitzunehmen, und ihr anderen habt uns geholfen. Ich glaube nicht, daß ich allein mit den Drachen fertiggeworden oder aus dem Kürbis freigekommen wäre.«

»Allein wärst du doch überhaupt nicht in den Kürbis eingedrungen«, widersprach sie ihm. »Dann wärst du auch den Drachen entgangen. Hätte ein anderer Oger als du Tandy etwa mitgenommen?«

Er lachte. Das tat er häufiger, seit er durch die Schlauschlinge die Dinge auch von ihrer komischen Seite zu sehen begann. »Ein anderer Oger hätte euch alle aufgefressen.«

Nun kamen sie an die Grenze, wo die Feuerwand sie aufhielt. Goldy stand ratlos davor. »Ich weiß nicht, wie dicht das Feuer ist«, meinte sie. »Den Koboldlegenden zufolge ist es ja nur eine dünne Schicht, aber . . .«

»Wir können nicht hierbleiben«, sagte Tandy. »Ich werde mal nachsehen.« Dann atmete sie tief durch und stürzte sich ins Feuer.

Entsetzt blickten die anderen hinter ihr her. Da erscholl auch schon Tandys Stimme: »Alles in Ordnung! Kommt durch!«

Krach schloß die Augen und stürzte auf ihre Stimme zu. Die Flammen versengten seinen Pelz und das fließende Haar der Meerjungfrau, doch dann stand er auch schon keuchend wieder auf festem Boden.

Sie befanden sich auf einem verbrannten Feld. Kleine Rauchfahnen kräuselten sich aus vereinzelten Glutflecken, doch im allgemeinen war die Asche bereits ausgekühlt. Weiter im Norden tobte jedoch ein Waldbrand, und als der Wind seine Richtung änderte, trug er dicke Rauchschwaden und Aschewolken auf sie zu. Im Westen war ein Feuersee zu erkennen, der gelegentlich pilzförmige Rauchmassen von sich gab, während sich im Osten ein blitzendes Feuerfeld befand, das in unregelmäßigen Abständen Feuersäulen emporlodern ließ.

Chem und Johann setzten neben Krach auf. Die Elfe schlug eifrig auf glimmende Mähnenhaare ein. »Das ist zwar etwas besser als vorher, aber nicht viel«, meinte Chem. »Bringen wir endlich dieses Geflamme hinter uns.«

»Da bin ich auch für«, erwiderte Tandy. Auch ihr Haar hatte etwas gelitten und war an zahlreichen Stellen angesengt. Nun erschien Goldy, der es nicht viel besser ergangen war. Keines der Mädchen war noch so hübsch wie vorher.

Sie schritten an der Feuerwand entlang in Richtung Osten. Zwar befanden sie sich noch immer in der Region des Feuers, doch da auch Feuer etwas zum Verbrennen brauchte, waren sie im Augenblick in Sicherheit.

Da explodierte eine weiß glosende Feuersäule unmittelbar vor ihnen. Die Hitzewelle ließ sie zurückweichen – bis neben ihnen eine weitere Feuersäule aus dem Boden sprang.

»Gas«, schloß die Sirene. »Es platzt aus Fumarolen hervor, entzündet sich und wird abgefackelt. Können wir irgendwie vorher feststellen, wo die nächste Säule emporschießen wird?«

Sie beobachteten das Geschehen eine Weile. »Nein, nur wo sie schon waren«, meinte Chem schließlich. »Das Muster der Ausbrüche und Brände scheint völlig willkürlich zu sein.«

»Das bedeutet, daß wir mit Sicherheit verbrannt werden«, folgerte die Sirene, »es sei denn, wir können die Säulen umgehen.«

Doch im Norden schnitt ihnen der Waldbrand den Weg ab, und hinter der Feuerwand im Süden strömte die glühende Lava.

Außerdem begann nun knisternd trockenes Laubwerk aus dem mit Asche bedeckten Boden zu sprießen. Es würde sich schon bald entzünden und abbrennen. Anscheinend enthielt die Asche jede Menge Dünger, doch da es nur sehr wenig Wasser für die Pflanzen gab, wuchsen sie bereits vertrocknet auf. Hier in der Region des Feuers entkam man dem Feuer nicht sehr lange!

»Wie sollen wir nur durch dieses Gebiet wandern?« fragte Tandy verzweifelt.

Krach setzte seinen Schlauschlingenfluch auf dieses Problem an. Er war erstaunt, wie abhängig er davon geworden war, wo er ihn vorher doch weder besessen noch benötigt hatte. Fast schien es, als würde Intelligenz süchtig machen, denn sie entwickelte ständig neue Aufgaben, mit denen sie sich beschäftigen mußte. »Geht nur dort entlang, wo sie schon waren«, sagte er schließlich.

Doch die anderen verstanden ihn nicht, also zeigte er ihnen den Weg. »Folgt mir!« Er hielt Ausschau nach einer ausbrennenden Feuersäule und trat schließlich auf sie zu, als sie langsam flackernd erstickte. Es würde noch eine ganze Weile dauern, bis sie wieder genug Gas angesammelt hatte, um aufs neue zu entflammen. In der nachlassenden Hitze wartete er ab, bis er zur nächsten erloschenen Säule weitergehen konnte.

Die anderen folgten ihm. »Ich gehe mal davon aus, daß dies kein bloßes Glück ist, sondern Klugheit«, murmelte die Sirene. Krach trug sie noch immer in seinen Armen, obwohl sie mittlerweile wieder ihre Beine und ihre Bekleidung angenommen hatte, für den Fall, daß er sie absetzen mußte.

Als sie bei der dritten Fumarole angelangt waren, loderte die erste wieder empor. Diese Flammen fackelten wirklich nicht lange! Nun befanden sie sich inmitten von Feuersäulen, und es gab keinen Ausweg mehr. Doch Krach stapfte auf eine weitere erlöschende Säule zu, keuchend in dem fürchterlichen Gestank, aber ohne Haare zu lassen.

So gelangten sie auf einem gefährlichen und höchst ungemütlichen Marsch zu der östlichen Feuerwand. Sie stießen hindurch – und fanden sich in der angenehmen, felsigen Region der Kobolde wieder.

»Welch eine Erleichterung!« stöhnte Tandy. »Es gibt wirklich nichts Schlimmeres, wenn man vielleicht vom Inneren eines Hypnokürbisses absieht.«

»Du kennst die Kobolde hier wohl nicht«, murmelte Goldy.

Parallel zur Mauer verlief ein kleiner, kühler reiner Bach. Sie tranken in tiefen Zügen, um sich von der Hitze zu erholen. Dann wuschen sie sich und behandelten ihre Wunden. Die

Sirene verband ihr Fußgelenk mit einem Gazebüschel, das sie von einem Gazebusch pflückte, und Tandy kümmerte sich um Krachs verbrannten Zeh.

»Goldy wird hier ihren Ehemann finden«, sagte Krach, während sie damit beschäftigt war. »Und schon bald werden wir wohl auch einen Menschenmann für dich gefunden haben.« Er hoffte, daß er das Richtige tat, indem er die Sache offen zur Sprache brachte.

Sie blickte ihn scharf an. »Wer hat denn da gepetzt?« fragte sie.

»Blyght meinte, daß du auf der Suche nach . . .«

»Was weiß die schon?« fragte Tandy.

Krach zuckte verlegen mit den Schultern. Die Sache entwickelte sich nicht gerade sehr vielversprechend. »Wahrscheinlich nicht allzu viel.«

»Wenn die Zeit reif ist, werde ich meine Entscheidungen selbst treffen.«

Dagegen konnte Krach nichts einwenden. Vielleicht hatte sich das Messingmädchen ja auch geirrt. Schließlich war ihr Herz, wie sie selbst gesagt hatte, ein tönendes Erz, ganz anders als eines aus Fleisch und Blut. Doch Krach hatte das nagende Gefühl, daß es gar nicht darum ging. Diese Frauen schienen einander auf eine Weise zu verstehen, die Männern einfach abging. Vielleicht lag es ja auch daran, daß sie sich alle nur für dasselbe interessierten. »Na ja, jedenfalls werden wir Goldy bald abliefern.«

Da sie nichts zu essen fanden, machten sie sich wieder auf den Weg. Sie folgten dem Bach, der nördlich von dem Gebirgszug, der die Grenze zum Drachenland bildete, gen Osten führte. Irgendwo hier in der Gegend mußten die Kobolde sein, vielleicht sogar in den Bergen selbst. Kobolde neigten dazu, dunkle Löcher und tiefe Unterschlüpfe zu bewohnen. An der Oberfläche Xanths sah man sie nur selten, obwohl sie wohl in historischen Zeiten, wie Krach erfahren hatte, das ganze Land beherrscht hatten. Anscheinend waren sie im Laufe der Jahrhunderte immer weniger häßlich und gewalttätig geworden, was natürlich unweigerlich zu einem Verfall ihrer Macht geführt hatte. Er hatte einmal gehört, daß es inzwischen sogar isolierte Koboldstämme gab, die so friedlich und gutaussehend geworden waren, daß man sie kaum noch von Gnomen unterscheiden konnte. Das wäre das gleiche, wie wenn Oger zu kleinen Riesen würden – ein erstaunlicher und leicht abstoßender Gedanke!

Sie kamen an einem Sumpf vorbei, in dem gefährlich aussehende Flossen herumschwammen, und langsam neigte der Tag sich seinem Ende zu. Krach war inzwischen gefährlich hungrig geworden. Wo blieben nur die Kobolde?

Da erschienen sie auch schon – eine Armee von über hundert Kobolden umringte die Reisegefährten. »Was macht ihr Blödmänner hier?« fragte der Koboldhäuptling mit der für Kobolde typischen Höflichkeit.

Goldy trat vor. »Ich bin Goldy Kobold, die Tochter von Kotbold, dem Häuptling der Spaltenkobolde«, verkündete sie in hoheitsvollem Ton.

»Nie gehört«, bellte der Häuptling. »Verschwinde aus unserem Gebiet, Rotznase.«

»Was?« Goldy wirkte verblüfft. Für eine Koboldin war sie sehr hübsch, doch es war nicht nur die Beschimpfung, die sie sprachlos machte.

»Ich sagte verschwinde, oder wir kochen dich als Abendessen.«

»Aber ich bin hergekommen, um zu heiraten!« protestierte sie.

Der Koboldhäuptling schlug ihr mit der Rückhand gegen die Schläfe und warf sie mit einem Hieb zu Boden. »Hier wirst du niemanden heiraten, du Ausländerschlampe, o nein!« Er wandte sich ab, und die Koboldsoldaten machten sich daran, sich zurückzuziehen.

Doch nun mischte sich Tandy ein. Sie war außer sich vor Zorn. »Wie könnt ihr es wagen, Goldy so zu behandeln?« fauchte sie. »Sie ist unter allen möglichen Gefahren und Entbehrungen hierhergekommen, um einen von euren nichtsnutzigen Schlägern zu heiraten, und ihr . . . und ihr . . .«

Der Koboldhäuptling hob die Hand, wie er es schon bei Goldy getan hatte, doch Tandy war schneller. Mit beinahe gänzlich zusammengepreßten Augen machte sie eine wegwerfende Geste. Der Kobold schlug plötzlich einen Salto rückwärts und landete betäubt auf dem Boden. Sie hatte einen Wutkoller nach ihm geschleudert.

Krach seufzte. Er kannte die Gesetze, die den Verkehr zwischen verschiedenen Arten von Lebewesen regelten. Wie Kobolde miteinander umsprangen, war ihre Sache. Darum hatten diese Kobolde Krach und die anderen auch in Ruhe gelassen. Unter ihnen herrschte ein etwas rauher Umgangston, aber sie legten keinerlei Wert darauf, sich mit Ogern, Zentauren oder Menschen anzulegen. Anders als Goldys Stamm, hielt dieser hier sich an die Konventionen. Doch nun hatte Tandy sich eingemischt, und das machte sie zu einer legalen Beute.

Die Koboldunterführer stürzten sich sofort auf sie – und Tandy hatte keinen Wutkoller mehr übrig, um sich selbst zu verteidigen, ganz wie eine verrauchte Fumarole. Doch Chem, Johann und die Sirene umringten sie. »Wagt ihr es, Menschen anzugreifen?« fragte die Sirene. Sie hinkte wegen ihres verstauchten Fußknöchels, doch ihre Wut war entsetzlich.

»Ihr seid keine Menschen«, erwiderte einer der Unterführer. »Ihr seid Zentaurin, Elfe und Meeresnymphe – und die da sieht so aus, als wäre sie wenigstens zum Teil eine Nymphe. Und außerdem hat sie unseren Anführer angegriffen. Nach dem Gesetz des Dschungels hat sie damit ihr Leben verwirkt.«

Krach hatte sich diesen Streit nicht ausgesucht, aber nun mußte er doch eingreifen. »Die drei hier gehören mir«, grunzte er auf Ogerweise. Mit einem Wurstfinger deutete er auf Tandy. »Sie sind auch für mein' Bauch.«

Der Unterführer überlegte. Die Kobolde waren offensichtlich hierarchisch organisiert, und jetzt, da ihr Chef außer Gefecht war, hatte der Unterführer eine gewisse Befehlsgewalt über die anderen. Kobolde waren sehr zäh und ließen sich nicht so leicht bluffen oder einschüchtern, vor allem dann nicht, wenn sie in der Überzahl waren. Dennoch zögerte dieser Kobold. Drei oder vier Frauen, das war eine Sache; eine ganz andere war es, sich mit einem Oger anzulegen. Zwar konnten hundert entschlossene Kobolde einen Oger wahrscheinlich überwinden, doch dabei würden sehr viele von ihnen zu Brei gehauen werden, und noch viel mehr würden ihre Schädel in Baumstämme gerammt bekommen, während ein paar von ihnen sogar so weit in die Luft geschleudert werden würden, daß sie auf dem Mond kleben blieben. Und den meisten anderen würde es wohl noch schlimmer ergehen. Also entschied sich der Kobold, zu verhandeln, während die anderen ihren bewußtlosen Anführer forttrugen.

»Die hier muß bestraft werden«, sagte der Unterführer. »Wenn unser Häuptling stirbt, muß auch sie sterben. So lautet das ungeschriebene Gesetz: Auge um Auge, Backzahn um Backzahn.«

Krach wußte, wie man mit Kobolden verhandeln mußte. Es war alles nur eine Frage der richtigen Umgangssprache. Er ballte seine Hand zu einer riesigen Metallfaust. »Wenn sie tot, seh' ich rot.«

Der Unterführer verstand ihn ausgezeichnet, aber er befand sich in einer schwierigen Lage. Anscheinend ließ sich ein Kampf nicht mehr vermeiden.

Da begann der Koboldhäuptling sich zu rühren. Vielleicht war es ihm auf die Dauer zu unbequem, an den Ohren über den felsigen Boden geschleift zu werden. Langsam kam er wieder zu sich.

»Er ist nicht tot«, bemerkte der Leutnant erleichtert. Das erweiterte immerhin seinen Handlungsspielraum. »Aber bestraft werden muß sie dennoch. Wir werden sie auf einer Insel aussetzen.«

Tandy aussetzen? Das hörte sich nicht allzu schlimm an. Dennoch blieb Krach mißtrauisch. »Welcher Haken dabei, sag's mir frei.« Er kratzte sich dümmlich an dem flohlosen Schädel.

Der Kobold musterte ihn und versuchte offensichtlich, das Ausmaß von Krachs Dummheit abzuschätzen. »Die Insel sinkt«, antwortete er schließlich. »Du kannst sie retten, wenn du willst. Aber im Sumpf gibt es ein paar ziemlich unangenehme Dinger.«

Damit hatte Krach gerechnet. Er wollte nicht, daß Tandy auf einer untergehenden Insel in dem Sumpf ausgesetzt wurde. Doch er war nicht im Vollbesitz seiner Kräfte, und der Hunger schwächte ihn noch mehr, so daß er im Augenblick keinen Kampf mit den Kobolden riskieren durfte. Außerdem, so erinnerte ihn seine Schlauschlinge gehässig, hatte Tandy sich die Sache ja eigentlich auch selbst eingebrockt. Wenn die Kobolde zwar nicht völlig im Recht waren, waren sie andererseits aber auch nicht völlig im Unrecht.

Der Koboldleutnant schien den Kampf zu verstehen, der sich im Schädel des Ogers abspielte. Wenn sie sich auch von Körpergröße und Intelligenz her voneinander unterschieden, waren Oger und Kobolde einander durchaus ähnlich, was ihre Persönlichkeitsstruktur anging. Beide zogen es vor, das Gemetzel zu vermeiden, in das jeder Kampf unweigerlich ausarten mußte. »Wir geben dir eine faire Chance, sie zu retten.«

»Was für eine – große, kleine?« fragte Krach.

»Einen Zauberstab.« Der Leutnant gab seinen Gefolgsleuten ein Zeichen, und einer der Kobolde reichte ihm einen eleganten schwarzen Stab.

»Zauberstab – ich nicht mag«, reimte Krach zweifelhaft und zweifelnd. Er gab sich lieber weiterhin als dummer Oger aus, weil er sich davon Vorteile versprach.

»Du mußt rauskriegen, wie er funktioniert«, meinte der Kobold. »Dann kannst du mit seiner Magie das Mädchen retten. Wir kennen zwar sein Geheimnis nicht, aber wir wissen, daß er magische Eigenschaften besitzt. Wenn du willst, helfen wir dir dabei, es herauszubekommen.«

Das war aber ein gewaltiges Risiko! Er sollte Tandy mit einem Zauberstab retten, dessen Funktionsprinzip den Kobolden derart schleierhaft war, daß sie ihm gestatteten, damit zu versuchen, ihr Urteil zunichte zu machen. Die hatten wahrscheinlich schon Tage, Monate oder Jahre damit erfolglos experimentiert, während ihm wohl nur wenige Minuten bleiben würden. Welche Chance hatte da ein intelligenter Mensch, geschweige denn ein dummer Oger? Welches Wesen von auch nur durchschnittlicher Intelligenz würde sich auf solch ein Geschäft einlassen?

Und warum gingen die Kobolde dieses Risiko überhaupt mit einem Fremden ein? Wenn er durch schieres Glück herausfinden sollte, wie der Zauberstab funktionierte, würde er für die Kobolde doch eine noch viel größere Gefahr sein!

Aber das war ja auch die Antwort! Ein Oger war sozusagen

von Natur aus dumm. Man konnte ihm eine Waffe viel leichter wieder abluchsen als einem Menschen. Außerdem war es möglich, daß der aktivierte Stab für seinen Benutzer gefährlich war. Natürlich würden sie ihm dabei helfen, sein Geheimnis zu lüften, denn wenn der Stab ihn vernichtete, war das für sie ja alles andere als ein Verlust. Nur ein absolut idiotisch dummes oder verzweifeltes Wesen würde dieses Risiko eingehen.

Johann trat an Krachs Seite. »Kobolde sind gerissene Biester«, flüsterte sie ihm zu. »Wir Elfen haben einige Auseinandersetzungen mit ihnen gehabt. Ich glaube, sie haben Goldy absichtlich beleidigt, damit du in diese Lage geraten solltest.«

»Davon bin ich auch überzeugt«, meinte Goldy. Ihre Wange war zerkratzt, doch davon abgesehen schien es ihr wieder gut zu gehen. »Mein eigener Stamm ist genauso. Mein Vater hat gedroht, euch alle aufzufressen, und dabei mag er überhaupt kein Oger- und Zentaurenfleisch. Das hat er nur getan, um euch dazu zu zwingen, mich hierherzubringen.«

»Eine gelungene Finte«, erwiderte Krach flüsternd. »Aber wir hätten dich auch so mitgenommen, wenn wir dich vorher gekannt hätten.«

Wenn Messingmädchen kupfern erröten, erröten Koboldmädchen bräunlich. »Soll das etwa heißen, daß ihr mich mögt?«

»Natürlich mögen wir dich!« sagte die Sirene. »Und außerdem hast du uns über die Lavaplatten geholfen, indem du vorangegangen bist. Und du hast uns eine Menge über die Hypnokürbisse erzählt, so daß Krach jetzt weiß, wie er seine Seele retten kann.«

»Na ja, Kobolde sind bei anderen Lebewesen nicht gerade sonderlich beliebt«, meinte Goldy und wischte sich mit der Hand über ein Auge.

»Untereinander anscheinend auch nicht«, bemerkte Tandy.

»Weil der Häuptling mich geschlagen hat? Da dürft ihr euch nichts draus machen. In dieser Hinsicht sind Koboldmänner ein bißchen wie Oger. Das verleiht ihnen die Illusion, sie würden bestimmen, was Sache ist.«

»Oger sind bei anderen Wesen auch nicht besonders beliebt«, warf Krach ein. »Sie prügeln ihre Mädchen auch.«

»Die Lektion in vergleichender Romantik ist ja recht faszinierend«, meinte Johann, »aber wir stecken immer noch in der Patsche.«

»Pack Tandy und lauf mit ihr davon«, riet Goldy. »Das ist die einzige Art und Weise, wie man mit uns Kobolden umgehen darf.«

Doch Krach wußte, daß in einem solchen Fall die anderen Mädchen den Preis dafür zahlen würden. Er war den Kobolden in die Falle gelaufen – nun mußte er auch wieder aus eigener Kraft hinausgelangen. Sein größter Vorteil bestand darin, daß die Kobolde ihn für wesentlich dümmer hielten, als er dank des Schlauschlingenfluchs in Wirklichkeit war. »Ja, klar«, sagte er zu dem Leutnant.

»Also gut, Oger«, meinte der Leutnant selbstzufrieden. »Nimm den Stab und experimentiere damit. Wir bringen sie inzwischen auf die Insel.«

Kobolde grabschten nach Tandy und schleppten sie in ein kleines Holzboot. Sie wehrte sich zwar, doch das nützte ihr nicht viel. Krach kam sich wie ein Verräter vor, aber er hatte aus Klugheit so handeln müssen. Wenn der Stab nicht funktionierte, würde er einfach durch den Sumpf waten und sie retten, egal, was dort für Ungeheuer auf ihn lauern mochten.

Sie setzten sie auf einer winzigen Insel aus, die hauptsächlich aus Schilf zu bestehen schien. Als das Inselchen ihr Gewicht aufnehmen mußte, zischte und blubberte es im Schilf, und das ganze Eiland fing an, sich im Schlamm zu senken. Eine purpurne Flosse erschien an der Oberfläche und schwamm um die sinkende Insel.

Krach konzentrierte sich auf den Zauberstab, während die Kobolde und die Mädchen schweigend zusahen. Er zog damit einen Kreis in der Luft, piekste einen imaginären Ballon und schüttelte ihn, doch es tat sich nichts. Dann bog er ihn zu einem Halbkreis, doch als er wieder losließ, nahm der Stab wieder seine ursprüngliche Gestalt an. Er war zwar geschmeidig und handwerklich hervorragend hergestellt worden, ließ aber keinerlei magische Fähigkeiten erkennen.

Inzwischen sank Tandys Insel immer tiefer. Die purpurne Flosse zog immer engere Kreise, während Tandy entsetzt auf dem schwammigen Schilf stand und hilflos zusehen mußte. Doch Krach konnte ihr keine Aufmerksamkeit widmen, denn er mußte sich voll und ganz auf den Zauberstab konzentrieren. Es war offensichtlich, daß sein willkürliches Herumprobieren keinen Erfolg zeitigte. Was war denn nur der Schlüssel zu diesem Geheimnis?

Schlauschlinge, such den Schlüssel! dachte er verzweifelt. Es war wirklich Zeit, daß sein Fluch sich mal als nützlich erwies, wenn er dringend gebraucht wurde.

Die Schlauschlinge machte sich an ihre Arbeit. Sie betrachtete geistige Rätsel als Herausforderung, ja, sie dachte sogar gern.

Angenommen, daß der Stab durch Bewegung aktiviert wurde, denn so war das meistens bei Zauberstäben: Sie wurden zum Herumwedeln hergestellt. Ferner angenommen, daß es keinen Zweck hatte, aufwendige Versuchsreihen zu starten, weil die Kobolde ohnehin schon alles versucht haben würden. Weiterhin angenommen, daß der Schlüssel zu diesem Rätsel dennoch ein ganz einfacher war, damit der Stab sich auch in Notlagen und akuter Bedrängnis jederzeit aktivieren ließ – welche Bewegung war dann sowohl schlicht als auch raffiniert genug dafür?

Es mußte eine Signatur sein, entschied er. Eine ganz bestimmte Bewegung, die kein anderer erraten würde, vielleicht sogar auf eine ganz bestimmte Person abgestimmt. Aber wie sollte er die erraten?

Tandys Insel wurde inzwischen schon fast vom Schlamm überschwemmt, und auch die Flosse hatte sich bis auf Reichweite genähert.

Krach durfte keine Zeit mehr verlieren!

»Kobold komm, hilf mir schon!« reimte Krach unbeholfen. Immerhin wollten die Kobolde das Geheimnis ja auch kennenlernen.

»Wir wissen nur, daß der Stab bei der Alten, der wir ihn gestohlen haben, funktionierte«, erwiderte der Leutnant. »Sie konnte ihn auf Leute oder Dinge richten, und die begannen dann zu levitieren. Das bedeutet: zu schweben«, fügte er hinzu, da er Krach keinen allzu großen Wortschatz zutraute. »Aber als wir es versuchten, geschah überhaupt nichts.«

Levitation! Ja, das wäre wirklich eine Hilfe für Tandy. Doch er mußte sich beeilen.

»Habt ihr bedacht, wie sie's gemacht?«

»Sie hat mit dem Stab eine Reihe von Schlaufen in der Luft gezogen«, erwiderte der Kobold. »Aber als wir dieselben Schlaufen zogen, geschah nichts.«

Tandys Füße verschwanden gerade im Schlamm. Nur die Masse der versunkenen Insel hielt die Flosse noch auf – vorläufig. »Mach Schlinge vor, bin ganz Ohr.«

»So etwa.« Der Kobold zog einen unvollständigen Kreis mit einem Querbalken.

»Sieht aus wie ein G«, meinte Johann. Anscheinend konnten Elfen auch lesen.

Dann machte der Kobold ihm noch ein K vor. Krachs Verstand arbeitete plötzlich auf Hochtouren. Eine Unterschrift, ein Name? Johann war ein lebendes Paradebeispiel dafür, wie wichtig Namen sein konnten. Man konnte sich nicht einfach irgendeinen Namen aussuchen, denn nur der richtige besaß Kraft und Macht. Das dürfte hier in Xanth sowohl für Elfen als auch für Zauberstäbe gelten. »Welches Name von der Dame?«

»Grungy Kool«, erwiderte der Kobold. »Es war eine Hexe.« Eine Hexe mit den Anfangsbuchstaben GK. Angenommen, der Stab reagierte nur auf die Unterschrift seines Besitzers? Krach zog ein großes K in die Luft.

Nichts. Seine Enttäuschung zügelnd, zog er noch ein dazu passendes O in die Luft: Krach Oger – das waren seine Initialen.

Immer noch nichts. Der Zauberstab rührte sich nicht. Was nun?

Tandy stieß einen Schrei aus. Ihre Insel sackte ab, und sie taumelte schon auf den Schlamm zu.

Krach zielte mit dem Stab wie mit einem Pfeil, bereit, ihn auf die bedrohliche Flosse im Schlamm zu schleudern.

Da wurde Tandy mitten im Fall gebremst. Schräg blieb sie über dem Sumpf schweben, genau an der Stelle, auf die Krach mit seinem Zauberstab zielte.

»Der Zauberstab funktioniert ja doch!« rief Johann erstaunt und froh.

Langsam richtete Krach ihn senkrecht auf. Tandy schwebte empor, von seiner Macht gefangen. Natürlich hatte der Stab sich nicht in seiner Hand bewegt, so funktionierte er eben nicht. Krach hatte ihn vielmehr erst bewegen müssen, um andere Gegenstände zu beeinflussen.

»Ich fliege ja!« rief Tandy.

»Er hat ihn zum Funktionieren gebracht!« rief der Koboldleutnant.

Krach steuerte Tandy vorsichtig über den Sumpf und ließ sie auf sicherem Boden landen. Ihre Füße waren schlammverschmiert, und sie keuchte noch immer vor Aufregung, doch davon abgesehen war sie unversehrt.

Der Koboldleutnant kam auf Krach zugerannt. »Gib mir den Stab, Oger!«

»Tu's nicht!« warnte Johann.

Doch Krach, der immer noch den dummen Oger spielte, reicht ihm fröhlich den Stab. »Er gehört doch den Kobolden«, sagte er, und vergaß dabei seine Reime.

Der Kobold grabschte den Zauberstab, richtete ihn auf Krach und zog eine Linie in die Höhe. Doch Krach begann alles andere als zu schweben. Der Stab war schließlich nicht auf den Kobold eingestimmt und war für niemanden zu gebrauchen, genau wie vorher. Damit hatte Krach gerechnet.

»Aber du hast ihn doch aktiviert!« protestierte der Kobold wütend.

»Willst du ihn etwa gegen ihn verwenden?« rief Goldy. »Nennst du das Koboldehre?«

»Na ja, er ist doch bloß ein blöder Oger«, murrte der Kobold. »Was weiß der schon?«

»Ich werde dir sagen, was er weiß!« fauchte Goldy. »Er ist wesentlich klüger als . . .«

Doch als sie Krachs Blick auffing, begriff sie plötzlich seine Maskerade und fügte hinzu: ». . . als der durchschnittliche Oger.«

Der Koboldleutnant setzte eine gerissene Miene auf, die zu kompliziert aussah, als daß der Durchschnittsoger sie hätte verstehen können. »Also gut, Oger. Bring der da bei, wie man das Ding bedient, sofern es kein reiner Zufall war.«

Er reichte den Zauberstab an Goldy weiter.

Aha! Die Kobolde hofften also darauf, Goldy später das Geheimnis entreißen zu können. Doch Krach lächelte blöde. »Ich bing's ihr bei, dideldumdei.«

»Mir?« Goldy war völlig verblüfft. »Krach, du willst doch wohl nicht etwa . . .«

Krach legte seine riesige Pranke auf ihre Hand. »Du kannst doch denken, Häuptlingstochter«, murmelte er leise. »Dann tu's auch.« Sanft führte er ihre Hand und zog die Buchstaben GK in der Luft, ihre Initialen. Dann trat er zurück.

»Das verstehe ich nicht!« protestierte Goldy und fuchtelte mit dem Stab in der Luft.

Drei Kobolde segelten in die Höhe, als der Stab sich auf sie richtete.

»Sie hat's!« rief der Koboldleutnant. »Gut, gut. Gib das Ding her, Mädchen.« Er kam auf sie zu.

Goldy richtete den Stab auf ihn und ließ ihn auf Baumwipfelhöhe emporschweben. »Was soll ich hergeben, du Tölpel?« fragte sie freundlich.

Der Leutnant zappelte mit Armen und Beinen in der Luft, doch ohne jeden Erfolg. »Laß mich runter, du Aas!« kreischte er.

Sie wedelte achtlos mit dem Stab umher, so daß er einen hohen Bogen flog. »Was soll ich? Wer bin ich?«

»Dafür sollst du mir büßen, du Schla. . .« Der Kobold unterbrach seine Schimpftirade, als er plötzlich kopfunter über dem Sumpf zu schweben und kleine Kreise zu fliegen begann.

»Krach«, sagte Goldy in allergoldigstem Tonfall, »warum holst du und die anderen euch nicht was Leckeres zum Essen, während ich ein bißchen mit diesem Stab übe? Ich möchte doch nicht, daß ich jemandem aus Versehen damit weh tue oder so.« Und der Koboldleutnant schlug einen wahnwitzigen Haken in der Luft und wäre um ein Haar gegen einen Baum geprallt.

»Gebt ihnen was zu essen, gebt ihnen was zu essen!« schrie der Kobold. »Die verrückte Schla. . . äh, diese Kobolddame ist noch mein Tod!«

»Ja, wenn ich nicht lerne, geschickter damit umzugehen, könnte das gut sein«, pflichtete Goldy ihm in gespielter

Unschuld bei. Der Stab zitterte in ihrer Hand, und der Kobold zog eine haarsträubende Schleife in der Luft, bis er fast vor der sabbernden Sumpfflosse abgestürzt wäre.

Hastig schleppten die Kobolde Nahrung herbei. Krach stopfte sich auf echte Ogerweise mit Höhlenpilzen mit Erdbeeraroma voll und schlabberte gallonenweise geronnene Seekuhmilch in sich hinein, während das Koboldmädchen mit dem Zauberstab experimentierte und mal den einen, mal den anderen Kobold in die Lüfte schweben ließ.

»Laß mal einen anderen dran«, meinte einer der Kobolde listig, und Goldy blickte Krach an, der dazu nur nickte. Sie reichte dem Kobold den Stab – der prompt nicht mehr funktionierte. Mehrere andere Kobolde versuchten es, doch mit dem gleichen Erfolg. »Gebt her!« sagte Goldy und nahm den Stab wieder an sich. Immer noch funktionierte er für sie. Wenn der Stab erst einmal auf eine bestimmte Person geeicht worden war, blieb es auch dabei. Da die Kobolde Analphabeten waren, würden sie den Mechanismus wahrscheinlich nie begreifen.

Endlich hatten sie ihre Mahlzeit beendet, und Krach rieb sich zufrieden den Magen und gab einen Rülpser von sich, der die Blätter des nächstgelegenen Buschs davonwehte.

»Na ja, ich muß sagen, daß es durchaus Spaß macht«, meinte Goldy und wollte Krach den Stab zurückgeben.

Doch der Oger lehnte wortlos ab.

»Heißt das, daß ich ihn behalten kann?« fragte sie erstaunt.

»Behalt ihn«, meinte die Sirene. »Ich glaube, jetzt wirst du wohl keine Schwierigkeiten mehr haben, hier einen Mann zu finden. Wahrscheinlich sogar einen Häuptling. Was immer du willst.«

Goldy musterte den Stab nachdenklich. »Da ist was dran. Macht ist eine Sprache, die wir Kobolde fast ein bißchen zu gut verstehen.« Sie blickte Krach wieder an. »Oger, ich weiß gar nicht, was ich sagen soll. Das hätte kein Kobold für mich getan.«

»Er ist ja auch kein gewöhnlicher Oger«, erwiderte Tandy und zwickte Krach in den Arm. »Behalte den Zauberstab und gehe weise damit um.«

»Das werde ich«, versprach Goldy, und in ihren Augen schienen ganz unkoboldhaft Tränen zu glitzern. »Wenn ihr jemals Beistand von Kobolden gebrauchen könnt . . .«

»Wir wollen nur von hier wegkommen«, sagte Chem. »Ein paar Details über die Geographie des Nordens wären ganz nützlich.«

Goldy zeigte mit dem Stab auf den Leutnant. »Nun?«

Hastig teilten die Kobolde Chem alles mit, was sie über das Gebiet im Norden wußten, was freilich nicht sonderlich viel war. Gut gesättigt machten sich die Freunde gegen Ende des Tages wieder auf den Weg. Sie folgten dem Sumpf bis zum Fluß, und diesem wiederum, bis er versickert war. Dann schlugen sie in der Nähe der Feuerwand ihr Lager auf und aßen ein paar übriggebliebene Pilzleckereien, die Goldy ihnen noch hatte einpacken lassen. Sie mußten erneut durch die Region des Feuers, da diese sie ihrem Ziel näher bringen würde. Sie grenzte ans Land der Greife, wie ihnen die Kobolde versichert hatten. Diese Wesen griffen alle Reisenden an.

»Das war wirklich großzügig von dir, Krach«, meinte die Sirene. »Du hättest den Zauberstab doch mühelos behalten können, vor allem nachdem sie versucht haben, dich reinzulegen und ihn gegen dich anzuwenden.«

»Goldy konnte ihn besser gebrauchen«, entgegnete Krach. »Warum sollte ein Oger nach noch größerer Macht streben?«

»Eins verstehe ich nicht«, warf Johann ein. »Du sagst doch, daß du der Schlauschlinge zum Opfer gefallen bist. Die macht dich zwar schlauer als den Durchschnittsoger, der ja nichts als Knochen im Kopf hat.«

»Stimmt«, meinte Krach. Ihm war gar nicht wohl bei Johanns Fragerei.

»Aber das erklärt doch wohl nicht deine Großzügigkeit, oder? Du hast für uns eine Menge Mühen auf dich genommen, und du hast etwas richtig Nettes für Goldy getan, und ich glaube, das hätte kein anderer Oger gemacht, nicht einmal ein schlauer. Kobolde sind schließlich auch wie Oger, nur kleiner und klüger, und die tun auch nie jemandem einen Gefallen.«

Krach kratzte sich am Kopf. Immer noch keine Flöhe. »Vielleicht war ich ja etwas verwirrt.«

»Vielleicht«, sagte die Elfe nachdenklich. Tandy, Chem und die Sirene nickten und lächelten auf diese frustrierend wissende Art, wie sie Frauen an sich hatten.

11
Hitzewelle

Krachs Schlauschlinge ließ ihn nicht in Ruhe, das war das ärgerlichste daran. Am nächsten Morgen wurde er von Zweifeln geplagt. »Woher wissen wir, daß die Greife wirklich feindselig sind?« fragte er. »Können wir der Auskunft der Kobolde trauen? Mit Sicherheit wissen wir doch nur, daß das Feuer auf jeden Fall gefährlich ist.«

»Allerdings!« stimmte Johann ihm zu. »Wenn ich mir sie andauernd versenge, wachsen meine Flügel nie nach! Aber Greife sind immer reichlich gewalttätige Wesen, und Menschen fressen sie auch.«

»Dann halten wir uns am besten immer in der Nähe der Feuerwand«, schlug die Sirene vor. »Auf diese Weise können wir jederzeit in die Region des Feuers zurückkehren, falls die Greife sich als zu gefährlich erweisen sollten.«

So hielten sie es denn auch. Doch schon bald zwang sie der sich ausbreitende Sumpf immer dichter an die Feuermauer, und die bunten Flossenwesen jagten tatendurstig neben ihnen im Schlamm umher.

Chem blieb stehen. »Ich schätze, wir müssen wohl eine Entscheidung fällen«, sagte sie, während sie ihr Kartenbild auf den neuesten Stand brachte.

»Ich seh' mal nach, wie's drüben ist«, meinte Krach und setzte die Sirene ab. Er trat durch die Feuerwand.

Dahinter waren Fumarolen, umgeben von frischer Asche. Nicht weit entfernt loderte im Norden weiterhin der Waldbrand. Nein, das war alles andere als sicheres Reisegebiet!

Da erblickte er ein längliches Ding in der Asche. Neugierig geworden, grub er es aus. Es waren die noch glimmenden Überreste eines großen Baumstamms. Bevor er gänzlich hatte ausbrennen können, hatte die Flugasche das Feuer erstickt. Krach fragte sich, wie ein derart großer Baum in dieser Gegend jemals hatte wachsen können. Vielleicht war er ja von der anderen Seite durch die Feuerwand gestürzt.

Da hatte er eine Idee. Mit seinen gepanzerten Riesenpranken schleppte er den verkohlten Stumpf zurück durch die Feuerwand. »Ein Boot!« verkündete er.

»Ein Boot!« rief Tandy entzückt. »Aber natürlich!«

Dann machten sie sich emsig an die Arbeit, entfernten Asche, verkohltes Holz und Splitter. Schließlich setzten sie den Einbaum auf den Schlamm, und Krach riß einen jungen Baum aus, um ihn als Schifferstange zu benutzen.

Die bunten Flossenwesen umringten das Gefährt, das sich durch den Schlamm schleppte. Endlich verlor Krach die Geduld und stieß mit der Stange nach der nächsten Flosse. Sie hörten ein plötzliches, dumpfes Mampfen – und schon war die Stange um einiges kürzer.

Wütend packte Krach die Flosse mit seiner Panzerfaust und hob sie aus dem Wasser.

Es war ein fischähnliches Wesen mit kräftigem Schwanz und spitzen Zähnen. »Wer bist du?« fragte Krach und schüttelte das Ding durch.

Es war zwar recht schwer, doch inzwischen hatte Krach wieder etwa die Hälfte seiner Ogerkraft zurückgewonnen, so daß er seinen Gefangenen fest in der Hand hatte.

»Ich bin ein Kredithai, du Stoffel!« erwiderte der Fisch, und nur die Schlauschlinge ließ Krach darüber staunen, daß ein Fisch menschliche Sprache sprechen konnte. »Wollt ihr irgend etwas auf Pump? Prompter Service, günstige Konditionen!«

»Tu's bloß nicht!« schrie Johann. »Wenn du dir von dem was

borgst, wird er dir Arm und Bein als Zins abfressen. Davon leben die doch!«

»Du hast dir bereits einen Teil meiner Schifferstange geborgt«, meinte Krach zu dem Hai. »Also schuldest *du* mir etwas. Ich nehme eine Flosse und einen Schwanz.«

»He, so funktioniert das doch gar nicht!« protestierte der Hai. »Haien zieht man nicht das Fell über die Ohren!«

»Einmal fängt alles an«, brummte Krach. Er besaß ein fundamentales Verständnis um diese Art von Geschäften. Er legte die andere Pranke auf den Schwanz des Wesens und zog daran.

Der Hai wand sich und grunzte, konnte sich aber nicht befreien. »Was willst du von mir?« schrie er.

»Ich will aus diesem Sumpf raus«, erwiderte Krach.

»Ich bring dich raus!« Jetzt, da er in einer Klemme war, wurde der Hai richtig entgegenkommend. »Laß mich nur los!«

»Trau dem höchstens so weit, wie du werfen kannst«, riet Johann.

Mehr hatte Krach auch gar nicht vor. Mit einem Finger stach er ein Loch in die Haiflosse und führte Chems Seil hindurch. Dann schleuderte er das Wesen fort. Es landete unmittelbar vor ihrem Einbaum im Schlamm, und das Seil spannte sich. »Weiter kann ich ihn nicht werfen«, meinte Krach.

Der Hai versuchte davonzuschwimmen, doch dabei schleppte er das Boot hinter sich her. Er war zwar nicht gerade ehrenfest, dafür aber seefest. Oder sumpffest.

»Jetzt kannst du schwimmen, wohin du willst«, rief Krach ihm zu. »Aber ich laß dich erst los, wenn wir am Ufer sind.«

»Hilfe! Hilfe! Helft mir, meine Brüder!« rief der Hai den anderen Flossen entgegen, die nun in Kreisformation heranschwammen.

»Bist du hilflos?« rief einer der anderen Haie. »Dann will ich dich liebend gerne in Stücke reißen!«

»Haie helfen einander nie«, bemerkte Johann. »Deshalb regieren sie ja auch nicht in Xanth.«

»Oger helfen einander auch nicht«, meinte Krach. »Und das gilt auch für die meisten Drachen.« Und er erkannte, daß er eine weitere Offenbarung über das Wesen der Macht erhalten hatte. Menschen halfen einander nämlich, und so hatten sie in

Xanth eine Macht errungen, die sich durch ihre Körpergröße und ihre magischen Fähigkeiten allein niemals hätte erklären lassen.

Inzwischen hatte der Kredithai begriffen, wie es um ihn stand. Solange er sich nicht bewegte, lebte er nur noch auf Pump. Also jagte er gen Norden davon, und der Sumpf zog in Windeseile an ihnen vorbei. Schon bald darauf hatten sie das Nordufer erreicht.

Sie stiegen an Land, und Krach löste das Seil wieder. Der Hai verschwand auf der Stelle. Niemand trauerte ihm nach: Endlich einmal war jemand mit ihm so umgesprungen, wie er es sonst mit anderen zu tun pflegte.

Doch nun kamen die Greife an die Reihe. Wahrscheinlich hatte einer der anderen Haie gepetzt und die Greife auf ihr Kommen vorbereitet. Da diese Wesen mit größter Wahrscheinlichkeit nichts Gutes im Schilde führten, trat Krach mal schnell durch die Feuerwand, um die Lage dahinter zu erkunden. Doch da fand er sich mitten im Waldbrand wieder – das war also auch keine Lösung!

Die großen vogelköpfigen Geschöpfe mit den Löwenkörpern umringten sie und musterten die bunt zusammengewürfelte Schar. Die Ungeheuer hatten die Farbe von Schuhcreme. Da griffen sie auch schon an.

Krach reagierte völlig instinktiv. Er wirbelte seine Stange durch die Luft und schlug den ersten Angreifer ab. Dann sprang er durch die Feuerwand, riß ein paar brennende Schößlinge aus dem Boden, sprang zurück und schleuderte den anderen Greifen die Flammenmassen entgegen. Die Schößlinge waren aus Feuerholz, das sogar brannte, solange sie noch grün waren. Im nächsten Augenblick hatte das Gefieder der Greife Feuer gefangen.

Die Ungeheuer krächzten laut und stürzten sich in den Sumpf, um die Flammen zu ersticken. Da kamen auch schon die bunten Flossen der Haie auf sie zu. »Ihr habt unseren Matsch benutzt!« rief einer der Haie. »Dafür schuldet ihr uns jeder einen Flügel und eine Tatze!«

Die Greife nahmen diese Geschäftemacherei ziemlich ungnädig auf: Ein Kampf brach aus. Schlamm spritzte empor, Federn und Flossenteile wirbelten durch die Luft, und der ganze Schlamm begann zu brodeln.

Krach und die Mädchen machten sich auf den Weg nach Nordwesten, der Feuerwand folgend, und ließen die streitenden Parteien zurück. Die Landschaft wurde etwas schöner, gelegentlich begegneten sie Obst- und Nußbäumen und konnten während der Wanderung wenigstens etwas essen.

Die Sirene hatte sich inzwischen durch die Bootsfahrt und gelegentlichen Schwanzbäder von ihrer Verstauchung erholt und konnte wieder gehen, was Krach etwas entlastete.

Zwischen den Bäumen huschten Vögel umher, pickten an den Stämmen herum und wühlten mit ihren Krallen den Boden auf. Je weiter sie kamen, um so zahlreicher wurden die Vögel. In unregelmäßigen Abständen verdunkelten ganze Vogelschwärme den Himmel, und die Vögel wurden immer größer.

Da kam eine Schar wirklich riesiger Vögel herbeigeflogen: die sagenumwobenen Rokhs. Die waren so groß, daß jeder von ihnen einen mittelschweren Drachen hätte emporheben können, um mit ihm davonzufliegen. Waren die ihnen nun freundlich oder feindlich gesinnt?

Ein sprechender Papagei ließ sich neben ihnen nieder. »Holla, Fremde!« rief er ihnen zu. »Welche Melodein führen euch ins Vogelland?«

Krach musterte den Papagei. Er war grün und rot gefiedert und hatte einen nach unten gebogenen Schnabel. »Wir möchten nur durchreisen«, antwortete er. »Wir wollen nach Norden.«

»Ihr geht aber in Richtung Westen«, erwiderte der Vogel.

Tatsächlich: Die Feuerwand hatte eine Kurve gemacht und sie von ihrer Richtung abgebracht. Sie wandten sich wieder nach Norden.

»Willkommen auf der Durchreise durchs Vogelland«, verkündete der Papagei. »Das kostet euch zwanzig Prozent Wegezoll. Einer von euch muß hierbleiben.«

»Das ist aber unfair!« protestierte Tandy. »Jede von uns hat dringende Geschäfte zu erledigen.«

»Mit Fairneß haben wir nichts am Gefieder«, meinte der Zollpapagei, während die gewaltigen Rokhs mit ihren herabhängenden Klauen immer tiefer flogen. »Uns geht es um objektive Bedürfnisse. Wir brauchen Leute, die unseren Besitz bestellen, damit wir mehr Samen zum Essen haben. Deshalb behalten wir von allen, die unser Land durchreisen, eine angemessene Anzahl hier.«

»Sklaverei als Zoll?« fragte Tandy, und ihre kecke, kampflustige Natur kam wieder zum Vorschein.

»Nennt es, wie ihr wollt. Einer von euch wird jedenfalls hierbleiben – oder alle. Der Zoll wird auf jeden Fall bezahlt!« Und die Rokhs kamen noch tiefer dahergeflogen. »Zählt durch und bestimmt, wer es sein soll.«

Krach wußte, daß es zwecklos wäre, es auf einen Kampf ankommen zu lassen. Er würde vielleicht einem der Rokhs die Klauen zerbrechen können, aber dann würde ein anderer in der Zwischenzeit die Mädchen entführen. Die großen Vögel waren einfach zu mächtig. »Wir werden sehen«, sagte er.

Tandy drehte sich zu ihm um. »Wir werden *sehen?* Willst du etwa damit sagen, daß du in diese Scheußlichkeit einwilligst?«

»Wir haben keine andere Wahl«, entgegnete Krach, dessen Schlauschlinge wieder den Oger in ihm besiegt hatte. »Wir müssen einfach das Land durchqueren und am Schluß bestimmen, wer zurückbleiben soll.«

»Du Verräter!« bellte Tandy. »Du Feigling!«

Die Sirene versuchte sie zu beruhigen, doch Tandy wich ihr aus, rot im Gesicht und mit Wut im Blick; dann schleuderte sie Krach einen unsichtbaren Koller entgegen. Der traf ihn auf der Brust, und seine Wirkung war verheerend. Krach taumelte zurück und keuchte kurzatmig. Kein Wunder, daß der Koboldhäuptling zu Boden gestürzt war; diese Koller hatten es wirklich in sich!

Endlich war er wieder bei Sinnen: Er fand sich am Boden sitzend wieder. Kleine Wolken der Verwirrung verflüchtigten sich langsam um ihn herum. Tandy kniete neben ihm und umarmte ihn, so gut sie es mit ihren kurzen Armen konnte. »Ach, es tut mir ja so leid, Krach! Das hätte ich nicht tun dürfen! Ich weiß, daß du ja nur versuchst, vernünftig zu sein!«

»Oger sind nicht vernünftig«, murmelte er.

»Es ist nur . . . daß eine von uns . . . wie können wir denn eine von uns den Wölfen zum Fraß vorwerfen? Den Vögeln, wollte ich sagen. Das ist einfach nicht recht!«

»Ich weiß es nicht«, erwiderte er. »Wir müssen uns was einfallen lassen.«

»Ich wünschte, wir hätten den Zauberstab dabei.«

Die Sirene trat auf sie zu. »Wir haben immer noch das Ohr«, erinnerte sie sie.

»Das stimmt«, meinte Tandy. »Laß mich mal lauschen.« Sie legte das Ohr des Spaltendrachen an ihres und horchte. »Stille«, meldete sie.

Krach tat es ihr gleich. Auch er hörte nur Schweigen. Chem kam zu demselben Ergebnis. »Ich fürchte, daß es kaputt ist – oder daß wir keine Zukunft mehr vor uns haben«, sagte sie schließlich. »Keinen Fluchtort.«

Johann lauschte dem Ohr als letzte. Ihre Miene hellte sich plötzlich auf. »Ich höre Gesang – singende Elfen. Hier in der Nähe muß es Elfen geben!«

»Na ja, danach suchst du ja auch«, meinte die Sirene. »Mal sehen, ob die innerhalb des Vogellandes leben. Vielleicht können die uns ein paar Ratschläge geben, was wir machen sollen.«

Niemand wußte einen besseren Vorschlag zu machen. Krach erhob sich schwankend und staunte über die Gewalt von Tandys Wutkoller; er fühlte sich immer noch geschwächt. Eine Ogerin hätte ihn kaum heftiger treffen können! Doch noch mehr staunte er über ihren plötzlichen Gesinnungswandel. In einem Augenblick war sie von einer geradezu wilden Heftigkeit gewesen – und im nächsten allzumenschlich reumütig. Schade, daß sie nicht als Ogerin auf die Welt gekommen war. Dieser Koller . . . ja, er erinnerte ihn ein bißchen an die Flüche seiner Mutter.

Er schüttelte den Kopf. Närrische Phantasien nützten niemandem. Er mußte seinen wankenden Schädel stabilisieren und Tandy einen guten Menschengatten suchen, damit der Dämon sie in Ruhe ließ. Der Gute Magier Humfrey mußte gewußt haben, daß es irgendwo hier in der Wildnis einen geeigneten Mann für sie gab, dem sie ohne diese Reise niemals begegnen würde. Da Krach ohnehin in diese Richtung gemußt hatte, war es ihm ein leichtes gewesen, sie mitzuschicken. Tatsächlich war sie eine wirklich nette Reisegefährtin, winzig und temperamentvoll, wie sie war. Er hatte noch nie viel derartige Gesellschaft genossen, und langsam gewöhnte er sich daran.

Sie folgten Johann, die mit Hilfe des Ohres die Elfen ortete. Die Rokhs begleiteten sie. Sie würden das Vogelland nicht verlassen können, ohne ihren Wegezoll zu entrichten. Ein Körper . . .

Vielleicht hatte Krach die Möglichkeit, das Problem zu lösen. Wenn er in den Kürbis eindrang und gegen den Nachthengst verlieren sollte, dann würde es keinen Sinn mehr haben, nach Norden weiterzureisen. Dann konnte er auch genausogut hier zurückbleiben. Das einzige Problem bestand darin, wie die anderen ohne ihn überleben sollten. Er war sich keineswegs sicher, daß sie die schlimmsten Gefahren des mittleren Xanths bereits hinter sich hatten.

So schritten sie weiter, wobei sie auf immer mehr Vögel tragen: Gruffgänse, die sich wütend über alles mögliche beschwerten, Gottschnepfen, die lauter äußerst weltliche Witze erzählten, Strandläufer, die am Boden Wettrennen veranstalteten, Töpfervögel, die an Drehscheiben arbeiteten, Staungeier, die sie verwundert anstarrten, ein Kranich, der gewaltige Lasten Gesteins emporhob, und mehrere Schleiereulen mit wehenden Tüllschleiern.

»Vögel sind wirklich etwas Seltsames«, murmelte die Sirene. »Ich hätte nie gedacht, daß es von denen so viele verschiedene Arten gibt.«

Schließlich kamen sie zum Palast des Königsvogels. »Es wäre äußerst ratsam, wenn ihr euch hübsch tief verneigt«, meinte der Papagei. »Seine Königliche Hoheit der Federkönig, Herrscher von Xanth, Erster der Hackordnung, schätzt es nicht, wenn seine Untertanen ihm unehrerbietig gegenüber treten.«

»Der Herrscher von Xanth?« rief Chem empört. »Was ist denn mit den Zentauren?«

»Was ist mit König Trent?« fragte Tandy.

»König wer?« erwiderte der Papagei.

»Der menschliche Herrscher von Xanth, auf Schloß Roogna.«

»Nie gehört. In Xanth herrscht der Königsvogel.«

Krach begriff, daß die Vögel der Meinung waren, daß sie über Xanth herrschten. Die Kobolde glaubten das gleiche von ihrer Rasse, und das galt wahrscheinlich auch für Drachen, Greife, Fliegen und andere Arten. Und wer hätte ihnen schon das Gegenteil beweisen können? Jede Art verehrte eben ihre eigenen Anführer. Krach war als Oger durchaus bereit, die Sache objektiv zu betrachten. Wenn man im Vogelland war, mußte man eben so denken, wie es die Vogelhirne taten.

Er verneigte sich vor dem Königsvogel, wie er es auch vor dem menschlichen König von Xanth getan hätte. Ehre, wem Ehre gebührte.

Der Königsvogel las gerade in einem Werk von einem Autor namens Ornith O'Logie. Es trug den Titel *Angst vorm Fliegen*, und war so sehr darin vertieft, daß er sich für seine Besucher überhaupt nicht interessierte. Schon bald waren Krach und die Mädchen wieder auf dem Weg nach Norden.

Als nächstes gelangten sie an ein Feld voller hübscher Blumen. »Das sind unsere Vogelsamenblumen«, erklärte der Papagei. »Außerdem haben wir noch Wurmfarmen, Fischfarmen und Musikantenknochenfarmen. Gelegentlich fliegen wir auch ins Fliegenland auf die Jagd, aber zum überwiegenden Teil ernähren wir uns von Feldern wie diesem hier. Wir haben Schwierigkeiten, selbst Ackerbau zu betreiben – mit Vogeldunst kommen wir gar nicht gut zurecht –, und so bedienen wir uns zu diesem Zwecke der Fähigkeiten von niederen Wesen wie euch.«

Krach erblickte tatsächlich eine bunte Schar verschiedenster Wesen bei der Feldarbeit. Da waren einige Kobolde, ein Elf, ein Heinzelmännchen, ein Bösgeist, eine Wassernixe und ein Schemen. Es waren ganz offensichtlich Sklaven, und dennoch wirkten sie gesund und fröhlich. Anscheinend hatten sie sich mit ihrem Los abgefunden.

Da hatte Krach eine Idee. »Johann, lausch noch mal dem Ohr.«

Die Elfe befolgte seinen Rat. »Das Geräusch des Wasserfalls übertönt zwar fast alles andere, aber ich glaube, ich kann Elfen hören. Sie müssen hier in der Nähe sein.« Sie orientierte sich an dem Geräusch, und die anderen folgten ihr. Sie schritten über einen sanften Hügel, kamen an einen von einem Wasserfall gespeisten Kanal und trafen schließlich tatsächlich auf Elfen.

Die waren damit beschäftigt, Federn zu reparieren. Anscheinend dauerte es einigen Vögeln zu lang, zu warten, bis ihnen neue Federn nachgewachsen waren, deshalb ließen sie die alten, beschädigten flicken. Nur Elfen konnten eine solch feine Arbeit ausführen. Alle hatten kleine Tische vor sich, auf denen ihr winziges Werkzeug lag, und die meisten von ihnen wiesen selbst beschädigte Flügel auf.

»Die Vögel . . .« rief Tandy entsetzt. »Sie haben die Elfen zu Krüppeln gemacht, damit sie nicht davonfliegen können!«

»Das stimmt nicht«, widersprach ihr der Papagei. »Wir verstümmeln unsere Arbeiter nicht, denn sonst werden sie trübsinnig und schlampig. Statt dessen bieten wir solchen, die woanders unzufrieden geworden sind, Asyl an. Die meisten dieser Elfen sind aus dem Elfenland vertrieben worden.«

Tandy blieb jedoch mißtrauisch. Sie trat auf den nächsten Elf zu und unterbrach ihn bei der Arbeit. »Stimmt das?« fragte sie ihn. »Gefällt es dir hier etwa?«

Der Elf hatte die für seine Art so typischen feinen Gesichtszüge und sah wirklich prächtig aus. Er hielt inne und hob den Blick von seiner Feder. »Och, man kann hier schon leben«, meinte er. »Als ich meine Flügel verloren hatte, war für mich im Elfenland nichts mehr zu holen. Da muß man sich eben mit dem zufrieden geben, was man bekommen kann. Hier greifen mich keine Ungeheuer an, keiner zieht mich wegen meiner verstümmelten Flügel auf, es gibt jede Menge zu essen, und die Arbeit ist auch nicht allzu anstrengend. Natürlich würde ich lieber in der Gegend herumfliegen, aber man muß ja Realist bleiben. Ich werde wohl nie wieder fliegen.«

Krach zeigte auf einen anderen Elf, dessen Flügel noch völlig intakt zu sein schienen. »Was ist mit dem da?« fragte er. »Warum fliegt er nicht davon?«

Der Elf furchte die Stirn. »Der hat seine eigenen Sorgen. Laßt ihn bitte in Ruhe.«

Doch Krach mußte seiner Eingebung folgen. »Hat es vielleicht mit seinem Namen zu tun?«

»Also, hör mal«, erwiderte der Elf brummig, »wir versuchen

ja auch nicht, eure Lage zu verschlimmern, warum stört ihr uns dann? Laßt ihn doch in Ruhe.«

Johann hatte begriffen. »Ach Krach – ich trau mich nicht, ihn zu fragen!«

»Ich bin nur ein gefühlloser Oger«, meinte Krach. »Ich werde ihn fragen.«

Er stampfte zu dem fraglichen Elf hinüber. »Sage mir Name dir«, sagte er auf dumme Ogerart.

Der Elf ging natürlich davon aus, daß der Oger wirklich so dumm war, wie er sein sollte. Dummen Leuten konnte man Geheimnisse ruhig anvertrauen, weil sie nicht genug begriffen, um einen auszulachen. »Ich heiße Johanna«, erwiderte er. »Und nun hau ab, du Ungeheuer.«

Krach ließ seine Maske fallen. »Das muß für dich ja genauso peinlich sein wie Intelligenz für einen Oger«, sagte er.

Johannas Augen weiteten sich, und seine Flügel begannen zu beben, so daß sich ihr Wolkenmuster verfinsterte. »Ja«, sagte er nur. Krach machte Johann ein Zeichen. Schüchtern kam sie näher. »Er hat deinen Namen, oder zumindest einen Buchstaben von dir.« Er wandte sich an den Elf. »Gib ihr dein A ab, dann ist alles wieder in Ordnung.«

Die beiden Elfen blickten sich an. »Johanna?« fragte Johann. »Johann?« fragte Johanna.

»Ich vermute, daß ihr beiden gleichaltrig seid und daß eure Namen vom selben Kurier überbracht werden sollten«, meinte Krach. »Vielleicht vergleicht ihr mal eure Aufzeichnungen.«

Johanna nahm Johann bei der Hand, und die beiden schienen förmlich zu erglühen, als sie einander berührten.

Chem, Tandy und die Sirene hatten sich inzwischen dazugesellt. »Was ist denn hier los?« fragte Tandy. »Stimmt irgend etwas nicht?«

»Nein«, meinte Chem. »Ich habe zwar mal von diesem Effekt gelesen, habe aber nie damit gerechnet, das mal selbst mit eigenen Augen ansehen zu dürfen. Das ist das Aufleuchten der Liebe auf den ersten Blick.«

»Dann . . .« sagte Krach, als die Erkenntnis in ihm freigesetzt wurde, die er bis zu diesem Augenblick unterdrückt hatte, ». . . dann sind die beiden ja füreinander bestimmt! Deshalb wurden auch ihre Namen verwechselt, damit sie nämlich eines Tages dadurch zusammenfinden würden.«

»Ja«, stimmte die Zentaurin ihm zu. »Ich glaube übrigens, daß Johann – nein, sie heißt ja jetzt wohl Johanna – im Vogelland bleiben wird.«

Die Lösung des Problems der Elfe war also gleichzeitig die Lösung des Problems der ganzen Gruppe! Nun würde eine von ihnen hier zurückbleiben – und zwar glücklich. Wie sauber das doch geklappt hatte! Aber so war das Schicksal nun einmal; es war nicht halb so zufällig, wie man immer meinte.

Sie verabschiedeten sich von der Elfe und überließen sie ihrem gütigen Geschick. Die Vögel ließen sie zufrieden ziehen.

Der Papagei versicherte ihnen, daß der beste Weg Richtung Norden durch den Wasserflügel führte. Dort gab es, so berichtete er, nur wenige Ungeheuer, und bis zur Nordgrenze war es dann auch nicht mehr weit. Also entschieden sie sich für diese Strecke. Ungeheuern waren sie inzwischen zur Genüge begegnet, und da die Vögel ihnen ferner versicherten, daß es im Wasserflügel auch keine Brände und Erdbeben gab, stellten sie sich die Reise als einigermaßen angenehm und unbeschwerlich vor. Außerdem ließ das Ohr Regenrauschen für sie erklingen.

Johann/Johanna eilte ihnen nach, als sie gerade die Grenze überschreiten wollten. »Hier ist eine Hitzewelle«, sagte sie. »Mein Verlobter hat sie sich aufgehoben für die Zeit, da er das Vogelland verlassen wollte, aber jetzt braucht er sie nicht mehr. Ihr braucht sie einfach nur auszupacken, wenn die Lage es erfordert.«

»Danke«, sagte Krach und nahm die Hitzewelle entgegen. Sie bestand aus einem wellenförmig gebogenen Draht und war in einem durchsichtigen Umschlag versiegelt.

Dann überschritten sie die Grenze, auf alles gefaßt. Und alles bekamen sie auch: Sie fanden sich in einem Wolkenbruch wieder. Kein Wunder, daß die Vögel diese Region den Wasserflügel nannten! Sie hatten zwar festen Boden unter den Füßen, doch der ließ sich wegen des dichten Regens nur schwer erkennen.

Chem holte ihr Seil hervor, und sie banden sich wieder einmal alle daran fest. Und so zogen sie in einer etwas unordentlichen Reihe gen Norden – Zentaur, Tandy, Sirene und Oger.

Krach mußte durch seine zusammengebissenen Zähne einatmen, um das Wasser herauszufiltern. Zum Glück war es nicht sonderlich kalt. Eigentlich erinnerte es ihn ans Schwimmen.

Eine Stunde später stapften sie durch die Fluten bergauf. Der Regen ließ zwar etwas nach, als sie höher kamen, doch dafür wurde die Luft auch kälter, so daß es ihnen nicht viel besser ging als vorher. Nach und nach verwandelte sich das Wasser in Graupelkörner und wurde schließlich sogar zu Schnee.

Die armen Mädchen liefen blau an vor Kälte; es war Zeit für die Hitzewelle. Krach packte den Draht aus, der sofort Hitze zu verbreiten begann und ihre Qual etwas linderte.

Langsam ließ der Schneefall wieder nach, doch noch immer mußten sie bergauf steigen. Sie befanden sich auf einem mit Schnee bedeckten Berg, und als die Nacht anbrach, hatten sie den Gipfel noch immer nicht erreicht, so daß sie ihr Lager am Hang aufschlagen mußten.

Sie waren alle hungrig, vor allem Krach, also reichte er der Sirene die Hitzewelle und stapfte hinaus in den Schnee, um etwas Eßbares aufzutreiben. Er entdeckte ein paar gewürzte Eiszapfen in einer Felsritze und stöberte sogar einen Schneehasen auf, doch es gelang ihm nicht, den einzufangen. Also kehrte er mit den Eiszapfen zum Lager zurück. Die hatten zwar eher symbolischen Sättigungswert, waren aber immer noch besser als gar nichts.

Hier draußen war es doch kälter, als er erwartet hatte. Sein Atem bildete dichten Nebel vor seinem Gesicht, und der Nebel vereiste und umhüllte ihn, bis er selbst wie ein Eiswesen aussah. Seine Füße wurden taub, ebenso seine Hände. Er wußte kaum noch, wo seine Nase aufhörte und das Eis anfing. Sobald er einmal schnaubte, stieß er eine ganze Salve pfeilspitzer Eiszapfen aus.

Langsam wurde er müde und träger. Wind setzte ein und stieß ihn umher, bis er stolperte. Schwer stürzte er zu Boden und sank in den weichen Schnee. Er wollte zwar wieder aufstehen, weil es noch ein ganzes Stück bergab bis zum Lager war, doch es war viel bequemer, hier noch ein Weilchen zu ruhen. Seine Schlauschlinge rührte sich zwar beunruhigt, doch nach einer kurzen Weile verstummte auch sie, und Krach schlief ein.

Er träumte von Tandys Vater, dem Soldaten Crombie, der sich um seine eigene Achse drehte und mit dem Finger schließlich nach Norden zeigte. Aber was war es, worauf er deutete? Krach erinnerte sich daran, daß Tandy nach Crombies Aussage auf der Reise drei Dinge verlieren würde. Wahrscheinlich zeigte der Soldat auf die Stelle, wo dies geschehen sollte.

Da wurde er unsanft aus dem Schlaf gerissen. Das war aber sehr viel ungemütlicher, als langsam in den Schlaf zu gleiten! Seine Arme und Beine brannten wie Feuer und waren gleichzeitig eiskalt; sein Kopf fühlte sich an wie aufgetautes Aas, und sein Bauch kochte, als stäke er an einem Spieß über einem Lagerfeuer. Er stieß ein entsetzliches Stöhnen aus, denn das taten Oger immer, wenn man sie an einem Spieß über einem Lagerfeuer röstete.

»Er lebt!« rief eine frohe Stimme.

Als Krach wieder zu sich gekommen war, erfuhr er, was geschehen war. Er war am Berghang festgefroren. Durch sein Ausbleiben beunruhigt, hatten sich die Mädchen auf die Suche gemacht und ihn schließlich entdeckt. Er war steif wie Eis gewesen, denn genau dazu war er ja auch geworden. Sie hatten schon befürchtet, daß er tot sei, doch dann hatten sie ihm die Hitzewelle auf den Bauch gelegt und ihn aufgetaut. Anscheinend waren Oger gefrierfest.

Nun, da er wach war, war es Zeit zum Schlafen. Sie legten sich um die Hitzewelle herum zur Ruhe, und Tandy lehnte ihren Kopf gegen Krachs pelzigen Unterarm. Na ja, das war wahrscheinlich ganz harmlos gemeint. »Ich bin froh, daß wir dich Ungeheuer wieder aufgetaut bekommen haben«, murmelte sie. »Ich laß dich nie wieder allein ausziehen!«

»Oger kriegen öfters Ärger«, pflichtete er ihr bei. Es war ein merkwürdiger Gedanke, daß jemand auf ihn aufpassen wollte, und noch seltsamer war die Vorstellung, daß dies sogar tatsächlich nötig sein könnte, aber das war ja wohl gelegentlich der Fall, wie es nun den Anschein hatte.

In der Nacht hörten sie ein entsetzliches Brüllen. Krach, der wieder am Träumen war – was er gerne tat, wenn er schlief –, dachte, es sei eine Ogerin, und verzog sein Gesicht zu einer Grimasse des Lächelns. Doch die drei Mädchen schossen in die Höhe.

»Wach auf, Krach!« flüsterte Tandy ihm besorgt zu. »Da kommt ein Ungeheuer!«

Doch Krach, der immer noch im Traumtran war, rührte sich kaum. Er fürchtete sich nicht einmal vor der schrecklichsten aller Ogerinnen.

Das Ungeheuer kam herangestampft. Seine Augen leuchteten im Dunkeln, die Zähne blinkten, und sein Atem ballte sich zu feuchten, kalten Nebelwolken zusammen. Es war schneeweiß, und seine Haare schienen alle aus Eiszapfen zu bestehen.

»Krach!« zischte Tandy. »Es ist ein schreck... ein schreckli... ein schlimmer Schneemensch! Hilfe!«

Der Schneemensch blickte sie der Reihe nach an. Er war so bleich wie ein Schneesturm. Dann griff er nach dem erstbesten eßbaren Ding. Die Mädchen versteckten sich hinter Krach, der unter einer hübschen Schneedecke lag, so daß man nicht viel von ihm sehen konnte. Durch die nahe Hitzewelle war dieser Schnee nicht einmal annähernd so kalt wie der restliche Schnee auf dem Berg, und Krach fühlte sich recht wohlig. Doch der Schneemensch fiel darauf nicht herein und zerrte an Krachs Nase.

Aua! Plötzlich war Krach wieder hellwach. Eine echte Ogerwut packte ihn. Er ließ einen riesigen, haarigen Arm hervorschnellen und packte das Schneeungeheuer an der Kehle.

Der Schneemensch war erstaunt. Er war noch nie zuvor einem Ungeheuer begegnet, das noch schlimmer war als er selbst. Er hatte nicht einmal gewußt, daß es so etwas überhaupt gab. Und er wußte auch nicht, wie er sich jetzt verhalten sollte.

Krach wußte das zum Glück um so besser. Er erhob sich, ohne seinen Griff zu lockern, und schüttelte das glücklose Ungeheuer durch. »Grrrrrrr!« grrrrrrrte er und ließ das Wesen auf die Hitzewelle plumpsen.

Als sich sein Hinterteil mit einemmal von Eis in Dampf verwandelte, machte das Ungeheuer einen Satz in die Höhe und schoß davon, wie von einem Sturm davongeweht. Krach machte sich nicht die Mühe, es zu verfolgen; er war zu klug geworden, um sich allzuweit von der Hitzewelle zu entfernen. Schließlich war er ja kein Schneemensch!

»Dieses Wesen wird so bald keine Reisenden mehr belästigen«, meinte Chem zufrieden.

»Ja, auf unserer Seite steht nämlich ein noch schlimmeres Monster«, fügte Tandy hinzu und tätschelte Krachs Knie. Der Gedanke schien ihr zu gefallen.

Krach war einfach nur froh, daß er wieder genügend Kraft besaß, um solchen Dingen wie Schneeungeheuern entsprechend begegnen zu können. Doch bald mußte er sich dem Nachthengst stellen und alles auf eine Karte setzen. Es war wohl besser, wenn er die Mädchen vorher durch diese gefährlichen Gebiete Xanths führte – für alle Fälle.

Wieder legten sie sich zur Ruhe und scharten sich eng um die Hitzewelle. Als der Morgen anbrach, stellten sie fest, daß diese sie tief in den Schnee hineingeschmolzen hatte, so daß sie sich nun in einem zylindrischen Brunnen befanden. Anscheinend schien der Schnee von unendlicher Tiefe zu sein; ob wohl der ganze Berg daraus bestand? Das war durchaus denkbar, denn schließlich befanden sie sich ja im Wasserflügel, und Schnee war doch nichts als festes Wasser.

Krach schlug einen Gehweg nach oben in den Schnee, und sie machten sich wieder auf die Reise. Inzwischen waren sie alle recht hungrig geworden, mußten sich aber damit begnügen, hin und wieder eine Handvoll Schnee zu essen.

Als sie die Eisgrenze erreichten, kam die Sonne heraus und ließ die verbliebenen Wolken schmelzen, so daß sie schon bald durch ein Hagelgewitter liefen, bis sich der Hagel in Regen verwandelte und der Abhang zu einem reißenden Strom wurde, der in einem Bett aus Eis in die Tiefe brauste. Sie versuchten verzweifelt, nicht den Halt zu verlieren, doch der ganze Berg schien sich unter ihnen aufzulösen. Die trügerische Oberfläche brach schließlich unter ihrem Gewicht zusammen und spülte sie alle in einem Sturzbach hinab.

Chem kam einigermaßen damit zurecht, und auch die Sirene, die wieder ihre Meerjungfraugestalt annahm, schwamm wie ein Fisch davon. Doch für Tandys Kräfte war der Ansturm der Wassermassen einfach zuviel. In ruhigem Gewässer konnte sie recht gut schwimmen, aber das hier war ja der reinste Wasserfall.

Krach versuchte, auf sie zuzuschwimmen, aber er hatte selbst schon zu viele Probleme. Er war eigentlich kein besonders guter

Schwimmer, denn meistens stampfte er einfach nur durchs Wasser oder planschte sich den Weg frei. Doch im Augenblick war er nicht auf der Höhe seiner Kraft und war tiefgefroren und aufgetaut worden. Das Wasser erwies sich als zu tief und reißend für ihn.

Wahrlich zu tief und zu reißend! Krach japste nach Luft – und erhielt statt dessen Wasser. Er hustete, japste und füllte seine Lunge wenigstens teilweise mit Luft – nur um den Rest dann doch wieder mit Wasser vollzupumpen.

Das war ja scheußlich! Er umklammerte seine Kehle und versuchte das Wasser wieder hochzuwürgen, während sein Körper nach Luft rang, doch es nützte nichts. Dem reißenden Strom war sein riesiger Körper ein willkommenes Opfer, und Krach konnte nicht mehr atmen.

Der Erstickungsschmerz wurde unerträglich. Da zerbrach irgend etwas, als ob es der Deckel seines Kopfes wäre, und plötzlich war er nur noch bei halbem Bewußtsein. Krach gab auf, doch er dachte noch daran, daß es wesentlich angenehmer gewesen war, zu erfrieren anstatt zu ersticken.

Dann fügte er sich in sein Schicksal. Schließlich wurde es aber doch noch ganz angenehm, ohne Luft auskommen zu können. Vielleicht war es ja doch nicht so viel schlimmer als zu erfrieren. Erleichtert und locker wie Seetang ließ er sich im Strom treiben. Wie schön es doch war, auf alle Zeiten so dahinzugleiten!

Plötzlich riß etwas heftig an seinem Körper: Es war die Meerjungfrau. Sie schlang die Arme um einen der seinen und peitschte die Fluten mit ihrem Schwanz, wobei sie ihn abschleppte. Doch er war zu schwer für sie. Sie kamen nur noch langsam voran, und schließlich brauchte sie selbst so viel Luft, daß sie ihn losließ und Krach glückselig in den Fluten versank, während sie an die Oberfläche zurückschoß.

Langsam wurde ihm bewußt, daß man erneut an ihm zerrte, und zwar diesmal an beiden Armen. Er versuchte sich loszureißen, doch seine Arme gehorchten ihm nicht mehr. So mußte er mit ansehen, wie zwei Gestalten ihn aus der Finsternis ans Licht zogen, eine an jedem Arm, beide mit Fischschwänzen – aber vielleicht sah er ja auch nur alles doppelt.

Krach wußte nicht genau, wie weit oder wie lange er abgeschleppt wurde, denn er hatte sein Zeitgefühl verloren. Doch schließlich merkte er, daß er sich auf einem sandigen Strand befand und eine Nachtmähre mit ihren Hufen auf ihm herumstampfte. Doch das stimmte nicht: Es war Chem, die Zentaurenstute, die ihm das Wasser aus den Lungen preßte. Es war fast so schlimm wie das Erbrechen nach dem Nachthengstdünger. Aber nur fast.

Endlich hatte Krach sich so weit erholt, daß er wieder aufrecht sitzen konnte. Er hustete ein bis zwei weitere Eimer Wasser aus den Lungen und sagte schließlich vorwurfsvoll zur Sirene: »Du hast mich gerettet.«

»Ich hab's versucht«, erwiderte sie. »Aber du warst zu schwer für mich – bis Morris mir zu Hilfe gekommen ist.«

»Morris?«

»Hallo, Monster!« rief jemand aus dem Wasser.

Es war ein Triton. Nun begriff Krach auch, wieso er zwei Fischschwänze gesehen hatte!

»Wir haben das Ohr und die Hitzewelle verloren, aber dich haben wir wenigstens retten können«, fuhr die Sirene fort. »Und Chem hat Tandy gerettet.«

Nun erblickte er auch Tandy, die mit dem Gesicht nach unten auf dem Sand lag. Die Zentaurin massierte gerade ihren Rücken, wobei sie anstatt ihrer Hufe diesmal die Hände benutzte. »Hast du etwa auch Wasser geschluckt und geatmet?« fragte Krach.

Tandy hob den Kopf. »Ungh«, antwortete sie feucht. »Bist du – abgetrieben?«

»Als ich gesunken bin«, erwiderte er. »Wenn das das Sterben sein soll, dann ist es gar nicht so schlecht.«

»Reden wir nicht vom Tod«, meinte Chem. »Dazu ist dieser Ort hier viel zu hübsch. Ich bin sowieso schon wütend genug, weil wir das Ohr verloren haben.«

»Nicht wütender als ich, weil ich die Hitzewelle verloren habe«, widersprach die Sirene.

»Vielleicht hättet ihr Krach und mich absacken lassen sollen, um die magischen Gegenstände zu retten«, meinte Tandy mit einem verwässerten Lächeln.

»Es war unser Schicksal, daß wir sie verlieren«, sagte Krach, dem sein Traum wieder eingefallen war. »Crombie der Soldat hat gesagt, daß Tandy drei Dinge verlieren würde und daß ihr Verlust der unsrige ist.«

»Das stimmt!« sagte Tandy. »Aber was ist dann das dritte?«

Krach zuckte mit den Schultern. »Wir haben kein drittes Ding mehr zu verlieren. Vielleicht genügen ja auch zwei.«

»Nein, mein Vater ortet die Sachen immer richtig. Wir haben bestimmt noch etwas anderes verloren, davon bin ich überzeugt. Wir wissen nur nicht, was es ist.«

»Vielleicht sollte eine von euch hierbleiben und danach suchen«, meinte der Meermann. Er war ein stämmiger Triton mittleren Alters, der auf etwas grobschlächtige Weise durchaus attraktiv aussah. Es war allerdings auch offensichtlich, daß er sich keine Beine wachsen lassen konnte, um an Land gehen zu können, das war unter Meermännern ja auch nicht üblich.

»Vielleicht«, erwiderte die Sirene nachdenklich.

Danach ergab sich alles andere von alleine. Sie befanden sich in einer angenehmen Region des Wasserflügels, wo die Fluten, die den Berg herabgespült waren, einen See gebildet hatten, der sich weit in die Wildnis von Xanth hineinstreckte. Und es gab auch eine Kolonie von Meerleuten meist mittleren Alters, unter denen es einen akuten Mangel an Meerjungfrauen gab. Für die Sirene sah das recht verheißungsvoll aus.

12
Sichtbares Nichts

Die drei – Krach, Tandy und Chem – machten sich in Richtung Norden auf den Weg, wo sich die Grenze des Nichts befand, die letzte der größeren Regionen Xanths. »Die fünf elementalen Regionen sind von großer Bedeutung«, sagte Chem. »Historisch gesehen waren die fünf Elemente Luft, Erde, Feuer, Wasser und die Leere stets die Hauptpfeiler der Magie. Deshalb ist es auch nur passend, daß sie im Herzen von Xanth angemessen vertreten sind, und ich bin äußerst froh darüber, sie in meine Karte eintragen zu können.«

»Das waren recht hübsche Abenteuer bisher«, stimmte Krach ihr zu. »Aber was ist die Leere? Die anderen Elemente ergeben einen Sinn, aber mit dem Nichts kann ich nichts anfangen.«

»Das weiß ich selbst auch nicht«, gab die Zentaurin zu. »Aber ich bin begierig, es herauszufinden. Ich glaube nicht, daß diese Region jemals zuvor kartographisch erfaßt worden ist.«

»Dann wird es wirklich langsam Zeit«, meinte Tandy. »Ich hoffe nur, daß dieses Gebiet nicht genauso schlimm ist wie die anderen.«

Chem holte ihr Seil hervor. »Wir wollen mal lieber kein

Risiko eingehen! Ich hätte uns auch miteinander verknüpfen sollen, als der Schneeberg zu Matsch wurde, aber dann ging alles viel zu schnell . . .«

Sie banden sich aneinander fest, als sie sich der Grenze näherten, die sich ganz plötzlich vor ihnen auftat. Auf ihrer Seite war das angenehme, hübsche Gebiet der Meerleute, deren See sich nach Süden erstreckte; hinter der Linie jedoch war nichts zu sehen.

»Ich bin die leichteste«, sagte Tandy. »Ich gehe voran. Zieht mich wieder hoch, falls ich in ein Loch stürzen sollte.« Sie strich sich das leicht angesengte und struppig gewordene braune Haar zurück und trat über die Grenze.

Krach und Chem warteten ab. Langsam gaben sie immer mehr Leine frei; anscheinend war Tandy nicht gestürzt, sondern schritt unentwegt weiter, ohne in Schwierigkeiten geraten zu sein. »Alles in Ordnung?« rief die Zentaurin ihr rein formhalber nach. Keine Antwort. Tandy nahm immer mehr Leine in Anspruch.

»Kannst du mich verstehen? Bitte antworte doch!« rief Chem mit gerunzelter Stirn.

Da spannte sich das Seil. Chem stemmte sich dagegen und weigerte sich, sich über die Grenze zerren zu lassen. Krach versuchte, in das Nichts hineinzuspähen, konnte aber nichts erkennen außer einem undeutlichen Nebelstrudel.

»Ich glaube, ich ziehe sie lieber wieder zurück«, meinte Chem und peitschte nervös mit dem Schweif. Auch der war bei ihren jüngsten Abenteuern etwas mitgenommen worden. »Ich weiß ja nicht, ob da wirklich etwas faul ist, vielleicht kann sie mich ja auch nur nicht hören.«

Chem riß an dem Seil und traf auf Widerstand. Sie zögerte, weil sie keine Gewalt anwenden wollte. »Was meinst du dazu, Krach?«

Krach setzte seine Schlauschlinge auf das Problem an, doch die reagierte diesmal äußerst träge. Seine Logik wirkte verworren, und seine Wahrnehmung war ziemlich durcheinander.

»Ich . . . ich glaube, ich meine gar nichts«, gestand er schließlich.

Sie blickte ihn überrascht über die Schulter an. »Du meinst

gar nichts? Du, mit deiner unogerhaften Intelligenz? Du machst wohl Witze!«

»Nette Witze, keine Hitze«, erwiderte er freundlich.

Sie musterte ihn eindringlich. »Krach – was ist mit deiner Schlauschlinge passiert? Ich kann keine Spur davon auf deinem Kopf mehr erkennen.«

Krach griff sich an seinen Schädelpelz, doch der war völlig glatt. Nicht das geringste Anzeichen einer Schlinge. »Heckmeck ist weg«, kommentierte er.

»O nein! Dann ist die dir wahrscheinlich ausgewaschen worden, als du beinahe ertrunken wärst! Dann ist *das* ja das dritte Ding, das wir verloren haben – deine Intelligenz! Das beeinflußt Tandys Chancen aber wirklich recht nachhaltig. Du bist ja wieder dumm geworden!«

Krach war entsetzt. Gerade jetzt, da er seine Intelligenz dringend brauchte, war sie verschwunden! Was würde er nun in Krisenfällen tun?

Die Zentaurin war zwar ebenso bekümmert, wußte aber eine Antwort darauf. »Dann muß meine Intelligenz eben für uns beide herhalten, Krach. Bist du bereit, mir zu folgen, zumindest so lange, bis wir das Nichts überquert haben?«

Das leuchtete Krach ein. »Du kommandieren – ich parieren.«

»Ich versuche sie zurückzuholen.« Chem legte sich ins Tau, und dazu war sie natürlich schwer genug. Plötzlich verlor es an Spannung, und sie holte das lose Ende ein.

»Das ist ja entsetzlich!« rief die Zentaurin erschreckt. Ihr Schweif peitschte immer heftiger umher. »Wir haben sie verloren!«

»Das ist ja entsetzlich!« wiederholte Krach, dem nichts mehr einfiel, seit seine Intelligenz ihn im Stich gelassen hatte. Was war nur mit Tandy passiert?

»Ich glaube, ich trete mal lieber ein kleines Stückchen auf die andere Seite, nur mit einem Teil meines Körpers, damit ich dort die Lage erkunden kann, ohne mich gleich festlegen zu müssen«, entschied sie. »Bleib du auf dieser Seite hier – und laß mich bloß nicht vollends hinübertreten! Wenn ich nach einer Minute nicht zurückkehre, ziehst du mich zurück, und zwar langsam. Einverstanden?«

Krach nickte. Er war wütend darüber, daß ihn die Schlauschlinge ausgerechnet in der Stunde der Not im Stich gelassen hatte. Natürlich hatte er den Fluch loswerden wollen – aber doch noch nicht jetzt! Nicht hier, am Rande des Nichts. Jetzt konnte es durchaus sein, daß er etwas ogerhaft Dummes tat, was seine Freunde möglicherweise das Leben kosten würde. Nicht einmal seine Reime erschienen ihm noch als etwas Erstrebenswertes: Was sollte dieser lächerliche Kram denn schon?

Die Zentaurin streckte ihren Vorderkörper vorsichtig über die Grenze. Er verschwand im Nebelstrudel, und Krach fühlte sich sehr alleingelassen, obwohl ihr Hinterteil noch da war. Er staunte darüber, daß ein Menschenmädchen, das so klug und hübsch war wie Tandy, sich für einen wie ihn interessieren konnte, selbst als Tierfreundin. Wahrscheinlich war es die Schlauschlinge gewesen, die sie angesprochen hatte, die Intelligenz, die sich im denkbar merkwürdigsten aller Wirtskörper manifestierte, die schiere Anomalie des knochenhirnigen Genies. Sobald sie merkte, was geschehen war, würde sie das Interesse an ihm verlieren. Das wäre natürlich auch das beste, denn dann würde sie sich endlich ihrem idealen Menschenmann widmen können, wer immer das nun sein mochte und wo immer er sich gerade aufhielt. Dennoch war Krach immer noch beunruhigt.

Er erkannte nun, daß der Fluch auch seine guten Seiten gehabt hatte. Wie der Mondfluch, unter dem die Menschenfrauen litten – was sie im übrigen von Nymphen unterschied –, war auch er zwar lästig und unpraktisch, eröffnete ihm andererseits aber auch neue Horizonte. Frauen konnten sich fortpflanzen; die Schlauschlinge hingegen ermöglichte es einem, die Realität in vielfältiger Form wahrzunehmen. Und jetzt, nachdem er diese größere Vielfalt erfahren hatte, würde er wieder in Dummheit und Stumpfsinn zurückfallen wie zuvor.

Die Minute war schon längst um, und Chem war noch nicht zurückgekehrt. Tatsächlich versuchte sie vielmehr, noch mehr Seilspielraum zu bekommen. Krach wußte, daß er das nicht zulassen durfte. Auch wenn er nun zu dumm war, um die Gefahr zu erkennen, die ein Sichausliefern an solche Einbahnwege mit sich brachte, konnte er sich doch immer noch an die Anweisungen der Zentaurin erinnern. »Ich hol' dich zurück, sonst gibt's Unglück«, dachte er bei sich und verwünschte seine ogerhaft krude Ausdrucksweise. Wenn er schon dumm war, brauchte er die Sache doch nicht auch noch an die große Glocke zu hängen, nicht wahr?

Das setzte einen neuen Gedankengang in Bewegung. Zum Teil beruhte die allgemein anerkannte Dummheit von Ogern weniger auf ihrer objektiven Existenz als darauf, daß sie sich unbedingt auf eine bestimmte dumme Weise ausdrücken wollten. Er hätte auch sagen können: »Weil meine Freundin, die Zentaurenstute, eine anständige und intelligente Person mit einem nützlichen graphischen Talent, in Schwierigkeiten sein könnte, ist es gefordert, daß ich mich im Einklang mit ihrem ausdrücklichen Wunsch anstrenge und sie sanft, aber firm über die Grenze zwischen diesen beiden Gebieten zurückziehe. Danach werden wir dann zu einer Entscheidung finden, wie wir weiter zu verfahren haben.« Statt dessen hatte er es auf die alberne Art seiner Rasse in einen idiotischen Vers gekleidet. Wahrhaftig, die Schlauschlinge erwies sich in ihrem plötzlichen Verschwinden als ebenso schlimmer Fluch wie bei ihrem Eintreffen!

Er spürte Widerstand. Entweder wollte Chem nicht zurückkehren, oder irgend etwas zerrte sie weiter. Krach zog fester am Seil, doch die Zentaurin stemmte sich vor und kämpfte dagegen an. Irgend etwas stimmte hier nicht, soviel war sicher! Das hätte selbst ein Idiot gemerkt! Krach war versucht, das Seil mit einem gewaltigen Ruck einzuholen, der die Zentaurin wahrscheinlich einen Purzelbaum rückwärts hätte schlagen lassen. So hätte es jeder andere Oger gemacht, doch es gab einiges, was dagegen sprach. Zum einen wog sie ungefähr so viel wie er selbst; das konnte bedeuten, daß er möglicherweise seinen Halt verlieren und selbst über die Grenze stürzen würde. Zum zweiten hatte sie das Seil um ihre menschenartige Hüfte geschlungen, die zart und schmal war, so daß ein solcher Ruck ihr weh tun konnte. Und drittens war er noch nicht bei vollen Kräften, so daß er sie vielleicht gar nicht bewegen konnte, selbst wenn er einen festen Halt unter den Füßen haben sollte.

Da wurde das Seil plötzlich schlaff. Auch Chem drang also nun unangeseilt ins Nichts vor!

Krach sprang auf ihren verschwindenden Rumpf zu, doch er kam zu spät: Sie hatte die Grenze bereits überschritten. Nur ihr Schweif wedelte kurz zurück, als wollte er eine Fliege verscheuchen.

Krach packte den Schweif und arbeitete sich an ihm, Handbreite um Handbreite, vor. Ihr Schwung riß ihn bis hart vor die Grenzlinie mit, doch dann krallte er seine Zehen in den Boden und brachte sie beide zum Halten.

Nun setzte er all seine Kraft ein und zog Chem zurück. Anscheinend genügte es: Langsam erschien ihr Rumpf wieder. Als er ihre Hinterbeine über die Grenze gezogen hatte, packte er die beiden Hufe und zog daran wie an einer Schubkarre. Ohne genügend Halt konnte sie ihm kaum noch Widerstand bieten, und schließlich hatte er sie wieder ganz auf seine Seite gezogen. Sie war unverletzt. Immerhin etwas! »Weshalb das Tau machst ab, sprich, Frau!« grunzte er, ohne sie loszulassen.

Chem wirkte noch sehr benommen, fand aber schon bald wieder Worte. »Es ist nicht das, was du denkst, Krach. Im Nichts ist es herrlich schön! Alles Nebel und satte Wiesen und grasende Zentaurenherden . . .«

Krach mochte zwar dumm sein, aber so dumm war er nun auch wieder nicht. »Zentauren, welche grasen? Du denkst wohl noch in Blasen!«

Ihre Augen weiteten sich erstaunt. »He, du hast recht! Seekühe grasen, Wasserpferde grasen. Schwarze Schafe grasen. Aber Zentauren essen nach Menschenart. Wo habe ich nur meinen Verstand gelassen?«

Vielleicht hatte sie ja eine Herde grasender Tiere gesehen und daraus die falschen Schlußfolgerungen gezogen. Doch im Augenblick gab es dringendere Probleme. »Tandy wo?« fragte er besorgt, ohne zu reimen.

»Ach so, ja, Tandy! Die habe ich gar nicht gesehen.« Chem blickte ihn beunruhigt an. »Ich bin über die Grenze getreten, um sie zu suchen, und dann hat mich die Schönheit der Landschaft derart abgelenkt, daß ich meine Mission ganz vergessen habe. Dabei bin ich doch sonst nicht so vergeßlich!«

Das stimmte, Chem war sonst sehr zuverlässig und stand mit allen vier Hufen voll auf dem Boden der Tatsachen. Ob es im Nichts vielleicht einen Vergessensquell gab?

»Wassertropfen Gedächtnis stopfen?« fragte er und wünschte sich, daß er sich doch etwas eleganter hätte ausdrücken können.

»Tropfen?« fragte Chem verwundert. »Ach so, du meinst so etwas wie einen Lethequell? Nein, nein, *so* habe ich es nicht vergessen, wie du ja siehst, und ich bin sicher, daß es bei Tandy auch nicht anders war. Erstens war kein Quell in der Nähe, zumindest nicht in Seillänge, und dann . . . na ja, es war irgend etwas anderes. Das Land ist so schön, so angenehm und friedlich, daß ich es einfach erkunden mußte. Irgendwie war alles andere unwichtig geworden. Ich wußte, daß es tiefer im Landesinneren noch größere Wunder gab, und . . .« Sie brach ab. »Und konnte einfach nicht mehr zurückkehren. Das war wohl sehr dumm von mir. Aber ich bin sicher, daß es ein sicherer Ort ist. Ich meine, es gibt dort weder Ungeheuer noch natürliche Gefahren.«

Krachs Zweifel wollten sich nicht legen. Tandy war verschwunden, und um ein Haar wäre die Zentaurin jetzt ebenfalls verschollen gewesen. Was sie dort drüben gehalten hatte, das war keine bloße Gedankenlosigkeit gewesen. Hier hatten sie es offensichtlich nicht mit einem einfachen, verführerisch einladenden Pfad zu tun, sondern mit einer ganzen Landschaft, die einen anlockte. Hieß die Gegend vielleicht deswegen das Nichts, weil niemand von dort zurückkehrte, so daß man auch nichts darüber wußte?

Wenn das der Fall sein sollte, wie konnten sie dann Tandy einfach ihrem grausamen Schicksal überlassen? Man mußte sie auf der Stelle retten!

»Wie ich die Sache sehe«, meinte Chem, »müssen wir hineingehen und Tandy suchen, um sie dort rauszuholen. Dabei riskieren wir natürlich, daß wir selbst zu Gefangenen werden. Nicht zu Opfern von Ungeheuern, nein, sondern Gefangene der herrlichen Schönheit dieser Gegend. Wir werden gar nicht wieder fortgehen *wollen*.« Besorgt ließ sie ihren Schweif zucken. »Ich weiß, daß dich das jetzt ganz schön überfordert, Krach, aber kannst du mir mal sagen, was du dazu meinst?«

Welch Ironie des Schicksals! Wenn der Fluch nur noch ein winziges Weilchen bei ihm geblieben wäre, hätte er die gewaltigen Fähigkeiten der Schlauschlinge bemühen können, um einen rhetorisch ausformulierten und relevanten Gedanken von sich geben zu können, der ihre komplizierte mißliche Lage vielleicht etwas verbessert hätte. Irgend etwas wie: »Chem, ich schlage vor, daß du deine dreidimensionale holographische Kartenprojektion benutzt, um das Nichts zu kartographieren, während wir es erkunden. Auf diese Weise werden wir nicht nur Aufschlüsse über Tandys wahrscheinlichste Route erhalten, sondern werden selbst auch keine Schwierigkeiten damit haben, unseren Weg zurück zu finden.« Doch der Fluch war von ihm gewichen und hatte es ihm verunmöglicht, so etwas zu denken, geschweige denn, es zu formulieren. Alles, was er sagen konnte, war: »Karte machen, Fallen krachen.«

»Karte? Fallen?« fragte sie mit gefurchter Stirn. »Ich möchte natürlich auch das Nichts kartographieren, wie alles andere auch, das stimmt, aber ich begreife nicht . . .«

Er hatte sich tatsächlich nicht verständlich machen können. Also versuchte er es erneut. »Finden Weg, wir kommen weg.«

»Mit meiner magischen Karte den Rückweg finden?« Ihre Miene erhellte sich. »Aber natürlich! Wenn ich sie ständig auf dem laufenden halte, können wir uns gar nicht mehr verirren. Ich werde eine gestrichelte Linie einzeichnen, der können wir dann zurück folgen, wenn es Schwierigkeiten geben sollte. Das ist wirklich eine sehr gute Idee, Krach. Wir wollen es versuchen.« Sie rollte ihr Seil auf. »Bleiben wir immer in Sichtweite voneinander, und teilen wir einander mit, wenn wir irgend etwas Besonderes bemerken. Wir wollen Tandy suchen, das ist unser Ziel, und wir wollen alle gemeinsam das Nichts auf der Nordseite wieder verlassen. Einverstanden?«

Krach nickte. Er bemerkte, wie besorgt sie trotz ihres kurzen Lächelns war. Sie fürchtete sich vor dem, was ihnen im Nichts begegnen würde, so angenehm es auch sein mochte. Sie wußte, daß sich ihre ganze Sehweise in dem Augenblick verändern würde, da sie die Grenze überschritten hatten, und sie wußte auch, daß sie vielleicht niemals zurückkehren würden. Sie atmeten tief durch, dann traten sie über die Linie.

Chem hatte recht gehabt. Die Landschaft war eben, mit einer leichten Abwärtsneigung und tiefhängenden Wolken, die vorüberzogen. Der Boden bestand aus sattem Gras, das mit bunten Blumen verziert war. Hier gab es tatsächlich keinerlei offensichtliche Gefahren. Und das, so fürchtete er, war die offensichtlichste Gefahr von allen.

Nun ließ Chem ihre magische Karte in der Luft erscheinen. Doch anders als sonst dehnte sich die Karte immer weiter aus, wurde immer riesiger und bedeckte langsam die ganze Landschaft, in der sie standen, so daß die geographischen Eigenarten des Landes Xanth bildhaft an ihnen vorüberjagten. Berge, Seen, die Spalte – anscheinend unterlag die Karte nicht dem Vergessenszauber, was vielleicht von Wichtigkeit sein konnte – schossen vorbei. Dann wurden die Bäume und Bäche groß genug, daß man sie in allen Einzelheiten erkennen konnte, und sogar vereinzelte Tiere, die zwar unbeweglich blieben, wie sie aufgezeichnet worden waren, schienen durch das Ausdehnen der Karte plötzlich selbst in Bewegung zu geraten. »He, das soll die doch gar nicht!« protestierte Chem. »Die nimmt ja plötzlich den Maßstab 1:1 an!«

Offensichtlich geriet die Landkarte außer Kontrolle. Krach fragte sich, warum sie das ausgerechnet hier tat. Wenn seine Schlauschlinge noch dagewesen wäre, hätte er vielleicht erkannt, daß dies kein Zufall sein konnte und daß die Sache in ursächlichem Zusammenhang mit dem Wesen des Nichts stand. Er hätte sich vielleicht sogar überlegt, daß der Geist, ob es nun der belebte einer Karte war oder ein unbelebter, offenbar großen Einfluß auf die Landschaft des Nichts nehmen konnte. Vielleicht konnte das Wechselspiel zwischen den beiden eine Region belebter Phantasie erzeugen, die zwar sehr viel Spaß machen konnte, andererseits aber auch eine ernsthafte Bedrohung der geistigen Gesundheit bedeutete, sobald sie außer Kontrolle geriet. Vielleicht lauerte ja gar keine rein physische Gefahr im Nichts, sondern vielmehr ein Zustand geistigen Chaos, der sich stabilisieren und verfestigen würde, sofern die physische Realität die beschränkte Einbildung nicht in ihre Grenzen verwies. Doch natürlich konnte ein dummer Oger nicht einmal den winzigsten Teil einer solchen Überlegung nachvollziehen.

Chem, die das schlechte Benehmen ihrer Landkarte aus dem Konzept gebracht hatte, schaltete sie ab. Dann versuchte sie es erneut damit, wobei sie sich angestrengt konzentrierte. Diesmal breitete sich die Karte zunächst aus, wurde plötzlich zu einem winzigen kleinen Punkt, wirbelte wie wild umher und stabilisierte sich schließlich in der gewünschten Größe. Die Zentaurin lernte neue Kontrolle, was ganz gut war, denn in dieser Gegend konnte sich Disziplinmangel verheerend auswirken.

»Schau mal, dort drüben, das sind die grasenden Zentauren«, sagte Chem und wies Krach die Richtung.

Krach folgte ihrem Wink. Er erblickte einen Stamm grasender Oger. Wäre er noch intelligent gewesen, hätte er vielleicht begriffen, daß sich damit eine weitere charakteristische Eigenart dieser Region offenbarte. Chem sah etwas Unsinniges, und Krach auch, wenn es auch etwas anderes war. Das wies darauf hin, daß es hier keinen objektiven Standard gab, sondern daß die vorgeprägten Anlagen des Beobachters zu einem großen Teil auch seine Wahrnehmung definierten. Die Wirklichkeit war etwas ganz anderes, in diesem Fall vielleicht eine Herde unwichtiger Wesen, die dort grasten, ohne daß es jedoch Zentauren oder Oger gewesen wären.

Wenn dem so war, so hätte er dann seinen Gedankengang fortsetzen können, dann stellte sich die Frage, inwieweit sie sich jemals sicher sein konnten, daß das, was sie wahrnahmen, keine Illusion war. Tandy konnte in einer Welt veränderter Realitäten gefangen sein, ohne es zu merken. Da Chem und Krach ebenfalls in einem Zustand veränderter Wahrnehmung befindlich waren, konnte sich das Problem, Tandy ausfindig zu machen, als wesentlich schwieriger erweisen, als ursprünglich vermutet. Doch er, als dummer Oger, würde einfach weiterpoltern, ohne sich um solche Kompliziertheiten zu scheren.

»Irgend etwas stimmt da nicht«, meinte Chem. »Wir wissen doch beide, daß Zentauren nicht grasen.«

»Ist wie ein Traum, mehr ist's wohl kaum«, erwiderte Krach.

»Illusion!« rief Chem. »Aber natürlich! Wir sehen zwar Lebewesen, aber die sehen nur so aus wie Zentauren.« Sie war intelligent, wie alle Zentauren, und besaß eine gute, rasche Auffassungsgabe.

Aber sie hatte noch nicht alles durchschaut. »Zentauren dicht, die seh' ich nicht«, sagte er unbeholfen.

»Du siehst etwas anderes? Keine Zentauren?« Wieder legte sie die Stirn in Falten. »Was denn, Krach?«

Krach klopfte sich auf die Brust.

»Ach so, du siehst Oger. Ja, das leuchtet wohl ein. Ich sehe meine Rasse und du deine. Aber wie können wir nun sehen, was tatsächlich dort ist?«

Das überforderte ihn viel zu sehr. Seine Schlauschlinge hätte ihm vielleicht gesagt, daß eine Umkehrung der Perspektive die durch den Geist erzeugten Veränderungen ausschalten und die reine Wahrheit enthüllen würde. Vielleicht eine Art Vergleichsraster, das Chems Wahrnehmungen mit seinen verglich und die jeweiligen Unterschiede eliminierte. Sie sah Zentauren, er sah Oger – anscheinend nahm jeder seine eigene Art wahr, das war also schon einmal verdächtig. Beide sahen aber eine Reihe von Individuen – das brachte ihre Daten auf einen gemeinsamen Nenner. Beide nahmen sie grasende Wesen wahr, was darauf hinwies, daß es sich dabei tatsächlich um grasende Tiere handeln mußte, welcher Art auch immer sie sein mochten. Und so weiter. Natürlich konnte es auch sein, daß es dort in Wirklichkeit nicht einmal diese postulierten Tiere gab, sondern daß sie nur eine gewisse Übereinstimmung bestimmter Vorstellungsbilder erlangten, so daß sie sich durch einen solchen Vergleich allenfalls eine neue, beiden gemeinsame Illusion aufbauten. Es war durchaus denkbar, daß das Nichts, wenn man der Sache einmal auf den Grund ging, tatsächlich nur ein Nichts war, das Fehlen jeglicher physischen Realität. Lebewesen dachten, folglich existierten sie auch – doch vielleicht war sogar ihr Denken zum größten Teil Illusion. Vielleicht existierten ja die Denkenden selbst nicht einmal, um schließlich in dem Augenblick, in dem sie dies erkannten, aufzuhören zu existieren. Das Nichts war – das Nichts.

Doch ohne seinen Intelligenzfluch konnte er nichts davon erkennen, und das war vielleicht auch ganz gut so. Wenn er sich schon irgend etwas einbilden mußte, konnte er eigentlich mit der Schlauschlinge anfangen! Doch er würde vorsichtig damit umgehen müssen, damit sich die volle Kraft seines verstärkten Intellekts nicht selbst wegrationalisierte. Er mußte die Illusion der Existenz lange genug aufrechterhalten, um Tandy zu retten und sie alle aus dem Nichts zu führen, damit ihre scheinbare Realität wirklich werden konnte. »Ich schau nach, Schlinge schlau«, sagte er.

Chem verstand ihn wörtlich, was ja auch kein Wunder war, da sie wußte, daß er im Augenblick zu dumm war, um sich bildlich auszudrücken. »Ach, du glaubst, daß hier irgendwo Schlauschlingen wachsen könnten? Vielleicht kann ich sie ja auf meiner Karte finden.«

Sie konzentrierte sich, und die schwebende Karte leuchtete auf. Einige Abschnitte wurden grüner als andere. »In der Regel kann ich ja keine Dinge orten, die ich nicht selbst vorher schon einmal gesehen habe«, murmelte sie. »Aber manchmal kann ich aus Erfahrungen und Intuition extrapolieren. Ich kann mir vorstellen, daß es hier solche Schlingen geben könnte.« Sie zeigte auf eine Stelle, und auf der Karte erschien eine Leuchtmarkierung. »Obwohl die wahrscheinlich nur eingebildet sind. In Wirklichkeit sind es wohl ganz gewöhnliche Pflanzen, die wir nur als Schlauschlingen wahrnehmen.«

Krach war zu dumm, um diesen feinen Unterschied zu begreifen. Er machte sich in die Richtung auf, die die Karte ihm gewiesen hatte. Die Zentaurin folgte ihm und ließ die Karte neben ihm schweben, damit er sich bei Bedarf erneut orientieren konnte. Kurz darauf war er auch schon am Ziel angelangt. Da hingen sie auch schon. Er grabschte nach einer und setzte sie sich auf den Kopf. Die Schlauschlinge zappelte etwas, dann versank sie in seinem Schädel. Wie tief er doch gesunken war, freiwillig einen solchen Fluch auf sich zu nehmen!

Seine Intelligenz erweiterte sich, ganz so, wie es schon die Landkarte der Zentaurin getan hatte. Nun gelang es ihm, endlich die Gedankengänge zu begreifen, die ihm zuvor stets entglitten waren. In der Technik des Wahrnehmungsvergleichs erblickte er nun einen entscheidenden Haken: Wenn man sie auf seinen eigenen gegenwärtigen Intelligenzfluch anwandte, konnte es geschehen, daß seine Klugheit dadurch als Illusion entlarvt wurde. Da er seine Intelligenz jedoch brauchte, um Tandy retten zu können, zog er es vor, nicht diesen Weg einzuschlagen. Es war wohl besser, zuerst mit der Wahrnehmung zu arbeiten, bis sie Tandy geortet hatten, um erst danach der Unwirklichkeit ihrer Mechanismen auf den Grund zu gehen, wenn sie von diesen nicht mehr abhängig waren. Außerdem war es wohl auch das beste, nicht über die komplizierten Feinheiten seines eigenen Denkens nachzudenken.

Wie konnten sie Tandy am besten finden? Wenn ihre Fußspuren doch nur leuchteten, wäre es natürlich leicht! Aber er war viel zu klug, um daran zu glauben, daß es einen solchen bequemen Zufall geben konnte.

Vielleicht ließ sich aber die Zentaurin täuschen? »Ich vermute, daß es hier sichtbare Spuren fremder Eindringlinge geben muß«, meinte er. »Wir tragen schließlich fremde Bakterien mit uns herum, Substanzen aus anderen magischen Regionen. Vielleicht wirken die sich hier aus, vielleicht in Form eines Leuchtens...«

»Krach!« rief sie. »Es hat funktioniert! Du bist wieder schlau!«

»Ja, das hatte ich erwartet.«

»Aber das ist doch eine Illusion! Die Schlauschlinge bildest du dir doch bloß ein! Wie kann sie dann einen echten Effekt erzielen?«

»Etwas, das die Sinne beeinflussen kann, kann auch den Verstand beeinflussen«, erklärte Krach. Gerade eben war Chem ihm noch als recht intelligent erschienen. Doch nun, von der hohen Warte seiner wiederhergestellten Intelligenz herab betrachtet, schien sie ihm ein bißchen langsam und träge zu sein. Jedenfalls war es reichlich dumm von ihr zu versuchen, seine geistigen Fähigkeiten wegzuerklären, denn das würde sie sofort wieder im Sumpf der Unzurechnungsfähigkeit landen lassen. Er mußte sie überzeugen – bevor sie ihn überzeugte. »In Xanth sind die meisten Dinge das, was sie auch vorgeben zu sein. Die Lichtillusionen der Königin Iris ermöglichen es ihr beispielsweise, im Dunkeln zu sehen; und ihre Illusion der Fernsicht macht es ihr möglich, Leute zu sehen, die sich weit außerhalb ihrer eigentlichen Sichtweite befinden. Hier im Nichts sind die Dinge dagegen, was sie zu sein scheinen. Es ist möglich, diesen Schein zu unseren Gunsten zu manipulieren und Realitäten zu erschaffen, die unseren Zwecken dienlich sind. Siehst du die Fußabdrücke?«

Von seiner verwirrenden Logik verblüfft, blickte sie zu Boden. »Tatsächlich!« rief sie erstaunt. »Meine sind rund, deine sind Tatzenspuren. Meine leuchten hellbraun, genau wie mein Fell, und deine schwarz, genau wie deins.« Sie hob den Blick. »Ergibt das überhaupt einen Sinn? Wie können Fußspuren denn *schwarz* leuchten?«

»Welche Farbe wäre für einen Oger schon angemessener?« konterte er. Er sah zwar keinerlei Fußspuren, erwähnte diese Tatsache jedoch lieber nicht. »Und jetzt müssen wir Tandys Spuren suchen.« Er lächelte knapp. »Ich hoffe ja, daß es wenigstens keine Jammerspuren sind . . .«

»Ja, ja, natürlich«, meinte Chem. »Die müssen dort anfangen, wo wir die Linie überquert haben. Dort können wir Tandys Fährte aufnehmen.« Sie wollte umkehren, blieb jedoch stehen. »Merkwürdig.«

»Was ist merkwürdig?« Krach war sich bewußt, daß das Nichts unzuverlässig und potentiell gefährlich war. Wenn Chem ihn durchschauen sollte, würde er sie möglichst sofort ablenken müssen. Ihre ganze Existenz konnte davon abhängen.

»Ich scheine vor einer Mauer zu stehen. Sie läßt sich zwar nicht greifen, hält mich aber zurück.«

Eine Mauer. Das war schon in Ordnung, denn das war ein physisches Hindernis und kein intellektuelles und damit wesentlich ungefährlicher. Krach gesellte sich zu ihr – und stieß ebenfalls gegen die Mauer. Sie war unsichtbar, wie Chem bereits bemerkt hatte, aber als er sie abtastete, spürte er ihre grobgehauenen Steine. Sie schien aus ogerresistentem Material zu bestehen, oder aber seine geschwächte Kondition war es, die ihn daran hinderte, die Mauer ordentlich zu demolieren. Seltsam.

Seiner Schlauschlinge fiel jedoch noch etwas anderes ein. Wenn die Dinge hier im Nichts nicht das waren, was sie zu sein vorgaben, existierte diese Mauer womöglich überhaupt nicht. Wenn es ihm gelang, beständig nicht daran zu glauben, würde er hindurchschreiten können. Doch wenn es ihm schon gelingen sollte, mit rein geistiger Anstrengung etwas derart Greifbares wie diese Mauer verschwinden zu lassen, wie würde es dann erst den anderen Dingen im Nichts ergehen, zum Beispiel seiner Schlauschlinge? Nein, es war wohl doch besser, keinen Unglauben aufkommen zu lassen.

»Was spürst du?« fragte Chem.

»Eine feste Steinmauer«, entschied er. »Ich fürchte, es wird uns noch sehr schwerfallen, das Nichts wieder zu verlassen.« Er hatte geglaubt, daß intellektuelle Zersetzungserscheinungen oder auch die Aufhebung der Realität jenen Wesen, die ins Nichts eindrangen, den Tod bringen konnten; vielleicht war es aber statt dessen doch eher ein physisches, greifbares Hindernis. Er mußte bei wachem Verstand bleiben, um sich keine Illusionen über diese Illusionen zu machen.

»Es muß aber einen Weg geben«, meinte sie mit einer gewissen falschen Zuversicht. Wie er auch, argwöhnte sie mittlerweile, daß sie vielleicht in einer noch größeren Gefahr schwebten als damals, als der Spaltendrache sie angegriffen hatte oder die Lavamassen unter ihnen zerborsten waren. Jetzt war das geistige und gefühlsmäßige Gleichgewicht mindestens so wichtig wie in jenen Situationen. »Zuerst einmal müssen wir Tandy finden. Danach können wir uns dann Gedanken darüber machen, wie wir von hier fliehen können.«

Wenigstens hatte sie noch Sinn für Prioritäten. »Bestimmt. Wir können die Fährte abfangen, wenn wir uns entlang der Mauer bewegen. Jetzt wissen wir auch, warum sie wahrscheinlich nicht zurückgekehrt ist. Diese Mauer muß von außen zu durchdringen, von innen jedoch undurchdringbar sein. Ein bißchen wie die Einbahnpfade im Wald.«

»Ja. Die Einbahnpfade habe ich immer gemocht. Diese Mauer dagegen gefällt mir nicht so sehr.«

Chem folgte der Mauer, ohne sie sehen oder berühren zu können; dennoch stellte sie für die Zentaurin ein stattliches, wirkungsvolles Hindernis dar. Krach hingegen sah die leuchtenden Fußspuren nicht, aber er wußte, daß sie Tandy mit ihrer Hilfe finden würden. Diese Illusionen schienen mehr Substanz zu haben als anderswo. Die Illusionen der Königin Iris wirkten zwar sehr wirklich, dennoch konnte man jedoch einfach durch sie hindurchgehen. Die Illusionen des Nichts erschienen dagegen als recht unwirklich, dafür verhinderten sie aber jeden Durchbruch. Ob sie sich wirklich einmal alle auflösen würden, sobald er es sich gestattete, über das wahre Wesen des Nichts nachzudenken? Wenn hier nichts wirklich war, wie konnte eine Mauer ihnen dann den Fluchtweg versperren? Er balancierte ständig am Rande gefährlicher Gedanken dahin!

Bald hatte Chem Tandys Fußspuren entdeckt. Sie waren hellrot, verkündete sie, und führten tiefer ins Nichts hinein, nach Norden.

Krach bemerkte, daß die unsichtbare Wand ihnen unentwegt folgte. Sobald er versuchte, einen Schritt nach Süden zu gehen, hielt sie ihn davon ab. Er konnte nur nach Norden weitergehen oder seitlich nach Osten oder Westen. Das machte ihm größere Sorgen als es der Fall gewesen wäre, wenn er seine ogerhafte Dummheit behalten hätte. Er mochte es nicht, Einbahnstraßen entlangzuwandern; das erinnerte ihn zu sehr an Pfade, die direkt ins Nest eines hungrigen Drachen führten. Sobald er Tandy eingeholt hatte, mußte er eine Möglichkeit finden, wie sie das Nichts wieder verlassen konnten. Vielleicht konnte er mit ein paar schweren Hieben seiner Ogerfaust ja doch noch ein Loch in die Mauer schlagen.

Doch wieder einmal bescherte ihm seine Schlauschlinge einen neuen Gedanken. Was, wenn das Nichts eine Art großer Trichter war, der es Reisenden gestattete, unbeschwert bis zu seiner Mitte zu gelangen, um ihnen dann den Aufstieg ins Freie zu blockieren? Dann war die Mauer vielleicht gar keine richtige Mauer, sondern lediglich der Außenrand dieses Trichters. Wenn er sie trotzdem zerschlug, würden sie dadurch nur den Boden unter den Füßen verlieren und mit einem gewaltigen Erdrutsch in die tiefsten Tiefen des Nichts hinabgleiten.

Wie konnte er dafür sorgen, daß er dieser Falle entging und seine Gefährtinnen mit ihm? Wenn bisher noch niemand dem Nichts entkommen war, um darüber zu berichten und andere zu warnen, dann war das ein schlechtes Omen, was ihre eigenen Chancen anging! Nun, dann würde er eben der erste sein, der es schaffte!

Konnte er vielleicht einen großen Vogel, möglicherweise einen Rokh, aufstöbern, der sie durch die Lüfte davontrug? Das bezweifelte Krach. Er hatte kein Vertrauen in Luftreisen, da er damit einige höchst unangenehme Erfahrungen gemacht hatte, und schon gar nicht vertraute er großen Vögeln wie Rokhs. Wovon ernährten die sich überhaupt?

Was gab es noch? Da hatte er plötzlich eine Idee, die sich vielleicht auch im Nichts verwirklichen ließ. Er würde die Eigenschaften des Nichts gegen das Nichts selbst ausspielen, anstatt gegen sie anzukämpfen. Er würde es versuchen – sobald die Zeit reif war.

»Da vorne ist irgend etwas«, meldete Chem. »Ich kann noch nicht genau erkennen, was es ist.«

Kurz darauf wußten sie es: eine Ogerin – das fleischigste, wildeste, haarigste, häßlichste Ungeheuer, dem er jemals begegnet war, mit einem solchen Breigesicht, daß ihm fast das Herz stockte. Wunderbar!

»Was macht denn die Zentaurin hier?« fragte Chem. Sofort unterzog die Schlauschlinge Chems Beobachtung einer Analyse. »Das ist noch so ein anonymes Wesen. Wir sollten etwas vorsichtig sein.«

»Ach so, ich verstehe! Meinst du, es ist ein Ungeheuer?« Die Zentaurin vermied es feinfühlig, ihre naheliegende Befürchtung auszusprechen – daß nämlich das Ungeheuer Tandy möglicherweise verschlungen haben könnte. Schließlich war es ihren Fußstapfen gefolgt.

»Vielleicht sollten wir es von verschiedenen Seiten angehen, so daß jeder dem anderen im Falle eines Angriffs beistehen kann.«

Diese Entscheidung befriedigte ihn zwar nicht voll, aber der Gedanke, daß Tandy vielleicht etwas zugestoßen sein könnte, ließ ihm keine Zeit für umständliche Überlegungen.

»Ja«, meinte Chem nervös. »Je mehr ich mich an diese Region gewöhne, um so weniger gefällt sie mir. Vielleicht kann sich einer von uns dieser Zentaurin nähern, während sich der andere versteckt bereithält. Wir können doch nicht einfach davon ausgehen, daß eine solch hübsche Zentaurenstute uns auf jeden Fall übel will!«

Andererseits konnten sie es sich nicht leisten, davon auszugehen, daß die häßliche Ogerin ihnen *nicht* übelwollte! Sie mußten auf alles gefaßt sein. »Versteck du dich. Ich werde sie freundlich ansprechen.«

Die Zentaurin schlich sich leise nach Westen davon und war kurz darauf verschwunden. Krach ließ ihr noch etwas Zeit, damit sie sich vorbereiten konnte, dann stampfte er sanft auf die Fremde zu.

»Hu!« rief er.

Die schrecklich abstoßende, herrliche Ogerin wirbelte herum und erblickte ihn. »Wer bist du, der ruft hu?« grunzte sie mit einer allerliebsten Stimme, die sich anhörte wie das Kratzen von Harpyienklauen auf schmutzigem Schiefer.

Krach, der ja wußte, daß sie nicht war, was sie zu sein schien, blieb vorsichtig. In Xanth besaßen Namen eine gewisse Macht, und er war ohnehin schon geschwächt genug; da war es besser, er blieb anonym, zumindest so lange, bis er wußte, was es mit diesem Wesen auf sich hatte. »Ich bin ein fragender Fremder«, antwortete er.

Sie polterte auf ihn zu und baute sich Schnauze an Schnauze vor ihm auf, wie es herrliche Ogerinnenart war. »Du nicht geheuer, du Ungeheuer«, krächzte sie heiser auf faszinierend unsubtile Weise, und sie schlug ihm mit einer haarigen Pratze gegen den Bauch.

Der Hieb war zwar äußerst kraftlos, dennoch schlug Krach einen höflichen Purzelbaum rückwärts, als habe es ihn umgehauen. Welch romantische Begegnung! Er erinnerte sich, wie seine Mutter seinen Vater immer in der Gegend herumgeschleudert hatte und auf seinem Gesicht herumgestampft war, um ihm ihre grausig schöne Liebe zu beweisen. Wie ähnlich diese Ogerin ihr doch war!

Und doch mahnte seine Schlauschlinge ihn zur Vorsicht, wie sie es stets zu tun pflegte. Das war gar keine wirkliche Ogerin; wahrscheinlich wollte sie ihn nur zurechtkneten, um ihn dann auffressen zu können. Vielleicht war sie in Wirklichkeit nicht halb so freundlich, wie sie sich gab. Deshalb revanchierte er sich nicht, wie es die Höflichkeit geboten hätte, indem er sie heftig gegen einen Baum schleuderte, zumal auch gerade kein geeigneter Baum in der Nähe war.

Statt dessen versuchte er es mit unogerhafter Eloquenz. »Das ist aber eine ungewöhnlich freundliche Begrüßung gegenüber einem Fremden.«

»Fremder nett, macht Gefahr wett.« Und sie verpaßte ihm einen freundlichen Tritt.

Krach war gefesselt. Er war sich zwar sicher, daß er keine Ogerin vor sich hatte, aber auf jeden Fall war es eine höchst interessante Person! Vielleicht sollte er ihre Hiebe doch erwidern. Er hob eine seiner Bratpfannenhände.

Da erschien eine dritte Partei – ebenfalls eine Ogerin. »Nicht schlagen, Krach!« rief sie ihm zu. »Mir ist eben erst klargeworden . . .«

»Krach?« wiederholte die erste Ogerin verwundert.

»Wir müssen alle genau beschreiben, was wir gerade sehen«, sagte die zweite Ogerin. »Fang du an, Krach.«

Verwirrt durch diesen unerwarteten Verlauf der Ereignisse, gehorchte er. »Ich sehe zwei höchst attraktiv brutale Ogerinnen, von denen jede ein noch breiigeres Gesicht hat als die andere, und jede beugt sich so tief nieder, daß ihre Handpranken fast bis zu den Hinterpranken reichen. Die eine ist braun, die andere rot.«

»Und ich sehe zwei Zentauren«, sagte die zweite Ogerin. »Einen schwarzen Hengst und eine rote Stute.«

Ach so! Dann war das also Chem, die in ihm und der ersten Ogerin Vertreter ihrer eigenen Art erblickte. Nachdem sie sich getrennt hatten, hatte ihre eigene Wahrnehmung die Oberhand bekommen, so daß sie ihn nun völlig falsch sah.

»Ich sehe einen attraktiven schwarzen Menschenmann und ein hübsches braunes Menschenmädchen«, sagte die erste Ogerin.

»Dann bist du Tandy!« rief Chem.

»Tandy!« wiederholte Krach erstaunt.

»Natürlich bin ich Tandy«, meinte Tandy. »Das war ich schon immer. Aber warum habt ihr beide euch als Menschen verkleidet?«

»Wir sehen jeder in den anderen unsere eigenen Artgenossen«, erklärte Chem. »Jeder hier im Nichts erzeugt instinktiv seine eigene Realität. Komm, fassen wir uns an den Händen, dann kommen wir vielleicht in die Wirklichkeit zurück.«

Sie folgten Chems Vorschlag, und nach und nach lösten sich die jeweiligen Illusionen auf, und Krach sah Chem in ihrem zerzausten braunen Fell und Tandy in ihrem zerfetzten roten Kleid.

»Als Mensch hast du wirklich schrecklich gut ausgesehen«, sagte Tandy traurig. »Ganz in Schwarz gekleidet, wie ein dunkler König, mit silbernen Handschuhen.« Krach stellte fest, daß seine orangefarbene Jacke inzwischen schon so schmutzig geworden war, daß man sie nicht mehr von seinem natürlichen Pelz unterscheiden konnte. »Aber warum bist du umgefallen, als ich versuchte, dir die Hand zu geben?«

Die Schlauschlinge verpaßte ihm eine peinliche Erkenntnis. »Ich habe deine Absichten mißverstanden«, gestand er. »Ich dachte, du wolltest freundlich sein.«

»Das war ich doch auch!« rief sie zornig. »Du warst der erste Mensch, dem ich in dieser seltsamen Gegend begegnet bin. Ich dachte, daß du vielleicht einen Ausweg wissen könntest. Aus eigener Kraft finde ich hier anscheinend nicht mehr heraus. Also wollte ich ganz besonders nett und freundlich sein, um dich auf keinen Fall zu verschrecken oder gar zu verjagen. Es hätte ja auch sein können, daß du dich ebenfalls verirrt hattest.«

»Ja, natürlich«, stimmte Krach ihr lahm zu.

»Aber du hast dich verhalten, als hätte ich dich irgendwie verprügelt oder so was!« schloß sie empört.

»Auf diese Weise zeigen Oger doch ihre Zuneigung«, erklärte Chem.

Tandy lachte laut auf. »Zuneigung! Auf diese Weise pflegen Menschen miteinander zu kämpfen!«

Krach schwieg. Die Sache war ihm entsetzlich peinlich.

Doch Tandy wollte nicht lockerlassen. »Du großer Dummbolzen! Dir werd' ich zeigen, wie Menschen Zuneigung ausdrücken!« Und sie packte Krachs Arm und riß ihn mit ihrer kraftlosen Menschengewalt an sich. Erstaunt gab er nach, bis sich sein Kopf gesenkt hatte und beider Gesichter auf gleicher Höhe waren.

Tandy warf die Arme um seinen pelzigen Hals und verpaßte ihm einen festen, langen, heißblütigen Kuß auf den Mund, wobei sich ihre Lippen an seinen rieben.

Krach war so überrascht, daß er sich erst einmal hinsetzte. Tandy folgte ihm, ihn noch immer umarmend, ihr Gesicht auf seins gepreßt. Er sackte gänzlich zu Boden, doch sie blieb bei ihm, und ihr langes braunes Haar flatterte, um seine wild und verblüfft starrenden Augen zu bedecken, während sie den Kuß zu Ende führte.

Endlich ließ sie ihn wieder los, weil sie nach Luft schnappen mußte. »Was hältst du davon, Oger?«

Krach lag reglos am Boden, unfähig, diese Erfahrung zu verarbeiten.

»Er ist ganz überwältigt«, meinte Chem. »Fürs erste Mal hast du ihm aber wirklich eine reichliche Dosis verpaßt!«

»Na ja, das wollte ich auch schon lange tun«, erwiderte Tandy. »Er war bloß zu blöd, um es zu bemerken.«

»Tandy, er ist doch ein Oger! Die verstehen nichts von menschlicher Romantik, das weißt du doch!«

»Er ist ein Oger mit einer Schlauschlinge. Da kann er es verdammt noch mal lernen!«

»Du bist reichlich unrealistisch, fürchte ich«, bemerkte die Zentaurin, als wäre Krach überhaupt nicht da. Vielleicht war das geistig gesehen ja auch sogar der Fall. »Du bist ein keckes, hübsches Menschenmädchen. Er ist ein riesiges Dschungeltier. Du kannst es dir einfach nicht erlauben, dich gefühlsmäßig an so ein Wesen zu binden. Das ist doch einfach nicht dein Typ!«

»Und wer, bitte schön, ist dann mein Typ?« fauchte Tandy. »Vielleicht irgendein verdammter Dämon, der es nur auf eine Vergewaltigung abgesehen hat? Krach ist das netteste männliche Wesen, das mir bisher in Xanth begegnet ist!«

»Und wie vielen männlichen Wesen bist du bisher in Xanth begegnet?« wollte die Zentaurin wissen.

Tandy schwieg. Natürlich hatte sie nur einen recht begrenzten Erfahrungsschatz.

Endlich wagte Krach einen Einwurf. »Du könntest vielleicht ein Menschendorf besuchen . . .«

»Halt dein Maul, Oger!« schrie Tandy. »Sonst kriegst du noch einen Kuß ab!«

Krach hielt sein Maul. Sie bluffte nicht – sie würde es glatt tun. Sie hatte ihre Arme schließlich noch immer um seinen

Nacken gelegt, da sie halb über ihm lag und ihn sozusagen am Boden festhielt.

»Du mußt aber doch realistisch bleiben«, wandte die Zentaurin ein. »Der Gute Magier hat dich mit Krach auf die Reise geschickt, damit dich der Oger bei deiner Suche nach einem Ehemann beschützt. Was nützt es dir jetzt, wenn du tatsächlich deinen dir vorbestimmten Mann findest, wie das Johann, die Sirene und vielleicht auch Goldy getan haben, wenn du deine Liebe närrischerweise schon vorher auf den Falschen richtest? Damit machst du doch deine eigene Suche zunichte!«

»Ja, ja, ja! Puh!« rief Tandy. »Du hast ja so recht, Zentaurin! Ich weiß, daß du recht hast, denn ihr Zentauren habt ja immer recht. Aber es tut so wohl!« Zwei heiße Regentropfen fielen auf Krachs Nase und brannten sich mit einer alles andere als physischen Säure in seine Haut ein. Sie weinte, und das verwirrte ihn noch mehr als der Kuß. »Seit er mich aus dem Kürbis gerettet und mir meine Seele wiedergegeben hat . . .«

»Ich leugne doch nicht, daß er ein gutes Wesen hat«, wandte Chem ein. »Ich meine doch nur, daß man realistischerweise . . .«

Tandy drehte sich wütend zu Krach um. »Du Ungeheuer! Warum konntest du kein *Menschenmann* sein?«

»Weil ich ein Oger bin«, erwiderte er.

Sie riß einen ihrer Arme los und tat, als wollte sie ihm ins Gesicht schlagen. Doch ihre Hand berührte ihn nicht.

Um ihn herum wirbelte das Nichts und wurde immer blasser. Krach begriff, daß sie ihn mit einem weiteren Koller getroffen hatte. Das war nun ironischerweise schon eher wie Ogerliebe! Warum war sie bloß keine Ogerin?

Eine Ogerin! Jetzt, von der doppelten Wucht des Kusses und des Wutkollers ganz benommen, trieb Krach wie im Tran dahin und erkannte mit halbem Bewußtsein, daß es das war, was ihm gefehlt hatte – eine Ogerin! Wie alle Mitglieder der Reisegruppe konnte auch er nicht allein leben. Er brauchte eine Gefährtin. Das hatte ihn zum Schloß des Guten Magiers Humfrey geführt, das war seine nichtgestellte Frage gewesen: Wie konnte er seine ideale Partnerin finden? Und Humfrey hatte es gewußt.

Natürlich würde es im Ogersumpf auch Ogerinnen geben. Deshalb hatte der Gute Magier ihm ja auch aufgetragen, die Ur-Oger aufzusuchen. Er würde sich eine aussuchen, die zu ihm paßte, sie nach Ogerart herumschmeißen und danach auf alle Zeiten in brutaler Glückseligkeit mit ihr zusammenleben, genau wie es seine Eltern getan hatten. Das leuchtete alles ein.

Er schwebte langsam wieder zur Erde hinab, als die fürchterliche Wirkung des Kollers nachließ. »Jetzt verstehe ich . . .« fing er an.

»Ich hab' dich gewarnt, Blödmann!« sagte Tandy. Sie beugte sich über ihn und drückte ihm einen weiteren schmatzenden Kuß auf den Mund.

Krach war so benommen, daß er diesmal beinahe begriff, was es mit einem solchen Kuß auf sich hatte. Vielleicht war das der Wirkung des Nichts zuzuschreiben, welches die Dinge ganz anders erscheinen ließ, als sie in Wirklichkeit waren. Es war fast, als würde sie ihm eins auf die Schnauze geben – und bei dieser Vorstellung wurde sie für ihn plötzlich noch viel anziehender.

Dann brach sie ab, und die merkwürdige Vorstellung fand ein Ende. Sie wurde wieder zu einem Mädchen, das sanft und weich und hübsch und nett und für eine Romanze völlig ungeeignet war. Wirklich zu schade.

»Ach, was soll's!« sagte Tandy. »Ich bin eine Närrin, und ich weiß es auch. Kommt, Leute, wir müssen von hier verschwinden.«

»Das läßt sich wahrscheinlich nicht so einfach bewerkstelligen«, meinte Chem. »Wir können zwar tiefer ins Nichts eindringen oder uns seitwärts bewegen, aber der Rückweg ist uns abgeschnitten. Ich bin mir sicher, daß wir es hier mit einer Art Strudel zu tun haben, der uns in seine Tiefe zieht. Ich wage gar nicht daran zu denken, was wir unten in seiner Mitte vielleicht vorfinden werden.«

»Auflösung«, erwiderte Tandy finster.

»Einen Schlund«, sagte Krach und stand mühsam auf. »Dieses Land ist ein Fleischfresser. Es gönnt uns lediglich eine Verschnaufpause, weil es uns nicht sofort aufzufressen braucht. Dafür hat es ja Herden grasender Tiere, die es zuerst vertilgen kann. Wenn es erst einmal richtig hungrig geworden ist, wird es sich auch über uns hermachen.«

»Das befürchte ich auch«, pflichtete die Zentaurin ihm bei. »Und doch muß es für kluge oder einfallsreiche Leute auch eine Fluchtmöglichkeit geben. Es gibt hier so viele Illusionen – vielleicht können wir es täuschen.«

»Bisher hat es ja wohl eher *uns* getäuscht«, entgegnete Tandy. »Wenn wir diese Mauer da nicht wegwünschen können . . .«

Doch Krachs Schlauschlinge liebäugelte mit ihrem Plan. »Wenn es eine andere Welt gäbe, in die wir entfliehen könnten, eine mit anderen Regeln und Gesetzen . . .«

»Was denn für eine, zum Beispiel?« fragte Chem interessiert.

»Der Hypnokürbis.«

»Ich mag den Hypnokürbis nicht!« platzte es sofort aus Tandy heraus.

»Und selbst wenn wir hineingingen, würden unsere Körper hierbleiben«, wandte die Zentaurin ein. »Der Kürbis ist selbst eine Falle, aber wenn wir der entkommen sollten, würden wir nur wieder im Nichts enden. Eine Falle in einer Falle.«

»Aber die Nachtmähren können überallhin«, meinte Krach. »Sogar nach Mundania. Und zurück.«

»Das stimmt«, sagte Tandy, »die können sogar durch Wände und Mauern gehen, und manche können auch über Wasser laufen, glaube ich. Es sind eben keine gewöhnlichen Mähren. Aber sie lassen sich nur sehr schwer einfangen und reiten, und der Preis, den man dafür zahlen muß . . .« Sie lächelte etwas schiefmäulig. »Den kenne ich zufällig!«

»Wenn der Nachthengst es ihnen aufträgt, würden sie uns schon auf ihnen reiten lassen«, erwiderte Krach.

»Ach, das hatte ich ja schon wieder ganz vergessen!« rief Tandy. »Du mußt ja noch gegen den Nachthengst kämpfen! Du hast deine Seele für mich geopfert . . .« Ihre Miene umwölkte sich. »Ach Krach, ich verdanke dir so viel!«

Die Zentaurin nickte nachdenklich. »Krach hat für dich seine Seele aufs Spiel gesetzt, Tandy. Ich kann verstehen, daß dich das berührt hat. Ich bin mir nur nicht sicher, daß du die Schuld, in der du bei ihm stehst, richtig interpretierst.«

»Ich war an diesem entsetzlichen Ort gefangen, ohne meine

Seele!« erwiderte Tandy. »Ich hatte alle Hoffnung verloren, in mir waren alle Lichter ausgegangen. Da kam Krach und hat gegen die Gerippe gekämpft und Sachen in der Gegend herumgeworfen und meine Seele geholt, und ich fing wieder an zu leben. Ich schulde ihm alles, einfach alles! Ich sollte meine Seele zurückgeben . . .«

»Nein!« rief Krach. »Ich habe versprochen, dich zu beschützen, und ich hätte dich lieber vor dem Kürbis beschützen sollen, anstatt im See herumzuplanschen. Die Sache werde ich schon allein ausbügeln.«

Chem schüttelte den Kopf. »Ich verstehe eure Probleme. Ich wünschte nur, daß ich auch die Antwort darauf wüßte.«

»Ich muß den Nachthengst sowieso aufsuchen«, sagte Krach. »Wenn ich ihn dann besiegt habe, verlange ich von ihm, daß er uns einige Mähren zur Verfügung stellt.«

»Das ist verrückt genug, um zu funktionieren!« meinte Chem bewundernd. »Aber eine Kleinigkeit hast du dabei übersehen: Es gibt hier keine Hypnokürbisse.«

»Wir benutzen ganz einfach deine Karte noch einmal.«

Die Zentaurin überlegte. »Ich muß zugeben, daß es mit deiner Ersatzschlauschlinge geklappt hat. Und unsere Lage ist auch so verzweifelt, daß wir einfach alles versuchen müssen. Aber . . .«

»Ersatzschlauschlinge?« unterbrach Tandy sie.

»Chem wird es dir erklären, während ich im Kürbis bin«, sagte Krach. »Jetzt wollen wir erst einmal mit Hilfe der Landkarte ein Kürbisfeld suchen.«

Die Zentaurin projizierte ihre Karte in die Luft und deutete auf einen Ort, an dem höchstwahrscheinlich Hypnokürbisse wuchsen, während Tandy skeptisch zusah. Dann begaben sie sich an die Stelle, was sie allerdings noch tiefer ins Innere des Nichts hineinführte.

Und da war sie auch schon – eine Reihe hübscher, fetter Hypnokürbisse mit Gucklöchern. Krach setzte sich vor dem größten nieder. »Ihr beide ruht euch am besten etwas aus«, schlug er vor. »Das hier kann ein Weilchen dauern, denn ich muß ja zunächst einmal den Nachthengst ausfindig machen, mit ihm kämpfen und dann die Mähren zusammentreiben.«

Tandy ergriff mit beiden Händen seine Riesenpranke. »Ach, Krach – ich wünschte, ich könnte dir helfen, aber ich habe solche Angst vor dem Kürbis ...«

»Du bleibst auf alle Fälle draußen!« rief Krach. »Du mußt allerdings in der Nähe bleiben, damit dich die Mauer nicht von mir abschneidet und du mir im Notfall nicht mehr helfen kannst«, fuhr er knurrig fort.

»Das werde ich! Das werde ich!« In Tandys Augen glänzten Tränen. »Ach, Krach, bist du denn auch stark genug? Ich hätte dich nicht mit meinem Koller schlagen dürfen ...«

»Ich mag deine Koller. Ruh du dich mal aus, und warte auf die Nachtmähren, aus welcher Richtung sie auch kommen mögen.«

Dann blickte er Chem an. »Paß auf sie auf«, sagte er und löste sich aus Tandys Griff.

»Das werde ich«, erwiderte die Zentaurin.

Dann legte Krach sein Auge an das Guckloch.

13 Seelenhändel

Sanft landete er auf einer riesigen leeren Bühne. Es war kein Erbrochenes zu sehen. Die Szenerie war neu.

Der Boden war hart wie Metall und ebenso poliert; seine Füße hinterließen schmutzige Abdrücke darauf. Ein unwirkliches Leuchten verbreitete eine unbestimmte Helligkeit. Ansonsten war nichts zu sehen.

Krach blickte sich um. Er dachte daran, daß er wohl an diesem Ort recht lange Ausschau nach dem Nachthengst halten konnte, denn er schien sich unendlich weit auszudehen. Irgendwie mußte er das Terrain systematisch absuchen.

Nun gut, das konnte er ja bereits. Er stampfte los und hinterließ dabei seine Bindfadenspur auf dem Boden. Nach und nach wurde der Faden zu einer langen Linie, die weit in der Ferne verschwand. Sie teilte die Ebene in zwei Teile.

Er erkannte, daß die Sache vielleicht doch länger dauern konnte, als er erwartet hatte.

Da die Mädchen draußen im Nichts vor dem Kürbis warteten und weder Nahrung noch Wasser suchen konnten, wollte er die Sache schnell hinter sich bringen. Irgendwie mußte er die Ereignisse beschleunigen.

Einmal mehr setzte er seine Schlauschlinge darauf an. Wie konnte man am schnellsten ein Wesen orten, das nicht geortet werden wollte?

Antwort: Wie wär's mit einem Verfolgen seiner Fährte?

Er musterte den Boden, und als er sich hinreichend konzentriert hatte, erblickte er tatsächlich Hufspuren. Sie kreuzten seine Linie von rechts hinten nach links vorne. Nun, *die* zu verfolgen war ja wohl kaum ein Problem.

Doch seine Schlauschlinge verhielt sich mal wieder unbequem mißtrauisch und ließ ihn die Einfachheit des ganzen Vorgehens in Frage stellen. Die Hufabdrücke waren wirklich verdächtig leicht zu finden gewesen, genau an der Stelle, an der er stehengeblieben war, um sie zu suchen, fast als sei es Absicht gewesen. Er wußte, daß es keineswegs einfach war, ein Wesen zu verfolgen, selbst wenn man es mit einer deutlichen Spur zu tun hatte. Die Fährte konnte schließlich ziellose Haken schlagen und sich schließlich in unwegsamem Gelände verlieren. Sie konnte ihm sogar gefährlich werden, sobald sein Opfer erfuhr, daß er es verfolgte – und das wußte der Nachthengst mit Sicherheit bereits. Da mußte man mit allen möglichen Finten und Hinterhalten rechnen.

Nein, es hatte keinen Zweck, das Spiel des Nachthengstes mitzuspielen. Dieser Fährte durfte er nicht trauen. Die hatte man nur ausgelegt, um einen gewöhnlichen Oger in die Irre zu führen. Da wäre es schon besser, dem Hengst Krachs Spiel aufzuzwingen, und wenn das Pferd nicht um Krachs heimliche Intelligenz wußte, war das ein Vorteil, der einen Hinterhalt durchaus wettmachen konnte. Ein kluger Oger war ein ganz anderer Gegner als ein dummer.

Krach stampfte weiter und folgte der eingeschlagenen Linie, die das Gebiet teilte. Das würde auch den Handlungsspielraum des Hengstes einschränken, da er keinen Ort mehr aufsuchen konnte, an dem Krach bereits nach ihm gesucht hatte, sofern er die Regeln richtig verstand, was wiederum zur Folge hatte, daß er Krachs Linie nicht mehr überschreiten durfte.

Und doch schien dieses Gebiet grenzenlos zu sein. Auf diese Weise würde er ewig herumstampfen können, ohne jemals ein Ende zu finden. Er begriff auch, daß eine Teilung des gesamten

Territoriums nicht unbedingt das zu durchkämmende Gebiet halbierte: Die Hälfte der Unendlichkeit war immer noch unendlich. Und solange er nicht genau wußte, in welcher Hälfte sich der Nachthengst befand, hatte er überhaupt nichts gewonnen. Krach dachte nach. Seine Schlauschlinge strengte sich jetzt richtig an. Eines mußte er dem Fluch ja lassen: Er versuchte auf jeden Fall, ihm weiterzuhelfen. Er stellte sich auch niemals gegen seinen Willen, sondern zeigte ihm statt dessen neue Aspekte einer Situation auf, um ihm effektivere Handlungsmöglichkeiten zu erschließen. Das hatte er feststellen können, als er versucht hatte, ohne die Schlinge vorzugehen. Jetzt brauchte er sie einmal mehr. Wie konnte er möglichst schnell und sicher vorgehen?

Da machte die Schlinge ihm einen Vorschlag.

Krach steckte sich das Fadenknäuel in den Mund und biß es entzwei. Nun besaß er zwei Knäuel, beide kleiner als das erste, aber magisch vollständig und intakt. Er nahm eines davon und rollte es mit gewaltigem Schwung nach vorn.

Der Ball schoß davon, entrollte sich und hinterließ seine schnurgerade Fadenspur. Da der Bindfaden unendlich lang war, würde er bis zum Ende der unendlich langen Ebene rollen. Unendlichkeit ließ sich nur durch Unendlichkeit umfangen, das hätte selbst ein gewöhnlicher Oger noch kapiert! Damit war der Spielraum des Hengstes endgültig halbiert.

Nun legte Krach sein Ohr auf den Boden und horchte. Ja, tatsächlich – sein feines Gehör nahm ein fernes Hufgetrappel zur Rechten wahr. Der Hengst war irgendwo dort vorne und wich dem dahinrollenden Fadenknäuel aus. Jetzt hatte Krach das Geschöpf wenigstens ungefähr geortet. Er hatte etwas Unerwartetes getan, seinen Gegner zum Handeln gezwungen und dadurch einen kleinen Vorteil eingeheimst.

Krach zerbiß das verbliebene Knäuel in zwei Hälften und machte daraus Bälle. Einen davon schleuderte er gen Osten, und zwar in einem solchen Winkel, daß er damit den Nachthengst einschließen mußte. Dann horchte er erneut auf Hufgetrappel, ortete den Hengst und schnitt ihm mit dem letzten Knäuel den Fluchtweg ab. Nun war sein Gegner in einem Fadendreieck gefangen. Denn wenn Krach auch nicht persönlich dort gewesen war, wo jetzt der Bindfaden auslag, blieb dieser doch immer noch sein Gehilfe und zählte darum mit Sicherheit voll und ganz. Das Pferd konnte seine Fadengrenze nicht überschreiten, wenn es nicht gegen seine eigene Regel verstoßen wollte, stets dort zu sein, wo Krach als letztes hinschaute.

Krach legte sein Ohr auf den Boden. Das Hufgetrappel war verstummt. Entweder war der Nachthengst ihm doch noch entkommen, oder er war stehengeblieben. Da ersteres bedeutet hätte, daß Krach geschlagen wäre, entschied er sich lieber für die zweite Möglichkeit. Er hatte sein Ziel endlich eingegrenzt.

Krach stapfte in das Dreieck, in dem er schon bald den Nachthengst finden würde. Bald darauf erblickte er einen Fleck am Horizont. Mißtrauisch und auf alles gefaßt, stampfte er weiter. Tatsächlich – ein flügelloses, mitternachtsschwarzes Pferd mit ebenso schwarz glänzenden Augen. Das war mit Sicherheit der Nachthengst, der Herrscher über die Nachtmährenwelt, mit dem er noch eine Rechnung zu begleichen hatte.

Krach blieb stampfend vor dem Wesen stehen. Er war zwar etwas größer als das Pferd, dafür hatte dieses jedoch eine größere Körpermasse. »Ich bin Krach der Oger«, sagte er. »Und wer bist du?« Denn es war klüger, in solchen Fällen auf Nummer Sicher zu gehen.

Das Wesen stand einfach nur da. Da erblickte Krach eine Plakette, die an seinen Vorderhufen befestigt war, und darauf stand das Wort: TROJAN.

»Also gut, Trojanisches Pferd«, sagte Krach, »ich bin gekommen, um meine Seele wieder auszulösen.«

Er hatte erwartet, daß das Tier ihn sofort angreifen würde, doch es verharrte reglos und erwiderte auch nichts. Genausogut hätte es eine Statue sein können.

»Wie geht das?« fragte Krach.

Immer noch keine Antwort. Anscheinend schmollte das Pferd, weil er es eingefangen hatte.

Krach musterte den Hengst genauer. Der sah aber wirklich aus wie steifgefroren! Er trat einen Schritt vor und berührte ihn mit einer Bratpfannenhand.

Der Körper des Pferdes war metallkalt und hart. Es war tatsächlich eine Statue!

Hatte er vielleicht doch den falschen erwischt? Das würde bedeuten, daß er auf ein Ablenkungsmanöver reingefallen war und seine Suche von vorne beginnen mußte. Dieser Gedanke behagte ihm gar nicht, deshalb verdrängte er ihn sofort wieder.

Er betrachtete den Boden. Hinter der Statue waren Hufabdrücke zu erkennen. Das Ding mochte zwar festgefroren sein, hatte sich vorher aber auf jeden Fall bewegt. Vielleicht versuchte es mit seiner Reglosigkeit nur, Krachs Suche zu behindern. Das Biest war wirklich gerissen!

Na ja, da hatte der Oger so seine Methoden. Er baute sich vor dem Hengst auf und hielt ihm eine Riesenfaust unter die Nase. »Verhandele mit mir, Tier, oder ich hau dich schrottreif!«

Die mitternachtsschwarzen Augen schienen zu glitzern. Trojan mochte es wohl nicht, wenn man ihm drohte!

Krach fand sich allein auf einem windigen, regnerischen Gipfel wieder.

Er ließ seinen Blick schweifen. Der Gipfel war gerade groß genug, daß er darauf sitzen konnte, wies aber ansonsten keine besonderen Merkmale auf. Der flache, glatte Fels brach abrupt an der Kante ab, und die steile Wand endete tief unten in einem donnernden Ozean. Es gab weder Pflanzen noch Nahrung noch sonst etwas – nur das Zargen des Windes und das Tosen des Meeres in der Tiefe.

Das hatte natürlich der Nachthengst vollbracht. Er hatte ihn an diesen einsamen Ort gezaubert, um ihn loszuwerden. Soweit also zum Thema ›fairer Kampf‹.

Der Sturm kam näher, Stürme liebten es, mit Leuten zu spielen, die sich auf einsamen Felsen befanden! Ein Blitz zuckte auf und schlug in den Gipfel ein. Da brach ein Stück Felsgestein funkensprühend ab und taumelte wie im Zeitlupentempo in die Tiefe.

Krach stand am rauchenden Felsrand und beobachtete den winzigen Platscher des ins Wasser stürzenden Felsens. Der Stein war recht groß und massiv gewesen, doch aus der Höhe betrachtet erschien er ihm nicht größer als ein Kiesel.

Das hier war wirklich ein hübscher Urlaubsort für Oger!

Aber er wollte jetzt keinen Urlaub machen, sondern gegen Trojan kämpfen. Wie konnte er das tun?

Er hatte durch den Blitzschlag etwa ein Viertel seiner Standfläche eingebüßt, so daß er sich nicht einmal mehr auf dem Boden zusammenkringeln konnte. Der Wind blies ihm immer heftiger durch den Pelz und versuchte ihn vom Gipfel zu wehen. Krach wollte sich zwar gerne wieder auf die Reise machen, aber nicht auf diese Weise!

Der Regen prasselte auf ihn nieder und ließ den Stein noch glitschiger werden. Die Wasserfluten umspülten seine Füße und versuchten seinen Zehen ihren Halt zu nehmen, um ihn in einem Sturzbach den Fels hinabzureißen. Ein solcher Sturz tat zwar dem Wasser nicht weh, aber seiner Haut dürfte er kaum gut bekommen.

Unten nahm eine gewaltige Woge einen riesigen Anlauf und donnerte schließlich gegen die Felssäule, die sofort zu beben begann. Wieder schälten sich Gesteinsschichten ab und stürzten in die Tiefe. Einen Augenblick lang glaubte Krach schon, daß die ganze Sache jetzt zusammenbrechen würde, doch etwa die Hälfte des Gesteins widerstand dem Ansturm und blieb stehen. Es war allerdings offensichtlich, daß sein Gipfel nicht mehr lange würde standhalten können.

Krach dachte nach. Wenn er hier stehenblieb, würde die Gesteinssäule bald zusammenbrechen und ihn in den gierigen Ozean stürzen lassen. Er war zwar ein Oger, aber er war noch nicht wieder bei vollen Kräften, und es konnte durchaus sein, daß er im Wasser zwischen den herabstürzenden Felsen zermalmt würde. Wenn er versuchte hinabzuklettern, würde das gleiche passieren – die Säule würde zusammenbrechen, bevor er unten angekommen war. Oger waren durchaus zäh, doch die Naturgewalten, die hier am Werk waren, waren wirklich überwältigend; er hatte keine reelle Chance mehr.

Er sah, daß die Wogen sich erst dicht am Felsenturm entwickelten. Seine Schlauschlinge kam zu dem Schluß, daß das Wasser folglich tiefer war, je weiter es vom Felsen entfernt war, denn tiefes Wasser war träge und gab seine Ruhe nicht gerne preis. Das aber konnte bedeuten, daß man dort ungefährdet hineinspringen durfte.

Also gut. Es tat ihm zwar leid, diesen hübschen Turm verlassen zu müssen, aber er hatte nun einmal Dringenderes zu tun. Er sprang von der Kante und segelte wie ein tolpatschiger Schwan auf das tiefe Wasser zu.

Da fiel ihm ein, daß er ja gar nicht besonders gut schwimmen konnte. In einem stillen See war das egal, aber in Sturzbächen neigte er dazu, zu ertrinken.

Er blickte den weiten Ozean an, der sich tief und dunkel unter ihm auftat. Das war kein bloßer Sturzbach, sondern ein urtümliches Ungeheuer. Er hatte wirklich nicht die geringste Chance. Schade.

Er stand wieder vor der Pferdestatue. Es war weder ein Turm noch ein Ozean zu sehen. Alles war nur eine magische Vision gewesen. Eine Prüfung vielleicht oder eine Warnung. Offensichtlich war er erschöpft und matt; wahrscheinlich hatte er einen Teil seiner Seele verloren.

Doch nun wußte er immerhin, wie die Sache funktionierte. Der Nachthengst kämpfte nicht körperlich gegen ihn, sondern schleuderte ihm turbulente Visionen entgegen, so wie es Tandy mit ihren Kollern und die Strudelungeheuer mit ihren Flüchen taten.

»Versuch's ruhig noch mal, Pferdegesicht!« grunzte er. »Meine Seele will ich immer noch wiederhaben!«

Die dunklen Augen des Nachthengstes funkelten bösartig.

Da stand Krach mitten in einem Rudel mundanischer Löwen. Er fühlte sich stark geschwächt, wahrscheinlich war das hier Mundania, also jenseits der Zone der Magie, so daß seine magische Kraft verloren war.

Die Löwen knurrten wie säugende Drachen, peitschten mit ihren buschigen Schwänzen und umzingelten ihn. Es waren sechs an der Zahl: ein Männchen, vier Weibchen und ein Junges. Die Weibchen schienen am aggressivsten zu sein. Sie beschnüffelten ihn und versuchten offenbar einzuschätzen, wie gefährlich – und wie genießbar – er war.

Normalerweise hätte Krach sich nichts Schöneres wünschen können, als sich unter eine Menge von Ungeheuern zu mischen, um dort ein herrliches Chaos zu veranstalten. Oger lebten nun einmal für die Freuden blutiger Schlachten, waren Raufbolde. Doch zwei Dinge sprachen dagegen – seine Schlauschlinge und seine Schwäche. Erstere meinte leider, daß es wohl besser sei, sich möglichst nicht auf eine Prügelei einzulassen, deren Ausgang ungewiß war, und zweitere wies ihn darauf hin, daß der Ausgang zuhöchst ungewiß sein würde. Er täte besser daran, meinte seine feige Intelligenz, auf der Stelle zu fliehen.

Doch dagegen sprachen wiederum zwei Dinge: Erstens gab es keinen Ort, an den er hier hätte fliehen können, denn er befand sich in einer ummauerten Arena, die oben mit Maschendraht überdacht war, und zweitens hatten ihn die Löwen sowieso schon umzingelt, so daß er kämpfen mußte, wenn es ihm nicht gelang, sie zu bluffen.

Er versuchte es mit dem Bluff. Er hob seine Riesenfäuste, obwohl diese nun wegen der fehlenden Panzerfäustlinge ungeschützt waren, und brüllte los. Das war eine Haltung, die fast allen Wesen in Xanth sofort Angst eingejagt hätte.

Doch die Löwen waren nicht aus Xanth. Sie stammten aus Mundania und mußten erst noch lernen. Sie griffen an.

Unter normalen Umständen hätte Krach aus sechs solchen Ungeheuern mit ebenso vielen Fausthieben und Fußtritten schnellstens Hackfleisch gemacht. Doch da er nur noch mundanische Normalstärke aufwies, konnte er lediglich einen der Löwen fertigmachen. Während er den zermalmte, bissen die anderen zu.

Kurz darauf hatten sie die Wurstsehnen seiner Arme und Beine durchgebissen, so daß seine Bratpfannenhände und -füße nutzlos geworden waren. Dann durchkauten sie den Nervenkanal seines Nackens, so daß sein Kopf ein Stückchen von seiner Funktionsfähigkeit verlor. Jetzt war er fast völlig hilflos. Er konnte zwar noch fühlen, konnte sich jedoch nicht mehr bewegen.

Da machten sie sich genüßlich und langsam über ihn her, an Armen und Beinen je ein Weibchen, während das Männchen sich aus Krachs Bauch die leckeren Eingeweide hervorkrallte.

Das zerschundene Junge rappelte sich immerhin wieder so weit auf, daß es einen Versuch mit Krachs Nase machte und kleine Stückchen davon abbiß, um nicht an allzu großen Brocken zu ersticken. Es tat entsetzlich weh, als die Ungeheuer seine Hände und Füße abfraßen und sich auf seine Nieren stürzten, und es machte auch keinen besonderen Spaß, als das Junge ihm einen Augapfel auslutschte, doch Krach schrie nicht auf. Es schien keinen Zweck zu haben, Lärm zu machen, und außerdem war das sowieso schwierig, wenn man keine Zunge mehr hatte und ein Löwe gerade auf seinen Lungen herumkaute. Er wußte, daß alles Gefühl enden würde, sobald die Bestien seine lebenswichtigen Organe vertilgt hatten, deshalb verhielt er sich lieber abwartend.

Doch die Löwen hatten sich schnell satt gegessen, denn Krach war äußerst fleischig. Verstümmelt und ausgenommen ließen sie ihn liegen und stapelten sich zu einem Familiennickerchen übereinander. Jetzt erschienen die Fliegen, die sich in Schwärmen über ihn hermachten, und jeder ihrer Bisse war eine Qual für sich. Die Sonne brannte durch den Maschendraht auf ihn herab und versengte sein intaktes Auge, das er infolge seiner Lähmung nicht mehr schließen konnte. Schon bald darauf war er erblindet. Doch noch immer konnte er spüren, wie die Fliegen über seine Nase krabbelten und sich neue Appetithappen und Legestellen für ihre Larven aussuchten. Er wußte, daß sich die Sache noch fürchterlich in die Länge ziehen würde, denn er war wirklich eine fette Beute.

Wie war er nur in diese Lage geraten? Indem er den Nachthengst herausgefordert hatte, ihm seine Seele wiederzugeben und Tandy und Chem aus dem Nichts zu befreien. War das die Sache wert gewesen? Nein, weil er ja gescheitert war. Ob er es noch einmal versuchen würde? Ja, weil er seinen Freundinnen immer noch helfen wollte, so weh es auch tun mochte.

Er stand wieder vor Trojan, körperlich vollständig und unversehrt. Es war wieder einmal eine Prüfung gewesen, und diese hatte er offensichtlich ebenfalls nicht bestanden. Er hätte die Löwen irgendwie vernichten müssen, anstatt sich von ihnen auffressen zu lassen. Aber trotzdem schien er noch immer im Besitz des größten Teils seiner Seele zu sein, und vielleicht würde es ihm bei der dritten Prüfung ja gelingen, den Rest zurückzugewinnen.

»Ich bin immer noch dabei, Herr der Nachtmähren«, sagte er zu der düsteren Statue.

Wieder blitzten die Augen grausam auf. Dieses Wesen der Nacht kannte weder Mitgefühl noch Erbarmen!

Krach stand am Fuß eines Felsenbergs.

»Hilfe!« rief jemand. Es hörte sich an wie Tandy.

Wie war die denn hierhergekommen? Hatte sie seine Anweisungen nicht befolgt und war in den Kürbis eingedrungen, um ihn mit Hilfe seiner Bindfadenspur zu suchen? Dummes Mädchen! Krach schaute sich um, konnte aber niemanden entdecken.

»Hilfe!« schrie sie zum zweiten Mal. »Ich bin unter dem Berg!«

Krach war entsetzt. Er mußte sie dort herausholen! Es gab keinen Gang, also mußte er die Felsbrocken hochheben und davonschleudern. Da seine Kräfte wieder fast hergestellt waren, war das nicht sonderlich schwer.

Doch es waren recht viele Felsbrocken, und Tandys Stimme schien stets aus dem jeweils untersten Haufen zu kommen. Krach kam zwar gut voran, als er den Berg dem Erdboden gleichmachte, war jedoch noch lange nicht am Ziel. Langsam wurde er müde.

Endlich war der Steinhaufen hinter ihm größer als der vor ihm, und dennoch ertönte Tandys Stimme noch immer von unten zu ihm empor. Wie war sie nur so tief in die Erde gelangt? Er hatte nicht mehr die Kraft, die Felsen davonzuschleudern, sondern mußte sie unter größten Anstrengungen forttragen. Schließlich konnte er sie nicht einmal mehr heben und mußte sie vor sich hin rollen.

Endlich hatte er den Berg versetzt, und der Boden vor ihm war eben. Doch noch immer rief ihn die Stimme von unten an. Vor ihm lag eine Grube, die so groß war wie ein umgekehrter Berg – und Tandy lag ganz unten darunter.

Sein Körper war taub vor Erschöpfung. Inzwischen machte es ihm sogar schon Schwierigkeiten, sich auch nur zu bewegen. Insofern war diese Qual noch schlimmer als vorhin in der Löwenarena, denn da hatte er einfach nur stilliegen und abwarten können. Statt dessen mußte er nun seine unwilligen Muskeln antreiben, ihre Pflicht zu erfüllen, und sich damit selbst peinigen. Doch er fuhr weiterhin fort, denn schließlich hatte er eine Aufgabe zu erfüllen.

Je weiter er kam, um so schlimmer wurde die Arbeit, denn nun mußte er die Felsbrocken auch noch aus der immer tiefer werdenden Grube schieben, hoch über den Rand hinaus. Unentwegt ertönte Tandys verzweifelter Hilfeschrei aus der Tiefe. Krach wankte plötzlich. Ein Felsen rutschte ihm aus den Händen und rollte in die Tiefe. Er stolperte hinterher und hörte ihr schwaches Schluchzen. Sie schien genauso schnell dahinzusiechen wie er selbst.

Doch jetzt war er am Ende. Er konnte den Stein nicht mehr weit genug tragen, so sehr er sich auch anstrengen mochte. Er versuchte es noch immer, als er zusammenbrach und der große Fels ihn überrollte.

Wieder stand er vor dem Nachthengst, und wieder war seine Kraft auf wunderbare Weise zurückgekehrt. Er erkannte, daß Tandy gar nicht in seiner Vision gewesen war, sondern nur ihre Stimme, die ihn zu einer unmöglichen Anstrengung verleitet hatte.

»Ich will noch immer meine Seele und meine Freundinnen retten«, sagte Krach, obwohl er sich inzwischen vor dem fürchtete, was der Nachthengst ihm als nächstes entgegenschleudern mochte. Tandy mochte zwar vielleicht gar nicht unter jenem Felsen gewesen sein, aber sein Erfolg bei diesen Prüfungen und Anstrengungen bestimmte letztlich auch über ihr Schicksal mit, so daß es das gleiche war. »Trojan, gib dein Schlimmstes!«

Die bösartigen Augen blitzten fürchterlich auf und hüllten das ganze Gebiet in Finsternis.

Krach befand sich gemeinsam mit anderen Wesen in einem Lager. Es war ein erbärmlicher Ort, der nach Armut, Verzweiflung und Hoffnungslosigkeit stank. Aus dem Boden schossen grelle Feuerfontänen hervor, die ihnen den Fluchtweg abschnitten. Harpyien und andere Aasvögel schwebten über ihnen und hielten Ausschau nach Opfern.

»Freßzeit!« rief ein Wächter und schüttete einen Kübel mit Abfällen auf den Boden. Ein Gnom, ein Elf und ein Flügeldrache stürzten sich auf das stinkende Zeug, doch bevor sie sich mehr als ein paar schmutzige Klumpen hatten sichern können, jagten die Harpyien in einer Schwadron vom Himmel herab und schnappten ihnen den Rest weg, um statt dessen nur einen Haufen Kot zurückzulassen. Wütend und frustriert gerieten sich die Gefangenen untereinander in die Haare. Krach bemerkte, daß sie alle ausgehungert waren. Kein Wunder, bei diesen lauernden Harpyien!

Welcher Folter würde man ihn wohl diesmal aussetzen? Während er darüber nachdachte, huschte die Sonne plötzlich mit einer Geschwindigkeit über den Himmel, als hätte die Zeit eine gewaltige Beschleunigung erfahren; denn normalerweise konnte nichts die Sonne dazu bringen, sich auch nur ein winziges Stückchen schneller vom Fleck zu bewegen. Krachs Hunger wuchs ebenfalls mit rasender Geschwindigkeit, denn ein Oger brauchte eine ganze Menge Nahrung, um gesund zu bleiben.

»Fraß!« rief der Wächter und entleerte einen weiteren Eimer. Wieder gab es ein Handgemenge, doch diesmal war der Flügeldrache nicht mehr dabei. Dieses edle kleine Wesen war inzwischen viel zu ausgezehrt, um sich noch auf irgend etwas stürzen zu können. Und wieder bekamen die Harpyien den Löwenanteil zu fassen. Krach verspürte Reue; selbst Abfall erschien ihm inzwischen eßbar und lecker, und er hatte nichts abbekommen. Natürlich würde er sowieso nichts anfassen, was mit einer Harpyie in Berührung gekommen war; die verdarben zehnmal mehr Nahrung, als sie auffraßen, indem sie das Übriggebliebene mit ihrem giftigen Kot beschmierten. Harpyien waren die schmutzigsten Vögel der Welt. Tatsächlich war es sogar so, daß sich alle richtigen Vögel weigerten, mit diesen hexenköpfigen Monstern etwas zu tun zu haben.

Der Flügeldrache gab einen matten Feuerrülpser von sich und brach zusammen. Von unogerhaftem Mitleid bewegt, schritt Krach zu ihm hinüber. »Kann ich irgend etwas für dich tun?« fragte er. Es war eine Geste von Ungeheuer zu Ungeheuer. Doch der Flügeldrache verschied einfach nur.

Sofort scharten sich die anderen Gefangenen zusammen und machten sich über ihn her; Drachenfleisch war immer noch besser als der Hungertod. Angewidert von der Vorstellung, daß ein solch prächtiges Kampftier so ruhmlos vertilgt werden sollte, ballte Krach eine Faust, um den Leichnam zu verteidigen. Doch die Aasvögel stürzten sich wie die Geier im Schwarm von allen Seiten gleichzeitig auf den toten Drachen; alles geschah so schnell, daß Krach nichts mehr dagegen ausrichten konnte. Einen Augenblick später war nur noch ein Knochengerippe übrig. Wahrscheinlich war sein Eingreifen von Anfang an sinnlos gewesen, aber nun wußte er, daß er nur seine Energie verschwendet hatte. Krach begab sich wieder zurück an seinen Ort.

Am nächsten Morgen verspürte Krach einen Riesenhunger, genau wie seine überlebenden Mitgefangenen. Gierig musterten sie einander heimlich, um abzuschätzen, wann einer von ihnen zu schwach werden würde, um sich gegen das Aufgefressenwerden zu wehren. Als der Wächter mit dem Kübel ankam, stolperte der Gnom auf ihn zu. »Essen! Essen!« krächzte er.

Der Wächter hielt inne und musterte den Gnom zynisch. »Bist du bereit zu zahlen!«

»Ich werde zahlen! Ich werde zahlen!« willigte der Gnom mit schuldbewußtem Eifer ein.

Der Wächter griff durch die Feuerstäbe in den Leib des Gnoms hinein. Dann holte er die widerstrebende Seele hervor, ein ausgemergeltes, zerrupftes Ding, das sich langsam zu einer blassen Kugel verdichtete. Der Wächter musterte sie eindringlich, um sicherzugehen, daß sie vollständig war, dann stopfte er sie achtlos in einen schmierigen Sack. Als nächstes setzte er den Kübel ab und winkte die Harpyien davon. Die kreischten protestierend, gehorchten aber. Bis auf eine allerdings, die sich so weit vergaß, daß sie auf die verlockenden Abfälle zuschoß. Die Augen des Wächters funkelten finster, und die Harpyie wich entsetzt und kreischend zurück, um schließlich hoch davonzufliegen, wobei sie in ihrer Eile mehrere ölige Federn verlor. Krach fragte sich, was sie wohl so erschreckt haben konnte, denn normalerweise hatten Harpyien vor nichts Respekt, und der Wächter war nur ein gewöhnlicher Mensch oder zumindest eine einigermaßen gelungene Nachbildung eines Menschen.

Der Gnom steckte den Kopf in den Kübel und schlang gierig die Abfälle in sich hinein. Endlich hatte er sein Essen, nachdem er dafür bezahlt hatte.

Der Wächter drehte sich um und blickte Krach an. Seine Augen glitzerten böse, und Krach erkannte, daß er es mit einem weiteren Aspekt des Nachthengstes zu tun hatte, der gerade die Runde machte und Seelen einsammelte.

Jetzt verstand Krach auch, worum es bei dieser Prüfung ging. Er beschloß, sein Leben nicht um diesen Preis zu erkaufen. Denn wenn er seine Seele hier verlor, würde er sie überall verlieren, und dann würde er Chem und Tandy nicht mehr zur Flucht verhelfen können. Doch er wußte auch, daß dies die schwerste Prüfung von allen werden würde. Jedesmal wenn der Hengst vorbeikam, würde Krach noch hungriger sein, und der Kübel mit Abfällen würde zu einer immer stärkeren Verlockung werden. Wie konnte er sichergehen, daß er auch dann noch durchhalten würde, wenn der Hunger seine Muskeln schlaff werden ließ und ihm seine letzte Willenskraft raubte? Hier ging es nicht um eine einmalige Anstrengung, sondern um ein Aushungern, eine Belagerung – und der Hunger eines Ogers war noch schrecklicher als seine Kraft.

Die Sonne schob sich schnell über das Firmament und sah selbst ziemlich unterernährt und irritiert aus. Sie verpaßte ein paar unschuldigen Wolken, die ihr im Weg waren, einen Tritt und versengte eine von ihnen, so daß sie den Halt verlor und den Boden benäßte. Es war ein schlimmer Tag, und Krachs Hunger wurde auch immer schlimmer. Er mußte fliehen, bevor er aufgab.

Er erhob sich, klopfte sich den Staub aus seinem zottigen, schmutzigen Pelz und stapfte auf den Feuerzaun zu. Diese Feuerfontänen waren anders als jene der Feuerwand in Xanth oder die Stichflammen in der Region des Feuers, denn sie waren dichter und heißer als erstere und beständiger als die anderen. Doch vielleicht gelang es ihm ja, sie dennoch zu durchqueren. Auf jeden Fall mußte er es versuchen.

Er hielt die Luft an, schloß die Augen und sprang durch die Flammenwand. Schließlich hatte er das ja auch schon mal in der richtigen Welt getan, da würde er ein bißchen zusätzliches Gesenge auch noch überleben.

Er spürte eine plötzliche, alles versengende Hitze. Sein Pelz kräuselte sich und begann zu kokeln. Das war doch noch schlimmer, als er erwartet hatte, denn sein vom Hunger ausgezehrter Körper reagierte nun viel empfindlicher auf den Schmerz als vorher. Da ließ das Feuer nach. Mit verbrannten Zehen bremste er quietschend und öffnete die Augen.

Er befand sich im Gefangenenlager, die Feuermauer hinter sich. Sein Pelz wies schwarze Brandstreifen auf, und seine Haut schmerzte; doch was das schlimmste war: Er hatte anscheinend irgendwie kehrtgemacht oder die Richtungen verwechselt. Was für eine Schlamperei!

Er drehte sich wieder um, atmete erneut tief durch, kniff die Augen zusammen und sprang zum zweiten Mal durch die Flammenwand. Wieder erlitt er entsetzliche Schmerzen. Doch diesmal war er sich sicher, daß er nicht kehrtgemacht hatte, denn als er in das Feuer eingedrungen war, hatte er sich bereits mitten in der Luft im Sprung befunden.

Doch als er die Augen wieder öffnete und mit den Wimpern die Asche fortklimperte, fand er sich erneut im Gefängnislager wieder. Anscheinend war es doch nicht so leicht zu fliehen! Er mußte sich wohl den Gesetzen dieser Szene beugen.

Dennoch machte er sich zu einem dritten Versuch bereit, denn Oger wußten nie, wann sie aufhören mußten. Doch als er die Flammengitter musterte, erblickte er plötzlich den Wächter, der unmittelbar dahinter stand und ihn glitzernd anblickte. Plötzlich wußte Krach doch, wann er aufzuhören hatte. Er machte kehrt und kauerte sich wie ein gehorsamer Gefangener an seinem Platz nieder. Er wollte sich dem Dunklen Pferd erst nähern, wenn dieser Kampf hier beendet war.

Die Sonne ging wieder unter. Ein weiteres armes Wesen gab

dem Nachthengst seine Seele preis, um sich damit etwas Nahrung zu erkaufen. Zwei andere starben den Hungertod. Krachs Brandwunden entzündeten sich, und sein Fell fiel ihm in Streifen vom Leib. Sein Bauch blähte sich auf, während seine Glieder schrumpften. Er wurde zu schwach, um noch aufrecht stehen zu können, also saß er mit gekreuzten Beinen da, den Kopf vornüberhängend, und betrachtete die Sehnen, die sich hoch auf seinen Oberschenkeln abzeichneten, wo ihm das Haar ausgefallen war. Er bat nicht um Nahrung, obwohl ihn sein Hunger mittlerweile selbst auffraß. Er kannte den Preis.

Während die Tage und Nächte über den Himmel jagten, verhungerte er langsam. Er erkannte, daß der Nachthengst nach seinem Tode ohnehin seiner Seele habhaft werden würde. Irgendwie hatte er auch diese Prüfung wieder versiebt.

Wieder einmal stand er vor der Hengststatue. Noch immer besaß er einen Teil seiner Seele und wollte sie nicht preisgeben. Anscheinend konnte immer nur ein bestimmter Teil seiner Seele pro nichtbestandener Prüfung eingesammelt werden, und Oger waren sture Wesen. »Ich kämpfe so lange um meine Seele, wie ich noch so etwas wie eine Seele habe«, erklärte Krach. »Komm schon, den nächsten Horror, bitte.«

Die Augen des Nachthengstes glitzerten. Dann bewegte er sich plötzlich. »Du hast gut zu kämpfen verstanden, Oger«, sagte er, indem er ohne jede Anstrengung sein Pferdemaul benutzte. »Du hast jede der Herausforderungen bestanden.«

Das kam nun aber völlig unerwartet! »Aber ich bin doch jedesmal gestorben!«

»Ohne jedoch auch nur einmal von deinem Ziel abzuweichen. Du wurdest mit der Furcht konfrontiert, hast dich jedoch nicht gefürchtet ...«

»Na ja, Oger wissen eben nicht, was Furcht ist«, meinte Krach.

»Und du hast dich dem Schmerz gestellt, hast aber nicht kapituliert ...«

»Oger wissen nicht, wie so etwas geht«, gestand Krach.

»Dann wurdest du von deiner Müdigkeit und Erschöpfung herausgefordert ...«

»Wie konnte ich denn aufhören, wenn ich doch glaubte, daß meine Freundin in Gefahr sei?«

»Und vom Hunger.«

»Ja, das war schlimm«, gab Krach zu. »Aber der Preis war einfach zu hoch.« Seine Schlauschlinge hatte ihm klargemacht, was dieser Preis bedeutete, sonst hätte er mit Sicherheit aufgegeben.

»Und so hast du dich durchgestümpert, ohne dich von deinem Ziel abbringen zu lassen, und damit hast du vier Fünftel deiner verpfändeten Seele wiedergewonnen. Jetzt bleibt nur noch eine einzige Prüfung übrig, aber von der hängt auch alles ab, was du bis jetzt gewonnen hast. Entweder du gewinnst hier deine ganze Seele zurück, oder du verlierst sie.«

»Dann stell mich vor diese Prüfung«, sagte Krach mit Entschiedenheit.

Die Augen des Hengstes flackerten intensiv, aber diesmal verwandelte sich die Szene nicht. »Warum hast du die Verpfändung deiner Seele zugelassen?« fragte ihn das Wesen.

Krachs Schlauschlinge warnte ihn, daß das Augenflackern bedeutete, daß er in eine neue Vision projiziert worden war. Da sich die Szenerie jedoch nicht verändert hatte, mußte es sich um eine andere Art von Prüfung handeln als bisher. Also Vorsicht!

»Um die Seele meiner Freundin zu retten, die zu beschützen ich versprochen habe«, erwiderte Krach vorsichtig. »Ich dachte, das wüßtest du. Schließlich war es dein Vasall im Sarg, der sie um ihre Seele betrogen hat.«

»Was ist das für ein Narr, der das Wohlergehen eines anderen vor sein eigenes stellt?« fragte das Pferd, ohne auf Krachs Bemerkung einzugehen.

Krach zuckte mit den Schultern »Ich habe nie behauptet, etwas anderes zu sein als ein Narr. Oger sind nun einmal sehr stark und sehr dumm.«

Der Hengst schnaubte verächtlich. »Wenn du meinst, daß ich dir das glaube, hältst du *mich* wohl für einen Narren! Ich weiß ja, daß die meisten Oger dumm sind, aber du bist es nicht. Warum nicht?«

Unglücklicherweise konnten Oger nicht besonders gut lügen, denn das war Teil ihrer Dummheit. Der Hengst hatte Krach eine direkte Frage gestellt, die er ihm ebenso direkt beantworten mußte. »Ich bin dem Fluch einer Schlauschlinge erlegen. Die macht mich viel schlauer, als ich normalerweise wäre, und sie verleiht mir auch bestimmte Aspekte von Gewissen, ästhetischem Gespür und menschlicher Sensibilität. Ich würde mich ja gern von ihr befreien, wenn ich könnte, aber ich brauche diese Intelligenz, um meinen Freundinnen zu helfen.«

»Narr!« donnerte der Hengst ihn an. »Der Schlauschlingenfluch ist eine bloße Illusion!«

»Alles im Kürbis und im Nichts ist auf die eine oder andere Art Illusion«, konterte Krach. »Ein großer Teil von Xanth ist Illusion, und Mundania ist vielleicht auch eine. Es ist durchaus möglich, daß Xanth aufhören würde zu existieren, wenn wir jemals die allerletzte Wirklichkeit erkennen sollten. Aber solange ich darin lebe oder meine, dies zu tun, werde ich die Gesetze der Illusion genauso respektieren, wie ich die der Wirklichkeit respektiere, und ich werde mich der Kräfte meiner Schlauschlinge bedienen, so wie ich mich auch auf meine wirklichen Ogerkräfte verlasse.«

Der Nachthengst zögerte. »Das habe ich zwar nicht gerade gemeint, aber vielleicht genügt das doch als Antwort. Offensichtlich ist deine eigene Intelligenz keine Illusion. Aber hast du denn nicht gewußt, daß die Wirkung der Schlauschlingen zeitlich streng begrenzt ist? Daß sie in der Regel schon nach wenigen Stunden nachläßt und oft gar keine echte Intelligenz verleiht, sondern die eitle Illusion der Intelligenz, die das Opfer dazu verleitet, sich vor allen zu blamieren und lächerlich zu machen, die seinen Selbstbetrug durchschauen?«

Krach merkte, daß dieses Wesen ihn tatsächlich auf eine ganz andere Weise prüfte als zuvor – und eine intellektuelle Prüfung war für einen Oger viel heikler als alles andere. »Das wußte ich nicht«, gab er zu. »Vielleicht waren meine Begleiterinnen ja zu nett, um so über mich zu denken. Aber ich glaube doch, daß meine Intelligenz echt ist, denn sie hat mir dabei geholfen, viele Probleme zu lösen, die einen gewöhnlichen Oger überfordert hätten, und sie hat meinen Horizont enorm erweitert. Wenn das eine Illusion sein soll, dann ist es wenigstens eine erträgliche. Auf jeden Fall hat sie mich viele Tage begleitet, ohne mich im Stich zu lassen. Vielleicht funktioniert die Schlauschlinge ja bei Ogern besser als bei anderen, weil die kaum noch dümmer werden können, als sie ohnehin schon sind.«

»Du hast völlig recht darin, daß du kein gewöhnlicher Oger bist, und du bist gewitzt genug, um eine echte Herausforderung für mich darzustellen. Die meisten Wesen, die ihre Seele aufs Spiel setzen, tun dies aus weitaus unrühmlicheren Gründen. Aber du bist ja auch nur ein Halboger.«

Natürlich wußte der Herr der Nachtmähren alles über ihn! Krach weigerte sich, die Beherrschung zu verlieren, denn wahrscheinlich war es genau das, was der Hengst von ihm wollte. Seine Beherrschung zu verlieren hieße, seine Seele zu verlieren. »Ich bin, was ich bin. Ein Oger.«

Der Hengst nickte, als hätte er eine Schwachstelle in Krachs Panzer entdeckt. Er hatte irgend etwas vor, das merkte Krach an der Art, wie das Pferd mit dem Schweif wedelte, obwohl keinerlei Fliegen zu sehen waren. »Ein Oger mit der Intelligenz und dem Gewissen eines Menschen. Einer, der die Schlauschlinge über ihre eigenen Fähigkeiten hinaus arbeiten läßt und der sie sogar dann noch zum Funktionieren bringt, wenn sie nur noch reine Illusion ist. Einer, der seiner Verantwortung und seinen Gefährten eine Treue entgegenbringt, die andere nur zu gern als menschlich bezeichnen würden.«

»Ich habe auch den Kürbis im Nichts aktiviert, wo er nur Illusion war«, entgegnete Krach. »Wenn du meine erhöhte Intelligenz dadurch unterminieren willst, daß du behauptest, daß sie keine reale Grundlage hat, dann mußt du aber auch zugeben, daß deine Prüfungen auch keine haben!«

»Darauf wollte ich eigentlich nicht hinaus. Man kann auch ähnliche Situationen unterschiedlich deuten.« Der Hengst räusperte sich schnaubend. »Du hast die vier Prüfungen fehlerfrei bestanden und bist jetzt berechtigt, die Rolle des Meisters der Prüfungen zu übernehmen. Ich werde mein Amt aufgeben, und du wirst ab nun der Nachfolger sein.«

»Der Nachfolger?« Trotz seiner Schlauschlinge hatte Krach Schwierigkeiten, das zu begreifen.

»Du wirst deine Nachtogerinnen mit schlimmen Bildern ausschicken und die Seelen jener einsammeln, die sie preisgeben.

Du wirst Herr des Kürbisses werden. Die Mächte der Nacht werden dir gehorchen.«

»Ich will die Mächte der Nacht nicht!« protestierte Krach. »Ich will lediglich meine Freundinnen retten.«

»Wenn du im Besitz der Mächte der Nacht bist, kannst du das auch«, sagte der Nachthengst. »Dann kannst du deine Nachtwesen anweisen, sie schlafend aus dem Nichts zu befördern, bis sie wieder in der Sicherheit des gewöhnlichen xanthischen Dschungels sind.«

Doch Krachs Schlauschlinge, so illusionär sie auch sein mochte, hatte etwas gegen diese vielversprechende Lösung. »Kann ich dann selbst auch wieder in die Welt des Tages zurückkehren?«

»Der Meister der Nacht hat es nicht nötig, den Tag aufzusuchen!«

»Dann bist du also selbst Gefangener der Nacht«, meinte Krach. »Du kannst zwar die Seelen anderer einfangen, aber deine eigene ist selbst in Gefangenschaft.«

»Natürlich kann ich den Tag aufsuchen!« protestierte der Hengst.

Wieder blickte die Schlauschlinge dem geschenkten Gaul ins Maul. Es war voller Drachenzähne. »Nur, wenn du genügend Seelen eingefangen hast, um mit ihnen dafür bezahlen zu können. Was kostet denn eine Stunde Tageslicht so? Ein Dutzend Seelen? Hundert?«

»Es gibt auch andere Wege«, erwiderte der Nachthengst peinlich berührt.

»Aber gewiß doch! Wenn du nämlich einen Ersatz für dich findest! Jemand, der zuverlässig genug ist, um diese Aufgabe den Regeln entsprechend zu erfüllen, egal wie unangenehm oder schmerzhaft oder langweilig sie werden kann. Jemand, der sich nicht von Macht korrumpieren läßt.«

Das Dunkle Pferd schwieg.

»Warum ist es überhaupt erforderlich, Leuten schlimme Träume zu schicken?« fragte Krach. »Löst sie das ein bißchen von ihren Seelen?«

»Das hat eine weitaus hehrere Begründung«, erwiderte der Hengst steif. »Wenn niemand unter den Schmerzen des Gewissens oder der Reue leiden würde, könnte sich das Böse ungehindert ausbreiten und schließlich die ganze Welt beherrschen. Das Böse kann ein süßer Seelenzucker sein, der in kleinen Dosen verführerisch angenehm wirkt, aber unweigerlich korrumpiert. Schlimme Träume sind die Erkenntnis, wozu das Böse führen kann, eine zeitige Warnung, der alle denkenden Kreaturen bedürfen. Die Nachtmähren wachen unentwegt darüber, daß es zu keinem geistigen Verfall kommt – zu jener Korruption, der du widerstanden hast. Nimm das Amt an, Oger, du hast es dir verdient.«

»Ich wünschte, ich könnte dir helfen«, gab Krach zur Antwort, »aber ich muß mein Leben außerhalb des Kürbisses führen, nämlich in den Dschungeln von Xanth. Ich bin ein schlichtes Waldwesen. Ich muß meinen Freunden auf meine Weise dabei helfen, in der Wildnis zu überleben, und ich darf nicht danach streben, etwas Höheres zu werden, als je einem Oger zugestanden hat.«

Die Augen des Nachthengstes wurden matter. »Du hast die letzte Hürde überwunden, du hast der allerletzten Verlockung der Macht widerstanden. Du bist frei und kannst mit deiner intakten Seele nach Xanth zurückkehren. Dein Pfand ist eingelöst.«

Plötzlich fühlte sich Krach wieder stark, seine Seele war wiederhergestellt. »Aber ich brauche Hilfe«, sagte er. »Ich muß mir drei von deinen Nachtmähren ausleihen, damit die uns aus dem Nichts befördern.«

»Nachtmähren sind keine Lasttiere!« widersprach der Hengst und scharrte mit einem Vorderhuf über den Boden. Dieses Wesen war vielleicht nicht gerade pikiert wegen Krachs Weigerung, das ihm angebotene Amt anzunehmen, aber es war wesentlich weniger kooperativ, als es hätte sein können. Wenn man ein Angebot ablehnte, mußte man doch immer wieder die Folgen tragen!

»Die Nachtmähren können als einzige überallhin reisen, sogar aus dem Nichts heraus«, sagte Krach. »Sie sind also die einzigen, die uns helfen können.«

»Das könnten sie schon, wenn sie wollten«, meinte das Pferd. »Aber sie verlangen als Gegenleistung eine halbe Seele pro beförderter Person.«

»Die Hälfte meiner Seele!« rief Krach. »Da habe ich aber doch gar nicht genug für drei Personen!«

»*Irgendeine* halbe Seele, das muß also nicht unbedingt deine eigene sein. Aber es stimmt, daß du nicht genug für drei hast. Nachtmährenritte sind eben teuer.«

Krach erkannte, daß er wieder vor dem gleichen Dilemma stand, wie er es gerade überwunden zu haben glaubte. Er hatte seine Seele aufs Spiel gesetzt, um Tandy aus dem Kürbis zu retten; nun würde er das gleiche noch einmal tun müssen, um Tandy und Chem aus dem Nichts zu befreien. Aber wenn er sie beide rettete, war er selbst verloren, denn die Schlauschlinge hatte ihn darüber aufgeklärt, daß zwei Hälften einer Seele zusammen eine ganze ergaben.

Natürlich konnte er auch bloß Tandy retten, weil er sich nur ihr verpflichtet hatte. Aber er konnte Chem unmöglich im Nichts zurücklassen. Sie war ein nettes Wesen mit einer edlen Aufgabe und hatte es nicht verdient, im Stich gelassen zu werden. Und außerdem hatte er sich ja auch mehr oder weniger dazu bereit erklärt, auch sie zu beschützen, als Chet sie ihm am Rande der Spalte anvertraut hatte. »Ich bezahle den Preis«, sagte er und dachte an den Gnom, der um sein Essen gebettelt hatte.

»Ist dir klar, daß du sie als Meister der Nacht retten und deine Seele behalten könntest?« fragte der Hengst.

»Ich fürchte, ich muß wohl auf meine Weise zur Hölle fahren«, erwiderte Krach bedauernd.

»Sogar in deiner Selbstaufgabe bist du noch ogerhaft dumm«, meinte der Hengst angewidert. »Du bist ganz offensichtlich untauglich für den Dienst hier.«

»Stimmt.«

»Dann geh und verhandele mit den Mähren«, schnaubte das Pferd. »Damit will ich nichts zu tun haben.«

Da fand sich Krach plötzlich wieder auf der Ebene wieder, wo er den Mähren das erste Mal begegnet war. Die düstere Herde jagte auf ihn zu und umringte ihn sofort, wie es ihre Art war. Da erkannten ihn die Mähren und zögerten.

»Ich brauche zwei von euch, die meine Freundinnen in Sicherheit bringen«, rief er ihnen zu. »Ich kenne den Preis.«

»Neeeeiiiiiinnnn!« wieherte eine von ihnen. Krach erkannte sie: Es war die eine, mit der er sich beim letzten Mal angefreundet hatte, das Pferd, das Tandy zum Schloß des Guten Magiers gebracht hatte. Das war unfreiwillig gewesen und umsonst – bis dann der Sarg im nachhinein gleich den doppelten Preis verlangt hatte. Offensichtlich hatte die Mähre selbst nichts davon abbekommen, das Ganze war ein pures Schwindelgeschäft gewesen. Doch immerhin wußte sie, wie man einen Reiter beförderte. Es tat ihm leid, daß ihm noch nicht eingefallen war, was man ihr aus Xanth mitbringen konnte.

»Ich muß Tandy und Chem retten«, sagte er. »Den Preis bezahle ich. Wer von euch macht das Geschäft mit mir?«

Zwei andere Mähren meldeten sich. Krach konnte sich zwar nicht so recht vorstellen, was sie mit seinen Seelenhälften anfangen wollten, aber das ging ihn ja auch nicht allzuviel an. Vielleicht war der Besitz von Seelen in der Nachtmährenhierarchie eine Art Statussymbol. »Zahlbar«, fügte er, durch seine Schlauschlinge vorsichtig geworden, hinzu, »erst nach Lieferung, versteht sich.«

Sie nickten zustimmend. »Findet ihr sie von allein?« Als sie verneinend wieherten, begriff er, daß er sie mindestens bis zu dem Ort begleiten mußte, wo sich die Mädchen befanden. »Na ja, vielleicht stellen wir uns einander vor. Also, ich bin Krach der Oger. Und wer seid ihr?«

Eines der Pferde schlug mit dem Vorderhuf auf den Boden. Krach musterte den runden Hufabdruck und erblickte eine Art winziger Kraterlandschaft, die ihn an die Oberfläche des Mondes erinnerte. Darin leuchtete die Inschrift: MARE CRISIUM.

»Du bist also die Mähre Crisium. Hast du was dagegen, wenn ich dich Christa nenne?«

Das Pferd zuckte mit den Schultern. Dann wandte sich Krach an das zweite Tier: »Und wie heißt du?«

Das Pferd stampfte ebenfalls mit einem Vorderhuf auf. Der Mondkartenabdruck leuchtete an einer anderen Stelle: MARE VAPORUM.

»Und du bist die Mähre Vaporum«, sagte er. »Dich werde ich Vampi nennen.« Die andere Mähre, mit der er Freundschaft geschlossen hatte, kam wiehernd auf ihn zu und bot sich als

Reittier an. »Aber ich habe keine Seelenhälfte mehr übrig, um dich zu bezahlen!« protestierte er. »Außerdem bist du doch viel zu klein, um ein Ungeheuer wie mich tragen zu können.«

Sie schlüpfte zwischen seinen Beinen hindurch – und plötzlich stellte er fest, daß er entweder geschrumpft oder die Mähre gewachsen war, jedenfalls saß er auf einmal bequem auf ihrem Rücken. Anscheinend nahmen die Nachtmähren es mit ihrer Körpergröße nicht so genau. »Dann verrate mir auch deinen Namen«, sagte er. »Du tust mir einen unbezahlten Gefallen, und ich möchte wissen, wie du heißt, damit ich es dir vielleicht irgendwann einmal vergelten kann. Mir ist immer noch nicht eingefallen, was du aus Xanth haben willst, weißt du.«

Sie stampfte mit ihrem Huf. Er beugte sich hinab und hielt sich dabei an ihrer glänzenden Mähne fest, während er die Karte las: MARE IMBRIUM.

»Dich werde ich Imbri nennen«, beschloß er. »Obwohl ich nicht weiß, was dein Name bedeutet.«

Die drei Mähren galoppierten über die Ebene und ließen den Rest der Herde hinter sich. Schon bald stießen sie durch eine grünliche Mauer ins Nichts hinaus. Das war wohl die Kürbisschale gewesen, erkannte Krach. Sie waren zwar groß, und der Kürbis war klein, aber irgendwie paßte alles doch zusammen. Er vergaß ja ständig, daß Dinge wie Größe und Masse kaum eine Rolle spielten, wenn man es mit Magie zu tun hatte.

Sie ritten eine Schlaufe – und da sah Krach wieder den grobschlächtigen Oger, der in das Guckloch des Kürbisses starrte. Tandy und Chem schliefen; natürlich war es ja auch Nacht, denn zu einer anderen Zeit hätten die Nachtmähren überhaupt nicht ins Freie vordringen können.

»Wir müssen sie aufwecken«, sagte Krach, doch dann überlegte er es sich anders. »Nein, um auf einer Nachtmähre reiten zu können, muß man ja schlafen. Oder entkörpert sein, wie ich es jetzt bin. Ich bin ja eigentlich auch am Schlafen. Ich setze sie so, wie sie sind, auf eure Rücken.« Er stieg ab und wollte Tandy aufheben. Doch seine Hand griff durch sie hindurch, weil er durch den Eintritt in den Kürbis keine körperliche Substanz mehr hatte.

Krach dachte nach. »Ich muß mich wohl erst selbst wecken«,

entschied er. »Da meine Seele ohnehin vertan ist, müßte ich dann auch bei den Nachtmähren bleiben können. Sie können ja gar nicht weg, bevor sie ihren Lohn erhalten haben.« Das war allerdings ein etwas schmerzlicher Trost.

Er schritt zu seinem vom Kürbis faszinierten Körper hinüber. Was für ein riesiges, klobiges Ding er doch war! An manchen Stellen war der schwarze Pelz zottig, an anderen ungekämmt und an wiederum anderen von seinen Durchtritten durch die Feuerwand versengt. Die Bratpfannenhände und -füße waren riesig und grobschlächtig, und das Gesicht sah gleichzeitig steinig gekörnt und breiig aus.

Kein Lebewesen mit auch nur einem Funken Selbstrespekt konnte sich von einem Oger körperlich angezogen fühlen – und um den Intellekt eines solchen Monsters war es sogar noch schlimmer bestellt.

Er tat Tandy doch nur einen Gefallen, wenn er aus ihrem Leben schied.

»Komm, Oger, du hast zu tun!« grunzte er und legte seinem Körper die Hand auf die Schulter, um ihn durchzuschütteln. Doch die glitt ebenfalls durch das Fleisch, wie schon bei Tandy, und sein Körper ignorierte ihn einfach, ganz der dumme Tölpel, der er war.

»Jetzt ist aber genug mit diesem Unfug!« bellte er heiser. Er legte einen Wurstfinger auf das Guckloch. Er mochte zwar eine nichtkörperliche Gestalt haben, aber sichtbar war er immerhin. Der Finger schnitt seinem Körper den Blick in den Kürbis ab, als hätte er ihn beiseite gerissen.

Plötzlich war Krach wieder hellwach in seinem Körper. Sein Phantom-Ich war verschwunden; denn das existierte nur, solange er in den Kürbis starrte und sein geistiges Ich sich von seinem physischen Ich getrennt hatte.

Die drei Mähren beobachteten ihn mißtrauisch. Normalerweise wären sie vor einem wachen Lebewesen geflohen, doch sie begriffen, daß dies hier eine besondere Situation war. Schließlich war er ja im Begriff, einer der ihren zu werden.

»Also gut«, sagte er leise, um die Mädchen nicht zu wecken. »Ich setze jeweils eines der Mädchen auf euch Freiwillige. Ihr tragt sie nach Norden, aus dem Nichts heraus, und setzt sie dort ab, wo sie in Sicherheit sind. Dann könnt ihr euch meine Seele teilen. In Ordnung?«

Die beiden Mähren nickten. Krach hob Chem sanft auf. Sie wog zwar so viel wie er selbst, aber da er inzwischen wieder bei vollen Kräften war, kam er damit ganz gut zurecht. Er setzte sie auf Christa. Chem war größer als die Mähre, doch einmal mehr klappte es trotzdem, und bald lag die schlafende Zentaurin sicher und bequem auf dem Rücken des Pferdes. Dann kam Tandy an die Reihe. Sie war so klein, daß er sie mit einem einzigen Finger hätte aufheben können, genau wie Blyght Messingmädchen, dennoch benutzte er beide Hände. Mit unendlicher Behutsamkeit setzte er sie auf Vampi.

Dann bestieg er wieder seine eigene Mähre Imbri. »Ich wünschte wirklich, ich wüßte, was du aus Xanth haben möchtest«, murmelte er. Dann fiel ihm jedoch ein, daß dies sowieso völlig unwichtig war, da er ja nicht mehr nach Xanth zurückkehren würde und ihr folglich von dort auch nichts mehr mitbringen konnte.

Gen Norden reitend, bewegten sie sich durch die Leere. Das war der leichtere Teil, nämlich das Hinabgleiten in die Tiefen des Trichters, und Krach sah, daß der Kern des Nichts ein schwarzes Loch war, aus dem nichts wieder zurückkehrte, nicht einmal das Licht. Die Mähren wichen ihm aus; schließlich hatte das Unterfangen auch seine Grenzen.

Gedankenschnell galoppierten sie dahin, die Mähren so finster wie die Träume, die sie gewöhnlicherweise beförderten. Krach hatte inzwischen begriffen, was diese Träume für einen Sinn hatten, und er beneidete den Nachthengst nicht um seine Aufgabe. Wenn es schon schlimm war, diese Träume zu erlemen, um wieviel schlimmer mußte es da erst sein, sie herzustellen! Der Hengst litt unter der gewaltigen Last, stets das Böse der ganzen Welt vor sich sehen zu müssen; kein Wunder, daß er sich da in den Ruhestand zurückziehen wollte! Was nützte schon unendliche Macht, wenn man sie stets nur auf solch negative Weise einsetzen konnte?

Sie erklommen die gegenüberliegende Steigung des Trichters und ließen den Rand des schaurigen schwarzen Lochs hinter sich. Die unsichtbare Mauer behinderte sie nicht, und schon kurz darauf hatten sie das Nichts verlassen und befanden sich wieder im nächtlichen Normalxanth.

Krach fiel ein entsetzlich schwerer Stein vom Herzen. Er hatte sie gerettet, hatte sie endlich doch noch aus dem Nichts herausgeführt! Wie wunderbar dieser normale xanthische Dschungel ihm doch vorkam! Er blickte ihn begierig an, wissend, daß er nicht bleiben durfte, daß seine Seele verloren war. Die Mähren hatten ihre Leistung erbracht, und nun war er an der Reihe. Vielleicht würde man es ihm gestatten, diese Gegend gelegentlich einmal in körperloser Form aufzusuchen, einfach nur, damit er sich vergegenwärtigen konnte, was er verloren hatte und wie es seinen Freunden ging.

Hinter der Grenze hielten sie an, und Krach stieg vom Pferd, um Chem auf den Boden zu legen, wo sie mit eingerollten Hufen weiterschlief. Sie war ein hübsches Exemplar ihrer Gattung, noch nicht ganz so gutaussehend, wie sie es einmal werden würde, nachdem sie die volle Reife erlangt hatte, aber mit einem hübschen Fell und zarten menschlichen Zügen. Er war froh, daß er sie aus dem Nichts gerettet hatte. Zentauren waren Wesen mit recht starkem, oft störrischem Willen, aber es lohnte sich, sie kennenzulernen. »Lebewohl, Freundin«, murmelte er. »Ich habe dafür Sorge getragen, daß du in Sicherheit den schlimmsten Teil Xanths durchreisen konntest. Ich hoffe, du bist mit deiner Karte zufrieden.«

Dann hob er Tandy vom Pferd. Sie war so klein und so verwundbar, wenn sie schlief! Ihr braunes Haar fiel ihr unordentlich ins Gesicht, und teils enthüllte, teils verhüllte es ihre Züge. Er bedauerte es zutiefst, daß er sie nicht bis ans Ende ihres Abenteuers hatte begleiten können. Doch er war dem Guten Magier Humfrey gegenüber eine Verpflichtung eingegangen, und diese erfüllte er jetzt auf die einzige Weise, die ihm zu Gebote stand. Er hatte Tandy durch die Gefahren geleitet, und er glaubte, daß sie nun auch allein zurechtkommen würde. Schließlich hatte sie auf dieser Reise schon eine Menge praktischer Erfahrungen sammeln können!

In einem Augenblick, das wußte er, würde er sich überhaupt keine Sorgen mehr um sie machen, weil ihm das ohne eine Seele unmöglich war. Doch hier und jetzt machte er sich durchaus

Sorgen. Er erinnerte sich daran, wie sie ihn geküßt hatte, und diese Erinnerung gefiel ihm. Menschenart war zwar nicht gerade Ogerart, hatte aber vielleicht doch einen gewissen Wert. Durch sie hatte er immerhin eine gewisse Ahnung von einem anderen Lebensstil bekommen, bei dem die Gewalt dem Gefühl untergeordnet wurde. Das war natürlich nichts für Oger – aber irgendwie konnte er es sich nicht verkneifen, diesen Kuß jetzt zu erwidern. Er hob sie vor sein Gesicht und berührte ihre kostbaren kleinen Lippen mit seinem eigenen großen, klobigen Mund.

Tandy wachte sofort auf. Die beiden Mähren wichen zurück, weil sie sich vor einem wachen Lebewesen, das nicht zu ihrer Welt gehörte, fürchteten. Doch sie blieben in sicherer Entfernung stehen, von der verlockenden Aussicht auf seine Seele gebannt.

»Ach, Krach!« rief Tandy. »Du bist zurück! Ich hab' mir schon solche Sorgen gemacht, weil du so lange im Kürbis geblieben bist, aber Chem meinte, es wäre noch zu früh, um dich dort rauszuholen...«

Jetzt steckte er in Schwierigkeiten! Doch irgendwie war er auch ganz froh darüber. Es war wohl besser, ihr alles zu erklären, damit sie hinterher nicht etwa dachte, er habe sie im Stich gelassen. »Du bist aus dem Nichts entkommen, Tandy. Aber ich muß dich jetzt verlassen.«

»Nein, Krach!« widersprach sie ihm. »Verlaß mich niemals!«

Die Sache wurde rasend schnell immer heikler. »Die Mähren, die euch aus dem Nichts getragen haben, während ihr geschlafen habt... na ja, die müssen eben bezahlt werden.«

Sie runzelte die Stirn auf ihre typisch süße kleine Art. »Und womit?«

Er befürchtete, daß ihr seine Antwort nicht gefallen würde. Aber Oger machten niemandem gerne etwas vor, auch nicht für einen guten Zweck. »Mit meiner Seele.«

Tandy stieß einen Schrei aus.

Chem schoß aus dem Schlaf und ergriff ihr Seil, während die Mähren noch ein Stück zurückwichen und nervös mit ihren Schweifen wedelten. »Was ist los?«

»Krach hat seine Seele verkauft, um uns zu befreien!« schrie Tandy und zeigte anklagend mit einem Finger auf den Oger.

»Das kann er doch nicht machen!« protestierte die Zentaurin. »Er ist doch eigentlich in den Kürbis hineingegangen, um seine Seele zurückzugewinnen!«

»Es ging nicht anders«, warf Krach ein. Er wies auf die beiden Mähren. »Ich glaube, es ist Zeit.« Dann blickte er sich um, bis er Imbri ausgemacht hatte. »Und wenn du bitte noch so freundlich wärst, meinen Körper hinterher zurück ins Nichts zu tragen, damit er hier draußen keinem im Weg liegt . . .«

Die drei Mähren kamen näher. Tandy schrie laut auf und warf die Arme um Krachs Hals. »Nein! Nein! Nehmt statt dessen meine Seele!«

Die Mähren blieben stehen, unsicher, was nun schicklich war und was nicht. Sie meinten es nicht böse, sie taten ja nur ihre Pflicht.

Tandy löste sich von Krach und sprang zu Boden. Ihr Zorn war verraucht. »Meine Seele ist doch fast genausogut wie seine, nicht wahr?« sagte sie zu den Mähren. »Nehmt sie und laßt ihn gehen.« Sie trat auf Christa zu. »Ich kann es nicht zulassen, daß er leiden muß. Ich liebe ihn doch!«

Das tat sie wirklich, denn ein größeres und schlimmeres Opfer hätte sie nicht erbringen können. Sie fürchtete sich fast zu Tode vor dem Inneren des Kürbisses. Das begriff Krach sehr gut, deshalb durfte er auch nicht zulassen, daß sie dort hinein mußte. Aber was sollte er tun, wenn sie sich weigern sollte, ihn widerstandslos ziehen zu lassen?

Da mischte Chem sich ein. »Was hast du denn nun genau für einen Vertrag mit ihnen abgeschlossen, Krach?«

»Eine Hälfte meiner Seele für jede Person, die von den Mähren aus dem Nichts getragen wird.«

»Aber sie haben doch drei Personen befördert, nicht wahr?« fragte die Zentaurin, als ihr scharfer Menschenverstand sich langsam gegen die Nebel ihrer Schläfrigkeit durchsetzte. »Das wären doch eigentlich insgesamt eineinhalb Seelen.«

»Ich kehre mit den Mähren zurück, deshalb zähle ich auch nicht«, erwiderte Krach. »Imbri hat mich zwar auf ihr reiten lassen, aber das hat sie nur aus Gefälligkeit getan. Das ist übrigens dieselbe Mähre, die Tandy vor einem Jahr zum Schloß des Guten Magiers gebracht hat. Sie ist nett.«

»Das stimmt!« pflichtete Tandy ihm bei. »Aber . . .«

»Imbri?« wiederholte Chem. »Ist das ein Pferdename?«

»Mähre Imbrium«, erklärte er. »Die Nachtmähren kommen immer nur nachts raus und sehen nie die Sonne. Deshalb identifizieren sie sich mit Orten auf dem Mond.«

»Ach so, das Mare Imbrium! Das Meer der Regen also. Das ist mit Sicherheit der Regen unserer Tränen.«

Das bedeutete der Name also! Die hohe Bildung der Zentauren brachte es mal wieder an den Tag. Ja, diese Bezeichnung paßte! Imbri herrschte über den Tränenregen. Aber man mußte zu ihren Gunsten anführen, daß sie selbst nicht an diesen Tränen schuld war. Sie hatte immerhin keine Seele gefordert.

»Aber *ohne* meine Tränen!« widersprach Tandy mit Tränen in den Augen. »Krach, ich lass' dich einfach nicht gehen!«

»Ich muß aber gehen«, sagte Krach sanft. »Oger sind nicht allzu hübsch und auch nicht sonderlich schlau, aber sie halten stets ihre Versprechen. Ich habe versprochen, euch beide sicher durch die gefährlichsten Zonen Xanths zu geleiten, und ich habe eingewilligt, meine Seele zwischen den beiden Mähren aufzuteilen, die euch aus dem Nichts gebracht haben.«

»Du hast gar kein Recht, dich schon wieder für uns zu opfern!« rief Chem. »Und außerdem geht das sowieso nicht; wir würden in der Wildnis des nördlichen Xanths umkommen!«

»Na ja, ich dachte mir eben, daß es immer noch besser wäre, euch nach Xanth zu bringen, als euch im Nichts zurückzulassen«, entgegnete Krach etwas täppisch. Irgendwie schien er die ganze Sache vielleicht doch nicht so vernünftig und richtig angepackt zu haben, wie er geglaubt hatte. »Am Rande Xanths läßt die Magie etwas nach, deshalb ist die Gegend dort auch weniger gefährlich.«

»Ha, vor allen Dingen!« rief Tandy. »Ich habe von mundanischen Ungeheuern gehört, die noch schlimmer sind als die xanthischen!«

»Dort ist es nur dann weniger gefährlich, wenn du uns begleitest«, warf Chem ein. Sie dachte kurz nach. »Aber eine Abmachung ist eine Abmachung. Die Mähren müssen ihren Lohn bekommen.«

»Ich werde sie bezahlen!« erbot sich Tandy.

»Nein!« rief Krach. »Der Kürbis ist nichts für Wesen wie dich. Der ist viel eher etwas für Wesen wie mich!«

»Das glaube ich kaum«, widersprach Chem ihm.

»Wir haben alle genug über den Kürbis gehört, auch wenn wir selbst nicht drin waren. Aber wir sind doch zu dritt. Wir können die Mähren jeder mit einer halben Seele entlohnen und eine Hälfte behalten. Dreimal, so daß Krach auch befreit wird.«

»Aber von euch braucht doch keine eine Seelenhälfte für mich zu opfern!« protestierte Krach.

»Das wolltest du für uns doch auch tun«, konterte die Zentaurin. »Wir kommen auch mit einer halben Seele aus, wenn wir etwas vorsichtig sind. Ich habe mal gehört, daß die sich erneuern und mit der Zeit nachwachsen.«

»Ja«, sagte Tandy, die nach dieser Lösung griff wie ein Ertrinkender nach einem Strohhalm. »Auf diese Weise kann jeder von uns für seinen eigenen Transport aufkommen.« Sie wandte sich an die nächste Mähre; das war zufällig Christa.

»Nimm eine Hälfte von meiner Seele«, sagte sie.

Chem stellte sich vor Imbri auf. »Du auch.«

Die Regenmähre zögerte, denn sie hatte keine Belohnung erwartet und hatte Chem ja auch nicht befördert.

»Nun nimm sie schon!« drängte die Zentaurin.

Froh, daß die Angelegenheit endlich geregelt zu sein schien, galoppierten die Mähren an ihren Spenderinnen vorbei. Krach sah, wie zwei Seelen zwischen den Mädchen und den Pferden hingen; da rissen sie auch schon entzwei, und die Mähren waren verschwunden.

Krach blieb vor Vampi, der dritten Mähre, stehen. Er begriff, daß ihm keine andere Wahl blieb – und natürlich hatte Vampi ja auch ursprünglich eine halbe Seele bekommen sollen. Genaugenommen war es sogar seine Hälfte gewesen. Nun würde sie die auch erhalten, obwohl sie ihn gar nicht auf ihrem Rücken hatte reiten lassen.

»Nimm eine halbe Seele von mir«, sagte er.

Vaporum sprang auf ihn zu. Ein Zerren, ein Reißen – dann begann er zu taumeln. Man hatte ihm etwas schrecklich Kostbares weggenommen – aber doch nicht völlig.

Da erblickte er die beiden Mädchen, die ebenso nachdenklich dastanden, und er erkannte, daß etwas noch viel Kostbareres gerettet worden war.

14 Sumpfspäße

Am nächsten Morgen wachten sie auf, ohne schwer geträumt zu haben. Die Nachtmähren würden sich ihnen wohl nicht mehr so bald wieder nähern, denn sie wollten bestimmt vermeiden, daß die Reisegefährten es sich womöglich noch einmal anders überlegten. Und welche Alpträume hätten sie ihnen schon bescheren können, die noch schlimmer gewesen wären als das, was ihnen bereits widerfahren war?

Xanth war herrlich: Die grünen Bäume glitzerten von Tau, und die Blumen öffneten ihre Blüten. Weiße Wolken zogen träge Muster um die Sonne und forderten sie heraus, sie zu versengen, doch sie ließ sich nicht darauf ein.

Die Luft duftete.

Es war eine wahre Freude, lebendig und frei zu sein, wenn man einmal alles gegeneinander aufwog, eine viel größere Freude als noch zu der Zeit, bevor Krach entdeckt hatte, daß dergleichen keineswegs selbstverständlich war. Er war in einem dunklen Ozean ertrunken, unter den Klauen von reißenden Löwen gestorben, unter einem Felsen, den emporzustemmen er zu erschöpft gewesen war, erdrückt worden, und er hatte in einem Gefangenenlager den Hungertod erlitten. Er hatte seine

Seele zurückgewonnen und hatte sie wieder preisgegeben. Nun war er hier, besaß noch die Hälfte seiner Seele und wußte erst richtig zu schätzen, was das bedeutete.

Eine Zeitlang verglichen sie ihre Erlebnisse miteinander, weil jeder von ihnen des Trostes bedurfte, um den Schmerz um den Verlust ihrer Seelenhälften zu lindern. Doch nach und nach gewöhnten sie sich an ihren neuen Zustand und kamen zu dem Ergebnis, daß eine halbe Seele immer noch wesentlich besser war als gar keine.

Krach überprüfte seine Kraft – und stellte fest, daß sie ebenfalls halbiert worden war. Nun mußte er gleich beide Hände benutzen, anstatt nur einer, wenn er einen Felsbrocken zu Sand zermalmen wollte. Bis sich seine fehlende Seelenhälfte wieder regeneriert hatte, würde er nur ein halber Oger bleiben, jedenfalls was seine Kraft anging. Doch auch dies schien ihm ein nicht zu hoher Preis für seine Freiheit zu sein.

»Ich glaube, ich werde mich jetzt mal auf meinen eigenen Weg machen«, sagte Chem schließlich. »Ich habe inzwischen mehr als genug Abenteuer erlebt. Meine Landerkundung ist abgeschlossen, und ich habe alles kartographiert. Jetzt muß ich meine Unterlagen ordnen und auswerten und versuchen, einen Sinnzusammenhang darin zu erkennen.«

»Magie muß nicht unbedingt einen Sinn ergeben«, warf Krach ein.

»Aber wohin willst du jetzt gehen?« fragte Tandy.

Die Zentaurenstute ließ ihre Karte erscheinen, die nun das nördliche Xanth zeigte. »In den Randgebieten Xanths haben ich und meine Art nicht viel zu befürchten«, erklärte sie. »Die Zentauren haben an allen Küsten Handel betrieben, und so werde ich nach Westen bis zum Isthmus traben, um dann nach Süden gen Schloß Roogna einzuschwenken. Da werde ich keinerlei Schwierigkeiten bekommen.«

Sie schien ihre Behauptungen des Vorabends, daß sie nämlich ohne Krachs Beistand alle jämmerlich umkommen würden, völlig vergessen zu haben, und Krach erinnerte sie auch nicht mehr daran. Offensichtlich hatte sie sich dabei eher um sein Wohlergehen und nicht um ihr eigenes gesorgt.

»Ja, das wird wohl das beste sein«, meinte Tandy zögernd.

»Ich habe es ja wirklich genossen, mit euch allen zusammen zu sein, aber eure Mission ist nicht die meine. Vergiß aber nicht, daß du nicht mehr ganz so stark bist wie früher!

Das ist übrigens auch ein Grund, weshalb ich nach Hause will. Ich würde euch ja dasselbe raten, aber ihr habt ein anderes Schicksal vor euch. Du mußt zum Ogersumpf, Krach, um dir zu holen, was du dort findest, obwohl ich das persönlich für einen Fehler halte.«

»Ich Fehler machen, was für Sachen?« fragte Krach. Die Dinge des Nichts hatten sich in der Nacht verflüchtigt, seit sie es verlassen hatten, und nun empfand er es als leichter, wieder in seine alte Sprechweise zurückzufallen. Hier gab es weder Hypnokürbis noch Schlauschlinge, deshalb war er auch nicht mehr intelligent.

»Krach, du bist ein halber Mensch«, erklärte Chem. »Wenn du deiner menschlichen Seite doch nur eine Chance geben würdest . . .«

»Ich Mensch? Nein! Muß Oger sein«, widersprach Krach ihr entschieden. Sein fester Glauben daran hatte ihn die Schrecken des Kürbisses durchstehen lassen.

Sie seufzte. »Dann mußt du eben sein, was du sein mußt, und mußt tun, was du eben tun mußt. Tandy . . .« Chem schüttelte den Kopf. »Dir kann ich keinen Rat geben. Ich hoffe nur, daß du schon irgendwie bekommst, was du willst.«

Die beiden Mädchen umarmten sich tränenreich. Dann trabte die Zentaurin in westlicher Richtung davon, den hübschen braunen Schweif auf Halbmast, als würde er den deprimierten Zustand ihrer Seele widerspiegeln.

»Ich bin genauso doof wie du«, sagte Tandy und wischte sich die Tränen aus den Augen, so daß das Blau wieder hervorkam wie kleine Himmelsflecken. »Gehen wir zum Ogersumpf, bevor die Nacht einbricht, Krach.«

So machten sie sich auf den Weg. Krach fühlte sich, so kurz vor dem Ziel, seltsam unbehaglich. Der Gute Magier hatte ihm gesagt, er würde das, was er suchte, bei den Ur-Ogern finden; Humfrey hatte allerdings nicht gesagt, was das war oder ob es Krach gefallen würde.

Angenommen, daß ihm gar nicht gefiel, was er brauchte?

Angenommen, er haßte es sogar? Angenommen, daß es bedeuten würde, alles, was er auf dieser Reise mit den sieben Mädchen erlebt hatte, zu verleugnen? Die Schlauschlinge war ein Fluch gewesen, und er war auch wirklich froh, sie wieder los zu sein – doch irgendwie war auch eine gewisse heimliche Befriedigung darin gewesen, sich so klar und präzise ausdrücken zu können wie ein Mensch. Leichtigkeit im Ausdruck war eine ebensolche Macht wie Muskelstärke. Der Kürbis war der reinste Schrecken gewesen, und doch hatte er selbst dort seine Augenblicke entzückender Gewalttätigkeit erlebt, hatte manche tiefe Erkenntnis gewonnen. Diese Dinge waren natürlich alle höchst unwichtig und nichts für einen echten Oger – aber irgendwie hatte er sich dabei auf kaum erklärbare, grundlegende Weise wohl gefühlt.

Er kämpfte mit seiner ärgerlichen Dummheit, während er zum Ogersumpf weiterstapfte. Was war es nur, das seine Reise so wertvoll, so befriedigend gemacht hatte, trotz aller Ägernisse und Probleme? Nicht die Gewalttätigkeit, denn die hätte er jederzeit haben können, indem er gegen herumlungernde Drachen kämpfte; auch nicht die Intelligenz, denn die gehörte nicht zur Erfahrungswelt eines Ogers. Schon gar nicht die Erkundung der Geheimnisse des zentralen Xanths, denn Oger interessierten sich nicht besonders für Geographie. Aber was dann?

Als der Tag sich seinem Ende zuneigte und die Sonne sich beeilte unterzugehen, um nicht von der Nacht eingeholt zu werden, gelangte Krach endlich zu einem Schluß. Es war zwar keine besonders originelle Folgerung, denn Oger waren nun einmal keine sonderlich originellen Wesen, aber er genügte ihm. Er hatte die Kameradschaft geschätzt. Die sieben Mädchen hatten ihn gebraucht, und sie hatten ihn wie eine vollwertige Person behandelt. Seine langzeitige Verbindung mit Menschen und Zentauren auf Schloß Roogna hatte ihn sich an Gesellschaft gewöhnen lassen, doch diesmal hatte er sie wegen des Schlauschlingenfluchs noch besser zu schätzen gewußt. Nun aber litt er unter der Erinnerung an Dinge, die nie wieder sein würden. Kameradschaft war nicht die Art von Ogern.

Gegen Abenddämmerung erreichten sie den trostlosen Rand

des Ogersumpfes. Der Sumpf erstreckte sich weit nach Osten und Norden, so weit wie das Auge reichte, und war mit grünen Gatoren und braunen Stinkern und anderen halb phantastischen Bewohnern durchsetzt. Und die Ur-Oger?

»Schau mal!« rief Tandy plötzlich und zeigte mit dem Finger auf drei Eisenholzbäume, die jemand miteinander verflochten hatte. Das war ein sicheres Anzeichen für die Gegenwart von Ogern, denn kein anderes Lebewesen hätte dergleichen vollbringen können.

»Ich schätze, morgen bekommst du, was du möchtest«, meinte Tandy. »Dann wirst du auf deinen Stamm treffen.« Sie wirkte traurig.

Krach nickte, aber irgendwie war er nicht so froh bei diesem Gedanken, wie es hätte sein sollen. Er bog ihr einen Kupferbaum als Unterschlupf zurecht und legte ein großes Blatt von einem Tischbaum darüber. In den Glanzzeiten seiner Kraft hätte er zwar Besseres vollbracht, aber für die Nacht würde es schon genügen. Doch es erwies sich sowieso als unnötig, denn Tandy nahm den Unterschlupf gar nicht in Anspruch. Statt dessen lehnte sie sich an seine pelzige Schulter, rollte sich zusammen und schlief ein.

Was war wohl ihr Schicksal? fragte er sich, bevor er selbst in einen schweren Schlaf krachte. Er hatte inzwischen begriffen, daß sie nach einem Menschenmann suchte und ihn auf dieser Reise finden sollte – aber auch für sie wurde die Zeit langsam knapp. Er hoffte, daß sie einen guten Mann finden würde, der ihre Lebhaftigkeit und ihre gelegentliche Halsstarrigkeit zu würdigen wußte und nichts gegen ihr Wutkoller-Talent hatte. Krach selber mochte ihre Koller, denn sie waren ein bißchen wie die Liebesknuffe der Oger. Vielleicht hatte er zum ersten Mal bemerkt, daß er sie wirklich mochte, als sie einen Koller gegen ihn geschleudert hatte. Sie war eigentlich gar kein übelgelauntes Mädchen, sondern neigte einfach nur dazu, sich über das Maß aufzuregen, sobald sie unter extremer Belastung stand. Und davon hatten sie auf dieser Reise wahrlich genug gehabt!

Schade, dachte er erneut, daß sie keine Ogerin war. Doch andererseits besaßen Ogerinnen auch keine magischen Fähigkeiten wie Kollerschleudern, und sie verstanden sich auch nicht allerliebst auszudrücken – etwa durch Küsse. Er schüttelte den Kopf. Langsam wurde er ja richtig unogerhaft rührselig! Was wußte ein Oger denn schon über die komplizierten Freuden menschlicher Liebe? Von der Zuneigung, die über die bloßen Bedürfnisse des Augenblicks hinaus andauerte. Von den Freuden und Opfern, die damit verbunden waren, einer geliebten Person zu helfen, egal, um welchen Preis?

Und doch hatte dieses närrische, leidenschaftliche, entschlossene Menschenmädchen irgend etwas an sich. Sie war so klein, daß sie nicht einmal zu einem guten Frühstück ausreichte, und doch war etwas Wertvolles an ihr, das die Aufnahmefähigkeit seines stumpfen Ogerverstands überforderte. Sie hatte Schläue und Mut bewiesen, als sie sich eine Nachtmähre eingefangen und auf dieser davongeritten war, um ihrem lüsternen Dämon zu entkommen, und seitdem hatte sie auch noch zahlreiche andere Eigenschaften und Fähigkeiten unter Beweis gestellt.

Er würde sie vermissen, wenn sie endlich ihren ihr zustehenden Platz im Leben gefunden und ihn verlassen hatte wie die anderen Mädchen.

Krach dachte daran, sie ein weiteres Mal zu küssen, doch beim letzten Versuch war sie ja sofort aufgewacht, und die Dinge waren schrecklich kompliziert geworden. Er wollte, daß sie diesmal in Ruhe ausschlafen konnte, deshalb nahm er davon Abstand. Es stand ihm sowieso nicht an, ein Menschenmädchen zu küssen – oder überhaupt zu küssen, wenn man es genau nahm!

Ein Regentropfen zerplatzte auf ihrer Stirn. Nein, das war kein Regen, denn der Himmel war klar, und die Regennachtmähre war nirgendwo zu sehen. Es war eine Träne, ähnlich jener, die Tandy auf ihn hatte fallen lassen, als sie ihm so zornig vorgeführt hatte, wie Menschen ihrer Zuneigung Ausdruck verliehen. Und das war seltsam, denn kein wahrer Oger weinte. Vielleicht war es ja auch ihre eigene Träne, die durch seinen Organismus verarbeitet und wieder in Umlauf gebracht wurde, um zu ihr zurückzukehren.

Behutsam wischte er die Feuchtigkeit mit einem Wurstfinger fort. Er hatte kein Recht, ihre hübsche Stirn mit derlei Schmutz zu verunreinigen. Da hatte sie Besseres verdient. Etwas Besseres als einen Oger.

Am Morgen wurden sie vom Gestampfe riesiger, tolpatschiger Füße geweckt. Die Oger waren im Anmarsch!

Hastig erhoben sich Krach und Tandy. Krach fühlte sich um eine winzige Kleinigkeit kräftiger; vielleicht war seine Seele ja während des Schlafs ein Stück nachgewachsen. Doch noch immer war er weit von seiner vollen alten Ogerkraft entfernt. Und weil er seine Artgenossen nur zu gut kannte, machte ihm das etwas Sorgen.

Die Sumpfoger kamen auf sie zu. Kleinere Wesen huschten eilig in Deckung, und Bäume wichen ihnen mit ihren Ästen aus. Niemand wollte sich mit Ogern anlegen! Es waren acht stämmige Exemplare, drei bestialisch wirkende Männer und fünf Frauen.

Krach blickte die Ogerinnen erstaunt an. Zwei von ihnen waren alte, grauhaarige Vetteln, eine war eine stramme Welpin und zwei waren reife Vertreterinnen seiner eigenen Generation. Riesig und zottig, mit schlammigem Pelz, nach Schweiß stinkend und mit Gesichtern, die selbst noch Zombies einen Schrecken hätten einjagen können, waren sie die abstoßendsten Wesen, die man sich nur vorstellen konnte. Krach war entzückt.

»Wer er?« fragte der größte Oger. Seine Stimme klang hauptsächlich wie ein Grollen, so daß gewöhnliche Leute ihn wahrscheinlich gar nicht verstanden hätten. Krach hatte als Oger natürlich keine Schwierigkeiten damit; er selbst bildete auch in dieser Hinsicht eine Ausnahme, weil er nämlich einigermaßen verständlich sprechen konnte. Die meisten Oger konnten sich durch Sprechen allenfalls mit anderen Ogern verständigen.

Plötzlich war Krach es leid, immer nur auf traditionelle Weise Reime von sich zu geben. Was nützte das auch schon, wenn einen sowieso keiner verstand? »Ich bin Krach, Sohn des Knacks. Ich bin gekommen, um mein Lebensziel unter den Ur-Ogern zu suchen, wie es mir bestimmt ward.«

»Halbblut!« rief der andere Oger. »Nix gut.« Denn Krachs

Fähigkeit, auch Ungereimtes von sich zu geben, verriet seine Abstammung.

Krach hatte es nie geliebt, Halbblut oder Mischling genannt zu werden, andererseits konnte er es auch nicht wirklich leugnen, ein Halbblut zu sein, wenn er ganz ehrlich war. »Meine Mutter ist ein Fluchungeheuer«, gab er zu, »aber mein Vater ist ein Oger, und ich bin es auch.«

Eine der Alten ergriff das Wort. »Fluchungeheuer – Menschenungeheuer«, krächzte sie.

»Halber *Mann*«, grunzte der große männliche Oger, »ich verbann'!«

»Kampf – Dampf!« freute sich das Ogerkind, und seine Augen begannen zu glänzen.

Das stimmte: Ein Oger konnte sich seinen Platz im Stamm erkämpfen, wenn er wollte. Der männliche Oger grunzte erwartungsvoll. »Er, ich, hauen sich.« Natürlich wollte er liebend gern der erste sein, der dieses anmaßende Halbblut in seine Schranken verwies.

»Was meinen sie denn?« fragte Tandy beunruhigt.

Krach fiel ein, daß ein körperlicher Kampf wohl kaum ihre Zustimmung erhalten würde. »Die wollen bloß ein bißchen Ogerspaß«, erklärte er ihr, ohne allerdings zu erläutern, daß sich dieser Spaß als annähernd ähnlich heftig erweisen dürfte wie der Spaß, den die Löwen in der Arena mit ihm gehabt hatten.

Doch sie ließ sich nicht täuschen. »Was Oger Spaß nennen, nenne ich Schrecken und Chaos! Krach, du kannst dir keinen Ärger erlauben, du besitzt doch nur deine halbe Kraft.«

Da war was dran. Kämpfen machte zwar Spaß, aber zu Brei geschlagen zu werden war nicht halb so schön, wie zu gewinnen. Wenn ihm hier etwas zustoßen sollte, würde Tandy Schwierigkeiten bekommen, denn diese Oger waren nicht so halbzivilisiert, wie Krach es war. Es wurmte ihn zwar schrecklich, aber er mußte eingestehen, daß es besser war, sich diese herrliche Gelegenheit lieber entgehen zu lassen. »Kein Kommentar«, sagte er also.

Die Oger stierten ihn ungläubig an. Krach wandte sich ab. »Ich glaube, das, was ich suche, befindet sich doch woanders«, sagte er zu Tandy. »Gehen wir.« Er versuchte, sich keine Dringlichkeit anmerken zu lassen; jeden Augenblick konnte es losgehen. Wenigstens war er diesmal nicht auch noch eingesperrt wie damals bei den Löwen.

Der männliche Oger machte einen Riesensatz und kam unmittelbar vor Krach zum Stehen. Er piekte einen Wurstfinger in Krachs schmutzige Zentaurenjacke. »Was das?« fragte er. Das war keine Neugier, sondern eine Beleidigung; denn jedes Wesen, das Kleidung trug, galt als verweichlicht, als zu schwach, um im Dschungel überleben zu können.

In Krachs Innerem tobte es, doch er mußte auch diese Demütigung hinnehmen. Er schritt an dem Oger vorbei und ging gen Norden weiter, auf den Sumpf zu.

Doch wieder sprang der Oger ihm in den Weg. Er zeigte auf Krachs Stahlfäustlinge und machte eine grobe, detailreiche Bewegung, mit der er das Anlegen von zierlichen, damenhaften Handschuhen an seinen eigenen haarigen Fleischklumpen nachäffte. Der Ogerhumor war natürlich recht derb, dafür aber auch durchaus wirkungsvoll. Krach blieb stehen.

»Schnauze – haut'se!« kicherte der Oger und zielte einen Holzhackerhieb gegen Krachs Kopf. Krach hob abwehrend eine glitzernde Faust.

»Nein!« schrie Tandy.

Wieder mußte Krach dem Konflikt aus dem Weg gehen. Er duckte sich und entging dem Schlag, was den Oger völlig überraschte, um dann, innerlich kochend, nach Norden weiterzugehen. Es gehörte sich einfach nicht für einen Oger, solchen Hohn über sich ergehen zu lassen, um schließlich auch noch einer Prügelei auszuweichen!

Doch nun stellte sich ihm eine der reiferen Ogerinnen in den Weg. Ihr Haar sah aus wie die Tentakel eines streitlustigen Gewirrbaums, der gerade einen Kampf gegen ein riesiges Spinnengewebe verloren hatte. Ihr Gesicht ließ den brodelnden Schlamm des Sumpfes im Vergleich wie einen klaren Spiegel erscheinen. Ihre Gliedmaßen waren so knorrig, daß sie durchaus auch als toter Wollbaum durchgegangen wäre, der von lauter Harpyien mit Durchfall verunziert worden war. Noch nie war Krach einem solch appetitanregenden Haufen Fleisch begegnet.

»Bist niedlich, wenn auch friedlich«, sagte sie.

Für eine Ogerin war das ein ganz gewaltiges Entgegenkommen. Da es in diesem Stamm offenbar mehr weibliche als männliche Oger gab, war für Krach durchaus ein Platz frei, wenn er wollte. Der Gute Magier Humfrey hatte das gewußt und hatte wohl auch begriffen, daß Krach sich mit einem guten weiblichen Wesen seiner Art irgendwo niederlassen mußte. Was der alternde Magier dabei freilich übersehen hatte, das war die Tatsache, daß Krach nur mit halber Kraft hier eintreffen würde, und dies, ohne daß Tandy bereits ihr Ziel erreicht hatte. Deshalb konnte Krach es sich gar nicht erlauben, das Angebot anzunehmen, so schrecklich verlockend es auch war, denn er konnte nicht gut kämpfen und konnte Tandy schon gar nicht der Willkür der anderen Oger preisgeben. Einmal mehr vermied er es also, sich auf eine Auseinandersetzung einzulassen, und schritt in nördlicher Richtung davon.

Da hatte der männliche Oger eine vergleichsweise geniale Eingebung. »Freß sie, klar, mit Haut und Haar«, und er streckte seine Hand nach Tandy aus.

Krachs gepanzerte Faust schoß empor und traf den Oger voll in die Schnauze. Die Panzerfäustlinge machten seine Fäuste härter als sonst und erhöhten seine Schlagkraft. Der Oger torkelte zurück und spuckte einen gelben Zahn aus. »Ist ja fein!« rief er. »Haut doch rein!«

»Nein!« schrie Tandy verzweifelt. Doch sie wußte so gut wie Krach, daß es schon zu spät war. Krach hatte zugeschlagen und sich damit festgelegt.

Sofort umringten ihn die anderen Oger. Tandy schoß hinter einen Bierfaßbaum, um ihnen aus dem Weg zu gehen.

Krach hatte noch nie gegen einen anderen Oger gekämpft und wußte nicht so recht, wie er sich verhalten sollte. Gab es irgendwelche förmlichen Regeln dabei? Schlug man abwechselnd zu? War irgend etwas verboten?

Doch der Oger ließ ihm keine Zeit zum Nachdenken. Er ließ die Rechte wie einen Windmühlenflügel wirbeln, auf und ab, vor und zurück, und zielte auf Krachs Kopf. Krach wünschte sich, daß er jetzt seine Schlauschlinge dabei gehabt hätte, die diese Eröffnung hätte analysieren können. Doch dumm, wie er nun einmal war, mußte er einfach davon ausgehen, daß der Kampf damit begonnen hatte und daß alles erlaubt war.

Krach duckte sich, packte die Beine des Ogers an den Fußknöcheln und riß sie auf Kopfhöhe empor. Der Oger kippte natürlich um und schlug mit dem Hinterkopf ein riesiges Loch in den Boden, der sofort erbebte und die nahegelegenen Sträucher erzittern ließ. Die anderen Oger nickten; das war eine ganz gute Erwiderung für den Anfang. Doch Krach wußte, daß er in gewissem Umfang mangelnde Kraft durch List ersetzt hatte. Auf Dauer würde er damit bestimmt nicht durchkommen.

Der Oger schlug einen Purzelbaum und sprang auf seine großen Plattfüße. Er stieß ein Brüllen aus, das die niedrig hängenden Wolken hastig davonjagen ließ, und sprang mit ausgestreckten Armen auf Krach zu. Doch Krach war zu klug, um es auf eine Ogerumarmung ankommen zu lassen. Seine Zentaurenjacke würde zwar einen guten Teil des Drucks abfangen, aber er selbst würde dann keinen Gegenangriff mehr unternehmen können. Er machte einen Satz in die Höhe und stampfte dem Oger im Vorbeispringen sanft auf den häßlichen Kopf.

Die Wucht des Tritts trieb den Oger bis zu den Knöcheln in den Sand. Das war der erste Teil einer Figur, die man den ›Nagel‹ nannte. Er mußte seine Füße nacheinander wieder aus dem Erdreich zerren, wobei er tiefe Abdrücke hinterließ. Nun war er aber wirklich wütend! Mit schwingenden Fäusten wirbelte er herum.

Krach parierte mit einem Arm, wobei er eine Technik anwandte, die er auf Schloß Roogna gelernt hatte, dann ließ er seine gepanzerte Faust in den riesigen Bauch des Ogers donnern. Es war, als würde man gegen gut abgelagertes Eisenholz schlagen; sein Parierarm war sofort zerschunden, und seine Faust fühlte sich an, als habe jemand mit einer Keule darauf herumgeprügelt. Dieser Oger war zu dumm, so daß seine Angriffsmanöver leicht zu durchschauen waren, aber er war auch zäh. Krach hatte sich bisher nur deshalb so lange halten können, weil er weniger dumm war und über den Schutz seiner Zentaurenausrüstung verfügte. Wenn die Jacke und seine Panzerfäuste ihn im Stich lassen sollten ...

Der Oger packte Krachs Parierarm in einem stählernen Griff

und riß daran. Krach parierte erneut, indem er seine freie Faust gegen die Schnauze des Gegners schob und drückte. Doch er merkte schon bald, wie verwundbar er durch seine eingeschränkte Kraft war; der andere Oger war ihm deutlich überlegen.

Und was noch schlimmer war – er begann auch, es zu merken. »Krach schwach«, grunzte er und hob Krach empor. Der versuchte sich freizuwinden, doch ohne Erfolg! Jetzt war er dran!

Der Oger rammte ihn so heftig in den Boden, daß es nun Krach war, der im Erdreich versackte. Er verpaßte ihm einen schrecklichen Hieb gegen die Brust, doch der wurde zum Glück weitgehend von der Jacke aufgefangen, die zwar eher gegen Steingeschosse, Pfeile, Stichwaffen, Zähne und Klauen schützen sollte, nicht aber gegen die fürchterlichen Fäuste eines Ogers. Doch es war immer besser als gar kein Schutz. Krach hämmerte nun seinerseits auf das Gesicht des Ogers ein und verschönerte es, indem er ihm einen weiteren Zahn ausschlug.

Der Oger ließ erneut seine Faust wirbeln, wobei er Krach diesmal allerdings mit eisernem Griff festhielt, damit er ihm nicht ausweichen konnte. Die Faust traf ihn am Scheitel und rammte ihn ein weiteres Stück tiefer in die Erde. Er versuchte zu parieren, doch es gelang ihm nicht. Wieder traf ihn ein Hammerschlag am Schädel, und er rutschte noch weiter in die Tiefe. Das war wieder das Nagelspiel – nur daß Krach diesmal den Nagel spielte.

»Tu ihm nichts!« schrie Tandy und kam hinter ihrem Baum hervor. »Friß mich, wenn es sein muß, aber laß Krach in Frieden!«

»Nein!« rief Krach, der mittlerweile bis zu den Knien im Boden stak. »Lauf weg, Tandy! Oger kennen keine Ehre, wenn es um Freßabmachungen geht!«

»Du meinst, er würde dich hinterher trotzdem vernichten, nachdem er mich . . .?«

»Ja! Flieh, solange du noch kannst, während sie mich im Auge haben!«

»Das kann ich nicht!« protestierte sie. Dann kreischte sie auf, weil die Ogerwelpin sich plötzlich auf sie stürzte.

Tandy schleuderte ihr einen Wutkoller entgegen, der die kleine Ogerin mit gewaltiger Wucht traf und bewußtlos zu Boden streckte. Dann lief sie wieder zu ihrem Baum zurück, weil sie eine Weile brauchte, bis sie einen neuen Koller entwickelt hatte. Im Augenblick war sie ebenso hilflos wie Krach.

Der Oger hatte innegehalten, um das Nebenschauspiel zu beobachten. Oger waren in der Regel zu dumm, um ihre Aufmerksamkeit auf zwei Dinge gleichzeitig richten zu können, so daß er Tandy nicht hatte zuschauen können, während er auf Krach einhämmerte. Krach wiederum war ebenfalls zu benommen gewesen, um sich in der Zeit zu befreien, und so machte sich der Oger jetzt wieder munter ans Werk, um die Figur des Nagels zu Ende zu führen. Irgendwie hatte Krach seine Arme seitlich angelegt behalten, und so wurden auch sie in den Boden gerammt. Er wußte, daß ihm das niemals passiert wäre, wenn er noch im Besitz seiner Schlauschlinge gewesen wäre! Das hätte doch beinahe jeder Narr besser gemacht!

Die Schläge auf den Kopf konnten keinem Oger viel anhaben, da ein Ogerkopf in der Regel nichts Wichtiges außer Knochen enthielt. Doch die Hiebe lösten einige Gedanken aus, die man dort sonst nicht so ohne weiteres hätte entdecken können. Warum hatte Tandy närrischerweise versucht, ihm zu helfen? Es wäre doch viel sinnvoller gewesen zu fliehen, und sie war klug genug, um das zu begreifen. Natürlich war ihre Loyalität lobenswert – aber auf einen Oger angewandt, war das im allgemeinen die reinste Verschwendung. So würden sie nun beide umkommen. Wie deckte sich das eigentlich mit den Antworten des Guten Magiers? Zwei Tote ....

Eine Möglichkeit war natürlich, daß der Magier zu alt geworden war, um noch Magie auszuüben, so daß die Genauigkeit seiner Prophezeiungen nachgelassen hatte, und daß er sie versehentlich, ohne es zu wissen, ihrem Verderben entgegengeschickt hatte. Es war auch denkbar, daß der Magier sich seiner Unzulänglichkeit bewußt war und sie ins Innere Xanths geschickt hatte, um sich vor der wahren Beantwortung ihrer Fragen zu drücken. In seiner gewissen Senilität war er dabei davon ausgegangen, daß sie ohnehin niemals zurückkehren würden, um ihn anzuzeigen.

Nein, das wollte Krach nicht von Humfrey glauben. Der Mann mochte ja uralt sein, aber die Gorgone hatte ihm doch etwas Kraft und Jugendlichkeit beschert, und er wußte bestimmt noch immer, was er da eigentlich tat. Jedenfalls hoffte Krach das sehr.

Schon bald hatte der Oger ihn bis an die Hüften in den Boden gehauen, und Krach konnte sich nicht wehren. Es fehlte ihm an Kraft, und die Hiebe hämmerten ihn immer tiefer, bis an die Brust, schließlich sogar bis an den Hals ins Erdreich. Dann wurde der Oger etwas müde. Anstatt weiterhin seine Faust zu strapazieren, ließ er nun seine hornigen Füße spielen. Er stampfte auf Krachs Kopf herum, bis auch der vom festgetretenen Erdreich bedeckt war.

Die Figur des Nagels war komplett, Krach war wie ein Pfahl unangespitzt in den Boden gehauen worden, und nun war er völlig hilflos.

Zufrieden mit seinem Sieg, stampfte der Oger nun auf den Bierfaßbaum zu, hinter dem Tandy sich versteckt hielt. Krach hörte, wie sie entsetzt aufschrie und eine Faust auf den Stamm des Baumes einschlug. Dann hörte er, wie das Bier aus dem zerborstenen Faß hervorzischte, und roch seinen Duft, als es über den Boden auf ihn zuströmte. Er selbst war nur noch eine Delle im Boden, die der Oger geschlagen hatte; schon bald würde er im Bier ertrinken, wenn es ihm nicht gelang, alles wegzutrinken, während Tandy von ihrem Peiniger in Bier getunkt und vertilgt werden würde.

Da hörte er, wie sie auf ihn zu trippelte. Sie verhielt sich noch immer alles andere als klug – hier würde der Oger sie viel leichter einfangen! Das Erdreich um sein Gesicht herum wurde feucht, als das Bier in den Boden sickerte, und er hörte das Planschen ihrer Füße. Er hoffte, daß sie sich ihre hübschen roten Sandalen nicht schmutzig machen würde. Unterdessen erbebte der Boden, als der Oger stampfend hinter ihr herlief und die Jagd genoß.

Dann kratzte sie mit ihren schwachen Menschenhänden die Erde vor seinen Augen frei. Schäumendes Bier schoß in die Grube und verwässerte ihm wieder die Sicht, dafür weichte es allerdings das Erdreich auch etwas auf, was ihr die Arbeit erleichterte. Doch das war alles sinnlos; sie würde ihn nie aus eigener Kraft befreien können, und schon jetzt beugte sich der Oger über sie, von der Vergeblichkeit ihrer Anstrengung amüsiert.

»Krach!« schrie sie. »Nimm meine Seelenhälfte!«

Hm, zwei halbe Seelen ergaben zusammen . . .

Er sah, wie ihre Halbseele auf ihn zu kam, eine Halbkugel, wie ein zur Hälfte vertilgter Apfel, der einen Hopser tat und in seinen Kopf einsank, wie es auch die Schlauschlinge seinerzeit getan hatte. Dann spürte er, wie sie sich in seinem Inneren ausdehnte. Es war eine kleine, süße, schöne, unschuldige, aber doch kämpferische Seelenhälfte, die aber mit seiner eigenen großen, tierhaften, häßlichen, ledrigen Ogerseele mühelos verschmolz, um zu einem zufriedenstellenden Ganzen zu werden. Krach spürte, wie seine Kraft in ihn zurückkehrte.

Der Oger zerrte Tandy an ihren braunen Locken in die Höhe. Er sabberte. Krachs halb versunkene Augen sahen alles durch das schäumende Bier mit an.

Das Mädchen versuchte, einen Wutkoller zu schleudern, doch sie war nicht mehr in Form. Sie war eher entsetzt als wütend, hatte ihre Kollerenergie erst vor kurzem schon einmal verbraucht und besaß keine Seele mehr. Der Oger zuckte kaum zusammen und klappte seinen gewaltigen fleckigen Kiefer auf, um sie zwischen seine abgebrochenen Zähne zu schieben.

Krach streckte seine Muskeln. Er besaß nun eine vollständige Seele und war im Vollbesitz seiner Kräfte. Der Boden um ihn herum bäumte sich auf. Wie der Arm eines Zombies schoß eine seiner Hände aus dem Erdreich hervor und packte den Oger an seinem haarigen Fußknöchel.

Krach stemmte mit aller Gewalt, und der Oger wurde zu seiner großen Überraschung emporgehoben. Doch er ließ Tandy dabei nicht los, sondern schob sie noch immer auf seinen sabbernden Schlund zu. Schließlich mußte man solche Dinge ja der Reihe nach erledigen.

Krach führte den zum Knöchel gehörigen Fuß an seinen eigenen Mund und sperrte seinen schmutzverkrusteten Kiefer auf. Dann schloß er ihn wieder und biß mit aller Gewalt auf die hornigen Zehen des Ogers ein.

Dem Volksmund zufolge waren Oger schmerzunempfindlich, weil sie zu zäh und zu dumm waren, um Schmerzen überhaupt zu bemerken. Da irrte der Volksmund. Der Oger stieß einen Schmerzensschrei aus, der das Firmament erzittern, die Sonne erbeben und drei Wolken vor Angst ihr Wasser verschütten ließ. Er ließ Tandy fallen. Krach streckte seine zweite Hand mit einer Explosion von Erdreich aus dem Boden und fing Tandy auf, um sie dann sanft aufzusetzen. »Such dir einen Schutz«, murmelte er. »Hier könnte es etwas ungemütlich werden.«

Sie nickte stumm und huschte davon.

Krach spuckte drei Zehen aus und sah zu, wie sie über den Boden hopsten. Er wedelte mit dem in der Luft schwebenden Oger. »Soll's losgehen, Krötenschnauze?« fragte er höflich.

Der Oger war kein Feigling. Das waren überhaupt alle Oger nicht, weil ihr Gehirn zu simpel konstruiert war, um Platz für Angstschaltungen zu lassen. Er war bereit, es konnte losgehen.

Kämpfe zwischen Ogern galten als die schlimmsten in ganz Xanth. Die ganze Gegend schien in erwartungsvolle Spannung zu geraten, wissend, daß nach dieser Begegnung nichts mehr so sein würde wie früher. Vielleicht würde auch überhaupt nichts mehr sein ... Die ganze Landschaft Xanths war übersät mit Zeugnissen früherer Ogerkämpfe: mit Wasser gefüllte Bodenkrater, ganze Wälder versteinerter Bäume, Geröllgebirge und ähnliche Errungenschaften.

Natürlich begann der Oger ohne jede Phantasie: Er donnerte Krach eine seiner Hammerfäuste auf den Schädel. Diesmal fing Krach sie mit aufgesperrtem Maul auf. Die Faust verschwand in seinem Schlund, und seine Zähne zermalmten das narbige Handgelenk.

Wieder stieß der Oger einen fürchterlichen Schrei aus, der die Sonne erbeben und die Wolken höchst undekorativ Wasser lassen ließ. Eine davon tat dies sogar direkt über der Sonne, was ein gewaltiges Zischen zur Folge hatte.

Der Oger zog seinen Arm zurück – und zerrte Krach damit aus dem Boden hervor, denn der hatte natürlich seinen Biß nicht gelockert. Bierschlamm spritzte wie prasselnder Regen auf die zuschauenden Oger, die ganz instinktiv danach schnappten.

Der Oger knallte beide Fäuste hart zusammen. Da sich eine davon immer noch in Krachs Rachen befand, wurde sein Kopf dadurch natürlich gleich von zwei Seiten beprügelt. Dampf schoß ihm aus den Ohren. Er spuckte die Faust aus, weil er ohnehin nicht richtig auf ihr herumkauen konnte, und befreite seinen Kopf.

Nun standen sich die beiden Kämpfenden gegenüber, zwei riesige Ungeheuer, von denen das eine schlammbeschmiert war und nach Bier stank, während dem anderen zwei Zähne und drei Zehen fehlten. Beide waren sie zornig – und der Zorn eines Ogers war allenfalls noch vergleichbar mit dem von Vulkanen, Wirbelstürmen, Lawinen oder anderen Naturkatastrophen, bereit, wahllos alles kaputtzuschlagen, was sie umgab.

»Du hast mich Halbblut genannt«, sagte Krach und schleuderte den anderen mit einem gewaltigen Faustschlag gegen einen kleinen Felsahornbaum. Der Baum brach ab, und sein Wipfel stürzte auf den häßlichen Schädel des Ogers.

Der schüttelte ihn nur ab und bemerkte diese kleine Ablenkung nicht einmal. »Du Zeh mir weh«, sagte er, unfähig, weiter als bis eins zu zählen, und hieb Krach seinerseits gegen die Schulter. Der Schlag ließ Krach gegen einen Felskandisbrocken stürzen, der sofort zertrümmert wurde, so daß ihm die Zuckerwürfel wie ein Hagelsturm um die Ohren flogen.

»Und dann hast du versucht, meine Freundin aufzufressen«, sagte Krach und verpaßte dem Oger einen Tritt in den Hintern. Der ließ das Ungeheuer mit rauchendem Hinterteil in hohem Bogen davonfliegen. Dann wiederholte er den Satz auf ogerisch, um sicherzugehen, daß der andere ihn auch verstand: »Du freß, ich Streß.«

Der Oger schlug mit dem Hintern zuerst im Sumpf ein, und das Wasser um ihn herum begann zu dampfen und zu blubbern. Er zog sich mit einer zottigen Bratpfannenpranke am eigenen zottigen Nacken wieder heraus und stampfte durch den Schlamm, bis die feuchten Klumpen wie ein Meteorhagel umherprasselten und das Stampfen einen mittleren Hickorybaum aus seiner Verwurzelung auf einer kleinen Sumpfinsel riß. Mit einem schmerzerfüllten »Hicks!« fiel der Baum um und wiederholte sein Hicksen, als der Oger ihn Krach über den

Schädel briet und das Holz dabei zertrümmerte. Krach tat der geschundene Baum leid; wahrscheinlich war das der Einfluß der zarten Halbseele des Mädchens.

Die Oger bauten sich nun voreinander auf. Jetzt hatten sie sich langsam warmgeprügelt. Nun, da er wieder im Vollbesitz seiner Kräfte war und seinen Gegner etwas näher kennengelernt hatte, kam Krach zu der Überzeugung, daß er der stärkere und klügere von beiden war. Er glaubte, dieses Ungeheuer schlagen zu können – und das war auch nötig, wenn er Tandy beschützen wollte. Doch bis dahin stand ihnen noch ein heftiger Kampf bevor.

Krach beugte sich vor, umarmte den Oger, hob ihn auf und rannte auf die dicke, harte Wand eines Mauernußbaums zu. Der Ogerkopf durchstieß das Holz und vergrub sich im Baumstamm, während der Körper draußen herabhing.

Dann hörte man ein Kauen und Beißen. Der Oger kaute sich den Weg hinaus frei, trotz seiner fehlenden Zähne. Dabei spuckte er Mauernüsse aus, die dort, wo sie um den Stamm auf den Boden fielen, kleine Mauern bildeten. Dann stürzte der Baum mit durchgebissenem Stamm um, und der Oger kehrte zur Tagesordnung zurück.

Er riß einen mittleren Mandelbaum aus dem Boden und schleuderte ihn gegen Krach. Der hob eine Faust, um ihn abzublocken, worauf der Stamm brach und ihn mit Mandelsplittern übersäte.

Krach wiederum stieß seine Faust durch einen Sandelholzbaum und teilte ihn entzwei. Er packte den Stamm und warf ihn gegen den Oger, der darauf von einem wahren Hagel von Sandalen und anderem Schuhwerk getroffen wurde.

Der Oger wrang einen fetten Schafbaum aus, bis der wie ein Schaf zu blöken begann und der Stamm abriß. »Ich traf mit Schaf«, grunzte er und rammte ihn Krach ins Gesicht.

»Das ist grammatisch falsch«, bemerkte Krach und konterte mit einem Platanenstamm. »Mach ihn platt, Platane!« schrie er. »Noch platter!« Und der Baum gehorchte, wie es seine Art war. Schließlich stapfte der Oger tiefer in den Wald hinein, um sich noch größere Baumstämme zu beschaffen. Mit beiden Fäusten prügelte er auf einen großen Rotholzstamm ein. Krach wiederum schlug Splitter aus einem noch größeren Blauholzbaum. Schon bald waren beide Bäume gefällt, und jeder der Oger nahm seinen Stamm auf.

Der andere griff als erster an. Krach duckte sich, und der Rotholzstamm pfiff über seinen Kopf hinweg und schlug mit dumpfem Knall in eine Sandeiche, aus der sofort Sand zu rieseln begann und sich mit dem Rot des Rotholzbaums vermischte, um einen kurzen, aber schrecklichen Rotsandsturm hervorzubringen, dessen Wirbel schließlich immer kleiner wurden, dabei aber die umstehenden Oger mit dem roten Sand umhüllten. Jetzt schleuderte Krach sein Blauholz. Der Oger duckte sich, und der Stamm rammte gegen einen Butternußbaum, der daraufhin Butter hervorspritzte. Diese vermengte sich mit der blauen Farbe und bedeckte alles, was der rote Sand vergessen hatte, ein kleines Feld mit Milchkrautpflanzen eingeschlossen. Blaue Buttermilch spritzte hervor und verlieh den zuschauenden Ogern einen neuen Farbton: Nun sahen sie nicht mehr trockenrot, sondern feuchtblau aus, was allerdings eine Verbesserung war. Eigentlich war *alles* eine Verbesserung im Vergleich zu der natürlichen Gesichtsfarbe eines Ogers.

Der Oger beugte sich vor, um einen Kastenholzbaum auszureißen. Diesmal war Krach schneller. Er schlug einen Brocken aus einer Korkeiche und rammte ihn gegen das schutzlose Hinterteil seines Gegners. Der Kork drückte den Oger in den Kasten, wo er kopfunter fest verkorkt wurde.

Jetzt war er wirklich wütend. Er stieß einen solchen Schrei aus, daß der Kasten zerbarst und der Korken mit lautem Knallen zur Sonne emporschoß. Dort angekommen, explodierte er, und eine üble Wolke hüllte die Sonne ein, so daß aus einem klaren, lichten Tag mit einem Schlag die finsterste Smognacht wurde, die jemals die Nasenlöcher des Dschungels verstopft hatte. Überall erscholl Husten und Würgen, und eine Reihe von Pflanzen verwelkten sofort, als sich der Gestank wie eine klebrige Masse ausbreitete.

Der Oger zog sich in die zähflüssige Dunkelheit zurück. Er hatte genug von Krachs voller Stärke. Doch Krach war noch nicht fertig mit ihm. Er verfolgte ihn, indem er sich am Getöse seines Stampfens orientierte.

Irgend etwas schlug auf Krachs Arm ein und lähmte ihn für eine kurze Zeit. Es war ein Eisenholzträger. Der Oger hatte im Dunkeln einen weiteren Baum umgemäht und ihn aus dem Hinterhalt gegen Krach geschleudert. Mancher hätte darin vielleicht einen Akt der Feigheit gesehen, doch da Oger gar nicht wußten, was Feigheit war, mußte es ein anderer Akt gewesen sein.

Vielleicht einer der Gerissenheit, denn davon verstanden Oger doch so einiges.

Krach hob den Träger auf, wollte ihn schon zu einem harmlosen Knoten verbiegen, überlegte es sich anders, wollte ihn daraufhin dem Oger entgegenschleudern, überlegte es sich nochmals anders und behielt ihn lieber. Den konnte man ganz gut als Speer benutzen.

Krach lauschte und versuchte, den Oger aufzuspüren. Er hörte das metallische Federn, als ein weiterer Eisenholzsprößling ausgerissen wurde. Krach schoß auf die Stelle zu – und stolperte über einen umgestürzten Baumstamm. Der zersplitterte natürlich in tausend Teile, die wie Schrapnellgeschosse in alle Richtungen flogen und die Pflanzen der Umgebung in Nadelkissen verwandelten. Krach verlor das Gleichgewicht und wirbelte verzweifelt mit einem Arm und einem Bein in der Luft, um es wiederzuerlangen.

Nun wußte der andere Oger schon genauer, wo sich Krach befand. Sein Speer schoß pfeifend auf ihn zu, als hätte er keine einzige Sorge auf der ganzen Welt, und erwischte Krachs ausgestreckten Fuß. Das tat aber weh! Krach taumelte zurück, stellte sich wieder auf beide Füße, hinkte vor und schlug in jene Richtung zurück, wo sein Gehör ihn den anderen vermuten ließ.

Dabei hatte er allerdings nicht bedacht, daß seine Ohren immer noch voller Erdklumpen waren, die sein Zielgehör beeinträchtigten, so daß sein Wurf danebenging und ein weiterer Balken des anderen ihn an der Schläfe traf. Das erwies sich jedoch als wahrer Segen, denn der Schlag ließ die Erdklumpen aus seinen Gehörgängen springen, so daß er jetzt wenigstens wieder richtig hören konnte. Er orientierte sich neu und schlug hart und akkurat auf den anderen ein – nur um ihn zu verfehlen, denn der andere hatte inzwischen den Rückzug angetreten.

Endlich lichtete sich der Smog etwas, und Krach stampfte voran, ständig nach der undeutlichen Gestalt vor ihm schlagend. Je weiter der Gegner sich zurückzog, um so weniger Gegenangriffe startete er. Krach beschleunigte – und die Gestalt huschte zur Seite und stellte ihm ein Bein, über das er kopfüber stolperte.

Mitten im Fall wurde ihm klar, daß er reingelegt worden war. Der Oger, der, anders als Krach, mit der Gegend vertraut war, hatte ihn an eine Klippe gelockt. Krach hätte wirklich mißtrauischer sein sollen, als der Gegner so plötzlich Schwäche simulierte. Doch ohne die Schlauschlinge war er natürlich nicht klüger als jeder andere Oger auch.

Er stürzte auf spitzes Geröll. Irgend etwas stieß einen quiekenden Schrei aus. Große gelbe Augen öffneten sich. Ein plötzlicher Flammenstoß erhellte die Umgebung, und Krach konnte die Lage ausmachen.

O weh! Er war direkt ins Nest eines Drachen gestürzt! Es war der Hort eines großen Landdrachen, der völlig ungeschützt war, weil solche Ungeheuer sich vor nichts fürchteten, nicht einmal vor Ogern. Der Drache war zwar gerade nicht da, dafür aber seine fünf Jungen.

Sofort waren sie alle wach. Es waren große Drachenjunge, die schon bald ihr Nest würden verlassen können, um auf eigene Faust Leute zu vertilgen. Sie waren ebenso massig gebaut wie Krach, mit kupfernen Schnauzen, grünen metallischen Halsschuppen und Mähnen aus silbrigem Stahl. Ihre Zähne glitzerten wie Sterne, und ihre Zungen sabberten hungrig in der Gegend herum. Als es wieder hell geworden war, erkannten sie ihn als Feind und Beute. Welch eine Falle!

Der Oger beugte sich über den Rand der Drachengrube. »Hohohohohohoho!« donnerte er, so daß die nahe gelegenen Bäume zu beben begannen. »Ich hau' dich blau!« Denn Krach stand auf blauen Diamanten, aus denen das Nest gebaut worden war. Im Dunkeln hatte er sie irrtümlich für Geröll gehalten. Alle Drachen liebten Diamanten, denn sie waren hübsch und hitzebeständig. Da die Drachen diese Steine hamsterten, wurden sie unverhältnismäßig teuer, weil sie dadurch woanders natürlich rar wurden. Krach hatte gehört, daß dies sogar in

Mundania der Fall sein mußte, obwohl er sich nicht vorstellen konnte, wie die Drachen dort die Steine einsammeln konnten.

Drachen machten nicht viel Federlesens. Alle fünf stürzten sich mit kleinen flackernden Feuerzungen auf ihn, die die Vegetation um das Nest entzündeten und die Diamanten erhitzten, so daß Krach einen Satz machen mußte, weil er heiße Füße bekam.

Krach, der auf sich selbst wütend war – das mußte man sich einmal vorstellen: von einem dämlichen Oger reingelegt zu werden! –, reagierte mit ungewöhnlich heftiger, also ogerischer Wut. Er war einfach nicht in der richtigen Stimmung, um sich auch noch mit kleinen Drachen abzuplagen!

Er streckte seine gepanzerten Hände vor und fing den ersten Drachen noch im Sprung ab. Dann wirbelte er mit ihm herum und traf damit den zweiten, der ebenfalls gerade mitten im Sprung begriffen war. Beide Drachen verloren sofort das Bewußtsein. Gemessen am Körpergewicht war kein Drache ein ebenbürtiger Gegner für einen Oger; nur durch ihre Größe waren die großen Drachen den Ogern überlegen, aber die war bei diesen hier noch nicht gegeben.

Krach schleuderte die beiden dem hämisch grinsenden Oger ins Gesicht und packte zwei weitere der Ungeheuer. Kurz darauf folgten sie ihren Brüdern und Schwestern, um sich wie schlappe Stolen um den Hals des Ogers zu schlingen.

Inzwischen hatte sich der fünfte Drache in Krachs Bein verbissen. Er hatte recht gesunde, diamantenharte Zähne, und langsam fing es an weh zu tun. Krach ließ seine Faust mit solcher Wucht auf den Drachen krachen, daß dessen Schädel sich eindellte. Dann riß er den Drachen von seinem Bein ab und schleuderte ihn ebenfalls dem Oger entgegen.

Der Smog hatte sich verflüchtigt, doch nun legte sich plötzlich wieder ein riesiger Schatten auf die Gegend. Krach blickte empor und sah die Drachenmutter, die mit ihrem monumentalen Leib das Sonnenlicht blockierte. Es würde eines ganzen Ogerstamms bedürfen, um sie abzuwehren – und das würde der Stamm der Ogersumpfoger ganz gewiß nicht für ihn tun. Der andere Oger hatte ihn ja genau deswegen ins Drachennest gelockt – damit die Drachin ihm den Garaus machte.

Doch da hatte Krach einen plötzlichen, völlig unerwarteten Geistesblitz. »Der da!« schrie er der Drachenmutter zu und zeigte mit einem Wurstfinger auf den anderen Oger.

Die Drachenmutter musterte Krachs Gegner, der sich in der diebischen Freude über seinen Sieg nicht die Mühe gemacht hatte, sich der fünf auf seinen Schultern hängenden schlaffen Drachenjungen zu entledigen. Die typische Schwäche aller Oger wurde ihm zum Verhängnis: seine Unfähigkeit, sich auf mehr als eine Sache auf einmal zu konzentrieren. Natürlich mußte die Drachenmutter jetzt davon ausgehen, daß er der Schuldige war.

Mit einem entsetzlichen Gebrüll, das die Bäume der näheren Umgebung auf der Stelle versteinern und eine Felsschicht der Klippe zu Staub zerbersten ließ, stürzte sie sich auf den Oger, einen gewaltigen Flammenstoß von sich gebend.

Der Oger war zwar dumm, aber *so* dumm nun auch wieder nicht, erst recht als die Flammen damit begannen, seinen Pelz zu versengen. Während die Drachenmutter einatmete, um eine etwas sorgfältiger gezielte Feuersalve auszustoßen, warf er die kleinen Drachen ab und sprang mit der Schnauze voran in die Grube hinab. Es war ein gewaltiger Kontrast – die schiere Schönheit der Steine und die schiere Häßlichkeit des Ogers. Es sah fast so aus, als wollte er sie auffressen.

Krach handelte, ohne lange zu überlegen. Im Augenblick stellte die Drachenmutter eine größere Bedrohung seines Wohlbefindens dar, als der Oger, deshalb riß er einen Felsbrocken aus der Grubenwand und schleuderte ihn dem Drachen entgegen, während der andere Oger sich erhob und dabei weiße, rote, grüne, blaue und getupfte Diamanten von sich abschüttelte. Die Drachenmutter drehte sich um, schnappte nach dem Felsen, stellte fest, daß er ungenießbar war, und spie ihn wieder aus.

Da merkte Krach, daß der andere Oger verschwunden war. Er musterte seine Umgebung und entdeckte einen Fuß, der aus einem Erdloch stak. Der Felsbrocken, den er aus der Wand gerissen hatte, hatte einen Gang verdeckt, und der Oger krabbelte gerade hinein, um Krach seinem feurigen Schicksal zu überlassen. Das gefiel Krach aber gar nicht, und so zerrte er den

Oger an seinem Bein wieder hervor und wirbelte ihn an den Fesseln im Kreis durch die Luft.

Die Drachin blähte sich gerade ordentlich auf, um einen richtigen Hochofenstrahl auszuspeien, der beide Oger im Nu zu Asche verbrennen würde. Da sperrte sie auch schon ihren Schlund auf und ließ die ersten Dampfwölkchen entweichen, während in ihrem Bauch das Verderben polterte.

Krach ließ den wirbelnden Oger los und schleuderte ihn mit dem Kopf zuerst direkt in den gähnenden Schlund. Die Drachin erstickte fast an ihrem eigenen Feuer, weil der Oger gerade groß genug war, um ihren Schlund zu verstopfen. Seine Füße, die noch aus dem Schlund heraushingen, strampelten wild, und dann begann er, sich mit seinen zerbrochenen Zähnen den Weg freizubeißen. Die Drachin sah verblüfft aus, unsicher, wie sie sich angesichts dieser komplizierten Situation verhalten sollte.

Krach war sich seinerseits nicht sicher, wie dieser Kampf enden würde. Zwar war das Feuer der Drachenmutter blockiert, und sie konnte auch nicht mit ihren Zähnen auf dem in ihrem Schlund zappelnden Oger ordentlich herumkauen, aber sie war doch sehr, sehr stark, und mit der Zeit würde es ihr bestimmt gelingen, den Oger entweder hervorzuwürgen oder ihn sogar vollends hinunterzuschlucken. Andererseits konnte der Oger sich auch binnen kürzester Zeit ein gutes Stück voranbeißen. Krach entschied sich dafür, die Szene mit gebotener Eile hinter sich zu lassen.

Aber wo sollte er hin? Wenn er aus dem Nest kletterte, könnte die Drachin hinter ihm her jagen, und dann würde er ein noch viel leichteres Ziel abgeben, als ein rennender Oger auf freier Ebene. Doch wenn er hierblieb . . .

»Psst!« rief jemand. »Hierher!«

Krach drehte sich um. Eine kleine Nymphe stand in der vom Fels freigegebenen Höhlenöffnung.

»Ich bin in der Unterwelt aufgewachsen«, sagte sie. »Ich kenne hier ein paar Tunnel. Komm!«

Krach sah noch einmal zur Drachenmutter hinüber, die sich langsam vor Überdruck aufblähte, und er musterte auch den strampelnden Oger in ihrem Rachen. Er empfand weder für die eine noch für den anderen Mitleid. Was hatte er überhaupt unter Ogern zu suchen? Das waren doch alles nur dumme, stumpfsinnige Wesen, die liebend gern auf Menschengebein herumkauten.

Menschengebein. »Tandy!« rief er. »Ich muß sie vor den Ogern retten!«

Die Nymphe sah angewidert aus. »Idiot!« schrie sie. »Ich bin doch Tandy!«

Krach beäugte sie etwas eindringlicher. Die Nymphe hatte braunes Haar, blaue Augen und eine kecke Himmelfahrtsnase. Das war tatsächlich Tandy. Seltsam, daß er sie überhaupt nicht erkannt hatte! Aber wer hätte schon erwarten können, daß sich eine Nymphe plötzlich als Mensch herausstellte?

»Jetzt komm endlich rein, du Tölpel!« befahl sie. »Bevor dieses Ungeheuer dort seinen Korken knallen läßt!«

Er folgte Tandy in den Gang. Sie führte ihn eine gewundene, kurvenreiche Strecke entlang, die sie weit in die Tiefe brachte. Die Luft wurde kühl, die Wände erwiesen sich als klamm. »Die Drachin schürft hier nach den Diamanten, die meine Mutter zurückläßt«, erklärte sie. »Ohne sie würde in Xanth wahrscheinlich ein entsetzliches Chaos herrschen. Die Drachen würden durchdrehen, wenn sie keine Diamanten mehr bekämen, und die anderen Wesen würden das gleiche tun, wenn sie plötzlich ohne ihre Lieblingssteine auskommen müßten. Es ist wirklich schön zu wissen, daß meine Mutter mal hier war. Das muß natürlich schon lange her sein. Vielleicht gibt es hier sogar eine Öffnung, die direkt zu meinem Heim in der Unterwelt führt, obwohl sie höchstwahrscheinlich auf dem Schaufler geritten ist, der ja keine Löcher hinterläßt.«

Krach folgte ihr und machte sich dabei mehr Sorgen um ihre gemeinsame Flucht vor der Drachin als um das Geplapper des Mädchens. Hinter ihnen erscholl ein Getöse, als würde eine riesige Pfeilspitze in den Fels geschossen. Zweifellos hatte die Drachin den Oger endlich ausgespien und war nun bereit, die beiden zu verfolgen. Obwohl der Gang recht schmal war, würde er für sie keine Schwierigkeiten bieten, denn Drachen waren lange schmale, gelenkige Geschöpfe, vor allem die flügellosen Landdrachen, die sich mühelos auch durch die allerkleinsten Öffnungen zwängen konnten. Sie konnte sich aber auch dafür entscheiden, ihnen einen Flammenstoß hinterherzuschicken, der sie rösten würde. Oder, was noch schlimmer wäre: Sie könnte beides tun, indem sie sie zuerst verfolgte, um sie dann für ein paar feurige Zielübungen zu benutzen.

»Ach, ich bin mir ganz sicher, daß es hier irgendwo in der Nähe einen Weg nach unten gibt, weißt du«, meinte Tandy etwas unbeholfen und nervös. »Die Wand hier ist dünn, das merkt man am Widerhall. Ich habe viel Erfahrung mit dieser Art geologischer Formation. Schau mal, dort drüben ist ein Fossil.« Sie zeigte auf ein leuchtendes Etwas, das dem Skelett eines Fischs glich, doch es huschte zappelnd davon, bevor Krach es genauer in Augenschein nehmen konnte. Aber so waren Fossilien nun einmal; sie zogen es in der Regel vor, unentdeckt zu bleiben. Darin waren sie wie Zombies, nur daß sie nicht allzugern umherreisten; statt dessen ruhten sie sich einfach äonenlang aus. Krach hatte nicht die leiseste Ahnung, was sie im Leben oder im Tod eigentlich für Ziele verfolgten. »Aber ein Loch kann ich nicht finden!« schloß Tandy frustriert. Krach wußte, daß sie sich möglichst schnell aus diesem Gang entfernen mußten. Er zielte und schlug ein Loch in die Wand. Dahinter befand sich eine weitere Höhlenkammer. Er kletterte hindurch und hob Tandy vorsichtig auf, um sie dann auf der anderen Seite wieder abzusetzen.

»Stimmt ja!« rief sie. »Deine Ogerkraft hatte ich schon wieder ganz vergessen. Manchmal ist die wirklich recht nützlich.«

Der Gang, aus dem sie geflohen waren, leuchtete feuerrot auf. Das war aber knapp gewesen!

»Hier ist es!« rief Tandy. »Die Unterwelt! Ich bin zwar noch nie hier gewesen, aber ich erkenne die allgemeine Struktur dieser Gegend. Noch ein paar Tagesmärsche, dann bin ich wieder zu Hause.« Doch dann überlegte sie es sich noch einmal. »Nein, von hier gibt es gar keine direkte Verbindung. Diese – na, wie heißt das Ding noch, das Xanth in zwei Hälften teilt? Ich vergesse es immer wieder ...«

»Die Spaltenschlucht«, sagte Krach, indem er diese Information aus seiner eigenen verblassenden Erinnerung an die Oberfläche zerrte. Als Oger war er sogar zu dumm, um Dinge so schnell zu vergessen, wie Tandy das getan hatte.

»Ja, die, ganz genau. Die trennt diesen Teil wahrscheinlich von der Gegend ab, wo ich wohne – glaube ich. Aber dennoch . . .«

Sie führte ihn durch ein finsteres Labyrinth, bis sich die Geräusche der zornigen Drachin in der Ferne verloren hatten. Schließlich kamen sie an eine Felskante, in deren Nähe sie kühles Wasser bemerkten. »Hier findet die uns nie. Das Wasser hier würde ihr Feuer auch schnell löschen.«

»Ich hoffe, daß du den Weg kennst. Ich jedenfalls weiß nicht im geringsten, wo ich bin«

»Wenn die Zeit reif ist«, erwiderte sie. »Oder auch nicht.«

»Aber was ist mit unseren Aufgaben?«

»Welche Aufgaben?« fragte sie arglos.

Da fiel es Krach wieder ein: Sie sorgte sich nicht mehr um die Erfüllung. Sie hatte ihre Seele aufgegeben.

15
Ogerliebe

Doch im nächsten Augenblick begriff er, daß es nichts Ernstes war. »Ich habe noch deine Seelenhälfte«, sagte er. »Nimm sie wieder an dich.« Er legte seine riesige Pranke auf seinen Schädel und zerrte sie hervor. Dann reichte er ihr die schwach leuchtende Halbkugel, legte sie ihr auf den Kopf und tätschelte sie so lange, bis sie darin verschwunden war. Die Seele löste sich auf und verteilte sich in Tandys Innerem. »Ach, das fühlt sich ja *sooo* gut an!« rief sie. »Jetzt weiß ich endlich, wie sehr ich meine Seele vermißt habc, sogar bloß die Hälfte!«

Krach, der nun selbst wieder nur seine eigene Halbseele besaß, fühlte sich plötzlich müde. Er ließ sich auf einen Stein nieder. Es war zwar dunkel, aber das machte ihm nichts aus. Hier konnte man sich gut ausruhen.

Tandy ließ sich neben ihm nieder. »Ich glaube, meine Seele fühlt sich einsam«, meinte sie. »Erst war sie nur eine halbe Seele, dann hat sie sich mit deiner vereint, und nun ist sie wieder halbiert, wobei ihr wahrscheinlich die bessere Hälfte fehlt.«

»Deine Hälfte ist die bessere«, meinte er. »Sie ist hübsch und gewitzt und sensibel, während meine grob und dumm ist.«

»Aber dafür ist deine auch stark und treu«, widersprach sie

ihm. »Sie ergänzen einander. Eine vollständige Persönlichkeit braucht eben sowohl Kraft als auch Sensibilität.«

»Ein Oger nicht.« Aber inzwischen war er sich da nicht mehr ganz so sicher.

Sie suchte seine Bratpfannenhand mit ihrer eigenen. »Also gut, Krach, jetzt erinnere ich mich wieder an unsere Aufgaben. Ich wollte einen guten Ehemann finden, und du . . .«

»Ich wollte eine gute Frau«, beendete Krach ihren Satz. »Ich wußte es zwar selbst nicht, aber dafür hat der Gute Magier es anscheinend gewußt. Deshalb hat er mich auch dorthin geschickt, wo ich eine finden konnte. Doch irgendwie sagt mir das nicht mehr so zu, den Rest meines Lebens mit einer Ogerin teilen zu sollen. Ich weiß selbst nicht so recht, warum.«

»Weil echte Oger und Ogerinnen auch echte Tiere sind«, sagte sie.

»Du gehörst nicht wirklich zu ihnen, Krach.«

»Vielleicht neulich nicht, als ich noch im Besitz der Schlauschlinge war. Aber als ich die verloren habe, bin ich wieder in meinen alten natürlichen Zustand zurückgefallen.«

»Bist du sicher, daß dein natürlicher Zustand wirklich der eines Ogers ist?«

»Ich wurde so erzogen, Eisenholzbäume mit einem einzigen Hieb meiner hornigen Faust zu zertrümmern«, sagte er. »Mit Drachen zu ringen, die genauso schwer waren wie ich, und sie zu Staub zu zertrümmern. Zu . . .«

»Das ist ja alles sehr beeindruckend, Krach, und ich habe ja selbst gesehen, wie du einige dieser Dinge getan hast. Aber bist du sicher, daß du nicht Kraft mit Brutalität und Tierhaftigkeit verwechselst? Zu mir warst du immer sehr sanft.«

»Du bist ja auch etwas Besonderes«, erwiderte er und bemerkte, wie ein ihm bis dahin völlig unbekanntes Gefühl in seinem Inneren aufkeimte.

»Chem hat mir etwas erzählt, was ihr ein mundanischer Gelehrter einmal beigebracht hat. Der hieß Ichabod, und er kannte ein nettes kleines Gedicht über ein mundanisches Monster, das einer Tigerlilie glich, nur daß es wohl eher ein Tier war als eine Pflanze.«

»Ich habe schon gegen Tigerlilien gekämpft«, sagte Krach.

»Selbst ihre Wurzeln haben noch Krallen. Die sind noch schlimmer als Löwenzähne.«

»Sie konnte sich nicht mehr so richtig an das Gedicht erinnern. Deshalb haben wir damit ein bißchen gespielt und es dabei auf dich umgemünzt. ›Oger, Oger, brennst du hell‹ . . .«

»Oger brennen nicht!«

»Doch, wenn sie durch eine Feuerwand treten«, widersprach sie ihm, »etwa um ein Boot zu besorgen, das uns an den Kredithaien vorbeifährt. Das war es auch, was Chem an das Gedicht erinnert hat, meinte sie. Der flammende Oger. Jedenfalls erzählt das Gedicht davon, wie die feurigen Oger nachts durch die Urwälder ziehen und dabei schrecklich gefährlich sind.«

»Ja«, meinte Krach, dem die Vorstellung zu gefallen begann.

»Wir haben viel darüber gelacht. Für uns bist du überhaupt nicht schrecklich oder grauenerregend. Du bist vielmehr ein großer, wunderbarer, tapsiger Pelzknubbel, und wir würden dich gegen nichts auf der Welt eintauschen.«

»Egal, wie hell ich brennen mag«, fügte Krach wehmütig hinzu.

Doch dann wechselte er lieber das Thema. »Wieso konntest du eigentlich ohne Seele funktionieren? Als du sie das letzte Mal verloren hast, warst du doch richtig im Koma.«

»Damals lag es zum Teil ganz einfach am Schock, sie verloren zu haben. Diesmal habe ich sie ja freiwillig herausgegeben. Da war ich schon etwas erfahrener.«

»Das hätte aber keinen großen Unterschied machen dürfen!« widersprach er. »Eine Seele ist nun einmal eine Seele, und wenn man die verliert . . .«

»Es macht doch einen Unterschied! Wenn ein Mädchen etwas freiwillig weggibt, kann sie sich dabei durchaus wohl fühlen. Wenn man ihr dagegen dieselbe Sache mit Gewalt entreißt, kann sie das kaputt machen.«

»Aber ohne Seele . . .«

»Stimmt, das ist nur eine Analogie. Ich habe wohl eher an Liebe gedacht.«

Er erinnerte sich daran, daß der Dämon sie hatte vergewaltigen wollen. Plötzlich begann er diesen Dämon zu hassen. »Ja, du brauchst jemanden, der dich beschützt. Aber wir haben auf der Reise keinen Mann für dich gefunden, und jetzt haben wir den Auftrag des Guten Magiers erledigt, ohne daß wir beide eine Antwort auf unsere Fragen erhalten hätten.«

»Da bin ich mir nicht so sicher«, erwiderte sie.

»Wir kommen vom Thema ab. Wie hast du denn ohne Seele überleben können? Deine Halbseele hat mich stark genug gemacht, um immerhin einen anderen Oger zu besiegen; du mußt doch so schwach gewesen sein, daß du eigentlich hättest zusammenbrechen müssen. Das bist du aber nicht.«

»Na ja, ich bin ja auch eine halbe Nymphe«, meinte sie.

»Eine halbe Nymphe? Du hast tatsächlich wie eine Nymphe ausgesehen, als du . . .«

»Ich habe mich immer für einen Menschen gehalten, so wie du geglaubt hast, du wärst ein ganzer Oger. Aber meine Mutter ist Juwel die Nymphe. Deshalb bin ich von meiner Herkunft her genausosehr Nymphe wie Mensch.«

»Und was ist der Unterschied?«

»Nymphen sind ewig jung und schön und meistens alles andere als helle. Männern können sie nie etwas abschlagen. Meine Mutter ist eine Ausnahme, denn um ihre Arbeit zu tun, muß sie einfach klug und zuverlässig sein. Sie ist immer noch sehr schön, viel schöner, als ich es bin. Aber dafür ist sie auch nicht so klug wie ich.«

»Du bist jung und schön«, meinte Krach.

»Aber das ist Prinzessin Irene auch, und die ist ein Menschenmädchen.«

»Ja, das allein macht es nicht aus. Menschenmädchen gleichen tatsächlich Nymphen, solange sie noch in ihrer Blüte stehen, und sie besitzen auch einige nymphenähnliche Eigenschaften, die Männer recht anziehend finden. Aber Irene wird einmal altern, was echte Nymphen nicht tun. Und sie kann Liebe empfinden, was Nymphen nicht können.«

»Die können nicht lieben?« Krach lernte langsam mehr über Nymphen, als er erwartet hatte.

»Na ja, meine Mutter kann schon lieben. Aber die ist ja auch eine ganz besondere Nymphe, wie ich schon einmal gesagt habe. Und außerdem hat mein Vater Crombie einen Liebeszauber über sie verhängt, also zählt das nicht.«

»Aber manche Menschen können doch auch nicht lieben. Das kann also auch nicht voll zählen.«

»Stimmt. Manchmal ist es sehr schwer, eine echte Nymphe von einem gedankenlosen Menschenmädchen zu unterscheiden. Aber eins ist ganz sicher: Nymphen besitzen keine Seele.«

»Du hast aber eine! Das weiß ich genau! Und es ist auch eine sehr hübsche kleine Seele.«

Er spürte, wie sie im Dunkeln lächelte. Ihr Körper entspannte sich, und sie drückte seine Pranke. »Danke. Ich mag sie auch ganz gern. Ich habe eine Seele, weil ich zur Hälfte menschlich bin. Genau wie du, aus demselben Grund.«

»Daran habe ich noch nie gedacht!« sagte Krach. »Es ist mir noch nie eingefallen, daß andere Oger keine Seele haben könnten. Die sind nur deswegen solche Bestien, weil sie keine Seelen haben. Ihre Kraft ist reinste Magie.«

»Wahrscheinlich. Meine Mutter war ein Menschenabkömmling, daher habe ich dann wohl auch meine Seele. Und die hat dir auch die Kraft verliehen, das wettzumachen, was dir entgangen ist, weil du nur ein halber Oger bist.«

»Einverstanden. Das erklärt mir ein Geheimnis, um das ich vorher nie gewußt habe. Aber du hast mir immer noch nicht erklärt, wie du ...«

»Wie ich ohne Seele funktionieren konnte, ja. Es war eigentlich ganz einfach nur eine Frage des Standpunkts. Weißt du, Menschen haben schon immer Seelen besessen, deshalb haben sie auch keine Erfahrung damit, wie das ist, wenn man keine mehr hat. Andere Wesen haben keine Seelen, und die haben eben gelernt, ohne eine auszukommen. Meine Mutter schafft das ganz gut, obwohl wahrscheinlich ein Teil der Seele meines Vaters auf sie abgefärbt hat.« Tandy seufzte. »Sie ist wirklich eine so gute Person, daß sie sich eine Seele verdient hätte. Aber sie ist nun einmal eine Nymphe, und ich bin eine halbe. Deshalb kann ich auch ohne Seele funktionieren. Alles, was ich tun mußte, nachdem ich das erst einmal erkannt hatte, war, mich als Nymphe zu sehen. Das machte wirklich einen entscheidenden Unterschied.«

»Aber ich sehe mich als Oger – und habe trotzdem eine Seele.«

»Vielleicht solltest du lieber versuchen, dich als Mensch zu sehen, Krach.« Ihre Hand preßte die seine.

»Als Mensch?« fragte er verständnislos. »Ich bin doch ein Oger!«

»Und ich bin ein Menschenmädchen. Aber als es sein mußte, da bin ich zur Nymphe geworden. Deshalb konnte ich auch handeln, ohne in die gleiche Lethargie abzusacken wie damals, als ich im Kürbis gewesen war. Ich konnte deinen Kampf verfolgen und eingreifen, als es nötig war.«

»Ein Mensch!« wiederholte er ungläubig.

»Bitte, Krach! Ich bin ein Halbblut wie du. Wie so viele Wesen in Xanth. Ich werd' dich schon nicht auslachen.«

»Das ist doch unmöglich! Wie sollte ich jemals ein Mensch sein?«

»Krach, du sprichst nicht mehr wie ein Oger, und du bist auch nicht mehr so dumm wie einer.«

»Die Schlauschlinge . . .«

»Die Schlinge ist doch schon lange verschwunden, Krach! Und die, die du dir im Nichts beschafft hast, hat doch nie wirklich existiert. Das war eine reine Illusion. Und trotzdem hat sie dich schlau werden lassen. Hast du dir jemals überlegt, wie das sein konnte?«

Jetzt war er damit an der Reihe, im Dunkeln zu lächeln. »Darüber habe ich lieber nicht zu genau nachgedacht, Tandy. Das hätte mich eben der Intelligenz beraubt, die mir paradoxerweise diesen Gedankengang ermöglichte.«

»Du glaubst an Paradoxien?«

»Es ist eine betörende Vorstellung. Ich würde sagen, daß Paradoxismus in Mundania unmöglich ist, in Xanth hingegen nicht. Ich muß der Sache wirklich mal näher nachgehen, sobald ich die Muße dazu habe.«

»Ich habe eine andere Hypothese«, meinte sie. »Die Schlauschlinge war vielleicht eine Illusion, deine Intelligenz aber nicht.«

»Ist das nicht ein Widerspruch? Es ist doch unlogisch, einen solch signifikanten Effekt, wie ihn die Schlauschlinge auf mich hatte, einer Illusion zuzuschreiben.«

»In der Tat. Deshalb habe ich es ja auch gar nicht getan.

Krach, ich glaube, daß du die Schlauschlinge nie wirklich gebraucht hast. Weder die eingebildete noch die echte. Du warst schon immer intelligent. Weil du nämlich ein halber Mensch bist und Menschen nun einmal Intelligenz besitzen.«

»Aber ich wurde doch erst intelligent, nachdem die Schlauschlinge mich dazu gemacht hatte!«

»Du warst schlau genug, um jeden glauben zu machen, du seist dumm! Chem hat mir einiges über Schlauschlingen erzählt. Deren Wirkung läßt schon nach wenigen Stunden nach. Manchmal ist es die reine Selbsttäuschung, wenn die von ihr befallenen Wesen sich nämlich für schlau halten, obwohl sie es überhaupt nicht sind. Dann blamieren sie sich ständig, ohne es zu bemerken.«

»Hab' ich das etwa auch getan?« fragte Krach entsetzt.

»Nein, denn du warst *wirklich* schlau. Und das hat sich auch nicht geändert, bis dir die Schlinge aus dem Kopf gespült wurde. Und sobald du eine neue hattest, obwohl die ja nur eingebildet war, ist deine Intelligenz sofort zurückgekehrt. Sagt dir das nichts, Krach?«

Er überlegte. »Es bestätigt mir, daß die Magie voller Wunder ist und nicht unbedingt der Logik unterliegt.«

»Oder daß du nur dann schlau warst, als du dich auch dafür gehalten hast. Vielleicht hat dir die Schlauschlinge zum ersten Mal gezeigt, wie man das machen muß, wie das sich anfühlt. Danach konntest du es immer, wenn du nur wolltest. Oder wenn du vergessen hattest, daß du dumm warst.«

»Aber jetzt bin ich doch auch nicht schlau!« protestierte er.

»Du solltest dich mal sprechen hören, Krach! Du hast gerade über die Feinheiten der Paradoxien geredet, und dazu noch in einer gebildeten Sprache.«

»Tatsächlich, das stimmt!« Krach war überrascht. »Ich hatte vergessen, daß ich die Schlauschlinge verloren habe.«

»Ganz genau. Woher kommt denn dann jetzt deine Intelligenz, Oger?«

»Wahrscheinlich von meiner menschlichen Hälfte, wie du ja vermutet hast. Genau wie meine Seele. Ich hab' sie vorher nur nie aktiviert, weil . . .«

». . . weil du dich für einen Oger gehalten hast, bis du gesehen hast, wie Oger wirklich sind, und dich von ihnen abgewandt hast. Jetzt wendest du dich dafür langsam deinem menschlichen Erbe zu.«

»Das siehst du aber viel deutlicher als ich!«

»Weil ich objektiver bin. Ich sehe dich von außen, ich schätze deine menschlichen Eigenschaften. Und ich glaube, das hat der Gute Magier Humfrey auch getan. Der ist zwar alt, aber er ist immer noch sehr weise. Ich muß es doch wissen, schließlich habe ich ein Jahr lang sein Schloß geputzt und für ihn aufgeräumt.«

»Besonders aufgeräumt sah es da eigentlich nicht aus. Ich hatte kaum Platz zum Stehen.«

»Da hättest du es erst mal vorher sehen sollen!« Doch sie lachte. »Tatsächlich habe ich seine Privatkammer nicht angerührt, das tut nicht einmal die Gorgone. Wenn da drin jemand mal aufräumen würde, dann wüßte hinterher keiner mehr, wo seine ganzen Zauber und Bücher und Gegenstände sind. Schließlich hat er ein Jahrhundert Zeit gehabt, um sich zu merken, wo sie liegen. Aber das restliche Schloß mußte doch gelegentlich aufgeräumt und geputzt werden, und die beiden waren der Meinung, daß die Gorgone das nicht mehr tun sollte, da sie ja inzwischen mit ihm verheiratet war, also habe ich es getan. Ich habe die magischen Spiegel und solche Dinge sauber gemacht. Einige von denen waren ganz schön frech! Aber es war keine schlechte Arbeit. Und im Verlauf dieses Jahres habe ich gelernt, daß sich hinter der scheinbaren Zerstreutheit Humfreys ein enorm scharfer und wacher Verstand verbirgt. Er läßt es sich bloß nicht gerne anmerken. Zum Beispiel wußte er schon alles über dich, noch bevor du dich auf die Reise zum Schloß gemacht hast. Er hatte deinen Besuch bis auf den Tag und die Stunde genau schon ein Jahr vorher auf seinem Terminkalender eingetragen. Er hat jeden deiner Schritte verfolgt und mächtig gekichert, als du vor den Ogerknochen standest. Dieser Mann weiß alles, was er wissen will. Deshalb ist es auch er, der die Gorgone betört, und nicht umgekehrt. Sie hat einen Wahnsinnsrespekt vor seinem Wissen.«

»Und ich dachte, er wäre senil!« sagte Krach reumütig.

»Das denkt jeder. Aber er ist nun einmal der Magier der

Information, einer der mächtigsten Männer Xanths. Er weiß alles, was es sich zu wissen lohnt. Deshalb hat er auch bestimmt gewußt, was für einen Verstand du hast, und hat seine Antwort entsprechend ausgerichtet. Und jetzt wissen wir auch, daß er recht behalten hat.«

»Aber unsere Missionen, die sind doch beide nicht zu Ende! Daß wir scheitern werden, hat er aber nicht gewußt, oder?«

Tandy dachte kurz nach. »Krach, warum hast du gegen den anderen Oger gekämpft?«

»Er hat mich geärgert und beleidigt.«

»Aber du hast doch versucht, allem Ärger aus dem Weg zu gehen.«

»Weil ich nur meine halbe Kraft besaß und wußte, daß ich sonst verlieren würde.«

»Aber dann hast du ihm schließlich doch einen Hieb verpaßt. Du hast ihm einen Zahn ausgeschlagen.«

»Er wollte dich auffressen. Das konnte ich nicht zulassen.«

»Warum nicht? Das tun Oger doch nun einmal.«

»Ich hatte mich verpflichtet, dich zu beschützen.«

»Hast du etwa daran gedacht, als du zugeschlagen hast?«

»Nein«, gab Krach zu, »das habe ich sofort getan, ohne nachzudenken.«

»Also muß es doch einen anderen Grund dafür geben, weshalb du so reagiert hast.«

»Weil wir befreundet sind.«

»Haben Oger Freunde?«

»Nein, ich bin der einzige Oger, der jemals Freunde hatte – und das waren meistens Menschen. Die meisten Oger mögen nicht einmal Oger.«

»Kein Wunder«, meinte sie. »Und um mich zu beschützen, hast du zweimal deine Seele aufs Spiel gesetzt.«

»Ja, natürlich.« Er wußte nicht so recht, worauf sie hinauswollte.

»Hätte ein echter Oger das getan?«

»Ein echter Oger nicht. Aber da Oger keine Seelen haben, werden sie auch nie in die Lage geraten. Aber trotzdem, selbst wenn sie eine Seele hätten, würden sie nie . . .«

»Krach, meinst du nicht auch – selbst du! –, daß du viel mehr menschliche als Ogereigenschaften hast?«

»In diesem Fall schon, vielleicht. Aber allein im Dschungel wäre das ganz anders.«

»Warum hast du dann den Dschungel verlassen?«

»Ich war unzufrieden. Wie ich schon einmal erklärt habe: Ich brauchte wohl eine Frau, nur daß mir das nicht bewußt war.«

»Und wenn du dich mehr wie ein Oger verhalten hättest, hättest du dir eine hübsch bestialische Ogerin genommen, mit einem Gesicht, dessen Anblick den Mond zum Faulen gebracht hätte. Tut es dir leid, daß du das aufgegeben hast?«

Krach lachte und spürte noch stärker ihre Hand, die auf seiner lag.

»Nein.«

»Lachen Oger?«

»Nur bösartig.«

»Also hast du, wie du glaubst, die Antwort weggeworfen, für die du so hart geschuftet hast. Willst du jetzt wieder in den Dschungel zurück?«

Merkwürdigerweise sagte ihm dieser Gedanke nicht sonderlich zu. Das Leben, das er früher geführt hatte, erschien ihm nun als äußerst unzufriedenstellend. »Was soll ich sonst tun?«

»Warum versuchst du nicht, ein Mensch zu sein? Es ist alles eine Frage des Standpunkts, glaube ich. Die Leute auf dem Schloß Roogna würden dich bestimmt akzeptieren. Sie tun es ja jetzt schon. Prinz Dor hat dich wie einen Gleichgestellten behandelt.«

»Das tut er mit jedem.« Doch Krach fragte sich, ob Prinz Dor das wohl auch mit Ogern aus dem Ogersumpf getan hätte? Das war höchst fraglich.

Da fiel ihm noch etwas anderes ein. »Du sagst, daß ich die illusionäre Schlauschlinge im Nichts aktivieren konnte, weil ich schon immer menschliche Intelligenz besessen habe, so daß es da kein Paradoxon gab, nicht wahr?«

»Das habe ich gesagt«, meinte sie selbstzufrieden.

»Was ist denn dann mit dem Kürbis?«

»Mit dem Kürbis?« fragte sie.

»Der war doch im Nichts genauso illusionär und hatte nichts

mit meiner Menschennatur zu tun, aber trotzdem hat er funktioniert.«

»Ja, das stimmt«, pflichtete sie ihm bei. »Ach, Krach, daran habe ich noch gar nicht gedacht! Aber das bedeutet ja . . .«

». . . daß die Illusion im Nichts wirklich war. Daß alles, woran wir dort dachten und was wir für existent hielten, tatsächlich dort war, wie etwa Kürbisse und leuchtende Fußspuren. Also gibt es überhaupt keinen Beweis dafür, daß ich ohne die Schlinge wirklich schlau bin!«

»Aber . . . aber . . .« Sie begann zu schniefen.

Krach seufzte. Er wollte sie nicht unglücklich sehen. »Trotzdem muß ich zugeben, daß ich klug genug bin, um die Denkfehler in deinem logischen Gebäude zu erkennen, war paradoxerweise deine These in gewissem Umfang doch bestätigt. Wahrscheinlich haben wir ja beide recht. Ich besitze menschliche Intelligenz, und das Nichts macht Illusionen wirklich.« Er hielt inne und wurde sich einmal mehr ihrer Hand auf seiner bewußt. Was für eine süße kleine Hand das doch war! »Ich habe mich noch nie im Leben als Mensch gesehen. Ich weiß zwar nicht, wohin das führen wird, aber wahrscheinlich ist es eine ganz nützliche Ablenkung, solange wir darauf warten, daß die Drachin ihre Suche nach uns aufgibt.«

Wie durch Magie hörte ihr Schniefen abrupt auf. »Vielleicht ist es noch viel mehr als das, Krach«, meinte sie aufgeregt.

Krach konzentrierte sich. Er stellte sich vor, wie Menschen waren: klein und nicht besonders haarig und ziemlich schwach, andererseits aber recht intelligent. Sie benutzten Kleidung, weil ihr natürlicher Pelz sie nicht hinreichend bedeckte. Sie pflückten sich Schuhe von Schuhbäumen und Socken von Strumpflianen.

Er selbst besaß eine Jacke und ein Paar Handschuhe; das war schon mal ein Anfang. Sie lebten in Häusern, weil sie sonst im Schlaf von wilden Tieren hätten angegriffen werden können. Sie neigten dazu, sich in Dörfern zusammenzutun, weil sie die Gesellschaft anderer liebten. Es waren gesellige Wesen, die nur selten allein waren.

Er stellte sich vor, wie er sich dieser Gesellschaft anschloß und einherging wie ein Mensch, anstatt zu stampfen wie ein

Oger. Wie er sich auf einem Bett ausruhte, anstatt auf einem Baumstamm zu liegen. Wie er zivilisiert aß, Bissen für Bissen, und sorgfältig kaute, anstatt rohes Fleisch zu reißen, Knochen zu zermalmen und mit schierer Muskelkraft in seinen Schlund zu stopfen, was normalerweise nicht bequem hineingepaßt hätte. Wie er Hände schüttelte, anstatt den anderen zur Begrüßung einen Purzelbaum schlagen zu lassen. Doch das Ganze war absolut lächerlich, denn er wußte, daß er immer ein riesiges, haariges, abstoßendes Ungeheuer bleiben würde.

»Es funktioniert nicht«, sagte er erleichtert. »Ich kann mir einfach nicht vorstellen, wie ich . . .«

Sie legte ihre zweite Hand auf seinen Arm, und er spürte die Berührung ihrer Seele, ihrer halben Seele, denn nachdem er sie sich ausgeborgt hatte, war er auf sie eingestimmt. Zwischen ihren winzigen Händen schien ein Seelenstrom seinen Arm entlang zu fließen. Er hatte diese Seele aus dem Kürbis gerettet, und sie hatte ihn vor den Ogern gerettet.

Er erinnerte sich auch daran, wie schnell sie stets dabei gewesen war, ihn in Schutz zu nehmen. Wie sie ihn geküßt hatte. Wie sie bei ihm geblieben war, sogar noch, als er sich unter die Oger gemischt hatte, sogar noch, als sie keine Seele mehr besessen hatte. Plötzlich war es ihm ein gewaltiges Bedürfnis, ihr Freude zu bereiten.

Und er begann, einen neuen Standpunkt einzunehmen. Er fühlte, wie er schrumpfte, sich verfeinerte, höflich wurde und klug.

Plötzlich entfaltete sich alles: Sein Geist dehnte sich aus, um das ganze Xanth zu umfassen, wie damals, als er zum ersten Mal den Fluch der Schlauschlinge gespürt hatte. Doch diesmal war es kein Fluch, sondern Selbsterkenntnis. Er war ein Mensch geworden.

Tandys Hände ruhten noch immer auf seinem Arm und seiner Hand. Jetzt drehte er sich im Dunkeln zu ihr um. Seine Augen sahen nichts, aber sein Geist machte das mehr als wett.

Tandy war eine Frau. Sie war schön, auf ihre ganz persönliche Art. Sie war klug. Sie war nett. Sie war loyal. Sie besaß eine wunderbare Seele.

Und er – aus der Perspektive eines Menschenmannes sah er

sie plötzlich ganz anders als vorher. Mit dem Verstand eines Menschenmannes analysierte er alles. Sie war ihm eine Gefährtin gewesen, und er erkannte nun, wie wichtig sie ihm geworden war. Oger bedurften keiner Gefährten. Menschen dagegen sehr wohl.

»Ich will nicht mehr zurück in den Dschungel«, murmelte er. Seine Stimme hatte plötzlich ein Gutteil ihres für Oger so typischen gutturalen Klangs verloren.

»Ich habe auch nie gedacht, daß du dort hingehörtest, Krach.« Ach, wie herrlich sie sich anhörte!

»Ich will . . .« Doch die Monströsität seines Gedankens ließ ihn innehalten.

Anders als Tandy. »Krach, ich hab' dir schon einmal gesagt, daß ich dich liebe.«

»Im Augenblick habe ich eine menschliche Wahrnehmung«, erwiderte er. »Ich muß dich warnen, keine Aussagen zu machen, die man mißverstehen könnte.«

»Mißverstehen? Zum Teufel damit!« fauchte sie. »Ich wußte schon wesentlich früher als du, was ich wollte!«

»Na ja, du wirst zugeben müssen, daß ein Oger und eine Nymphe . . .«

»Oder ein Mann und eine Frau . . .«

»Mischlinge«, sagte er verbittert. »Wie die Zentauren, Harpyien, Meerleute, Faune . . .«

»Und was ist an Mischlingen so schlimm?« bellte sie zornig. »In Xanth kann sich jede Art mit jeder anderen paaren, wenn sie will, und einige dieser Abkömmlinge sind äußerst nett. Was ist denn an Chem der Zentaurin auszusetzen? Oder an der Sirene?«

»Nichts.«

»Und an den Dreiviertelblütlern, die fast wie Menschen sind, wie Goldy Kobold und Blyght Messingmädchen und Johann die Elfe . . .«

»Und Feuereiche die Dryade, deren Seele in einem Baum lebt«, beendete er ihren Satz. »Alles gute, nette Leute.« Doch er fragte sich so nebenbei, warum Nymphen trotz ihrer gewaltigen Ähnlichkeit mit Menschen keine Seelen besaßen. Anscheinend gab es hier für ihn noch sehr viel zu lernen.

»Denk doch nur mal an Xanth«, fuhr sie hitzig fort. »Wie es in zahllose Königreiche von Menschen und Tieren und Zwischenwesen aufgeteilt ist. Wir sind dem Herrn der Fliegen begegnet und dem Prinzen der Wale und der Drachendame und den Königreichen der Kobolde, der Vögel, der Greife . . .«

»Und den Urogern im Sumpf«, meinte er. »Und alle glaubten sie, sie würden in Xanth herrschen.«

»Ja.« Sie atmete tief durch. »Wie können wir verhindern, daß Xanth in tausend Teile zerfällt, wenn wir nicht untereinander Kommunikation herstellen und uns miteinander paaren? Krach, ich glaube, daß die Zukunft Xanths von den Halbblütlern und Viertelblütlern abhängt, von Leuten wie uns, die zwei oder mehr Sichtweisen der Dinge kennen. In Mundania vermischen sich die Arten nicht – und schau dir Mundania nur mal an! Mein Vater kann dir Geschichten darüber erzählen . . .«

»Entsetzlich«, stimmte Krach ihr zu. »Mundania hat keine Magie.«

»Deshalb driften ihre Arten auch alle immer weiter voneinander fort und lassen das Land von Jahr zu Jahr trostloser werden. Xanth ist anders, Xanth kann sich wiedervereinigen. Krach, wir sind es Xanth schuldig . . .«

»Jetzt weiß ich auch, was Männer an Frauen auszusetzen haben«, sagte Krach.

Tandy sah ihn verblüfft an. »Was denn?«

»Sie reden zu viel.«

»Aber nur, um damit das Nichtstun der Männer wettzumachen!« fauchte sie.

Oh! Er drehte sich noch ein weiteres Stück zu ihr hin, und sie kam ihm auf halber Strecke entgegen. Diesmal gab es keinerlei Verwirrung hinsichtlich des Kusses: Es war ein kleiner Vorgeschmack auf den Himmel.

Schließlich lösten sie sich wieder voneinander. »Oger, Oger«, murmelte sie atemlos, »jetzt bis du wirklich ein Mann geworden!«

»Du hast recht. Der Gute Magier hat alles gewußt.« Er drückte sie an sich. Im Dunkeln wirkte sie gar nicht so winzig, sondern gerade richtig. Wie beim Reiten von Nachtmähren paßten die Dinge immer alle zusammen. Er hatte schon immer gewußt, daß Tandy sehr weiblich war, doch nun erhielt diese Eigenschaft für ihn eine geradezu phänomenale neue Wichtigkeit. »Er hat mich zu den Ogern geschickt – damit ich dich finde.«

»Und er hat mich ausgeschickt, um dich zu finden, das einzige Lebewesen, das zäh und stark genug ist, um den Dämon abzuwehren, vor dem ich geflohen bin, und doch auch zärtlich genug, daß ich es lieben kann.«

Lieben. Krach dachte über diesen Begriff nach. »Gestern habe ich in der Nacht deinetwegen geweint«, gestand er.

»Dummerchen!« neckte sie ihn. »Oger weinen doch nicht.«

»Weil ich glaubte, ich würde dich verlieren. Ich wußte ja nicht, daß ich dich liebe.«

Sie schmolz förmlich dahin.

»Krach, du hast es gesagt!«

Er wiederholte es. »Ich liebe dich. Deshalb habe ich auch für dich gekämpft. Und deshalb habe ich auch meine Seele für dich verpfändet.«

Wieder lachte sie neckend. »Ich glaube, du weißt gar nicht, was Liebe ist.«

Er versteifte sich. »Das weiß ich nicht?«

»Aber ich werd's dir zeigen!«

»Zeig's mir«, erwiderte er zweifelnd.

Sie zeigte es ihm. Ohne Gewalt, ohne daß Köpfe gegen Baumstämme geschmettert wurden, ohne Kreischen und Stampfen. Und doch war es die erstaunlichste und schönste Erfahrung, die er jemals gemacht hatte. Als es vorbei war, wußte Krach, daß er niemals etwas anderes sein wollte, als ein Mann und daß er niemals eine andere Frau wollte als sie.

Sie fanden einen anderen Weg aus der Unterwelt, wobei sie den lauernden Drachen umgingen, und wanderten entlang der Ostküste Xanths nach Süden. Bei Tageslicht betrachtet war Krach ein ganzes Stück kleiner als vorher, weniger haarig und fast gar nicht häßlich. Aber es machte ihm nicht viel aus, auf diese Vorzüge verzichten zu müssen, denn Tandy machte das mehr als wett. Sie nähte ihm ein paar kurze Hosen, weil Menschenmänner die trugen, und inzwischen sah er wirklich schon sehr wie ein Mensch aus.

Sie verhielten sich möglichst unauffällig und gingen allem Ärger aus dem Weg. Wenn seine Ogernatur dagegen zu rebellieren drohte, nahm Tandy ihn bei der Hand und lächelte, bis sich seine Irritation wieder verflüchtigt hatte.

Die Reise dauerte mehrere Tage, aber das machte nichts, denn sie war die reine Freude. Krach bemerkte die üblichen Gefahren Xanths kaum, da sich seine Aufmerksamkeit vor allem auf Tandy richtete. Irgendwie schienen sich die Gefahren ohnehin weitgehend verflüchtigt zu haben, da es sich unter den Greifen, Vögeln, Drachen, Kobolden und Fliegen mittlerweile herumgesprochen hatte, daß man Tandys Gefährten besser in Frieden ließ, auch wenn er nicht nach viel aussehen mochte. Anscheinend war ein gewisser Sumpfoger mit Kopfschmerzen aus dem Dschungel hervorgetorkelt, und wenn er es auch vermieden hatte, Einzelheiten zu berichten, war es doch offensichtlich, daß er dem Fremden zum Opfer gefallen war, den er angegriffen hatte. Sogar das Überqueren der Spalte, die Krach bereits fast vergessen hatte, bis sie plötzlich wieder davorstanden, erwies sich als ereignislos, denn der Spaltendrache, der einem Ondit zufolge gerade einen wunden Schwanz hatte, hielt sich abseits und zeigte sich lieber nicht.

Schließlich gelangten sie in die Nähe des Eingangs, der zu Tandys Heimat führte. Dazu mußten sie durch eine Schlucht, die von einem großen, aggressiven Gewirrbaum bewacht wurde.

Krach wußte, daß er gegen den nichts ausrichten konnte, und so verließ er sich lieber auf seine menschliche Intelligenz; er pflückte eine Reihe Hypnokürbisse, die er dem Baum entgegenrollen wollte. Wenn der den Fehler begehen sollte, auch nur in eins der Gucklöcher zu spähen . . .

Doch als sie gerade mit ihren Kürbissen ankamen, bildete sich plötzlich unmittelbar vor ihnen eine Rauchwolke, die sich schließlich zu einem finsteren Dämon verdichtete.

»Na, meine kleine Menschenschönheit«, sagte der Dämon zu Tandy und ließ seinen mit Widerhaken gespickten Schwanz zucken, »bist verlorengegangen, nicht wahr? Aber jetzt bist du ja wieder da. Fortan sollst du mir zu Willen sein.« Lüstern grinsend kam er auf sie zu.

Tandy stieß einen Schrei aus und ließ ihren Kürbis fallen, der auf dem Boden sofort zerbarst. »Fiant!«

Das war also der Dämon, der sie hatte vergewaltigen wollen! Krach setzte seinen eigenen Kürbis vorsichtig ab und trat vor. »Weiche von uns, übler Geist!« befahl er.

Der Dämon ließ ihn links liegen und sprach dafür lieber mit Tandy. »Ah, Mädchenwesen, mir scheint, du siehst noch süßer und leckerer aus als vorher! Es wird lange dauern, bis ich deiner müde geworden sein werde.«

Tandy wich zurück. Krach bemerkte, daß sie zu verängstigt war, um auch nur einen einzigen Wutkoller zu aktivieren. Der Dämon hatte sich ihr so plötzlich aufgedrängt, daß sie sich seelisch nicht mehr auf diesen Überfall hatte vorbereiten können.

Krach stellte sich zwischen den Dämon und das Mädchen. »Laß ab von ihr, Fiant!«

Der fette Dämon streckte einen Arm vor und stupste Krach beiseite. Krach stolperte über einen Stein und fiel schmachvoll zu Boden. Der Dämon trampelte ein wenig auf seinem Bauch herum, dann näherte er sich wieder Tandy. »Mach dich bereit, Süße, nun ist deine Zeit endlich gekommen.«

Langsam begann Krach sich Sorgen zu machen. Tandy mochte zwar an Artenvermischung in Xanth glauben, aber mit dem Dämon hatte sie dergleichen nicht durchführen wollen. Er rappelte sich auf und sprang hinter Fiant her, dem er die Hand auf die Schulter legte.

Beinahe achtlos verpaßte der Dämon ihm eine schallende Ohrfeige, und Krach wich torkelnd zurück.

Da schoß Fiants Hand vor und packte Tandy an den Haaren. Sie schrie laut auf, konnte sich aber nicht mehr losreißen.

Krach stürzte sich erneut ins Gewühl – um sich einen achtlosen, fast beiläufigen Haken zu fangen, der ihm beinahe die Zähne eingeschlagen hätte. Jetzt geruhte der Dämon immerhin, ihn wenigstens für kurze Zeit zu beachten. »Verschwinde, Nichtsnutz, sonst tu ich dir womöglich noch weh!«

Was war bloß los? Fiant schien ja stärker zu sein als Krach!

Der Dämon riß Tandy am Haarschopf an sich und griff mit

seiner krallenbewehrten freien Hand nach ihrer Bluse, um sie ihr vom Leib zu reißen.

Wieder griff Krach mit wirbelnden Fäusten an und traf den Dämon an seinem spitzen Ohr.

Jetzt wurde Fiant ärgerlich. »Du scheinst etwas schwer von Begriff zu sein, Widerling.« Er ließ Tandy fahren, wirbelte herum und traf Krach mit einer blitzschnellen Kombination aus Kinn- und Magenhaken. Krach stürzte japsend und mit schwindelndem Kopf zu Boden. »Kein Mensch kann es mit einem Dämon aufnehmen«, sagte Fiant in arrogantem Tonfall und drehte sich wieder zu Tandy um.

Doch inzwischen hatte Tandy wenigstens etwas von ihrem Kampfgeist zurückgewonnen. Sie sprang auf Krach zu. »Hier, nimm meine Seele!« schrie sie, und er spürte, wie sie ihn wundervoll durchflutete. Er hatte schon ganz vergessen, wie schwach er mit nur einer halben Seele war.

Da wurde Tandy auch schon am Schopf davongerissen. Fiant hob sie empor, bis ihre Füße über dem Boden zappelten. »Jetzt ist's aber endlich aus mit den Spielchen!« sagte er. »Runter mit deinem Rock!« Auf ihrer Reise in die Tiefe hatte Tandy sich aus den Überbleibseln ihres roten Kleides einen brauchbaren Rock geschneidert und ihre und Krachs Garderobe mit Hilfe eines Nähzeugstrauchs vervollständigt.

Krach sprang auf und nahm sich des Dämons an. Jetzt war er wieder bei vollen Kräften! Doch Fiant stach ihm mit einer abfälligen Geste zwei Finger in die Augen, und Krach stürzte schmerzerfüllt und geblendet wieder zu Boden. Er war doch wieder bei Kräften – warum konnte er da nicht durchhalten?

Tandy wußte die Antwort: »Krach, du bist jetzt zu sehr Mensch! Zu sanft und höflich. Versuch doch, dich wieder als Oger zu sehen!«

Das war wahr! Krach hatte schon einige Tage damit verbracht, menschlich-zivilisiert zu werden. Und wie Fiant ja auch gesagt hatte – kein Mensch konnte es mit einem Dämon aufnehmen.

Ein Oger dagegen . . .

Krach dachte an sich als Oger. Das fiel ihm nicht schwer, denn er hatte ja zeit seines Lebens nichts anderes getan. Er stellte sich vor, wie der Boden unter seinen Schritten erzitterte, Bäume aus ihrer Verankerung gerissen wurden und Felsbrocken unter einem einzigen Fausthieb zu Pulver zerstoben.

Haare schossen an seinen Armen hervor, seine Muskeln blähten sich furchterregend, er wuchs plötzlich an, und seine orangefarbene Jacke, die lose an ihm heruntergehangen hatte, straffte sich mit einemmal. Seine kurzen Hosen platzten und fielen von ihm ab, seine Hände schwollen an, seine geschundenen Augäpfel wurden zu riesigen Ogeraugen. *Oger, Oger ...*

Krach drückte einen Wurstfinger gegen den Boden und stemmte seinen ganzen Körper hoch, um dann auf seine schwieligen Füße zu springen. Er stieß einen Schrei aus – und das Blattwerk der nahen Bäume wirbelte davon. Allerdings geschah mit Tandys verbliebenen Kleidungsstücken leider dasselbe, denn sie waren nicht wirbelsturmfest.

In entzückender Nacktheit hing sie zappelnd an ihrem Haarschopf. »Hol ihn dir, Oger!« schrie sie und verpaßte dem Dämon einen Tritt auf die Nase.

Fiant blickte sich zu Krach um – und sperrte das Maul auf. Plötzlich stand er vor einem Ungeheuer, das noch viel schlimmer war als er selbst! Er ließ das Mädchen fallen und wandte sich um, um zu fliehen.

Krach beugte sich vor, verhakte die Finger im Grasboden und riß kräftig daran. Wie ein Teppich rutschte die Grasdecke auf ihn zu, und der Dämon stürzte auf seine Hörner. Krach stampfte einen mächtigen Schritt vor und verpaßte Fiants emporgestrecktem Hinterteil einen gewaltigen Tritt. Eigentlich hätte der Dämon bis zur Sonne emporschleudern müssen – doch der Fuß traf ins Nichts. Krach verlor das Gleichgewicht und stürzte rücklings zu Boden, wobei er sich den Kopf aufschlug. Das machte einem Oger zwar nicht allzuviel aus, gab dem Dämon jedoch Gelegenheit, sich wieder zu fangen.

Fiant erkannte, daß der Oger ihm nicht wirklich etwas anhaben konnte, weil der Dämon sich ja beliebig dematerialisieren konnte. Das ließ seinen Mut auf wunderbare Weise wieder anschwellen. Er stand auf, schritt auf Krach zu und verpaßte ihm einen Schlag in den Unterleib. Es war ein gut gezielter, kräftiger Hieb, aber Krach ignorierte ihn als bloße Kleinigkeit, was er für ihn ja jetzt auch war, und konterte mit einem Schwinger, der so schnell war, daß er eine Leuchtspur hinter sich her zog.

Doch auch dieser Hieb traf ins Leere, ohne dem Dämon etwas anzuhaben.

»Er dematerialisiert sich!« rief Tandy. »Du kannst ihn gar nicht treffen!«

Doch Krach blieb unüberzeugt und versuchte es mit einem senkrechten Hieb auf den Schädel des Dämons, der diesen eigentlich wie einen Nagel bis zur Hälfte in den Boden hätte rammen müssen, statt dessen jedoch wieder durch ihn hindurch schoß und den unter der Grasdecke befindlichen Steinboden sofort zu Staub zertrümmerte. Dann donnerte er ihm eine gerade Rechte in den Bauch – nur um den dahinterstehenden Baum zu zertrümmern. Krach ramponierte langsam die Landschaft, ohne jedoch auch nur den kleinsten Erfolg aufweisen zu können.

Doch der Dämon konnte Krach treffen, indem er seine Faust kurz vor dem Auftreffen materialisierte. Diese Hiebe taten zwar nicht wirklich weh, dennoch machten sie Krach wütend. Wie sollte er ein Wesen zu Staub zertrümmern, das man gar nicht treffen konnte?

Er versuchte, Fiant zu ergreifen, und das ging schon eine Spur besser. Der Körper des Dämons fühlte sich zwar so diffus wie Rauch an, aber wenigstens hatten Krachs Hände dabei ein Minimum an Halt, und wenn er vorsichtig zu Werke ging, konnte er den Rauch ein wenig lenken und vor sich her schieben. Leider blieben die Fäuste des Dämons dabei jedoch höchst stofflich, und nun hämmerten sie einen brutalen Teufelsmarsch auf Krachs Gesicht. Wieder begannen seine Nase und seine Augen zu schmerzen.

»Benutz deinen Verstand, Krach!« rief Tandy.

Krach hielt den Dämon fest und ließ die Prügel über sich ergehen, während er seine natürliche Schlauschlinge an die Arbeit schickte. Was würde einen solchen Dämon ein für allemal erledigen? Es würde nicht genügen, Fiant jetzt zu vertreiben; er mußte vielmehr dafür sorgen, daß er Tandy auf alle Zeiten in Frieden ließ. Wenn Tandy einen Plan hatte, warum hatte sie ihm diesen dann nicht gleich mitgeteilt?

Weil der Dämon den dann ebenfalls mitbekommen und geeignete Gegenmaßnahmen ergriffen hätte. Krach mußte auf jeden Fall mit Überraschungseffekten arbeiten.

Er blickte zu Tandy hinüber – und sah, daß sie auf dem Kürbis saß, den er auf dem Boden abgestellt hatte. Plötzlich begriff er!

Er schnappte mit seinen riesigen Ogerzähnen nach den Fäusten des Dämons. »O nein, du Monster, o nein!« rief Fiant. »So kriegst du mich nicht!« Und wirklich schlug er Krach auf die Zunge und ließ seine Faust dematerialisieren, als der zubiß.

Doch mittlerweile war Krach dabei, den Dämon unbemerkt zu dem Kürbis hinüberzutragen. Als er dort angekommen war, schob er ihn gegen das Guckloch, auf dem Tandy gesessen hatte. Gleich würde der Dämon hineinblicken. Doch er durfte den Kürbis nicht zu früh entdecken, sonst würde er ihn zertrümmern und den Plan zunichte machen.

Fiant, der es darauf angelegt hatte, Krachs Nase zu Brei zu schlagen, nahm den Kürbis erst wahr, als es auch schon zu spät war. »Nein!« schrie er noch auf und schloß die Augen, dann dematerialisierte er.

»O doch!« grunzte Krach und schob den Dämon mit dem Kopf zuerst in die Öffnung, was mit dem Dampf mühelos ging. Das erinnerte Krach an den Flaschengeist in dem Kürbis. »Du möchtest doch gerne irgendwo eindringen, und zwar mit Gewalt, nicht wahr? Komm, hier drin ist es recht schön!« Und Krach stopfte den Rest des Dämons hinein, Arme, Rumpf, Beine und Füße, bis alles verschwunden war.

»Na, *da* soll er erst mal wieder rauskommen!« rief Tandy jubelnd. »Ach, das geschieht ihm wirklich recht!«

Krach legte ein Ohr an das Guckloch. Er hörte ein fernes, zorniges Wiehern, wie von einem erschreckten Hengst, und dann einen verblüfften Schrei. Anscheinend konnte sich der Dämon in einer Welt, in der alles bereits unstofflich war, nicht mehr richtig materialisieren. Dann verlor sich das Hufgetrappel in der Ferne.

Krach lächelte. Tandy hatte recht: Es würde ein hübsches Weilchen dauern, bis sich der Dämon aus dieser Falle befreit hatte!

Er holte Tandys Seelenhälfte hervor und reichte sie ihr. Plötzlich spürte er, wie seine ganze Kraft zu ihm zurückkehrte und Tandy ebenfalls aufzuleuchten begann.

Sie hatten ihre beiden Seelenhälften zurückbekommen!

Krach begriff, was geschehen war: Die Nachtmähren hatten die beiden Hälften fairerweise gegen Fiant eingetauscht.

Krach erhob sich, den Blick von dem Guckloch abgewandt. Er blinzelte Tandy an, als er ihre etwas zerzauste, aber straffe Nacktheit erblickte. »Oger gesteht, das Kleid dir steht«, sagte er.

»Ach, dein Anblick ist auch nur was für entzündete Augen!« sagte Tandy im Krankenschwesterntonfall und wischte Krachs zerschundenes Gesicht ab. »Und eine zerschlagene Nase hast du auch! Aber weißt du was? Ich liebe dich sogar, wenn du wie ein Oger aussiehst!«

Da küßte er sie mit wunden Lippen, und es war ihm egal, welchen Anblick er bieten mochte. Liebe machte schließlich blind.

ENDE

Band 20 162

Piers Anthony

Zentauren-Fahrt

König Trent und seine Gemahlin werden im weit entfernten Land Mundania gefangengehalten. Mundania ist der Schrecken aller Bewohner von Xanth, denn in diesem dunklen Reich der Wirklichkeit soll jede Magie und Phantasie ihre Macht verlieren. Zum Glück aber gibt es Arnolde, den Magier der Zentauren. Er besitzt eine Zauber-Aura gegen die schreckliche Mundanität. Unter seiner Führung machen sich die Getreuen des Königs auf, um ihren Herrscher zu retten.

Band 20 161

**Margaret Weis/
Tracy Hickman**

Sohn der Verbannten

Deutsche Erstveröffentlichung

Joram, das geheimnisvolle Kind ohne Magie, hat sich den Verbannten angeschlossen, die jenseits von Merilon ihrer dunklen, verbotenen Kunst nachgehen. Er hat gelernt, niemandem zu vertrauen, nicht seinen Gefährten, mit denen er auf Raubzüge geht, nicht dem undurchsichtigen Blachloq, dem Zauberer des Stammes. Dann aber begegnet Joram dem Priester Saryon, der von seinem Bischof auf eine sonderbare Mission geschickt worden ist: Er soll ein totes, magieloses Kind finden, von dem das Schicksal des ganzen Reiches abhängt.

BASTEI
LÜBBE

Sie erhalten diesen Band im Buchhandel, bei Ihrem Zeitschriftenhändler sowie im Bahnhofsbuchhandel.